LES FEUX DE L'ÉDEN

Dan Simmons

Les feux de l'Éden

ROMAN

Traduit de l'américain
par Monique Lebailly

Albin Michel

Édition originale américaine :
FIRES OF EDEN

Traduction française :

22, rue Huyghens, 75014 Paris
ISBN 2-226-08179-8

A Robert Bloch,
qui nous a enseigné que l'horreur n'est qu'un composant bizarre
dans la célébration plus large de la vie, de l'amour et du rire.

1.

« *E Pele e !* La Voie lactée tourne.
E Pele e ! La nuit se transforme.
E Pele e ! La lueur rouge plane sur l'île.
E Pele e ! L'aube cramoisie se disperse.
E Pele e ! Le soleil projette des ombres.
E Pele e ! Il y a un grondement dans ton cratère.
E Pele e ! Le *uhi-uha* est dans ton cratère.
E Pele e ! Réveille-toi, lève-toi, reviens. »

Hulihia ke au
(Le courant change de direction).

D'abord, seul le vent hurle.

Le vent d'ouest a soufflé sans contrainte sur six mille kilomètres d'océan, il n'a rencontré que des vagues coiffées de blanc et quelques mouettes déroutées avant de se heurter aux escarpements de lave noire et aux rochers en forme de gargouilles qui bordent la côte sud-ouest presque déserte de la Grande Île d'Hawaii. Mais en se heurtant à cet obstacle, le vent crie et hurle entre les rocs noirs, il étouffe presque le bruit constant de la houle qui s'écrase contre les falaises et le bruissement des feuilles tourmentées de la palmeraie, oasis artificielle nichée dans les culbutis de basalte.

Il y a deux sortes de laves sur ces îles et leurs noms hawaiiens les décrivent bien : la *pahoehoe,* plus ancienne et plus lisse, s'est durcie en faibles ondulations ou en « cordes » doucement enroulées ; l'*a'a,* récente et déchiquetée, aux bords coupants, s'est refroidie en tours grotesques et en gargouilles renversées. Le long de la côte du Sud-Kona, la *pahoehoe* forme de grandes rivières grises qui coulent des volcans jusqu'à la mer, mais ce sont les falaises et les larges champs d'*a'a* qui gardent les cent cinquante kilomètres de la côte ouest, comme une succession de gradins où veillent des guerriers figés dans la pierre noire et tranchante.

Et le vent crie dans ces labyrinthes de pierre acérée, siffle par les interstices des colonnes d'*a'a,* hurle entre les fissures des anciens conduits de gaz et s'engouffre dans les gorges béantes des cheminées de lave vides. La nuit descend tandis que le vent s'accroît. Le crépuscule rampe des étendues côtières d'*a'a* jusqu'au sommet du Mauna Loa, à quatre mille mètres au-dessus du niveau de la mer. Le grand volcan se dresse comme un bouclier noir qui masque le ciel au nord et à l'ouest. À une cinquantaine de kilomètres au-dessus de la caldeira noircie, les nuages bas formés par les cendres volcaniques d'une éruption invisible reflètent une lueur orange.

« Bon, alors, Marty ? Tu vas le tirer ce penalty, oui ou non ? »

Les trois silhouettes sont à peine visibles dans la tombée du jour, leurs voix presque étouffées par les hurlements du vent. Le golf conçu par Robert Trent Jones Jr. dessine un chemin étroit et sinueux de fairways herbus et de greens doux comme une moquette qui serpente entre des kilomètres d'amas de lave noire. Les rares palmiers qui le bordent se balancent et bruissent sous l'effet du vent. Il fait nuit noire maintenant et les lumières du complexe hôtelier du Mauna Pélé semblent très loin du quinzième fairway où les trois hommes se rapprochent les uns des autres pour s'entendre par-dessus le bruit du vent et des vagues. Chacun d'eux conduit sa propre voiturette de golf électrique et les trois véhicules semblent aussi se serrer les uns contre les autres pour se protéger du vent qui ulule.

« Je te dis qu'elle est dans ces saletés de rochers », lance Tommy Petressio. Le volcan rougeoyant jette une lueur orangée sur les bras nus et le visage hâlé du petit homme. Il porte un costume de golf en lainage écossais dont le rouge et le jaune jurent. Une casquette dissimule en partie ses traits anguleux. Il mâchonne un gros cigare éteint.

« Elle est pas dans ces saletés de rochers », répond Marty DeVries. Il se frotte la mâchoire et une demi-douzaine de bagues crissent contre ses poils de barbe.

« Eh bien, elle est pas non plus sur l'herbe », gémit Nick Agajanian. Sa chemise vert-jaune est tendue sur son énorme ventre et son ample short écossais s'arrête à quinze centimètres au-dessus de ses genoux blancs et noueux. Il porte des mi-bas noirs. « On la verrait si elle y était, ajoute-t-il. Et il n'y a pas de rough sur ce golf, juste cette putain d'herbe et ces putains de pierres qui ressemblent à des merdes de mouton pétrifiées. »

Tommy gratte une allumette dans ses mains réunies en coupe, tentant pour la cinquième fois d'allumer son cigare. Le vent éteint l'allumette en une seconde. « Merde.

— Fermez-la, vous deux, dit Marty DeVries. Cherchons ma balle.

— Ta balle est dans ces rochers, réplique Tommy en tétant son cigare. Et c'est toi qui as eu la bonne idée de venir dans cet endroit pourri. » Ces trois quinquagénaires, directeurs commerciaux chez des concessionnaires de voitures de la région de Newark, passaient leurs vacances ensemble à jouer au golf depuis des années ; ils emmenaient parfois leurs épouses, parfois leurs maîtresses du moment, mais se contentaient le plus souvent de rester entre eux.

« Et qu'est-ce que c'est que cet endroit, gémit Nick, avec toutes ces chambres vides et ce putain de volcan ! »

Marty s'avance au bord de l'interminable champ d'*a'a* et fourrage entre les grands rochers avec son fer 5. « Et puis d'abord, pourquoi on est venus ici ? C'est le complexe hôtelier le plus récent de cette pourriture d'île. C'est la grosse *enchilada* de Trumbo...

— Oui, enchaîne Tommy en riant, et le Grand T s'en met plein les poches.

— Vos gueules, dit Marty DeVries. Venez m'aider à retrouver ma balle. » Il s'engage entre deux rochers noirs aussi grands que des Volkswagen mises debout. Le sol est sablonneux.

« Ah, non, réplique Nick. Accepte ce penalty, Marty. Il fait sacrément noir. J'arrive même pas à voir ma main quand je l'agite devant ma figure. » Il crie ces derniers mots pour être entendu malgré le vent et les vagues, tandis que Marty s'enfonce plus profondément dans le dédale rocheux. Le quinzième fairway longe les falaises au sud de la palmeraie qui recouvre la plus grande partie du terrain, et les vagues rejaillissent à une soixantaine de mètres de l'endroit où se tiennent les trois hommes.

« Hé, il y a une espèce de sentier qui descend vers la mer, crie Marty DeVries de loin. Je crois que je vois ma... Non, c'est juste une plume de mouette ou quelque chose comme ça.

— Sors de là et accepte le penalty, dit Tommy. Nick et moi, on veut pas pénétrer là-dedans. Ces saloperies de roches sont vachement coupantes.

— Ça, c'est vrai », confirme Nick en se tournant vers l'amas de lave noire vitrifiée. Maintenant, même la casquette jaune de Marty a disparu.

« Ce pauvre trouduc ne peut plus nous entendre, dit Tommy.

— Il va bien réussir à nous paumer », gémit Nick. Le vent arrache sa casquette et il se lance à sa poursuite ; il finit par l'attraper lorsqu'elle vient s'échouer contre l'un des caddies.

Tommy Petressio fait la moue. « On peut pas se perdre sur un golf. »

Nick revient, étreignant sa coiffure et un fer 6. « On peut vachement se perdre, dans ce... (il brandit la poignée de son club en direction du champ d'*a'a* et des déferlantes... dans ces rochers. »

Tommy essaie encore d'allumer son cigare. Le vent éteint l'allumette. « Merde.

— Pas question que j'y aille. Pour me casser la jambe !

— Ou te faire mordre par un serpent. »

Nick recule pour s'éloigner des monceaux de scories noires. « Y a pas de serpents à Hawaii. Hein ? »

— Juste des boas constricteurs. Et des cobras... des chiées de cobras.

— Tu parles. » La voix de Nick est hésitante.

« T'as pas vu, cet après-midi, dans les fleurs, ces petits animaux qui ressemblent à des belettes ? Que Marty a appelés des mangoustes ?

— Et alors ? » Nick jette un coup d'œil derrière lui. Les dernières lueurs du couchant ont disparu et les étoiles s'allument au-dessus de l'océan. Les lumières du complexe hôtelier semblent très, très lointaines. Au sud, le littoral est plongé dans une obscurité totale. On distingue à peine, au nord-est, le rougeoiement du volcan. « Et alors ?

— Tu sais de quoi se nourrissent les mangoustes ?

— De baies et de trucs dans ce genre-là ? »

Tommy secoue la tête. « De serpents. Surtout de cobras.

— Foutons le camp, commence Nick », puis il s'interrompt. « Attends. Je crois que j'ai déjà vu quelque chose sur le câble. À propos de ces belettes...

— Mangoustes.

— Peu importe. Ces mangoustes, aux Indes. Les touristes paient pour les voir manger des cobras à tous les coins de rues. »

Tommy hoche la tête. « Les serpents posent un tel problème ici que Trumbo et les autres promoteurs ont dû importer des mangoustes par milliers. Autrement, tu te réveillerais dans ton lit avec un boa constricteur enroulé autour de tes chevilles et un cobra en train de te bouffer la bite.

— Tu sais dire que des conneries », réplique Nick, mais il se rapproche de son véhicule.

Tommy fourre le cigare dans sa poche de poitrine. « Ça devient complètement ridicule. Il fait trop noir pour terminer la partie. Si on était allés à Miami, comme les autres années, on serait sur un golf éclairé toute la nuit. Au lieu de ça, nous voilà ici, dans ce... » Il désigne d'un geste méprisant les champs de lave et l'arc noir du volcan, au loin.

« Dans une saleté de nid à serpents, dit Nick qui s'installe dans sa voiturette et rengaine son fer 6. Rentrons à l'hôtel pour boire un verre.

— D'accord, répond Tommy en se dirigeant vers son véhicule. Si Marty est pas rentré d'ici demain, y sera temps d'en parler à quelqu'un. »

C'est alors que des cris retentirent.

Marty DeVries avait suivi un semblant de sentier entre les rochers d'*a'a*, des méandres de sable et d'herbe drue bordés d'amas de scories. Il était sûr que sa balle était partie par là et s'il la trouvait sur ce putain de sable, il pourrait la renvoyer sur le fairway en cochant et sauver un peu la face dans cette partie de merde. D'ailleurs, même si elle n'était pas sur le sable, il pourrait l'y remettre et la cocher. Pourquoi se donner tant de mal, bon Dieu, il suffirait de faire un swing et de la laisser s'envoler... Nick et Tommy étaient trop couilles molles pour le suivre jusqu'ici, aussi tout ce qu'ils verraient, ce serait la balle expédiée hors de cette lave de merde par un coup coché parfait et retombant juste au milieu du fairway, bien placée pour le coup de fer qui l'enverrait au green. Marty s'y entendait pour lancer le coup d'envoi quand il jouait avec la Légion de Newark.

Bon Dieu, maintenant que Marty y pensait, il n'avait même pas besoin de retrouver cette balle. Il mit la main dans sa poche et en sortit une Wilson Pro-Sport, la même que celle avec laquelle il jouait. Il pivota sur ses talons pour la lancer sur le terrain.

Dans quelle direction se trouvait ce foutu terrain ?

Les amas de cendres et les rochers empilés l'avaient désorienté. Il voyait les étoiles au-dessus de sa tête. Le « sentier » n'était plus visible — des pistes sablonneuses partaient dans toutes les directions. En fait, ce truc était un véritable labyrinthe.

« Hé ho ! » cria Marty. Quand Tommy et Nick répondraient, il lancerait la balle vers eux.

Personne ne répondit.

« Hé, arrêtez de déconner. » Marty s'aperçut qu'il se trouvait près des falaises ; le fracas des vagues était bien plus fort. Ces idiots ne pouvaient sans doute pas l'entendre à cause de ce vent stupide, de ces vagues stupides qui s'écrasaient sur ces rochers stupides. Ils auraient mieux fait d'aller à Miami, comme d'habitude. « Hé ho ! » cria-t-il de nouveau, d'une voix qui résonna faiblement, même à ses oreilles. Les tas de scories faisaient presque cinq mètres de hauteur, la pierre ponce noire reflétait le rougeoiement du volcan. La fille de l'agence avait bien parlé à Marty et aux autres du volcan en activité, mais elle avait ajouté qu'il se trouvait assez loin, du côté sud de l'île, et qu'ils ne couraient aucun danger. Elle avait fait remarquer que les gens affluaient à la Grande Île à cause de cette petite éruption — qu'ils arrivaient en foule chaque fois que se produisait la moindre activité volcanique. N'importe comment, les volcans hawaiiens ne faisaient jamais de mal à personne, avait-elle affirmé. C'était juste de jolis feux d'artifice.

Alors comment ça se fait que le complexe hôtelier de Trumbo est aussi vide, se dit Marty en adressant cette pensée à l'agence de voyages. « Hé ho ! » cria-t-il de nouveau.

Il entendit un bruit sur sa gauche. Du côté des falaises. On aurait dit un gémissement.

« Ah, les cons », chuchota Marty. L'un de ces deux bouffons, sinon les deux, l'avait suivi dans ce labyrinthe de lave et venait d'avoir un accident. Il s'était probablement tordu la cheville ou cassé la jambe. Marty espérait qu'il s'agissait de Nick ; il aimait mieux jouer avec Tommy et ce serait enquiquinant de passer le reste des vacances à attendre que Nick s'évertue en vain à sortir sa balle du sable.

Le gémissement reprit, si faible qu'on l'entendait à peine dans le bruit du vent et des vagues.

« J'arrive », cria Marty, et il commença à descendre avec précaution la pente douce, entre les amas de lave. Il remit la balle dans sa poche et se servit de son fer 5 comme d'une canne.

Il lui fallut plus de temps qu'il n'aurait cru. Quel que fût celui des deux idiots qui était venu tomber là, il s'était vraiment perdu. Marty espérait seulement qu'il n'aurait pas besoin de le porter jusqu'aux voiturettes.

De nouveau, il entendit le gémissement, qui se termina en une sorte de sifflement doux.

Et si ce n'était ni Tommy ni Nick ? pensa-t-il brusquement. Sortir un pauvre couillon qu'il ne connaissait pas de ces rochers, cela ne lui plaisait guère. Il était venu sur cette île de merde pour jouer au golf, et non au bon Samaritain. Si c'était un type du coin, il lui dirait de pas s'en faire et irait en parler au bar de l'hôtel. Cet endroit était presque vide, mais il devait bien y avoir quelqu'un dont le boulot était de s'occuper des accidentés.

Le gémissement retentit de nouveau.

« J'arrive », grogna Marty. Le vent sentait maintenant le sel. Les falaises devaient être quelque part par là, elles ne faisaient pas plus de cinq ou six mètres. Manquerait plus qu'il tombe tête la première dans l'océan Pacifique ; ça serait le bouquet. « J'arrive », répéta-t-il d'une voix essoufflée lorsque le gémissement reprit. Il venait de derrière un tas de lave noire.

Marty se glissa dans une étroite fissure et s'arrêta sur le sable. Un corps gisait là. Ce n'était pas Nick, ni Tommy. C'était un *cadavre,* pas un type vivant. Marty avait déjà vu des morts, et c'en était un. Le gémissement ne venait pas de ce couillon-là.

Le corps était presque nu, avec seulement un petit morceau de tissu mouillé enroulé autour de la taille. Marty se rapprocha et vit que c'était un homme — petit, râblé, les muscles des mollets bien dessinés, comme un coureur ou quelque chose dans le genre. Cela faisait sûrement pas mal de temps qu'il était couché là : sa peau blanche et caoutchouteuse s'en allait presque en lambeaux sous l'effet de la décomposition, et ses doigts faisaient penser à des larves blanches qui, d'un moment à l'autre, se mettraient à se tortiller pour pénétrer dans le sable. Deux ou trois autres détails confirmèrent à Marty que ce n'était pas ce type qui avait gémi : des algues s'étaient entremêlées à ses longs cheveux, ses paupières étaient ouvertes et l'un de ses yeux reflétait comme un miroir la lumière des étoiles, tandis que l'autre avait complètement disparu ; et en plus, voilà qu'un bébé crabe sortait en rampant de sa bouche ouverte.

Marty lutta contre la nausée et s'approcha en brandissant son fer 5. Une odeur écœurante de mer et de pourriture monta à ses narines. Les vagues avaient sûrement expédié le cadavre sur ces petits rochers pointus qui ressemblaient à des stalactites ou à des stalagmites de basalte.

Le corps se retourna lourdement, comme s'il était bourré d'eau de mer, lorsqu'il le toucha avec l'extrémité de son fer 5.

« Bon Dieu », chuchota Marty. C'était une sorte de nain bossu. À moins que son épine dorsale n'ait été fracassée et tordue après sa mort, à force d'avoir été projetée contre les rochers, ce type avait une bosse semblable à celle de Quasimodo.

Et sur la bosse il y avait un drôle de tatouage.

Marty se pencha, appuyé sur son fer 5, en essayant de lutter contre l'envie de vomir.

C'était bien un tatouage — une gueule de requin qui s'étendait d'une omoplate à l'autre et disparaissait sous les bras. L'image était vraiment bizarre, presque en relief : celui qui l'avait faite s'était servi d'une encre noire pour la gueule ouverte du requin, et il avait colorié les dents en blanc.

C'est un indigène, pensa Marty. Il allait rejoindre Nick et Tommy, se taper deux ou trois scotches, puis dire aux gens de l'hôtel qu'un habitant de l'île était tombé de son bateau. Et que c'était pas la peine de se presser : ce type n'irait plus nulle part.

Marty se redressa, appuya doucement l'extrémité de son fer 5 sur la bosse, et fit glisser le métal jusqu'à l'encre noire de la gueule.

Le club s'enfonça dans un trou.

« Merde ! » s'exclama Marty, et il voulut l'en tirer d'un coup sec. Pas assez vite — la gueule du requin se referma sur le fer 5 avec un claquement. Marty entendit les dents pointues grincer sur le graphite.

Il commit l'erreur de gaspiller quelques précieuses secondes à essayer de récupérer le club — un cadeau de Shirley, sa nana du moment — puis, sentant qu'il était en train de perdre le bras de fer, il lâcha la poignée du fer 5 comme si c'était un tisonnier brûlant et se retourna pour fuir.

Marty n'avait pas fait trois pas qu'il s'arrêta ; quelque chose bougeait entre les rochers. « Tommy ? chuchota-t-il. Nick ? » Il parlait encore lorsqu'il vit que ce n'était ni Tommy ni Nick.

Les silhouettes surgissaient de l'étroite ouverture entre les amas d'*a'a.*

Je ne crierai pas, pensa Marty en sentant son courage fuir avec l'urine qui coulait le long de sa jambe de pantalon. *Je ne crierai pas. Ce n'est pas vrai. C'est une blague stupide, comme la fois où Tommy avait demandé au talonneur*[1] *de s'habiller en flic, le jour de mon anniversaire. Je ne crierai pas.* Il recula prudemment, la bouche ouverte, le souffle rauque.

Les dents du requin se refermèrent sur sa cheville.

Marty se mit à hurler.

Tommy et Nick viennent de rejoindre leurs chariots lorsque les cris retentissent. Les deux hommes s'arrêtent pour écouter. Le bruit du vent est tellement fort, celui des déferlantes si assourdissant, qu'il leur faut prêter l'oreille pour distinguer quelque chose par-dessus tout ce vacarme.

Tommy se tourne vers Nick. « Il s'est probablement cassé la jambe, le con. »

Maintenant que la lueur du volcan ne l'éclaire plus, le visage de Nick, assis dans la voiturette, est pâle. « Ou alors un serpent l'a mordu. »

Tommy tire le cigare de sa poche et le fourre entre ses dents. « Il n'y a pas de serpents à Hawaii. Je blaguais. »

Nick le foudroie du regard.

Tommy soupire et s'avance vers le labyrinthe de lave.

« Hé, dit Nick. Tu vas pas entrer là-dedans ? »

Tommy s'arrête juste au bord de l'*a'a.* « Qu'est-ce que tu proposes ? De l'abandonner ? »

Nick réfléchit une seconde. « Faut aller chercher du secours, non ? »

1. Au rugby, joueur placé entre les deux piliers qui, en mêlée, doit talonner le ballon. *(Toutes les notes sont de la traductrice.)*

Tommy fait la moue. « Ouais, et puis on reviendra et on le retrouvera pas dans le noir, alors on rentrera chez nous, dire à Connie et à Shirley qu'on a laissé mourir Marty comme ça, hein ? Et puis, cet idiot s'est peut-être simplement coincé le pied dans un rocher. »

Nick réfléchit une minute, hoche la tête puis descend de la voiturette. Il fait quelques pas, puis revient au véhicule, prend un fer et traverse la pelouse plongée dans le noir.

« Qu'est-ce que tu comptes faire avec ça ?

— Je sais pas. Y a peut-être quelqu'un là-dedans. » Les cris se sont tus maintenant.

« Oui, y a Marty.

— Je veux dire, quelqu'un d'autre. »

Tommy secoue la tête d'un air dégoûté. « Écoute, on est à Hawaii, pas à Newark. Si y a quelqu'un là-dedans, il fera pas le poids. » Il se faufile entre les rochers en suivant la faible piste laissée par les souliers de golf de Marty sur le sable blanc.

Un peu plus tard, les cris recommencent. Cette fois-ci, il y a deux voix. Et personne sur le fairway pour les entendre ; les bâtiments du Mauna Pélé ne sont que des lumières lointaines que les palmiers occultent en se balançant. Le vent siffle au travers de l'*a'a* poreuse. La marée montante s'écrase bruyamment sur le rivage invisible.

En une minute ou deux, les cris cessent et seuls le vent et la houle remplissent la nuit de leurs appels de *banshee* [1].

1. Prêtresse de la mythologie celte qui chante pour annoncer la mort des chefs ou des rois

2.

> « Tout le monde sait que les enfants d'Hawaii
> Restent dévoués à leur terre
> Quand le messager au cœur mauvais arrive
> Avec son cupide acte d'altération. »
>
> Ellen Wright Pendergast,
> *Mele 'Ai Pohaku*
> (Chant de la Pierre-qui-mange).

Il neigeait sur Central Park. Du cinquante-deuxième étage de sa tour d'acier, de verre et de pierre, Byron Trumbo regardait la neige occulter partiellement les squelettes noirs des arbres du Pré-aux-Moutons et essayait de se rappeler le jour où il s'était promené pour la dernière fois dans le parc. Peut-être avant d'avoir fait son premier milliard. Ou alors son premier million. Oui — il s'en souvenait maintenant —, c'était il y a quatorze ans, il avait vingt-quatre ans et, plein de fougue et de confiance en soi après sa bonne affaire de la Caisse d'Épargne d'Indianapolis [1], il se sentait prêt à prendre New York d'assaut. Il avait levé les yeux vers les tours qui se profilaient au-dessus des arbres de Central Park et s'était demandé dans laquelle il établirait son siège. Il ne se doutait pas, en ce lointain jour de printemps, qu'il édifierait son propre gratte-ciel de cinquante-quatre étages dont les quatre derniers abriteraient ses propres bureaux et son penthouse.

Les revues d'architecture disaient en parlant de la tour de

1. Les *Savings and Loan,* l'équivalent de nos Caisses d'épargne, ont été « dérégulées » par Reagan au début des années quatre-vingt, ce qui permit aux directeurs des agences de se livrer à une spéculation outrancière avec les fonds des déposants.

Trumbo : « cette monstruosité phallique ». Tous les autres l'appelaient le Grand T. Certains avaient essayé de la baptiser la tour Trumbo mais, de crainte qu'on ne la confonde avec l'immeuble de Donald Trump [1], Byron Trumbo s'y était opposé. Il haïssait Donald Trump et évitait tout amalgame avec cet homme. En outre, le nom de « Grand T » décrivait mieux la tour de Trumbo avec ses cinq derniers étages en saillie, superstructure de verre et d'acier qui, s'imaginait-il, ressemblait au pont du plus grand navire du monde. Et puis, le Grand T, c'était aussi le surnom de Byron Trumbo depuis ses treize ans. En ce moment, il pédalait sur son vélo d'appartement, dans l'angle du T, là où les murs de verre hauts de deux étages se rejoignaient pour former un angle aigu ; il avait l'impression d'être sur un petit promontoire moquetté, cinquante-deux étages au-dessus de la Cinquième Avenue et de Central Park. Les flocons voltigeaient à quelques centimètres de la vitre et s'élevaient le long de la façade au gré des courants d'air ascendants. Il neigeait si fort maintenant que Trumbo pouvait à peine distinguer les noirs contreforts du Dakota, à l'ouest du parc.

Mais il n'était pas en train de regarder au loin. Coiffé d'un casque téléphonique, tête penchée, il pédalait de toutes ses forces et intercalait entre ses halètements des commentaires lancés dans le petit micro. La sueur trempait son T-shirt de coton.

« Trois autres pensionnaires ont disparu... qu'est-ce que vous me racontez là ?

— Je vous dis que trois autres pensionnaires ont disparu. » La voix de Stephen Ridell Carter, gérant du complexe hôtelier du Mauna Pélé que Trumbo possédait sur la Grande Île, semblait très lasse. Il était vingt-heures trente à New York, trois heures et demi du matin à Hawaii.

« Comment savez-vous qu'ils ont disparu ? Ils sont peut-être simplement sortis du domaine, dit Trumbo.

— Personne ne les a vus partir. On a un gardien à l'entrée vingt-quatre heures sur vingt-quatre.

— Alors, ils sont peut-être toujours là, mais dans le... comment

1. C'est dans la « Trump Tower », située sur la Cinquième Avenue, près de Tiffany's, que Michael Jackson a passé sa lune de miel. Le nom de Donald Trump rappelle aux Américains les OPA et les rachats effectués avec ostentation et vulgarité par ce milliardaire sans scrupules.

vous appelez ça... la *hale* d'autres clients. Ces espèces de huttes au toit de chaume. Vous n'y avez pas pensé ? »

Un petit craquement parasite couvrit peut-être un soupir. « Ils étaient allés jouer au golf en fin d'après-midi, monsieur Trumbo. Au crépuscule. Comme, à dix heures du soir, ils n'étaient pas de retour, nos gars sont sortis et ont retrouvé leurs voiturettes au quatorzième trou. Leurs clubs étaient encore là, certains dans les véhicules, d'autres éparpillés entre les rochers, près des falaises. »

Byron Trumbo fit signe à Will Bryant d'approcher et, le pouce et le petit doigt tendus, lui signifia d'écouter la communication. Son second hocha la tête et prit un poste mobile. « Les autres n'ont pas disparu à proximité du golf, n'est-ce pas ?

— Non, confirma Carter d'un ton las. La dernière fois qu'on a vu les deux Californiennes, en novembre, c'était sur le sentier de jogging, dans le champ de pétroglyphes. La famille Myers — le couple et leur fille de quatre ans — était en promenade près de la mare aux mantes. Palikapu, le cuisinier, rentrait chez lui en longeant les falaises, au sud du golf. »

Will Bryant tendit les cinq doigts d'une main et quatre de celle qui tenait le téléphone.

« Oui, on en est à neuf maintenant, acquiesça Trumbo.

— Pardon, monsieur T ? demanda Stephen Ridell Carter, pardessus le sifflement normal d'un appel longue distance.

— Rien. Écoutez, Stephen, il faut pas que ça sorte dans la presse avant deux ou trois jours. »

Il y eut un bruit qui pouvait passer pour un grognement incrédule. « Empêcher que ça sorte dans la presse ? Comment le pourrais-je, monsieur T ? Les journalistes sont en contact permanent avec les flics. Le chef de la police du coin, Kailua-Kona, et Fletcher — le type du FBI — vont rappliquer de nouveau. Dès que nous aurons déclaré les disparitions, demain matin.

— Ne les déclarez pas », dit Trumbo. Il cessa de pédaler et respira à fond plusieurs fois. Sous sa fenêtre, les nuages remontaient le long de la façade.

Il y eut un silence. Puis : « Ce serait contraire à la loi, monsieur Trumbo. »

Byron Trumbo couvrit le micro de sa main en sueur. Il se tourna vers Will Bryant : « Qui a engagé ce trouillard ?

— Vous.

— Je vais quand même le foutre à la porte, dit-il, et il ôta la main du micro. Steve, vous m'écoutez ?

— Oui, monsieur.

— Vous savez que demain nous nous réunissons avec le groupe Sato, à San Francisco ?

— Oui, monsieur.

— Vous savez combien c'est important pour moi de me débarrasser de ce monstre coûteux et peu rentable avant que la moitié de notre capital s'y soit engloutie ?

— Oui, monsieur T.

— Et vous savez combien Hiroshe Sato et ses investisseurs sont stupides ? »

Carter ne dit rien.

« Ces types ont perdu la moitié de leur argent en raflant Los Angeles dans les années quatre-vingt, et maintenant, ils sont prêts à perdre l'autre moitié en rachetant le Mauna Pélé et tous les autres tocards hawaiiens, et... Steve ?

— Oui, monsieur.

— Ils sont peut-être stupides, mais ni sourds ni aveugles. Trois mois ont passé depuis la dernière disparition et sans doute croient-ils que tout cela, c'est du passé. On a arrêté ce séparatiste hawaiien... comment s'appelle-t-il, déjà ?

— Jimmy Kahekili, répondit Carter, mais il n'a pas obtenu sa mise en liberté sous caution, il est toujours en prison à Hilo, ça ne peut donc pas être lui qui...

— Je m'en contrefous, l'interrompit Trumbo, du moment que les Japonais pensent que le tueur est à l'ombre. Ce sont des froussards, Steve. Les touristes japonais ont peur d'aller à Los Angeles, ils ont peur d'aller à Miami, ils ont peur de venir ici, à New York... Toute l'Amérique ou presque leur fout une trouille bleue. Mais pas Hawaii. Je suppose qu'ils s'imaginent qu'il n'y a pas d'armes à feu là-bas ou que, depuis qu'ils possèdent la moitié de l'archipel, ça ne grouille plus d'Américains dingues. En tout cas, je veux que Sato et son groupe pensent que Jimmy Kaheka-machin était le tueur et que tout ça, c'est terminé, *finito.* Du moins, jusqu'à ce que nous ayons conclu les négociations. Trois jours, Steve. Peut-être quatre. Est-ce trop vous demander ? »

Silence.

« Steve ?

— Monsieur Trumbo, répondit la voix lasse, vous savez combien, après les disparitions, j'ai eu du mal à trouver des indigènes qui veuillent bien travailler ici. Nous sommes obligés d'aller chercher des gens en car jusqu'à Hilo, et maintenant, comme le volcan...

— Dites donc, le volcan est censé faire venir les touristes, non ? Ce n'est pas ce qu'on avait dit ? Alors, où sont les clients, maintenant qu'il fait son intéressant ?

— ... comme on a coupé la nationale 11, il a fallu engager des intérimaires de Waimea, poursuivit Carter. Les types qui ont trouvé les voiturettes l'ont déjà dit à leurs amis. Même si je viole la loi en ne déclarant pas les disparitions, on ne pourra pas garder le secret. Et puis, ces trois hommes ont de la famille, des amis... »

Trumbo serra si fort le guidon de son vélo que ses épaisses jointures blanchirent. « Ces trois cons... ces clients... ils avaient réservé pour combien de temps ? »

Il y eut une pause. « Sept jours, monsieur.

— Ils en avaient déjà passé combien ?

— Ils sont arrivés aujourd'hui, monsieur... je veux dire, hier.

— Alors, personne ne s'attend qu'ils reviennent avant six jours.

— Oui, monsieur, mais...

— Donnez-moi seulement trois jours, d'accord, Steve ? »

Crachotements de parasites. « Monsieur Trumbo, je ne peux pas vous promettre plus de vingt-quatre heures. On peut justifier un léger retard en prétextant que nous avons d'abord effectué des recherches chez nous, mais plus... et puis, le FBI est dans le coup, monsieur. Ils ont trouvé que nous ne les aidions pas beaucoup, lors des disparitions précédentes. Et je pense que nous...

— Fermez-la une minute », dit Trumbo. Il éteignit le micro en appuyant sur un bouton du panneau de commande accroché à sa ceinture et se tourna vers Bryant. « Will ? »

Celui-ci coupa le micro de son propre téléphone. « Je crois qu'il a raison, monsieur T. Les flics l'apprendront dans un jour ou deux, n'importe comment. Si on a l'air de dissimuler quelque chose, eh bien... ce sera encore pire. »

Byron Trumbo hocha la tête et regarda le parc. La neige tombait sur les pelouses comme des flots de crêpe. Le lac était un bouclier blanc. Quand il releva les yeux, Trumbo souriait légèrement. « Qu'est-ce qui est prévu pour les jours qui viennent, Will ? »

Bryant n'eut pas besoin de consulter son agenda. « Sato et ses hommes vont atterrir à San Francisco tard dans la soirée. Vous allez les rejoindre demain, à notre quartier général de la côte Ouest, pour entamer les négociations. Sato a prévu, si l'affaire est conclue, d'emmener ses investisseurs jouer au golf au Mauna Pélé pendant deux ou trois jours avant de rentrer à Tokyo. »

Le sourire de Trumbo s'élargit. « Ils n'ont pas encore décollé ? »

Will jeta un coup d'œil à sa montre. « Non, monsieur.

— Qui est avec eux ? Bobby ?

— Oui. Bobby Tanaka est notre meilleur homme là-bas — tant pour parler japonais que pour négocier avec un jeune milliardaire comme Sato.

— Bon, voilà ce qu'on va faire. Téléphonez à Bobby et dites-lui que la réunion aura lieu au Mauna Pélé. Comme ça, ils pourront jouer au golf pendant les négociations. »

Willy ajusta sa cravate. À l'inverse de son patron, qui portait rarement un costume trois-pièces ou une cravate, Bryant s'habillait chez Armani. « Je crois comprendre...

— Bien sûr que vous comprenez. » Trumbo souriait d'une oreille à l'autre. « Quel est l'endroit où nous pouvons le mieux contrôler l'entrée des infos ? Le Mauna Pélé. »

Will Bryant hésita. « Les Japonais détestent qu'on change leur programme... »

Trumbo sauta du vélo, s'empara d'une serviette suspendue à un porte-cravate, près de son bureau, et s'essuya le front en traversant la pièce. « Je m'en tape de ce qu'ils détestent. Et puis... heu... le volcan est en activité, non ?

— Deux volcans, même, je crois. Évidemment, cela fait des dizaines d'années que...

— Oui, l'interrompit Trumbo. Ça ne se reproduira peut-être plus de notre vivant, c'est bien ce qu'a dit ce crétin de volcanologue, Hastings ? » Il reprit la ligne. « Steve, vous êtes toujours là, mon petit ?

— Oui, monsieur, répondit Stephen Ridell Carter qui avait quinze ans de plus que Byron Trumbo.

— Écoutez, vous nous accordez vingt-quatre heures. Menez une enquête sur le site, mettez tout sens dessus dessous, faites tout ce qu'il faut pour que cela ait l'air crédible. Puis appelez les flics. Mais donnez-nous vingt-quatre bonnes heures avant de laisser la merde gicler partout, d'accord ?

— Oui, monsieur. » La voix n'avait pas l'air heureuse.

« Et préparez la suite présidentielle et ma propre cabane. Je débarque ce soir. Sato et sa bande arriveront à peu près en même temps que moi.

— *Ici,* monsieur ? » On aurait dit que Carter venait de se réveiller brusquement.

« Oui, Steve, et si vous voulez gagner votre un pour cent sur l'affaire, sans parler de vos bénéfices particuliers liés à cette vente, vous feriez mieux de maintenir une situation aussi normale et calme que possible pendant que nous serons en train d'admirer les volcans et de mener la négociation. Après, dès que nos hommes de loi auront mis les points sur les i, vous pourrez laisser ces putains de meurtriers à la hache s'occuper des Japonais. Mais attendez que nous ayons réglé l'affaire, *comprende ?*

— Oui, monsieur, répliqua la voix tendue, mais vous vous souvenez qu'il n'y a que deux douzaines de clients. La publicité a été très mauvaise... je veux dire, les gens de Sato vont forcément remarquer qu'il y a quelque cinq cents chambres et bungalows vides. Je veux dire...

— On leur expliquera qu'on a vidé la place en leur honneur. Qu'on ne pouvait pas laisser passer cette chance de voir le volcan en action. Peu importe ce qu'on leur dira, du moment qu'on arrive à vendre. Vous faites ce qu'il faut pour étouffer l'histoire jusqu'à ce que ce soit fait, Steve.

— Oui, monsieur, mais je crois que... »

Trumbo raccrocha. « Will, je veux l'hélico sur le toit dans vingt minutes. Appelez l'aéroport pour que le Gulfstream soit prêt à partir dès mon arrivée. Bigophonez à Billy et dites-lui que, s'il veut garder son job, il faut que Sato et ses hommes changent de destination et que cela leur fasse plaisir. Pour finir, appelez Maya... non, je m'en charge... vous, appelez Bicki et racontez-lui que je suis obligé de m'absenter pour deux ou trois jours. Ne lui dites pas où je vais. Envoyez l'autre Gulfstream la chercher pour la conduire à ma propriété d'Antigua et expliquez-lui que j'irai l'y rejoindre dès que j'aurai terminé... ce que je suis censé faire. Débrouillez-vous. Et... où est Cait ?

— Ici, à New York, monsieur. Elle consulte ses avocats. »

Trumbo émit un bruit grossier. Il pénétra dans la salle de bains en verre et marbre, derrière son bureau. La paroi de la douche donnait sur le parc. Il ôta son short et son T-shirt et ouvrit les robinets. « J'emmerde ses avocats. J'emmerde Cait. Mais faites en sorte qu'elle n'ait pas vent de l'endroit où je suis, ni de celui où est Maya. OK ? »

Will hocha la tête et suivit son patron dans la salle de bains. « Monsieur Trumbo, le volcan est vraiment en activité. »

Trumbo sortit la tête et ses épaules velues hors du jet. « Quoi ?

— Je dis que le volcan est en train de faire de drôles de trucs. Le Dr Hastings affirme qu'on n'a pas vu d'activité sismique aussi forte le long du rift sud-ouest depuis les années vingt... peut-être même depuis un siècle. »

Trumbo haussa les épaules et remit la tête sous l'eau. « Et alors ? Je croyais que ça devait nous amener plein de touristes ?

— Oui, mais il y a un problème au sujet de... »

Trumbo n'écoutait plus. « Je vais appeler Hastings de l'avion, cria-t-il, le visage tourné vers le jet. Vous, vous téléphonez à Bicki. Dites à Jason qu'il faut que mon sac soit prêt dans cinq minutes et avertissez Briggs qu'il sera le seul à m'accompagner. Je ne veux pas qu'un excès de sécurité effraie les Japonais.

— Est-ce raisonnable de..., commença Will.

— Allez, Will, remuez-vous. » Toujours debout sous le jet violent, Byron Trumbo appuya ses lourdes mains sur la paroi de verre embuée et regarda le parc. « On va vendre ce monstre aux Japonais les plus cons depuis les généraux qui ont conseillé à Hirohito de bombarder Pearl Harbor... et on va se servir de ce capital pour orchestrer notre rentrée. » Trumbo se retourna et regarda son adjoint au-travers des gouttelettes. L'eau jaillit en postillons des lèvres épaisses du milliardaire. « Grouillez-vous, Will. »

Will Bryant se grouilla.

3.

« Ce que j'ai toujours désiré, c'est le privilège de vivre éternellement au sommet d'une des montagnes des îles Sandwich qui ont vue sur la mer. »

Mark Twain

Un jour qu'Eleanor Perry demandait à sa tante Beanie, alors âgée de soixante-douze ans — elle en a maintenant quatre-vingt-seize et vit toujours — pourquoi elle refusait de prendre l'avion, celle-ci sortit un livre sur l'histoire de la traite des esclaves et lui montra des Noirs enfermés dans des entreponts qui ne faisaient pas plus d'un mètre de haut.

« Tu les imagines, étendus là, tête contre tête, pieds contre pieds, enchaînés, ballottés dans leurs excréments, durant le long voyage ? » demanda tante Beanie en désignant l'image d'une main qui, même à cette époque, était décharnée et marbrée de taches brunes ; quand elle était petite, Eleanor se disait que c'étaient des « mains de potage Campbell ».

Eleanor, qui venait d'avoir vingt et un ans et terminait ses études dans l'université où elle enseignait maintenant, avait regardé la gravure représentant le vaisseau négrier et les Africains entassés comme du bois de chauffage, puis froncé le nez et répondu : « Oui, tante Beanie, je les vois. Mais quel lien ont-ils avec le fait que tu refuses de prendre l'avion pour aller voir oncle Leonard en Californie ? »

Tante Beanie avait secoué la tête d'un air de commisération. « Tu ne sais pas pourquoi on a fourré ces pauvres nègres là-dedans comme autant de barriques de mélasse, alors que la moitié d'entre eux mouraient durant la traversée ? »

Eleanor avait fait signe que non, le nez à nouveau froncé en entendant le mot « nègres ». Le terme « politiquement correct » n'avait pas encore été inventé quand Eleanor obtint son diplôme à Oberlin cette année-là, en 1970, mais il était déjà politiquement incorrect de dire « nègres », et même si tante Beanie était sans doute la personne la moins raciste qu'Eleanor ait jamais connue, le langage de la vieille femme trahissait le fait qu'elle était née avant le siècle. « Pourquoi fourraient-ils les Noirs là-dedans comme des barriques de mélasse ?

— Pour l'argent, répliqua tante Beanie en retirant sa main osseuse et en fermant bruyamment le livre. Pour le profit. C'était plus profitable d'entasser six cents Africains, même si trois cents mouraient en cours de route, que d'en transporter quatre cents comme des êtres humains et d'en perdre cent cinquante. Le profit pur et simple.

— Je ne vois toujours pas pourquoi..., commença Eleanor, puis elle s'arrêta. Tante Beanie, les avions ne sont pas aussi bourrés que ça. »

La vieille femme n'avait rien dit, se contentant de lever un sourcil.

« Bon, d'accord, ils sont bourrés, concéda Eleanor, mais il ne faut que *quelques heures* pour aller d'ici en Floride par avion, et si tu obliges le cousin Dick à t'y conduire en voiture, cela va prendre deux ou trois *jours...* » Elle se tut quand elle vit tante Beanie poser sa main décharnée et constellée de taches brunes sur le livre consacré à la traite des esclaves, comme pour dire : *Crois-tu qu'ils étaient si pressés que cela d'aller où on les emmenait ?*

Aujourd'hui, vingt-quatre ans plus tard, Eleanor, assise dans la section économique d'un 747 rallongé, coincée entre deux gros voyageurs, au centre d'une rangée de cinq sièges, écoutait la rumeur des trois cents personnes entassées dans l'avion. Elle tendit le cou pour voir, par-dessus le dossier du siège qui était devant elle, l'image clignotante d'un film vidéo vu et revu, et comprit que tante Beanie avait eu drôlement raison. *Les conditions dans lesquelles nous voyageons sont aussi importantes que l'endroit où nous nous rendons.*

Mais pas cette fois-ci.

Eleanor soupira, se pencha avec difficulté pour extraire son porte-documents de sous le siège, fouilla dedans jusqu'à ce qu'elle trouve le petit journal intime, relié en maroquin, de tante Kidder et tâtonna pour allumer, au-dessus de sa tête, la lampe de lecture. Le gros homme qui était à sa droite émit un grognement emphysémateux et posa un avant-bras suant sur l'accoudoir d'Eleanor qui se déporta légèrement vers son voisin de gauche, tout aussi gras. Elle ouvrit le journal de Kidder à la bonne page, sans même regarder, tant il était familier à ses doigts.

3 juin 1866, à bord du Boomerang.

Encore dubitative quant à ce voyage imprévu pour voir le volcan d'Hawaii, et encore plus tentée de passer une semaine tranquille dans la maison des hôtes de la Mission de M. et Mme Lyman, à Honolulu, j'ai fini néanmoins, hier, par me convaincre que c'était peut-être la seule chance qui m'était offerte, de toute ma vie, d'observer un volcan « en activité » ; aussi, ce matin, me suis-je retrouvée en train de faire mes valises, de monter à bord et de répondre aux adieux de la plupart des gens délicieux qui avaient rempli ces deux dernières semaines de tant d'enseignements et de frivolité. Notre « groupe » compte Mme Lyman, son neveu Thomas et sa gouvernante, Mlle Adams, M. Gregory Wendt, le plus terne des jumeaux Smith, que j'ai déjà cités, et qui assistaient aux danses d'Honolulu endimanchés comme des pingouins revêtus de lin blanc, Mlle Dryton, de l'orphelinat, le révérend Haymark (pas le beau jeune pasteur dont je vous ai parlé dans ma missive précédente, mais un membre du clergé plus âgé, plus gros, dont l'habitude de priser et d'éternuer violemment à la moindre occasion me reléguerait dans la solitude de ma cabine, n'étaient les cafards), et un irritant jeune correspondant d'un journal de Sacramento que j'ai eu la bonne fortune de ne jamais lire. Ce gentleman se nomme Samuel Clemens [1]*, mais nous mettons en doute le sérieux de ses écrits lorsqu'il se vante d'avoir publié sous* des noms de plume [2] *aussi « astucieux » que « Thomas Jefferson Snodgrass* [3] *».*

Outre sa vulgarité, son exubérance, et sa terrible suffisance due au

1. Patronyme de Mark Twain.
2. En français dans le texte.
3. La vulgarité du nom — Herberase — dément la distinction un peu snob des prénoms qui rappellent peut-être Thomas Jefferson, l'un des pères de la Constitution américaine.

fait qu'il était le seul correspondant des îles Sandwich lorsque, il y a deux semaines, les survivants de cet infortuné clipper, le Hornet, *accostèrent ici, M. Clemens, assez négligé dans sa tenue, est un fanfaron et un malotru. Il compense un peu ses mauvaises manières en essayant constamment de faire de l'humour, mais la plupart de ses mots d'esprit retombent aussi piteusement que ses moustaches anémiées. Aujourd'hui, tandis que notre caboteur, le* Boomerang, *quittait le port d'Honolulu et que M. Clemens décrivait à Mme Lyman et à quelques autres passagers le retentissement de son « scoop » sur les quarante-trois jours d'épreuves en pleine mer des survivants du* Hornet, *je ne pus m'empêcher de m'immiscer dans la conversation et de lui poser quelques questions, fondées sur des éléments que je devais à la délicieuse Mme Allwyte, l'épouse du révérend Patrick Allwyte, qui consacre tout son temps à l'hôpital et s'est confiée à moi à l'époque où l'histoire des naufragés faisait fureur à Honolulu.*

« Monsieur Clemens, l'interrompis-je ingénument en faisant semblant de l'admirer béatement, vous dites que vous avez interrogé le capitaine Mitchell et les autres survivants ?

— Oui, mademoiselle Stewart, répondit le correspondant rouquin. C'était mon devoir et un plaisir professionnel d'interroger ces hommes infortunés.

— Une obligation qui peut aller jusqu'à favoriser votre carrière, monsieur Clemens », suggérai-je avec une modestie affectée.

Le correspondant trancha d'un coup de dents l'extrémité d'un cigare et la recracha par-dessus le garde-fou comme s'il était dans un saloon. « En effet, mademoiselle, dit le gribouilleur, j'irais jusqu'à suggérer qu'elle fera de moi l'honnête homme le plus célèbre de la côte Ouest. » Son sourire est gamin, je le confesse, bien que M. Clemens ait trente ou trente et un ans, d'après mes informateurs... c'est loin d'être un jeune homme.

« En fait, répétai-je, vous avez vraiment eu de la chance de visiter l'hôpital juste au moment où le capitaine Mitchell et ses hommes y étaient transportés... »

Là, le correspondant tira sur son cigare et s'éclaircit la voix, visiblement mal à l'aise.

« Vous vous êtes rendu à l'hôpital pour les interroger, n'est-ce pas, monsieur Clemens ? »

Le correspondant fit un bruit de gorge. « Oui, mademoiselle, l'interview a été menée à l'hôpital où le capitaine et ses hommes se remettaient de leur aventure.

— Mais étiez-vous en personne à l'hôpital, monsieur Clemens ? demandai-je, et mon ton n'avait plus rien de modeste.

— Euh... non... pas... personnellement, dit le rouquin. Je... euh... leur ai posé les questions par l'intermédiaire de mon ami, M. Anson Burlingame.

— Mais bien sûr ! m'écriai-je. M. Burlingame... notre nouveau représentant auprès de la Chine ! Il a été charmant au bal de la Mission. Mais dites-nous, monsieur Clemens, pourquoi un correspondant pourvu d'autant de talents et d'instinct que vous a-t-il dû utiliser un intermédiaire dans une affaire aussi importante ? Pourquoi ne pas avoir rendu visite en personne au capitaine Josiah Mitchell et à ses prétendus cannibales ? »

Mon utilisation de l'expression « prétendus cannibales » dut faire comprendre à M. Clemens qu'il avait affaire à une personne douée d'un peu d'esprit, aussi sourit-il légèrement, bien qu'il restât visiblement mal à l'aise sous les regards de notre groupe.

« J'étais... euh... indisposé, pourrait-on dire.

— Pas malade, j'espère, dis-je, sachant pertinemment la cause de l'" indisposition " de notre célèbre correspondant grâce aux bons offices de l'indispensable Mme Allwyte.

— Non, pas malade, répliqua M. Clemens, qui montrait maintenant les dents entre ses moustaches. Simplement indisposé pour avoir passé beaucoup trop de temps à cheval les quatre jours précédents. »

Je cachai mon visage dans mes mains comme une ingénue à son premier bal. « Vous voulez dire..., commençai-je.

— Oui, des furoncles causés par la selle », précisa M. Clemens ; le récit de ses triomphes littéraires déraillait de plus en plus. « Gros comme un dollar en argent. J'ai été une semaine sans pouvoir marcher. Il est possible que je n'enfourche plus de quadrupède avant de nombreuses années. Mon souhait le plus fervent, c'est que les indigènes d'Oahu donnent une cérémonie païenne au cours de laquelle ils sacrifieraient une bête d'ascendance chevaline à l'un de leurs volcans, et que le premier canasson jeté dans le chaudron ardent soit la créature ensellée qui m'a infligé de telles souffrances. »

Mme Lyman, sa nièce, Mlle Adams, et les autres ne savaient pas comment prendre cette confession. Je m'éventai, satisfaite. « Eh bien, béni soit M. Burlingame. Ce ne serait peut-être que justice qu'il devienne la seconde personne la plus célèbre de la côte Ouest. »

M. Clemens tira une longue bouffée de son cigare. La brise avait considérablement fraîchi maintenant que nous étions en pleine mer, entre les îles. « L'heureuse destinée de M. Burlingame, c'est d'être parti pour la Chine.

— C'est vrai, monsieur Clemens, répliquai-je, mais nous n'avons pas spécifié quelles *destinées ont été forgées par cet événement, seulement* qui *a effectué le vrai travail. » Là-dessus, je descendis prendre le thé avec Mme Lyman.*

Eleanor Perry reposa le journal intime relié en maroquin et s'aperçut que son gros voisin de gauche la regardait fixement.

« Intéressant ? » demanda-t-il. Son sourire affichait la sincérité hypocrite d'un représentant de commerce. C'était un quadragénaire, de quelques années plus âgé qu'Eleanor.

« Très intéressant », répondit Eleanor, et elle referma le journal de tante Kidder. Elle le rangea dans son porte-documents qu'elle poussa du pied dans l'espace trop étroit, sous le siège. *Une cargaison d'esclaves.*

« Vous allez à Hawaii, n'est-ce pas ? » dit l'homme.

Comme le vol ne comportait pas d'escale entre San Francisco et l'aéroport de Keahole-Kona, Eleanor estima que la question ne méritait pas de réponse.

« Je suis d'Evanston, poursuivit-il. Je crois vous avoir vue sur la ligne Chicago-San Fran. »

San Fran, pensa Eleanor avec une résignation peut-être due au mal de l'air. « Oui. »

Sans se laisser décourager, il poursuivit : « Je suis dans le commerce. La micro-informatique. Surtout les jeux. Nous venons, moi et deux autres types responsables de la région du Middle West, d'empocher notre prime de rendement. J'ai obtenu quatre jours au Hyatt Regency Waikoloa. C'est le complexe hôtelier où l'on nage avec des dauphins. Sans blague. »

Eleanor hocha la tête.

« Je ne suis pas marié. Divorcé, disons. C'est pour ça que je suis parti tout seul. Les autres types... ils ont eu deux billets pour un autre centre de villégiature, mais l'entreprise n'en donne qu'un à l'employé qui n'est pas marié. » Le gros homme lui fit un pauvre sourire qui n'en parut que plus sincère. « En tout cas, c'est pour ça que je pars tout seul pour Hawaii. »

Eleanor sourit d'un air compréhensif et ignora le sous-entendu : *Et vous, pourquoi partez-vous pour Hawaii ?*

« Vous descendez dans quel hôtel ? demanda l'homme après un long silence.

— Le Mauna Pélé », répondit Eleanor. Sur le petit écran, à cinq rangées de là, Tom Hanks dit quelque chose avec un sourire gamin. Les gens qui portaient un casque gloussèrent.

L'homme siffla. « Le Mauna Pélé. Dites donc ! C'est le complexe hôtelier le plus cher de la côte ouest de la Grande Île, non ? Plus luxueux que le Mauna Lani ou le Kona Village ou le Mauna Kea.

— Je n'en sais rien », dit Eleanor. Ce n'était pas tout à fait vrai. Quand elle avait réservé sa chambre à l'agence de voyages d'Oberlin, l'employée s'était efforcée de la convaincre que les autres hôtels étaient tout aussi bien et beaucoup moins chers. Cette femme n'avait pas parlé des meurtres, mais fait de son mieux pour dissuader Eleanor de se rendre au Mauna Pélé. Et comme Eleanor s'obstinait, elle avait annoncé un tarif vraiment stupéfiant.

« Le Mauna Pélé, c'est le terrain de jeu des nouveaux millionnaires, n'est-ce pas ? poursuivit le représentant. J'ai vu quelque chose là-dessus à la télé. Vous devez avoir une sacrée situation pour vous offrir des vacances dans un endroit pareil. » Il sourit d'un air astucieux. « Ou vous êtes mariée à un homme qui a une sacrée situation.

— Je suis enseignante.

— Ah oui ? Quelle classe ? Vous me rappelez une institutrice que j'ai eue en CE 2.

— J'enseigne à Oberlin.

— C'est une grande école ?

— Une université. Dans l'Ohio.

— Passionnant, dit le représentant d'une voix qui révélait la baisse soudaine de l'intérêt qu'il éprouvait pour elle. Vous enseignez quoi ?

— L'histoire. Essentiellement l'histoire des idées au XVIIIe siècle. Le siècle des Lumières, pour être précise.

— Mmmmm », fit le représentant, qui ne trouvait rien à dire sur ce sujet. Il fronçait légèrement les sourcils. « Le Mauna Pélé... c'est le nouveau complexe hôtelier. Il est plus au sud que les autres, n'est-ce pas ? » Il essayait visiblement de se souvenir de ce qu'il avait entendu récemment aux informations.

« Oui, plus bas sur la côte du Sud-Kona.

— Les meurtres ! s'écria l'homme en claquant des doigts. Il y a eu toute une série de meurtres depuis qu'ils ont ouvert, en automne dernier. Je me rappelle d'avoir vu quelque chose là-dessus à *Une affaire en cours.* » La faute de grammaire faillit arracher une grimace à Eleanor. « Je ne suis pas au courant, dit-elle en sortant du filet le magazine destiné aux voyageurs.

« Mais si ! Un tas de gens ont été tués ou ont disparu. C'est le complexe hôtelier édifié par Byron Trumbo, vous savez, le Grand T. On a arrêté un Hawaiien dingue, vous vous souvenez ? »

Eleanor sourit de sa propre ignorance et étudia une pub de bagages. Autour d'elle, des gens gloussèrent lorsque Tom Hanks cria quelque chose en silence à la jeune starlette.

« Mince alors, j'aurais pas cru que quelqu'un irait là-bas après tout ce... », commença le représentant, mais il fut interrompu par une annonce passée à l'interphone et dans les casques.

« Mesdames et messieurs, c'est votre commandant qui vous parle. Nous sommes à environ quarante minutes de la Grande Île et nous entamions notre descente vers l'aéroport de Keahole-Kona lorsque... euh... le contrôle au sol d'Honolulu nous a prévenus que tout le trafic est dérouté vers Hilo, sur la côte est. C'est probablement parce que vous êtes trop nombreux à venir à Hawaii... à cause de l'activité des deux volcans de l'extrémité méridionale de l'île, le Mauna Loa et le Kilauea. Il n'y a aucun danger... les éruptions ne menacent aucune des zones habitées... mais les vents dominants soufflent de l'est cet après-midi et les deux cratères crachent pas mal de cendres. Ce qui crée une couche de brouillard dense qui monte jusqu'à quatre mille mètres d'altitude — pas pire que celui auquel sont accoutumés les habitants de Los Angeles, mais le règlement de la FAA [1] ne nous permet pas de traverser la nappe, même s'il n'y a aucun danger.

« Aussi, à moins que le vent ne change ou que les volcans ne se calment, nous atterrirons à l'aéroport international d'Hilo. Nous sommes désolés des inconvénients que cela représente pour vous, mais avant l'atterrissage, nos agents de bord, qui sont en contact avec nos représentants dans cette île, répondront à vos questions

1. *Federal Aviation Agency* (l'Agence fédérale de l'aviation).

concernant les hôtels ou les moyens de transport vers la côte de Kona.

« Encore une fois, toutes nos excuses pour les bouleversements que cela peut provoquer dans vos projets de voyage ; nous devrions arriver juste avant la tombée de la nuit, aussi j'espère que vous pourrez jeter un coup d'œil sur l'œuvre de Madame Pélé [1] avant d'atterrir à Hilo. Je vous tiendrai au courant de l'évolution de la situation. *Mahalo.* »

Eleanor entendit la bande sonore du film résonner dans les casques avant que le murmure mécontent des passagers ne l'étouffe. Le gros homme assis à sa droite s'était réveillé pendant l'annonce et jurait à voix basse. Le représentant de commerce semblait moins ennuyé.

« Qu'est-ce que *mahalo* veut dire ? demanda-t-il.

— Merci, répondit Eleanor.

— Eh bien, je suis sûr que le Hyatt viendra me chercher demain, sinon ce soir. Une centaine de kilomètres de plus ou de moins, une fois qu'on est au paradis, qu'est-ce que ça peut faire, hein ? »

Eleanor ne répondit pas. Elle avait repris son porte-documents et sortit la carte de la Grande Île achetée à la librairie universitaire d'Oberlin. Une seule vraie route faisait le tour de l'île — elle s'appelait la nationale 11 lorsqu'elle contournait l'extrémité sud, en partant d'Hilo, puis la 19 quand elle passait par la pointe nord — et il fallait parcourir cent cinquante kilomètres jusqu'au Mauna Pélé, qu'on passe par l'une ou par l'autre.

« Merde [2] », dit-elle à voix basse.

L'homme sourit et hocha la tête. « Oui, c'est ce que je pense. Mais faut pas en faire tout un plat. Je veux dire, c'est Hawaii tout craché, ça, non ? »

Le 747 poursuivait sa descente.

1. Pélé est la déesse hawaienne des volcans.
2. En français dans le texte.

4.

> « Depuis 1832, sept seulement des trente-deux éruptions du Mauna Loa se sont produites sur le rift sud-ouest, et deux seulement ont eu un impact sur le site du projet. »
>
> Dernière étude d'impact pour le complexe hôtelier de la Riviera hawaiienne (décembre 1987).

« Qu'est-ce que vous me racontez là ? On ne peut pas atterrir à Kona ? » Byron Trumbo était furieux. Son Gulfstream 4, d'une valeur de vingt-huit millions de dollars, avait vingt minutes d'avance sur le 747 bondé d'Eleanor Perry et descendait au sud de Maui pour entamer son dernier virage le long de la côte ouest de la Grande Île. « Qu'est-ce que ça signifie ? J'ai donné de l'argent pour l'aménagement de cet aéroport. Et maintenant, ils refusent de nous laisser atterrir ? »

Le copilote acquiesça d'un signe de tête. Penché sur le dossier d'un des sièges de cuir de la cabine, il regardait Trumbo pédaler sur son vélo d'exercice, face à l'un des grands hublots circulaires. Une somptueuse lumière d'été tombait sur son patron, vêtu d'un T-shirt et d'un short, chaussé de ses éternelles baskets montantes.

« Dites-leur que nous sommes en train d'atterrir. » Trumbo haletait un peu, mais ce bruit se perdait presque dans le vrombissement des moteurs et des ventilateurs du Gulfstream.

Le copilote fit signe que non. « Impossible, monsieur T. La tour de contrôle d'Honolulu nous signale qu'il faut repartir. Les cendres se déversent sur Kailua-Kona et l'aéroport de Keahole. Le règlement interdit...

— J'en ai rien à branler. Je veux être là-bas ce soir avant que les gens de Sato atterrissent... *merde,* ça veut dire que l'avion en provenance du Japon sera aussi dérouté, c'est ça ?

— Exact. » Le copilote lissa en arrière ses cheveux courts.

« On va atterrir à Keahole-Kona. Ainsi que l'avion de Sato. Informez l'aéroport.

— On pourrait faire venir le gros hélico de l'hôtel à Hilo...

— Rien à foutre de l'hélico. Si les gens de Sato atterrissent à Hilo et doivent contourner l'extrémité sud de l'île en hélico pour arriver, ils penseront que le Mauna Pélé est en plein bled.

— Mais, répliqua le copilote, *il est* en plein bled... »

Trumbo cessa de pédaler. Son corps râblé — il ne mesurait qu'un mètre soixante-douze — se raidit de colère. « Vous m'appelez l'aéroport ou faut que je le fasse moi-même ? »

Will Bryant s'avança, le téléphone à la main. Le Gulfstream était équipé d'un système de communication par satellite qui aurait rendu l'Air Force jalouse. « Monsieur T, je viens d'avoir une meilleure idée. J'ai le gouverneur à l'appareil. »

Trumbo n'hésita qu'une seconde. « Bien. » Il s'empara du combiné en faisant signe au copilote de retourner dans le cockpit. « Johnny, c'est Byron Trumbo... Oui, oui, je suis content que ça vous ait plu, nous remettrons ça la prochaine fois que vous passerez par New York... Oui, écoutez, Johnny, j'ai un petit problème ici... J'appelle de mon Gulfstream... Oui... nous sommes sur la dernière trajectoire d'approche de Keahole et on veut nous dérouter vers Hilo... »

Will Bryant s'allongea paresseusement sur le divan en cuir, à l'arrière de la cabine, et regarda Trumbo rouler des yeux et tapoter la table encore chargée des restes du dîner. Melissa, l'unique hôtesse à bord, sortit de l'office et commença à débarrasser pour l'atterrissage.

« Oui, oui, je comprends tout ça parfaitement », interrompit Trumbo. Il se laissa tomber sur le siège près du hublot. Le Mauna Kea était en vue et les dômes de l'observatoire brillaient, aussi blancs que de la neige. « Ce que *vous,* vous ne comprenez pas, Johnny, c'est que je reçois les gens de Sato au Mauna Pélé ce soir, et si nous devons faire ce foutu... excusez-moi, gouverneur... si nous devons faire le détour... Oui, ils vont arriver dans une heure environ... Si on nous détourne tous sur Hilo, Sato et ses investisseurs ne vont pas nous prendre au sérieux... Oui. Oui. » Trumbo roula des yeux de nouveau. « Non, Johnny, il y a *huit cents millions de dollars* en jeu... Oui... au moins un golf de plus, et il est presque certain qu'ils voudront construire toute une flopée de résidences en copropriété pour aller avec... Oui... c'est exactement ça... comme les joueurs paient dans les deux cent mille dollars leur inscription au Japon, cela coûtera moins cher d'acheter cet endroit et de les faire venir ici... Oui. »

Trumbo leva les yeux lorsqu'ils passèrent à l'ouest du volcan de Mauna Kea et qu'apparut l'énorme panache de l'éruption du Mauna Loa et du Kilaunea. Le nuage formé de cendres grises et de vapeur jaillissait en tourbillons parfois aplatis par les puissants alizés, et s'étirait vers l'ouest sur plus de cent kilomètres, ensevelissant la côte sud-ouest sous un linceul d'épais brouillard.

« Merde alors. Non, Johnny, excusez-moi... on vient de contourner le Mauna Kea et j'ai vu l'éruption... Oui... impressionnant... mais il faut quand même que nous atterrissions à Keahole, et l'avion de Sato aussi... Oui, je *connais* les règlements de la FAA, mais je sais aussi que j'ai donné mon argent pour améliorer la piste de Keahole au lieu d'aménager mon propre aéroport, tout cela pour vous faire une faveur, à vous et votre équipe. Et je sais que j'investis plus d'argent dans cette île frappée par la récession que n'importe qui d'autre depuis Laurence Rockefeller dans les années soixante... Oui... Oui... je ne demande pas une réduction d'impôts ou de taxes, Johnny, je me contente de vous dire que si nous n'obtenons pas le droit d'atterrir ce soir, cette affaire va capoter et nous braderons le Mauna Pélé. Ouais... l'endroit sera envahi par les mauvaises herbes et les détritus... et les seuls résidents que vous aurez seront des cultivateurs de marijuana. »

Trumbo se détourna de la fenêtre et écouta pendant une minute. Pour finir, il leva les yeux vers Will Bryant, sourit et dit : « Merci, Johnny... Oui... bien sûr que je vais... Attendez de voir la petite fête qu'on donnera dans les studios quand le nouveau Schwarzenegger sortira... Oui, encore merci. »

Trumbo reposa le combiné et tendit l'appareil à Will. « Allez dire aux gars du cockpit qu'on va tourner pendant quelques minutes, mais qu'ils auront l'autorisation d'atterrir à Keahole-Kona dès que le gouverneur aura pu joindre les types de la tour de contrôle d'Honolulu. »

Bryant hocha la tête et s'arrêta pour regarder le panache de cendres. « Vous croyez qu'il n'y a pas de danger ? »

Trumbo émit un bruit grossier. « Citez-moi un seul truc dans la vie qui vaille quelque chose et ne présente pas de danger », répliqua-t-il. Il montra le téléphone d'un signe de tête. « Passez-moi Hastings.

Le Gulfstream 4 tournait en rond à quinze kilomètres de la côte de Kohala et à sept mille mètres d'altitude, au large du linceul de fumée grise et de cendres qui s'élevait en volutes du Mauna Loa et se déployait, à l'ouest, au-dessus du Pacifique. Le soleil était bas sur l'horizon et les projections de l'éruption teintaient le ciel d'une débauche de rouges et d'oranges. L'effet était inquiétant ; on avait l'impression de regarder le coucher du soleil à travers la fumée d'un immeuble en flammes.

Lorsque l'avion virait dans le sens inverse des aiguilles d'une montre et arrivait à l'extrémité sud de sa boucle, Trumbo apercevait parfois l'éruption derrière le nuage de fumée — un bouquet de flammes qui montait à trois cents mètres environ au-dessus des quatre mille cent soixante-neuf mètres du sommet — auquel s'ajoutaient les lueurs orange de l'éruption du Kilauea, plus lointain. À l'endroit où le flot de lave rencontrait l'océan, la vapeur dépassait le nuage de cendres et ses plumes blanches atteignaient une altitude de dix mille mètres.

« Bon Dieu, tous les autres hôtels de l'île sont complets à cause du spectacle et nous avons cinq cents chambres vides... »

Will Bryant ressortit du cockpit. « La tour de Keahole vient d'appeler. On pourra atterrir dans dix minutes. J'ai Hastings... » Il tendit le téléphone cellulaire à Trumbo.

Le milliardaire déposa le combiné dans le berceau de l'accoudoir de son fauteuil. « Je veux que vous écoutiez, Will... Hastings ?

— Oui, monsieur Trumbo ? » Le volcanologue était âgé, les parasites brouillaient la ligne et sa voix ressemblait à un enregistrement d'autrefois.

« Hastings, je vous ai mis sur haut-parleur. Mon adjoint, Will Bryant, est ici. Nous sommes en approche finale de Keahole, à bord du Gulfstream. »

Il y eut un moment de silence crachouillant. « Mais je croyais que l'aéroport de Keahole était...

— Il vient juste de rouvrir. Je vous appelle parce que nous avons besoin d'informations sur l'éruption en cours.

— Oui, eh bien, je serais très heureux, conformément à notre accord, de discuter de cela avec vous, monsieur Trumbo, mais je crains d'être pour le moment très, très occupé et...

— Oui, je sais... mais jetez un coup d'œil à votre contrat. Il y est écrit que le service conseil que vous me devez passe avant votre travail à l'observatoire. Dieu sait que nous vous payons, et largement. Si je le voulais, je pourrais vous convoquer au Mauna Pélé et vous obliger à répondre aux questions des touristes. »

Le haut-parleur crépita. Hastings ne disait rien.

« Je ne le souhaite pas, bien entendu, poursuivit Trumbo d'une voix douce. Et vous interrompre ainsi, au beau milieu de vos travaux de volcanologie, ne me fait pas plaisir. Mais nous vous avons engagé à titre de consultant pour un centre de villégiature, une bagatelle de six cents millions de dollars, et nous avons besoin *maintenant* de vos services.

— Allez-y, monsieur Trumbo. »

Trumbo adressa un grand sourire à Will. « Bon, nous voulons savoir ce qui se passe. »

Quelque chose comme un soupir filtra malgré les parasites. « Eh bien, vous êtes sûrement au courant de l'activité simultanée de l'*aweoweo* du Moku qui se déploie le long du rift sud-ouest, et de l'intensification du flot de l'O'o-Kupaianaha...

— Oh, holà, Hastings. Je croyais que c'était le Mauna Loa et le Kilauea qui faisaient les zigotos. Je ne sais même pas où sont le machin du Moku et l'O-o Crapola. »

Cette fois, le soupir fut plus audible. « Monsieur Trumbo, c'était dans mon rapport à l'EIS [1] en août de l'année dernière...

— Redites-le-moi, Hastings. » Le ton de Byron Trumbo ne laissait aucune place à la discussion.

« L'éruption du Kilauea ne vous concerne pas. L'activité actuelle de l'O'o-Kupaianaha ne consiste qu'en une augmentation de la coulée de lave qui, depuis 1987, ne s'est jamais interrompue. Il est vrai que l'on constate un accroissement de l'activité du Pu'u

1. *Economic Information System.*

O'o' et de l'Halemaumau, qui font tous deux partie du Kilauea, mais le flot de lave coule toujours en direction du sud-est et ne menace en rien votre complexe hôtelier. Quant à l'*aweoweo* du Moku, c'est la caldeira située au sommet du Mauna Loa, poursuivit Hastings, d'une voix qui sonnait plus ferme. L'éruption actuelle a commencé il y a trois jours. La coulée de lave et l'expulsion de gaz vont bien sûr s'étendre à de nombreuses fissures et conduits le long de la faille sud-ouest...

— Attendez, l'interrompit Trumbo en se rapprochant de la fenêtre. Est-ce cette espèce de rideau de feu qui se déploie depuis le grand jet de flammes ?

— Oui. L'éruption actuelle du Mauna Loa obéit au même scénario qu'en 1975 et 1984 — c'est-à-dire que la lave s'écoule de l'*aweoweo* du Moku, situé près du sommet, et se répand sur les zones du rift. La différence, cette fois, c'est que les failles se propagent tout le long de la zone sud-ouest du rift ; en 1984, l'activité était concentrée sur la zone sud-est...

— Vers Hilo, intervint Will Bryant.

— Oui, confirma Hastings.

— Mais aujourd'hui, les éruptions volcaniques ont lieu au sud-ouest, dit Trumbo. Vers mon centre de villégiature.

— Oui.

— Est-ce que cela veut dire que les six cents millions de dollars que j'ai investis là-dedans vont être enterrés sous la lave dans les deux ou trois jours qui viennent — sans parler de moi et des Japonais qui veulent acheter ? demanda Trumbo d'une voix douce.

— C'est fort improbable, répondit le volcanologue. Les coulées de lave ne touchent encore que les zones qui sont à deux mille mètres d'altitude...

— Attendez, dit Trumbo en se penchant contre le hublot, on dirait qu'il y a du feu et de la lave presque jusqu'au niveau de la mer.

— Très probablement, répliqua sèchement Hastings. Le « rideau de feu », comme vous l'appelez, s'étend actuellement sur environ trente kilomètres...

— Vingt miles, siffla Trumbo.

— Oui, mais le flot de lave coule au sud de votre centre de villégiature et atteindra l'océan dans la région relativement inhabitée du désert de Ka'u, à l'ouest de la pointe sud.

— C'est sûr ? » demanda Trumbo. Le signe « Attachez vos ceintures » clignotait au-dessus de lui. Il n'en tint pas compte.

« Rien n'est jamais sûr, monsieur Trumbo. Mais la probabilité d'une éruption simultanée à l'est *et* à l'ouest du rift est faible.

— Une probabilité faible, répéta Trumbo. C'est rassurant.

— Oui », dit Hastings qui n'avait visiblement pas perçu le sarcasme. Will Bryant intervint :

« Monsieur Hastings, dans votre étude d'août dernier et dans celle que vous avez faite pour l'EIS, avant que notre centre de villégiature soit construit, n'avez-vous pas dit qu'un raz de marée était plus probable qu'une coulée de lave ?

— Oh, oui », confirma Hastings. Dans sa voix perçait la fierté d'un auteur dont l'œuvre a été lue. « Comme je l'ai expliqué dans ce rapport, le centre de vacances en projet... je suppose que ce n'est plus un “ projet ”... le complexe hôtelier que vous avez créé est situé sur le versant sud-ouest du Mauna Loa qui se prolonge jusque dans l'océan. C'est l'une des pentes sous-marines les plus abruptes de la planète. Nous disons qu'elle est non étayée et sujette à d'importants effondrements de blocs mal fixés...

— Autrement dit, l'interrompit Trumbo, toute la côte peut dégringoler dans le Pacifique.

— Eh bien, oui. Mais ce n'est pas là l'essentiel. »

Trumbo roula des yeux et s'appuya contre le dossier en faisant crisser le cuir. Le Gulfstream descendait maintenant en piqué. La cendre et la fumée fouettaient les hublots.

« Et où est donc l'essentiel ? demanda Trumbo.

— Le point intéressant... dans les deux études que j'ai rédigées pour vous... c'est que même un faible effondrement de blocs défectueux et l'activité sismique qui s'ensuit peuvent créer, et créeront, un tsunami...

— Un raz de marée, commenta Will.

— Je sais ce que c'est qu'un tsunami, répliqua sèchement Trumbo.

— Je vous demande pardon ? dit Hastings.

— Rien. Achevez. Nous atterrissons dans une minute.

— Eh bien, il n'y a pas grand-chose à ajouter. En 1951, un tremblement de terre d'une amplitude de 6, 5 a frappé la partie de la côte où se trouve maintenant votre centre de villégiature. On a enregistré plus d'un millier de secousses depuis que cette nouvelle série d'éruptions a commencé, il y a quatre jours. Heureusement, elles étaient faibles, mais la pression semble s'accumuler...

— Je crois avoir saisi », l'interrompit Trumbo en attachant sa ceinture car le Gulfstream, plongeant dans le nuage de cendres, subissait des turbulences. « Si le Mauna Pélé n'est pas enterré sous la lave, il va s'effondrer dans la mer ou être emporté par un tsunami. Merci beaucoup, Hastings. Nous restons en contact. » Il raccrocha. Le Gulfstream tanguait et ruait. « Will, pourquoi est-ce que la FAA tient les avions éloignés de ce genre de nuages ? »

Bryant leva les yeux du contrat qu'il était en train d'étudier. « Ils contiennent des particules de roche et des cendres qui peuvent boucher les moteurs de l'avion. »

Byron Trumbo sourit. « C'est maintenant que vous me le dites. » La vue, par le hublot, était presque totalement bouchée. Le Gulfstream fit une embardée.

Will Bryant leva un sourcil. Parfois, il ne savait pas si son patron blaguait.

« Oh, et puis merde, poursuivit Trumbo en riant. Si notre avion s'écrase — ou celui des Japonais —, ce sera probablement une chance pour nous. Car si ce Sato n'achète pas ce truc, notre sort sera pire que la mort. »

Will Bryant ne répondit rien.

« On en vient à se poser des questions sur les gens, hein, Will ?

— Que voulez-vous dire, monsieur ? »

Trumbo désigna d'un signe de tête le nuage de cendres qui défilait devant le hublot. « Des milliers de types vont payer un prix faramineux pour voir une éruption comme celle-ci... vont courir le risque d'être emportés par un raz de marée, ou engloutis par la lave... mais qu'un foutu meurtrier se balade dans le coin, que six malheureuses personnes disparaissent, et ils ne viendront plus ici pour tout l'or du monde. Bizarre, hein ?

— Neuf personnes.

— Quoi ? dit Trumbo en se détournant de la fenêtre.

— Neuf personnes ont disparu. N'oubliez pas les trois types d'hier. »

Trumbo grogna et se retourna pour regarder le nuage fouetter la vitre. Un bruit retentit contre le fuselage, comme si des enfants bombardaient une chaudière à coups de pierres.

Le Gulfstream poursuivit sa descente.

5.

« Ceci un mâle, cela une femelle
Un mâle né à l'âge des ténèbres obscures
La femelle née à l'époque où l'on tâtonne dans l'obscurité. »

Extrait du *Kumulipo,* chant de la création hawaiien (début du XVIIIe siècle).

Eleanor repoussa du plat de la main la carte touristique simplifiée offerte par l'agence de location de voitures et déposa sur le comptoir sa propre carte routière. « Qu'est-ce que vous me racontez : je ne peux pas aller de là à là ? »

La blonde maigre fit non de la tête. « Non, non, c'est simplement que vous ne pouvez pas prendre la route du sud. La cendre et la coulée de lave ont coupé la nationale 11. » La femme frappa d'un doigt osseux l'unique ruban noir qui contournait l'extrémité méridionale de l'île. « Là, passé le Parc national des volcans.

— C'est à... combien ? Une soixantaine de kilomètres ?

— Oui, répondit la blonde en essuyant la sueur sous sa frange. Mais la 19 est ouverte.

— La route du nord. Longer la côte, passer par Waimea ou Kamuela... Quel est exactement le nom de cette ville ? Je l'ai vue inscrite des deux façons. »

La femme haussa les épaules. « La Poste l'appelle Kamuela. Nous, nous disons Waimea.

— Traverser les collines jusqu'à Waimea, poursuivit Eleanor en montrant le chemin du doigt, redescendre sur la côte du Kohala, puis prendre la direction de Kona...

— Où la 19 devient la 11 », précisa la femme. Son chewing-gum sentait la menthe éventée.

« Et puis droit au sud, jusqu'au Mauna Pélé. Ça fait près de deux cents kilomètres ? »

La femme haussa de nouveau les épaules. « Quelque chose comme ça. Vous êtes sûre que c'est bien raisonnable ? Il fait presque nuit. Beaucoup d'autres touristes qui sont attendus sur la côte de Kona vont passer la nuit ici, à Hilo, jusqu'à ce que les centres de villégiature envoient des cars dans la matinée.

— Oui, United m'a proposé cela, mais je préfère m'y rendre ce soir.

— Il fait presque nuit », répéta la femme d'un ton qui laissait entendre que ce n'était pas son problème si cette *haole* voulait se balader dans la Grande Île en pleine obscurité.

« Et celle-là ? demanda Eleanor en suivant du doigt une ligne courbe qui, partant de Hilo, traversait le centre de l'île au nord. La Saddle Road ? »

La blonde fit non de la tête, un non si catégorique que sa frange vola. « Euh... pas possible.

— Pourquoi ? » Eleanor se pencha sur le comptoir. Les boxes des voitures de location s'alignaient en face du terminal. L'odeur de la mer et des milliers de parfums floraux embaumaient l'air chargé d'humidité. Malgré ses fréquents séjours sous les tropiques, Eleanor oubliait toujours cette chaleur, cette humidité et cette animation qui l'agressaient dès qu'elle mettait le pied hors de l'aéroport. Ici, à Hiro, comme le terminal était assez petit et relativement ouvert sur l'extérieur, les senteurs et les bruits d'Hawaii l'avaient enveloppée aussitôt descendue du jet. Depuis une trentaine d'années qu'elle voyageait, Eleanor avait seulement fait escale à Hawaii, sur la route de quelque autre lieu plus exotique et encore plus lointain, aussi fut-elle choquée par l'américanisation de l'île.

« Pourquoi ne puis-je pas emprunter la Saddle Road ? C'est plus court que de suivre la 19 jusqu'au nord. »

La femme fit encore non de la tête. « Impossible. Vous enfreindriez le contrat de location. » Elle poussa du doigt les formulaires qu'Eleanor venait juste de remplir.

« Pourquoi ? Elle n'est pas macadamisée ?

— Heu... si... mais vous ne pouvez pas l'emprunter. Elle est en trop mauvais état. Trop isolée. Aucun équipement. Pas même de maisons. Si vous tombiez en panne, il nous serait impossible de vous venir en aide. »

Eleanor sourit. « Je viens de louer une Jeep. À soixante-dix dollars par jour. Êtes-vous en train de me dire qu'elle va tomber en panne ? »

La femme croisa les bras. « Vous ne pouvez pas emprunter la Saddle Road. Elle n'est même pas sur la carte qu'on vous donne.

— Je l'ai remarqué.

— Ce serait une violation de contrat.

— D'accord.

— Nous ne permettons pas que nos véhicules empruntent cette route.

— Je vous crois », dit Eleanor. Elle toucha le contrat puis montra du doigt le ciel qui s'assombrissait. « Puis-je avoir les clefs de la Jeep ? La nuit va tomber. »

Il fallut presque une demi-heure à Eleanor pour trouver à quel endroit la Saddle Road quittait les faubourgs d'Hilo. Tandis qu'elle roulait entre les rares maisons et les derniers palmiers et gravissait en serpentant la colline couverte de broussailles, elle ne cessait de jeter des coups d'œil, dans le rétroviseur, sur le mur de nuages qui assombrissait l'est. Il pleuvait à seulement deux kilomètres de la côte et l'averse avançait à sa rencontre.

Après avoir réglé la location de la Jeep, elle avait encore perdu un quart d'heure. Il s'agissait d'une nouvelle Wrangler qui ne comptait que trente kilomètres à l'odomètre ; elle était pourvue d'une transmission automatique — Eleanor aurait payé un supplément pour ne pas l'avoir — mais il n'y avait pas de capote en vinyle repliée à l'arrière ou sous le siège. Eleanor avait loué des véhicules à quatre roues sur les quatre continents, et même le plus cabossé des buggies, Rover ou Toyota, possédait une bâche que l'on pouvait étendre sur les arceaux en cas de mauvais temps.

« Oh, vous voulez parler de la capote bikini, dit la blonde à Eleanor qui, revenue sur ses pas, avait dû attendre qu'un autre client ait terminé sa transaction.

— Peu m'importe comment vous l'appelez. Généralement, ça s'attache avec des cordes ou ça se fixe avec du Velcro. »

La femme hocha la tête, visiblement agacée. « Elle n'est plus comprise dans la location. Pas sur ce nouveau type de véhicules. On les enlève et on les garde. »

Eleanor essaya le vieux truc de compter jusqu'à dix en grec. Cela l'empêchait parfois de se livrer à des voies de fait sur les imbéciles. « Et pourquoi cela ? » demanda-t-elle enfin de la voix douce qui, invariablement, rendait ses étudiants fous d'inquiétude.

La femme continua à mâcher son chewing-gum. « Les gens n'arrêtent pas de les perdre. Ou ils perdent les petits trucs pour les attacher. »

Eleanor sourit et se pencha vers elle. « Mademoiselle, vous habitez Hilo ? »

La gomme claqua et la mastication reprit. « Bien sûr.

— Savez-vous combien de pluie vous recevez de ce côté de l'île ? Combien de centimètres par an ? »

La femme haussa les épaules.

« Je n'habite pas ici, mais je peux vous dire le niveau des précipitations. Plus de trois mètres. Par an. Parfois cinq mètres, dans les collines. » Elle se pencha encore plus près. « Maintenant, allez-vous équiper ma Jeep d'une capote quelconque, ou dois-je monter ces escaliers avec votre engin, le garer sur le trottoir et attendre que les journalistes se pointent pendant que je fais un appel longue distance pour discuter avec le président de votre société ? »

La « capote bikini » claquait aux coups de vent annonciateurs de l'orage tandis qu'Eleanor remontait la Waianuenue Avenue, laissait derrière elle les Rainbow Falls et s'engageait sur la Saddle Road ; elle espérait tout de même que ce stupide morceau de vinyle la maintiendrait plus ou moins au sec, si elle devait conduire sous une averse.

Le crépuscule tombait lorsqu'elle força la Jeep à gravir une série de lacets, passa devant des pancartes qui indiquaient les grottes de Kaumana et le golf d'Hilo, puis pénétra dans le royaume des arbustes monticoles. La route rétrécit et devint juste assez large pour deux véhicules, mais elle n'avait croisé que peu de voitures et le revêtement était bon.

L'averse la rejoignit à moins de quinze kilomètres d'Hilo. Au département Jeep de chez Chrysler, une équipe de concepteurs particulièrement futés s'étaient arrangés pour que la combinaison d'un pare-brise vertical et d'un morceau de vinyle claquant au vent fasse couler la pluie à l'intérieur dudit pare-brise tout en inondant la nuque du conducteur. Les essuie-glaces ronronnants s'efforçaient de nettoyer l'extérieur de la vitre, mais Eleanor fut obligée de fouiller dans son sac à main pour trouver un Kleenex et en essuyer l'intérieur. En quelques minutes, l'eau avait commencé à s'engouffrer à l'arrière, aussi dut-elle mettre ses bagages sur le siège du passager pour les garder au sec. Il y avait un splendide coucher de soleil quelque part à l'ouest, mais ici les nuages bas et la pluie avaient hâté la tombée de la nuit.

Eleanor lança dans le rétroviseur un dernier coup d'œil aux lumières d'Hilo, puis franchit la crête d'une colline, et il n'y eut plus rien à voir, sauf les masses sombres des volcans, un de chaque côté de l'étroite route, et des arbustes enchevêtrés. Pas de lumière devant, pas de bande blanche sur la route — l'impression d'entrer dans un tunnel. Eleanor alluma la radio, ne capta que des parasites et l'éteignit ; alors elle se mit à chantonner au rythme des essuie-glaces.

Brusquement, de part et d'autre de la route la vallée s'élargissait entre les volcans — le Mauna Kea à droite, le Mauna Loa à gauche. Les nuages s'écartèrent un moment et quelque chose de métallique, sur les flancs enneigés du Mauna Kea, peut-être l'un des dômes de l'observatoire, renvoya une lueur du couchant dans le sombre val. Mais le rougeoiement orangé de l'éruption du Mauna Loa était bien plus impressionnant. Dissimulé jusque-là par les nuages, le volcan se dévoilait maintenant à la lumière des flammes qui se réfléchissaient sur son lourd panache de fumée. Eleanor eut l'impression fugitive de pénétrer dans le vestibule flanqué de lourds piliers d'une maison livrée à l'incendie. À l'ouest, les vestiges de l'embrasement du couchant se mêlaient aux lueurs du volcan pour enflammer les nuages en une lente combustion de couleurs. Eleanor vit, sur sa gauche, un double arc-en-ciel se déplacer à la même vitesse que la Jeep, et bien qu'elle ait lu quelque part que, selon les lois de l'optique, on ne rattrape jamais un arc-en-ciel, elle le traversa.

Puis la pluie revint, le soleil couchant disparut, et la lumière de l'éruption réfléchie sur l'autre versant du Mauna Loa s'estompa.

Eleanor commençait à comprendre pourquoi le personnel de l'agence de location de voitures était à deux doigts de l'apoplexie lorsqu'on parlait d'emprunter la Saddle Road. La chaussée étroite zigzaguait et virait brusquement, comme si elle essayait de rejeter de son dos tous ces maudits véhicules. Les arbres de cette vallée étaient petits et laids, mais assez serrés pour boucher la vue, si bien qu'Eleanor devait ralentir à chaque virage. Deux fois, de très vieilles voitures la croisèrent, mais elle n'aperçut leurs phares que quelques secondes avant. Au bout de vingt-cinq à trente kilomètres de conduite épuisante, elle aperçut la première bifurcation depuis son départ : un modeste panneau signalait, sur sa droite, une petite route étroite qui se dirigeait vers le Parc national du Mauna Kea et le volcan lui-même. Eleanor savait, pour avoir étudié la carte et le guide routier, que cette voie se terminait en impasse, quasiment au sommet du volcan, à vingt-cinq kilomètres de là et deux mille cinq cents mètres plus haut, mais on pouvait facilement se tromper de direction et le découvrir trop tard. Eleanor essaya d'imaginer le dévouement des astronomes qui vivaient et travaillaient là-haut, à quatre mille mètres d'altitude, le souffle court à cause de l'air froid et raréfié, et qui essayaient de prendre des photos et d'effectuer des mesures avant que le mal des montagnes et l'abrutissement dû au manque d'oxygène les obligent à redescendre pour prendre des vacances. Eleanor avait toujours pensé que l'environnement des campus engendrait inévitablement une hébétude du même type, mais au moins, à l'université, on pouvait respirer.

Après l'embranchement pour le Mauna Kea, l'état de la chaussée empira. Des panneaux, à peine visibles dans la lueur orangée, annonçaient qu'il était interdit de s'arrêter au bord de la route et avertissaient qu'il y avait dans les environs des mines non désamorcées. Deux fois, elle aperçut de gros véhicules blindés qui se frayaient bruyamment un chemin dans les broussailles, sur sa gauche ; leurs faibles phares projetaient des faisceaux lumineux aussi délavés que celui d'une lanterne. Brusquement Eleanor dut freiner à mort et resta bouche bée sous le choc : quatre de ces béhémoths traversaient bruyamment la route devant elle ; sous leurs chenilles l'asphalte giclait, comme si c'était de la boue.

Quand ils furent passés, elle repartit lentement en jetant des coups d'œil à droite et à gauche ; elle entendait les monstres dans les broussailles mais ne pouvait les voir. Un panneau apparut dans la lumière rougeâtre, mais le message redondant était presque illisible sous la pluie : ATTENTION : PASSAGE DE VÉHICULES MILITAIRES. Eleanor se dit que toute la vallée devait être une sorte de terrain de manœuvre. Elle espérait ne pas se tromper, sinon on aurait pu croire que l'armée des États-Unis avait déclaré la guerre à Hawaii.

Le dos mouillé et les cheveux trempés, elle poursuivit sa route sans essuyer le pare-brise ; ses espadrilles absorbaient l'eau de la mare qui clapotait entre son siège et l'accélérateur. Tel un pilote de guerre, elle jetait des coups d'œil de tous côtés, s'attendant à voir arriver un autre convoi de tanks ou de stégosaures — ou de ces satanés trucs, quels qu'ils soient, qui n'étaient apparus que pour disparaître.

Soudain, alors qu'elle négociait un virage en épingle à cheveux et que les nids-de-poule se succédaient au point de faire vibrer ses plombages, elle dut effectuer une embardée pour éviter une voiture grise arrêtée à moitié dans le fossé, à moitié sur la route. Quelqu'un, couché à plat-ventre sur la chaussée, examinait la partie arrière gauche du véhicule. Eleanor se mordit la lèvre et lutta avec l'énorme volant de la Jeep qui menaçait de déraper et de l'envoyer dans les broussailles ; il lui fallut une demi-minute pour maîtriser le lourd véhicule et le recentrer sur l'étroit ruban d'asphalte. Elle jeta un coup d'œil dans son rétroviseur, mais la voiture et la forme humaine étaient hors de vue, sur l'autre versant de la colline qu'elle venait de gravir.

« Bon Dieu », murmura Eleanor, et elle arrêta la Jeep. La pluie lui fouettait la nuque.

La petite silhouette trapue n'avait pas levé la tête à son passage. Elle n'avait pas fait signe pour lui demander de l'aide. Mais Eleanor gardait sur sa rétine l'image d'une robe informe plaquée sur un corps râblé.

La route était trop étroite et les fossés trop profonds pour risquer un demi-tour, aussi Eleanor mit-elle le sélecteur automatique sur marche arrière et remonta-t-elle la pente en espérant, si des phares apparaissaient brusquement, qu'elle disposerait d'au moins une seconde pour manœuvrer.

Il n'y eut pas de phares. Eleanor redescendit la colline en essuyant ses verres et s'arrêta près de la voiture à demi tombée dans le fossé. C'était un véhicule de location bon marché. Un cric soulevait la partie arrière gauche, mais il semblait que l'asphalte s'était creusé tout autour et avait fait glisser la voiture encore plus. La personne accroupie près de l'arrière du véhicule se redressa.

« Quelle poisse ! dit une voix rauque. Le pneu de rechange est une de ces cochonneries censées vous amener jusqu'au garage le plus proche. Quand cette saleté de cric a arraché un morceau de la route, le châssis est tombé sur le pneu et l'a réduit en charpie.

— Vous n'avez rien ? » demanda Eleanor. L'accidentée était une petite femme au visage joufflu dont la pluie avait collé les cheveux raides sur le front et les oreilles ; le tissu mince de sa robe trempée — que la mère d'Eleanor aurait appelée une robe-tablier — semblait peint sur ses lourdes cuisses, son ventre bombé et ses petits seins.

L'inconnue écarta les mèches de ses yeux minuscules qu'elle plissa pour mieux voir Eleanor malgré les gouttes. « C'est une voiture de location et je vais la laisser là. Vous allez vers la côte ouest ?

— Oui, répondit Eleanor. Vous voulez que je vous emmène ? » Avant qu'elle ait fini de poser la question, la femme ouvrit la portière de son propre véhicule, sortit deux vieilles valises et les jeta à l'arrière de la Jeep sans se soucier de la mare d'eau qui s'y trouvait.

Elle se hissa sur le siège avant, prit les deux sacs d'Eleanor et demanda : « Ça vous ennuie si je pose ça sur mes bagages ?

— Non, pas du tout.

— Ils vont être mouillés. Mais ils le seront tout autant si je les mets par terre.

— À l'arrière, c'est très bien. » Eleanor n'était pas Henry Higgins [1], mais elle se vantait de pouvoir identifier les accents. Cette femme n'était pas native d'Hawaii. Elle venait des grandes plaines de l'Est ; Eleanor aurait parié pour l'Illinois, mais on pouvait songer aussi à certaines régions de l'Indiana ou de l'Ohio.

Elle mit la Jeep en prise et reprit l'ascension de la colline. La route en mauvais état continuait à serpenter entre les arbres rabougris. Le reflet des flammes du Mauna Loa embrasait tout le paysage d'un éclat sinistre. « Vous avez juste dérapé ? » demanda Eleanor, consciente de son propre accent du Middle West. Quand elle n'était plus sur le campus, il reprenait le dessus, bien qu'elle l'ait perdu pendant les années passées à Columbia et à Harvard avant de retourner à Oberlin.

La femme s'essuya la figure de ses grosses mains salies par le travail effectué sous la voiture. Eleanor remarqua la désinvolture

1. Le majordome, quelque peu pédant, de la série télévisée américaine *Magnum*.

de ce geste, plus masculin que féminin. « Non, j'ai pas dérapé. C'est un de ces sacrés BTT qui a surgi des broussailles et qui a failli me rentrer dedans. J'ai mis une roue dans le fossé et crevé un pneu, mais au moins, ça m'a évité de devenir une nouvelle victime de l'opération Tempête du Désert. Le conducteur de cette saleté de BTT n'a même pas jeté un coup d'œil derrière lui.

— Qu'est-ce que c'est qu'un BTT ? » Eleanor se servit de son mouchoir en papier pour éponger le pare-brise. La pluie semblait diminuer.

« Un blindé de transport de troupes, répondit la femme. Ils viennent du camp militaire de Pohakuloa qu'on est en train de traverser. Des gars qui jouent à leurs petits jeux.

— Vous êtes en relation avec les militaires ?

— Moi ? » La femme éclata de rire avec autant de naturel que lorsqu'elle s'était essuyé la figure. C'était un rire grave, guttural — ce que tante Beanie appelait un « rire de whisky ».

« Ah ça, non, répondit la femme d'une voix amusée. J'ai rien à voir avec l'armée, sauf que deux de mes six garçons ont fait leur service.

— Oh », dit Eleanor, un peu déçue de s'être trompée. Il aurait semblé logique que cette femme simple et franche travaillât pour l'armée. « Vous savez ce que c'est qu'un BTT », expliqua-t-elle, consciente de ce que cet argument avait de boiteux.

La femme rit de nouveau. « Oui, mais c'est le cas de tout le monde, non ? Vous n'avez pas regardé CNN pendant la guerre du Golfe ?

— Pas vraiment », répondit Eleanor, d'une voix qui tremblait à cause des cahots. La route grimpait.

Sa passagère la contempla dans l'obscurité, puis haussa les épaules. « Mon gars, Gary, était là-bas, alors je suppose que j'avais plus de raisons que d'autres d'y faire attention. Et je dois l'avouer, après le Vietnam et cette histoire d'otages en Iran, c'était pas désagréable de voir botter le cul à d'autres qu'à nous. » Comme si elle se souvenait brusquement de quelque chose, elle tendit la main.

Surprise, Eleanor ôta la sienne du volant pour la serrer. La femme avait des durillons.

« Je m'appelle Cordie Stumpf... et je vous remercie beaucoup de vous êtes arrêtée. J'aurais pu rester là longtemps, pour ce qui passe comme voitures dans le coin. Sauf ces sacrés BTT, bien sûr, mais je crois pas que j'aurais aimé aller là où ils vont.

— Eleanor Perry, répliqua Eleanor en récupérant sa main et en se battant avec la Jeep pour négocier un tournant en épingle à cheveux. Vous dites que vous alliez sur la côte ouest. Dans quel coin ?

— Un de ces centres de vacances chics. » Cordie Stumpf frotta ses bras nus comme si elle avait froid. Eleanor prit conscience qu'il ne faisait vraiment pas chaud à cette altitude, de nuit, sous la pluie.

« Lequel ? dit Eleanor en cherchant le chauffage à tâtons. Moi, je vais au Mauna Pélé.

— C'est celui-là. »

Eleanor regarda sa passagère. Elle avait du mal à croire que cette femme en robe-tablier à fleurs, avec ses vieilles valises cabossées, fréquentait l'un des plus coûteux complexes hôteliers d'Hawaii. *Sans blague,* pensa Eleanor. *Moi, je vais engloutir cinq années d'économies dans cette semaine d'aventure insensée.*

« Oui, c'est là que je vais. Vous étiez à bord de l'avion de l'United qui a été dérouté sur Hilo ?

— Oui. » Eleanor ne l'avait pas aperçue pendant le vol, mais il y avait deux cents corps entassés entre les ponts. Eleanor aimait à se croire observatrice, pourtant quelle raison aurait-elle eue de remarquer cette femme, en dehors de sa simplicité légèrement déplacée ?

« J'étais en première classe, dit Cordie, comme si elle lisait dans les pensées d'Eleanor. Je suppose que vous étiez à l'arrière. » Ce commentaire était dépourvu de tout snobisme.

Eleanor hocha la tête en souriant un peu. « Je prends rarement un billet de première classe. »

Le rire gorgé de whisky de Cordie retentit de nouveau. « Jusqu'à aujourd'hui, j'avais jamais voyagé à l'avant. C'est vraiment foutre l'argent par les fenêtres. Mais mon billet faisait partie du prix.

— Le prix ?

— " En vacances avec les millionnaires ", répliqua Cordie en gloussant. Le concours de *People,* vous vous rappelez ?

— Je l'ai manqué », dit Eleanor. Elle lisait *People* une fois par an exactement, lorsqu'elle allait chez son gynécologue.

— Moi aussi. Mais pas Howie, mon garçon. Il a joué à ma place et j'ai gagné. Pour l'Illinois, du moins.

— Pour l'Illinois ? » demanda Eleanor en se disant : *Je le savais. Quelque part loin de Chicago. À la campagne.*

« Oui, l'idée, c'était qu'une personne par État gagnerait une semaine de vacances au Mauna Pélé, avec les millionnaires. Une idée géniale de Byron Trumbo. Le type qui a créé cet endroit, d'après *People.* Aussi, je me suis retrouvée Miss Illinois, même si je suis plus une " miss " depuis 1965. Le plus drôle, et les gens du concours voulaient pas me le dire, c'est que je suis la seule des cinquante gagnants à avoir accepté de partir. Tous les autres ont dit non et choisi l'équivalent en argent.

— Pourquoi ? demanda Eleanor, bien qu'elle s'en doutât.

— Vous n'avez pas entendu parler des six clients qui ont disparu ? On dit que d'autres ont été tués, mais que les gens de Trumbo sont en train d'étouffer l'affaire. C'était dans l'*Enquirer.* Avec en gros titre : " Un centre de vacances d'un milliard de dollars édifié sur un ancien cimetière hawaiien : des touristes meurent ou disparaissent ". »

La route, moins sinueuse maintenant, montait en pente raide. La vallée s'élargissait, mais le Mauna Kea et le Mauna Loa restaient de vagues présences dans l'obscurité, de chaque côté de la route. « J'ai dû lire quelque chose là-dessus », dit Eleanor, consciente de son mensonge. Elle avait découpé tout ce qu'elle avait pu trouver sur les disparitions, y compris l'article absurde du *National Enquirer.* « Vous n'avez pas peur d'y aller ? » demanda-t-elle.

Cordie rit doucement. « Parce que l'hôtel est construit sur un ancien cimetière indigène et que les fantômes enlèvent les touristes ? Mince alors, j'ai vu ça dans *Poltergeist,* il y a pas mal d'années, et dans une centaine de films du même genre. Mes garçons avaient la manie de louer des cassettes vidéo d'horreur. »

Eleanor décida de changer de sujet. « Vous avez six garçons ? De quel âge ? »

— L'aîné a vingt-neuf ans. Trente en septembre prochain. Le plus jeune dix-neuf. Quel âge ont vos enfants ? »

Généralement, Eleanor regimbait quand les gens lui posaient des questions de ce genre, qui sous-entendaient qu'elle était forcément mariée, mais on ne pouvait pas se mettre en colère contre Cordie Stumpf. À cause de cette désinvolture, qui imprégnait aussi tous ses gestes. Vulgaire, presque grossière, mais sans aucune arrière-pensée.

« Je n'ai pas d'enfants. Pas de mari.

— Du tout ?

— Non, du tout. Je suis enseignante. Cela suffit à m'occuper. Et j'aime voyager.

— Un prof », dit Cordie. Elle remua un peu sur son siège, comme pour regarder plus attentivement Eleanor. La pluie avait cessé et les essuie-glaces raclaient le pare-brise. « J'ai jamais eu de chance avec eux quand je fréquentais l'école, mais je suppose que vous êtes à l'université. Prof d'histoire, peut-être ? »

Eleanor hocha la tête, surprise.

« Votre spécialité, c'est quelle époque ? » demanda Cordie, dont la voix trahissait un intérêt réel.

Eleanor fut encore plus étonnée. Généralement, les gens réagissaient comme le représentant dans l'avion — avec des yeux morts, un regard vide, un ton indifférent.

« En fait, mes recherches et mon enseignement portent sur l'histoire des idées au siècle des Lumières », répondit Eleanor d'une voix forte pour se faire entendre par-dessus les gémissements des pneus et du moteur qui peinait. « Le XVIIIe siècle, ajouta-t-elle.

— Vous voulez dire Voltaire, Diderot, Rousseau... ces types-là ?

— C'est cela même. » Eleanor se souvint de ce que tante Beanie lui avait appris, trente ans auparavant : *Ne sous-estime pas les gens.* « Vous avez lu... Je veux dire, vous connaissez leurs écrits ? »

Cordie rit encore, plus fort que jamais. « Moi ? Lire Voltaire ? Mon chou, tout ce que je peux faire, c'est feuilleter l'*Almanach Vermot* quand je suis aux chiottes. » Elle tourna son visage lunaire vers la route. « Non, Eleanor, je n'ai jamais lu aucun de ces types. Mon second mari — Ben, il s'appelait — regrettait de pas avoir fait d'études et il a commandé l'*Encyclopædia Britannica* pour les enfants. Il a reçu d'autres livres avec... les *Grands Livres.* Jamais entendu parler de ça ?

— Si.

— C'est une série de bouquins pour les gens qui sont embêtés parce qu'ils ne sont pas très instruits. En tout cas, chaque *Grand Livre* a un résumé sur... comment vous appelez ça déjà... ah oui, la page de garde. Voltaire et tous ces types. Quand ils sont nés. Quand ils sont morts. J'ai aidé Howie à faire une dissertation, une fois, avec ces résumés. »

Eleanor hocha la tête. Elle se souvenait d'autre chose que tante

Beanie avait dit, trente ans auparavant : *Ne surestime pas non plus les gens.*

Brusquement, la Saddle Road arriva sur une crête dominant la côte ouest de la Grande Île d'Hawaii. La lueur du volcan brillait sur l'océan Pacifique, à plusieurs kilomètres de là. Eleanor crut apercevoir quelques lumières au loin.

Elles étaient à un embranchement. Une pancarte pointée vers le nord indiquait : WAIMEA.

« Direction : le sud », dit Cordie Stumpf.

Il faisait bien plus chaud sur le littoral, et le ciel était clair. Eleanor s'aperçut alors combien elles avaient eu froid, là-haut, sur la Saddle Road, sous la pluie battante, avec l'alizé glacé qui leur soufflait dans le dos. L'atmosphère s'était radoucie lorsqu'elle avait emprunté la nationale 19 jusqu'à la bifurcation menant à Waikoloa, puis traversé les lumières éparses de la première agglomération. Ici, c'était de nouveau les tropiques, l'odeur marine de sel et de décomposition, l'air dense qui emmêlait ses cheveux courts, et le bruit presque subliminal du ressac, derrière celui du moteur et des pneus.

Il y avait peu de circulation, cette nuit-là, sur la route du littoral, pourtant, même ces rares véhicules paraissaient incongrus après le vide de la Saddle Road. Eleanor avait espéré trouver une zone plus habitée, mais à l'exception des lumières de Waimea aperçues de loin, cinquante kilomètres plus tôt, et des maisons dispersées de Waikoloa, le coin semblait désert. Les faisceaux des phares révélaient surtout le bord des grands champs de lave, parfois égayé par quelques arbustes. Lorsqu'elles approchèrent des centres de vacances, des messages apparurent sur la lave — des mots et des phrases composés en lettres de corail blanc qui se détachaient sur la lave noire. La plupart entraient dans la catégorie des graffitis d'adolescents — DON ET LOVEY, PAULA AIME MARK, TERRY VOUS DIT SALUT ! — mais, comme Eleanor le nota vite, il n'y avait ni obscénités ni vulgarités, presque comme si l'effort nécessaire pour chercher et disposer ces douzaines de morceaux de corail éliminait la méchanceté désinvolte des graffitis urbains. Beaucoup de ces messages étaient des salutations — LES TAJEDAS SOUHAITENT LA BIENVENUE À GLENN ET À MARCI, *ALOHA* TARA ! DAVID SOUHAITE LA BIENVENUE À

DAWN ET PATTI DIT *MAHALO* AUX LAYMAN — et Eleanor se surprit à chercher son propre nom, comme si elle s'attendait à quelques mots d'accueil écrits en lettres de corail à son intention.

Les complexes hôteliers restaient pratiquement invisibles et n'étaient signalés au bord de la route que par des portails gardés, éclairés par des torchères, et par des allées qui menaient à la mer à travers la lave noire. Eleanor jeta un coup d'œil à plusieurs de ces entrées : le Hyatt Regency Waikoloa, où le gros représentant dormirait demain soir, les lumières lointaines du Royal Waikoloan, de l'Aston Bay Club, une quinzaine de kilomètres déserts, puis l'entrée éclairée par des torchères du Kona Village, invisible dans les champs de lave, puis encore quinze ou vingt kilomètres dans le noir avant les lampes à vapeur de sodium et les lumières plus brillantes qui annonçaient l'aéroport de Keahole.

« Il y a des jets en train d'atterrir », remarqua Cordie Stumpf.

Eleanor, perdue dans ses pensées, faillit sursauter. Elle avait presque oublié la présence de l'autre femme. « On a dû le rouvrir, dit-elle en regardant les étoiles. L'éruption a dû cesser ou alors le nuage s'est déporté vers le sud.

— Oui. Ou bien ces avions transportent simplement des passagers plus importants que nous. On viole plus facilement le règlement quand il s'agit de puissants personnages. »

Eleanor fronça les sourcils devant ce cynisme simpliste, mais ne répondit rien. À plusieurs kilomètres de l'aéroport, les lumières de Kailua-Kona brillaient d'un éclat éblouissant. Eleanor y pénétra dans l'intention de faire le plein et ne trouva qu'un seul poste d'essence ouvert. Elle fut surprise de voir qu'on ne pouvait pas se servir soi-même. Un employé endormi sortit pour remplir le réservoir — et elle fut encore plus surprise en découvrant, à sa montre, qu'il était près de minuit. Il lui avait fallu plus de trois heures pour parcourir une centaine de kilomètres.

« Le Mauna Pélé est à combien d'ici ? » demanda-t-elle à l'Hawaiien obèse. Dans l'état de fatigue où elle était, Eleanor s'attendait que l'homme la regarde, lâche la poignée de la pompe et dise : « Vous n'allez pas là-bas ! », juste comme dans un vieux film d'horreur de la Hammer.

Le Hawaiien ne leva pas les yeux de sa pompe et répondit : « Trente-cinq kilomètres. Cela fait sept dollars cinquante-cinq. »

Passé Kona, la route devint plus dangereuse ; les falaises se jetaient abruptement dans la mer et les nuages occultaient à nouveau les étoiles.

« Bon Dieu, dit Cordie d'une voix lasse, ils n'ont pas facilité l'arrivée.

— Peut-être aurions-nous dû rester à Hilo avec les autres, répondit Eleanor en parlant pour rester éveillée. Et attendre qu'ils viennent nous chercher demain. » Elle jeta un coup d'œil à sa montre. « Aujourd'hui.

— Non, non. Le prix est valable pour sept jours et six nuits à partir de *ce soir.* Je n'ai pas envie de manquer une seule nuit de mes vacances gratuites. »

Eleanor sourit. Ici, les pentes se faisaient plus rudes et l'on pressentait, dans l'obscurité, la présence du Mauna Loa. L'infime lueur orange de l'éruption lointaine restait visible au travers des nuages qui continuaient à descendre. Sauf quelques maisons et immeubles commerciaux, au sud de Kona, dont les lumières étaient éteintes, il n'y avait que les champs de lave et les falaises sur cette portion de route. Même les messages en corail blanc avaient disparu, rendant l'*a'a* encore plus sombre et plus menaçante.

Eleanor avait noté le chiffre de l'odomètre, à la station-service, et après une trentaine de kilomètres, la route abandonna la colline et pénétra dans les terres ; sans la bande blanche et les réflecteurs, l'asphalte noir serait devenu impossible à distinguer de la lave. L'impression d'entrer dans un désert de pierre s'intensifia.

« Sûr que cela ne ressemble pas à nos grandes plaines du Middle West, hein ? » dit Eleanor à sa passagère, plus pour entendre de nouveau le son de leurs voix que pour autre chose. La fatigue et la tension du long trajet lui avaient donné la migraine.

« À aucun coin de l'Illinois où je suis allée, acquiesça Cordie Stumpf. À l'Ohio non plus. Votre région, autour d'Oberlin, est très jolie.

— Vous connaissez ?

— Le gentleman que j'ai épousé avant feu M. Stumpf a travaillé pour votre université. Quand il a fichu le camp avec une fille de Las Vegas — non, de Lester, il était trop bigot pour aller à Las Vegas —, j'ai repris son affaire de l'Ohio en plus de la mienne, et je suis donc allée à l'université d'Oberlin.

— Quel genre d'affaire ? » demanda Eleanor. Jusque-là, elle avait pris Mme Stumpf pour une ménagère.

« Des ordures. Hé, il y a quelque chose là-bas ! »

Le « quelque chose » se transforma en un portail, un mur de pierre, une loge de gardien en forme de hutte, le tout illuminé par une demi-douzaine de torchères au gaz. Sur le mur de pierre, de grandes lettres de cuivre, dans des caractères à mi-chemin entre *Jurassic Park* et *The Flintstones,* indiquaient : MAUNA PÉLÉ.

Eleanor se surprit à exhaler un souffle qu'elle n'avait pas conscience d'avoir retenu.

« On est arrivées », dit Cordie en se redressant et en repoussant ses cheveux raides derrière ses grandes oreilles.

Un homme à l'air endormi, en uniforme de vigile, apparut dès qu'elles s'arrêtèrent. Une chaîne épaisse courait du mur à la loge. « *Aloha,* dit-il, l'air surpris de les voir. Que puis-je pour vous ?

— Nous avons des réservations au Mauna Pélé », répondit Eleanor en jetant un coup d'œil à sa montre. Il était plus de minuit et demi.

Le gardien hocha la tête et ouvrit un registre. « Vos noms, je vous prie. »

Eleanor donna leurs deux noms et éprouva le sentiment, étrange et bref, qu'elle-même et cette drôle de bonne femme — cette Mme Cordie Stumpf au visage joufflu, aux mains rouges, vêtue d'une robe-tablier — étaient de vieilles amies voyageant de compagnie. Elle attribua cela à une impression de *déjà-vu,* mêlée de fatigue. Eleanor adorait voyager, mais elle n'avait pas bien dormi la nuit précédant le départ.

« Oui. Bienvenue au Mauna Pélé, dit le vigile. Nous pensions que les clients qui devaient arriver ce soir étaient tous restés à Hilo. » Il décrocha la chaîne et la laissa tomber sur la route. « Suivez cette allée sur trois kilomètres. Elle est en mauvais état à cause du va-et-vient des engins pendant les travaux, mais elle s'améliore aux approches de la Grande Hale. Ne vous embarquez pas sur l'une des routes non macadamisées qui pénètrent dans la lave... vous vous retrouveriez à la baraque du chantier. Vous pourrez laisser la Jeep avec la clé de contact sous la *porte cochère* [1], on la garera pour vous. D'accord ? »

Cordie se pencha par-dessus Eleanor. « La Grande Hale, qu'est-ce que c'est ? »

1. En français dans le texte.

L'homme sourit. Ses traits étaient tantôt dans l'ombre, tantôt éclairés par la lumière des torches. « *Hale* veut simplement dire maison. Le Mauna Pélé compte plus de deux cents petites *hale* — des sortes des huttes de chaume, mais en plus confortable — et la Grande Hale, c'est le bâtiment principal de sept étages où se trouvent la salle de conférences, les salles à manger et les boutiques. Et aussi trois cents chambres.

— Merci, dit Eleanor. *Mahalo.* »

L'homme hocha la tête et les regarda partir. Dans son rétroviseur, Eleanor le vit rattacher la chaîne.

« Qu'est-ce que c'est, une *porte cochère ?* » demanda Cordie.

Depuis l'âge de trois ans, Eleanor avait toujours eu peur de poser une question qui puisse paraître stupide. Par conséquent, elle avait commencé très tôt à chercher les réponses dans les livres pour ne pas montrer son ignorance. Elle éprouva du respect pour Cordie, parce qu'elle l'interrogeait sur les choses qu'elle ne comprenait pas.

« Un portail couvert, large de plusieurs mètres et conçu pour le passage des voitures, répondit-elle. Très utile ici, sous les tropiques. »

L'allée était dans un état bien pire que la Saddle Road. Le revêtement plein de nids-de-poule faisait vibrer la Jeep, aussi Eleanor devait-elle se cramponner au volant pour ne pas déraper. Des engins de terrassement étaient garés sur les bas-côtés et deux fois, elles aperçurent des baraques en acier pourvues de barrières et de lumières de sécurité.

« Abords joliment rudimentaires pour l'un des plus luxueux complexes hôteliers du monde, dit Eleanor.

— Combien coûte une chambre ou un bungalow ? demanda Cordie.

— Mmmm... Je crois que la mienne va faire dans les cinq cents dollars la nuit. Mais petit déjeuner compris. »

Cordie en eut le souffle coupé. « Vous ne croyez pas que pour ce prix-là, ils pourraient refaire leur route ? »

Au bout de deux kilomètres et demi, d'après l'odomètre, celle-ci s'élargit et s'améliora. Brusquement, elle se divisa en deux voies ; une haie de bougainvillées pourpres la bordait, une profusion de fleurs et de fougères tropicales bien entretenues remplissait la bande médiane, et des torchères au gaz disposées tous les dix mètres éclairaient la palmeraie qui se déployait de chaque côté. Eleanor nota que l'allée sinueuse traversait les links d'un parcours de golf. Des arroseuses invisibles crachotaient dans l'obscurité, l'air sentait le terreau et l'herbe mouillée. Passé un tournant, des lumières électriques apparurent.

Sous la *porte cochère*, une forte femme en *muumuu* sortit pour les accueillir avec des *leis* [1], et les fit entrer dans le hall. Le grand bâtiment était en partie un hôtel, en partie une énorme hutte au faux toit de chaume, avec un *lanai* [2] devant chaque chambre et des cascades de plantes fleuries à tous les balcons, comme pour tenter de recréer les jardins suspendus de Babylone.

En descendant de la Jeep, Eleanor se sentit vieille. Elle avait mal au dos. Mal à la tête. Le parfum de son *lei* traversait les vapeurs de la fatigue comme un cri lointain. L'hôtesse s'était présentée ; elle s'appelait Kalani. Eleanor emboîta le pas au *muumuu* fleuri et à la robe-tablier à fleurs trempée, gravit des marches de pierre, pénétra dans un beau hall dallé dont la porte était flanquée de deux bouddhas dorés, traversa un atrium où des oiseaux dormaient dans des cages de dix mètres de haut, passa devant une terrasse donnant sur la palmeraie dont les feuilles bruissantes retenaient la lumière des torches, et accomplit les formalités d'usage — signer le registre et donner sa carte de crédit. Cordie n'eut pas besoin de présenter la sienne, mais reçut simplement les compliments de Kalani ; ils étaient si heureux d'accueillir l'une des gagnantes du concours, « ils » se limitant à Kalani et au petit homme à la peau brune qui apparut derrière le comptoir. Eleanor remarqua qu'il portait une chemise hawaiienne, un pantalon blanc, et souriait aussi largement que Kalani.

Puis elle dit au revoir à Cordie que l'on escorta jusqu'à un ascenseur — visiblement, les gagnants du concours demeuraient à la Grande Hale — pendant que le petit homme la ramenait vers la terrasse. Eleanor comprit vaguement que le bâtiment devait s'élever à flanc de colline : ce niveau dont l'entrée était de plain-pied avec la *porte cochère* surplombait le sol d'au moins dix mètres du côté de l'océan. Le concierge lui fit descendre un escalier et la

1. Guirlandes de fleurs portées en couronne ou en collier.
2. Une véranda meublée qui sert de living-room.

conduisit à une voiturette électrique où l'attendait son sac de voyage.

« Vous êtes à la *hale* tahitienne numéro vingt-neuf ? » demanda l'homme. Eleanor regarda sa clé, mais il ne posait pas vraiment une question. « Les *hale* sont confortables. Très confortables. Loin du bruit de la Grande Hale. »

Eleanor jeta un coup d'œil sur l'énorme bâtiment noir tandis que leur véhicule s'engageait en vrombissant sur une étroite allée macadamisée, entre les palmiers. Seules quelques chambres laissaient filtrer une faible lueur derrière leurs rideaux. Les torches crépitaient dans le vent nocturne. Il n'y avait sûrement pas beaucoup de monde ici, ce soir, et elle n'arrivait pas à imaginer que la Grande Hale puisse être jamais bruyante.

Ils longèrent des lagons, descendirent la colline jusqu'à un jardin dont les lourds parfums lui montèrent à la tête, traversèrent un autre pont, contournèrent une petite piscine, arrivèrent en vue d'une plage où les brisants empanachés de blanc s'écrasaient en rouleaux phosphorescents, puis ils pénétrèrent de nouveau dans une épaisse palmeraie. Eleanor vit des bungalows sous les arbres, à dix mètres au-dessus du sentier. Des lampes brillaient doucement presque au ras du sol, dissimulées par le feuillage tropical, mais les torchères disposées à quelques mètres les unes des autres étaient éteintes.

Eleanor éprouva l'étrange certitude que la majorité de ces *hale* coûteuses étaient vides cette nuit, que le Mauna Pélé était désert — la Grande Maison et les bungalows —, que les milliers d'hectares n'abritaient que le personnel d'entretien et les travailleurs de nuit, dans cet îlot de lumière que formaient le hall, l'atrium et la terrasse. Ils contournèrent un autre lagon bordé de rochers, empruntèrent, sur la gauche, un petit sentier et s'arrêtèrent devant un bungalow au toit de chaume, perché en haut d'un escalier de pierre de trois mètres.

« La tahitienne numéro vingt-neuf, dit son guide. Très confortable. » Il sortit son sac de voyage, gravit les marches d'un bond et lui tint la porte ouverte.

Eleanor entra comme dans un rêve. La maisonnette était impeccable — un porche, un petit vestibule, un couloir étroit menant à une salle de bains en plein air, un coin-salon et un coin-chambre, avec un immense lit recouvert d'une courtepointe multicolore à motif hawaiien et flanqué de deux lampes allumées, des fenêtres aux persiennes entrouvertes, un haut plafond doublé d'un treillage et au moins deux ventilateurs qui tournaient lentement. Eleanor aperçut un *lanai* par les portes-fenêtres aux volets clos et entendit le bourdonnement du chauffe-eau.

« Très confortable, répéta l'homme d'un ton légèrement interrogateur.

— Très », répondit Eleanor.

Il sourit. « Je m'appelle Bobby. Si je peux en quoi que ce soit rendre votre séjour plus agréable, dites-le-moi, je vous en prie. Le petit déjeuner est servi sur la terrasse de la Grande Hale et sur le Lanai de l'Épave de sept heures à dix heures trente. Tout est là-dedans... » Il tapota une épaisse liasse de dépliants et de guides sur la table de nuit. « Ici, nous n'utilisons pas de pancartes " Ne pas déranger ", mais si vous souhaitez avoir la paix, déposez juste cette noix de coco sur votre porche et personne ne viendra vous importuner. » Il lui montrait une noix de coco avec le symbole du volcan de Mauna Pélé peint dessus. *« Aloha ! »*

Le *pourboire,* pensa Eleanor dans les brumes de la fatigue, et elle fouilla dans son sac à main. Elle trouva seulement une pièce de dix pence, mais quand elle se retourna, Bobby était déjà parti. Elle entendit le vrombissement du chariot électrique mais ne le vit pas lorsqu'elle regarda par la fenêtre, à travers les persiennes closes.

Eleanor visita le bungalow en allumant et en éteignant les lumières, puis elle s'assura que la porte de derrière à glissière et celle qui donnait sur le porche étaient fermées à clé. Elle s'assit sur le lit, trop lasse pour défaire ses bagages ou pour se déshabiller.

Elle était toujours dans la même position, somnolant à demi, rêvant de la Saddle Road et des immenses bêtes de métal qui battaient les broussailles, lorsque quelque chose ou quelqu'un se mit à crier, juste sous sa fenêtre.

6.

« Comme je me prépare à m'endormir, une belle voix s'élève dans la nuit immobile et, si loin vers les extrémités de la terre que se trouve ce rocher sur l'océan, je reconnais un air familier. Mais les paroles semblent quelque peu déplacées : *Waikiki lantoni a Kaa Hooly hooly wawhoo.* Traduites, elles signifient : " Quand nous traversions à pied la Géorgie. " »

Mark Twain, *À la dure* [1].

7 juin, 1866, Hilo, Hawaii.

Notre M. Clemens devient une véritable source d'ennuis.

Les deux journées de la traversée d'Honolulu à l'île d'Hawaii peuvent être charitablement décrites comme l'une des expériences les moins agréables qu'on puisse connaître dans une vie. Nous n'étions pas plus tôt en mer que le Boomerang, *un vieux bateau à hélice de trois cents tonneaux, se mit à plonger au creux des vagues et à remonter sur leur crête en virant parfois d'un bord sur l'autre. La plupart de mes compagnons de voyage eurent la bonne grâce de se retirer dans leurs couchettes pour s'abandonner à leurs haut-le-cœur dans une solitude relative — bien qu'il n'y eût guère d'intimité à bord de cet affreux vaisseau ; indigènes d'Hawaii, gentlemen d'Honolulu, dames anglaises, Chinois et cow-boys* paniolo [2] *étaient réunis dans la promiscuité la plus totale, la « cabine-dortoir » de l'arrière n'étant qu'une espèce de vaste salon rudimentaire où l'on mange, où l'on boit, où l'on déambule et où l'on joue aux cartes.*

1. *À la dure,* trad. d'Éliane Barrault, Payot, 1993, t. II, p. 221.
2. Mot hawaiien, sans doute dérivé de l'espagnol, qui désigne un vacher.

Après la victoire verbale que je venais de remporter sur cet agaçant M. Clemens, je m'étais traînée jusque dans cette abominable cabine, mais au moment où je pénétrai dans les sombres confins de la longue salle commune, je fus confrontée à deux cafards installés sur la couchette qui m'était attribuée. J'ai souvent noté dans ce journal que je déteste et crains les blattes plus que les grizzlis ou les panthères des montagnes Rocheuses, mais ceux-là n'étaient pas des cafards ordinaires. Ces monstres avaient la taille d'un homard, des yeux rouges, et des antennes auxquelles ont aurait pu suspendre son chapeau et son ombrelle.

Outre les bruits peu délicats de nos passagers les plus raffinés rendant le déjeuner qu'ils avaient tant apprécié avant le départ d'Honolulu, s'élevaient les ronflements des dormeurs indifférents qui s'étaient entassés tel du bois à brûler à la périphérie de la salle commune. Je remarquai que Mme Windwood se servait de la tête d'un gentleman assoupi comme d'un tabouret et je découvris plus tard que le monsieur en question n'était autre que le gouverneur de Maui.

Les yeux fixés sur les cafards qui semblaient tapoter mon oreiller pour se préparer à faire une bonne sieste, j'opérai ma retraite vers le pont supérieur et acceptai le « mouillage[1] *» d'un matelas près du tableau arrière. Apparemment, M. Clemens avait également décidé de passer la plus grande partie du voyage « dehors, là où l'air n'a été respiré qu'une seule fois », et je fus de nouveau condamnée à converser avec lui. Jusqu'à ce que l'épuisement nous pousse vers nos « mouillages » respectifs, nous avons, M. Clemens et moi, parlé à bâtons rompus d'une manière souvent irrévérencieuse. Je crois que le journaliste fut surpris de découvrir une dame qui prenait autant de plaisir que lui à badiner et à raconter des anecdotes amusantes. Il ne se départit jamais vraiment de sa goujaterie juvénile ni de son horrible habitude d'allumer un cigare de mauvaise qualité sans même en demander la permission, mais ayant visité les régions reculées des montagnes Rocheuses et des grandes plaines du Middle West, j'étais presque accoutumée à un tel manque de manières. Je dois reconnaître que ce volubile jeune homme tint mon esprit et mon estomac loin du tangage du* Boomerang *et de l'éventualité d'être dévorée par les cafards.*

Lorsque je décrivis le dégoût que j'éprouvais en voyant ces créatu-

1. Le mot anglais *berth,* dont le premier sens est « couchette » signifie aussi, en langage familier, une « planque ». D'où un jeu de mots intraduisible de la narratrice que j'ai essayé de transposer en vocabulaire maritime pour respecter son ton badin.

res, M. Clemens avoua qu'ils étaient en grande partie responsables de sa montée sur le pont. « Les miens étaient aussi gros que des feuilles de pêcher, dit-il, avec de longues antennes frémissantes et des yeux malveillants, brillants de colère. Ils grinçaient des dents et semblaient fort mécontents. »

Je décrivis ceux, gros comme des homards, qui s'étaient emparés de mon oreiller. « J'ai tenté d'en repousser un avec mon ombrelle, mais le plus petit des deux se l'est appropriée pour en faire une sorte de tente.

— Il vaut mieux refuser de vous battre, suggéra M. Clemens. Je tiens de source sûre que ces insectes, aussi gros que des reptiles, ont l'habitude de ronger jusqu'au sang les ongles des pieds des marins endormis. C'est cette pensée qui m'a donné l'envie irrésistible de monter dormir ici, sous la pluie. »

Nous passâmes ainsi, en propos absurdes, une bonne partie de la soirée.

À cinq heures du matin, le vaisseau fit escale à Lahaina, le plus grand village de l'île verte de Maui, et M. Clemens parut très désireux de descendre à terre. Malheureusement pour lui et pour votre narratrice — qui se réjouissait d'être soulagée un moment de sa présence loquace —, le capitaine du Boomerang *se contenta d'échanger avec le rivage des chaloupes pleines de courrier et de provisions variées, et notre reporter dut rester appuyé au bastingage, à inhaler l'odeur de santal de cette île australe, et à me régaler des histoires de son séjour dans ces vertes collines, lors d'une escale de trois mois qu'il y avait faite précédemment.*

Nous quittâmes Maui tôt dans l'après-midi et rencontrâmes, dans le canal qui sépare cette île de sa plus grande sœur, l'eau la plus agitée que nous ayons eu à supporter jusqu'ici. La traversée ne dura que six heures mais dut paraître bien plus longue à la majorité de nos compagnons de voyage dont certains priaient pour que la mort vienne les délivrer de leur mal de mer [1]. *M. Clemens n'était toujours en rien affecté par tout ce roulis et ce tangage — ceux du vaisseau, du moins, car il semblait quelque peu troublé par les mouvements analogues des passagers mal en point — et quand je fis des remarques sur sa résistance à une mer aussi houleuse, il me confia que, pendant la guerre, il avait « fait son service » comme pilote sur un bateau fluvial.*

Je lui demandai pourquoi il avait abandonné cette profession pour

1. En français dans le texte.

celle de correspondant de presse. M. Clemens se pencha sur le bastingage, alluma un autre de ses détestables cigares et dit, avec une petite lueur dans le regard : « J'ai fait cela à contrecœur, mademoiselle Stewart. Entrer dans la carrière littéraire, je veux dire. J'ai essayé de trouver un travail honnête, que la Providence me change en méthodiste si je mens. J'ai essayé et j'ai échoué. J'ai succombé à la tentation de gagner ma vie sans travailler. »

Sans me laisser distraire par son badinage, j'ai insisté. « Mais ne plus piloter, cela ne vous manque pas, monsieur Clemens ? »

Au lieu de me répondre par une plaisanterie fine, le jeune homme aux cheveux rouges regarda l'océan comme s'il contemplait quelque chose d'étranger à la scène qui se déroulait devant nous. C'était la première fois que je le voyais aussi sérieux. « J'ai aimé la profession de pilote plus que tout au monde, répondit-il d'une voix plus sincère et dans un style moins exagéré qu'auparavant. Pendant le temps que je passai sur la rivière, je fus totalement libre. Je ne consultais personne, ne recevais d'ordres de personne, et j'étais aussi dépourvu d'entraves que tout homme aspire à l'être en cette vie. »

Surprise par la gravité de cette réponse, je répliquai : « Et votre rivière était aussi belle que cet océan pas si pacifique que cela ? »

M. Clemens prit le temps d'inhaler sa fumée empoisonnée. « Les premiers jours que je passai sur la rivière furent aussi idylliques qu'une promenade dans le musée du Louvre. Partout, ce n'était que beauté inattendue. Je n'y étais pas plus préparé que le cow-boy qui découvre un serpent dans sa botte. Mais lorsque j'acquis plus de compétence dans le métier, cette beauté pâlit.

— Parce qu'elle vous était devenue familière ? suggérai-je.

— Non, répondit-il en jetant le reste de son cigare dans la mer, à cause de ma maîtrise du langage de la rivière. »

Je le regardai sans comprendre et fis tourner mon ombrelle.

Le journaliste sourit d'un air gamin. « La rivière était comme un livre, mademoiselle Stewart. Le visage de l'eau — quand je remontais et descendais son cours — était semblable à un manuscrit ancien, découvert depuis peu, écrit dans une langue morte. Lorsque j'appris ce langage — celui des rondins flottants et traîtres, des écueils invisibles et des rives boisées, mémorisées non pour leur beauté, mais parce qu'elles servent de pense-bêtes, dans la recherche du chenal sûr —, lorsque ce merveilleux livre me céda ses secrets, et que la beauté naturelle de la rivière en fit de même... ses silences au coucher du soleil, son agitation retenue au crépuscule... toute cette magie s'estompa, comme si leur beauté était liée à leur mystère. »

J'admets que la soudaine transformation de ce scribouillard malappris en poète frustré me rendit silencieuse un moment. Peut-être M. Clemens le remarqua-t-il, ou fut-il gêné par ses envolées lyriques, car il extirpa de sa poche un autre cigare et le brandit comme une baguette. « En tout cas, mademoiselle Stewart, un bateau fluvial peut vous tuer — la chaudière peut exploser, un de ces ravissants récifs peut déchirer sa coque en une seconde — mais jamais, comme ce rafiot le fait aux dépens de nos pauvres compagnons de voyage, il ne donnera envie au corps humain de se retourner comme un gant. »

Je quittai alors M. Clemens et me plongeai dans une conversation animée avec Thomas Lyman, M. Wendt et le révérend Haymark, sur les « pro- » et les « anti »-missionnaires et leur action dans les îles. MM. Wendt et Lyman soutenaient l'opinion actuellement à la mode, selon laquelle les missionnaires ont été un désastre pour l'économie, les richesses et l'autonomie de l'archipel, alors que le révérend défendait, tout en prisant, le point de vue traditionnel et disait que les indigènes étaient des sauvages qui avaient sacrifié leurs bébés jusqu'à ce que son père et ses amis leur apportassent la Bonne Nouvelle et la civilisation. J'avoue que, la conversation suivant sa trajectoire inévitable, je me surpris en train de me demander ce que l'imprévisible M. Clemens aurait pu interjeter dans ce débat. Mais le reporter avait revendiqué un matelas sous un auvent de toile et dormit pendant la partie la plus chaude de la journée tropicale.

Nous arrivâmes en vue d'Hawaii tard dans l'après-midi ; des nuages occultaient tout, sauf les sommets des deux puissants volcans qui luisaient d'une blancheur neigeuse. Penser simplement à la neige sous de telles latitudes suffit à me donner le vertige et je décidai alors de violer le serment qui me garrottait — mes amis missionnaires d'Honolulu m'avaient fait jurer de ne pas tenter l'ascension du Mauna Loa ou de son frère jumeau.

Il faisait déjà nuit lorsque nous accostâmes à Kawaihae, sur la côte nord-est d'Hawaii. De nouveau un très bref échange de courrier et de cargaison s'effectua, et nous repartîmes pour traverser à grand renfort de vapeur le chenal qui sépare Maui de la pointe la plus septentrionale de la Grande Île. Les cieux étaient purs, j'avais rarement vu des étoiles aussi brillantes, sauf lors de mes excursions sur les sommets des montagnes Rocheuses, mais la mer, plus démontée que jamais, transformait la salle commune en entrepôt d'humanité souffrante. Ce soir-là, pas de conversation de bastingage avec M. Clemens ni avec aucun autre passager ; j'acceptai avec reconnaissance mon « matelas » sous la tente, près du ventilateur, et passai la plus grande partie des sept heures suivantes accrochée aux filins et aux supports de cuivre pour ne pas tomber sur le pont. Parfois, quand je cédais au sommeil et relâchais ma prise, le matelas glissait vers la rambarde, puis le navire, en roulant dans la direction opposée, me ramenait à mon refuge, contre la cheminée de ventilation. Je commençai à comprendre pourquoi ils avaient appelé ce bateau le Boomerang.

Le soleil se leva dans une apothéose d'arcs-en-ciel et d'averses, la mer se calma, comme apaisée par une main invisible. La côte nord-est d'Hawaii apparut clairement à nos yeux ; elle n'aurait pas pu être plus différente des collines étrangement desséchées et des champs de lave noire que la veille, au crépuscule, nous avions aperçus sur l'autre rivage. Ici, tout n'était que verdure — une multitude de verts, allant de l'émeraude aux nuances les plus subtiles du tilleul. C'était un spectacle féerique, que cette côte des mers du Sud aux falaises couvertes d'une végétation luxuriante — bien qu'aucun de nous n'arrivât à comprendre comment la flore pouvait prospérer sur de telles déclivités —, jalonnée de cañons s'ouvrant sur de riantes vallées, ponctuée ici et là de quelque petite plage, étincelant de reflets blancs ou noirs sous les à-pics verts, et soulignée par d'innombrables chutes d'eau de trois cents mètres ou plus qui tombaient de la jungle proliférant au sommet des imprenables escarpements jusqu'aux mares rocheuses où leur impact soulevait des nuages de gouttelettes.

Et tout le long de cet interminable littoral, la houle s'écrasait avec un bruit semblable aux salves d'artillerie de la dernière guerre — c'est du moins ce que m'assura le révérend Haymark. Par endroits, les longues déferlantes explosaient dans des cavernes et des crevasses ; partout, elles expédiaient de grandes traînées d'embruns sur les fougères qui envahissaient les parois grises.

Pendant près de cinquante kilomètres, nos yeux se régalèrent de la splendeur de ce rivage, sans voir aucune trace d'habitation humaine, sauf quelques églises indigènes en feuilles de palmier, édifiées dans des clairières, au bord des falaises. Mais à quinze ou vingt kilomètres d'Hilo, nous aperçûmes les premières plantations de cannes à sucre, d'un vert encore plus stupéfiant que celui auquel nos yeux s'étaient presque accoutumés, de vastes chaudières à sève blanches et des fais-

ceaux de cheminées qui formaient un plaisant contraste avec toute cette matière végétale dépourvue d'intelligence. Puis il y eut plus de maisons, plus de vallées, une profusion de cabanes, plus de plantations, les falaises bordant la côte s'abaissèrent jusqu'à me rappeler le rivage presque oublié de la Nouvelle-Angleterre, et nous atteignîmes Hilo, notre destination.

Dès notre entrée dans la baie en forme de croissant qui protégeait cette ville, je compris qu'Hilo était le vrai paradis du Pacifique — que des cités comme Honolulu, qui prétendaient à ce titre, ne pouvaient que la regarder avec envie. À cause du climat humide et des conditions idéales de croissance qu'offraient à la végétation l'air et le sol, la ville se devinait plus qu'elle ne se voyait. Partout les grands cocotiers, les bancouliers, les arbres à pain et un millier de fleurs, de fougères et de lianes tropicales la dissimulaient à nos yeux qui n'apercevaient que très brièvement un mur de bois blanc ou un clocher.

Ici, le bruit des vagues n'évoquait plus celui de l'artillerie, mais plutôt un doux chœur de voix d'enfants, et toute la voûte de verdure qui surplombait aussi bien les imposantes maisons que les huttes semblait se balancer en cadence avec cette musique de la Nature. C'était comme si notre bateau — tellement souillé par la maladie et la vermine durant cette traversée de deux jours — s'était métamorphosé en un vaisseau majestueusement céleste transportant ses heureux pèlerins jusqu'à cette antichambre édénique du paradis.

Ce fut un moment sublime. Il aurait été parfait... si M. Clemens n'avait gratté son allumette luciférienne contre la semelle de sa botte, allumé l'un de ses innommables cigares et dit, d'un air pince-sans-rire : « Ces arbres ressemblent à une collection de plumeaux frappés par la foudre, n'est-ce pas ?

— Pas le moins du monde, répliquai-je aussi froidement que je pus, en essayant de retenir ces impressions sublimes que notre entrée offrait à toute âme vraiment sensible.

— Et ces huttes, poursuivit M. Clemens, ont l'air si poilues qu'elles pourraient bien être faites de peaux d'ours, vous ne trouvez pas ? »

Je ne répondis rien, espérant que mon silence sonnerait comme un reproche.

Insensible à mon dédain, le rouquin stupide exhala un nuage de fumée de cigare entre le paysage et moi. « Je ne vois aucun crâne ni aucun chasseur de crânes, dit-il, mais le temps n'est plus où Kamehameha et ses hommes décoraient ces rivages avec les têtes de leurs victimes et empalaient leurs corps sur des poteaux, le long des murs de leurs temples. »

J'ouvris mon ombrelle et lui tournai le dos, refusant d'entendre plus longtemps son grossier badinage. Mais avant d'avoir pu battre en retraite vers la proue où mes vrais compagnons de voyage s'étaient rassemblés, j'entendis ce malappris murmurer : « Bon sang, c'est une honte, les dégâts qu'on fait en voulant sauver et civiliser un pays. Quelle déception pour les touristes ! »

7.

« Quand vous avez l'cafard, voilà ce qu'il faut faire, n'vous laissez pas avoir, mais dansez la houla, tortillez du derrière, rigolez un bon coup, et dansez la houla, la houla-houla-hou, le blues de la houla [1] ! »

Chanson populaire des années trente.

L'aube se leva, vivifiante et claire, sur le complexe hôtelier du Mauna Pélé, le soleil apparut à l'extrémité sud du volcan et souligna le contour de milliers de feuilles de palmier, tandis qu'un vent modéré repoussait le nuage de cendres et transformait le ciel en un bol d'un bleu parfait ; la mer était calme, la houle, une simple ondulation sur la plage de sable blanc. Byron Trumbo n'avait rien à faire de tout cela.

Les Japonais étaient arrivés à l'heure la veille au soir, l'aéroport avait rouvert juste assez longtemps pour accueillir leur jet une heure après celui de Trumbo ; le trajet en limousine et la brève réception au Mauna Pélé s'étaient déroulés comme prévu. On avait logé Hiroshe Sato et son entourage dans la suite royale de la Grande Hale, un penthouse presque aussi luxueux que la propre suite présidentielle de Trumbo. Ils étaient allés se coucher peu après leur arrivée, soi-disant à cause du décalage horaire, bien que celui-ci pose rarement problème sur un parcours est-ouest. Grâce à l'heure tardive, les lieux avaient paru simplement tranquilles et non pas vides. Trumbo avait posté tous ses vigiles autour de la suite royale. Le lendemain matin, le gérant, Stephen Ridell Carter, signala que

1. La houla est une danse hawaiienne, rythmée par des tambours, accompagnée de chants, et qui mime une histoire.

l'on n'avait toujours pas retrouvé les trois vendeurs de voitures du New Jersey, mais que personne d'autre n'avait disparu durant la nuit.

Byron Trumbo pétait toujours le feu.

« Quel est le programme, aujourd'hui ? demanda-t-il à Will Bryant. Notre première réunion a lieu au petit déjeuner ?

— Oui. Sur leur terrasse. M. Sato et vous échangez des plaisanteries et des cadeaux. Vous leur faites visiter les lieux. Puis nos gens et les leurs travaillent sur les premiers chiffres pendant que M. Sato et vous jouez au golf. »

Trumbo fronça les sourcils en regardant son café. « Mes gens ? » Tout le monde savait que Byron Trumbo menait lui-même les négociations, une fois posée l'offre d'ouverture. Sato et lui avaient dépassé ce stade depuis des semaines.

« Vos gens, c'est moi », dit Will Bryant avec un sourire. Il était vêtu d'un costume tropical gris de chez Perry Ellis. Ses longs cheveux — sa seule afféterie — étaient soigneusement attachés en catogan sur la nuque.

« Il nous faut un jour ou deux pour régler l'affaire », continua Trumbo sans tenir compte du commentaire de Will. Il portait sa tenue habituelle du Mauna Pélé : une chemise hawaiienne aux couleurs vives, un short délavé et des baskets. Il savait que le jeune Sato aurait aussi une tenue décontractée — un costume de golf — tandis que ses sept ou huit assistants sueraient dans leurs costumes de ville. Dans ce genre de situation, simplicité égalait pouvoir.

Will Bryant secoua la tête. « Les négociations sont très épineuses...

— Elles le seront encore bien plus si l'un des types de Sato se fait tuer pendant nos discussions, l'interrompit Trumbo. Il faut emballer l'affaire en un jour ou deux, laisser Sato se gaver de golf et les virer d'ici avant que l'encre ait fini de sécher sur le contrat. *Capisce ?*

— *Si* », répondit Bryant. Il feuilleta les papiers, en fit une pile bien nette et posa la chemise sur son porte-documents en veau. « Prêt pour entamer la partie ? »

Byron Trumbo grommela et se leva.

Eleanor fut réveillée par un tintamarre de chants d'oiseaux. Elle s'assit dans son lit, momentanément désorientée, puis remarqua la somptueuse lumière, réfléchie par un millier de feuilles de palmier, qui traversait les persiennes, sentit sur sa peau l'air chaud et dense, huma l'odeur de fleurs et entendit le doux murmure des vagues. « Le Mauna Pélé », murmura-t-elle.

Elle se remémora l'épisode des cris poussés sous ses fenêtres, au milieu de la nuit. Elle ne voyait rien à travers les persiennes ; aussi, lorsque les hurlements inhumains reprirent, elle regarda autour d'elle, à la recherche de quelque chose de lourd, ne trouva qu'une ombrelle dans la penderie, l'empoigna fermement et déverrouilla la porte. Les cris sortaient du feuillage bordant l'allée qui conduisait à son bungalow. Eleanor attendit pendant près d'une minute, puis le paon apparut ; il posait ses pattes comme si elles lui faisaient mal, ébouriffait ses plumes puis les repliait. Il poussa un dernier cri, suivit le sentier en se dandinant et disparut.

« Bienvenue au paradis », avait dit Eleanor pour elle-même. Cet oiseau ne lui était pas inconnu — une fois, en Inde, elle avait campé dans un pré plein de paons — mais son cri la surprenait toujours. Elle ne l'avait jamais entendu de nuit.

Eleanor se leva, prit une douche — le savon en forme de coquillage embaumait —, sécha sommairement ses cheveux courts, revêtit un short bleu marine et un corsage blanc sans manches, enfila des sandales, prit sur la table de nuit la brochure et la carte fournies par le complexe hôtelier, les fourra dans son sac en paille avec le journal intime de tante Kidder, et sortit dans la lumière du jour.

La profusion des plantes en fleurs et la douce brise eurent sur elle l'habituel effet des lieux tropicaux — elle se demanda pourquoi elle vivait dans un pays où l'hiver et l'obscurité régnaient pendant une si grande partie de l'année. Le chemin macadamisé serpentait à travers une jungle parfaitement domestiquée ; les *hale* s'élevaient sur des pilotis de bois entre les feuilles bruissantes des palmiers ; des oiseaux au brillant plumage sautaient et voletaient dans les frondaisons. Eleanor consultait la petite carte pour vérifier son chemin à chaque fois qu'elle rencontrait d'autres sentiers, des lagons, des ponts de bois, des voies empierrées réservées aux promeneurs, et des pistes en terre battue qui sillonnaient des jungles artificielles. Sur sa droite, elle apercevait par moments des champs de lave qui s'étendaient sur des kilomètres, jusqu'à la grand-route.

Le bouclier du Mauna Loa se dressait au nord-est, entre les feuilles dansantes des palmiers ; son nuage de cendres n'était plus qu'une balafre gris délavé sur l'horizon escarpé. À gauche, tous ses sens sauf la vue captaient la présence de l'océan : le clapotis de la houle, l'odeur de l'eau de mer et des algues, la caresse de la brise sur son front et ses bras nus, et le petit goût salé sur ses lèvres.

Eleanor emprunta un autre chemin à gauche — des pierres volcaniques qui serpentaient au sein d'une profusion de fleurs et de palmiers —, passa devant une piscine vide, puis longea la plage du Mauna Pélé. Le sable blanc s'incurvait sur près d'un kilomètre, entre un promontoire rocheux, à gauche, et un long ruban lisse de sable et de lave, à droite. Il y avait quelques *hale* plus luxueuses au bord de l'eau — en séquoia poli, de style samoan — et la Grande Hale de sept étages dominait la palmeraie qui longeait la plage. Eleanor vit, au-delà de la baie, de vraies déferlantes dont les crêtes blanches s'écrasaient contre les rochers et le sable en geysers d'écume, mais dans la partie protégée du lagon, les lames se déroulaient sur la plage en un mouvement presque nonchalant.

Il n'y avait personne sur ce croissant de plage, sauf deux employés qui le ratissaient, un serveur en chemise hawaiienne qui attendait la clientèle dans un bar en plein vent, près de la piscine, et Cordie Stumpf couchée dans l'unique chaise longue, à quelques centimètres du clapotis des vagues paresseuses. Eleanor sourit. La gagnante du concours portait un maillot une-pièce à fleurs qui semblait avoir été acheté dans les années cinquante et porté pour la première fois aujourd'hui. Les gros bras et les cuisses grasses de Cordie ressemblaient à des amas de pâte blanche, son visage rond rougissait et suait déjà sous le soleil matinal. Elle n'avait pas ses lunettes de soleil et plissa ses petits yeux lorsque Eleanor s'avança sur le sable, pas encore assez chaud pour la faire marcher avec précaution.

« Bonjour, dit Eleanor qui sourit à Cordie, puis regarda l'endroit où les eaux calmes du lagon rencontraient les lourdes déferlantes. Une belle journée, n'est-ce pas ? »

Cordie Stumpf gémit et se protégea les yeux du soleil. « Vous vous rendez compte qu'ici on sert le petit déjeuner à six heures et demie seulement ? Comment voulez-vous qu'on ait les idées claires pour entamer son premier jour de vacances si on peut pas manger avant six heures et demie ?

— Oui, oui », acquiesça Eleanor. Elle avait laissé sa montre au bungalow, mais il n'était pas tout à fait sept heures trente quand elle s'était mise en marche. Eleanor se levait tôt quand elle avait des cours en début de journée et pendant ses voyages d'été, mais ce n'était pas quelqu'un de matinal. Laissée à elle-même, elle travaillait, écrivait, lisait jusqu'à deux ou trois heures du matin et dormait jusqu'à neuf heures. « Où avez-vous fini par trouver un petit déjeuner ? »

Cordie désigna du pouce la Grande Hale, sans se retourner pour regarder ses toits qui s'élevaient au-dessus des palmiers. « Il y a une véranda où on peut manger. » Elle mit sa main en visière pour regarder Eleanor. « Vous savez, soit tous les richards dorment vraiment tard, soit il n'y a pas beaucoup de monde ici. »

Eleanor hocha la tête. La lumière du soleil et le mouvement des vagues lui donnaient l'impression de flotter. Elle n'arrivait pas à imaginer que quelque chose de terrible puisse se produire en un tel lieu. Machinalement, elle déplaça la bandoulière du sac en paille qu'elle portait à l'épaule et sentit le journal de Kidder lui heurter la hanche. « Je crois qu'il faut que j'aille déjeuner. On se reverra peut-être plus tard.

— Oui. » Le regard de Cordie revint se poser sur le lagon.

Eleanor passait devant le bar au toit de chaume — elle vit qu'il s'appelait le Bar de l'Épave, puis remarqua le petit bateau échoué sur le sable, parmi les arbres, de l'autre côté de la piscine — lorsque Cordie lui cria : « Hé, vous avez rien entendu cette nuit ? »

Eleanor sourit. Cordie Stumpf n'avait sûrement jamais rencontré de paon. Elle lui raconta ce qu'elle avait entendu et vu.

« Oui, mais je parle pas des oiseaux, répondit Cordie en hochant la tête. Quelque chose qui était bien plus bizarre que ça. » La femme hésita un peu, la main levée au-dessus de ses yeux plissés, le cou marqué de multiples plis. « Vous avez pas vu passer un chien, par hasard ?

— Un chien ? Non. » Eleanor s'était arrêtée et attendait. Le barman se pencha sur le comptoir et attendit aussi.

« OK », dit Cordie Stumpf, et elle se rallongea sur la chaise longue en refermant les yeux.

Eleanor resta là encore une seconde, jeta un coup d'œil au barman ; tous deux échangèrent un regard, puis elle partit en quête d'un petit déjeuner.

La réunion matinale se déroula comme prévu sur le *lanai* privé qui dominait la Prairie Marine et, après le repas, Byron Trumbo fit faire le grand tour à ses invités. La procession des voiturettes de golf émergea du garage de la suite présidentielle dans un ordre déterminé par le protocole : Byron Trumbo — au volant — et Hiroshe Sato occupaient seuls la première ; la deuxième, conduite par Will Bryant, transportait le vieux Masayoshi Matsukawa, le premier conseiller du jeune Sato ; sur le siège arrière, il y avait Bobby Tanaka — agent de Trumbo à Tokyo — et le jeune Inazo Ono, copain de beuverie et principal négociateur de Sato. Le directeur du Mauna Pélé, Stephen Ridell Carter — habillé dans un style aussi traditionnel que les Japonais — conduisait la troisième voiturette de golf ; à ses côtés avait pris place le Dr Tatsuro, médecin personnel de Sato, et à l'arrière deux assistants du milliardaire japonais, Seizaburo Sakurabayashi et Tsuneo « Sunny » Takahashi. Les trois véhicules suivants transportaient les avocats et les copains golfeurs des deux directeurs. Trois autres suivaient à distance, avec des membres de la sécurité, américains et japonais.

Les voiturettes de golf empruntèrent le chemin macadamisé qui passait devant le Lanai des Baleines et traversait la Prairie Marine — un jardin en pente douce d'un vert moelleux bordé de parterres de fleurs et de plantes exotiques. Un ruisseau artificiel traversait le gazon, rebondissant sur les rochers de lave avant de retomber en cascade et de se jeter dans un lagon orné de grottes qui séparait la plage de la Grande Hale. Traversant un écran de cocotiers, ils se retrouvèrent sur la Promenade de la Plage.

« Nous déversons chaque jour cent millions de litres d'eau de mer dans ces bassins et ces canaux, disait Trumbo. Plus soixante-dix millions de litres d'eau douce pour renouveler celle des lagons.

— Est-elle recyclable ? » s'enquit Hiroshe Sato.

Trumbo hésita une seconde. Il avait entendu : *Est-elle lecycrabe ?* Quand il le voulait, Sato pouvait parler un anglais dépourvu de tout accent, mais il ne se donnait pas cette peine pendant des négociations.

« Bien sûr qu'elle est recyclable. Le plus difficile, ce ne sont pas les bassins et les ruisseaux, ce sont les piscines et les mares des carpes dorées. Nous avons trois grandes piscines pour les clients, plus le lagon, où l'on peut nager, plus les vingt-six piscines privées pour les invités des *hale* de luxe, sur la péninsule samoane. Les mares des carpes reçoivent la même qualité d'eau que les piscines. L'un dans l'autre, cela fait plus de dix millions de litres d'eau douce par jour.

— Ah, ah », dit le jeune M. Sato, et il sourit. Puis, énigmatique, il ajouta : « Des carpes dorées. *Hai.* »

Trumbo vira à droite pour longer la Promenade de la Plage en s'éloignant du Bar de l'Épave. « Voilà les étangs des mantas. Nous avons installé des halogènes de deux mille watts qui éclairent sous l'eau. La nuit, si vous allez sur ce rocher, vous pouvez tendre la main et toucher les raies attirées par la lumière. »

Sato grommela.

« Cette plage est la plus belle de la côte du Sud-Kona, reprit Trumbo. Probablement de toute la côte ouest de la Grande Île. Nous avons apporté là plus de huit mille tonnes de sable blanc. Le lagon est naturel. »

Sato hocha la tête en enfonçant le menton dans les replis de son cou. Le visage du jeune homme était impassible ; ses cheveux noirs luisaient à la lumière implacable du soleil.

La procession de voiturettes passa en vrombissant devant les restaurants ouverts le soir, les jardins et les lagons, puis longea une autre rangée de cocotiers. De grandes *hale* se dressaient majestueusement sur d'épais pilotis. « Nous entrons dans la péninsule samoane », signala Trumbo. Les petites voitures électriques empruntèrent des allées bordées de fleurs tropicales, franchirent de larges ponts et se glissèrent entre de gros rochers de lave. « Vous voyez, ce sont les plus grandes des deux cents *hale* de la propriété. Dix personnes peuvent dormir à l'aise dans chacune d'elles. Celles qui sont là, à l'extrémité de la péninsule, ont leur propre piscine et leur maître d'hôtel.

— Combien ? demanda Sato.

— Pardon ?

— Combien la nuit ?

— Trois mille huit cents dans le bungalow royal. Sans compter les repas et les pourboires. »

Sato sourit et Trumbo crut deviner que le milliardaire japonais pensait : *C'est une véritable affaire.*

Quittant la péninsule, la procession pénétra dans une forêt de palmiers et de pins maritimes. « Voilà le plus proche des trois tennis. Chacun d'eux comprend six courts. Vous apercevez les centres de voile et de plongée, là-bas, à travers les arbres. On peut y louer tout ce qu'on veut, depuis les kayaks et les outriggers jusqu'aux canots automobiles — nous en avons six, dont chacun nous coûte trois cent quatre-vingt mille dollars. Le centre de plongée offre des leçons et des excursions le long de la côte. Sans compter le ski nautique, la voile, la planche à voile, les hors-bord — en pleine mer depuis que ces putains de règlements écolo nous empêchent de faire ça sur notre propre lagon —, les dîners-excursions au coucher du soleil, le surf... toute la merde habituelle.

— La merde habituelle », répéta Sato avec un fort accent japonais. Le milliardaire, caché derrière ses lunettes de soleil, semblait sur le point de somnoler.

Trumbo ramena la procession vers le lagon en passant devant la Grande Maison.

« Quelle est la surface du complexe hôtelier ? demanda Sato.

— Mille huit cents hectares », répondit Trumbo. Il savait que Sato avait déjà mémorisé tout cela en lisant ses prospectus. « Y compris les sept hectares du champ de pétroglyphes. » Les voiturettes de golf serpentaient autour des lagons rocheux où des carpes dorées bâillaient en surface. Ils croisèrent quelques piétons. Tournant autour de la goélette échouée derrière le Bar de l'Épave, ils passèrent devant une piscine de vingt mètres de diamètre où barbotait une seule famille, puis zigzaguèrent dans les jardins d'orchidées. Trumbo remarqua que Sato ne demandait pas pourquoi il n'y avait qu'une douzaine de personnes allongées sur la plage ou à l'ombre des cocotiers. Trumbo jeta un coup d'œil à sa montre : il était encore tôt.

« Combien de chambres ? dit Sato.

— Euh... deux cent vingt-six bungalows — et trois cent vingt-quatre chambres dans la Grande Hale. Certains de nos clients aiment vivre simplement. Nous avons beaucoup de vedettes de cinéma et de célébrités qui disparaissent dans leurs *hale* pendant une semaine ou deux — Madonna était ici le mois dernier. Norman Mailer et Ted Kennedy viennent régulièrement, ainsi que le sénateur Harlen. Ils aiment bien rester à l'écart dans les bungalows samoans. Il y a une noix de coco peinte dans chaque *hale* et si vous la posez sur le porche, personne ne vient vous déranger —

pas même pour le courrier. D'autres préfèrent le service des chambres, la télé câblée, le téléphone automatique direct et le fax personnel. Nous essayons de nous adapter aux goûts de chacun. »

Les lèvres de Sato se pincèrent comme s'il tentait d'avaler quelque chose d'amer. « Seulement six cents chambres, dit-il d'une voix douce. Deux golfs. Dix-huit courts de tennis. Trois grandes piscines. »

Trumbo attendit, mais Sato n'ajouta rien de plus. Supposant qu'il avait exprimé son opinion, Trumbo dit : « Oui, nous avons beaucoup d'espace et de services pour le nombre de chambres. Nous n'essayons pas de rivaliser avec le Hyatt Regency pour la quantité — je crois qu'ils ont mille deux cents chambres —, ou avec le Kona Village pour le calme, ou avec le Mauna Kea pour le prix — nous possédons déjà toute cette clientèle. Notre gardiennage est plus efficace, nos divertissements plus adaptés aux célébrités qu'aux familles, et nos boutiques correspondent aux attentes de Tokyo ou de Beverly Hills. Nos restaurants sont meilleurs — nous en avons cinq, vous le savez, plus un service dans les chambres à la Grande Hale et une restauration spéciale pour les bungalows royaux samoans — nos courts sont plus disponibles et nos golfs mieux dessinés.

— Le golf », répéta Sato en prononçant parfaitement le l. Son ton était presque mélancolique.

« Ce sera le prochain arrêt après celui-là », dit Trumbo, et il dirigea la voiturette vers un gros rocher. Tirant une télécommande de sa poche de poitrine, il visa le roc de lave et appuya sur un bouton. Un panneau aussi grand qu'une porte de garage s'ouvrit et la procession pénétra, par un chemin macadamisé, dans un tunnel brillamment éclairé.

Du Lanai des Baleines, grande salle à manger située au deuxième étage qui surplombait l'herbe et les jardins comme la proue d'un paquebot, Eleanor regarda passer le convoi de voiturettes. Tous les visages qu'elle aperçut étaient japonais ; ayant croisé des groupes semblables dans la plupart des endroits curieux de la planète qu'elle avait hantés, Eleanor se demanda si les touristes japonais s'agglutinaient autant dans les hôtels hyperluxueux que dans ceux fréquentés par la classe moyenne.

Les fenêtres de la vaste véranda s'ouvraient aux bouffées de brise imprégnées du parfum des fleurs. Le parquet ciré était en eucalyptus foncé, les tables en bois clair, les chaises en osier ou en bambou, les nappes en lin rouge et les verres en cristal. Il y avait de la place pour deux cents personnes sur la plate-forme extensible, mais Eleanor n'en vit qu'une douzaine. Toutes les serveuses étaient hawaiiennes et se déplaçaient gracieusement en *muumuu* fleuris. Des haut-parleurs cachés susurraient de la musique classique, mais la vraie, c'était le bruissement des feuilles de palmier et le bruit lointain du ressac.

Eleanor lut attentivement le menu en prenant note des spécialités comme le bacon portugais et les toasts français servis avec du sirop de noix de coco, mais commanda un muffin et du café. Celui-ci était excellent — du Kona fraîchement moulu — et elle le sirota à petites gorgées en regardant autour d'elle.

Il n'y avait pas d'autre personne seule sur le *lanai*. Ce n'était pas une expérience nouvelle : depuis le début de sa vie d'adulte, Eleanor Perry avait l'impression d'être une mutante solitaire sur une planète habitée par des couples clonés. Voyager, aller voir des films, des pièces de théâtre ou des ballets, manger au restaurant... Même dans une Amérique post-féministe, la présence d'une femme seule dans un lieu public tendait à paraître insolite. Dans beaucoup d'autres pays du monde où Eleanor s'était rendue au cours de ses pérégrinations estivales, c'était carrément dangereux.

Elle s'en moquait. Être la seule femme non accompagnée, la seule personne solitaire de l'un ou l'autre sexe sur le *lanai,* ce matin-là, lui semblait une chose fort naturelle. Elle emportait toujours un livre lorsqu'elle dînait hors de chez elle — le journal intime de tante Kidder reposait sur la table — car dès le début de sa vie professionnelle, Eleanor avait pris conscience que c'était un remède à la solitude dans un entourage de couples et de familles heureuses. Elle lisait parfois en mangeant — c'était sûrement l'un des grands avantages du célibat, pensait-elle — mais ne se dissimulait pas derrière un livre dès le début de son repas. Eleanor Perry, experte dans l'art de juger ses compagnons de restaurant, était devenue une véritable « voyeuse ». Elle plaignait les familles et les couples tellement plongés dans leurs conversations coutumières qu'ils ne percevaient pas les psychodrames qui se jouaient dans les lieux publics.

Il n'y en avait guère au petit déjeuner, ce matin-là, sur le *lanai* du Mauna Pélé. Six autres tables seulement étaient occupées — toutes à proximité des fenêtres ouvertes — et toutes par des couples. Eleanor les jaugea au premier coup d'œil : des Américains — sauf un couple de jeunes Japonais et un autre, aux cheveux gris, qui pouvait être allemand — qui portaient de coûteux vêtements de sport, les hommes au visage hâlé marqué par des coupures de rasoir, les femmes aux cheveux courts et au bronzage moins agressif à la mode depuis qu'on s'inquiétait du cancer de la peau ; ils parlaient entre eux à voix basse ou pas du tout, les maris absorbés dans la lecture du *Wall Street Journal* pendant que leurs épouses étudiaient le programme des activités du jour ou mangeaient, les yeux dans le vide.

Eleanor contemplait la petite baie et l'océan. Une grande forme grise surgit de l'eau, à mi-chemin de l'horizon, une nageoire capta la lumière et une gerbe d'eau marqua l'endroit où le gigantesque animal plongea, aussi brusquement qu'il était apparu. Eleanor retint son souffle un instant et observa la mer avec une vive attention jusqu'à ce qu'elle aperçoive un jet d'eau, à vingt mètres environ du premier point d'émergence. Le Lanai des Baleines semblait mériter son nom.

Elle regarda les autres clients. Personne n'avait rien vu. Une femme, trois tables plus loin, se plaignait du peu d'achats que l'on pouvait faire ici. Elle voulait retourner à Oahu. Son mari hocha la tête, mordit dans sa tartine et continua à lire le journal.

Eleanor soupira et parcourut des yeux la feuille des activités proposées pour ce jour-là. La liste était imprimée en cursive sur un épais papier gris, le tout aussi élégant qu'une invitation à un vernissage. C'étaient les divertissements habituels fournis par ce genre de complexe hôtelier — aucun ne l'intéressait, mais deux informations retinrent son attention : à neuf heures trente, Paul Kukali, conservateur d'art et d'archéologie, proposait une visite artistique des lieux. À dix heures, il y avait un tour des pétroglyphes, avec pour guide le même Kukali. Le pauvre homme en aurait soupé d'elle avant que le jour soit terminé, se dit-elle.

Eleanor jeta un coup d'œil à sa montre, sourit à la jeune serveuse qui venait lui resservir du café et, voyant son air interrogateur, acquiesça d'un hochement de tête. En pleine mer, la baleine à bosse jaillit hors de l'eau et la frappa de sa queue ; tout en sachant que c'était de l'anthropomorphisme, Eleanor se dit que l'animal célébrait ainsi la beauté de cette journée.

La procession menée par Trumbo parcourait le long tunnel taillé dans la lave noire. Les lampes encastrées au plafond pommelaient le sol de flaques de lumière.

« Le problème avec ce genre de complexes hôteliers, disait Trumbo à Hiroshe Sato, c'est que les services de maintenance tiennent trop de place et gênent la clientèle. Pas ici. » À un grand croisement, il prit à droite. Des panneaux blancs indiquaient le chemin. Une voiturette électrique les croisa, puis une femme à bicyclette, en uniforme de l'hôtel. De grands miroirs ronds accrochés en haut de la paroi de pierre permettaient aux conducteurs et aux piétons de voir de l'autre côté des tournants.

« Toute la maintenance est là », poursuivit Trumbo en montrant les bureaux devant lesquels ils passaient. Les vitres éclairées donnaient à cet endroit un air de centre commercial. « Voilà la blanchisserie... en pleine saison, c'est la plus active de tout Hawaii. On compte douze kilos de linge par chambre et par bungalow. Ici... vous sentez ? C'est la boulangerie-pâtisserie. Nous avons une équipe de huit boulangers ; cet endroit fonctionne toute la nuit... ça sent drôlement bon à cinq heures du matin... Bien, à notre gauche, voilà la fleuriste — nous sous-traitons avec un jardin du coin, mais il faut du personnel pour créer plus de dix mille compositions florales par semaine. Là, c'est le bureau de notre astronome... ah, voilà celui du volcanologue... Hastings travaille à l'observatoire cette semaine, mais il sera là pour nous parler demain matin... notre boucher, nous faisons venir le bœuf de Parker Ranch, près de Waimea... c'est la région des *paniolo,* les cow-boys d'Hawaii... et là, c'est le bureau du conservateur d'art et d'archéologie... Paul est un sacré type, né à Hawaii, études à Harvard ; c'était notre pire adversaire lorsque nous avons construit le Pélé. Aussi... je l'ai embauché. Je suppose qu'il s'imaginait que ce serait le genre d'horreur qu'il avait l'habitude de voir, vous comprenez ce que je veux dire ? »

Hiroshe Sato regarda le milliardaire américain avec des yeux vides.

Trumbo emprunta un autre couloir à gauche. Le personnel, sur le pas des portes ou aux fenêtres, les regardait passer et saluait en reconnaissant le propriétaire. Il leur faisait de grands signes et appelait parfois les employés par leur nom. « Là, c'est la sécurité... et là, le jardinage et l'entretien... l'eau nécessite un bureau pour elle toute seule... voilà celui du responsable de l'environnement et de l'océan... les masseuses, nous avons de formidables masseuses, Hiroshe... le directeur de la faune sauvage : vous avez peut-être remarqué que nous avons des oiseaux, des mangoustes et d'autres bestioles en pagaille... et voilà les transports...

— Combien ? demanda Sato.

— Hein ? Combien quoi ? » Derrière eux, Will Bryant riait d'une plaisanterie que M. Matsukawa avait dite.

« Combien d'employés ?

— Oh ! Environ douze cents. »

Sato baissa la tête jusqu'à ce que son menton repose sur sa poitrine. « Cinq cents chambres environ. Disons une capacité moyenne de... huit cents clients ? »

Trumbo hocha la tête. Sato avait donné le nombre exact.

« Vous avez un employé et demi par client.

— Ouais. Mais ce sont des clients de classe internationale. Des gens qui retiennent une suite à l'Oriental quand ils vont à Bangkok, qui passent l'été dans les grands hôtels de Suisse. Ils *s'attendent* au meilleur service possible. Et ils sont prêts à payer pour l'avoir. »

Sato acquiesça à demi.

Trumbo soupira et emprunta une rampe qui remontait à la surface. Une porte s'ouvrit et, clignant des yeux, ils se retrouvèrent dans l'éclatante lumière du soleil. « Mais tout ça, ce sont des vétilles, Hiroshe. Voilà le véritable but de notre promenade. » La procession roula à l'ombre des grands cocotiers vers les bâtiments de cèdre et de verre qui entouraient le premier tee.

« Ahhh, soupira Hiroshe Sato en relevant la tête et en souriant pour la première fois de la journée. Le golf. »

8.

> « La fumée se referme sur Kaliu.
> Je croyais que mes *lehua*[1] étaient tabous.
> Les oiseaux de feu les dévorent.
> Ils rongent mes *lehua*
> Jusqu'à ce qu'ils aient disparu. »
>
> Chant de Hüaka, la sœur de Pélé,
> sur la trahison de celle-ci.

14 juin 1866, le Kilauea.

Mes os contusionnés, mes muscles endoloris, et une fatigue si accablante qu'elle m'effraie, tout cela devrait me pousser à renoncer au travail supplémentaire que constitue la rédaction de ce journal, mais rien ne peut m'empêcher de retranscrire l'allégresse, l'excitation, la majesté et la pure, l'incommunicable terreur de ces dernières vingt-quatre heures. J'écris ceci à la lumière de l'œuvre ardente de Madame Pélé.

Je crois avoir dit, plus haut, qu'Hilo semblait être « le vrai paradis du Pacifique », à cause de ses rues fleuries, de ses petites maisons blanches et pittoresques, de sa flore exotique : le lauhala *— pandanus — laisse retomber partout son feuillage lugubre, ses racines aériennes rampent vers les trottoirs en bois comme s'il se préparait à rejoindre les autres piétons dans leurs séjours vespéraux ; les bananiers arborent fièrement comme des médailles les cônes pourpres de leurs fleurs trop petites ; chaque cour est festonnée de gardénias, d'eucalyptus, de goyaves, de bambous, de mangoustans, de* kamani, *d'anones, de feuilles de cocotiers, d'un véritable jardin des Délices botanique. Les mis-*

1. Cet arbre, aussi appelé *ohia letua (Metosideros villosa),* fournit un bois dur et porte des inflorescences pyramidales d'un rouge vif.

sionnaires qui peuplent cet Éden terrestre m'ont comblée de tant d'invitations qu'il s'écoula toute une semaine irritante avant que je puisse effectuer mon expédition vers le volcan. Pour je ne sais quelle raison, M. Clemens fut lui aussi retenu, si bien que nous nous lançâmes de concert dans l'aventure.

Je devrais mentionner que les résidents d'Hilo, originaires du pays ou transplantés, circulent tous, à cheval avec un savoir-faire et une ferveur dont j'ai rarement été témoin ailleurs, et tous, sauf les plus âgées des dames, montent à califourchon avec une sérénité olympienne. Donc, lorsque je choisis ma monture — un beau rouan équipé d'une selle mexicaine décorée et d'étriers pourvus de rabats en cuir qui devaient protéger mes bottes dans les broussailles —, je ne fus pas surprise de voir que je devais monter dans le style du pays. Tous les chevaux sélectionnés pour nous avaient une longe d'au moins six mètres enroulée autour du cou et les sacoches étaient toutes gonflées de pain, de bananes et de bouteilles de thé.

Notre groupe comprenait le plus jeune et le plus terne des jumeaux, le jeune Thomas McGuire (le neveu de Mme Lyman), le corpulent révérend Haymark, et notre effronté journaliste, M. Clemens. Maître Wendt, qui avait le premier proposé que nous nous lancions hardiment à l'assaut du royaume de Pélé, était tombé malade et, de son lit de douleurs, nous avait ordonné de partir sans lui.

Je confesse que la présence de M. Clemens dans notre joyeuse bande éveillait en moi des sentiments contradictoires : d'un côté, sa présence cynique menaçait de minimiser la dimension spirituelle de ce qui serait peut-être une expérience transcendante ; de l'autre, les jeunes Smith et McGuire étaient assommants, totalement démunis du moindre esprit et incapables de la rigueur ordinaire que nécessite une conversation nourrie ; quant à l'asthmatique révérend Haymark, il ne semblait s'intéresser qu'à l'Épître aux Galates et au dîner. C'est pourquoi j'accueillis le front expressif, les boucles indomptées et l'agressive moustache de M. Clemens avec quelque chose qui ressemblait à du soulagement.

Notre guide, Hananui, splendidement vêtu et enguirlandé à la mode indigène, ne perdit pas de temps à nous présenter ou à nous expliquer l'excursion, mais éperonna son cheval et nous fit sortir d'Hilo au galop. Je pouvais soit faire semblant de guider mon cheval, soit m'accrocher à deux mains au pommeau de la selle et rester vraiment sur la bête. Je choisis cette dernière solution.

Nous passâmes rapidement devant de jolies petites maisons et de coquets clochetons, plongeâmes dans une jungle sauvage comme je n'en avais jamais vu, et gravîmes au milieu de cette profusion végétale une piste de lave noire qui ne faisait que cinquante centimètres de large. Accrochée à ma selle, le large chapeau à bord souple que j'avais acheté à Denver quelques mois plus tôt suspendu autour de mon cou par un cordon, je me contentais de guetter les branches basses et les lianes qui auraient pu me jeter à bas de mon cheval ; je croyais que cette bête obstinée s'appelait « Leo », mais je découvris plus tard que « cheval » se dit lio *en hawaiien. Ayant traversé cette forêt tropicale, nous longeâmes bientôt des champs tout aussi denses de canne à sucre, puis nous nous arrêtâmes après environ une heure de chevauchée, et Hananui nous distribua du thé froid.*

Ensuite, nous émergeâmes au petit galop des champs de cannes à sucre et du dernier bosquet pour aborder la pahoehoe, *la lave lisse qui s'étendait sur le flanc de la montagne, aussi loin que portait notre vue. Une telle désolation, se déployant ainsi sur une quarantaine de kilomètres, aurait suffi à décourager le voyageur le plus endurci, sans cette profusion de fougères et d'herbes qui, à chaque tournant, adoucissait la noire extrusion. Tandis que nous nous élevions toujours plus haut et que le Pacifique scintillait derrière nous sous la somptueuse lumière de l'après-midi, j'identifiai aisément une douzaine de variétés de plantes, y compris la ravissante* Microlepia tenuifolia, *la* Sadleria *commune, la* Gleichenia hawaiiensis *semblable à des fils de fer, et l'ohias à petites feuilles* (Metyrosideros polymorpha), *avec ses fleurs cramoisies.*

La compagnie humaine n'offrait pas une variété aussi colorée. Sur les champs de lave, la piste s'élargissait et nous pûmes chevaucher deux par deux. Hananui et le volubile M. Clemens nous montraient le chemin. Les jeunes MM. Thomas McGuire et Smith (nous n'appelions jamais les jumeaux par leur prénom tant il était difficile de les distinguer l'un de l'autre) les suivaient, tandis que le révérend Haymark fermait la marche en ma compagnie. Le pasteur ne semblait pas plus à l'aise sur sa selle que son cheval, plutôt petit, ne paraissait heureux sous son poids, et leur manque d'enthousiasme freinait plus le pas que si les autres avaient dû s'adapter à mon train déjà lent.

M. Wendt nous avait prévenus que l'excursion ne serait pas facile — une cinquantaine de kilomètres, en grande partie sur des champs de lave, avec une dénivellation d'environ mille deux cents mètres — mais je ne m'attendais pas à être aussi épuisée lorsque, en fin d'après-midi, nous atteignîmes ce qu'Hananui avait appelé la « Maison à

Mi-Chemin », expression qui m'évoquait des images de fauteuils confortables, de thé chaud et de scones sortis du four ; mais il s'avéra que c'était une hutte en fort mauvais état. Au pire, je me serais bien contentée de cet abri rudimentaire — une petite pluie s'était mise à tomber et le bord trempé de mon chapeau dégouttait sur mes épaules — mais la Maison à Mi-Chemin était fermée à double tour.

Hananui s'inquiétait, craignant que nous ne puissions pas parvenir à destination avant la nuit. Aussi, attachant son cheval par la longe, il vint s'assurer que nous avions tous des éperons — de lourds instruments mexicains rouillés dont les molettes faisaient presque quatre centimètres de diamètre. Interrogé par M. Clemens, l'Hawaiien reconnut que nous avions encore au moins cinq heures de pénible chevauchée devant nous, sans aucun endroit pour se reposer ou se désaltérer.

Dès que nous quittâmes la Maison à Mi-Chemin, je me laissai distancer tant j'étais brisée par cette position inhabituelle sur une bête au poitrail en forme de baril. J'avais à peine la force de continuer à éperonner l'animal fatigué tout en m'accrochant au pommeau de la selle. Je découvris qu'en tournant la tête d'un côté, la pluie s'écoulait du bord de mon chapeau par terre, sans tremper ni mes jambes ni l'encolure du cheval.

Je fus surprise quand, levant les yeux, je m'aperçus que M. Clemens chevauchait à côté de moi. Sa sollicitude, si tel était le cas, m'irrita et j'éperonnai Leo pour accélérer son allure lourde et indifférente.

Le journaliste fumait l'un de ses horribles cigares, dont l'extrémité rougeoyante était tout juste protégée de la pluie par le bord très large de son sombrero. Je remarquai avec un peu d'envie qu'il portait aussi une espèce de blouse cirée très longue qui — bien qu'elle dût être chaude sous un tel climat — semblait le protéger de la pluie avec une grande efficacité. Ma propre jupe et toutes les épaisseurs de ma tenue de cavalière devaient maintenant peser environ cinquante kilos tant elles étaient imbibées d'eau — j'avais estimé cela pendant les interminables explications de l'Épître aux Galates auxquelles m'avait soumise le révérend.

« Un pays magnifique, n'est-ce pas ? » me demanda l'ex-pilote fluvial.

J'acquiesçai aussi évasivement que possible.

« C'est chic, de la part des indigènes, d'avoir ainsi parfumé l'air à notre intention, vous ne trouvez pas ? insista-t-il. Et d'avoir choisi ce style particulier de lumière du Sabbat.

— Lumière du Sabbat ? » dis-je. Ce n'était pas dimanche.

M. Clemens tourna la tête et désigna d'un geste du menton le paysage qui était derrière nous. Pour la première fois depuis des heures, je pivotai sur ma selle et regardai vers l'est. Il pleuvait sur le versant de lave noire où nous étions, mais au loin, le soleil bas embrasait les vagues d'or et de blanc éblouissants. D'autres nuages et d'autres grains jetaient leurs ombres sur la mer et celles-ci se déplaçaient comme des animaux furtifs cherchant un abri contre cet éclat universel. À notre gauche, où la lumière vespérale oblique traversait la vallée entre le Mauna Kea et notre Mauna Loa, le soleil perçait les nuages de flèches presque horizontales ; cette lumière si dorée qu'elle paraissait solide prêtait au feuillage de la jungle un vert qui n'était pas de ce monde.

« On en vient à se demander pourquoi les païens ne se sont pas convertis au christianisme avant l'arrivée des premiers missionnaires, non ? » dit M. Clemens d'une voix traînante. Il chevauchait avec l'aisance arrogante de quelqu'un qui a passé une grande partie de sa vie en selle. L'eau dégouttait en ruisselets de son sombrero.

Je me redressai et serrai les rênes de la main gauche comme si j'étais capable de diriger mon cheval. « Vous n'êtes pas ami de l'Église, n'est-ce pas, monsieur Clemens ? »

Le compagnon que je n'avais pas invité fuma un moment, plongé dans ce qui aurait pu être un silence méditatif. « De quelle Église parlez-vous, mademoiselle Stewart ?

— De l'Église chrétienne, monsieur Clemens. » J'étais trempée et endolorie, pas du tout d'humeur à badiner.

« Quelle Église chrétienne, mademoiselle Stewart ? Même ici, les païens disposent d'un large choix.

— Vous savez très bien ce que je veux dire, monsieur Clemens. Vos remarques sont empreintes d'un profond mépris pour les efforts de ces braves missionnaires. Et pour la croyance qui les a envoyés si loin de leurs confortables foyers. »

Au bout d'un moment, M. Clemens hocha un peu la tête et toucha le bord de son chapeau pour que l'eau s'écoule. « J'ai connu une missionnaire qui avait été envoyée ici, aux îles Sandwich. Chose extraordinaire, vraiment. Elle arrivait de Saint Louis. En fait, je connaissais surtout sa sœur... la femme la plus généreuse que vous ayez jamais pu rencontrer... si vous vouliez quelque chose qui était en la possession de cette dame, vous l'obteniez dans la minute qui suivait. Elle vous le donnait, et avec plaisir. »

Le journaliste semblait perdu dans la contemplation heureuse de ce souvenir ; aussi, après un moment de silence, rompu seulement par le bruit de la pluie et des sabots de nos chevaux, je dis : « Eh bien ! Que lui est-il arrivé ? »

M. Clemens tourna vers moi sa moustache et son cigare rougeoyant. « À qui ?

— À la missionnaire ? répondis-je avec exaspération. À la sœur de votre amie, la missionnaire qui est venue ici, aux îles Sandwich.

— Ahhh. » Il ôta le cigare de sa bouche pour faire tomber la cendre sur le pommeau de sa selle. « Eh bien, ils l'ont mangée. »

J'avoue que j'ai cligné des yeux. « Je vous demande pardon ?

— Ils l'ont mangée. » Son cigare avait repris place entre ses dents.

« Les indigènes ? dis-je d'une voix affaiblie par le choc. Les Hawaiiens ? »

M. Clemens, également bouleversé, semblait-il, me jeta un coup d'œil. « Bien sûr, les indigènes. Qu'est-ce que vous croyiez, mademoiselle Stewart... que je parlais des autres missionnaires ?

— C'est affreux. »

Il hocha la tête, visiblement intéressé par son histoire. « Ils ont dit qu'ils regrettaient. Les indigènes, bien sûr. Quand la famille de la pauvre dame envoya chercher ses affaires, les païens ont dit qu'ils étaient terriblement désolés. Que c'était un accident. Que cela ne se reproduirait plus. »

Je ne pus que le regarder fixement dans l'obscurité croissante. Nos chevaux posaient leurs pattes avec précaution sur la lave mouillée.

« Un accident, dis-je, sans dissimuler mon mépris.

— Je suis d'accord avec vous, mademoiselle Stewart. Ce n'était pas un accident. N'importe comment, il n'y a pas d'accident. » Il leva un bras, le doigt pointé vers le ciel obscurci. « C'est la divine Providence qui a poussé les indigènes à manger la sœur de mon amie de Saint Louis... cela fait partie du Plan Cosmique. »

J'attendis.

M. Clemens se tourna vers moi, fit, sous sa moustache, une petite grimace qui pouvait passer pour un sourire, puis éperonna son cheval et contourna le révérend Haymark et les deux jeunes gens — maintenant plongés dans un silence maussade — pour rattraper Hananui.

Devant un rideau d'arbres qui était le premier bosquet rencontré depuis des heures, le ciel et la terre brûlaient d'une lueur plus intense que les reflets d'un couchant déjà pâli. Autour de nous, les flaques s'étaient transformées en mares cramoisies et, je dois l'avouer, j'ima-

ginai que des païens avaient exécuté un sacrifice humain sur la roche noire et laissé derrière eux ces flaques de sang.

Je contemplai le volcan dans toute sa gloire. Nous approchions du feu de Madame Pélé.

Pour tuer le temps avant la visite, Eleanor fit une promenade dans le domaine. Elle commençait à comprendre la disposition des lieux. À l'est de la Grande Hale, il y avait les jardins, une forêt de palmiers, un des trois tennis et deux golfs à dix-huit trous, l'un au nord, qui descendait vers la côte, l'autre au sud. À l'ouest du bâtiment principal, on trouvait la Prairie Marine, d'autres jardins, des cascades et des lagons, le Bar de l'Épave, la mare des raies mantas et une plage qui se déployait en croissant sur cinq cents mètres. Si on longeait la baie vers la droite, on rencontrait la forêt dense qui abritait la plus grande partie des bungalows — le sien compris. En tournant à gauche, on suivait la plage, puis le long promontoire rocheux, et l'on tombait sur les bungalows samoans — d'immenses *hale* avec leur propre piscine. À l'est, au sud et au nord, il n'y avait que des champs de lave — des amoncellements d'*a'a* pendant des kilomètres. On ne pouvait atteindre la mer que par la baie et la plage, ou par l'école de voile, au nord de la péninsule : ailleurs, c'étaient les falaises qui subissaient l'assaut direct du Pacifique.

Eleanor avait déjà localisé le champ de pétroglyphes — une piste de jogging traversait le champ de lave jusqu'à la côte, au-delà des fairways du golf le plus éloigné. Au début du chemin, on lisait sur une petite plaque que les dessins, sur les rochers, avaient été exécutés par les premiers Hawaiiens et étaient sévèrement protégés par le complexe hôtelier du Mauna Pélé. D'autres panneaux avertissaient les joggeurs qu'ils devaient rester sur la piste et rentrer avant la nuit car les champs d'*a'a* étaient dangereux, pleins de crevasses et de conduits de lave qui pouvaient s'effondrer.

Après un rapide relevé du terrain, Eleanor revint à la Grande Hale ; il lui restait encore vingt minutes avant que la visite commence. Passant devant les marches qui conduisaient au Lanai des Baleines et à plusieurs restaurants de luxe, fermés pendant la journée, elle emprunta un large escalier pour rejoindre l'atrium. Eleanor s'aperçut aussitôt que ce grand bâtiment était un complexe hôtelier à lui tout seul : les clients pouvaient y passer des vacances exotiques sans jamais sortir de ses confins.

L'extérieur était trompeur : avec son faux toit de chaume et son large balcon, ses sept étages de terrasses pleines de plantes en pots, la Grande Hale correspondait à peu près au terme « hutte indigène » tant utilisé en ces lieux, mais vue de l'atrium ou des halls intérieurs, la structure en était extrêmement élégante. Construite à flanc de coteau, elle ne révélait que cinq étages lorsqu'on arrivait par le portique est. En entrant du côté de l'océan, comme c'était le cas pour Eleanor, on passait devant des boutiques et des restaurants avant de pénétrer dans une forêt de bambous et de suivre un chemin qui traversait des collines herbues, entre des étangs de carpes dorées et des grappes d'orchidées épiphytes. L'intérieur du bâtiment s'ouvrait sur le ciel et chaque niveau, orné de lianes et de plantes fleuries, s'élevait en terrasse autour de l'atrium boisé. Eleanor se dit que Babylone devait ressembler à cela.

Le grand hall était au deuxième étage ; ses dalles brillaient, des bouddhas dorés souriaient sur le seuil, les alizés y entraient librement par le perron donnant sur la terrasse qui surplombait le Lanai des Baleines. Quelques employés de l'hôtel parcouraient discrètement les couloirs inondés de soleil, mais ce lieu donnait une impression générale de vide absolu et de silence, rompu seulement par les oiseaux — depuis l'atrium jusqu'au hall, des cacatoès, des aras, des perroquets et d'autres oiseaux exotiques sifflaient et parlaient dans d'immenses cages — et par l'incessant susurrement de la houle et du feuillage.

Eleanor avait eu une longue liaison amoureuse avec un architecte, aussi évalua-t-elle à leur juste valeur les installations coûteuses, le cuivre poli, le cèdre brillant et l'acajou joliment sculpté, les sombres moulures en ferréol, les encadrements de marbre des portes d'ascenseur, les traditionnelles vérandas japonaises et les proportions de cet ensemble à la fois incroyablement post-moderne et séduisant. Le bâtiment échappait à la vulgarité Hyatt/Disney tout en produisant une impression aussi forte. C'est le jugement qu'aurait porté son ancien amant — ou du moins l'imaginait-elle.

Eleanor pensa ensuite qu'elle aimerait bien aller chez le coiffeur. Elle portait généralement les cheveux courts — une amie avait dit qu'elle ressemblait à Amelia Earhart [1] —, mais au printemps elle les laissait pousser un peu, pour pouvoir les couper en vacances. La première chose qu'Eleanor faisait après avoir rangé ses affaires, quelle que soit la ville où elle venait d'arriver, c'était d'errer dans les rues jusqu'à ce qu'elle trouve un salon de coiffure — tante Beanie lui avait appris à se moquer, dès l'âge de quatre ans, de cette dénomination. Là, se soumettant à la coupe, si vilaine soit-elle, qui était à la mode en ce lieu, Eleanor renversait presque toujours les barrières de la langue et de la culture pour communiquer avec les autres femmes. Après qu'on se fut occupé de ses cheveux — et parfois de ses ongles —, elle repartait armée d'assez d'informations sur la ville pour trouver les bons restaurants, acheter des objets authentiques, voir les choses réellement intéressantes ; elle finissait souvent par manger et voyager avec certaines des femmes rencontrées sous le casque. Elle s'était laissé massacrer les cheveux à Moscou et à Barcelone, à Reykjavik et à Bangkok, à Kyoto et à Santiago, à La Havane et à Istanbul... ils repoussaient et elle les faisait couper à l'automne, au moment de la rentrée universitaire. On la prenait souvent pour une habitante des pays qu'elle visitait — acheter des vêtements dans les boutiques fréquentées par les femmes dont elle avait fait connaissance au salon de coiffure venait généralement en second lieu dans son emploi du temps, et cela l'aidait aussi à communiquer.

Eleanor se demanda où se faisaient coiffer les femmes qui travaillaient au Mauna Pélé. Pas ici, en tout cas. Pas plus qu'elles n'auraient pu le faire à Beverly Hills. Eleanor savait qu'il lui faudrait se rendre en car sur la côte du Kona, peut-être jusqu'à Hilo.

Elle jeta un coup d'œil à sa montre. L'heure de la visite était arrivée. La feuille des activités du jour indiquait le point de rencontre, les bouddhas du grand hall, mais Eleanor ne voyait personne attendre à cet endroit. Les statues, en bronze doré, ne représentaient absolument pas Bouddha. Eleanor avait suffisamment voyagé dans le Pacifique pour les identifier : c'étaient des disciples de Bouddha, les paumes jointes pour la prière, le corps mince sous la robe de bronze doré constellée de miroirs. Elle estima qu'ils devaient provenir de Thaïlande ou du Cambodge.

1. Une belle aviatrice américaine des années trente qui accomplit différentes performances admirables et mourut en traversant le Pacifique Sud en solitaire.

« Thaïlande, dit une voix agréable, derrière elle. Fin du XVIIIe siècle. »

Eleanor se retourna et vit un homme à peu près de sa taille, peut-être de quelques années plus âgé, même si son visage asiatique était dépourvu de rides. Ses cheveux bouclés et coupés court grisonnaient. Ses grands yeux étaient expressifs derrière des lunettes rondes dont la monture venait de chez Armani. La peau de son visage soigneusement rasé avait la couleur du bois joliment bruni des moulures intérieures de la Grande Hale. Il portait une chemise flottante en soie bleu marine, un pantalon de lin et des sandales.

« Monsieur Kukali ? » dit Eleanor en lui tendant la main.

Sa poignée de main était agréable. « Paul Kukali, répondit-il d'une belle voix de baryton. Vous semblez constituer à vous toute seule le groupe de ma visite. Puis-je vous demander votre nom ?

— Eleanor Perry.

— Ravi de faire votre connaissance, madame.

— Notre groupe étant si réduit, appelez-moi Eleanor, dit-elle en se retournant vers la sculpture et en regardant sa jumelle, agenouillée de l'autre côté du seuil. Ces disciples sont merveilleux. »

Paul Kukali la regardait d'un air approbateur. « Ah, vous connaissez l'usage auquel ils sont destinés. Avez-vous remarqué que leur apparence présente de petites différences ?

— Maintenant que vous le dites, oui. Leurs nez. Et leurs robes. Les lobes de leurs oreilles sont allongés, ce qui signifie qu'ils sont de naissance royale...

— *Lakshana.*

— Oui, mais les oreilles de celui-là sont un peu plus... grandes. » Eleanor eut un petit rire.

Le conservateur se rapprocha et posa la main sur la laque noire dorée à la feuille. « Ce sont les portraits idéalisés des donateurs. On constate la même chose sur les retables de la Renaissance, en Europe. Les donateurs aimaient à voir leurs propres images représentées près de l'objet de leur vénération. »

Eleanor balaya du regard les statues, les tables ouvragées, les tentures murales, les bols, les figures sculptées, et les autels bouddhiques du hall, des couloirs avoisinants et des terrasses. « Cet endroit ressemble à un musée.

— *C'est* un musée, répliqua Paul Kukali avec un petit sourire. Seulement, j'ai convaincu M. Trumbo qu'il ne fallait pas mettre de plaques en bronze. Mais vous verrez, disséminée ici et dans les autres bâtiments du Mauna Pélé, la plus belle collection d'art de l'Asie et du Pacifique que l'on puisse trouver à Hawaii — notre seul concurrent est le Mauna Kea, et uniquement parce que Laurence Rockefeller était un amateur d'art.

— Pourquoi avez-vous convaincu M. Trumbo de ne pas étiqueter ces trésors ? » demanda Eleanor. Elle avait traversé le hall pour étudier un *tansu* japonais rouge d'un mètre cinquante de haut sur deux mètres cinquante de large.

« Mon désir était que les clients découvrent les œuvres non comme s'ils se trouvaient dans un musée, mais comme s'ils tombaient sur ces merveilles en rendant visite à un ami.

— Jolie idée. » En haut du *tansu,* il y avait deux tablettes votives en bois qui devaient être thaïes.

« Et puis, comme cela, je continue à assurer des visites ici, lorsque je ne donne pas mes cours à l'université d'Hilo. »

Eleanor rit. Le conservateur lui fit signe d'emprunter le grand escalier. La visite commençait.

Le Mauna Pélé avait deux golfs, le terrain « facile » de 6 825 mètres par 72, dessiné par Robert Trent Jones Jr., et le nouveau, plus difficile, de 7 321 mètres par 74, conçu par Bill Coore et Ben Crenshaw. Tous deux ressemblaient à des sculptures vertes taillées dans des étendues infinies de lave. Byron Trumbo pensait qu'Hiroshe Sato apprécierait le plus facile aujourd'hui et s'attaquerait le lendemain aux links parsemés de fourrés du parcours ardu de Coore-Crenshaw.

Les sept premiers trous se passèrent bien. La partie à quatre aurait dû comprendre Trumbo, Sato, Inazo Ono et Will Bryant — mais au grand agacement de Trumbo, son assistant refusait d'apprendre à jouer au golf et restait auprès des voiturettes pendant que son patron jouait. Bobby Tanaka fit donc le quatrième, et bien qu'il jouât fréquemment au Japon, ce qui entrait dans son rôle de négociateur et de responsable de la communication, on aurait pu dire, au mieux, que son style manquait d'inspiration. Mais Sato jouait d'une manière presque aussi agressive que Byron Trumbo.

Le milliardaire américain savait que si l'affaire devait se conclure, ce pourrait très bien être ici, sur les links. Vers la fin, il garda à ses drives un peu de recul pour que sa balle termine le plus souvent près de celle de Sato. Il avait son caddie habituel du Mauna Pélé, un nommé Gus Roo, et Sato avait amené le sien du Japon — un vieux qui aurait eu l'air plus à sa place dans un village de pêcheurs que dans un complexe hôtelier cinq étoiles.

Le temps restait clair et agréable — une température aux alentours de vingt-neuf degrés, mais très peu d'humidité, à cause de la brise marine. Sato était à un coup ou deux derrière Trumbo qui avait le handicap le plus réduit. L'Américain était aussi compétitif au golf qu'ailleurs, mais il était prêt à perdre, face à ce gamin milliardaire, si cela pouvait le débarrasser du Pélé. Le nuage de cendres était hors de vue, aucune coulée de lave ne venait enterrer les joueurs, Trumbo espérait avoir un après-midi fructueux et régler rapidement les négociations.

Les choses commencèrent à se gâter au huitième trou. Il avait putté sa balle dedans et attendait que Sato cesse de marmonner et se décide à faire de même lorsque Will Bryant lui fit signe de le rejoindre à la voiturette. Il avait eu un appel téléphonique. « Mauvaises nouvelles. Sherman vient d'appeler d'Antigua. Bicki est en larmes. Elle a fait une scène jusqu'à ce que Felix vienne la prendre avec le Gulfstream.

— Merde », murmura Trumbo. Sato putta — un coup facile à deux mètres — et manqua le trou d'environ vingt-cinq centimètres. Trumbo secoua la tête, pour exprimer sa sympathie. « Et où diable voulait-elle aller ? chuchota-t-il à Bryant.

— Ici.

— Ici ?

— Oui. »

Trumbo serra son putter assez fort pour tordre le graphite. « Qui lui a dit où j'étais ? »

Will Bryant haussa les épaules. « La mauvaise nouvelle, ce n'est pas ça. »

Trumbo se contenta de le regarder fixement.

« Mme Trumbo et son avocat ont quitté New York il y a maintenant quatre heures.

— Ne me dites pas qu'ils arrivent. » Sato putta de nouveau, et manqua le trou de cinq centimètres.

« Si. Évidemment, ils veulent vous empêcher de vendre le Mauna Pélé. Koestler a dû apprendre vos intentions. »

Byron Trumbo vit en imagination l'avocat de sa femme, avec ses cheveux gris attachés sur la nuque — défenseur des Panthères Noires et des radicaux antimilitaristes, Myron Koestler n'était généralement pas celui des épouses de milliardaire — et essaya de se rappeler le numéro de téléphone du tueur de la Mafia qu'il avait rencontré un jour à Detroit. « Caitlin, Caitlin, se chuchota-t-il. Je vais te faire abattre, ma petite chérie.

— Ce n'est pas fini », dit Bryant.

Sato s'agenouilla pour aligner son putt de quinze centimètres. Trumbo lui tourna le dos avant de crier. « Maya ? »

Will Bryant se gratta le menton avec le téléphone et hocha la tête.

« Elle va arriver ? » Trumbo tenta d'imaginer les trois femmes qui étaient actuellement dans sa vie réunies en même temps au même endroit. Ce n'était pas la première fois qu'il essayait. Il n'eut pas plus de succès cette fois-ci.

« Barry n'est pas sûr, poursuivit Will Bryant. Sortie cet après-midi pour faire des achats chez Barney, elle n'est pas rentrée. »

Trumbo sourit. Maya avait son propre avion. « Renseignez-vous. Si elle a décidé de venir ici, dites à l'aéroport qu'il faut la retenir. S'ils lui donnent l'autorisation de sortir, envoyez Briggs à l'aéroport avec un missile Singer pour descendre l'avion. »

Will Bryant jeta un coup d'œil au malabar qu'était le chef de la sécurité, mais ne répondit pas.

« Oh, merde, dit Trumbo du fond du cœur.

— Oui », acquiesça son adjoint.

Hiroshe Sato putta. Trumbo applaudit et sourit. « Que Briggs descende *tous* les avions », dit-il à Will Bryant en s'éloignant. Le groupe se déplaça en direction du neuvième trou.

La visite ne devait durer qu'une heure, mais il s'écoula presque quatre-vingt-dix minutes avant qu'Eleanor ou Paul Kukali remarque l'heure qu'il était. Parcourant les sept étages de la Grande Hale et les jardins, le conservateur lui avait montré de ravissants bols hawaiiens, des masques de Nouvelle-Guinée d'un mètre cinquante de haut, une sculpture bouddhique japonaise de Kamakura du

XIVe siècle, des bois sculptés thaïs de la période Ayudhya, un beau bouddha indien de Nagapattinam caché sous un banian dans le jardin, les lions ailés qui gardaient l'entrée de la suite présidentielle, un amusant bouc accroupi en bois laqué rouge, et une douzaine d'autres trésors. Eleanor avait rarement pris autant de plaisir à une discussion sur l'art.

Au cours de leur promenade, elle apprit que Paul Kukali était veuf depuis six ans, et lui qu'elle ne s'était jamais mariée ; il avait deviné qu'elle était enseignante mais fut surpris d'apprendre que sa spécialité était le siècle des Lumières ; ils portaient tous deux un intérêt profond au Zen et s'aperçurent qu'ils avaient visité les mêmes jardins traditionnels au Japon, qu'ils aimaient également la cuisine thaïe, détestaient aussi passionnément les discussions politiques sur les campus, et qu'ils riaient des mêmes jeux de mots stupides.

« Je m'excuse d'avoir dépassé le temps qui m'était imparti, dit Paul lorsqu'ils se retrouvèrent dans le hall. C'est à cause du bouddha assis. Je me laisse toujours emporter quand je parle de lui.

— Ne dites pas de sottises. Je l'ai adoré. Si vous ne me l'aviez pas signalé, je n'aurais jamais remarqué la “ roue de la loi ” inscrite dans sa paume.

— C'était gentil à vous d'y déposer une fleur, dit le conservateur en souriant. Et conforme aux usages. »

Eleanor jeta un coup d'œil à sa montre. « Eh bien... je suis presque gênée d'en parler, mais j'avais prévu de suivre votre visite des pétroglyphes. Si je suis la seule à me présenter, aura-t-elle lieu tout de même ? »

Paul lui fit un grand sourire qui révéla des dents parfaites. « Si vous êtes la seule, peu importe que la visite soit retardée. » Lui aussi jeta un coup d'œil à sa montre. « J'ai une idée. Si vous le voulez bien, nous pourrions déjeuner ensemble sur le *lanai* et nous rendre directement de là au champ de pétroglyphes. » Il se tut une seconde. « Bon sang. J'ai l'air de vous draguer, non ?

— Pas du tout. Vous m'invitez à déjeuner et j'accepte. »

Il n'y avait pas plus d'une douzaine de personnes sur le *lanai*, parmi lesquelles Cordie Stumpf, drapée dans un drap de bain à fleurs assorti à son maillot. Elle sirotait, dans un grand verre, une boisson contenant des fleurs et fronçait les sourcils en lisant le menu comme s'il était rédigé dans une langue étrangère.

« Oh, dit Eleanor, il y a quelqu'un que j'aimerais bien vous présenter. Est-ce que cela vous ennuierait si nous lui demandions de se joindre à nous ?

— Pas du tout », répondit le conservateur avec un grand sourire, comme si la proposition d'Eleanor le soulageait.

Cordie Stumpf les regarda en plissant les yeux. Elle avait un coup de soleil sur le nez. « Oui, installez-vous à ma table. Est-ce que vous croyez qu'on sert du *dauphin,* ici ? Je me demande si je ne vais pas prendre un sandwich au Flipper. »

Les choses se gâtèrent vraiment pour Byron Trumbo au quatorzième trou.

Son second coup droit l'amena sur le green pendant que Sato cochait encore sur le rough, puis sortait du bunker. Le jeu du milliardaire japonais était devenu lamentable. Bobby Tanaka et Inazo Ono avaient également des difficultés, aussi Trumbo resta-t-il au bord du green en compagnie de Gus, son caddie, à regarder Sato qui semblait s'ennuyer de plus en plus. Trumbo aurait voulu que le Japonais slice sa putain de balle dans le champ de lave et qu'ils en terminent.

Sato cocha enfin sur le green et rejoignit son vieux caddie qui tendit au jeune homme un mouchoir de soie pour essuyer son visage rubicond. « Puttez, je vous prie, Byron-san.

— Vous voilà, Hiroshe », dit Trumbo avec un sourire amical. Will Bryant venait de l'informer que l'avion de Caitlin se dirigeait bien vers l'aéroport de Keahole-Kona et que son avocat et elle avaient réservé deux chambres au Mauna Pélé. Trumbo crut qu'il allait vomir, mais *après* avoir enroulé son putter autour d'un palmier. « Je vous en prie », dit-il en faisant de la main le geste universel qui veut dire *vous d'abord.*

Sato fit non de la tête en montrant le premier signe d'irritabilité. « Non, je vous en prie, puttez pendant que je contemple les péchés qui ont dû me valoir cette punition. »

Trumbo grogna et s'attaqua à la balle. Il avait un putt d'environ trois mètres à faire. Gus s'avança vers le drapeau, commença à tirer dessus, puis s'arrêta net et regarda ses souliers.

« Enlève-le, Gus.

— Mais, monsieur... » La voix de Gus était étrange.

« Enlève-le et fiche le camp de là.

— Mais... » Le caddie regardait fixement le drapeau et ses souliers comme s'il était paralysé.

« Enlève ce drapeau et fous-moi le camp », répéta Byron Trumbo d'un ton de commandement qu'il utilisait rarement.

Gus ôta le drapeau et recula d'une manière bizarre. Trumbo se demanda froidement s'il ne faisait pas une crise cardiaque et il prit note, mentalement, de ne pas envoyer de fleurs si c'était le cas. La dernière chose dont il avait besoin, c'était que son caddie se permette d'avoir des humeurs ou des problèmes de santé.

En une seconde, Trumbo se concentra, putta doucement et regarda la balle rouler jusque dans le trou. Il leva les yeux pour recevoir un sourire approbateur de Sato, mais l'autre milliardaire chuchotait dans l'oreille d'Inazo Ono qui avait réussi à envoyer sa balle au bord du green en quatre coups. *Va te faire foutre,* pensa Byron Trumbo en s'avançant pour récupérer sa balle.

Quand ses doigts touchèrent ceux qui étaient dans le godet, Byron Trumbo n'eut d'abord aucune réaction. On aurait dit que quelqu'un, sous terre, essayait de lui serrer la main, et c'était si singulier que, sauf des picotements sur sa nuque, il ne réagit pas, mais resta immobile, penché, le bras tendu vers le trou.

Puis Trumbo se pencha un peu plus et regarda dans le godet. Sa balle était là, un peu plus bas que le green, délicatement perchée sur les quatre doigts et le pouce dressés d'une main droite coupée.

Sans changer de position, tout en remarquant que Sato et Ino pivotaient pour le regarder et que le dernier coup coché de Bobby Tanaka l'avait amené sur le green, Trumbo tourna la tête vers Gus Roo. Son caddie, qui tenait toujours le drapeau, leva l'autre main d'un air désarmé. Pour un Hawaiien, son visage était très pâle. Trumbo nota que la base de la hampe du drapeau était tachée de rouge.

Les doigts toujours à quelques centimètres de ceux, levés, qui tenaient la balle, l'Américain regarda Sato et lui sourit. *Et si cette chose était vivante et surgissait du sol.*

« Un beau coup roulé, Byron-san », dit Sato avec peu d'enthousiasme.

Trumbo sourit encore, toujours immobilisé dans sa posture

inconfortable. Il vit que Will Bryant le contemplait, les yeux écarquillés, en se demandant ce qui lui arrivait ; il craignait peut-être que son patron se soit fait mal au dos.

Trumbo prit la balle en retenant son souffle, de crainte que la main coupée refuse de la lâcher.

Il la fit sauter en se redressant, la mit nonchalamment dans sa poche et dit : « Qui a envie d'un verre ? »

Sato et les autres froncèrent les sourcils. « Un verre, Byron-san ? Nous n'en sommes qu'au quatorzième coup. »

Trumbo se posta entre eux et le trou, et haussa franchement les épaules. « Il fait chaud, nous travaillons dur, je pense que nous pourrions faire une pause de quelques minutes et boire quelque chose de frais, là, à l'ombre. » Il montra du doigt le bunker où plusieurs palmiers bruissaient.

« Il faut que je putte », dit Hiroshe Sato, visiblement dérouté par l'attitude désinvolte de son hôte.

Trumbo secoua la tête, en souriant toujours d'un air stupide. « C'est un gimme, Hiroshe.

— Un... gimme [1] ?

— Bien sûr, dit Trumbo en levant les mains. Vous l'avez fait, n'importe comment.

— Je suis à huit mètres cinquante du trou, Byron-san, répliqua Sato, les sourcils plus froncés que jamais.

— Oui, mais vous êtes sensass aujourd'hui, Hiroshe. » Trumbo fit signe, des yeux et des sourcils, à Will Bryant qu'il le rejoigne. L'adjoint revint sur le green, sans tenir compte de la désapprobation qu'affichait le Japonais en le voyant marcher sur l'herbe avec ses souliers. Trumbo se pencha pour lui parler à l'oreille. « Il y a quelque chose dans le godet. Demandez une serviette à Gus, ôtez ce truc de ce trou et débrouillez-vous pour que ni Sato ni les autres ne vous voient. Compris ? »

Will Bryant regarda son patron, fit un petit hochement de tête et rejoignit le caddie.

Trumbo vint prendre le Japonais par l'épaule ; Sato tressaillit un peu. « Hiroshe, venez, que je vous montre quelque chose. » Trumbo conduisit le petit groupe vers les voiturettes garées ; il

1. Un putt trop court dont un joueur n'est pas obligé de tenir compte dans une partie informelle.

fouilla dans le porte-documents de Will, en sortit un prospectus et la carte du complexe hôtelier à laquelle il avait fait allusion pendant le petit déjeuner. Il la déplia sur le siège arrière du chariot comme si le papier contenait une énorme surprise. Sato, Tanaka et Ono se rassemblèrent autour de lui, le vieux caddie se posta derrière eux, et Trumbo sentit qu'ils le regardaient tous avec de grands yeux, comme s'il avait perdu la tête. *C'est peut-être le cas,* pensa le milliardaire, et il pointa un gros doigt sur le quatorzième trou. « Excusez-moi, Hiroshe, mais je n'ai pas cessé de penser à ça pendant les derniers coups et il faut que je vous le dise. Vous êtes-vous aperçu que vous pourriez construire des résidences de luxe ici... et là... et là ? Je sais que vous envisagez de faire du Pélé un club de golf très fermé, avec un tarif d'adhésion de deux cent mille dollars et tout ce qui s'ensuit... »

Sato regardait fixement son hôte comme s'il avait la bave aux lèvres. Le fait que le Japonais veuille fermer le complexe hôtelier du Mauna Pélé et y implanter des copropriétés pour golfeurs ne devait pas être évoqué pendant les négociations. « Oui, mais il faut que je putte », dit Sato en faisant mine de retourner sur le green.

Trumbo aperçut Will Bryant penché sur le trou, la serviette largement déployée. Gus Roo, assis sur un bloc de lave, se tenait la tête à deux mains.

« Réfléchissez », dit Trumbo en prenant Sato par l'épaule et en le faisant pivoter vers la carte. Il sentit l'homme d'affaires japonais frissonner de répulsion à cette invasion de son espace personnel. « Si vous passez au bulldozer cette zone à l'est des links, là... vous voyez ?... si vous y implantez des arbres et des lagons et toutes ces conneries, comme nous l'avons fait à l'ouest... combien vous pourriez louer ça, Hiroshe ? Deux millions chaque ?

— Byron, dit Bobby Tanaka, je croyais que...

— Fermez la », répondit-il. Sato regardait tristement la carte, le dos voûté pour échapper à l'étreinte de Trumbo. Celui-ci jeta un coup d'œil par-dessus son épaule, vit Will Bryant pénétrer dans le champ de lave avec la serviette repliée.

« Il fallait que je vous le dise. OK, retournons finir la partie. » Il regarda Tanaka d'un air furieux. « Il vous a fallu un certain temps, hein, pour arriver sur le green ? »

Inazo Ono disait quelque chose à son patron. « Je propose que M. Sato putte le premier », traduisit-il.

Trumbo fit signe que oui. Il avait entendu les mots « étranger » et « fou ». Il s'en fichait. Quelqu'un était en train de vomir, plus loin, derrière les palmiers et les gros rochers de lave.

Sato se mit à croupetons au-dessus de son putter. Trumbo vit Will Bryant émerger des rochers. Personne d'autre ne parut le remarquer. Chose incroyable, Sato réussit son huit-mètres. Tout le monde applaudit, sauf Gus Roo, toujours assis la tête entre les mains.

Tandis qu'ils se dirigeaient vers les voiturettes et le quinzième trou, Bryant rejoignit son patron et lui chuchota : « J'espère recevoir une prime exceptionnelle pour cela. »

9.

> « Il existait (dans la culture polynésienne) une conception binaire du monde, d'où découlaient des catégories en opposition les unes avec les autres. La plus répandue et la plus convaincante était la dichotomie mâle-femelle où les qualités “ mâles ” étaient représentées par la bonté, la force et la lumière, et où les qualités “ femelles ” étaient surtout faibles, dangereuses et sombres (mais paradoxalement essentielles en tant que donneuses de vie). »
>
> William Ellis, *Polynesian Researches.*

Après déjeuner, Eleanor, Cordie et Paul Kukali visitèrent sans se presser le champ de pétroglyphes. Le sentier de jogging traversait les amoncellements d'*a'a* comme un ruban lisse posé sur une plage de galets. À droite, se dressaient les falaises ; à gauche, il y avait les palmiers, les arroseuses et la luxuriance des deux golfs. Eleanor entendait les exclamations des golfeurs, mais à part cela tout était paisible, sauf le vent et les vagues.

« Quand Trumbo et son consortium ont projeté d'exploiter cette région, disait Paul Kukali, nous sommes allés jusque devant la Cour suprême de l'État pour préserver les anciens étangs hawaiiens poissonneux et les pétroglyphes.

— Quels étangs ? demanda Cordie en tournant la tête dans toutes les directions.

— Justement, répondit le conservateur. Avant que nous ayons obtenu l'ordonnance restrictive, ils les ont détruits avec des bulldozers. J'ai menacé Trumbo d'un esclandre international s'il abattait les pétroglyphes, aussi ces quelques hectares ont-ils été conservés... sauf qu'ils y ont fait passer le sentier de jogging, bien sûr. »

Ils s'arrêtèrent devant une plaque signalant un rocher bas avec des petits trous et le dessin à demi effacé d'un homme. « C'est ça, les pétroglyphes ? demanda Cordie.

— Oui, répondit Paul.

— Ça date de quand ? » Cordie s'accroupit près du rocher. Elle posa la main sur la pierre.

« On n'en est pas sûr. Mais on les trouve sur les sites les plus anciens de l'île... Cela remonte probablement à l'époque où mes ancêtres polynésiens sont arrivés ici pour la première fois, il y a environ mille quatre cents ans. »

Cordie siffla et caressa la pierre. « Qu'est-ce que c'est, ces petits trous ? »

Paul et Eleanor s'accroupirent à côté d'elle. « Ce sont les trous du *piko,* dit le conservateur. Les trous du cordon ombilical. La tradition raconte que lorsque les nouveau-nés perdaient le petit moignon de leur cordon ombilical, on le mettait dans un de ces trous que l'on refermait avec des cailloux. Les familles devaient franchir de longues distances pour venir déposer ici le *piko* qu'ils avaient transporté dans une calebasse. Nous n'avons qu'une vague idée de la raison pour laquelle nos ancêtres pensaient que cet endroit contenait beaucoup de *mana.* »

À ce mot, Cordie leva ses épais sourcils.

« Le *mana,* c'est le pouvoir spirituel, n'est-ce pas ? » dit Eleanor. Paul acquiesça d'un hochement de tête.

« Tout dans le monde était une question de *mana* pour les anciens Hawaiiens. Certains endroits comme celui-ci semblaient en être particulièrement chargés. »

Eleanor se releva et s'approcha d'un rocher où plusieurs figures peintes remplissaient l'espace entre les trous du *piko.* Elle contempla un homme avec des pattes d'oiseau, aux cheveux hérissés et au pénis dressé.

Cordie s'avança. « Ce type a une bite qui ressemble à une flèche. Est-ce que cela veut dire qu'il a beaucoup de *mana ?* »

Paul Kukali éclata de rire. « Probablement. Tout ce que faisaient ou pensaient les Hawaiiens tournait autour du *mana* ou du *kapu.*

— Le tabou ? » demanda Eleanor.

Paul s'assit sur la roche et posa la main juste en dessous de la figure mâle que Cordie avait admirée. « Les *kapu* ne déterminaient pas seulement ce qui était interdit ou permis. Pendant des milliers d'années, les Hawaiiens ont gardé la foi dans le *mana* — le pouvoir spirituel qui s'écoulait de la terre, des dieux et des êtres humains — et le *kapu* les aidait à garder ce pouvoir là où il devait être... à empêcher qu'on ne le vole. »

Cordie se frotta le nez. « Ils pensaient qu'on pouvait voler le pouvoir spirituel ?

— Au point que lorsque les *ali'i* — les membres de la famille royale — passaient, les gens du commun comme vous et moi devaient se coucher par terre et se cacher la figure. Laisser son ombre tomber sur les *ali'i* était punissable de mort. Le *mana* était une denrée rare et, souvent, la vie du village ou des gens en dépendait. Les punitions étaient sévères. »

Le regard de Cordie se perdit sur le champ de lave. « Alors... il y a eu... des sacrifices humains ici ? »

Paul croisa les bras. « Presque certainement. Cette partie de la côte est riche en *heiau* — en anciens temples — où l'on pratiquait les sacrifices. Avant d'enfoncer les grands poteaux dans le sol, il fallait enterrer le corps d'un esclave dans chaque trou.

— Beurk, dit Cordie.

— Mais il y avait d'autres sortes d'*heiau*, comme le Puuhonua O Honaunau, plus bas sur la côte, poursuivit le conservateur. La Cité du Refuge, où les faibles pouvaient se mettre à l'abri de ces horreurs. »

Eleanor se rapprocha. « N'y avait-il pas un *heiau* quelque part dans les environs... sur cette baie, peut-être... qui fut, paraît-il, construit en une nuit par les Marcheurs de la Nuit ? »

Paul Kukali la regarda d'un air surpris. « Oui. Exactement à cet endroit, bien qu'aucun signe du véritable *heiau* n'ait été retrouvé. C'est en partie pour cela que nous avons présenté devant le tribunal une étude d'impact sur l'environnement, en vue de la sauvegarde de ces lieux.

— Les Marcheurs de la Nuit ? » demanda Cordie.

Le conservateur se tourna vers la petite femme et sourit. « On disait que lorsque vous rencontriez le défilé des morts... des *ali'i*, si vous croyez aux contes..., il vous arrivait forcément des ennuis. Une légende raconte en effet qu'un *heiau* fut édifié ici en une seule nuit, en 1866, par les Marcheurs de la Nuit. » Il se tourna vers Eleanor. « Où avez-vous appris cette anecdote pittoresque ? »

Elle hésita une seconde seulement. « Dans Mark Twain, je crois.

— Ah, oui, j'avais oublié ses lettres d'Hawaii. Il était sur la Grande Île l'été où le *heiau* fut construit par les morts qui marchent ; je l'ai appris en effectuant certaines recherches. Mais je ne croyais pas que cette lettre-là avait été publiée... elle est encore dans ses papiers, n'est-ce pas ? »

Eleanor ne répondit pas.

« Êtes-vous un vrai Hawaiien ? demanda Cordie, avec la simplicité franche d'un enfant.

— Oui. Nous ne sommes pas très nombreux, il est vrai. J'ai lu quelque part que cent vingt mille habitants des îles revendiquaient une origine hawaiienne, mais les ethnologues pensent qu'il n'y a plus que quelques centaines de purs indigènes. » Il se tut un moment. « Je pense que c'est bon signe, pas vous ?

— La diversité est source de force, répliqua Eleanor.

— Allons voir le reste du champ de pétroglyphes, si cela vous intéresse. Le golf s'en est attribué une bonne partie, mais il y a quelques beaux spécimens d'hommes à tête de faucon sur lesquels personne n'a de théorie. »

Ils suivirent en flânant le sentier de jogging et s'enfoncèrent plus profondément, sans cesser de bavarder, dans l'amas chaotique d'*a'a*.

Trumbo pensait que cette fichue partie de golf ne finirait jamais ; son caddie était tellement secoué qu'il le renvoya au pavillon. Pour les derniers trous, le jeune neveu de Gus, Nicky Roo, le remplaça ; Trumbo était lui-même si perturbé qu'il ordonna à Will Bryant d'inspecter les bunkers et les godets restants pour voir s'il n'y avait pas... quelque chose.

« Il faut prévenir la police, lui chuchota Bryant avant de monter dans sa voiturette de golf.

— De quoi ? demanda Trumbo à voix tout aussi basse. Que nous avons des mains tapies dans les trous de notre golf de douze millions de dollars ? Ou que vous avez jeté l'indice d'un homicide dans un champ de lave pour qu'Hiroshe puisse putter ? La flicaille du coin va adorer ça. »

Will Bryant ne sourcilla pas. « Il faudra bien prévenir la police.

— Avant, vous devrez retourner là-bas et la *retrouver* », murmura Trumbo en jetant un coup d'œil sur Sato et ses copains qui jacassaient en japonais.

Bryant ne broncha pas non plus en entendant cela. « Maintenant ?

— Non, pas maintenant. Il faut d'abord que vous alliez vérifier les derniers trous. Je ne veux pas qu'Hiroshe ou ses types soient obligés, pour faire un trou, de passer devant une tête coupée, ou bien qu'ils découvrent un pied humain en voulant faire sortir leur balle d'un bunker. »

Pâle, les lèvres pincées, Bryant hocha la tête.

« Et puis je veux que vous alliez dire à Stevie Carter qu'on a peut-être découvert l'un de ces types du New Jersey... ou du moins un morceau. » Trumbo hésita. « C'était bien une main d'homme ?

— Oui. Une main droite. Aux ongles manucurés. »

Trumbo eut un léger frisson. « Vous savez, pendant une seconde, je n'ai pas compris. Cela paraissait naturel que quelqu'un me tende la balle, quand je me suis penché pour la ramasser.

— On devrait appeler les flics, insista Bryant.

— Pas avant que le contrat soit signé.

— Dissimuler une preuve...

— Me coûtera infiniment moins en honoraires d'avocats que de garder ce putain d'hôtel. Il y a une fameuse somme en cause, Will. »

Bryant hésita une seconde. « Oui, monsieur. Qu'est-ce que je dis à Carter, s'il insiste pour appeler les flics ?

— Dites-lui qu'il m'a promis quarante-huit heures et que le délai n'est pas écoulé. » Trumbo jeta un coup d'œil aux hommes d'affaires qui l'attendaient. « Allez. N'oubliez pas de fouiller les buissons. Il manque trois types... Vingt ou trente petites surprises comme celle-là nous attendent peut-être entre ici et le pavillon. Je n'ai pas envie de me pencher pour putter au dix-huitième et de trouver la bite d'un type entre le godet et moi. »

Bryant cligna des yeux. « Oui. J'y vais. » Sa voiturette s'éloigna en bourdonnant.

Enfin assis devant une boisson glacée en compagnie de Sato, Bobby Tanaka, Inazo Ono, Masayoshi Matsukawa, le Dr Tatsuro, Sunny Takahashi et Seizaburo Sakurabayashi à une grande table ronde donnant sur les jardins privés du Mauna Pélé, les yeux fixés sur le toit de chaume de la Grande Hale qui dépassait des cocotiers, Trumbo se permit de pousser un soupir de soulagement.

Ce soulagement ne dura pas longtemps. Stephen Ridell Carter apparut, toujours en costume tropical brun, les cheveux aussi impeccables qu'à l'ordinaire, mais l'air à la fois éreinté et excité.

Trumbo lui ordonna le silence d'un regard et dit : « Steve... asseyez-vous là. Nous étions en train de parler des cinq derniers trous d'Hiroshe. De la dynamite, son jeu. » Les yeux de Trumbo disaient : *Un seul mot sur cette affaire et vous irez gérer un motel Super Eight à Ottumwa, dans l'Iowa.*

« Puis-je vous parler, monsieur Trumbo ? »

Le milliardaire soupira. « Maintenant ? » Il désigna d'un signe de tête son verre presque plein, un *chi-chi* où flottaient des fruits et une ombrelle.

« Si cela ne vous ennuie pas, monsieur. » Carter semblait sur le point de céder à... peut-être à la panique. Certainement à l'insubordination.

Trumbo grogna, présenta ses excuses à Sato et rejoignit le gérant. Ils s'éloignèrent de la terrasse du pavillon de golf jusqu'à un endroit, près du court de tennis, où personne ne pouvait les entendre.

« Écoutez, Carter, commença Trumbo, si vous insistez pour qu'on appelle les flics maintenant, moi, je vous dis non. Il y a beaucoup trop de fric en jeu dans ce put...

— Il ne s'agit pas de ça, dit Stephen Ridell Carter d'une voix maladivement monotone. M. Bryant m'a emmené voir la main, mais elle n'y était plus.

— Elle n'y était plus ?

— Elle n'y était plus.

— Merde, dit pensivement Byron Trumbo. Voilà du nouveau. Eh bien, peut-être que les crabes ou...

— Mais ce n'est pas de ça que je venais vous parler », l'interrompit le gérant.

Trumbo haussa ses sourcils épais et attendit.

« M. Wills a disparu.

— Qui ?

— M. Wills... Conrad Wills... notre astronome.

— Quand ?

— Pendant la matinée. On l'a vu au petit déjeuner. Mais il n'était pas à la réunion du personnel, à midi.

— C'est arrivé où ?

— Certainement dans les catacombes...

— Les quoi ?

— Les catacombes, répéta Stephen Ridell Carter. C'est comme ça que le personnel appelle les tunnels de service.

— Comment savez-vous que c'est là qu'il a disparu ?

— Son bureau... Eh bien, il faut que vous voyiez ça, monsieur Trumbo. Dillon, le chef de la sécurité, y est en ce moment. C'est affreux, affreux... »

Trumbo se demanda s'il allait gifler le gérant ou lui tapoter le dos avant qu'il se mette à chialer. Il ne fit ni l'un ni l'autre. « Eh bien, nous n'avons pas *vraiment* besoin d'un astronome pendant un jour ou deux, non ? Je veux dire, ce n'est pas comme s'il allait y avoir une éclipse ce soir, ou quelque chose comme ça. »

Stephen Ridell Carter le regarda avec de grands yeux, visiblement horrifié. Trumbo remarqua pour la première fois que les cheveux gris de son employé étaient une perruque. *Pas étonnant qu'il soit toujours aussi bien peigné,* pensa-t-il.

« Monsieur Trumbo », dit le gérant d'une voix scandalisée.

Pendant une seconde, le milliardaire crut que Carter réagissait ainsi parce qu'il regardait fixement sa tête, puis il se souvint de son commentaire cavalier. « Oh, comprenez-moi bien — nous allons rechercher ce pauvre...

— Wills.

— Oui. Je vais donner l'ordre à Dillon d'envoyer tous les hommes de la sécurité à sa recherche et nous en parlerons à la police demain... si nous sommes obligés d'en parler... Je veux dire que, euh, peut-être Wills a-t-il pensé qu'on n'avait pas besoin de lui, à cause du petit nombre de clients et du peu d'intérêt qu'ils portent à l'astronomie.

— Je ne pense pas que...

— Mais on ne sait pas, non ? » dit Trumbo en posant lourdement la main sur l'épaule de l'homme plus grand que lui. Il la serra. « On ne sait pas, c'est tout. Et tant qu'on ne sait pas, ce serait suicidaire de foutre les négociations en l'air à cause de quelques... incidents.

— Des incidents », répéta le gérant. Sa voix était plus aiguë qu'à l'ordinaire, il avait presque l'air drogué.

Trumbo serra l'épaule de son employé assez fort pour le faire grimacer, puis il le lâcha. « Laissons simplement la sécurité faire son boulot pendant que je fais le mien, d'accord, Steve ? Tout va s'arranger. Faites-moi confiance. »

Carter semblait avoir avalé quelque chose de trop gros. « Mais le bureau de...

— Le bureau de qui, Steve ? » La voix de Trumbo était apaisante. Ce ton qui avait triomphé des femmes les plus nerveuses, les plus hystériques d'Amérique, pensait-il, devrait agir sur ce pédé à perruque.

« Le bureau de M. Wills.

— Qu'est-ce qu'il a, ce bureau ? »

Le gérant respira un bon coup et sa voix reprit un peu de force. « Il faut que vous le voyiez pour comprendre, monsieur Trumbo. »

Le milliardaire jeta un coup d'œil à sa Rolex. Il n'avait pas beaucoup de temps. Sato et ses assistants désiraient déjeuner et faire la sieste dans leurs *lanai* avant que les deux parties se réunissent pour les négociations de l'après-midi.

« D'accord, montrez-moi ça, dit-il en tapant amicalement son gérant dans le dos.

— Ils ne veulent plus y descendre, vous savez.

— Qui ? » demanda Trumbo. Il avait l'impression que la conversation recommençait de zéro. « Et où ?

— Le personnel. Tous ceux dont le bureau est dans les tunnels de service ou qui sont obligés d'y passer. Ils ne les ont jamais aimés, monsieur Trumbo. Des histoires ont toujours couru. Alors maintenant, avec ça...

— Qu'ils aillent se faire foutre, dit Trumbo, las de jouer au chic type. Dites-leur qu'il faut qu'ils y travaillent s'ils veulent avoir leur salaire.

— Mais le bureau de M. Wills. C'est trop bizarre pour que je puisse vous expliquer...

— Ne me dites rien, répliqua Trumbo en regardant de nouveau l'heure à sa montre et en poussant presque le gérant devant lui, vers les catacombes. Montrez-le-moi. »

« Qu'est-ce que c'est que ce trou dans le sol ? demanda Cordie en montrant du doigt, au-delà des pétroglyphes et des amas d'*a'a,* un orifice déchiqueté visible entre les rochers.

— Un conduit de lave, répondit Paul Kukali. Ils descendent du cratère du Mauna Loa... ils font trente à quarante kilomètres de long.

— Sans blague ? dit Cordie Stumpf.

— Sans blague.

— Ce sont aussi des sources de *mana,* n'est-ce pas ? demanda Eleanor.

— *Po nui ho'olakolako.* " La grande nuit qui alimente ". La légende raconte que les bouches d'ombre sont comme les matrices des femmes, des conduits d'où s'écoule le pouvoir. »

Cordie grommela comme si cette idée l'amusait. Elle grimpa sur les rochers, en s'aidant des pieds et des mains, pour aller se pencher en vacillant sur le puits noir.

« Faites attention, dit Paul.

— C'est une espèce de tunnel, confirma Cordie comme si elle avait mis en doute les explications du conservateur. Je vois le coude qu'il fait vers le haut. Les parois sont... comment on appelle ça... elles ont des arêtes.

— Striées par la lave qui s'est refroidie en s'écoulant.

— C'est ça. » Cordie semblait songeuse. « On pourrait monter tout droit jusqu'au sommet dans ce machin. Ce serait pas dangereux, je pense. »

Paul haussa les épaules. « C'est déconseillé.

— Pourquoi ? À cause des chauves-souris ?

— Non, la plupart des chauves-souris de la Grande Île nichent dans les arbres. Le complexe hôtelier a surtout peur que quelqu'un tombe. Les conduits de lave se ramifient. On pourrait aisément se perdre. »

Cordie grommela de nouveau. « C'est peut-être là qu'ont disparu tous ces gens. »

Paul Kukali s'arrêta, comme déconcerté par cette brusque mention des étranges accidents survenus au Mauna Pélé.

Eleanor l'observait. « N'a-t-on pas arrêté celui qu'on soupçonnait d'avoir enlevé... tué... ces personnes ?

— Jimmy Kahekili. Oui. Mais on va le relâcher bientôt.

— Pourquoi ? » demanda Eleanor.

Paul la regarda, le visage inexpressif. « Parce qu'il n'est pas coupable. Ou plutôt, il est seulement coupable d'avoir une grande gueule et d'être un activiste du mouvement séparatiste. »

Cordie revint avec précaution et remit le pied sur le sentier de jogging. « Le mouvement séparatiste ?

— Un nombre croissant d'Hawaiiens... natifs d'Hawaii... veulent que le gouvernement des États-Unis rende aux îles leur statut antérieur d'État souverain, expliqua Paul.

— Ah bon ? Vous voulez dire que c'était un pays ? J'ai toujours cru qu'avant que les gens de la canne à sucre se pointent, c'était simplement une île avec des indigènes, des huttes et tout le reste. »

Eleanor fit une petite grimace, mais remarqua que Paul Kukali se contentait de sourire. « Des indigènes et des huttes, oui, mais jusqu'en janvier 1893, Hawaii avait également son propre gouvernement — une monarchie. La reine Liliuokalani était sur le trône lorsque les planteurs blancs et quelques marines américains ont envahi et annexé les îles, d'une manière illégale. Il n'y a pas longtemps, le président Clinton s'est excusé au nom des États-Unis. Ce qui a calmé certains Hawaiiens. Mais d'autres, comme Jimmy Kahekili, veulent récupérer leur indépendance et restaurer la monarchie. »

Cordie Stumpf ricana. « Comme les Indiens qui demandent qu'on leur rende Manhattan ?

— Oui. Quand ils n'exigent pas une souveraineté totale sur toutes les îles. Aucun Hawaiien sensé ne peut croire que les États-Unis rendront Waikiki et toutes les bases militaires. Mais certains d'entre nous pensent qu'une espèce de souveraineté limitée est possible... un peu comme pour les premiers habitants de l'Amérique.

— Une réserve ? dit Eleanor.

— Avez-vous entendu parler de Kahoolawe ?

— Oui, répondit-elle.

— Qu'est-ce que c'est ? » demanda Cordie. La monture en plastique blanc de ses lunettes de soleil scintilla lorsqu'elle leva les yeux pour les regarder.

Paul Kukali se tourna vers elle. « Kahoolawe est une île hawaiienne où personne ne va. Elle ne fait que dix-huit kilomètres de long sur dix de large, mais c'est un lieu sacré dans la mythologie des Hawaiiens et elle compte encore beaucoup de *heiau* et autres trésors archéologiques.

— Tu parles, Charles, dit Cordie. Pourquoi est-ce que personne n'y va ?

— Un homme — un fermier blanc — était propriétaire de cette île. En 1941, au lendemain de Pearl Harbor, la marine des États-Unis s'en est emparée pour la transformer en champ de manœuvre et n'a pas cessé depuis de la pilonner. »

Cordie Stumpf sourit en montrant ses petites dents, d'une manière enfantine. « Et les Hawaiiens veulent ça pour réserve ? Moi, j'aurais au moins demandé le complexe hôtelier du Mauna Pélé. »

Le conservateur lui rendit son sourire. « Moi aussi. Mais nous nous éloignons de notre sujet.

— Vous voulez dire : qui a tué tous ces clients ? répliqua Cordie.

— Non. » Paul jeta un coup d'œil à sa montre. « On me paie pour parler du champ de pétroglyphes. Et le temps passe. »

Tous trois continuèrent à parcourir lentement le chemin qui serpentait dans la roche noire. Ils n'avaient pas vu un seul client faire du jogging. « Parlez-nous de Milu et de l'entrée des Enfers », dit Eleanor.

Le conservateur s'arrêta et leva un sourcil. « Vous en savez long sur les coutumes locales.

— Pas vraiment. Je crois que j'ai lu quelques mots de Mark Twain sur les Enfers. L'entrée est quelque part non loin d'ici, n'est-ce pas ? »

Avant que Paul Kukali ait pu répondre, Cordie fit claquer ses doigts. « J'ai compris... c'est pour ça que les gens ont disparu. L'hôtel est construit sur un ancien cimetière hawaiien. Et en plus, c'est l'entrée des... comment vous appelez ça... des Enfers. Les vieux dieux et les fantômes et tout le bataclan sont furieux, ils hantent les lieux et entraînent les clients dans les tunnels pour les manger. Ça ferait un bon film. Bon sang, j'ai un ami qui connaît une fille qui a épousé un producteur d'Hollywood. On pourrait leur vendre cette idée.

— Je regrette, dit Paul en souriant, mais ici, ce n'est pas un cimetière. Et l'entrée des Enfers dont parle Eleanor était au bord de la mer, à l'embouchure de la Waipio, et ce fleuve se jette de l'autre côté de l'île. À des kilomètres d'ici.

— Oh, merde, s'écria Cordie en ôtant ses lunettes de soleil et en les essuyant avec le pan de sa tunique fleurie. Adieu la vente du scénario.

— Les Enfers de Milu n'avaient-ils pas une seconde entrée ? Une porte de derrière ? Elle serait sur cette côte, n'est-ce pas ?

— Si l'on en croit Mark Twain, peut-être, répondit le conservateur d'une voix blanche. D'après la mythologie de *notre* peuple, il n'y avait qu'une seule entrée et elle fut scellée par Pélé après sa grande bataille contre les dieux des ténèbres. Aucun démon, aucun esprit du mal... pas même les fantômes, fort nombreux... n'a ennuyé quelqu'un depuis que la déesse a fermé cette porte. Mais vous pouvez croire qui vous voulez... soit les Hawaiiens qui ont créé ces contes, soit Mark Twain qui n'a passé ici que quelques semaines et les a entendu raconter.

— Vous avez raison. » Eleanor jeta un coup d'œil à sa montre. « Il est presque quinze heures. Nous vous avons retenu plus tard que prévu. Mais c'était fort intéressant.

— Oui, dit Cordie. Ç'a été une visite drôlement marrante. J'ai surtout aimé l'image de ce type avec un zizi en forme de flèche. »

Ils revenaient vers la Grande Hale en bavardant et se montraient du doigt les pétroglyphes les plus pittoresques lorsqu'un énorme chien noir se détacha des rochers et sauta sur le sentier de jogging. Il les regarda en agitant la queue. Il tenait une main entre ses mâchoires.

10.

> « J'ai vu le Vésuve depuis, mais ce n'est qu'un simple jouet, un volcan pour enfant, une bouilloire ridicule, comparé à celui-ci. »
>
> Mark Twain, *À la dure*[1].

4 juin 1866, le Kilauea.

Nous arrivâmes à la Maison du Volcan, au bord du cratère, un peu avant dix heures du soir. Les derniers kilomètres furent très spectaculaires : la lueur rouge sang du volcan en activité illumina les nuages bas jusqu'à ce que la lumière cramoisie tombât sur notre petit groupe. Les yeux des chevaux brillèrent comme des rubis ; on aurait dit que les parties exposées de nos corps avaient été écorchées. Une demi-heure avant que l'hôtel apparaisse à nos yeux, l'odeur de soufre descendit jusqu'à nous sur les ailes de la brise. Je me couvris le visage d'un foulard, mais je remarquai que M. Clemens ne semblait pas incommodé par la puanteur. « L'odeur ne vous gêne pas ? lui demandai-je.

— Ce n'est pas une senteur déplaisante pour un pécheur », répliqua-t-il. Je fis semblant de ne plus le voir pendant le reste de notre chevauchée.

Je m'aperçus que j'écoutais depuis pas mal de temps le bruit des vagues qui s'écrasaient sur les récifs, et je me dis que l'océan était à cinquante kilomètres de là. Ce devait être la montée de la lave dans les rochers, sous nos pieds, qui produisait cela. Aux abords du cratère, nous vîmes de grandes colonnes de vapeur ; on aurait dit des piliers qui se tordaient tout en soutenant ce plafond de nuages embrasés.

1. *Op. cit.*, t. II, p. 293-294.

Bien que les chevaux eussent déjà fait ce parcours, ils roulaient des yeux et marchaient avec inquiétude en approchant du chaudron.

J'avais cru que la Maison du Volcan serait un hôtel convenable et je ne fus pas aussi déçue que par la Maison à Mi-Chemin. Le tenancier de cet unique établissement vint à notre rencontre et plusieurs indigènes s'occupèrent de nos montures épuisées. Il voulut nous montrer l'unique table de la salle où l'on nous servirait à souper, puis nos chambres, mais tout fatigués que nous étions, nous ne pensions qu'au volcan, et nous sortîmes sur la véranda, qui était littéralement suspendue au-dessus de la bouche du cratère.

« Doux Seigneur », s'exclama le révérend Haymark lorsque nous nous appuyâmes au garde-fou, et je crois qu'il parla pour nous tous.

Le Kilauea a plus de quinze kilomètres de circonférence et notre petite véranda surplombait un abîme qui plongeait sur trois cents mètres environ, jusqu'à la surface du lac de lave refroidie. Le gardien nous montra du doigt un bâtiment qu'il appela la « Maison du Point de Vue », une minuscule construction illuminée par la lueur du cratère, et il fit observer qu'elle se trouvait à cinq kilomètres de ce bord-ci.

« On dirait un nid d'hirondelle accroché à la gouttière d'une cathédrale », dit M. Clemens.

Entre nous et la Maison du Point de Vue, la surface du volcan comportait un vrai labyrinthe de fissures embrasées, de roches noires aux formes géométriques crachant des geysers de lave, de rivières de feu et de colonnes de vapeur bouillonnante qui s'élevaient jusqu'au nuage ensanglanté suspendu au-dessus du cratère comme un ciel de soie rouge. Je jetai un coup d'œil à mes compagnons extasiés et remarquai leurs visages cramoisis ; leurs yeux rougeoyaient comme ceux des chevaux.

« On a l'air de diables à moitié cuits, non ? » dit M. Clement en me souriant.

Mon premier réflexe fut d'ignorer les commentaires du journaliste afin de ne pas l'encourager à blaguer, mais mon excitation fut la plus forte. « D'anges déchus, répliquai-je. Mais pas aussi beaux, je pense, que ceux de Milton. »

M. Clemens rit. Il avait allumé un de ses atroces cigares dont la fumée était aussi rouge que les vapeurs sulfureuses qui s'élevaient du cratère.

Alors que la majeure partie de la grande caldeira n'était que mares, fissures et rivières de lave en fusion, l'incandescence la plus forte émanait du lac permanent situé à l'extrémité la plus méridionale du cratère — le Hale-mau-mau, ou la Maison du Feu Éternel, que la mythologie locale désignait comme la demeure de la terrible déesse Pélé. Bien qu'il fût à cinq kilomètres de l'autre bord de la cheminée, ce lac dégageait plus de feu et de lumière que tout le reste du volcan.

« J'ai envie d'y descendre », dit M. Clemens.

Les autres furent choqués. « Ce soir ? » s'exclama le tenancier, visiblement épouvanté.

Je regardai danser la braise du cigare du journaliste.

« Oui. Ce soir. Tout de suite.

— Tout à fait impossible, répliqua l'hôtelier. Aucun des guides ne voudra descendre dans le cratère.

— Pourquoi ? demanda M. Clemens.

— La lave est plus active depuis l'éruption de la semaine dernière, répondit l'homme après s'être éclairci la voix. Il y a un sentier, mais difficile à repérer dans le noir — même à la lumière d'une lanterne. La croûte amincie de la lave craquerait probablement sous les pas de celui qui voudrait s'y engager, et il ferait une chute mortelle de trois cents mètres.

— Oui, oui, répondit M. Clemens en ôtant le cigare de sa bouche. Je crois que je me contenterai de deux cents cinquante mètres.

— Je vous demande pardon, dit le tenancier.

— J'y vais tout de même. Ce soir. Si vous voulez être assez gentil pour me prêter une lanterne et me montrer où commence le sentier... » Il s'arrêta, nous regarda. « Qui veut venir avec moi ?

— Je crois que je vais m'offrir une bonne nuit de sommeil et attendre demain matin, dit le jeune McGuire.

— Bonne idée », acquiesça le jumeau Smith, visiblement épouvanté à l'idée de descendre ce soir dans le chaudron.

À ma grande surprise, le révérend Haymark s'essuya la figure avec un mouchoir et dit : « Je suis déjà venu ici, j'irai... et vous servirai de guide. J'ai emprunté ce sentier de jour. Je devrais être capable de le trouver de nuit. »

Le gardien se mit à nous détailler les dangers du chemin, mais M. Clemens se contenta de sourire largement sous sa moustache rousse. « Merveilleux », dit-il, puis se tournant vers moi : « Mademoiselle Stewart, si nous ne sommes pas revenus au lever du jour, je vous en prie, disposez à votre gré de mon cheval de location. »

Je fis la moue. « Prenez d'autres dispositions pour votre cheval, monsieur Clemens. J'ai l'intention de vous accompagner, messieurs.

— Mais... mais... ma chère enfant », commença le révérend Haymark dont le visage rouge devint encore plus rubicond.

Je rejetai ses objections d'un brusque mouvement de menton. « Si ce n'est pas de la démence pour vous, messieurs, il en sera de même pour un troisième membre de l'expédition. Et si c'est vraiment une folie... eh bien, nous ferons les fous ensemble. »

M. Clemens mâchouilla son cigare et je regardai la braise danser. « C'est tout à fait vrai, tout à fait vrai. Mlle Stewart fera un joli membre de cette Expédition des Fous. »

Le révérend Haymark soufflait toujours bruyamment, mais ne put trouver les mots pour exprimer son appréhension. Aussi, pendant que les domestiques s'affairaient à la cuisine pour apprêter le souper de maître McGuire et du somnolent jumeau, M. Clemens, le pasteur asthmatique et moi, nous nous préparâmes à effectuer cette promenade nocturne dans les kilomètres carrés les plus spectaculaires de notre surprenante planète.

Byron Trumbo et Stephen Ridell Carter rejoignirent les chefs de la sécurité — Dillon, le responsable du Mauna Pélé, et Briggs, le garde du corps du milliardaire — à l'entrée des catacombes. Les deux hommes offraient un surprenant contraste : Briggs, un mètre quatre-vingt-douze, chauve et corpulent ; Dillon, petit, barbu, les yeux impassibles et les mains prestes. Trumbo les avait lui-même recrutés pour des tâches bien différentes.

« Alors, les gars, vous avez trouvé quelque chose ? » leur demanda Trumbo.

Ils firent tous deux signe que non, mais Dillon dit : « Monsieur Trumbo, nous avons un problème. »

Ils descendirent la rampe menant au tunnel. « Je ne sais pas pourquoi vous dites ça, grogna le milliardaire. À moins de classer le dépeçage des clients et la disparition des astronomes dans la catégorie des problèmes.

— Non, ce n'est pas de ça que je parlais. » Quand Trumbo se retourna pour lui jeter un coup d'œil furieux, Dillon poursuivit. « On a bien un problème, monsieur, mais c'est que... heu... le conservateur, Kukali, et deux clientes ont demandé à voir M. Carter. Ils disent qu'ils viennent de voir un chien se promener dans le coin avec une main dans la gueule. »

Trumbo s'arrêta si brusquement que les trois autres hommes faillirent lui rentrer dedans. « Un chien ? Avec une main ? Où ? » Des visages blêmes les observaient derrière les vitres des différents bureaux et des installations de service.

Dillon se gratta la barbe et eut un petit sourire. La situation semblait l'amuser. « Sur le sentier de jogging, entre le golf sud et le rivage.

— Et vous dites qu'ils sont trois à l'avoir vu ? demanda Trumbo en baissant la voix afin que leur conversation ne porte pas, dans le couloir sonore.

— Oui, M. Kukali et deux des...

— Kukali fait bien partie du personnel ?

— Oui, le conservateur d'art et d'archéologie. C'est lui qui...

— C'est ce fumier d'Hawaiien qui voulait nous traîner en justice à cause des pétroglyphes et des étangs indigènes ! Je l'ai engagé pour lui clouer le bec. Il faut trouver un moyen de l'empêcher de parler. Vous dites que vous les avez fait monter dans la suite administrative ?

— Je voulais les amener ici, dans mon bureau, mais avec l'histoire de M. Wills...

— Wills ? dit Trumbo, apparemment perdu dans ses pensées. Qui est-ce... ah, oui, l'astronome. Steve, nous ferions mieux de remettre cette visite à plus tard, lorsque j'aurai vu Kukali et les clientes... »

Le gérant de l'hôtel secoua la tête et parut déterminé. « C'est à cent mètres seulement, monsieur Trumbo. Je crois vraiment qu'il faut que vous voyiez cela. Et après, j'irai avec vous parler à M. Kukali. Le conservateur me doit un service. »

Trumbo siffla entre ses dents. « D'accord, montrez-moi ce putain de bureau si c'est aussi important que ça. Bordel de merde ! »

Les stores de la petite fenêtre étaient baissés. La plaque au-dessus de la porte annonçait BUREAU DE L'ASTRONOME. Carter chercha une clé dans son trousseau. « C'était fermé quand nous sommes venus chercher M. Wills », dit le gérant.

Trumbo hocha la tête. Il entra derrière Carter. Il ne s'attendait pas à un tel spectacle.

La pièce ne faisait pas plus de trois mètres sur sept, il n'y avait pas d'autre porte — pas de toilettes ou de placard — et la majeure partie de l'espace était occupée par un bureau, des classeurs et un grand télescope monté sur un trépied. Quelques photos d'astronomie encadrées décoraient les murs blancs. Le seul signe de désordre était le fauteuil renversé. Et une fissure de deux mètres cinquante dans le mur, derrière le bureau, une crevasse qui courait du plancher au plafond et ouvrait sur les ténèbres. Et puis, le sang.

« Bon Dieu », chuchota Trumbo.

Il y avait du sang sur le fauteuil, du sang sur le bureau, des éclaboussures de sang sur les papiers, des gouttelettes de sang sur l'unique chaise de l'autre côté du bureau, des giclées de sang artériel sur les posters d'astronomie, et du sang brillait sur le télescope.

« Bon Dieu », répéta Trumbo, et il repassa la porte. Il regarda le couloir faiblement éclairé, à droite et à gauche, puis revint dans le bureau de l'astronome. « Est-ce que d'autres que vous ont vu cela ?

— Non, répondit Carter. Sauf Mme Windemere, de la comptabilité, qui nous a accompagnés parce qu'elle avait rendez-vous avec M. Wills pour le déjeuner. Elle était là quand M. Dillon a ouvert la porte.

— La porte était *fermée ?* Quelque chose a fait ça à Wills pendant qu'il était là, derrière la porte fermée ? » Il regarda la fissure dans le mur. Elle n'était pas assez large pour laisser passer un homme. « Où est-ce que ça va ? Qu'est-ce qui a fait ça ?

— Nous l'ignorons. » Dillon se glissa derrière le bureau, sortit une lampe électrique de la poche de sa veste et éclaira l'intérieur de la crevasse. La paroi rugueuse luisait comme si elle était grasse. « Vous savez que le terrain est truffé de vieilles coulées de lave. C'est peut-être ça. Les ouvriers en ont rencontré des douzaines quand ils ont creusé les tunnels de service. »

Trumbo se rapprocha en prenant garde de ne pas marcher dans le sang. Il essaya de ne toucher à rien, ni au bureau, ni au fauteuil. « Oui, mais qu'est-ce qui a fait ça ? Je n'ai pas senti de tremblement de terre. » Il se tourna vers Stephen Ridell Carter. « Il y a eu un tremblement de terre ? »

Le directeur était très pâle. Il détourna les yeux des papiers ensanglantés et déglutit. « Euh... eh bien... j'ai téléphoné à M. Hastings, à l'observatoire, et il m'a informé qu'entre huit heures du matin et quatorze heures, il y a eu plus de vingt secousses sismiques liées aux éruptions, mais personne ne les a ressenties ici... pas même les autres personnes qui travaillent dans les catacombes... euh, dans le tunnel de service. » Carter regarda fixement la fissure comme si quelque chose allait en sortir. « Si cela a été causé par un tremblement de terre, il était très, très localisé.

— C'est évident », dit Trumbo qui se tourna vers Dillon. « Pourquoi est-ce que la porte était fermée ? »

Le chef de la sécurité tendit la main pour prendre une revue qui reposait avec différents papiers sur le bureau de l'astronome. Le sang avait éclaboussé les pages ouvertes, mais Trumbo vit la photo en couleurs d'une femme nue couchée sur le dos, jambes écartées. « Super. Notre astronome aimait se branler avant le déjeuner. » Il revint à Carter. « Qui est cette Mme Windemere, de la comptabilité ? Peut-être est-elle entrée, a-t-elle surpris Wills avec ça et piqué une crise de jalousie, et elle l'a tué avec un hachoir à viande ou quelque chose comme ça. »

Le gérant se contenta de le regarder fixement. Pour finir, il dit : « C'est peu probable, monsieur. Mme Windemere est venue chercher M. Dillon parce que M. Wills n'était pas apparu à l'heure du déjeuner. Et elle s'est évanouie quand elle a vu l'état du bureau. Elle est encore sous sédatif, à l'infirmerie.

— Bon. Combien de temps on peut la garder comme ça ?

— Je vous demande pardon, monsieur ?

— Il faut l'empêcher de parler. Et de rentrer chez elle. Envoyez-moi le Dr Scamahorn. Peut-être peut-on la faire dormir pendant un jour ou deux. »

L'expression de Stephen Ridell Carter disait clairement ce qu'il pensait d'un tel plan.

Trumbo regarda de nouveau autour de lui, puis fit signe à Briggs de se rapprocher. « Qu'est-ce qui peut faire ça à un homme ? »

Le chef de la sécurité haussa les épaules. « Plein de choses, patron. Vous avez parlé d'un hachoir. Quand on s'en sert, ça fait gicler beaucoup de sang artériel. La hache, c'est efficace aussi. Même un grand couteau ou une mitraillette — disons une Uzi ou un Mac 10 — enverrait pas mal de sang tout autour. Les gens sous-estiment toujours la quantité de sang qu'on a dans le corps. »

Trumbo hocha la tête.

« Mais reste malgré tout un problème. » Les yeux de Dillon, sous ses épais sourcils, ne cessaient de fureter.

« Lequel ?

— Hachoir à viande, hache, couteau, Uzi. Ils font couler beaucoup de sang, mais laissent toujours un corps derrière eux. Même démembré. » Il montra la pièce vide et leva les mains. « À moins que notre Wills se soit traîné dans cette fissure. » Et il la désigna du pouce. « Il aurait fallu qu'il soit découpé en plusieurs morceaux pour pénétrer là-dedans », dit Briggs, d'une voix montrant un brusque intérêt professionnel. Il sortit sa propre lampe électrique de sa poche et vint regarder dans la crevasse. « Elle a l'air de s'élargir plus loin. C'est une espèce de tunnel.

— Faites venir des hommes avec des marteaux de forgeron, ordonna Trumbo. Qu'ils abattent ce mur. Briggs, vous et Dillon, vous irez voir ce qu'il y a derrière.

— Monsieur Trumbo. Un crime a eu lieu dans ce bureau. La police serait furieuse si nous y touchions. Détruire des indices est, je crois, puni par la loi. »

Trumbo se frotta le front. Il avait une vilaine migraine. « Steve, nous ne savons pas s'il y a eu un crime. Nous ne savons pas si Wills est mort. Il est peut-être à Kona, dans ce bar topless que nous connaissons tous. Je ne vois ici qu'un bureau saccagé et une fissure peut-être dangereuse. Nous allons nous assurer que les fondations de ce mur sont encore solides. Dillon ?

— Oui, monsieur.

— Je veux que ce soit Briggs et vous qui l'abattiez. Inutile d'éveiller la curiosité d'autres personnes. »

Le petit barbu fronça les sourcils, mais Briggs eut l'air satisfait à l'idée de démolir un mur.

Stephen Ridell Carter allait répliquer lorsqu'on frappa à la porte. Briggs ouvrit.

C'était Will Bryant, l'air ennuyé. « Monsieur T, puis-je vous parler une minute ? »

Trumbo sortit au lieu d'inviter son bras droit à inspecter le carnage. Il faisait plus frais dans le couloir.

« Nous avons un problème », dit Bryant. Trumbo eut un faible sourire. « Avec Sato ?

— Non, les Japonais vont bien. Ils terminent leur déjeuner. On va commencer la prochaine session dans une heure environ.

— Alors, quoi ? D'autres morceaux de cadavre ?

— Non. Le jet de Mme Trumbo vient d'atterrir. J'ai envoyé

une limousine la chercher, ainsi que Koestler. Ils ont réservé une suite ici. »

Trumbo ne répondit rien. Il essayait d'imaginer quel genre de chose avait bien pu s'introduire par cette fissure dans le mur, et découper un astronome en morceaux qu'elle avait emportés avec elle en partant. Il se demandait si l'on ne pourrait pas pousser cette chose, quelle qu'elle soit, à enlever une garce indomptable, originaire de la Nouvelle-Angleterre, appelée Caitlin Sommersby Trumbo.

« Ce n'est pas ça le vrai problème », dit Bryant.

Trumbo faillit éclater de rire. « Vraiment, Will ? Le problème, c'est quoi ? »

Will Bryant montrait rarement des signes de nervosité, mais il lissa ses longs cheveux d'un geste saccadé. « Le Gulfstream de Maya Richardson vient de contacter la tour de contrôle. Il atterrira dans deux heures. »

Trumbo s'appuya contre le mur. La pierre rugueuse était froide et un peu humide sous sa paume tout aussi froide et humide. « Il ne reste plus que Bicki. Je suppose qu'elle est en train de descendre en parachute.

— Deavers a appelé de l'aéroport Lindbergh, à San Diego. Leur avion vient de s'y ravitailler il y a environ une heure. D'après leur plan de vol, l'atterrissage à Kona est prévu pour... huit heures trente-huit, heure locale. »

Trumbo hocha la tête et ne dit rien. Il luttait contre un fou rire irrésistible. Carter, Dillon et Briggs sortirent du bureau de l'astronome ; le gérant ferma la porte à clé derrière lui.

Le milliardaire posa la main sur l'épaule de son adjoint. « Bon, Will, allez accueillir à ma place Caitlin et ce fumier de parasite, d'accord ? Donnez-leur des *leis,* des baisers, des fruits, la suite d'Ali'i, du côté nord de la Grande Hale... le grand jeu. Dites-lui que je viendrai la voir dès que j'aurai discuté avec le conservateur et deux clientes au sujet d'un chien et d'une main égarée. »

Bryant hocha la tête pour dire qu'il avait compris. Le cortège s'engagea d'un pas résolu dans le couloir faiblement éclairé.

Eleanor en avait assez de se faire renvoyer de l'un à l'autre. Paul, Cordie et elle avaient demandé à voir le gérant, qui n'était pas là, aussi furent-ils reçus par un homoncule barbu, le chef de la sécurité

— un certain Dillon —, qui leur avait dit de répéter leur histoire à son adjoint, un aimable Noir appelé Fredrickson, qui lui-même avait dû se rendre en vitesse quelque part. Paul Kukali aussi en avait assez de toujours rabâcher la même chose.

« Écoutez, disait le conservateur, nous avons vu ce chien. Il avait une main humaine dans la gueule. C'est tout ce que nous savons. Vous devriez peut-être envoyer quelqu'un la récupérer... ainsi que le reste du cadavre. »

Fredrickson fit un sourire de commande. « Oui, monsieur. Ne vous inquiétez pas de cela. Mais reprenons depuis le début. Redites-moi dans quelle direction le chien s'est enfui.

— Sur la lave, du côté de l'océan », dit Cordie Stumpf. Elle jeta un coup d'œil à sa montre-bracelet bon marché. « Ça fait plus de trois quarts d'heure qu'on vous répète cette histoire. Je suis en vacances, alors j'ai autre chose à faire. » Elle se leva. Fredrickson se leva. Paul Kukali se leva.

À ce moment, la porte s'ouvrit et Dillon réapparut avec un petit homme à l'air agressif, vêtu d'un vieux short et d'une chemise hawaiienne décolorée. Eleanor le reconnut aussitôt pour avoir vu sa photo dans *Time* et le *Wall Street Journal.*

« Paul, dit Trumbo en s'avançant rapidement et en serrant longuement la main du conservateur. Il y a drôlement longtemps que je ne vous ai pas vu. »

Paul ne semblait pas aussi enthousiaste que son employeur. « Monsieur Trumbo, nous avons...

— Je sais, je sais, l'interrompit Trumbo qui se tourna vers Cordie et Eleanor. C'est terrible. Qui sont ces deux charmantes dames ? » Il leur fit un grand sourire.

Cordie Stumpf se redressa un peu et croisa les bras. « Ces charmantes dames forment les deux tiers d'un groupe qui a vu un chien cavaler dans votre propriété avec une main dans la gueule. Et si vous me demandez ce que j'en pense, je trouve que votre complexe hôtelier est drôlement mal tenu. »

Le sourire de Trumbo persista sur ses lèvres, mais il commençait à ressembler à un rictus. « Oui, oui, c'est ce que M. Dillon m'a dit. » Il se tourna vers le conservateur. « Paul, vous êtes sûr que c'était une main ? Parfois un crabe blanc ressemble beaucoup... »

Paul l'interrompit. « C'était une main. Nous sommes trois à l'avoir vue. »

Trumbo hocha la tête comme s'il soupesait une nouvelle information. Il se retourna vers les deux femmes. « Eh bien, mesdames, je vous présente personnellement mes excuses pour cet incident affligeant. Nous allons étudier la chose, bien sûr. Et je vous présente de nouveau mes excuses pour la contrariété que cela vous a causée. Bien entendu, nous ne vous présenterons aucune facture pour votre séjour au Mauna Pélé, et s'il y a autre chose que nous puissions faire pour que vous nous pardonniez cet événement fâcheux, je vous en prie, dites-le et nous agirons immédiatement... gratis, bien sûr. » Il sourit de nouveau.

« C'est tout ?

— Je vous demande pardon ? demanda Trumbo, souriant toujours.

— C'est tout ? Nous vous disons qu'un chien se promène par ici avec la menotte de quelqu'un dans la gueule, et vous nous offrez une chambre gratos pour vous débarrasser de nous ? »

Byron Trumbo soupira. « Mademoiselle... ?

— Stumpf. Et c'est *madame.*

— Madame Stumpf. M. Dillon et tous ceux à qui vous avez parlé de cela sont très ennuyés, bien entendu, et nous allons retrouver le chien et... le reste. Mais nous croyons connaître la cause de ce... euh... regrettable incident. »

Paul, Cordie et Eleanor attendirent. Fredrickson semblait aussi attendre.

« Malheureusement, il y a eu récemment une noyade à quelques kilomètres au large. Un pêcheur hawaiien est tombé par-dessus bord. On a retrouvé son corps en partie, mais... euh... les requins l'avaient dépecé et les restes n'étaient pas... euh... intacts. Il est probable que ce chien... qui, soit dit en passant, doit être un animal errant car il n'y a pas de chiens au Mauna Pélé... Ce chien perdu a dû trouver certains de ces restes sur la côte et les apporter ici. Nous vous présentons toutes nos excuses pour le traumatisme que cela a provoqué. »

Paul Kukali fronçait les sourcils. « Est-ce que vous voulez parler de la noyade du jeune Samoan de Milolii ? »

Trumbo hésita et regarda Dillon. Le chef de la sécurité hocha la tête.

« C'est arrivé il y a trois semaines, dit Paul. Et l'on a retrouvé le corps du garçon à plusieurs kilomètres d'ici. La main que nous avons vue aujourd'hui était celle d'un Blanc.

— Lorsqu'un corps est resté longtemps dans l'eau...

— Je sais, répliqua Paul. Mais cette main n'était ni décolorée ni boursouflée. On voyait encore le bronzage. Je crois qu'elle n'avait pas séjourné dans l'eau. C'était la main d'un Blanc...

— Il n'y a pas de raison de déranger plus longtemps ces dames, dit Trumbo en s'inclinant devant les deux clientes. Je suis sûr que Mme Strumpf et Mme...

— Perry. Mademoiselle.

— Je suis sûr que Mme Stumpf et Mlle Perry préféreront retourner à leurs occupations pendant que nous discuterons de cela. » Trumbo sortit deux cartes de visite de son portefeuille et gribouilla quelque chose dessus. « Mesdames, si vous voulez bien présenter ceci à Larry, au Bar de l'Épave, il vous préparera mon cocktail favori... un mélange secret... j'appelle ça “ le Feu de Pélé ”. Avec tous les compliments de la direction, bien entendu. »

Cordie regarda la carte, puis leva les yeux vers le milliardaire. « C'est très bien, Trumbo, mais il faut que je vous dise... tout est déjà gratuit pour moi. J'ai gagné un séjour chez vous au concours des millionnaires. Pour l'État de l'Illinois.

— Ah bon ? dit Byron Trumbo dont le sourire se figea. Un bel État, l'Illinois. Je connais très bien l'un de vos sénateurs.

— Ah oui ? Lequel ? demanda Cordie en relevant brusquement la tête.

— Le senior [1], répondit le milliardaire comme s'il était sûr que cette femme pâle et joufflue ne reconnaîtrait pas le nom. Harlen. »

Cordie Stumpf rit. « Eh bien, vous n'êtes pas le seul, dit-elle.

— Je vous demande pardon ?

— Peu importe. » Cordie se tourna Eleanor. « Vous n'en avez pas marre de ces sottises ? »

Eleanor fit signe que oui, mais hésita un moment. Elle regarda le chef de la sécurité, puis le milliardaire. « Nous avons bien vu cette main. Il n'y a pas longtemps qu'elle a été coupée... presque chirurgicalement. Et Paul a raison... c'était la main d'un Blanc, les

1. Il y a, aux États-Unis, deux sénateurs par État. Le senior est celui qui a le plus d'ancienneté à ce poste-là.

ongles étaient faits et elle n'avait pas l'air d'avoir séjourné dans l'eau. »

Trumbo hocha la tête d'un air las, sans sourire. « Mademoiselle Perry... Je vous demande à toutes deux, comme une faveur personnelle, de ne pas parler de cela aux autres clients. Cela les bouleverserait pour... pour rien. Je vous assure que nous irons au fond des choses.

— Si nous ne parlons pas, dit Cordie, est-ce que vous nous mettrez dans le coup ?

— Je vous demande pardon ? répondit Trumbo en clignant des yeux.

— Vous nous ferez savoir ce que vous aurez trouvé ? Vous nous tiendrez au courant ?

— Bien sûr. » Trumbo regarda le chef de la sécurité. « Dillon, prenez note de tenir Mme Strumpf et Mlle Perry au courant de toutes les étapes de l'enquête. »

Le petit homme hocha la tête, sortit un carnet et un stylo de sa poche et prit ostensiblement note de cet ordre.

« Je suppose que la police voudra nous interroger, dit Eleanor.

— Certainement », confirma Trumbo d'une voix douce.

Eleanor hésita un moment. « J'ai réservé jusqu'à la fin de la semaine. Vos employés savent dans quelle *hale* je suis.

— Merci », ronronna Byron Trumbo. Il se tourna vers Cordie. « Y a-t-il autre chose que nous puissions faire pour vous, madame Strumpf ? »

Elle avait ouvert la porte avant que Dillon et Fredrickson l'aient fait pour elle. « Juste saluer Jimmy de ma part, la prochaine fois que vous lui parlerez.

— Jimmy ? » Trumbo souriait de nouveau.

« Le sénateur », répliqua Cordie. Elle sortit avec Eleanor.

4 juin 1886, Kilauea.

Nous nous préparâmes, M. Samuel Clemens et moi, à descendre de nuit dans le cratère Kilauea avec pour « guide » le révérend Haymark.

Je savais que l'expédition était une folie, mais ce genre d'argument m'avait jusque-là rarement dissuadée de me lancer dans une aventure. Il en fut de même cette fois. Nos préparatifs furent modestes : le gardien nous équipa chacun d'une lanterne, de cannes solides, et d'un sac en toile contenant du pain, du fromage et du vin, pour le pique-nique que nous nous offririons une fois arrivés au lac de lave, après avoir parcouru plusieurs kilomètres sur la plancher du cratère.

Puisque ni Hananui ni aucun des autres indigènes ne voulait nous servir de guide cette nuit-là — il semblait qu'un autre chaudron, sur le plancher du cratère, menaçât de déborder —, notre ex-guide nous emmena jusqu'à l'« escalier », un sentier escarpé taillé dans une crevasse le long de la paroi, à mi-chemin entre l'hôtel appelé la Maison du Volcan et le Point de Vue, la hutte au toit de chaume. Le révérend Haymark attesta que c'était le chemin qu'il avait suivi lors de ses expéditions précédentes ; le pasteur en tête, moi-même au milieu, et notre journaliste de Californie fermant la marche, nous descendîmes avec précaution cet escalier de lave tortueux, de trois cents mètres, jusqu'au plancher du cratère. Je crois que le fait qu'il fît aussi noir constituait un avantage — les parois de la cheminée n'étaient éclairées que par cette lueur qui colorait en rouge nos mains et nos visages ; les petits cercles de lumière projetés par le balancement de nos lanternes ne nous montraient pas le terrible destin qui serait le nôtre si nous glissions ou prenions le mauvais tournant.

Une fois en bas, il devint évident que la lave refroidie, dont la surface nous avait paru solide vue d'en haut, comportait en fait un millier de fentes, de crevasses et de fissures, par lesquelles on pouvait voir la lave rouge encore en fusion. Le révérend Haymark cria qu'il se souvenait du chemin et, cherchant avec sa lanterne les parties lisses, il nous entraîna sur le fond du cratère.

Bien que « refroidie », la lave était encore assez brûlante pour chauffer le dessous de mes pieds au travers de mes robustes bottes. J'aimais mieux ne pas imaginer la température de celle qui bouillonnait et débordait des chaudrons glougloutants, à droite et à gauche.

« Il n'y a, je crois, que quelques centaines de mètres à parcourir dans cette zone dangereuse », cria le révérend, et il s'élança sur la roche brûlante avec un peu de précipitation. Je le suivis ; mes jupes se gonflaient et renvoyaient la chaleur sur mes jambes, le cercle de lumière de ma lanterne jouxtait à peine celui de l'ecclésiastique. M. Clemens se hâta derrière nous, toujours le cigare à la bouche, bien que celui-ci parût quelque peu redondant dans ce trou infernal. Au moins la puanteur du soufre masquait-elle son odeur.

Il m'est impossible, même si peu de temps après cette expérience, de décrire convenablement les merveilles d'un volcan en pleine acti-

vité. Tout d'abord, nous nous crûmes dans un vide éclairé de rouge, face à une roche dépourvue de tout relief, mais bientôt nos yeux s'adaptèrent mieux à l'éclairage violent qui nous environnait qu'au rayon d'action limité de nos lanternes, et alors le plancher du volcan devint un endroit fantastique : terrasses de pierre noire, lacs de feu, corniches, falaises, cônes, rivières en fusion, monticules de braises, geysers de lave, gouffres à pic remplis de fumée et de vapeurs sulfureuses.

Le Kilauea sautait et s'ébattait, soufflait et haletait, et crachait son venin brûlant autour de nous, aussi indifférent à notre intrusion que le grand dieu Vulcain à la présence de trois puces timorées dans son fourneau ardent.

Et c'était, ô combien, une chaudière ardente.

Je crois que même M. Clemens prit conscience de la folie de notre décision impulsive, car quand le révérend Haymark s'arrêta pour essuyer son visage en sueur, le journaliste cria par-dessus les craquements du magma en train de refroidir : « Êtes-vous sûr de connaître le chemin ?

— C'est plus facile en plein jour, répondit le pasteur dont les yeux paraissaient immenses et blancs dans cette effroyable lumière. Et avec un guide indigène. »

Il s'avéra que nous avions encore cinq cents mètres de plus à parcourir dans la partie la pire et il nous fallut franchir d'étroits abîmes où la lave coulait à plusieurs dizaines de mètres en dessous de nous. Imaginer ce qui m'arriverait si je ne réussissais pas chacun de ces sauts m'aurait paralysée, aussi m'efforçais-je de repousser ces pensées. Une fois, je tombai dans un trou invisible et sentis les flammes lécher mes bottes, alors — sans attendre que ces messieurs réagissent et posent leurs lanternes pour m'en extirper — je m'accrochai à la roche et me tirai seule d'affaire. La lave était si brûlante que mes épais gants en peau de chien furent brûlés et que mes mains se couvrirent de cloques, comme si je les avais posées nues sur la surface sifflante.

Je ne dis rien aux deux hommes, mais levai ma lanterne et suivis le révérend dans sa progression saccadée sur le plancher accidenté du cratère.

Notre traversée ne dut prendre qu'un peu plus d'une heure, mais à cause de la lumière rougeoyante, du danger constant, de la nécessité de regarder sans arrêt où l'on mettait les pieds, nous avions l'impression qu'elle ne finirait jamais. Puis, brusquement, sans avertissement, nous arrivâmes au lac de feu, sur le bord du Hale-mau-mau.

Les mots ordinaires sont insuffisants. Ceux qui vous viennent à l'esprit — fontaines, nuages de gouttelettes, feu, jets, explosions — ne transmettent rien de l'étrangeté totale et écrasante, de la pure puissance et de la terrifiante grandeur de ce que nous vîmes.

Le lac mesurait cent cinquante mètres de large à l'endroit le plus étroit, et presque huit cents de long. Ses rives consistaient en parois perpendiculaires de lave noire — la même substance « refroidie » sur laquelle je me tenais maintenant et qui faisait fumer mes bottes — de quinze mètres à soixante de haut ; elles s'élevaient de la lave rougeoyante comme des falaises noires au-dessus d'un océan de flammes stagnantes. Des cônes se dressaient sur le lac, sur ses rives, et chacun d'eux émettait de grosses gouttes de vapeur sulfureuse, tout cela teinté des rouges et des oranges les plus intenses émanant de la lave bouillonnante. Ces nuées de vapeur atteignaient le bord du cratère — qui semblait maintenant à une distance incommensurable —, jusqu'à la calotte de nuages embrasés suspendue au-dessus du volcan.

Mais ce fut le lac de feu qui retint alors mon attention, et je pense qu'il ne s'effacera jamais de ma mémoire.

La lave jaillissait et retombait, s'élevait en grandes vagues contre elle-même et contre les falaises noires qui cherchaient à la contenir. Elle bouillonnait devant nous — au-dessus de nous, même —, faisant gicler la matière incandescente contre les cônes qui pointaient à une centaine de mètres au moins, de l'autre côté du lac, tournoyant en un millier de vortex qui envoyaient la roche en fusion clapoter sur les rives. Droit devant, onze fontaines de feu sanglantes crachaient cet effluve rougeoyant et le renvoyaient dans le lac de feu qui l'avait engendré. Partout résonnaient le sifflement et les craquements du magma en train de se transformer en roche, le chuchotement de la vapeur qui s'échappait d'un millier de crevasses invisibles, le gémissement de la matière qui se contractait et se dilatait — et derrière tout cela, la constante houle de chaleur de cet océan de feu, ce lac de création brute qui roulait et respirait à nos pieds.

Je me tournai vers le révérent Haymark, mais l'ecclésiastique, la mâchoire un peu pendante, les yeux vitreux, murmurait : « Je ne l'avais jamais vu de nuit... je ne l'avais jamais vu de nuit. » Alors, je passai à M. Clemens, dans l'espoir que l'impertinent journaliste pourrait m'éclairer, mais il avait jeté son cigare et contemplait ce spectacle, l'air extasié, avec une expression de respect presque religieux. Comme s'il avait senti mon regard, il se tourna vers moi — cette débauche de lumière teintait d'orange ses sourcils, sa moustache et ses boucles rousses — et ouvrit la bouche, comme pour parler, mais ne dit rien.

Pendant plus de deux heures, nous restâmes au bord du Hale-maumau, à observer le foyer de Madame Pélé. Les rives de lave refroidie s'élevaient, édifiaient sur le lac de feu des rampes et des îles qui bientôt, succombant à la chaleur, redevenaient liquides et se remettaient à tourbillonner ; alors le niveau du magma montait, les vagues sautaient plus haut, et la chaleur nous obligeait à reculer. Puis la roche noire, en refroidissant, se solidifiait et reprenait forme, créant de nouveaux rivages et de nouveaux bancs, de nouvelles falaises et de nouveaux cônes. Ces derniers, en surgissant de ce puits de flammes, lançaient leurs gibets incendiaires vers les nuages, et la roche sur laquelle nous nous tenions craquait, oscillait et nous offrait de nouvelles perspectives sur le magma qui bouillonnait sous nos pieds. Tel fut le site de notre pique-nique lorsque nous mangeâmes le pain et le fromage que notre hôte avait préparés et bûmes le vin dans des verres qu'il avait soigneusement enveloppés et joints à notre balluchon.

« Nous ferions mieux de rentrer », dit enfin le révérend Haymark d'une voix rauque, comme s'il avait crié tout le temps que nous étions restés sur ce rivage infernal, alors que nous avions gardé un silence presque total.

Nous nous regardâmes, M. Clemens et moi, sur le point de protester, de nous mutiner contre cette décision afin de pouvoir demeurer là jusqu'à l'aube, et toute la journée suivante, et encore une seconde nuit dans le splendide royaume de Pélé.

Nous ne nous sommes pas mutinés, bien sûr, même si, je crois, nous avons lu ce moment de folie dans nos yeux. Nous avons, au contraire, acquiescé d'un hochement de tête et nous sommes repartis, le regard fixé sur la mer de flammes aussi longtemps que nous pûmes l'apercevoir, jusqu'à ce que le bon sens nous oblige enfin à regarder à nos pieds, à suivre la lanterne dansante de notre guide.

Je confesse ici que j'avais posé ma lanterne en apercevant la mer de feu et ne l'avais pas reprise — sans lui accorder la moindre pensée — lorsque je quittai le voisinage de ce terrible océan. La lumière rougeoyante avait paru si brillante, mes sens étaient tellement pleins de l'effrayante splendeur environnante, que je l'avais oubliée. Je ne pensais à rien d'autre qu'aux visions et aux odeurs qui m'avaient subjuguée comme aucune autre chose ne l'avait fait pendant mes trente et un ans d'existence. Toujours entre les deux hommes, je remarquai au passage que M. Clemens avait emporté sa lanterne et que celle du révérend dansait devant moi avec sa régularité habituelle, puis je posai mes bottes fumantes sur la lave noire et avançai péniblement, trop fatiguée, trop écrasée pour penser.

Je sursautai donc quand la voix alarmée du révérend Haymark cria : « Stop ! »

Nous nous figeâmes sur place, M. Clemens et moi, à peut-être trois mètres l'un de l'autre. « Qu'y a-t-il ? demanda le journaliste d'une voix un peu tendue.

— Nous avons quitté le chemin », répondit le pasteur. J'entendis chevroter sa voix et mes jambes se mirent à trembler.

Immédiatement, Haymark et Clemens brandirent leurs lanternes sans bouger les pieds, mais tout n'était que ténèbres, mis à part la lueur du magma qui sourdait par les étroites crevasses.

« La surface est plus élevée ici, dit le révérend. Nous sommes au-dessus du noyau. La lave ne constitue qu'une mince croûte. J'ai remarqué la différence au bruit, pendant que je marchais. J'avoue que je ne faisais plus attention. »

Nous nous taisions, M. Clemens et moi. Pour finir, il suggéra doucement : « Si nous revenions sur nos pas... »

La lanterne du révérend Haymark se balançait en arcs désespérés, illuminant parfois son visage épouvanté. « Ce serait très difficile, monsieur. Nous avons progressé vite, sauté de tertre en tertre. Un faux pas nous ferait passer au travers, nous précipitant à trois cents mètres dans la lave.

— Deux cent cinquante me suffiraient », dit M. Clemens, répétant la mauvaise plaisanterie faite plusieurs heures auparavant.

Je n'osais plus respirer tant l'idée d'être perdue sur cette croûte perfide était terrifiante. « Nous pourrions attendre le jour », dis-je, mais l'aube ne se lèverait que dans plusieurs heures et, au moment même où je dis cela, je compris qu'il était impossible de rester ici pendant cette longue nuit.

« Peut-être devrions-nous retourner en arrière en marchant avec précaution jusqu'à ce que nous retrouvions le chemin », dit le révérend, et il ne fit qu'un seul pas avant de passer au travers de la croûte.

Mon cri a dû être chose pitoyable dans le rugissement de la lave et le sifflement de la vapeur.

11.

> « Tant que la lueur de la lave
> Rutile du cratère béant et
> Aveugle la lumière stellaire ;
> Tant que la vapeur argentée flotte,
> Le jour, sur la montagne,
> La gloire de Kapiolani se mêlera
> À l'une ou à l'autre sur Hawaii. »
>
> Lord Alfred Tennyson,
> « Kapiolani », 1892 [1].

Le chef de la sécurité, Matthew « Matt » Dillon, franchit la double porte marquée RÉSERVÉ AU PERSONNEL et descendit la rampe menant aux catacombes, sous le Mauna Pélé ; il était plutôt de bonne humeur. Il avait brièvement travaillé pour le FBI, puis — à l'occasion d'une fameuse réorganisation — pour la CIA, et cela pendant sept ans. Sa spécialité, c'était l'antiterrorisme, en particulier les attentats qui visaient les grandes installations. Pour bien les protéger, Dillon avait dû apprendre à user de la terreur. Son service avait même proposé de le prêter aux militaires quand les idiots qui entouraient le président Carter avaient voulu délivrer les otages retenus à l'ambassade américaine en Iran. Dillon s'était longtemps félicité que l'armée n'ait pas accepté l'offre du FBI et ne l'ait pas impliqué dans ce monumental bourbier.

Cela faisait cinq ans qu'il était expert-conseil à son compte lorsque Pete Briggs, qui un an auparavant avait suivi son enseignement

1. Dans *The Death of Oenone, and other poems.* Ce poème ne figure pas dans la traduction française d'une grande partie de ce recueil parue en 1992 sous le titre *Le Rêve d'Aklar et autres poèmes.*

sur la protection des cadres, lui proposa de travailler pour Byron Trumbo. Ce genre de truc ne l'intéressait pas — un poste stable l'ennuyait à mourir — mais Briggs insista ; ils se rendirent de San Diego à New York dans un jet privé, Trumbo lui parla personnellement ; le boulot semblait passionnant — il s'agissait de circuler dans l'empire largement diversifié de l'hommes d'affaires, constitué d'entreprises, d'hôtels et de casinos, et non de s'adonner aux tâches répétitives d'un simple chef de la sécurité — et il gagnerait deux fois plus qu'en restant à son compte, même en ces temps où enlèvements et liquidations de cadres se multipliaient. Dillon avait dit oui.

Pendant un an ou deux, il s'était bien amusé à parcourir le monde en avion à réaction, à enquêter sur les menaces de chantage et les infractions à la sécurité, à démasquer les voleurs dans les casinos et les services comptables, et même à rosser les ennemis les moins recommandables de M. T lorsqu'il fallait en venir là. Dillon avait toujours grenouillé sans scrupules dans les zones nébuleuses de la loi, et même carrément dans l'illégalité, lorsque son job l'exigeait. Trumbo l'avait apparemment subodoré et l'utilisait en conséquence.

Quand, six mois plus tôt, les disparitions avaient commencé au Mauna Pélé, Trumbo l'avait expédié là-bas par le premier avion. Dillon devait arriver incognito pour se faire une idée de l'endroit. Il commença par jouer le touriste idiot qui se prélassait au soleil et passait toutes ses soirées au Bar de l'Épave, mais en même temps, il étudiait les lieux et essayait de comprendre ce qui se passait. Il n'apprit pas grand-chose. Stephen Ridell Carter gérait une affaire saine. Le chef de la sécurité du Mauna Pélé, un ancien flic hawaiien appelé Charlie Kane, s'était montré un peu négligent, mais pas totalement incompétent. La police avait épuisé toutes les hypothèses évidentes — ex-employés mécontents, dingues du coin, ennemis personnels de Trumbo. Après une semaine d'enquête clandestine infructueuse, Dillon s'était présenté sous sa véritable identité à Carter, à Kane et à la police, et avait collaboré avec eux. Toujours en vain.

Cet échec l'avait contrarié. Lorsque Trumbo renvoya Charlie Kane et lui demanda d'assurer la fonction de chef de la sécurité du complexe hôtelier « jusqu'à ce que cette affaire soit réglée », Dillon accepta, croyant que ça ne lui prendrait que quelques semaines, au pire. Abandonner un mystère sans l'avoir résolu, ce n'était pas son style.

Plus de six mois après, Matthew Dillon en avait marre d'Hawaii, marre du Mauna Pélé, marre de la lumière du soleil, de l'air pur et des déferlantes. Il avait envie de retrouver New York en hiver, avec ses rues noires et ses chauffeurs de taxi bourrus. Il souhaitait enquêter dans l'un des casinos de M. T à Las Vegas ou Atlantic City, travailler la nuit dans un univers clos où personne ne savait s'il faisait jour ou pas et s'en foutait complètement.

Mais maintenant, la situation avait changé. Des morceaux de cadavre retrouvés sur un terrain de golf. Trois types du New Jersey qui n'étaient jamais rentrés. Un astronome disparu en laissant de grandes giclées de sang. Matthew Dillon souriait en parcourant le tunnel de service et tapotait l'étui de son revolver. Il était à son affaire.

Le bureau de l'astronome n'était pas fermé. Dillon dégaina le Glock 9mm et ouvrit doucement la porte.

Pete Briggs, debout au milieu de la pièce, un marteau de cinq kilos à la main, se frottait le menton. Dillon remit le semi-automatique dans son étui. « Tu vas vraiment abattre ce mur ? »

Briggs ne tourna pas la tête. Ce type avait l'air d'un footballeur imbécile, mais il était joliment futé, Dillon le savait. Et c'était un bon garde du corps. Beaucoup de professionnels de la sécurité ne le valaient pas lorsqu'il s'agissait de protéger les arrières de quelqu'un.

« Ouais.

— Les flics du coin vont voir rouge.

— Ouais. » Briggs se foutait visiblement des réactions de la police locale. Il fit passer la masse de son épaule gauche à la droite et regarda Dillon. « Je t'attendais. »

Dillon leva un sourcil touffu.

Briggs montra d'un signe de tête une lampe de poche à six piles. « Je pense qu'il vaudrait mieux que l'un de nous tienne la torche pendant que l'autre abat le mur. »

Dillon prit la lampe. « D'acc. »

Briggs avisa des lunettes en plastique posées sur le bureau, les chaussa, écarta le meuble d'une seule main, appuya le marteau à l'endroit où la fissure était la plus large, et dit : « Tu ferais mieux de reculer. »

Il n'y avait pas beaucoup de champ, mais Dillon se posta contre le mur opposé et leva la lampe.

« Sors ton arme, dit Briggs.

— Pourquoi ? Tu ne crois tout de même pas que le truc qui a eu Wills va sortir de cette fissure et te sauter dessus ? »

Briggs ne sourit pas. « Braque ta lampe et ton Glock sur le trou pendant que je l'agrandis. »

Dillon n'aimait pas qu'on lui donne des ordres, mais il haussa les épaules et tira le 9mm de son étui. Le plafonnier était assez puissant pour la petite pièce, mais il éclaira le trou avec sa lampe, qu'il tenait de la main gauche, et brandit le pistolet de la main droite, tout cela d'un seul mouvement, comme on le lui avait appris. « Prêt », dit-il.

Peter Briggs leva le marteau puis l'abattit sur le mur de toutes ses forces.

Sur la plage proche de son bungalow, Eleanor regarda le soleil plonger dans l'océan, puis elle se rendit au Bar de l'Épave. Il y avait là quelques clients qui n'occupaient qu'une partie des nombreuses tables dressées sous le toit de chaume ou sur la terrasse dallée donnant sur la mer. C'est au bord de celle-ci qu'Eleanor s'installa ; elle commanda un gin-tonic et le sirota en regardant le ciel virer du rose au pourpre, puis au violet. Les palmiers découpaient sur le ciel des silhouettes en dents de scie. Eleanor aperçut un rougeoiement à l'est, lorsque la lueur du volcan éclaira le nuage de cendres qui, ayant encore changé de direction, planait maintenant au-dessus de Kona. La plage et la promenade étaient vides ; un Hawaiien, vêtu seulement du traditionnel paréo et porteur d'une grande torche, arriva en courant sur le sentier. Il alluma les nombreux braseros et les torchères qui bordaient les allées. Les flammes dansaient et grésillaient dans un vent de plus en plus fort.

Elle était perdue dans ses pensées — les événements de la journée, le chien et son jouet macabre, l'étrange quête qu'elle menait en ces lieux — quand, levant les yeux, elle vit Cordie Stumpf debout devant sa table, une bouteille de bière et un verre à la main.

« Salut, Nell, cela vous ennuie si je me joins à vous ?

— Bien sûr que non. » *Nell ?* Cela ne lui déplaisait pas. Depuis des générations, sa famille attribuait aux vieilles filles des surnoms qu'Eleanor n'avait appris que récemment — tante Kidder, tante Mittie, tante Tam, tante Beanie — et elle se dit qu'elle pouvait bien supporter « tante Nell ».

« Quelles manigances, tout à l'heure, hein ? » dit Cordie en sirotant sa bière.

Eleanor hocha la tête sans quitter des yeux le ciel pâlissant.

« Trumbo voulait sûrement enterrer tout ça. Les flics ne m'ont pas contactée. Vous les avez vus ?

— Non.

— Je parie que Trumbo ne les a pas appelés.

— Pourquoi ? » demanda Eleanor. Loin en mer, un bateau à voiles n'était plus qu'un triangle sur l'horizon violet. En dépit du vent qui se levait, l'océan semblait parfaitement calme et les vagues venaient mourir doucement sur le sable.

Cordie haussa les épaules. « Probablement pour éviter une mauvaise publicité.

— C'est stupide ! Nous en parlerons forcément à quelqu'un. Nous pourrions téléphoner à la police, ce soir... en ce moment même. »

Cordie se resservit de la bière, but et lécha la mousse déposée sur ses lèvres minces. « Oui, mais nous ne le ferons pas. Nous sommes en vacances. »

Eleanor ne savait pas si Cordie faisait de l'humour ou non.

« En plus, reprit-elle, je pense que Trumbo essaie de vendre cet endroit. Il veut seulement étouffer la chose jusqu'à ce qu'il fourgue le Mauna Pélé aux Japonais que je l'ai vu promener en voiturette, ce matin.

— Comment savez-vous tout cela sur Trumbo ?

— Par le *National Enquirer* et *A Current Affair,* répondit Cordie. Vous n'avez pas entendu parler de ses ennuis avec sa femme et sa maîtresse ? »

Eleanor fit non de la tête.

« C'est pire que Donald Trump, il y a quelques années, avec cette fille dont j'ai oublié le nom. Trumbo est en train de divorcer ; sa femme est une *roublarde* — elle l'a aidé à édifier son empire, ou du moins, c'est ce que dit son avocat. Et puis il a commencé à sortir avec ce top model...

— Maya Richardson, dit Eleanor en terminant son gin-tonic.

— Vous, vous lisez le *National Perspirer,* dit Cordie en souriant.

— Seulement les gros titres, quand je fais la queue aux caisses de supermarché.

— Oui. Je vois. Eh bien, *A Current Affair* dit que Trumbo a une nouvelle liaison avec un très jeune mannequin. Et que Maya a découvert le pot aux roses. » Elle appela le serveur d'un geste. Quand le jeune homme s'approcha, Cordie lui montra la carte signée du milliardaire qui devait leur procurer des boissons gratuites pour le reste du séjour. « Nous allons goûter l'une des boissons favorites de M. Trumbo. Les Cheveux de Pélé.

— Vous voulez dire, le Feu de Pélé », répliqua le serveur. Il était blond, beau, bronzé par le soleil.

« Peu importe, apportez-en deux. » Cordie suivit des yeux les fesses du serveur qui s'éloignait.

« Je n'ai pas très envie de faire des mélanges », dit Eleanor.

Cordie haussa les sourcils. « Oh, vous en vouliez un ? » Elle attendit un moment et sourit. « Est-ce que vous avez faim après ce qu'on a vu aujourd'hui ?

— Je commence à douter de ce que nous avons vu.

— Oh, il y a aucun doute à avoir. Et dans ma vie, j'ai vu des choses plus bizarres encore. »

Eleanor allait lui demander lesquelles, mais Cordie reprit la parole : « Avez-vous bien regardé le chien ?

— J'ai seulement vu qu'il était noir. Et grand. Une sorte de labrador géant.

— Je l'ai aperçu, tôt ce matin. Juste au lever du jour. Ce même cabot courait sur la plage.

— Ah, oui. Vous m'avez demandé si j'avais vu un chien noir. Je l'avais oublié.

— Avez-vous remarqué ses dents ? C'est à cause d'elles que je vous ai posé cette question, ce matin.

— Ses dents ? » Eleanor essaya de s'en souvenir. Le chien n'était resté que quelques secondes immobile devant eux avant de partir comme une flèche sur le champ de lave. Elle se remémora l'émotion qu'elle avait ressentie en identifiant ce qu'il tenait dans la gueule, et l'impression que quelque chose *n'allait pas* chez cet animal, mais rien de particulier au sujet de ses dents. Elle secoua la tête. « Qu'est-ce qu'elles avaient ? »

Cordie se redressa lorsque le serveur apporta les boissons. Une fois qu'il fut parti, elle dit : « Il avait des dents d'homme. »

Eleanor cligna des yeux.

« Vraiment », insista Cordie Stumpf en rapprochant le grand verre. Le liquide était rouge, une tranche d'orange y flottait. « Dieu m'est témoin que cette sale bête avait des dents d'homme. Ça ressemblait à un râtelier. Il m'a souri, ce matin, sur la plage.

— Vous avez dû mal voir.

— Non, non. J'ai eu autant de chiens que d'hommes dans ma vie, et je sais à quoi ils ressemblent. Ce clebs m'a paru bizarre dès que je l'ai vu. Quand il m'a souri, ce matin, j'ai compris pourquoi. Je ne l'aurais peut-être pas remarqué cet après-midi — avec cette main entre les babines — mais je savais ce qu'il fallait que je regarde, et je l'ai fait ; c'étaient bien les dents d'un être humain. »

Eleanor fut prise d'un léger vertige. Elle aimait bien Cordie Stumpf et n'avait pas envie de découvrir qu'elle était folle. Pour cacher sa confusion, elle prit son verre, ôta l'ombrelle et la feuille de menthe, et but une gorgée. « C'est doux. Je me demande ce qu'il y a dedans.

— De tout. C'est comme un thé glacé de Long Island avec un goût de cerise et environ quatre sortes d'alcools différents. Deux d'entre eux suffiraient à me faire danser nue sur le bar. »

Eleanor essaya de se l'imaginer, puis repoussa vivement cette image.

« En parlant de danser nue, reprit Cordie, que pensez-vous de Paul ? »

Eleanor déglutit. « Et vous ?

— Il en pince pour vous, Nell », répliqua Cordie en souriant.

Autant qu'elle s'en souvienne, personne n'avait jamais utilisé cette expression en sa présence. Il lui fallut plusieurs secondes avant de pouvoir répondre. « Vous vous trompez. Paul Kukali ne m'intéresse absolument pas. » Elle prit conscience que son ton désapprobateur était celui d'un professeur réprimandant un étudiant, mais elle n'y pouvait rien.

« Je sais, dit Cordie sans se départir de son sourire. Je m'en suis aperçue. Mais pas lui, je pense. Les hommes sont souvent aussi épais qu'une brique. »

Eleanor décida de changer de sujet : « En tout cas, Paul Kukali a dit qu'il rentrait à Hilo cet après-midi. Il ne fait des visites guidées au Mauna Pélé qu'une fois par semaine.

— Je ne crois pas. Il est encore ici ce soir. »

Eleanor prit une autre gorgée. C'était un peu trop sucré, mais bon. « Comment le savez-vous ? »

Cordie désigna d'un geste du menton l'entrée de la terrasse, derrière Eleanor. « Parce qu'il vient juste d'entrer et qu'il se dirige vers notre table. »

14 juin 1866, Kilauea.

Quand le révérend Haymark creva la croûte de lave refroidie, ma première pensée fut : « Il va se volatiliser et les flammes vont nous consumer ! » C'était une pensée indigne. Et l'hypothèse ne se vérifia pas, car le corpulent ecclésiastique, retenu par ses bras étendus, ne tomba que jusqu'à mi-corps.

« Ne bougez pas ! » cria-t-il. Son altruisme paraissait bien plus développé que celui de M. Clemens ou que le mien, car ni le journaliste ni moi n'avions esquissé le moindre mouvement pour sauver notre guide. En vérité, je ne me sentais pas capable d'effectuer le moindre pas.

L'ecclésiastique s'extirpa tout seul avec beaucoup de halètements, de ahanements, et s'éloigna du trou à quatre pattes. La lueur du magma s'éleva par l'ouverture déchiquetée. Le révérend Haymark dit, en se relevant avec précaution et en rallumant la lanterne qu'il avait lâchée : « Cherchons le sentier. Le sol y est plus solide qu'ici. »

M. Clemens et moi jetâmes des regards éperdus autour de nous, sans oser bouger les pieds sur cette surface traîtresse, mais si loin que portât la lumière des lanternes, le plancher du cratère semblait le même. Quelques différences qu'eût présentées le chemin, elles étaient invisibles. Nous étions perdus sans espoir sur cette mince croûte, au-dessus d'un lac de lave insondable.

« Vite, cria le révérend, éteignez les lanternes. »

Cette suggestion parut aussi douteuse au journaliste qu'à moi, mais il obéit à notre guide. Un instant plus tard, tout n'était que ténèbres, sauf la lueur infernale du lac que nous venions de quitter et des nombreuses fissures qui nous entouraient.

« En regardant la surface, je ne m'étais pas aperçu que nous nous étions écartés du chemin, expliqua le révérend Haymark d'une voix assourdie, comme si tout bruit un peu fort pouvait nous précipiter tous trois au travers de la surface crevassée. C'est au bruit que je l'ai deviné.

— Que voulez-vous dire ? demanda M. Clemens.

— Le sentier était devenu lisse. Les endroits où personne ne passe

retiennent de fines aiguilles de lave. Écoutez. » Il fit un pas et nous entendîmes un doux crissement, celui des minuscules aiguilles qu'écrasait sa botte. « C'est ce bruit qui m'a fait comprendre que nous nous étions égarés. »

Je regardai autour de moi, dans l'obscurité. Le chemin serait peut-être visible lorsque nous l'aurions retrouvé, mais pour le moment, il était impossible de le distinguer.

« Fermez les yeux ! » cria le révérend Haymark, qui fit décrire à l'un de ses pieds un demi-cercle tout en faisant porter son poids sur l'autre jambe.

M. Clemens et moi vîmes aussitôt la sagesse de cette manœuvre et, les yeux fermés, nous commençâmes à chercher les crissements révélateurs. Nous devions offrir un spectacle amusant — trois aventuriers perchés sur une seule jambe dans des ténèbres infernales, déplaçant l'autre pied lentement, précautionneusement, les yeux clos, avec sur le visage une expression de peur chaque fois que nous avancions d'un pas. Je m'attendais constamment à tomber et à entendre un craquement général, comme si la surface tout entière allait s'effondrer sous notre poids, tel un champ de glace.

« Je l'ai trouvé ! » s'écria Samuel Clemens. Nous rouvrîmes les yeux ; le journaliste, la jambe droite étendue, grattait un endroit avec sa botte, quelque part sur notre gauche. Je ne voyais pas comment il pouvait garder son équilibre dans une posture aussi ridicule.

« Cela ne fait pas le même bruit, dit-il. Je vais avancer encore d'un pas pour voir si mes oreilles sont dignes de confiance. C'est peut-être une couche moins épaisse.

— Je vous en prie, faites attention, monsieur Clemens », dis-je, prenant aussitôt conscience de l'absurdité de ma remarque.

Le journaliste me jeta un coup d'œil, les yeux brillants sous ses épais sourcils. Dans cette lumière rouge, il ressemblait à un démon malfaisant.

« Mademoiselle Stewart, commença-t-il, gravement.

— Oui ?

— Si la croûte refuse de me porter, pourriez-vous transmettre un message en Californie ? »

Mon cœur fit un bond dans ma poitrine. « Oui, monsieur Clemens. »

Sa voix était plaintive. « Auriez-vous la bonté d'aller voir toutes les jeunes dames que j'ai courtisées pour dire à chacune que son nom était sur mes lèvres lorsque j'ai trouvé la mort ? »

Il n'y avait rien à répondre à une telle impertinence, aussi je dis : « Allez, monsieur Clemens. »

Le journaliste fit un grand saut et retomba sur ses pieds, comme un enfant qui joue à saute-mouton. La surface ne céda pas. M. Clemens s'accroupit, tâta le sol des deux mains et annonça : « C'est le sentier. Sous cet angle, je peux voir où il mène. »

La demi-douzaine de pas qu'il nous fallut tenter, le révérend Haymark et moi, pour rejoindre M. Clemens sur la surface solide constituèrent le plus long voyage de ma vie. Pour finir, après nous être assurés qu'il s'agissait bien du chemin que nous avions suivi pour arriver au lac de lave, et avoir soufflé un peu, nous allûmames les lanternes et avançâmes plus précautionneusement qu'à l'aller. La dernière centaine de mètres parcourus sur la surface brûlante, entre les étroites fissures, si effrayantes lors de notre arrivée, semblèrent un jeu d'enfant après l'épouvante du Hale-mau-mau et notre mésaventure.

L'aube allait se lever lorsque nous gravîmes les derniers degrés de l'escalier et émergeâmes au bord du cratère. Hananui nous y attendait, car il s'était réveillé à notre approche, comme un chien fidèle heureux de voir ses maîtres. Je croyais que notre guide s'était posté là par loyauté professionnelle, mais d'après ce qu'il bredouilla, l'air excité, il s'était passé quelque chose d'extraordinaire, en pleine nuit, à la Maison du Volcan.

« Allons, allons, dit le révérend Haymark en posant ses grandes mains sur les épaules de l'Hawaiien comme s'il calmait un enfant. Raconte-nous cela lentement.

— Les missionnaires, ils sont montés de Kona, dit le petit homme d'une voix haletante, les yeux agrandis par la peur. Ils se sont enfuis. »

M. Clemens était en train d'allumer un cigare, comme s'il avait attendu que nous soyons sortis sains et saufs du cratère pour fêter cela. « Ils fuyaient quoi ? demanda-t-il.

— Pana-ewa ! Ku et Nanaue ! »

Le révérend Haymark recula, une expression d'aversion, sinon de dégoût, peinte sur son visage rubicond.

« Qui ? » demanda M. Clemens avec un certain intérêt.

« Des dieux du coin, répondit l'ecclésiastique d'une voix empreinte de mépris. Des demi-dieux, en réalité. Des monstres. »

M. Clemens se rapprocha du guide visiblement terrifié. « Que leur est-il arrivé ?

— Ils se sont libérés. Tous. Ils tuent beaucoup de gens au-dessous

du village de Kona. Beaucoup de missionnaires. Ceux de la Maison du Volcan, ils se sont sauvés. Jusqu'à Hilo. »

Le cigare de M. Clemens se redressa et ses yeux brillèrent de malice, comme plus tôt, dans le cratère. « Vous dites qu'on a tué des missionnaires sur la côte de Kona ? »

Hananui hocha la tête, mais ce n'était visiblement pas la raison de sa détresse. « La porte de Milu est ouverte », murmura-t-il.

Le révérend Haymark tourna le dos au petit homme. « Je crois que Milu est leur dieu des Enfers. Une sorte de Pluton. »

Hananui faisait alternativement oui et non de la tête. « Le pays de Milu. Les Enfers de Milu. La terre de Milu, où vivent les fantômes. »

Nous nous traînâmes péniblement jusqu'à l'hôtel, le révérend Haymark et moi en tête, trop épuisés pour parler. M. Clemens fermait la marche avec Hananui, qu'il tenait par l'épaule ; il lui posait des questions et écoutait attentivement les réponses que bredouillait le petit Hawaiien. J'étais trop lasse pour y prêter attention.

Byron Trumbo, Sato et leurs gens étaient en plein milieu d'un dîner relativement protocolaire — c'est-à-dire que le milliardaire avait revêtu sa « tenue d'Aloha », une chemise hawaiienne propre, un pantalon de serge et des baskets montantes — lorsque le vilain temps et les mauvaises nouvelles affluèrent.

Le mauvais temps venait de l'est, apporté par un vent frais soufflant sous le panache du volcan qui avait envahi le ciel depuis le début de la soirée. À la tombée de la nuit, les feuilles des palmiers dansaient follement sous le *lanai* de Sato, perché au septième étage, et l'air sentait la pluie. Ce n'était pas un problème — un toit et des auvents grossiers recouvraient le coin-salle à manger —, mais le vent compliquait le service et gênait la conversation.

Les hommes de Will Bryant survinrent avec d'autres mauvaises nouvelles, dont la plupart venaient aussi de l'est. L'adjoint du milliardaire écoutait chacun d'eux, attendait le moment opportun où la discussion deviendrait générale pour s'essuyer les lèvres avec sa serviette en lin et venir chuchoter dans l'oreille de son patron.

Pendant que l'on servait les crevettes, il murmura : « Mme Trumbo et son avocat désirent vous parler. Ils sont dans la suite d'Ali'i. Mme Trumbo veut absolument vous rencontrer ce soir. »

Trumbo fit simplement signe que non et Will alla parlementer avec elle. Il revint dix minutes plus tard. « Mme Trumbo insiste pour que vous veniez tout de suite. Elle dit que c'est important. Et que Koestler sera présent. Si vous n'y allez pas, je crains qu'elle ne vienne interrompre le dîner. Elle est au courant, au sujet de Sato.

— Merde », murmura Trumbo, et il sourit au Dr Tatsuro qui, assis en face de lui, leva les yeux, étonné. Benny Shapiro, son propre avocat, était à New York. Caitlin ne respectait pas les règles.

À dix-neuf heures quarante-cinq, alors qu'on servait des jus de fruits glacés, entre la soupe et le plat de poisson, Will chuchota : « Mme Richardson vient d'arriver. Nous lui avons donné la première *hale* tahitienne, à la Pointe. »

Trumbo hocha la tête. La Pointe de la péninsule était aussi loin que possible de la Grande Hale et de Caitlin. L'ex-mannequin avait l'habitude du luxe et l'exigeait, et ce bungalow était doté d'une piscine, d'un cuisinier et d'un majordome, aussi Maya n'aurait-elle aucune raison de venir au grand bâtiment.

« Mme Richardson dit qu'elle a besoin de vous parler, chuchota Will Bryant.

— Ce soir ?

— Immédiatement.

— Quelle poisse », murmura Trumbo et il sourit de nouveau au Dr Tatsuro dont la tête dodelinait maintenant comme celle d'une poupée de tableau de bord.

À vingt heures trente, lorsqu'on apporta le plat principal, du bœuf de premier choix élevé au Parker Ranch, sur la côte de Kona, Will Bryant chuchota à l'oreille de son patron : « Bicki a atterri. Elle va arriver. » Généralement, il préférait employer les titres et les noms patronymiques, mais depuis que Trumbo fréquentait ce jeune mannequin qui avait atteint la popularité de Prince ou de Madonna, il ne l'avait jamais entendu nommer autrement que Bicki. Le milliardaire adorait cette simplicité — qui compensait la pierre incrustée dans la narine et la langue percée que son nouvel amour arborait depuis un mois ou deux. Trumbo détestait embrasser Bicki et sentir de minuscules billes d'acier sur la langue de la jeune fille. Elle lui disait qu'il n'avait qu'à s'imaginer que c'étaient des petits morceaux de sucre d'orge, mais il n'aimait pas non plus l'idée d'embrasser quelqu'un qui avait des bonbons dans la bouche. Aussi, il se contenta de ne plus l'embrasser — n'importe comment, ce n'était pas ça l'essentiel. Mais il lui avait ordonné de ne pas percer ses bouts de seins ou toute autre partie de son anatomie. Bicki avait boudé, mais obéi.

« Où va-t-on la mettre ? chuchota-t-il à Will.

— Il y a la cabane qui date de la construction. »

Pendant une seconde, Trumbo pensa que Will blaguait, mais il se remémora la confortable maison qu'ils avaient édifiée à l'extrémité sud de la baie, pendant la construction du Mauna Pélé. C'était un bungalow de trois chambres à coucher situé juste au-delà du quatorzième trou, à quelques centaines de mètres des derniers chemins de *hale.* Il avait été le seul à l'habiter, pendant ses visites au chantier. La cabane n'avait pas de plage mais, située sur une pente douce, elle jouissait d'une belle vue sur la baie et la péninsule sud. On ne s'en servait que lors des rares séjours de personnages importants et libidineux, comme Harlen, le sénateur de l'Illinois, qui voulaient rester à l'écart avec leurs compagnes mineures.

« Bonne idée. Bicki est trop stupide pour remarquer son isolement. Assurez-vous qu'il y aura un cuisinier et un valet.

— J'y veillerai, chuchota Will qui regagna sa place à table.

— Oh, dit Trumbo en agitant les doigts pour reconvoquer son adjoint. Qui Briggs a-t-il désigné pour garder Bicki et Maya ? » Si le tueur du Manua Pélé s'en prenait à Caitlin et à son abruti d'avocat, il s'en foutait.

Will Bryant s'accroupit près de la chaise de son patron et parut hésiter un instant avant de murmurer : « J'ai assigné Myers à Mme Richardson et Courtney à Bicki.

— *Vous ?* Où est Briggs ?

— Eh bien, nous avons un problème. »

Sato, le Dr Tatsuro et Sunny Takahashi abandonnèrent leur pièce de bœuf pour regarder Trumbo. Le milliardaire se dit que s'il entendait une fois de plus le mot « problème », il se mettrait à vomir. Il se pencha vers Bryant en essayant d'avoir l'air calme et indifférent. « Quel problème ?

— Briggs et Dillon ont disparu. »

Trumbo fit un gros effort pour ne pas arracher des poignées de cheveux — les siens ou ceux de Will Bryant. « Je leur avais dit d'abattre le mur dans le bureau de l'astronome. »

Will souriait pour faire croire qu'il n'était qu'un larbin qui chuchotait d'amusantes et banales remarques à son patron. « Oui. Le mur a disparu. Ainsi que Briggs et Dillon. Il y a là une sorte de grotte. M. Carter a demandé si vous vouliez envoyer quelqu'un à leur recherche. »

Trumbo y réfléchit pendant deux secondes. « Qu'ils aillent se faire foutre. » Il se tourna vers ses invités. « Une viande rudement bonne, n'est-ce pas ?

— Très tendre, dit Hiroshe Sato.

— Très bonne, dit Sunny Takahashi.

— Très déricieuse, dit le vieux Matsukawa.

— Très mauvaise pour les artères », pontifia le Dr Tatsuro.

Avec l'arrivée de la tempête, Eleanor, Cordie et Paul Kukali étaient passés du Bar de l'Épave à la salle à manger du Lanai des Baleines, dans la Grande Hale.

Paul les avait abordées timidement, en prétextant qu'il lui fallait s'excuser pour ce qu'elles avaient vu et subi cet après-midi. Avant qu'Eleanor ait pu répondre, Cordie invita le conservateur à se joindre à elles et la conversation s'engagea. Dehors, un fort vent d'est fouettait les palmiers et secouait les bougainvillées.

Paul expliqua qu'il était resté pour s'assurer qu'il y aurait une suite à leur rapport.

« Il faudrait appeler la police, dit Eleanor.

— C'est fait, répliqua Paul en souriant. Charlie Ventura, le chef de la police de Kona, est un ami. Il dit que l'affaire devrait passer dans les mains de la police de l'État...

— Oui, interrompit Cordie.

— Ce n'est pas tout à fait le même département, répondit Paul, toujours souriant. Mais qu'importe, Charlie n'était pas certain que la police de l'État envoie quelqu'un aujourd'hui. Leurs hommes sont occupés à fermer les routes entre ici et Hilo, et ceux de Charlie sont retenus par l'afflux de touristes sur la côte du Nord-Kona...

— Mais ils enverront quelqu'un ? demanda Eleanor.

— Oui. Charlie a fait remarquer que personne n'avait disparu depuis un moment. Et il a parlé du Samoan qui s'est noyé...

— Il y a trois semaines.

— Oui.

— Bon, au moins vous n'avez pas tenu compte de M. Byron Trumbo. J'espère qu'il ne va pas vous virer à cause de cela. »

Paul Kukali montra de nouveau ses grosses dents blanches. « Ce ne serait pas une grosse perte. J'ai mes cours à l'université. Ce supplément m'a permis d'acheter une maison près de Waimea... mais ce n'était pas uniquement pour l'argent que j'avais accepté ce travail. »

Ils parlèrent de sa propriété, de la conservation des sites archéologiques, ils bavardèrent de ceci et de cela, puis le vent plus fort et la faim les poussèrent à entrer dans la salle à manger.

« Je suppose qu'il faudrait autre chose qu'une main pour nous couper l'appétit, dit Cordie tandis qu'ils choisissaient une table près de la fenêtre. Peut-être que si le chien était revenu avec d'autres morceaux, cela nous aurait suffisamment déconcertés pour qu'on se contente d'un petit casse-croûte, mais là, je suis assez affamée pour manger un cheval.

— Je ne recommanderais pas la viande de cheval, ici, répondit Paul en riant, mais l'*a'u* est très bon.

— Ce n'est pas la lave, ça ? » dit Cordie. Elle remit ses lunettes à monture noire pour étudier le menu.

« Non, la lave, c'est l'*a'a.* L'*a'u,* c'est du marlin, ou de l'espadon. Cher, mais excellent. »

Cordie reposa le menu. « OK. Pour moi, c'est gratuit, comme dit le taulier. Ce M. Trumbo. D'accord pour l'*a'u.* »

Paul commanda aussi de l'*a'u* et Eleanor se décida pour de l'*ulua,* un gros poisson à tête plate qu'elle avait déjà mangé sous d'autres noms en Amérique latine.

Le serveur leur demanda s'ils voulaient un apéritif, et avant que quelqu'un ait pu refuser, Cordie commanda un Feu de Pélé pour tous. Au bout d'un moment, la conversation porta sur le travail d'Eleanor.

« Si vous vous intéressez à la philosophie des Lumières, lui dit Paul, l'univers mythologique de mes ancêtres doit vous dérouter.

— Pas du tout. Ces philosophes n'aimaient pas la mentalité judéo-chrétienne qui les avait précédés, aussi s'efforçaient-ils de revenir à un point de vue beaucoup plus païen. » Elle but une gorgée de liquide rouge et sourit lorsque sa chaleur l'envahit. « Mais empreint d'esprit rationaliste.

— Une sorte de virage vers le rationalisme scientifique ?

— Oui. Pour ces philosophes, la pensée mythique était un voile qu'il fallait percer en mettant en œuvre la critique systématique codifiée par les Grecs et imposée par les Romains. »

Cordie Stumpf les regardait comme un spectateur de match de tennis.

« La pensée mythique n'était qu'une phase du développement, insista Paul en jouant avec sa salade. Un voile qui obscurcissait autant qu'il protégeait.

— Oui. Mais avec la perte de ce voile, nous avons aussi perdu l'éclat iridescent de l'expérience immédiate, cette dimension animiste qui imprégnait tout — dans votre ancienne culture comme dans la mienne. Voir l'univers comme un ensemble de puissances vivantes, c'était excitant.

— Votre ancienne culture ? demanda Paul.

— L'Europe préchrétienne. Les Écossais mystiques. Et une partie de mon lignage est amérindien... sioux, je crois.

— Néanmoins, pour les Hawaiiens, *tout* dans la nature était une puissance vivante... une source de *mana.* Il semble difficile d'imaginer que Diderot ou Voltaire ou Lessing ou Rousseau ou David Hume aient compris cette manière épistémologique d'envisager le monde. »

Le serveur vint enlever les assiettes où ils avaient mangé la salade. Tous trois burent à petits gorgées de l'eau servie dans des verres à pied. Par la fenêtre ouverte, le vent leur apportait le bruit des vagues, le bruissement curieusement berceur des feuilles de palmier.

« La lutte entre la pensée mythique et la pensée rationnelle a certainement précédé les Lumières », dit Eleanor qui sentait la chaleur du Feu de Pélé envahir maintenant tout son corps. Une partie de son esprit pensait qu'il était étrange de porter un corsage de soie à manches courtes et de dîner toutes fenêtres ouvertes, dans le souffle chaud de la brise, alors qu'on était en hiver. « Comme dit Lucrèce dans son *De natura rerum :* " Cet effroi et ces ténèbres de l'esprit n'ont pas besoin des rayons du soleil, des brillantes flèches du jour ; seule les dissipe la connaissance des formes de la nature. "

— Pourtant les anciens Hawaiiens qui vivaient sur ce rivage, il y a quinze cents ans, avaient une connaissance approfondie de la nature — des plantes, des animaux, des bêtes marines, des volcans. »

Se penchant en avant comme si elle avait attendu cette occasion pour participer à la conversation, Cordie dit : « Parlez-nous du volcan. »

Paul Kukali cligna des yeux. « Le Kilauea ou le Mauna Loa ?

— Les deux.

— C'est inhabituel qu'ils soient en activité en même temps. Dans la Grande Île, nous avons l'habitude des éruptions. Elles sont plus ou moins constantes et ne menacent généralement que les bâtiments édifiés à proximité des failles.

— Le Mauna Pélé est dans un mauvais endroit ? demanda Cordie.

— Pas selon la plupart des études qui ont été faites, répondit Paul après une légère hésitation. Cette région a connu une certaine activité volcanique... des coulées de lave... mais il y a plus d'un siècle. Comme vous pouvez le constater, même lors d'une forte activité volcanique, tout ce qu'on perçoit d'ici, c'est un nuage de cendres et la lueur du cratère. »

Cordie vida son verre à grand bruit. « J'ai vu un film... avec, je crois, Paul Newman, Ernest Borgnine et James Franciscus, plus des acteurs qui ont joué dans ces vieux films catastrophes comme *La Tour infernale* et *Aéroport...* qui racontait l'histoire d'un complexe hôtelier tropical enseveli sous la lave. »

Paul et Eleanor attendirent la conclusion.

« Eh bien, reprit-elle au bout d'un moment, je trouve que ça cadre avec ce que nous disons.

— C'était une erreur de créer le Mauna Pélé, mais je ne pense pas qu'il sera enseveli sous la lave. » Il avait presque l'air de le regretter.

« J'aimerais bien voir les volcans de près. » En s'entendant prononcer ces mots, Eleanor comprit que l'alcool avait agi sur elle plus qu'elle ne l'avait pensé.

« Ce n'est pas facile, répliqua Paul. Le Parc national des volcans est fermé à cause de la gravité des dernières éruptions... les gens s'y précipitaient par milliers et certains gaz peuvent se révéler mortels.

— N'est-ce pas ce qui est arrivé un jour aux ennemis du roi Kamehameha ? N'ont-ils pas été terrassés par des gaz toxiques ? » demanda Eleanor. La pluie avait commencé à tomber et faisait un bruit agréable sur le toit du *lanai*. L'odeur de la végétation mouillée était presque érotique.

« Oui. En 1790, le chef Keoua, revenant d'une guerre contre les alliés de Kamehameha, décida de diviser l'armée en trois troupes qui se retrouveraient à la caldeira pour des offrandes à Pélé. Quand deux d'entre eux rejoignirent le premier tiers de l'armée, ils les trouvèrent tous morts — hommes, femmes et enfants —, empoisonnés par un nuage de gaz toxique.

— Cela n'a pas dû leur remonter le moral.

— L'année suivante, Keoua se rendit, on l'offrit en sacrifice, et Kamehameha raffermit son pouvoir sur les îles. »

Cordie termina son verre. « C'est loin d'ici ?

— Quoi ?

— L'endroit où l'armée a été asphyxiée ?

— Non. En fait, c'est sur le versant de cette partie sud-ouest du rift. Les empreintes de l'armée de Keoua sont encore visibles dans la lave solidifiée. »

Le serveur apporta le poisson. Pendant quelques instants, ils se contentèrent d'échanger des paroles de satisfaction. Puis Eleanor dit : « Je comprends maintenant pourquoi il est difficile d'approcher des volcans. »

Paul s'arrêta la fourchette en l'air. « Le meilleur moyen de voir une éruption, c'est de la survoler en hélicoptère. Bien sûr, les appareils sont tous loués plusieurs semaines à l'avance. Ils partent des grands complexes hôteliers, au nord d'ici et aux environs de Hilo. Le tarif est passé de cent dollars à cinq ou six cents.

— Trop cher pour moi. Et dans quelques semaines, je serai partie d'ici. »

Paul posa sa fourchette. « Je peux peut-être organiser quelque chose. »

Eleanor jeta un coup d'œil au conservateur. Elle ne surprit rien de calculateur dans son regard ou son comportement. « J'ai dit cela sans réfléchir et...

— J'ai un ami, dit-il en levant la main pour l'interrompre, qui pilote son propre hélicoptère sur l'île de Maui. Il vient ici demain et il me doit un service. Bien sûr, ce sera peut-être en fin d'après-midi, mais c'est le meilleur moment pour voir l'éruption.

— Je ne voudrais pas..., commença Eleanor.

— Je pense que c'est une bonne idée. J'aimerais, moi aussi, la survoler et ce serait l'occasion. Sérieusement, si vous ne voulez pas y aller, tant pis… mais sinon, je peux organiser un petit périple pour demain soir. »

Eleanor n'hésita qu'un instant. « Ce serait merveilleux. » Elle se tourna vers Cordie. « Cela vous intéresserait de voir l'éruption ?

— Pas vraiment. Je n'aime pas le feu et je déteste l'avion. Vous me raconterez comment c'était. »

Eleanor et Paul essayèrent de la persuader, mais elle resta inflexible. « En vacances, je n'ai pas envie d'être précipitée du haut d'un hélicoptère dans un lac de lave », dit-elle.

Ils se turent un moment pour écouter la tempête qui grondait plus sauvagement que jamais. Les feuilles des palmiers fouettaient le mur de la terrasse. Les éclairs illuminaient le ciel et, brusquement, les lumières s'éteignirent. Il y avait déjà des bougies sur les tables, aussi cela ne déclencha pas de panique parmi les quelques clients, mais les serveurs s'empressèrent d'apporter des lampes-tempête. Bientôt la pièce fut remplie d'une lueur plus douce, plus intime. Les éclairs continuaient à zébrer le ciel, au sud et à l'ouest.

« Est-ce que cela arrive souvent ? demanda Eleanor au conservateur. Les pannes, je veux dire.

— De temps à autre. Le complexe hôtelier a ses propres générateurs de secours pour les équipements d'importance vitale — les réfrigérateurs, l'éclairage des catacombes, les suites luxueuses de M. Trumbo…

— Des catacombes ? » s'exclama Cordie, dressant la tête comme un chien d'arrêt.

Paul Kukali expliqua qu'on appelait ainsi les tunnels de service.

« J'aimerais bien voir ça », dit Cordie.

Paul sirotait son vin. « Je crois qu'il y a une visite tous les mercredis.

— Je n'aime pas les visites guidées, mais je voudrais voir ces catacombes.

— Mon bureau y est. On pourrait descendre après dîner, si vous voulez. Je suis certain que c'est interdit d'y amener des clients, mais je me suis déjà mis le patron à dos ce matin, alors… qu'est-ce que ça peut faire. »

Ils portèrent un toast en cet honneur. Ensuite, Eleanor dit d'une voix douce : « Que pouvez-vous me dire sur Pana-ewa, Nanaue et Ku ? »

Paul reposa sa fourchette. « Pourquoi énumérez-vous ces noms ?

— Je les ai trouvés dans mes lectures.

— Ce sont des monstres. Des dieux. Des esprits. » Il regarda Cordie Stumpf. « Il n'y a pas d'ancien cimetière hawaiien au Mauna Pélé, mais on prétend que ces créatures ont été enterrées près d'ici. »

Les yeux de Cordie brillèrent. « Racontez-nous ça. »

Paul soupira et, le visage éclairé par la flamme vacillante de la bougie, il leur parla de Pana-ewa, de Nanaue et de Ku.

12.

« Les étoiles, la lune sont en feu ;
Les mois froids brûlent ;
La poussière tourbillonne sur l'île,
La terre est desséchée.
Le ciel est bas, la mer violente dans le trou —
L'océan s'agite : la lave jaillit du Kilauea
Des vagues de feu couvrent la plaine ;
Pélé entre en éruption. »

Chant traditionnel à Pélé.

Briggs et Dillon avaient parcouru une trentaine de mètres dans le conduit de lave et la lampe électrique éclairait toujours la traînée de sang sur le basalte noir, quand ce dernier fit remarquer : « C'est vraiment la merde. »

Les deux hommes avaient l'arme au poing — Dillon son Glock 9mm semi-automatique, Briggs son .38 spécial police — et c'était le chef de la sécurité qui tenait la torche. Quand cette partie du mur s'était enfin effondrée, révélant le tunnel et la traînée de sang qui disparaissait dans les ténèbres, Briggs avait posé la masse et franchi la maçonnerie ; Dillon l'avait suivi. Le conduit de lave, plus lisse que ne l'est généralement une caverne, et le plafond qui s'élevait à près de trois mètres étaient striés aux endroits où la lave avait séché en se retirant. Cette structure régulière rappelait à Dillon la paroi musculaire d'un intestin. Cette idée n'était pas rassurante.

Ils avançaient en professionnels, comme deux flics pénétrant dans une maison où les attendait un suspect — pistolets brandis, faisceau lumineux balayant les lieux, épaule contre épaule pour se couvrir mutuellement.

Rien ne bougeait. La grotte n'avait ni stalactites ni stalagmites. Le sol de basalte poli s'éleva doucement jusqu'à un tournant, après lequel le tunnel devait partir en direction de l'océan, estima le chef de la sécurité. La large trace de sang continuait sur la paroi de gauche.

« Il faudrait faire venir des renforts, non ? » Dillon avait dit cela lorsqu'ils s'étaient arrêtés, leurs armes braquées vers le coin où la traînée sanglante disparaissait.

« Oui, avait répondu Briggs, puis il se remit en marche. Mais avant, jetons un coup d'œil sur ce qu'il y a plus loin. Machin... Wills... y est peut-être. »

Dillon avait le choix entre lui emboîter le pas ou laisser le gros homme s'enfoncer dans les ténèbres. Il le suivit. Cinq minutes plus tard, deux tournants et trente mètres plus loin, il se dit qu'il aurait mieux fait de laisser Briggs s'engager seul dans le noir. « C'est vraiment une foutue merde », redit-il. Ses bras fatiguaient, à force de tenir le Glock et la torche à bout de bras. Ils avançaient aussi silencieusement que possible — Dillon se rappelait qu'aux séances d'entraînement, il y avait des années de cela, Briggs était très rapide pour son poids — et ils s'arrêtaient très souvent pour écouter et regarder derrière eux. Le faisceau de la lampe filait sur le basalte et les stries noirs.

« Le truc qui a emporté Wills l'a tiré sur une longue distance », chuchota Briggs. Tous deux tendaient l'oreille, à l'affût du moindre son.

Dillon répondit d'un hochement de tête. Le sang brillait toujours à la lumière de la lampe. « Tu as vu ce film... *Alien ?*

— Ferme-la. Éclaire par ici. » Le garde du corps s'accroupit près de la tache de sang sur le sol et ramassa un bout de tissu.

« Qu'est-ce que c'est ?

— Un morceau du costume de ce pauvre type, je pense. Gris. En lin.

— Oui. Wills s'habillait joliment bien.

— Il est mouillé. Comme si...

— Comme si quoi ? » Dillon fit décrire de rapides arcs de cercle à la lampe pour ne rien laisser dans l'obscurité. On voyait seulement dix mètres de tunnel, d'un tournant à l'autre.

« Comme s'il avait été mâchouillé.

— Oui, dit Dillon. Eh bien, moi, je rentre. Je vais appeler tous les types de la sécurité, on peut faire venir trente hommes ici. Avec des radios et des armes automatiques. Celui qui a eu Wills l'a peut-être traîné à des kilomètres d'ici. Ces tunnels sont interminables.

— Vraiment ? » dit Briggs. Il reposa soigneusement à sa place le morceau de tissu. « Tu cherches à me doubler ? »

Dillon soupira. *On a beau essayer de les former, ils confondront toujours testostérone et cervelle.* « Appelle ça comme tu veux. Je rentre pour chercher des renforts et la lampe repart avec moi. Tu peux rester là si tu veux. »

Briggs attendit seulement quelques secondes avant de le suivre à reculons, le pistolet visant toujours les ténèbres. Dillon avait espéré un peu de spectacle — peut-être une demi-douzaine de nationalistes hawaiiens fanatiques surgissant du tunnel et les chargeant à la hache — mais il n'y eut que le bruit de leurs pieds et de leur respiration jusqu'à ce qu'ils parviennent au dernier tournant et aperçoivent la lumière du bureau de l'astronome. Dillon ne cessait de pivoter, d'éclairer leurs arrières, puis de braquer rapidement le faisceau de la lampe dans la direction opposée. Quand ils arrivèrent au mur, il passa même la tête dans le trou pour s'assurer que rien n'était tapi dans le bureau de Wills. Ce serait lamentable de se faire avoir si près du but. La pièce était vide, les tubes fluorescents brillaient violemment après l'obscurité du tunnel.

Ils s'arrêtèrent une minute avant de franchir le mur abattu. « M. T va se mettre en pétard », dit Briggs.

Dillon haussa les épaules. Ce n'était pas de leur faute.

« On peut pas vraiment mettre trente hommes là-dessus, poursuivit Briggs. M. T a son ex ici, et son autre légitime va rappliquer. Elles auront besoin de gardes du corps. Et puis, il va prendre quelques-uns de tes types pour épauler ceux de Sato.

— OK, alors on met dix types dans le tunnel avec des radios et des Mac 10 et on fait de cette pièce un poste de commande. Mais ce sera pas toi et moi, avec une seule lampe électrique, en train de se balader en trébuchant comme deux têtes de nœud dans un film d'horreur. Tu sais, " Séparons-nous, toi, tu vas par là, et moi, par là " — ce genre de connerie.

— Qu'est-ce qui a pu faire ça à ton avis ? Comment on a pu faire passer le corps de Wills par cette fissure étroite ?

— Comment veux-tu que je le sache... » C'est alors que les lumières s'éteignirent.

Ils réagirent aussitôt en s'accroupissant, pistolet au poing. Dillon avait gardé la lampe et il éclairait maintenant le tunnel de haut en bas. « Entre à reculons dans le bureau. Je te suis. Couvre-moi quand je franchirai le mur. »

Briggs venait de se relever lorsque Dillon entendit un bruit. « Chut ! » chuchota-t-il. Briggs s'immobilisa.

Un raclement, une respiration sifflante venaient de l'endroit où disparaissait la traînée de sang. Dillon mit un genou en terre, le Glock et la lampe électrique braqués devant lui. Le faisceau resta fixé sur le coude du tunnel.

« Qu'est-ce que c'est ? » chuchota Briggs.

Cela soufflait, grattait, reniflait, et tous ces bruits, de plus en plus forts étaient produits par quelque chose de gros. Dillon pensa à un lutteur de sumo asthmatique.

« Deux coups de semonce », murmura-t-il. Il pensait que M. T préférerait qu'on le prenne vivant.

« Ouais, répliqua Briggs en chuchotant. Mes deux coups de semonce, je les lui mets dans la tête. Toi, tu vises la poitrine. »

Dillon ne répondit pas. La respiration sifflante, le frottement contre la roche, le halètement s'amplifiaient, se rapprochaient... la chose devait être de l'autre côté du tournant. Pour ne pas être pris au dépourvu, il balayait de sa lampe la paroi de droite pendant deux secondes, puis la gauche. Quelque chose de dur raclait la pierre. Des pieds, peut-être. Des sabots ? On aurait dit qu'il y en avait plus de deux. Dillon entendait maintenant respirer — un souffle rauque sous le halètement et le sifflement asthmatiques. Il s'était déjà assuré qu'une cartouche avait bien glissé dans le cylindre du semi-automatique et que le cran de sécurité était débloqué. Il ramena le chien en arrière. Une partie de son esprit remarqua que le faisceau de la lampe ne tremblait absolument pas.

La respiration bruyante, stertoreuse, s'arrêta un moment, juste avant le coude, le raclement de pieds hésita, et Dillon s'aperçut que lui aussi retenait son souffle. Briggs, qui tenait le .38 entre ses deux énormes mains, vint s'accroupir à côté de lui.

Brusquement, la respiration sifflante reprit, le raclement s'intensifia et quelque chose de très gros apparut dans le faisceau de lumière.

« Putain, qu'est-ce que c'est ? » dit Briggs, et il se releva.

Le cochon était gigantesque, au moins un mètre vingt d'une épaule à l'autre et près de deux mètres de long. Dillon estima son poids — peut-être deux cents kilos sur ses pieds fourchus. Ses pattes semblaient trop maigrichonnes pour supporter un tel poids. L'animal s'arrêta à sept mètres d'eux ; il ahanait toujours, ses yeux étranges luisaient d'un rouge brillant dans le faisceau de la lampe.

« Qu'est-ce que c'est que cette saleté ? dit Briggs en ôtant une main de son .38.

— Fais gaffe, répondit Dillon qui était resté accroupi et tenait toujours à bout de bras la lampe et le Glock. Les collines sont pleines de cochons sauvages... de sangliers. Ils sont vachement dangereux. »

Le cochon semblait énorme, mais pas spécialement agressif. Il avait l'air de cligner des yeux, gêné sans doute par l'éclat de la lumière. Des yeux qui avaient quelque chose de bizarre. L'animal se rapprocha tranquillement.

« Putain, attends une seconde, dit Briggs en baissant le pistolet toujours armé. Est-ce que tu vas me dire que ce cochon a fendu le mur, qu'il a fait passer Wills par une crevasse large de vingt centimètres et qu'il l'a mangé ?

— Non, mais... merde ! » s'exclama Dillon. Il venait de comprendre ce qu'il y avait de bizarre dans les yeux du cochon. Il en avait beaucoup trop. Au moins quatre de chaque côté de son énorme groin — des yeux petits et rapprochés, mais nettement distincts, maintenant que l'animal se tenait à cinq mètres d'eux. Le faisceau oscilla pendant deux secondes. Les yeux continuaient à briller, comme brûlant d'un feu intérieur.

Dillon ramena la lumière sur lui juste au moment où l'animal montrait les dents ; ce n'étaient pas celles d'un cochon ; cela ressemblait plutôt à une mâchoire de jaguar — rien que des incisives et de longues canines.

« Bon Dieu... », chuchota Briggs et il releva le .38.

Le cochon se déplaça alors incroyablement vite, ses sabots raclant le sang et la lave noire, ses dents étincelant tandis qu'il fonçait sur eux. Le bruit des explosions et les éclairs se répercutèrent dans le tunnel lorsque Briggs et Dillon ouvrirent le feu.

15 juin 1866, Maison du Volcan.

Un jour très étrange. L'excursion d'hier soir et les décisions extravagantes prises aujourd'hui m'ont tellement épuisée que j'ai à peine la force de tenir ma plume.

Si j'ai dormi cette nuit, ce fut d'un sommeil entrecoupé et agité, plein de visions du cratère et de démons cauchemardesques. Tout le monde s'est réveillé tôt, même nous, les trois pèlerins du volcan, afin d'entendre le récit complet de la terrible épreuve subie par les cinq missionnaires qui ont fui Hilo pour venir se réfugier ici.

M. Clemens, le révérend Haymark, Hananui et moi étions revenus à l'hôtel peu avant l'aube, trop épuisés par notre rude épreuve pour parler entre nous, mais stupéfaits de trouver la Maison du Volcan éclairée et remplie de gens qui jacassaient.

Hananui n'avait pas exagéré la gravité de la situation. Cinq membres de la Mission de Kona — trois femmes, un petit garçon et un vieillard — étaient arrivés au milieu de la nuit avec deux indigènes chrétiens qui avaient risqué leur vie pour amener les haole *(les Blancs) ici, en sécurité. Il y avait des chemins plus faciles pour venir d'Hilo — le plus direct était un sentier rocailleux qui suivait la vallée resserrée entre le Mauna Kea et le Mauna Loa — mais les missionnaires étaient sûrs que leurs ennemis y tendraient une embuscade, aussi avaient-ils choisi la route du volcan, plus longue et plus périlleuse.*

Il faut que je note les noms des fugitifs : Mme Charity Whister (l'épouse du révérend Whister, de Kona), M. Ezra Whister (le vieux père du révérend Whister), Mme Constance Stanton (la fille mariée de Mme Whister), Theodore Stanton, neuf ans, le fils de cette dernière, et Mme Taylor, la sœur du vicaire de la Mission. Tous sont dans un état affligeant, mais Mme Stanton a très bien résumé les terribles événements qui, dans la nuit d'avant-hier, les ont poussés à se réfugier dans les montagnes volcaniques.

Le révérend Whister (que le révérend Haymark avait croisé à Honolulu) et son groupe de familles missionnaires avaient débarqué à Kona dix mois auparavant. Un pasteur s'était déjà installé là, semblait-il, bien qu'au dire de Mme Stanton, les sauvages de cette côte dépourvue de routes montrassent un besoin urgent d'assistance spirituelle. Le révérend Haymark nous expliqua plus tard qu'il s'agissait de l'Église implantée à Kona par le fameux révérend Titus Coan, ami et conseiller du père Lyman, d'Hilo, encore plus apprécié que celui-ci. Même moi j'ai entendu parler de M. Coan lors de mon séjour dans cette ville : l'étonnant pasteur avait fait non pas une mais plusieurs fois le tour de l'île — cinq cents kilomètres — à pied et en canoé, édifiant des églises et baptisant, selon lui, douze mille adultes et quatre mille enfants qui entrèrent ainsi dans l'Église universelle. Les indigènes étaient restés fidèles au révérend Coan et à ses successeurs, ce qui ne présageait rien de bon pour l'église blanchie à la chaux et les prêches plus sévères (« moins libéraux », dit Mme Stanton) du révérend Whister. Après s'être échinés pendant dix mois dans les vignes baptismales, ses adeptes et lui n'avaient réussi à sauver qu'une unique âme hawaiienne — et encore cet homme avait-il récidivé en célébrant je ne sais quelle fête païenne, et le révérend W, fort déçu, l'avait excommunié. À tout prendre, le ministère de Whister ressemblait à un échec. Aussi, il y a un mois, le révérend avait-il abandonné sa première église et emmené son épouse, sa fille, son gendre et deux autres familles missionnaires plus au sud, dans la région moins visitée par les Blancs de la baie de Kealakekua où le capitaine Cook avait été massacré en 1779.

Mme Stanton nous relatait cela avec amertume, comme si le destin leur avait joué un tour particulièrement déplaisant. M. Stanton, son époux, étudiait pour devenir pasteur, et il semble que son père, le révérend Whister, jouissait d'un certain renom à Amherst, dans le Massachusetts, d'où était venue cette malheureuse bande de missionnaires.

Tout d'abord, la Mission parut remporter un certain succès. Les Hawaiiens des villages côtiers et des champs de lave désolés ne nourrissaient pas un amour particulier pour le révérend Coan et acceptèrent de venir, au moins le dimanche, écouter les sermons du révérend Whister sur les feux de l'enfer. La rhétorique enflammée du pasteur semblait attirer ces païens qui vivaient littéralement à l'ombre du courroux du volcan. J'irai jusqu'à supposer que l'activité récemment accrue du Kilauea — celle qui m'avait amenée sur cette île — avait augmenté l'emprise du révérend Whister sur les indigènes apeurés.

Puis, il y a quinze jours, les menaces commencèrent. Mme Stanton nous fit le récit des brimades effrayantes que les disciples de Pélé — la déesse du feu que j'ai mentionnée dans ces notes — infligèrent aux familles chrétiennes qui venaient de s'établir dans cet avant-poste du Sud-Kona. Mme Whister, en larmes, prit la parole pour nous dire que l'église n'était pas encore terminée.

Il semble que les kahuna *(ou prêtres) de Pélé, un frère et une sœur énormes — je dis « énormes » parce que Mme Stanton jurait qu'ils* pesaient au moins cent quatre-vingts kilos chacun —, avaient fini par voir dans le pasteur et sa congrégation de sérieux rivaux qui pouvaient se gagner l'affection et la fidélité des disciples de leur déesse. Selon Mme Stanton, les premiers signes de la terreur à venir se manifestèrent sous la forme d'« avis » lancés par le prêtre de Pélé au révérend Whister. Il avertit franchement ce dernier que quelque chose de terrible allait arriver, que les portes de l'Enfer s'étaient récemment ouvertes dans la région et que les chrétiens — les « non-croyants que ne protégeait pas la bienveillance de Pélé », dit textuellement le prêtre païen — couraient un grand danger.

« Quel genre de danger ? » demanda M. Clemens, installé grossièrement à califourchon sur sa chaise, avec dans l'œil cette lueur d'intérêt malveillant qui s'y allumait lorsque le journaliste entendait parler des malheurs de quelqu'un d'autre.

Mme Stanton expliqua que le prêtre païen avait raconté des inepties sur la présence, dans le voisinage, d'une entrée des Enfers hawaiiens, une porte que Pélé avait scellée lors d'une bataille menée contre les dieux du mal et les démons malfaisants qui hantaient autrefois la côte. Selon lui, les indigènes avaient délaissé cette région pendant des siècles, tant ces démons étaient actifs. Il avait fallu que, par un acte généreux, Pélé ferme les Enfers, pour que les habitants de Kamehameha reviennent. « Un tissu de mensonges, bien sûr, dit sèchement Mme Stanton. De misérables contes pour masquer les véritables intentions de ces vauriens. »

Alors, à la surprise générale, notre guide l'interrompit. « Non, non ! s'écria-t-il en oubliant qu'il était avec des Blancs. L'Enfer de Milu existe ! Il y avait deux entrées — la grotte, à Waipio, où les morts pénétraient pour devenir des fantômes, et l'ouverture, dans le Kona, d'où s'échappaient autrefois les plus abominables démons ! Mme Pélé a fait une très bonne chose en scellant cette entrée du monde des fantômes !

— Silence ! » hurla l'aubergiste, visiblement outragé par l'intrusion grossière de l'indigène. Mais M. Clemens leva une main impérieuse pour empêcher notre hôte de réprimander le guide épouvanté. « Hananui, dit-il gentiment, c'est très bien. Dis-nous qui, ou quoi, habite cet Enfer. »

Hananui se tourna d'un air penaud vers le tenancier qui lui lançait des regards noirs, puis vers les missionnaires qui fronçaient les sourcils d'un air féroce, mais il poursuivit courageusement. « C'est comme j'ai dit hier soir — Milu, c'est le roi des Enfers, Pana-ewa, c'est un très méchant démon, l'homme-reptile ; Ku, il apparaît des fois comme un chien. Rien que de très vilains fantômes, en dessous. »

M. Clemens, apparemment désireux d'en apprendre plus long, mais ne voulant pas irriter encore davantage Mme Stanton et les siens, lui fit signe de se taire d'un hochement de tête. Il faut que je dise que Mme Whister se contentait de pleurer, comme l'enfant, Theodore, et son arrière-grand-père Ezra ; Mme Taylor, la troisième femme présente, ne disait rien mais restait immobile, les yeux fixés sur une image invisible, un souvenir sans doute.

Les lèvres minces de Mme Stanton, pâlies par cette interruption grossière, se décontractèrent. « Ils transmirent les avertissements... les contes... à mon père, le révérend Whister, il y a environ deux semaines. Et puis, il y a quatre nuits, les terribles événements se déclenchèrent... »

Même cette redoutable femme parut alors sur le point de faiblir, mais l'aubergiste lui apporta un verre d'eau et elle poursuivit, en dépit du torrent d'émotion qui l'envahissait.

« Tout d'abord, nous avons... vu des... choses bizarres dans les rues du village, la nuit.

— Quelle genre de choses ? demanda M. Clemens, qui avait enfourché sa chaise comme un cheval.

— J'y venais, monsieur, dit Mme Stanton en pinçant la bouche. Les indigènes terrifiés racontaient des histoires d'animaux étranges. Un grand... (elle regarda Hananui d'un air de reproche)... un grand lézard. Un sanglier. Une espèce de rapace effrayant. » De nouveau, elle jeta un regard mauvais sur notre guide. « Un chien noir. Des inepties, bien entendu. »

Je m'aperçus que mon cœur battait follement pendant qu'elle nous racontait tout cela. Le fait d'être ainsi, au bord du cratère bouillonnant, rendait cette histoire encore plus inquiétante, même à la lumière de ce jour nuageux.

« Des inepties, jusqu'à ce que commence le cauchemar, poursuivit Mme Stanton. Mon mari mourut le premier. »

Il y avait au moins une douzaine de personnes dans la pièce et cependant un silence presque absolu y régnait, comme si nul, sauf Mme Stanton, n'osait respirer. Et du reste, elle-même reprit son souffle avant de continuer. « Il y a quatre nuits, un horrible cri retentit dans le village. Notre cabane était la plus proche... Père et mère habitaient une plus grande maison, en haut de la colline, près de l'église provisoire. August — mon époux, M. Stanton — prit son mousquet *et résolut d'aller voir la cause de toute cette agitation. Je le suppliai de ne pas sortir. Je lui dis qu'aucune vie païenne mise en péril dans l'altercation qui venait d'éclater ne valait que l'on risque une vie chrétienne. Il me répondit que nous étions venus dans ce lieu reculé pour prouver précisément le contraire, adjura le petit Theodore de veiller sur notre foyer jusqu'à son retour, et s'en alla avec Kaluna, l'un de nos Hawaiiens convertis.*

« Auguste ne rentra pas de la nuit. Le village était plein de rugissements et de cris. J'étais certaine qu'on allait tous nous massacrer... Theodore, Mme Taylor et son mari, en haut de la colline, père, mère, tous... mais les autres n'avaient pas réagi et j'étais trop terrifiée pour aller chercher du secours dans l'obscurité.

« Lorsque le jour se leva, nous courûmes, Theodore et moi, jusqu'à la maison de père, qui réunit les hommes — grand-père, M. Taylor, deux des Hawaiiens convertis auxquels nous pouvions nous fier — et se rendit au village. Ils rencontrèrent Kaluna aux abords du village, la tête couverte de sang séché, bien vivant, mais n'ayant gardé aucun souvenir de ce qui s'était passé pendant la nuit. Ils retrouvèrent Auguste dans le champ de lave... »

Là, Mme Stanton s'effondra. Le révérend Haymark s'évertua à la consoler. Nous décidâmes de ne plus parler de ces terribles événements.

Les deux Hawaiiens qui avaient guidé les chrétiens en fuite comblèrent les lacunes en répondant aux questions de l'aubergiste ; celui-ci répéta l'histoire à M. Clemens, lequel la retransmit au révérend Haymark. Tous les hommes tentèrent de me faire grâce des détails horribles, mais en me postant à des endroits propices du petit hall de l'hôtel, je pus aisément entendre ce qu'ils se chuchotaient.

On avait trouvé le cadavre de M. Stanton dans le champ de lave, la gorge tranchée, et saigné comme un animal. Cette nuit-là, les Blancs s'étaient rassemblés dans la demeure plus vaste du révérend Whister, près de l'église provisoire. D'après les descriptions que murmurèrent les deux Hawaiiens, ce fut une nuit de terreur pure — bruits étranges, monstres qui rampaient entre les rochers de lave, cris inhumains, le tout à la lueur de cette même éruption du Hale-mau-mau dont j'avais été témoin la veille au soir. Des choses avaient griffé et gratté les murs de la cabane des pauvres Blancs terrifiés — M. Taylor et le révérend Whister s'étaient armés de vieux mousquets, tandis que les femmes s'occupaient des lanternes, mais bien que ceux-ci n'eussent pu résister à un rat déterminé, aucune n'avait réussi à entrer. Le révérend Whister leur dit que c'était un signe du pouvoir de Jésus contre les forces des ténèbres... Personne ne sut s'il faisait ainsi allusion aux indigènes vindicatifs ou à de véritables démons.

Ce matin-là — il y avait quatre jours seulement de cela et je rendais alors visite aux familles des missionnaires, à Hilo —, les chrétiens, en sortant timidement de chez eux, avaient découvert leurs chevaux massacrés, la gorge tranchée, les pattes coupées. (L'aubergiste chuchota encore plus doucement en décrivant cela à M. Clemens et au révérend Haymark, comme s'il craignait que le massacre des animaux, si j'avais pu surprendre ses propos, ne me parût pire encore que le meurtre de ce pauvre M. Stanton.)

En dépit de cette macabre découverte, M. Taylor insista pour se rendre à Kona avec un homme digne de confiance, et jura de ramener des secours dès le lendemain. Son épouse souleva des objections, mais il les rejeta en déposant un baiser sur le ruban qui attachait ses cheveux. Le révérend Whister donna son accord, sachant qu'avec son père âgé et l'enfant, ils ne pourraient pas se rendre à Kona en deux jours, alors qu'un homme voyageant seul, même à pied, pouvait y arriver en vingt-quatre heures de marche ininterrompue.

M. Taylor et l'indigène, ce même Kaluna mentionné plus tôt, partirent aux environs de dix heures. Vers cinq heures de l'après-midi, Kaluna reparut — de nouveau seul. D'une voix chevrotante, les mains agitées d'un tremblement maladif, l'indigène dit qu'un énorme reptile avec des yeux d'homme avait sauté sur eux d'un rocher, à cinq kilomètres de là, que M. Taylor avait tiré sur la créature à moins de deux mètres, mais que cela n'avait pas ralenti sa charge. Kaluna précisa que la tête de M. Taylor avait éclaté en faisant le bruit d'une noix de coco que l'on coupe en deux et que le monstre avait ensuite dévoré le chrétien, ce qui fait qu'il avait pu s'enfuir. Il s'était blessé en tombant sur la lave coupante. Des espèces de nains l'avaient poursuivi sur trois kilomètres, mais il leur avait échappé.

À ce moment, la crédulité du révérend atteignit ses limites et il accusa Kaluna de mentir, d'être un agent des prêtres de Pélé. Une dispute s'ensuivit entre l'Hawaiien blessé et le missionnaire outragé. Kaluna brandit son couteau — pour prêter serment dessus, comme les indigènes l'expliquèrent à l'aubergiste — mais Whister interpréta mal le geste et tira sur l'infortuné Hawaiien dont l'agonie dura plusieurs heures.

De nouveau, la nuit tomba. Une fois encore, le révérend Whister, son épouse terrifiée, son père âgé qui ne comprenait rien à la situa-

tion, sa fille, son petit-fils et Mme Taylor, muette comme une tombe, endurèrent les rugissements, les bruits de pas, les respirations sifflantes et les grattements. Pour finir, les femmes, l'enfant et le grand-père dormaient dans la seconde pièce de la maison lorsqu'un terrible bruit s'éleva de celle où le révérend Whister et sa femme montaient la garde. On entendit des cris. Des bruits inhumains. Un coup de mousquet. Puis encore des cris. Mme Stanton tenta d'ouvrir la porte, mais à ce moment, des indigènes amicaux qui avaient percé le mur du fond firent sortir les survivants commotionnés, les forçant à s'engager dans le sentier qui traversait la lave. En se retournant, ils virent l'église et la maison qu'ils venaient de quitter en proie aux flammes.

Ils étaient arrivé à la Maison du Volcan après environ quarante heures de marche dans l'un des pires terrains du monde. Ils n'avaient vu aucun poursuivant, mais les guides parlaient d'étranges bruits parmi les champs de lave et de lueurs spectrales dans les rochers.

Ainsi se terminait l'histoire. Elle était assez effroyable pour pousser les jeunes MM. McGuire et Smith à préparer, avec l'aide d'Hananui, leur départ immédiat pour Hilo. L'aubergiste aussi décida de fermer la Maison du Volcan en la laissant à la merci des vents et des vapeurs sulfureuses, et de les accompagner. Les Hawaiiens — tant les domestiques de l'hôtel que les deux guides restés fidèles aux chrétiens — étaient terrifiés à l'idée de voyager encore une fois pendant la nuit, mais disposés à le faire si cela pouvait mettre un peu de distance entre eux et l'Horreur qui s'était déchaînée sur la côte de Kona.

Quelques minutes auparavant, alors que tout le monde avait terminé ses préparatifs de départ, j'entendis sur la véranda cet incroyable dialogue entre M. Clemens et le révérend Haymark : « Je ne retourne pas à Hilo avec vous, disait le journaliste. Il faut que je sache ce qui s'est passé. Quelle que soit la vérité — je suppose qu'il n'y a là rien de plus surnaturel que la vengeance d'un chaman jaloux —, cette histoire promet d'être plus stupéfiante que le naufrage du Hornet *! »*

Devant cette manière égoïste d'envisager une tragédie, le révérend Haymark s'était renfrogné mais à ma grande surprise, il répondit : « Je pars avec vous. Hananui, McGuire, l'aubergiste, Smith et les autres peuvent aider les femmes à descendre la montagne jusqu'à Hilo. »

Cette déclaration surprit également le journaliste qui protesta qu'il était capable d'affronter seul le danger. Le révérend Haymark se récria : « Je ne pars pas pour vous surveiller, monsieur. J'ai rencontré le révérend Whister et son gendre à Honolulu. Nous ne savons pas encore vraiment ce qui leur est arrivé. L'essentiel de ce que j'ai entendu sort de la bouche d'une femme en proie à la panique et d'indigènes superstitieux. Je dois venir en aide au révérend Whister et à ses compagnons. Au pire, ils méritent un enterrement chrétien. Je suis sûr qu'on va envoyer d'Hilo un bateau qui arrivera peu après nous. Il n'y aura pas grand danger. »

Les deux hommes se serrèrent la main. J'allai dans ma chambre préparer mon bagage, j'enfilai mes bottes les plus solides et ma jupe d'amazone la plus stricte. M. Clemens et le révérend Haymark ne le savaient pas encore, mais j'allais les accompagner jusqu'à la côte de Kona.

Après l'interminable dîner, Sato et ses gens se retirèrent dans leurs suites et, vers vingt-deux heures trente, Byron Trumbo put s'occuper librement de ses trois calamités. Will Bryant et lui prirent l'ascenseur pour rejoindre la suite de son épouse et de son avocat, dans l'aile nord de la Grande Hale. Avant d'entrer, Trumbo posa la main sur le bras de Will. « Cinq minutes. Pas une de plus. Vous direz que l'on a besoin de moi... peu importe ce que vous inventerez. Cinq minutes. » Will Bryant hocha la tête et disparut derrière les palmiers en pots.

Trumbo sonna et adopta l'expression la plus aimable dont il était capable ce soir-là. Myron Koestler ouvrit la porte. Les cheveux gris et crépus de l'avocat étaient attachés sur sa nuque, comme d'habitude, et il portait un épais peignoir en tissu-éponge orné de la cime du Mauna Pélé. Il tenait un verre de scotch à la main.

L'air affable de Trumbo s'effaça. « Vous êtes bien installés, Myron ? Vous avez essayé le jacuzzi, et Cait aussi ? »

L'avocat eut un pâle sourire. « Elle vous attend.

— Je sais », répondit Trumbo, et il entra. Tout n'était que cuir brillant et coton peigné sous les spots dissimulés dans des renfoncements. Les dalles de marbre et les tapis persans semblaient diffuser leur propre lumière. Le vent d'orage agitait les longs rideaux des hautes fenêtres orientées à l'ouest. Trumbo entendit la pluie et sentit son odeur mêlée à celles du santal et de la cire. « Où est-elle ?

— Sur la terrasse. »

L'avocat suivit Trumbo sur le *lanai* couvert. Dans la journée, on avait vue sur l'épaulement du Mauna Loa et le sommet couronné de neige du Mauna Kea. Ce soir, on ne voyait, lorsqu'ils étaient illuminés par les éclairs, que les cimes des palmiers fouettés par l'ouragan.

Caitlin Sommersby Trumbo aussi portait le peignoir du Mauna Pélé et tenait un verre. De la vodka pure avec des glaçons — comme d'habitude, se dit Trumbo. Elle était couchée sur une chaise longue, la jambe levée et le pied en l'air, exhibant une cuisse incroyablement lisse. Une lampe rehaussait la blondeur de miel de ses longs cheveux. Trumbo sentit se réveiller l'ancien désir qui l'avait poussé à l'épouser... outre le fait qu'elle valait plusieurs centaines de millions de dollars. Dommage qu'elle soit une garce.

« Cait. Content de te voir. »

Un moment, elle se contenta de le regarder fixement. Autrefois, il comparait ses yeux à des bleuets ; maintenant, il savait qu'ils étaient d'un bleu de glace. « Tu m'as fait attendre », finit-elle par dire. Trumbo n'avait jamais réussi à analyser ce ton : un mélange de pimbêche boudeuse, de fille à papa trop gâtée, de reine des glaces et de femme d'affaires autoritaire. Mais c'était celui d'une garce.

« Je travaillais », répondit-il d'un ton agressif.

Caitlin Sommersby Trumbo leva son nez élégant d'un air méprisant.

Avant qu'elle ait repris la parole, Trumbo essaya de prendre l'initiative. « En venant ici, tu violes les termes de notre séparation.

— Tu sais bien que non. Ce n'est pas une de tes résidences. C'est un hôtel. Qui t'appartient. »

Trumbo sourit. « Et en compagnie de Myron, en plus... » Il montra d'un signe de tête l'avocat qui avait rejoint sa propre chaise longue. « Tu devrais faire attention, Cait. J'ai peut-être fait installer des caméras vidéo dans les chambres. »

Elle releva le menton. « Cela ne m'étonnerait pas de toi. » Elle regarda l'avocat. « Le Grand T a toujours pris plus de plaisir à *regarder* qu'à *faire.* »

Trumbo s'aperçut qu'il grinçait des dents. « Que veux-tu ?

— Tu le sais.

— Tu ne peux pas les avoir. Ils sont saisis.

— Je veux le Mauna Pélé.

— C'est tout aussi impossible. »

Elle releva le menton plus insolemment. « Nous pouvons te faire une offre intéressante. »

Trumbo rit. « Cait, Cait, Cait... j'ai dépensé plus de quatre-vingts millions de dollars rien que dans ces putains d'aménagements paysagers.

— Ne sois pas grossier avec moi.

— Merde, je n'oserais jamais. »

Koestler s'éclaircit la voix. « Si je peux faire une suggestion...

— Votre gueule, Koestler, dit Trumbo.

— Ferme-la, Myron », dit Caitlin.

L'avocat se rallongea et but une gorgée de scotch.

« Écoute, Cait, dit Trumbo en essayant de garder un ton correct. Je sais pourquoi tu es ici, mais cela va à l'encontre du but recherché. Tu aurais mieux fait d'attendre que je m'en débarrasse au lieu d'essayer de l'obtenir à un prix réduit. Tu aurais eu ta part de la transaction. »

L'épouse dont il était séparé sirota sa vodka en le regardant par-dessus son verre. « Je veux acheter le Mauna Pélé.

— Pourquoi ? Tu n'es jamais venue ici. Ce n'est pas comme si tu y étais attachée. Et tu sais aussi bien que moi que c'est un vrai gouffre.

— Je le veux, dit Caitlin Sommersby Trumbo d'un ton qui ne laissait aucune place à la discussion. Si tu me le vends, tu en tireras quelque chose. Si tu ne veux pas le vendre, je finirai par l'avoir légalement, d'une manière ou d'une autre. »

Trumbo rit de nouveau, mais cette fois, son rire sonnait encore plus faux. « Tu ne l'auras jamais. Je préférerais y mettre le feu. Et je vais le vendre. »

Caitlin sourit d'une manière doucereuse. « Est-ce que ton Sato est au courant des meurtres de l'année dernière ?

— Des disparitions.

— Six meurtres, roucoula-t-elle. Cet endroit est plus dangereux que Central Park la nuit. Et je ne crois pas que ton Sato, ou aucun de ses actionnaires, ait envie d'acheter Central Park.

— N'approche pas de Sato ou..., commença Trumbo, étonné de découvrir qu'il pouvait parler en grinçant des dents.

— Ou quoi, T ?

— Ou tu découvriras combien le Mauna Pélé peut être dangereux...

— J'ai tout entendu ! » cria Koestler en se levant. Son peignoir s'entrouvrit et l'on aperçut ses jambes poilues. « C'était une menace. Je suis témoin.

— C'était un avertissement, répliqua Trumbo en se tournant vers l'avocat et en pointant sur lui un gros doigt aussi menaçant qu'un revolver. Et je vous avertis... cet endroit peut s'avérer dangereux. Il s'y passe de drôles de choses. J'ai posté des gardes du corps autour de Sato et de ses gens, mais je n'en ai plus pour des visiteurs que je n'attendais pas.

— Une autre menace, dit Koestler. Nous pouvons rapporter cela devant la cour et...

— Ferme-la, Myron. » Le regard pâle de Caitlin revint à Trumbo. « Tu ne veux pas me le vendre ? »

Trumbo lui rendit son regard avec une intensité égale. « Cait, il fut un temps où je te l'aurais donné, le Mauna Pélé. J'ai failli le faire à Noël, il y a trois ans. Maintenant, je ne te laisserais pas l'avoir, même si mes cheveux étaient en feu et que c'était la seule manière de les éteindre. »

L'interphone bourdonna. Koestler alla ouvrir la porte. « Patron, dit Will Bryant en tendant un téléphone à Trumbo, je suis désolé de vous déranger, mais Hastings vous appelle de l'observatoire. Il dit que la lave du Mauna Loa ne s'écoule pas dans la direction prévue. Il dit qu'elle suit la ligne de l'ancien rift, vers le Mauna Pélé.

— Je vais le prendre, répondit-il en soupirant. » Il pointa un doigt sur Cait. « Je suis sérieux quand je dis que je ne te laisserai pas compromettre cette vente. »

Elle posa son verre vide et jeta à Trumbo un coup d'œil qui aurait gelé de l'hydrogène. « Et moi je suis sérieuse quand je dis que j'aurai le Mauna Pélé. »

Trumbo pivota sur ses talons et sortit avec Will Bryant. Une fois dans l'ascenseur, il regarda sa montre. « Bicki va s'installer dans la cabane de chantier et regarder la télé jusqu'à l'aube, mais il faut que je calme Maya avant qu'elle vienne me chercher. La lave coule vers le Mauna Pélé ? J'ai dit une urgence, mais... bon Dieu, Will. »

Bryant tendit le téléphone à son patron. « C'est la vérité. Vous devriez rappeler Hastings. Il dit qu'il va falloir évacuer les lieux ce soir. »

13.

« Au temps où la terre devint brûlante
Au temps où les cieux se retournèrent
Au temps où le soleil s'obscurcit
Pour permettre à la lune de briller
Au temps où les Pléiades se levèrent
C'est le limon qui fut l'origine de la terre... »

Kumulipo, le chant de la création.

Eleanor faillit ne pas accompagner Cordie Stumpf et Paul Kukali dans les catacombes.

Le dîner avait été agréable, en dépit — ou peut-être à cause — de l'orage qui se déchaînait à l'extérieur, des lampes-tempête et des cercles chaleureux que traçait la lueur de leurs bougies. Quand le courant revint, une heure plus tard, les convives qu'il y avait encore sur le *lanai* clignèrent des yeux, éblouis par les quelques lumières électriques tamisées. Tout d'abord, Paul n'avait répondu qu'avec réticence aux questions d'Eleanor sur les mythes, mais lorsqu'il comprit qu'il n'y avait pas la moindre condescendance chez ce professeur d'histoire de l'université d'Oberlin, il se laissa entraîner par le sujet. Il expliqua la différence entre le *molelo* — tradition orale des exploits des dieux, si chargée de puissance qu'on ne pouvait la réciter que pendant la journée — et les *kaao,* simples mais longues histoires des héros humains, racontées autour des feux, le soir. Il exposa la hiérarchie de l'animisme hawaiien : l'*aumakua,* la grande famille des dieux ; les *kapua,* leurs enfants, qui vivaient parmi les mortels comme Hercule et les autres demi-dieux grecs ; les *akua kapu* qui, tels les fantômes des Indiens d'Amérique, n'avaient aucun pouvoir mais s'amusaient à effrayer les gens et annonçaient les malheurs ; et les *akua li'l,* littéralement « les petits esprits », aux frontières du panthéon hawaiien presque innombrable, personnifications animistes des arbres, des cascades, des météores, et de tous les autres aspects de la nature.

« Tout cela est lié au *mana,* dit Paul en sirotant son café pendant que l'on finissait de débarrasser leur table. Voler le *mana,* préserver le *mana* et découvrir de nouvelles sources de *mana.*

— Le pouvoir, dit Cordie qui avait écouté avec une attention soutenue.

— Oui. Le pouvoir personnel. Le pouvoir sur les autres. Le pouvoir sur l'environnement.

— Cela n'a pas beaucoup changé au cours des siècles. »

La serveuse, une grosse Hawaiienne qui ne souriait pas et qui, d'après le badge épinglé à son *muumuu,* s'appelait « Lovey », leur demanda s'ils voulaient commander un dessert. Eleanor et Paul répondirent non. « Flûte, oui », dit Cordie, et tous trois écoutèrent la longue liste qui lui fut proposée. Il y avait beaucoup de gâteaux très élaborés, dont la plupart à base de noix de coco, mais Cordie choisit un sundae à la chantilly... avec des petits morceaux de noix de coco. Quand la coupe arriva, Eleanor regretta de ne pas en avoir commandé une aussi. Elle demanda à Paul : « Comment Ku s'intègre-t-il là-dedans ? »

Le conservateur reposa sa tasse. « Ku est l'une des plus anciennes divinités polynésiennes. Il arriva ici en canoé avec les premiers Hawaiiens — c'est le dieu de la guerre. Très féroce. On lui offre des sacrifices humains. Il adopte différentes formes lorsqu'il se promène parmi les mortels.

— Il peut avoir l'air d'un chien ? » demanda Cordie en léchant sa cuillère.

Paul Kukali hésita une seconde. « Parfois. En fait, il se présente le plus souvent sous l'aspect d'un chien. Vous pensez à celui que nous avons vu aujourd'hui ? » Il souriait pour montrer qu'il plaisantait.

« Oui. » Cordie ne lui rendit pas son sourire.

« J'ai bien peur d'être obligé de vous décevoir. Ku... du moins son incarnation canine... fut tué par le grand chef Polihalé il y a plusieurs siècles. Son corps a été coupé en deux et les morceaux transformés en pierres... que l'on peut voir à Oahu.

— On peut tuer un chien, mais pas un dieu, n'est-ce pas ? » remarqua Cordie. Elle avait terminé sa glace. Il en restait un peu sur sa lèvre supérieure.

Paul se tourna vers Eleanor. « Voltaire et Rousseau ne seraient pas d'accord avec vous, je pense. »

Eleanor ne répondit pas à cette pointe. Mais elle poursuivit : « Est-ce que le chien qui incarnait Ku fut envoyé dans l'Enfer de Milu, après sa mort ? »

Le conservateur hésita un peu plus longtemps. « Certains *kahuna* — les prêtres — diraient que oui. D'autres, non.

— Mais Milu, c'est l'endroit où vivent les fantômes des humains ?

— Oui.

— Et où sont enfermés certains des *kapua* et des *mo-os ?* »

Paul se frotta le nez. « J'ai fait allusion aux *kapua,* mais je ne me souviens pas d'avoir parlé des *mo-os.*

— Qu'est-ce que c'est ? demanda Cordie.

— Les *mo-os,* ou *mokos,* répondit Paul, sont des démons importants. Ils peuvent contrôler la nature et adopter des formes variées. Oui, les *kapua* et les *mo-os* ont été bannis dans l'Enfer de Milu après une féroce bataille avec Pélé. » Comme pour souligner ses paroles, un éclair jaillit, suivi d'un roulement de tonnerre. Tous trois échangèrent un sourire.

« Assez sur ce sujet, dit Paul en parcourant des yeux le *lanai* désert. C'est l'heure de la fermeture, semble-t-il. Mais du moins, l'électricité est revenue. » Il se tourna vers Cordie. « Vous avez toujours envie de visiter les catacombes ce soir ? » Son ton suggérait qu'il était tard.

« Oui, répondit-elle aussitôt.

— Eleanor, cela vous ferait plaisir de les voir ?

— Je ne pense pas. J'ai un peu sommeil. Je crois qu'il faut que je rentre me coucher. »

Paul montra la pluie qui tombait plus fort que jamais. « Vous êtes logée dans l'une des *hale* au sud du complexe, n'est-ce pas ?

— Oui, après le Bar de l'Épave et la petite piscine. » Eleanor regarda le conservateur en se demandant ce qu'il allait lui suggérer.

« C'est une longue marche sous la pluie. Ici, il y a des parapluies à la disposition des clients, mais les tunnels de service... les catacombes... ont une sortie à quelques mètres de votre *hale.*

— Cela m'est égal de...

— Oh, venez avec nous, Nell », dit Cordie.

Eleanor n'hésita qu'une seconde. « D'accord, si c'est un raccourci. »

Ils se levèrent. « Nous vous reconduisons jusqu'à votre porte, dit Paul, puis je reviendrai à la Grande Hale avec Mme Stumpf. Nous verrons le complexe souterrain en cours de route. »

Dehors, la pluie martelait la végétation tropicale. Paul leur fit prendre un ascenseur qui les emmena au sous-sol. Ils suivirent une longue rampe jusqu'à une porte marquée : STRICTEMENT RÉSERVÉ AU PERSONNEL. Le conservateur introduisit une carte dans un scanner, une lumière verte clignota et ils poursuivirent leur descente dans les catacombes.

« Qu'est-ce que c'est que cette idée d'évacuer le Pélé ? » rugit Trumbo dans le téléphone.

Hastings avait l'air fatigué. « J'ai simplement suggéré à M. Carter et à M. Bryant qu'il fallait vous informer de la situation et envisager cette alternative. Les autorités civiles ont déjà averti les résidents du domaine d'Ocean View et du ranch de Kahuku...

— Qui sont au sud d'ici, l'interrompit Trumbo.

— Oui, mais plusieurs crevasses latérales se sont ouvertes, dont certaines peuvent dévier le flot de lave secondaire jusqu'à Keananuionana Point.

— C'est également au sud d'ici.

— Oui, mais chaque coulée secondaire s'accompagne de la possibilité d'une extension latérale de l'activité volcanique. Je vous rappelle qu'en avril 1868, toute la zone où vous avez édifié votre complexe hôtelier fut le centre d'un tsunami, d'une coulée de lave et d'un effondrement de terrain le long de la grande faille d'Hilina Pali...

— Et moi, je vous rappelle que je me fous et contrefous de ce qui s'est passé cette putain d'année 1868. Je veux savoir ce qui se passe *maintenant.* »

Il y eut un silence assez long pour que Trumbo et Will Bryant se disent que le vieux volcanologue avait raccroché. Puis Hastings poursuivit, comme s'il ne s'était jamais interrompu. « Le phénomène de 1868, avec ses éruptions simultanées du Mauna Loa et du Kilauea, est peut-être ce qui se rapproche le plus de la situation actuelle, en ce qui concerne le rift sud-ouest. Les familles de missionnaires qui vivaient pratiquement à l'endroit où se trouve votre complexe hôtelier rapportèrent que, durant plusieurs minutes, la terre roula sous leurs pieds comme une énorme vague, et que tous les édifices de la côte du Sud-Kona s'écroulèrent. Puis une avalanche boueuse, qui parcourut cinq kilomètres en moins de trois minutes, ensevelit les villages du littoral. Quelques minutes après, un tsunami formé de vagues de vingt mètres de haut balaya les ruines couvertes de boue et les entraîna dans la mer. Cinq jours plus tard, l'épicentre s'étendit du Kilaunea au Mauna Loa ; ce dernier fut l'objet d'une violente éruption et la lave se déversa brusquement par un nouveau cratère, juste au-dessus de l'endroit où, aujourd'hui se trouve le ranch de Kahuku.

— Et alors ? Où voulez-vous en venir ? »

Le volcanologue poussa un soupir. « Si l'éruption ne prend pas fin, vous feriez mieux d'envisager l'évacuation de votre complexe hôtelier.

— Le gouverneur ne m'en a pas parlé.

— Il n'en fera rien, monsieur Trumbo. Le gouverneur a peur de vous — comme tout le monde sur cette île. Il n'a pas envie de vous donner des nouvelles que vous ne voulez pas entendre.

— Mais vous, Hastings, vous n'avez pas peur.

— Je suis un scientifique. C'est mon travail de recueillir les données les plus fiables et de faire connaître mes conclusions. C'est *votre* travail d'assurer la sécurité de vos clients et de votre personnel.

— Oui, c'est mon travail, Hastings. Je vous suis reconnaissant de me rappeler qui est responsable de quoi. »

Le volcanologue s'éclaircit la voix. « Mais j'ajouterai à cela, monsieur Trumbo, que je préviendrai les médias dès que les données diront clairement que les biens et les personnes sont menacés dans votre secteur de la côte de Kona. »

Le milliardaire posa la main sur le micro et jura avec véhémence. Puis il répondit : « Je comprends, Hastings. Vous deviez nous rendre visite demain, mais je suppose que vous êtes trop occupé pour venir.

— Au contraire. J'ai hâte de mettre vos clients au courant de...

— Laissez tomber, dit Trumbo d'une voix blanche. Vous poursuivez simplement votre travail là-haut. Nous continuerons à faire le nôtre ici. Et appelez-moi si la lave se dirige vers nous, d'accord ? »

Trumbo raccrocha avant qu'Hastings ait pu répondre. « Bon, Will, je prends ma voiturette pour aller voir Maya.

— Il pleut.

— Je m'en fous. J'emporte ma radio, vous gardez la vôtre afin que nous puissions rester en contact. Je veux que vous descendiez voir quelle nouvelle complication peut bien retenir Briggs et Dillon dans les tunnels de service. »

Will Bryant hocha tête.

« Quand j'en aurai fini avec Maya, je me rendrai à la cabane de chantier pour voir ce que Bicki désire. Je vais la convaincre de partir demain, aussi veillez à ce que son avion soit prêt à décoller après le petit déjeuner. Et dites à Bobby Tanaka de monter m'attendre dans ma suite... nous allons travailler ce soir pour que l'affaire soit conclue demain. Je veux que Sato et ses gars aient signé et soient repartis au coucher du soleil, dans trente-six heures. Vous avez des questions ? »

Will Bryant fit non de la tête.

« Bon. Je vous retrouve dans une heure. »

« La plupart des bureaux sont fermés à cette heure-ci, disait Paul Kukali, mais la blanchisserie tourne à fond et la boulangerie sera au maximum de son activité à partir de minuit. »

Tous trois parcouraient sans se presser le dédale des tunnels. Une seule voiturette électrique les dépassa, dont les deux passagères saluèrent le conservateur par son nom.

« Les gens ont l'air de bien s'entendre, dit Cordie.

— Je fréquente la plupart d'entre eux en dehors du travail, dit Paul. Molly et Theresa ont suivi certains de mes cours à Hilo. C'est une grande île, mais une communauté relativement réduite.

— Combien d'habitants ? demanda Eleanor.

— Environ cent mille, et un tiers d'entre eux habitent Hilo. C'est l'île la moins peuplée de l'archipel. »

Ils tournèrent à gauche pour emprunter un autre tunnel et s'arrêtèrent un moment devant la blanchisserie en pleine animation. Eleanor huma l'odeur d'eau de Javel et de linge chaud. Les ions des séchoirs lui picotèrent les sinus.

« Est-ce que M. Trumbo a du mal à trouver des employés ? demanda Cordie.

— Oui et non, répondit Paul. Les gens sont attirés par les rémunérations relativement élevées de cet hôtel... l'île connaît une sérieuse récession depuis plusieurs années. Avec la disparition des industries de l'ananas et de la canne à sucre, et l'absence ou presque de productions locales capables de les remplacer, les ouvriers doivent se reconvertir dans les emplois de service. Mais M. Trumbo a du mal à embaucher à cause de l'isolement relatif de son complexe hôtelier et... » Il se tut.

Cordie termina sa phrase. « Et de la mauvaise réputation du Mauna Pélé ?

— Oui. » Paul eut un faible sourire. « Voici mon bureau... Il n'y a rien d'intéressant à voir à l'intérieur, je le crains. Et voilà celui de l'astronome... Tiens, c'est bizarre, la porte de Wills est ouverte... »

À ce moment, les lumières s'éteignirent.

Eleanor avait visité une grotte, en France, où l'on coupait la lumière pendant plusieurs minutes pour montrer aux gens ce qu'était l'obscurité totale. Cet épisode lui inspirait encore des cauchemars. Elle se surprit à retenir sa respiration ; la pression des ténèbres sur sa poitrine lui faisait mal.

« Bon Dieu ! s'exclama Paul. Ne bougez pas. Il y a des générateurs de secours. Ils vont prendre le relais dans une seconde ou deux. »

Il faisait toujours noir comme dans un four.

« Je ne comprends pas, reprit Paul. L'éclairage de dépannage est indépendant. Il devrait se...

— Chut ! » C'était Cordie. « Écoutez. »

Eleanor tendit l'oreille. Les sons qui avaient rempli le couloir quelques minutes auparavant — le ronronnement des ventilateurs, le grondement des machines à laver et des séchoirs de la blanchisserie, le léger bourdonnement des tubes fluorescents du plafond, les bribes de conversation provenant de la boulangerie — s'étaient tu. Le silence semblait aussi absolu que les ténèbres. C'était comme si les quelques personnes présentes avaient disparu avec la lumière.

« Je ne..., dit Paul.

— Taisez-vous », coupa Cordie.

Alors, Eleanor l'entendit, sur sa gauche ; pourtant, elle croyait qu'il n'y avait là que le mur et quelques bureaux fermés. C'était un bruit étrange, un mélange de pas traînants, de respiration sifflante et de doux frottement contre la pierre. Eleanor ferma les poings en essayant de toutes ses forces de distinguer quelque chose dans l'obscurité étouffante.

Puis on entendit un bruit de clés. « Restez ici, dit Paul. Je vais avancer en tâtant le mur jusqu'à que ce je trouve mon bureau. Il y a une lampe de poche dans l'un des tiroirs. Je vais...

— Ne bougez pas », dit Cordie. Il y avait dans sa voix assez d'autorité pour figer ses compagnons sur place. Brusquement une lumière jaillit et Eleanor, pivotant sur ses talons, vit Cordie Stumpf genou en terre, un briquet allumé dans la main gauche. Eleanor était si soulagée d'apercevoir cette lueur — de *voir* enfin — qu'elle ne réagit pas tout de suite lorsque Cordie fouilla dans son sac en paille et en sortit un revolver. Il avait l'air ridiculement lourd et son canon semblait trop long ; Cordie, toujours genou en terre, le braqua sur le bruit. La chose, quelle qu'elle soit, qui glissait et traînait les pieds restait hors du cercle de lumière. Maintenant Eleanor entendait des voix de l'autre côté du coude que faisait le tunnel, là où était la blanchisserie.

« Déplacez la lumière par là, dit Paul qui n'était qu'une ombre, et nous trouverons mon bureau.

— Non, répliqua Cordie, et de nouveau son ton n'admettait aucune discussion. Ne bougez pas. » Lorsqu'elle se releva, sa vilaine robe tournoya autour d'elle. Tenant le briquet en l'air et brandissant d'une main ferme le pistolet, la petite femme s'avança rapidement vers la source de bruit. Eleanor la suivit, juste pour rester dans le cercle béni de la lumière.

Elle vit d'abord luire des yeux. Cordie ne s'arrêta pas.

« Putain de merde », dit-elle.

Il fallut un moment à Eleanor pour reconnaître dans l'homme barbu effondré contre le mur le directeur de la sécurité qui les avait interrogées trois heures plus tôt... Dillon. Il les regardait sans les voir, en état de choc. Eleanor vit alors pourquoi Cordie continuait à avancer. On aurait dit qu'il avait eu un accident d'automobile : ses vêtements étaient presque en loques — la manche droite de son blazer avait disparu, sa chemise blanche était en lambeaux —, son visage, ses mains, sa poitrine et ses cheveux emmêlés étaient maculés de sang. De la salive coulait de sa bouche jusque dans sa barbe.

Paul se précipita et retint Dillon au moment où il s'écroulait lentement le long du mur, ses souliers bien cirés glissant sur le plancher. « Il faut l'emmener au dispensaire », dit le conservateur.

Cordie pivota sur ses talons, leva le briquet et le pistolet vers la partie du tunnel d'où ils étaient venus. Des pas avançaient rapidement vers eux, dans l'obscurité.

17 juin 1866, sur la côte de Kona.

Je n'ai pas écrit depuis deux jours parce que trop d'événements ont occupé mes heures de veille, des événements trop extraordinaires pour que je puisse les envisager d'un point de vue objectif, y compris dans le cadre privé de ce journal. Même aujourd'hui où j'ai enfin repris la plume — dans ce misérable taudis où je tends l'oreille au fracas des vagues et au bruissement des cocotiers agités par le vent, de crainte que n'éclatent de nouveau les sons nocturnes de l'incroyable horreur qui, je le sais, présagerait une terrible mort pour mes compagnons et pour moi —, c'est à peine si j'ajoute foi à mes sens ou à ma mémoire.

Il y a une éternité, me semble-t-il, que j'ai spontanément insisté pour accompagner le journaliste et l'ecclésiastique dans leur mission de miséricorde et de curiosité sur la côte de Kona. Chose étonnante, leurs protestations ne furent ni prolongées ni véhémentes. Peut-être que depuis notre expédition de la nuit précédente ils voyaient en moi une compagne possible pour toutes les aventures qu'ils pourraient encore inventer.

Je voudrais bien que cela n'ait pas été le cas.

Nous partîmes tard ce matin-là de la Maison du Volcan. Hananui, McGuire, Smith, l'aubergiste et les guides chrétiens devaient escorter les missionnaires jusqu'à Hilo. Il y avait à l'hôtel une demi-douzaine de chevaux et un nombre comparable de mules, si bien que tous les Blancs pourraient effectuer à cheval la dernière étape de leur fuite vers l'est. L'hôtelier et son domestique étaient armés de mousquets, chargés avant le départ.

On discuta un peu pour savoir si notre petite troupe serait armée ou non. Le révérend Haymark écarta d'un geste l'offre que lui fit l'aubergiste d'un de ses mousquets, mais M. Clemens trouva que ce n'était pas une mauvaise idée de s'armer. Pour finir, le journaliste accepta un revolver.

« Vous savez tirer ? demanda l'hôtelier, qui doutait visiblement des capacités du jeune homme. Avez-vous fait la guerre ? »

M. Clemens s'arrêta d'examiner le vieux pistolet. « Monsieur, dit-il sans déguiser son accent du Missouri, j'ai eu l'honneur de rejoindre les francs-tireurs afin de servir la Confédération.

— Ah, dit l'aubergiste en hochant la tête d'un air entendu.

— J'ai déserté au bout de trois semaines, ajouta M. Clemens.

— Et alors ? » demanda l'hôtelier en haussant les sourcils.

M. Clemens mit l'arme dans la poche de son manteau et leva l'un de ses longs doigts. « Le Sud est tombé. »

Il est bon de rappeler, avant de dépeindre les terribles images des jours suivants, que l'humour de M. Clemens était parfois pénible, mais rarement absent. Je peux citer pour exemple le Livre du Volcan *qu'on nous demanda de signer en dépit de notre départ précipité. Même si quelques-uns des commentaires s'avéraient intéressants par leur observation détaillée de l'éruption, la plupart n'étaient qu'un tissu d'inepties. Exemples : « Dans le genre pétillant, on fait mieux » ou « Madame Pélé broie du noir » ou « Un magnifique crachotement ». C'était généralement signé de noms anglais. Les contributions américaines étaient plus empreintes d'émotion : « 9 juin 1865... descendu dans le cratère pour rendre visite à Madame Pélé. Trouvé le petit lac en pleine action, cela m'a fait penser à une mer démontée. C'est effrayant tout autant que grandiose et sublime... » Ou ceci, daté du 4 août 1865 : « Le Pr William T. Brigham, ainsi que M. Charles Wolcott Brooks sont descendus dans le cratère et ont passé la nuit à trois mètres du chaudron en pleine ébullition. La scène était vraiment grandiose. Le Pr Brigham et M. Brooks furent tirés, au matin, de leur profond sommeil par une violente bouffée de vapeur sulfureuse, et sont partis en toute hâte, abandonnant les couvertures, etc., derrière eux. »*

J'ai copié cela mot pour mot afin d'offrir un contexte au témoignage de M. Clemens :

La Maison du Volcan,
Vendredi 15 juin 1866.

Comme d'autres qui sont venus avant moi, je suis arrivé ici. J'ai voyagé, la plupart du temps, de la même manière que je suis venu. Mais je savais que la Providence nous protégeait tous, et je n'ai pas eu peur. Nous avons eu pas mal d'intempéries. Certaines étaient comme ci, comme ça (pour être franc, le reste était du même acabit).

Mes compagnons de route, le révérend Haymark et Mlle Stewart de l'Ohio... Mais relater dans un livre conçu pour être un document sur les phénomènes volcaniques les détails insignifiants de son voyage serait peut-être d'un goût douteux, même si l'un des sujets d'observation fume et que l'autre s'abandonne à un tempérament particulièrement fougueux ; revenons donc à nos moutons.

Avons visité le cratère dans l'intention d'y passer la nuit, mais quelqu'un a cassé la bouteille contenant les provisions et nous fûmes obligés de rentrer. Pendant que nous étions au bord du lac — disons à deux cent cinquante mètres —, nous avons vu un monticule de boue aussi gros qu'un morceau de craie. J'ai dit : « Il va se passer quelque chose d'inhabituel. » Mais peu après, nous observâmes une autre motte à peu près semblable ; elle hésita — tremblota — puis tomba dans le lac.

Oh, mon Dieu ! C'était terrifiant.

Puis nous avons pris un verre.

Peu de visiteurs ont le bonheur de connaître deux expériences successives de ce type.

Pendant que nous étions couchés là, une bouffée de gaz survint, nous sautâmes sur nos pieds et galopâmes sur la lave d'une manière fort ridicule en abandonnant nos couvertures. Nous avons fait cela parce que c'est à la mode, et parce que, ainsi, on a l'air d'avoir eu une aventure palpitante.

Puis nous prîmes un autre verre.

Après cela nous retournâmes sur nos pas pour camper un peu plus près du lac.

Je songeai et dis : « Comme la grandeur prodigieuse de cette manifestation magnifiquement terrible et sublime de la puissance céleste remplit l'âme poétique de pensées grandioses et d'images plus grandioses encore ; et comme la solennité en est écrasante ! »

(Ici, le gin vint à manquer. La bouteille se brisa entre les mains insouciantes de mon estimé compagnon ecclésiastique et guide amateur, qui avait passé au travers de la croûte de lave dans sa diligente quête du Cratère Embrasé des Tourments de l'Enfer sur lesquels il a si souvent et si amoureusement prêché. Déchargeant de tout service ultérieur notre guide suspendu dans le vide, au motif qu'il était négligent avec nos provisions, Mlle Stewart de l'Ohio et moi-même décidâmes que je ne devais plus m'adonner à ce genre de songerie philosophique.)

Le révérend Haymark rit tout haut de cette vaine tentative d'humour, mais je la cite simplement pour montrer les dispositions de mon compagnon de voyage, même dans une situation aussi grave que celle-ci.

Aucun des indigènes ne nous accompagna vers la côte sous le vent, bien que M. Clemens leur eût offert une prime impressionnante. Tous étaient terrifiés, y compris Hananui. Pour finir, nous nous mîmes en route avec une carte hâtivement dessinée par l'aubergiste ;

nos chevaux peinaient sous le poids de plusieurs jours de provisions prélevées sur les réserves de la Maison du Volcan.

La première partie de notre descente, bien qu'assez spectaculaire à cause des geysers de lave qui jaillissaient derrière nous et des longues traînées de vapeurs sulfureuses suspendues au-dessus de nos têtes en nuages nauséabonds, se déroula sans incident. Le Mauna Loa se dressait, menaçant, sur notre droite ; son sommet de quatre mille cent soixante-neuf mètres dépassait celui de son frère plus petit, le Kilauea. Nous ne voyions pas de lave sortir de sa caldeira, seulement un panache de fumée qui s'étirait vers l'ouest comme un mauvais présage de notre mission à venir.

Ici, du côté sous le vent, la terre est indiciblement ennuyeuse ; les champs de lave succèdent aux champs de lave ; la pahoehoe *refroidie, moulée en un millier d'attitudes disgracieuses, les contreforts de basalte et les cônes de scories silencieux créent un paysage tenant autant de l'Enfer de Dante que du bassin houiller de Pittsburgh. La piste — tronçon d'un ancien chemin hawaiien que les gens du coin appelaient Ainapo — serpentait vers le sud entre le massif du Mauna Loa et les falaises océaniques. Pendant des heures, il n'y eut rien d'autre à voir que la roche noire, exception faite de quelques arbres broussailleux que les Hawaiiens ont baptisés* ohi'a, *et de fougères coriaces —* ama'u *— qui, dit le révérend Haymark, poussent sur des champs de lave qui n'ont même pas un an.*

Comme le sentier était moins fréquenté et plus accidenté qu'entre Hilo et le Kilauea, nous couvrîmes à peine trente kilomètres avant que tombe l'obscurité tropicale. Il faut que je prenne le temps de décrire le coucher du soleil : nous avions suffisamment avancé vers l'est pour apercevoir tout le littoral de la Grande Île dont seule la partie nord était cachée par l'un des contreforts inférieurs du Mauna Loa ; de l'excellent point de vue où nous nous trouvions, à six cents mètres au-dessus du niveau de la mer, nous voyions l'extrémité méridionale de l'île et l'océan qui s'étendait au sud et à l'ouest. L'après-midi était clair, le vent, qui avait tourné, éloignait de nous les nuages volcaniques et plus rien, sauf le ciel d'un bleu d'azur, ne nous séparait de l'horizon lointain.

Nous nous interrompîmes dans nos tâches — attacher nos chevaux fatigués et préparer le camp — pour regarder le soleil, globe rouge parfaitement rond, hésiter à l'horizon comme un marin qui n'a pas envie de dire bonsoir à sa bien-aimée. Finalement il disparut, lentement dévoré par une ligne déchiquetée de nuages noirs. J'avais contemplé le départ de l'astre dans un état d'esprit lyrique, mais M. Clemens dut l'observer avec l'œil exercé d'un ex-pilote fluvial, car il dit sèchement : « Si le vent ne change pas, ces nuages vont nous causer des ennuis avant demain. »

Son avertissement ne se concrétisa pas tandis que nous mangions notre bœuf séché, puis accomplissions nos ablutions vespérales tant bien que mal entre les rochers d'a'a ; ensuite, les chevaux bien attachés par leurs grandes longes à un lauhala *solitaire, nous nous préparâmes à dormir, la tête sur nos selles converties en oreillers, un baldaquin d'étoiles resplendissantes au-dessus de nous. Pendant que je me lavais le visage avec un peu d'eau de pluie accumulée derrière un rocher usé par les intempéries, j'entendis les hommes discuter pour savoir s'il fallait monter la garde cette nuit. Le révérend Haymark s'opposa à cette idée, de crainte que cela puisse alarmer « la dame ». M. Clemens rit d'un rire saccadé et dit : « Je crois qu'il y a très peu de choses sur cette planète qui puissent effrayer cette dame-là. » J'avoue que je ne sus comment prendre cette remarque, bien que je fusse choquée par le ton facétieux avec lequel il prononçait toujours le mot « dame ».*

En tout cas, personne ne monta la garde ; j'eus l'impression qu'on s'en remettait aux chevaux pour accomplir cette tâche. Je crois que le mien aurait continué à dormir pendant une attaque de Peaux-Rouges, tant la bête était apathique.

Le lendemain matin, la prédiction de M. Clemens s'accomplit car nous fûmes réveillés avant les premières lueurs de l'aube par une grosse averse. N'ayant pour seul abri que notre unique lauhala, *nous renonçâmes à préparer le café sur le minuscule feu que le journaliste avait allumé et nous chargeâmes notre matériel de couchage et nos sacoches. Je commençais à me demander si j'avais eu raison de vouloir participer à cette étrange expédition. Tandis que les chevaux avançaient avec précaution sur la lave glissante, le bruit de leurs sabots se répercutant en échos entre les gros rochers d'a'a, je me disais que si j'avais accompagné l'autre groupe, je jouirais déjà du confort d'Hilo.*

Je ne savais pas combien l'idée même de confort me semblerait insignifiante dans quelques heures.

Toute la journée — c'est-à-dire hier — nous descendîmes lentement le versant le plus méridional du Mauna Loa jusqu'aux collines surplombant la côte de Kona. À trois cents mètres au-dessus de la mer, nous pouvions voir les taches d'un vert brillant des cocotiers, sur la bande de terre fertile qui longeait l'océan. Même à cette dis-

tance, nous entendions les coups de bélier exaspérés de la houle, là où le Pacifique coléreux rencontrait le littoral rocheux. Les plages et baies semblaient rares le long des cent cinquante kilomètres de côte, formée en majorité de falaises où aucun navire, aucune chaloupe ne pouvait faire escale. C'était quelque part dans ce paysage que les Whister et les Stanton et les autres familles avaient couru à leur perte. Tout cela, nous ne faisions que l'entrevoir entre les nuages venus de l'est qui s'amassaient en tournoyant et se heurtaient, derrière nous, à l'énorme masse du volcan.

« Je croyais que c'était le côté sec de l'île, fit remarquer laconiquement M. Clemens.

— Vous ne vous trompez pas », répliqua le révérend Haymark. L'eau dégouttait de son chapeau au bord étroit. « C'est très inhabituel en juin.

— Bizarre comme le temps prend toujours l'exceptionnel pour monnaie courante », murmura le journaliste. Les nuages semblaient descendre avec nous ; le jour s'assombrit plusieurs heures avant le coucher du soleil.

« Sommes-nous bientôt arrivés ? demandai-je, alarmée de m'entendre lancer la supplication geignarde de tous les voyageurs indisciplinés.

— Encore douze ou quinze kilomètres, répondit l'ecclésiastique en changeant de position sur sa selle. J'ai bien peur qu'avec des chevaux aussi fatigués et un temps si peu clément, nous ne puissions pas atteindre le village de la Mission avant la tombée de la nuit.

— C'est peut-être mieux comme cela », fit remarquer M. Clemens, et je compris rapidement ce qu'il voulait dire. Nous ne savions pas ce qui nous attendait là-bas. Si les villageois étaient toujours en armes, s'ils avaient vraiment massacré les familles de la Mission, ce ne serait pas très sage de se présenter sur leurs seuils quelques minutes avant le crépuscule.

Le révérend Haymark acquiesça d'un signe de tête. « Il y a un endroit, à seulement deux ou trois kilomètres d'ici, je crois. Un site religieux païen. Je pense que nous y trouverons un abri. »

C'est ainsi que nous arrivâmes au grand heiau *où allaient avoir lieu les terribles événements de cette nuit-là.*

Notre entrée dans le sanctuaire fut assez sinistre : nous suivîmes la piste entre deux hauts murs, là même où, comme le fit remarquer d'un air triste le révérend Haymark, les prêtres païens traînaient leurs victimes vers le sacrifice qui s'accomplissait sur les marches de cet énorme tas de pierres.

« Kamehameha le Grand éleva ce heiau *avant de poursuivre la conquête d'Oahu, dit l'ecclésiastique lorsque nos chevaux s'arrêtèrent au pied du terrible édifice.*

— J'ai rêvé de Kamehameha la nuit dernière, dit M. Clemens d'un ton qui n'avait plus rien d'humoristique. J'ai rêvé qu'une silhouette décharnée et emmitouflée se présentait à notre campement pour me ramener dans le cratère du Kilauea. Là, dans cette chambre souterraine, mon guide montra du doigt un grand rocher et s'écria : " Regardez le tombeau du dernier Kamehameha ! " J'appuyai mon épaule contre la pierre, le rocher pivota, et je vis la dépouille mortelle momifiée du grand roi.

— Un rêve inquiétant, dit le révérend Haymark qui essuya son visage rubicond avec un mouchoir tout en jetant un coup d'œil dans ma direction.

— Plus inquiétant encore, poursuivit le journaliste d'une voix sérieuse que je ne lui avais jamais entendue, le roi mort posa une main squelettique sur mon épaule et tenta de parler ; sa voix essayait de franchir ses lèvres desséchées que l'on avait cousues. Cela ressemblait à un horrible grognement, mais j'étais sûr qu'il voulait m'avertir de quelque danger.

— Ce n'est vraiment pas le moment de raconter des histoires de fantômes », dis-je en regardant les murailles sacrificielles qui se dressaient devant nous.

M. Clemens se secoua, comme pour sortir de son rêve. « Oui, répondit-il d'un air absent. Pardonnez-moi. »

Étonnée de ces excuses — les premières du voyage —, je tentai de me distraire en estimant les dimensions de ce heiau. *C'était un parallélogramme irrégulier de plus de soixante mètres de long et les murs, en pierres de lave dépourvues de mortier, mesuraient trois mètres cinquante de large à la base et un mètre quatre-vingts au sommet, sur six mètres de hauteur. Cela du côté de la terre, ou* mauka *; du côté de la mer, les murs, effondrés par endroits, larges en haut pour faciliter le déplacement des chefs et des prêtres durant les cérémonies, ne mesuraient que deux mètres à deux mètres cinquante. Il y avait une cour intérieure du côté sud, et le révérend Haymark nous expliqua que c'était là que se dressait la principale idole — Tairi, le dieu de la guerre élu par Kamehameha, l'air féroce, portant casque et guirlandes de plumes rouges. Là que l'on sacrifiait des victimes humaines* *par centaines — peut-être par milliers — pour se gagner ses faveurs.*

La pluie tombait plus fort que jamais et j'avoue que mon courage s'était aussi refroidi que mes vêtements et mon corps. Tout était gris et ruisselait. Cet endroit ne semblait pas seulement dénué de vie, il drainait toute vie. Si vous voyez ce que je veux dire.

Il y avait trois huttes de chaume abandonnées depuis longtemps à une cinquantaine de mètres au nord du sinistre sanctuaire, et c'est dans la moins délabrée que nous décidâmes d'attacher nos chevaux et de passer la nuit. Une fois à l'abri de la pluie, M. Clemens réussit à allumer un petit feu sur le sol de terre battue, avec les morceaux les plus secs de la cabane elle-même, et nous pûmes boire du café en dînant de viande séchée et de mangues. J'aurais préféré du thé, mais cette boisson chaude nous remonta le moral et, lorsque l'obscurité tomba, nous discutâmes de ce que nous allions peut-être découvrir le lendemain. Le révérend Haymark pensait que le kahuna *du village avait tout fait pour terrifier les missionnaires, mais qu'il était tout à fait possible que le révérend Whister et les autres fussent encore vivants.*

« Et les monstres ? demanda M. Clemens. L'homme-reptile, l'homme-chien et les autres dont nous a parlé Hananui ? »

Le révérend Haymark ne cacha pas son mépris pour ces superstitions.

« Cela ferait une bien meilleure histoire que des indigènes hargneux, suggéra le jeune homme.

— Pourquoi le journalisme doit-il toujours traiter de choses grotesques et inquiétantes ? dis-je en faisant la moue.

— Mademoiselle Stewart, répliqua M. Clemens en souriant, la mort et les corps dépecés, la folie et le cannibalisme sont de bons thèmes chrétiens qui poussent les illettrés à apprendre à lire les journaux. Plus l'événement est bizarre, meilleure est la lecture au petit déjeuner.

— Mais c'est le signe que nous vivons à une époque où prédominent la recherche et l'exploitation du sensationnel.

— Oui, acquiesça M. Clemens, comme dans tous les âges avant et après nous. Les nations se développent et meurent, on invente des machines qui tombent en désuétude, des modes s'épanouissent et se flétrissent comme les dernières fleurs de l'été... mais un bon meurtre avant le petit déjeuner, mademoielle Stewart, c'est un truc éternel. Si cette histoire est seulement moitié moins sensationnelle que celle du Hornet, *je devrais pouvoir la vendre à n'importe quel journal, qu'on soit en 1866, en 1966 ou en 2066. »*

En entendant cette ineptie, je secouai la tête de commisération. À ce moment, nos montures se mirent à hennir de panique.

14.

« Pana-ewa est une grande île de *lehua ;*
Une forêt d'*ohia* à l'intérieur des terres.
Fanées sont les fleurs rouges du *lehua,*
Gâtées les pommes rouges de l'*ohia.*
Chauve la tête du Pana-ewa ;
La fumée plane sur le pays ;
Le feu brûle. »

Chant de la sœur de Pélé à Pana-ewa.

Byron Trumbo, nu, couché sur le dos, épuisé, avait rejeté les draps à coups de pied et regardait tourner les pales en bois du ventilateur, tandis que Maya sommeillait, la tête sur son épaule. Leurs corps luisaient de sueur. Trumbo respirait par la bouche en essayant de reprendre son souffle. Il avait oublié combien ces retrouvailles avec Maya Richardson pouvaient s'avérer épuisantes.

La femme qui reposait dans ses bras était grande, mince, jeune, belle, célèbre, riche et passionnée au-delà de ce que Trumbo aurait pu imaginer. Cela faisait plus de deux ans qu'il couchait avec elle et promettait de l'épouser, et depuis lors, il voyait son image à côté de la sienne dans les colonnes de la presse à scandale. Il ignorait à quel moment exact il avait commencé à se fatiguer de Maya, mais il était las de sa beauté inflexible, las de son narcissisme professionnel, las de son accent et de sa méchante ironie britanniques, las de son désir insatiable et de son infatigable technique sexuelle. Bicki avait été la réponse à tout cela — l'adolescente noire, chanteuse de rock, constituait une compensation à la perfidie de la ravissante Caitlin et à la beauté maniérée de Maya. L'égoïsme sexuel et la gaucherie de Bicki rendaient la frigidité de Caitlin et le sauvage abandon de Maya plus tolérables, et même intéressants. Curieusement, il fallait la combinaison de ces trois femmes pour rendre satisfaisante la vie amoureuse de Trumbo. Mais la difficulté, c'était de maintenir les choses en l'état.

Il savait que si elle venait à l'apprendre, jamais Maya n'accepterait l'existence de Bicki, aussi faisait-il tout pour qu'elle reste dans l'ignorance. Les journaux à scandale avaient commencé, depuis peu, à chuchoter que Trumbo avait une nouvelle maîtresse, mais heureusement, Maya était trop grande dame pour lire ce genre de presse.

Le top model s'éveilla de son petit somme et poussa un grognement de satisfaction. Elle fit courir ses doigts élégants dans les poils qui couvraient la poitrine de Trumbo.

« Enlève ta tête, ma jolie, dit-il en lui tapotant la fesse. Il faut que je me rhabille.

— Non », gémit Maya. Elle se redressa sur un coude tandis que Trumbo s'asseyait au bord du lit. « Reste ici ce soir.

— Désolé, ma choute. Will, Bobby Tanaka et les autres m'attendent. On a encore plusieurs heures de travail avant la réunion de demain avec Sato.

— Ma petite surprise ne t'a pas fait plaisir ? »

Trumbo avait enfilé son pantalon. Il la regarda par-dessus son épaule. Les seins de Maya étaient petits mais parfaits, aussi parfaits que ses mamelons roses. Elle ne remonta pas le drap.

« Je parle de mon arrivée ici », dit-elle, chaque syllabe soulignant son impeccable accent anglais. Le press-book de Maya disait qu'elle avait été élevée et éduquée en Angleterre, mais Trumbo savait qu'elle était née dans le New Jersey. Cet accent était le résultat de six mois de cours particuliers intensifs quand, à dix-sept ans, elle avait entamé sa carrière de mannequin.

« Oui, dit Trumbo. Ça m'a fait plaisir. Seulement, j'ai un travail fou. Tu sais combien cette vente est importante pour moi. » Il se leva pour récupérer sa chemise. Le ventilateur tournait lentement au plafond.

« Je ne te dérange pas ? dit-elle en esquissant une moue.

— Tu sais bien que non, mon chou. » Il enfila sa chemise hawaiienne et commença à la boutonner. « Tu repartiras dans la matinée.

— *Non !*

— Si.

— Depuis deux ans, tu me promets des vacances au Mauna Pélé.

— Le moment est vraiment mal choisi, Maya. Tu sais bien que j'essaie de me débarrasser de cet endroit. »

Elle remonta le drap. « C'est pour cela que je voulais le voir avant que tu le vendes. »

Trumbo fit non de la tête et chercha ses sandales. « Il faut que tu repartes dans la matinée.

— Pourquoi ? Il y a quelqu'un d'autre ici ? »

Trumbo se figea et se tourna lentement. « Que veux-tu dire ? »

Maya se pencha hors du lit, sortit un magazine de son sac en paille et l'étala sur le drap.

Trumbo s'en empara et jeta un coup d'œil à la page de titre. « C'est des conneries. Tu le sais bien.

— Je sais que tu as dit la même chose à Cait quand les journaux ont commencé à parler de nous, il y a deux ans.

— Tu n'es pas sérieuse ! répliqua Trumbo en riant. Je n'écoute même pas ces salades. Je n'ai jamais vu cette femme sur MTV.

— Non ? dit Maya, et il y avait une note étrange et cinglante dans sa voix.

— Non.

— Bien. Parce que si je découvrais que ce ragot est fondé, je donnerais de quoi écrire à ces journaux. » Maya se pencha de nouveau hors du lit ; un sein parfait jaillit du drap, et elle sortit autre chose de son sac.

« Bon Dieu ! » s'écria Trumbo en regardant fixement le petit automatique nickelé. C'était probablement un .32, mais Trumbo avait du respect pour tous les automatiques, quel que soit leur calibre. « Tu blagues ou quoi, ma jolie ?

— Je ne blague pas, dit Maya de son accent britannique cassant. Je n'ai pas l'intention de me laisser ridiculiser, Byron. Fais-moi confiance. »

Trumbo sentit la rage monter en lui. Il en avait plus qu'assez. La situation lui échappait. Il fit un pas vers le lit, prêt à arracher le pistolet à cette petite garce et à la fesser jusqu'à ce qu'elle crie.

La radio, sur le fauteuil en osier, bourdonna et couina. Trumbo s'arrêta pour répondre. « Oui ?

— Patron, vous feriez mieux de revenir. » C'était la voix de Will Bryant.

Trumbo continuait à regarder fixement Maya. Elle ne braquait plus le pistolet sur lui, mais l'appuyait sur son genou levé et inspectait ses grands ongles. La paume de Trumbo lui démangeait tellement il avait envie de la fesser. « Pourquoi ? lança-t-il dans le micro, d'un ton hargneux.

— C'est Briggs et Dillon.

— Qu'est-ce qu'ils veulent ?

— Vous feriez mieux de revenir.

— J'arrive. » Trumbo ferma la radio et pointa un doigt carré sur Maya. « Donne-moi ça.

— Non. » Un éclair passa dans les yeux du mannequin.

« Tu vas te blesser.

— Peut-être. » Elle perdait un peu son accent quand elle était en colère. « La presse à scandale adorerait ça. »

Trumbo s'avança vers elle. « Écoute, ma belle... je vais être franc avec toi. Caitlin est ici. Avec son avocat. Ils ont débarqué hier soir sans prévenir.

— Cette garce ? Pourquoi ?

— Elle voudrait faire échouer mes négociations avec Sato. Koestler et elle ont une société d'investissements et ils croient pouvoir m'arracher le Pélé à un prix ridicule... m'obliger à le leur vendre. »

Les yeux de Maya changèrent, son regard s'approfondit. « Elle ne te connaît pas, hein, Byron ?

— Non. Maintenant, range ça. »

Elle laissa tomber l'automatique dans son sac. Trumbo envisagea de le confisquer, puis y renonça. « J'ai besoin de ton aide, mon chou.

— Qu'est-ce que je peux faire ? » Elle leva la tête et la douce lumière des bougies illumina ses pommettes.

« Décampe demain. Que Caitlin ne te trouve pas ici et n'ajoute pas cela à la liste des choses dont elle veut se venger. »

La lèvre inférieure de Maya dessina une moue.

Trumbo s'assit au bord du lit et lui caressa la jambe au travers du drap. « Écoute, mon chou. Dans un mois, ce sera terminé. On se mariera. Une fois que j'aurai vendu le Mauna Pélé, tout se remettra en place. Nous passerons notre lune de miel où tu voudras. Fais-moi confiance.

— Alors, ce n'est pas vrai ce qu'on dit sur... cette Bicki ?

— Je ne sais même pas qui c'est. »

Maya se pencha vers lui, fit courir ses cheveux sur son bras. « D'accord. Tu reviens dormir ici ? »

Trumbo n'eut qu'une seconde d'hésitation. « Oui. Bien sûr. Mais donne-moi le pistolet. »

Maya tira le sac hors de sa portée. « Non. J'ai entendu dire des choses épouvantables sur cet hôtel. Tu m'as toi-même raconté que des gens avaient disparu. »

Trumbo soupira. *Alors, pourquoi es-tu venue, petite conne ?* « Mon chou, j'ai deux types, là, sous la pluie, qui gardent ton bungalow. »

Maya jeta un coup d'œil sur les fenêtres dépourvues de rideaux.

« Ils ne peuvent pas voir à l'intérieur. On est à trois mètres cinquante au-dessus du sol et il n'y a rien d'autre à l'ouest que des rochers et le Pacifique. Tu n'as pas besoin du revolver.

— Je le garde jusqu'à ce que tu reviennes. »

Trumbo haussa les épaules. Il se félicitait de n'avoir, en général, à négocier qu'avec des hommes. « D'accord, mon chou, mais il sera tard. J'ai beaucoup de choses à régler. »

Maya s'enfonça jusqu'aux yeux sous les draps. « Je vais t'attendre. »

Trumbo se pencha et l'embrassa sur le dessus de la tête. Il s'arrêta sur le porche pour écouter la pluie marteler le chaume du toit et alluma sa radio. « Will ?

— Oui, patron. J'écoute.

— Il y a un problème avec Briggs et Dillon ? »

Des parasites crépitèrent. « Je ne sais pas si cette fréquence est sûre...

— Parlez.

— Dillon est à l'infirmerie. Briggs a disparu. Terminé. »

Trumbo s'appuya sur la balustrade du porche. La houle s'écrasait contre les rochers de lave, à dix mètres à peine de la porte. Un éclair scintilla quelque part derrière lui. « Qu'est-ce qui s'est passé ? Terminé.

— Nous l'ignorons. Dillon est incapable de parler. Il y a peut-être quelque chose, en bas, dans les... » Des parasites étouffèrent la voix de son adjoint lorsqu'un autre éclair déchira le ciel et que le tonnerre roula sur la palmeraie.

« Will ? Vous m'entendez ?

— Oui. Terminé.

— J'arrive... » Trumbo se tut et regarda la porte close derrière lui. « Mais je passe à la cabane de chantier avant. Que Fredrickson envoie un autre homme ici, pour garder la *hale* de Maya, et dites-lui de me rejoindre dans trois quarts d'heure à la cabane. Qu'il m'attende dehors.

— D'accord, monsieur T. Mais je pense que vous devriez peut-être...

— Je vous retrouve dans une heure », l'interrompit Trumbo. Il mit la radio dans sa poche et descendit les marches en courant pour rejoindre sa voiturette bâchée. L'unique phare du petit véhicule illumina un mince cône de pluie et de végétation touffue lorsqu'il s'engagea sur le chemin macadamisé, en direction de la péninsule. Après avoir parcouru une dizaine de mètres, il s'arrêta pour parler à une silhouette sombre blottie sous un arbre. « Michaels ?

— Oui, monsieur. » L'homme de la sécurité portait un anorak trempé et une casquette de base-ball dont la visière était ruisselante d'eau.

« Où est votre confrère ?

— William est posté du côté nord. Nous effectuons des rondes à tour de rôle.

— Fredrickson vous envoie un autre homme. Vous avez une radio ?

— Bien sûr, dit Michaels en montrant son casque et le petit appareil accroché à sa ceinture.

— Demandez-leur de vous apporter un autre revolver. Donnez-moi le vôtre.

— Un autre... bien sûr, monsieur », répondit l'homme en passant la main sous son anorak pour sortir son arme. Il la lui tendit. « C'est un Browning. Neuf millimètres. Il y a un cran de sûreté au...

— Oui, oui. J'en ai un. Bigophonez et dites à Fredrickson de vous en envoyer un autre.

— Oui, monsieur. »

Trumbo remit le moteur en marche. Il s'éloignait déjà lorsqu'il s'aperçut que Michael courait à sa hauteur. « Qu'y a-t-il ?

— Euh, monsieur Trumbo... je me demandais...

— *Quoi ?*

— Eh bien, monsieur... je me demandais si... je veux dire, quand vous n'en aurez plus besoin... pourriez-vous me rendre l'automatique ? C'est un cadeau de ma première femme. Il a... vous comprenez... une certaine valeur sentimentale.

— Bon Dieu », dit Trumbo, et il s'éloigna sous l'averse.

17 juin 1866, sur la côte de Kona.

Nous nous étions abrités de l'orage dans la hutte abandonnée, près de l'ancien heiau, *quand les chevaux commencèrent à se cabrer et à hennir de terreur. Le révérend Haymark bondit sur ses pieds et M. Clemens mit la main dans la poche de sa veste pour en extraire le gros pistolet emprunté à la Maison du Volcan. Nous restâmes tous trois sur le pas de la porte à scruter les ténèbres et la pluie.*

Des torches défilaient entre les avenues de pierre du sanctuaire. Par-dessus le bruit que faisaient les chevaux terrifiés, j'entendis des tambours et des flûtes nasales jouer un air effréné. Nous sortîmes tous trois sur la véranda. Le révérend Haymark essaya de calmer les chevaux pendant que M. Clemens et moi restions à regarder les lumières circuler dans le labyrinthe de pierres.

« Kapu o moe ! *criaient les porteurs de torches.* Kapu o moe ! *»*

« Qu'est-ce que cela veut dire ? » chuchotai-je.

Le révérend Haymark répondit sur le même ton, sans cesser de frotter les narines des chevaux. « C'est un cri d'avertissement exigeant que l'on ferme les yeux ou que l'on se prosterne. Je croyais qu'on ne le poussait que lors des processions royales ou à proximité des Marcheurs de la Nuit.

— Les Marcheurs de la Nuit ? » chuchota le journaliste. Il tenait son pistolet. Ses yeux brillaient. « Des fantômes ?

— Les indigènes croient que leurs anciens rois reviennent d'entre les morts, lors de ces processions, répondit le révérend d'une voix un peu plus forte pour montrer qu'il ne craignait pas ces superstitions. Parfois les dieux défilent aussi. »

Les torches et la musique passèrent devant notre clairière, de l'autre côté du mur de pierre le plus proche. Le vent tordait les arbres comme si un cyclone soufflait de la terre en même temps que la tempête venue de la mer. En dépit de la présence rassurante du révérend Haymark, les chevaux continuaient à tirer sur leurs longes et à rouler des yeux blancs.

« Venez », dis-je et, sans réfléchir, je sortis sous la pluie. M. Clemens

suivit au petit trot. Le révérend Haymark dit quelque chose mais, après s'être assuré que les longes des chevaux étaient bien attachées, il traversa rapidement la clairière derrière nous.

*Il y avait une vingtaine de mètres à parcourir pour atteindre l'extrémité du mur qui nous séparait de l'entrée et de la cour de l'*heiau ; *aussi quand nous y parvînmes, la procession était déjà passée. La lumière des torches, les chants et la musique venaient maintenant de l'autre côté de l'édifice païen.*

Un peu essoufflée par ma course à travers la clairière, je dis à M. Clemens : « On ne dirait pas des fantômes.

— Peut-être », répondit le journaliste et il montra du doigt le sol où nous marchions.

La pluie de la journée l'avait transformé en bourbier. On y voyait l'empreinte de nos pas, depuis le mur jusqu'à cet endroit. Aussi distinctes que le bruit de succion que faisait le révérend Haymark en pataugeant dans la boue pour nous rejoindre. Il n'y avait sur le sol limoneux aucune trace de la procession qui venait de passer.

« Se peut-il qu'ils soient arrivés par un autre chemin ? » Je connaissais la réponse. Devant nous se dressait le sanctuaire lui-même. Puisque nous avions aperçu les lumières des torches, il fallait que les gens aient suivi cette voie boueuse.

« Nous devrions retourner à la cabane », dit le révérend Haymark en haletant bruyamment. La pluie dégoulinait de son chapeau et de ses épaules. « Nous n'avons ni lanterne ni bougies. »

Comme pour lui répondre, un éclair illumina les rochers et les palmiers qui nous entouraient.

« Il faut que je voie ça », dit M. Clemens. Je remarquai qu'il avait remis le pistolet dans sa poche. Le journaliste s'engagea sur le sentier et je le suivis. Le révérend Haymark murmura quelque chose, mais nous accompagna.

Le temps que nous atteignions la façade nord du heiau, *la procession était entrée dans la forêt. Nous entendions toujours le cri de* Kapu o moe, *mais il s'éloignait. Le chemin pénétrait sous les arbres. Les feuilles des palmiers étaient tombées et jonchaient maintenant le sol. M. Clemens leva les yeux dans l'obscurité. « Comment ont-ils fait pour les couper ? Et pourquoi ?*

— La tradition veut que, lorsque les dieux défilent, rien ne soit suspendu au-dessus d'eux, dit l'ecclésiastique. Mais la tradition veut aussi que les dieux ne soient pas accompagnés par la musique. Seuls les chefs morts défilent au son des tambours et des flûtes. »

Entre deux éclairs, je vis M. Clemens hausser ses sourcils broussailleux. « Révérend, pour un ecclésiastique, vous en savez joliment long sur les croyances de ces incroyants.

— J'ai eu le plaisir de travailler à Oahu avec M. Hiram Bingham, au condensé de son traité d'ethnologie sur les indigènes des îles Sandwich et leurs bizarres croyances », répondit un peu sèchement le révérend Haymark.

M. Clemens hocha la tête et montra du doigt la direction où s'était engagée la procession. « Eh bien, si nous ne les suivons pas en vitesse, le condensé des croyances bizarres va nous laisser derrière lui. Je suis curieux de savoir ce qui a pu pousser les habitants des îles Sandwich à sortir sous l'orage, au risque de mouiller leurs coiffures en plumes. »

Nous pénétrâmes dans la jungle et chaque éclair révélait clairement l'empreinte de nos pas dans la boue intacte. Le sentier était jonché de branches et de rameaux, comme si une force invisible avait tout nettoyé au-dessus de la procession, bien que la plupart des arbres mesurassent vingt mètres de haut ou plus.

À cinq cents mètres du sanctuaire, nous n'avions plus envie que de revenir sur nos pas. L'orage s'était déplacé vers l'intérieur et nous privait de toute source de lumière. Je me reprochais amèrement de ne pas avoir pris de bougies dans ma sacoche. Bien que la lumière des torches restât visible loin devant nous, il semblait que nous n'arriverions jamais à la rattraper. Nous n'entendions plus la musique. Au moins, la pluie s'était arrêtée, laissant seulement la jungle dégoutter autour de nous. Ma robe était trempée jusqu'à mon corset.

Nous nous étions arrêtés dans une petite clairière pour décider s'il fallait continuer ou pas lorsqu'un dernier éclair au loin illumina les alentours. À partir de là, le chemin tournait vers l'est et aboutissait à l'une des plages que nous avions vues du haut du volcan. Nous aperçûmes la lumière des torches sur le rivage, au travers du dernier rideau d'arbres et de broussailles qui se dressait avant que le sentier descende le long de la falaise. La petite clairière où nous nous tenions devint visible aussi. Des branches et de gros rochers parsemaient l'herbe luxuriante, ainsi que quelques noix de coco tombées qui ressemblaient à des têtes coupées. Au moment où je formulais mentalement cette comparaison sinistre, je remarquai une vraie tête couchée dans l'herbe, puis des épaules blêmes. Je crois que j'étouffai un cri tandis que M. Clemens, surpris, sortait son pistolet de sa poche.

Tout autour de nous, une demi-douzaine de corps nus reposaient, dans l'attitude inconfortable où la mort les avait saisis.

L'éclair s'éteignit. Alors retomba l'obscurité de la jungle, pas même combattue par la lumière des étoiles ou la lueur lointaine du Kilauea, cachées par les nuées orageuses.

À cet instant, dans les ténèbres, j'entendis M. Clemens jurer à quelques mètres de moi ; le révérend Haymark, un peu plus loin, se racla la gorge, et je sentis une main glacée se refermer sur ma cheville, dans les herbes hautes.

Heureusement, pensa Eleanor plus tard, que Cordie Stumpf n'avait pas tiré sur le bruit de pas, dans le noir. Elle-même était tellement effrayée qu'elle l'aurait fait, si elle avait eu une arme braquée sur celui qui avançait vers eux, dans les catacombes.

Un grand jeune homme vêtu d'un costume élégant, ses longs cheveux soigneusement attachés sur la nuque, entra dans le cercle de lumière. Cordie baissa son pistolet.

« Monsieur Dillon ! » s'écria le jeune homme en se précipitant vers le chef de la sécurité que Paul Kukali maintenait debout contre le mur. Il passa la main devant ses yeux, qui ne cillèrent pas, puis regarda les autres. « Que s'est-il passé ?

— Nous l'ignorons, répondit Paul. Nous passions par ici au moment où les lumières se sont éteintes.

— Qui êtes-vous ? » demanda Cordie. Elle rangea l'arme dans son sac en paille.

« Will Bryant. Le bras droit de M. Trumbo. Vous êtes la gagnante du concours... madame Stumpf, n'est-ce pas ? Qu'est-ce que vous faites avec ce revolver ?

— Dites-moi, monsieur Bryant, répliqua Cordie en souriant. Est-ce que les invités ne disparaissent pas d'ici comme des canapés à un cocktail ? »

Will Bryant grogna et dit à Paul : « Vous voulez bien m'aider à remonter Dillon ?

— Bien sûr, mais... » À ce moment, les lumières revinrent. Cordie plissa les yeux et referma son briquet.

« Il y a une infirmerie ici, fit remarquer Paul.

— Nous allons fermer provisoirement les tunnels de service. Il faut transporter Dillon au dispensaire des clients, dans la Grande Hale.

— Il a besoin d'un véritable hôpital », déclara Cordie.

Will Bryant et Paul prirent le chef de la sécurité par les bras et le remirent sur ses pieds. Dillon ne protesta pas, mais ne montra aucun intérêt pour la manœuvre. « Oui, dit l'adjoint de Trumbo, mais il faut d'abord que le médecin du personnel l'ausculte. Est-ce que Dillon a dit ce qui était arrivé ?

— Il n'a pas parlé. » Eleanor montra du doigt la porte ouverte, où était marqué : BUREAU DE L'ASTRONOME. « Il est sorti de là.

— Monsieur Kukali, pouvez-vous le tenir un moment ? » Will traversa le couloir, jeta un coup d'œil dans le bureau de l'astronome et referma la porte à clé. « OK », dit-il en revenant vers Dillon dont il passa le bras flasque autour de ses épaules.

Le couloir se remplit d'employés de la blanchisserie et de la boulangerie qui se pressaient vers la sortie. « Tout va bien, leur annonça Bryant. Les chefs de service feront leur rapport au bureau de M. Carter. Tout le monde a congé, ce soir. » Les indigènes, soulagés, disparurent dans les escaliers et la rampe qui menaient à la Grande Hale.

« J'étais dans le couloir principal lorsque les lumières se sont éteintes, dit Will Bryant en aidant Dillon à pénétrer dans l'ascenseur. J'ai vu clignoter votre lumière et je me suis dirigé vers elle. Je n'avais pas l'intention de vous faire peur.

— Vous ne m'avez pas fait peur, répliqua Cordie.

— Je pense que vous devriez déposer l'arme à la réception. On vous la rendra quand vous partirez. La loi et le règlement de l'hôtel interdisent aux clients d'en avoir sur eux. »

Cordie poussa un grognement. « Je parie que c'est contraire au règlement de l'hôtel que des chiens transportent des mains dans leur gueule et que le chef de la sécurité ait ses vêtements déchirés par des coups de griffe, non ? »

Will Bryant ne répondit rien.

« Je garderai mon pistolet. Si cela déplaît à M. Trumbo, dites-lui de ma part qu'il peut aller se faire foutre.

— Nous voici arrivés. » Ils aidèrent Dillon à sortir de l'ascenseur et à parcourir le couloir qui menait au petit dispensaire. Bryant avait prévenu par radio le Dr Scamahorn qui les attendait dans le hall. « Merci de votre aide, dit Bryant aux femmes. Monsieur Kukali, voudriez-vous attendre un petit moment, j'ai un mot à vous dire. »

Paul regarda Eleanor. « Il faut que je reconduise ces dames chez elles.

— Nous n'avons pas besoin qu'on nous reconduise », dit Cordie. Elle mit son sac en bandoulière. « Donnez-nous un parapluie et je ramènerai Eleanor jusqu'à sa cabane. »

Eleanor faillit dire que ce n'était pas la peine, mais quelque chose dans le ton de Cordie l'avertit que celle-ci voulait lui parler. Elles quittèrent la Grande Hale, descendirent l'escalier du porche, passèrent devant le Lanai de la Baleine et s'engagèrent dans le chemin qui menait à la plage. L'orage s'était calmé et il ne tombait plus qu'une petite pluie. Le grand hôtel déversait, derrière elles, un torrent de lumière ; le sentier était éclairé par ses deux rangées de torchères au gaz et par les lampes dissimulées dans l'herbe. Elles n'échangèrent pas un seul mot tandis qu'elles traversaient le jardin tropical, au sud du Bar de l'Épave, et passaient devant les *hale* sur pilotis. La lumière extérieure du bungalow d'Eleanor s'alluma automatiquement, mais la maison resta obscure derrière ses volets. Eleanor ouvrit la porte et se retourna pour dire : « Vous voulez... »

Cordie mit un doigt sur ses lèvres, sortit son pistolet, fit signe à sa compagne de la laisser passer et pénétra dans la maison en allumant les lumières. « Entrez. Je n'ai pas l'intention de donner dans le mélo, mais on a passé une drôle de journée. Je me disais que si quelque chose devait nous sauter dessus, il valait mieux être armées. »

Eleanor alluma les lampes de chevet. Le petit mais très confortable bungalow semblait être resté dans l'état où elle l'avait laissé, quelques heures auparavant. Non... quelqu'un avait rabattu le drap et la couverture, et déposé une fleur sur l'oreiller. Eleanor la prit et fit signe à Cordie de s'asseoir dans un fauteuil en osier, à côté du petit secrétaire, près de la fenêtre aux persiennes fermées. Elle-même s'installa dans l'autre fauteuil et posa la fleur sur le bureau. « Vous avez quelque chose à me dire ?

— Oui. » Cordie rangea le pistolet et sortit quelque chose de plus gros de son sac. Elle posa la bouteille entre elles et alla chercher des verres dans le placard de la salle de bains.

« Sheep Dip [1], dit Eleanor en lisant l'étiquette. Il s'appelle vraiment comme ça ?

— Bien sûr, répliqua Cordie en posant les verres et en se laissant tomber dans son fauteuil. C'est un scotch pur malt de huit ans d'âge distillé en Angleterre. Vous buvez du whisky ? »

1. Bain spécial que l'on donne aux moutons pour les débarrasser des parasites.

Eleanor acquiesça d'un signe de tête. Elle avait appris à apprécier le pur malt durant ses séjours en Écosse, et développé un goût pour les whiskys de luxe à l'époque où elle fréquentait un pilote d'avion, il y avait plusieurs années de cela. Elle n'avait jamais entendu parler du Sheep Dip.

— Avec le Pig's Nose [1], c'est mon préféré, dit Cordie. C'est meilleur que le Glenlivet et les autres marques qui font plus de publicité. » Elle versa trois doigts dans chaque verre et en tendit un à Eleanor.

« Pas de glaçons ? Ni d'eau ? demanda Eleanor.

— Dans du pur malt ? Surtout pas. Cul sec, Nell. »

Elles trinquèrent. Eleanor sentit la chaleur du whisky se frayer un chemin jusqu'à son estomac. « De quoi vouliez-vous me parler ? »

Cordie se carra dans son fauteuil et regarda un moment, à travers les persiennes, la végétation qui proliférait dehors. Lorsqu'elle se retourna, elle leva son verre et dit : « J'aimerais que nous causions des raisons pour lesquelles nous sommes venues ici. Pas les balivernes que nous avons racontées, mais les vraies raisons. »

Eleanor la regarda avant de répondre. « D'accord. Vous d'abord. »

Cordie but une gorgée de whisky et sourit. « Les miennes sont plutôt stupides. Pour retrouver un peu mon enfance, je suppose.

— Votre enfance ? s'exclama Eleanor, surprise.

— J'ai eu une drôle de jeunesse, je crois qu'on peut le dire, répliqua Cordie en riant. Ç'a été en partie une... sorte d'aventure. Quand j'ai entendu courir ces bruits bizarres sur le Mauna Pélé... eh bien, j'ai pensé que je pourrais peut-être en vivre encore une.

— Mais vous vous êtes aperçue que vous ne pouviez pas revenir à la maison [2].

— Thomas Wolfe », dit Cordie en les resservant. Elle vit l'expression stupéfaite d'Eleanor. « J'ai quand même mis le nez dans ces *Grands Livres.* Eh oui... c'est jamais pareil. Mais j'avais une autre raison... » Elle se tut et regarda fixement le fond de son verre.

1. Le Nez de Cochon.

2. Allusion au roman de Thomas Wolfe intitulé *Vous ne pouvez pas revenir (You Can't Go Home Again),* 1940.

« Laquelle ? demanda Eleanor d'une voix douce.

— J'ai travaillé dur depuis l'enfance, répondit Cordie en faisant tourner le liquide ambré dans son verre. Vous savez, j'ai quasiment grandi dans une décharge, aussi c'était normal que pour mon premier boulot, je conduise le camion des éboueurs, à Peoria. J'ai épousé le propriétaire de la société de traitement des ordures. » Elle se tut un instant. « Quand il est mort, j'ai repris l'affaire et mon second mari m'a épousée *à cause* d'elle. Nous l'avons développée ensemble. Quand on a divorcé, Hubie a gardé la maison et une bonne partie du pognon, et moi, l'entreprise. Mon troisième mari... il en avait une aussi et on a fusionné, comme on dit maintenant. » Cordie sourit, vida son verre et se resservit. « Buvez, Nell. J'ai de l'avance sur vous. »

Eleanor but et écouta.

« Ces dernières années, avec les garçons qui avaient grandi et tout ça, j'avais l'impression qu'il y avait plus que le travail dans ma vie. Vous voyez ce que je veux dire ? »

Eleanor acquiesça d'un signe de tête.

« Il y a trois mois, j'ai vendu l'affaire. Et puis, un mois après, j'ai découvert que j'avais un cancer. Le cancer des ovaires. On m'a dit qu'il fallait les enlever. J'ai répondu : " Allez-y... j'en ai plus besoin. " Et c'est ce qu'ils ont fait. »

Cordie se frotta la lèvre inférieure, puis suivit du doigt le bord de son verre. « Je me suis remise drôlement vite de l'opération. J'ai toujours été costaud. Les toubibs avaient dit qu'y avait plus rien. Que j'étais tirée d'affaire. Alors, j'ai gagné ce concours et je me suis imaginé que la chance était de nouveau avec moi. Le même jour, je suis allée passer ma visite de contrôle et le médecin m'a dit qu'il craignait que le mal se soit étendu. J'étais censée commencer une chimiothérapie et une radiothérapie cette semaine, mais je leur ai demandé de patienter six ou sept jours, le temps de venir ici. »

Eleanor savait que le pronostic était mauvais pour les femmes atteintes d'un cancer des ovaires et qui faisaient des métastases. Sa mère était morte de ça. « Je vois », dit-elle prudemment avant de vider son verre. Cordie hocha la tête et se resservit trois doigts de whisky.

« J'espérais rencontrer des monstres au Mauna Pélé, poursuivit Cordie. Ou au moins un meurtrier avec une hache. Vous comprenez, un truc qui vous fiche la frousse, mais... quelque chose *d'extérieur.* Contre quoi on peut lutter comme je... euh, quelque chose qu'on peut combattre.

— Oui.

— Vous savez, aujourd'hui quand je regarde cet endroit, je me dis... pourquoi pas une clinique comme ça, où les cancéreux pourraient se faire soigner, se détendre et se rétablir sur la plage ? La plupart des hôpitaux que je connais sont comme à Chicago... des prisons sous la neige.

— Vous voulez dire un hôtel de luxe qui servirait d'hospice pour... ?

— Un hospice pour incurables ? » Cordie secoua la tête. « Un endroit où on crève pendant que les spécialistes des mourants vous disent à quel stade vous devriez en être ? Vous avez eu votre phase de révolte, maintenant il faut vous résigner, ma petite, il y en a d'autres qui attendent. Ah, merde, non. Je parlais d'un hôpital pour cancéreux où on pourrait regarder ses cheveux tomber, et bronzer en même temps, c'est tout. »

Eleanor alla ouvrir les persiennes. La végétation dégoulinait encore d'eau. L'odeur de jungle mouillée était sensuelle et un peu triste. « Ce serait cher, dit-elle. Ce serait un hôpital pour riches.

— Le cancer coûte cher, répliqua Cordie en riant. Vous avez déjà vu des factures d'hôpital ? Cet endroit coûterait juste le prix du billet d'avion... et peut-être des... des étudiants qui accompagneraient ces pauvres cons jusqu'ici. Une loterie de " vacances-pour-le-cancéreux-du-mois ". Quelque chose comme ça. »

Eleanor tendit son verre pour qu'elle la resserve. Le scotch s'était répandu en elle comme une flamme lente. « Je pense que M. Trumbo a d'autres idées. On dirait que les Japonais vont hériter de ce bout de terrain.

— Oui. » Cordie se frotta de nouveau la lèvre. « C'est de ça que le monde a le plus besoin, de clubs de golf. » Elle leva soudain les yeux. « Nell, avez-vous jamais été amoureuse ? »

Eleanor fut très surprise, mais essaya de ne pas le montrer. « Oui. » Elle n'entra pas dans les détails.

Cordie hocha lentement la tête, comme si cette réponse laconique lui suffisait. « Moi aussi. Une fois. Oh... j'ai aimé des gens. Deux de mes trois maris. Tous mes garçons. C'est le genre d'amour qu'est là ou pas. Mais je suis seulement tombée amoureuse une fois. Quand j'étais gamine. » Elle resta silencieuse plusieurs minutes et il n'y eut plus que le doux bruit des gouttes de pluie qui tombaient des feuilles de palmier. « Je crois qu'il ne s'en est même pas aperçu.

— Vous ne le lui avez pas dit ? » Eleanor sirotait son scotch.

« Non, non. C'était un gamin de la ville où nous habitions. Il est parti pour le Vietnam, il a été grièvement blessé et il est devenu prêtre. Un du genre qui baise pas.

— Ah », fit Eleanor. *Vous ne lisez pas les titres des journaux ?* voulut-elle dire. *Ils baisent plus qu'on ne pourrait le croire.* A la place, elle dit : « Vous lui avez parlé depuis qu'il est prêtre ?

— Non. Je ne suis même pas retournée dans cette ville. Quelqu'un m'a dit qu'il n'est plus prêtre depuis quelques années et qu'il s'est marié, mais cela ne change rien à l'affaire. Si je parle de ça, c'est parce que ces dernières semaines, j'ai pensé à toutes sortes de choses, celles auxquelles pensent les gens qui ont un cancer. Aux chances qu'on a laissées passer... à l'inutilité de sa vie... à ce genre de trucs.

— Votre vie n'a pas été inutile.

— Ça, c'est vrai. Mes garçons seraient d'accord avec vous. Les élever tout en gérant mon affaire d'éboueurs, ça n'a pas été du gâteau. » Elle posa son verre vide. « Bon, à votre tour, Nell. Pourquoi êtes-vous venue ici ? »

Eleanor fit tourner le verre dans sa main. « Vous ne croyez pas que je suis venue uniquement passer des vacances ? »

Les cheveux raides et ternes de Cordie dansèrent lorsqu'elle fit non de la tête. « Je *sais* que, pour vous, il ne s'agit pas de vacances. Vous n'êtes pas du tout le genre de fille qui passe ses congés dans des complexes hôteliers de luxe. Je dirais que vous êtes plutôt du style à faire des randonnées au Népal ou de l'écotourisme en Amazonie. »

Eleanor sourit. « Je plaide coupable. Une randonnée au Népal il y a deux ans, et de l'écotourisme en Amazonie en 87, trois ans avant.

— Alors ? » Cordie se versa le restant de Sheep Dip. « Pourquoi êtes-vous ici ? »

Eleanor prit son sac et en sortit le journal intime de tante Kidder qu'elle posa soigneusement sur la table en évitant les taches humides. Elle le fit glisser vers Cordie. Celle-ci hésita. « Je peux l'ouvrir ?

— Oui. » Eleanor la regarda extirper de son sac une paire de lunettes et parcourir le vieux journal intime ; elle commença par le feuilleter, puis lut des pages entières.

Cordie siffla doucement. « On y retrouve pas mal des trucs bizarres qui se passent en ce moment.

— Oui.

— Cette Lorena Stewart. C'est quelqu'un d'important que je devrais connaître ? Comme la seconde femme d'Abraham Lincoln, par exemple ?

— Non, pas si importante que cela, répondit Eleanor en riant de bon cœur. Bien qu'elle ait écrit de merveilleux récits de voyages, maintenant méconnus. Lorena était une vague parente. Quand elle a vieilli, on ne la connaissait plus que sous le nom de Kidder à cause de son sens de l'humour et parce qu'elle portait toujours des gants de chevreau blanc [1]. »

Cordie caressa doucement le livre du bout des doigts. « Alors, pourquoi êtes-vous venue ici ? »

Eleanor s'arrêta, étonnée de parler de tout cela, malgré sa légère ivresse. « Il y a plusieurs mystères dans ce journal, finit-elle par dire. Le plus facile à résoudre... le mystère *extérieur*... c'est ce dont parle tante Kidder. Et le plus difficile, c'est : pourquoi n'a-t-elle pas épousé Samuel Clemens ?

— Samuel Clemens, dit Cordie. C'est Mark Twain, n'est-ce pas ?

— Oui.

— Je suis allée à Hannibal, un jour. Une jolie petite ville au bord du fleuve.

— Oui, moi aussi, j'y suis allée. » *Tous les deux ans,* aurait-elle pu ajouter. *Pour visiter sa maison natale et le musée poussiéreux, comme s'ils pouvaient m'éclairer sur la décision de tante Kidder.*

« Et Mark Twain voulait épouser cette Lorena Stewart ?

— Eh bien... » Eleanor se tut. « Vous pouvez le lire si vous en avez envie. » Depuis que tante Beanie lui avait donné le journal... le talisman... le jour de ses douze ans, Eleanor ne l'avait montré à personne, ne l'avait prêté à personne.

Cordie hocha lentement la tête, comme si elle comprenait. « Je

1. *Kid* signifie chevreau, et le verbe *to kid*, raconter des blagues.

vous remercie, Nell. Je le lirai ce soir et je vous le rendrai demain, sain et sauf. »

Eleanor jeta un coup d'œil à sa montre. « Mon Dieu, il est une heure du matin passée. »

Cordie se leva, se retint de tomber en posant une main sur la table et rangea le journal dans son sac. « C'est pas grave. On est en vacances.

— Cela m'inquiète de vous laisser rentrer toute seule à la Grande Hale.

— Pourquoi ? La pluie s'est arrêtée.

— Oui, mais... il y a...

— Des monstres, dit Cordie en souriant. J'espère bien. Bon Dieu, je l'espère bien. » Elle sortit le revolver, le soupesa et le remit dans son sac tout en se dirigeant vers la porte. « On se revoit demain matin, Nell. Ne vous faites pas de souci pour le journal intime de tante Kidder. Celui qui voudrait le prendre aurait d'abord affaire à moi.

— À demain », cria Eleanor lorsque Cordie tourna à l'angle du sentier et disparut dans la jungle.

15.

> « Des pierres fendues par le feu frappent le soleil ;
> Le feu se déverse sur la mer à Puna ;
> Sur la mer étincelante à Ku-ki'i ;
> Les dieux de la nuit sont à la porte de l'est,
> Dans les bois-squelettes qui se profilent, menaçants.
> Que signifie tout cela ?
> La désolation. »
>
> Chant d'Hi'iaka à Pélé.

Il était cinq heures passées lorsque Byron Trumbo s'écroula à côté de Maya et s'accorda une demi-heure de sommeil, avant de se lever et de prendre sa douche. Il avait un petit déjeuner d'affaires avec le groupe de Sato à sept heures et demie.

La scène qui s'était déroulée dans la cabane sortait tout droit de l'un de ses fantasmes d'adolescent. Bicki l'accueillit nue sur le seuil et lui sauta dessus avant qu'il ait pu fermer la porte ou les persiennes. Le bain chaud glougloutait sur la véranda, du côté de la mer, et Trumbo y porta la minuscule rock-star, puis ôta ses vêtements pour l'y rejoindre. Elle l'attira dans l'eau avant qu'il ait pu ôter son slip.

Trumbo n'avait jamais douté de sa propre libido ou de son endurance, mais les quatre-vingt-dix minutes d'étreinte passionnée de Bicki, après cette journée épuisante et la rencontre avec Maya, faillirent l'envoyer au fond de la baignoire. Pour finir, il dut s'en extraire, s'habiller, raconter à Bicki que Caitlin essayait de gâcher ses négociations avec Sato — baratin inutile car la jeune fille ne s'intéressait pas à ses affaires — et tenter de la convaincre qu'elle devait repartir dans la matinée.

« Eh, je viens juste d'arriver », répliqua la gamine de dix-sept ans en faisant la moue. Elle posa une longue jambe noire sur un gigantesque oreiller. « Ça été une surprise, hein, T ?

— Oui, répondit Trumbo en boutonnant sa chemise hawaiienne. Ne m'appelle pas T.

— D'accord, T. Oh, faut pas que je t'appelle T. Pourquoi tu veux que je m'en aille ? »

Trumbo se tut. Bicki était de Selma, dans l'Alabama, et il s'amusait toujours de ses inflexions du Sud. Mais ce soir, cela l'agaçait tout autant que les satanées voyelles de la Nouvelle-Angleterre de Caitlin et le faux accent britannique de Maya. Et, dans son excitation, il avait oublié cette putain de langue percée et essayé de lui rouler un patin ; il avait presque sauté hors du bain chaud quand la sienne avait rencontré deux minuscules boules de métal. « Tu m'empêches de me concentrer, fillette. J'ai besoin de tous mes esprits pour cette négociation. »

Bicki fit aller et venir sa cuisse sur l'oreiller. « C'est pas ton esprit qui m'intéresse, T. »

C'est réciproque, pensa Trumbo. « Je sais, fillette, mais il s'agit d'une transaction difficile. »

Bicki fit courir son doigt du haut en bas de la cuisse du milliardaire. « Je m'y connais en choses difficiles. »

Trumbo lui prit la main, lui baisa les doigts, ramassa sa radio et son Browning 9mm et se dirigea vers la porte. « Je viendrai te faire une petite visite dans la matinée. Mais après, tu rentres à Antigua. » Heureusement, Bicki préférait dormir seule.

« On verra ça demain », dit-elle de sa voix traînante.

Trumbo s'arrêta une fois la porte fermée, secoua la tête et partit au petit trot sous le crachin, vers sa voiturette de golf ; il fit un bond et tira le Browning de sa ceinture lorsqu'une silhouette aussi noire que la nuit surgit de la jungle et parut flotter vers lui.

« Merde. » Il remit le Browning en place avec des doigts tremblants. « Faut pas me faire des peurs pareilles.

— Pardonnez-moi, monsieur Trumbo », dit Lamont Fredrickson. L'adjoint afro-américain du chef de la sécurité était habillé tout en noir. Trumbo ne se souvenait plus qu'une bonne heure avant, il lui avait ordonné de l'attendre à cet endroit. Il se retourna pour regarder les fenêtres dont les volets n'étaient pas fermés ; Bicki était bien visible, allongée sur le lit, dans une flaque de lumière jaune.

« Le spectacle vous a plu ? » demanda Trumbo.

L'homme de la sécurité était assez raisonnable pour ne pas répondre ni sourire.

« Des nouvelles de Dillon ? » demanda Byron Trumbo.

Frederickson toucha son casque et haussa les épaules. « M. Bryant n'en a pas parlé.

— Et Briggs ?

— Rien entendu sur lui. »

Trumbo soupira. « Bon, voilà ce que je veux. Puisque Dillon est hors circuit, vous prenez sa place.

— Oui, monsieur.

— Tout d'abord, il faudra empêcher Sato et ses gars d'être tués par ceux qui découpent mes clients et mes employés en morceaux.

— Oui, monsieur.

— Deuxièmement, il faudra garder Mme Richardson et cette jeune dame, et veiller à ce qu'elles restent loin l'une de l'autre et de mon ex. Compris ?

— Oui, monsieur.

— Troisièmement, bien planquer vos hommes. Je ne veux pas que Sato pense qu'il est dans un camp armé. Et ne dites pas : oui, monsieur.

— Oui, monsieur, je veux dire... » Fredrickson hocha la tête.

— Quatrièmement, il faut trouver les salauds qui font ça et y mettre fin. Vous m'avez bien compris ?

— Vous voulez dire, monsieur, travailler avec la police ? »

Trumbo imita le ton de l'homme. « Non, je ne veux pas dire, monsieur, travailler avec la police, je veux dire les supprimer. Les descendre. »

Fredrickson fronça les sourcils. « Oui, monsieur. Euh, monsieur Trumbo... n'y a-t-il pas un cinquièmement ? Je veux dire, la chose la plus importante à faire.

— De quoi parlez-vous ? » Trumbo s'était installé dans sa voiturette. Le siège était mouillé. Il mit le moteur en marche et jeta un coup d'œil sur la Grande Hale dont les lumières scintillaient de l'autre côté de la baie obscure, au-dessus des palmiers. Caitlin était probablement en train de faire l'amour avec cette sangsue de Myron Koestler.

« Je parle de vous, monsieur. Si M. Briggs a disparu, qui va veiller sur vous ? »

— Moi. » Byron Trumbo soupira. « Gardez simplement l'œil ouvert, et veillez à ce que vos hommes fassent de même. » Trumbo laissa l'homme de la sécurité sous la pluie et revint seul au bâtiment principal ; il traversa la jungle soigneusement conçue où les *hale* moins luxueuses se dressaient, sombres et silencieuses, sur leurs pilotis, il passa devant la petite piscine, puis devant la grande et le Bar de l'Épave, remonta l'allée sinueuse du Lanai des Baleines et pénétra dans le ventre de la Grande Hale.

Will Bryant l'attendait dans le hall.

« Comment va Dillon ? demanda Trumbo.

— De graves coupures, une clavicule cassée, des morsures sur l'avant-bras qui pénètrent jusqu'à l'os. Le Dr Scamahorn dit qu'il est commotionné.

— Des morsures ? » Trumbo s'arrêta une minute près de l'ascenseur. « Qu'est-ce qui l'a mordu ? »

Will Bryant secoua la tête. « Dillon ne peut pas parler et Scamahorn n'en sait rien. Quelque chose de gros.

— Quelque chose de gros, répéta Trumbo. Formidable. Où est Briggs ?

— On dirait qu'il a été emmené de force dans le tunnel. Nous y sommes allés avec deux hommes, M. Carter et moi, mais nous n'avons rien...

— Attendez une minute. Quel tunnel ? » Ils étaient dans l'ascenseur qui les emmenait au dernier étage.

« Celui qu'il y a derrière le mur, dans le bureau de l'astronome. Vous vous souvenez, vous avez dit à Briggs et à Dillon d'aller l'explorer ?

— Oui, mais je leur ai pas dit de se faire emmener de force ou mordre par je ne sais quoi. » Ils sortirent de l'ascenseur et parcoururent rapidement le couloir menant à la suite présidentielle. « Alors Dillon est hors course, Briggs a disparu dans ce fichu tunnel et nous regorgeons de témoins aussi bavards que des souches, maintenus sous sédatifs, à l'infirmerie.

— Oui. M. Hastings a rappelé, mais je lui ai dit que vous n'étiez pas disponible.

— Amen. » Trumbo salua Bobby Tanaka et tous ceux qui étaient dans la salle de séjour de sa suite, puis il entra dans la chambre pour enfiler un pantalon et un polo.

« M. Hastings dit que la coulée de lave se déplace latéralement. Il est très inquiet au sujet des gaz...

— Le seul gaz qui m'ennuie, c'est celui qu'émet Hastings. Avez-vous préparé le contrat modifié ?

— Bobby et moi, nous venons de le terminer.

— Bien. Nous nous réunissons à sept heures avec Hiroshe et cette ordure d'Inazo Ono.

— Il est dur en affaires », fit remarquer Will.

Byron Trumbo sourit de toutes ses dents.

À six heures et demie, Trumbo sortit de la douche, dans le bungalow samoan de Maya. Le mannequin, enfoui sous les draps, le regarda. « C'est une blague ou quoi ?

— Je ne plaisante jamais. C'est un jour très important pour moi.

— Pourquoi ? Que va-t-il se passer aujourd'hui ?

— Eh bien, pour commencer, tu retournes à ton agence de Chicago.

— Mon prochain job est à Toronto.

— D'accord, tu files à Toronto.

— Je ne crois pas.

— Je crois que si. »

Maya se leva sans le moindre geste de pudeur et se dirigea nue vers les portes-fenêtres ouvertes qui donnaient sur la véranda. Le soleil baigna sa peau lisse d'une lumière dorée. « Je te le demande pour la deuxième fois. Que va-t-il se passer aujourd'hui ? »

Trumbo l'embrassa dans le cou. « Plein de choses. » Il passa devant elle pour gagner la porte.

Il ne savait pas à quel point il disait vrai.

17 juin 1866, sur la côte de Kona.

Je n'ai pas crié lorsque la main s'est refermée sur ma cheville. M. Clemens avait sorti son revolver. Je l'entendis jurer à voix basse et s'avancer vers moi, dans l'obscurité. « Non. Restez où vous êtes. » Je me penchai dans l'herbe mouillée, je détachai doucement la main de ma cheville et fis courir mes doigts le long d'un bras jusqu'à une épaule. « Révérend Haymark, murmurai-je, avez-vous de la lumière ? »

Nous n'avions pas emporté de bougies, mais j'entendis un bruit et vis crachoter une flamme lorsqu'il gratta une allumette et se précipita vers moi. L'indigène couché à mes pieds saignait d'une blessure à la tête et ses paupières palpitaient de douleur. C'était un adolescent... un petit garçon, même. Totalement nu.

« Il faut le ramener à notre hutte », dis-je à voix basse. Les torches de la procession fantomatique étaient à plusieurs centaines de mètres, mais nous ne savions pas si certains n'étaient pas restés derrière. « Comment sont les autres ?

— Morts, je le crains », répondit M. Clemens. Le journaliste était allé de corps en corps, à la pâle lueur de la seconde allumette du révérend Haymark, pour tâter chaque cadavre blême avec un sang-froid qui démentait le rejet de son passé militaire. L'ecclésiastique et lui revinrent s'accroupir à côté du petit garçon. « Il a été frappé par une pierre ou une arme contondante, dit M. Clemens en palpant le crâne de l'enfant qui gémit. Vous avez raison. Il faut le ramener à la hutte où nous pourrons inspecter sa blessure à la lumière d'une bougie. » Puis, s'adressant au révérend Haymark : « Vous pouvez le porter tout seul ? »

Le pasteur corpulent me tendit les quelques allumettes qui lui restaient et j'en grattai une, à temps pour le voir soulever aisément l'enfant. Je regardai M. Clemens. « Vous ne revenez pas avec nous ? »

Les yeux du journaliste brillaient. Il montra d'un signe de tête la mystérieuse lueur. « Je vais voir ça et je vous rejoins après.

— Peut-être devrais-je...

— Non », m'interrompit M. Clemens. Il me tourna le dos et disparut dans l'obscurité.

Lorsque nous revînmes à la hutte délabrée, les chevaux étaient nerveux mais ne s'étaient pas échappés. Il n'y avait ni lit ni table, pas même une paillasse, mais le révérend Haymark déposa doucement le petit garçon dans le coin le plus sec pendant que j'allumais deux bougies et cherchais du linge propre dans ma sacoche. Je nettoyai la plaie de mon mieux en me servant d'eau de pluie, étanchai le saignement et pansai la tête de l'enfant avec une bande arrachée à l'un de mes jupons. En levant les yeux, je vis que le révérend Haymark ôtait sa veste.

« Qu'y a-t-il, monsieur ?

— *Si sa nudité vous choque...* », dit l'ecclésiastique rougissant en me tendant sa veste comme une offrande.

Je la refusai d'un geste. « Sottises. C'est un enfant de Dieu. L'innocence ne peut choquer personne. »

Tout en remettant sa veste, le révérend regardait dehors. La pluie s'était arrêtée, mais le vent fouettait toujours les palmiers. « Je ne suis pas certain que ces événements comportent beaucoup d'innocence. »

Le petit garçon revint enfin à lui. D'abord, il gémit et parla dans sa langue, mais quand ses yeux purent se fixer sur nous, il réussit à communiquer dans un anglais passable. Il s'appelait Halemanu et avait été baptisé dans l'Ora loa ia Jesu, « la vie éternelle en Jésus », par le révérend Titus Coan de la Mission de Kona à l'âge de six ans... c'est-à-dire sept ans plus tôt, d'après le récit un peu confus que je pus arracher à l'enfant. Halemanu habitait Ainepo, village situé au nord, dans la baie de Kealakekua où le capitaine Cook avait été assassiné.

Lorsque nous apportâmes de l'eau et une mangue au petit garçon, il s'assit, le dos nu appuyé contre le mur de chaume, et bavarda dans son pidgin. Ses yeux brillaient, peut-être à cause du coup sur la tête, ou de l'extrême frayeur à laquelle il avait survécu.

Halemanu s'était mis en route vers le sud avec son oncle et plusieurs guerriers de son village parce que leur kahuna, leur homme-médecine, les avait avertis qu'un grand mal s'était réveillé sur la côte de Kona, près de Honaunau, la Cité du Refuge. C'était la première expédition de Halemanu avec les hommes.

Hier, ils étaient arrivés au village sans nom où le révérend Whister avait construit son église. L'édifice était vide. Le village désert. L'oncle de Halemanu reconnut à certains signes que des êtres mauvais avaient été lâchés à travers la région. La troupe avait poursuivi sa route vers le sud, dans l'idée de rendre visite à un hameau du Kau où habitaient les Pele kahuna, les femmes qui apaisaient la déesse et savaient que des démons pouvaient être lâchés sur la terre. La nuit était tombée et l'orage avait surpris les cinq hommes et le petit garçon loin de tout abri, mais plutôt que de rester dans un endroit aussi néfaste, l'oncle de Halemanu et les autres avaient décidé de poursuivre jusqu'à Kau.

Les Marcheurs de la Nuit les avaient rejoints là, à deux kilomètres du village des Pele kahuna, près de l'ancien heiau.

« Sottises que tout cela, mon garçon, dit le révérend Haymark. Tu es chrétien. Tu ne crois sûrement plus à des superstitions aussi enfantines. »

Halemanu regarda l'ecclésiastique comme s'il avait bredouillé des *syllabes sans signification. « Il y avait deux* Ka huakia'i o ka Po, *poursuivit-il. Deux groupes de Marcheurs de la Nuit. On essaie de se cacher, mais ils arrivent sur nous avant qu'on puisse fuir dans l'a'a. D'abord viennent les* aumakua, *les vieux* ali'i, *les chefs et les guerriers morts il y a très longtemps. Ils sont guidés par un* alo kapu, *un chef mort, son visage est tellement sacré que personne — ni homme, ni animal, ni oiseau — peut passer devant lui sans être tué. On entend les* aumakua *crier* Kapu o moe ! *pour avertir les parents vivants, mais on peut pas s'enfuir. Mon oncle, il nous dit d'ôter tous nos vêtements, de nous coucher sur le dos et de fermer les yeux. Les* aumakua *arrivent, j'entends la flûte, j'entends le tambour, j'entends les* manele, *les litières qui portent les chefs pas* alo kapu *ni* akua kapu... *ces chefs nous tuent pas, pour avoir marché devant ou marché derrière. J'entends les fantômes crier :* C'est honteux ! *parce qu'on est nus. On a tous les yeux fermés, mais j'entends les chefs morts dire :* Ils nous font honte d'être couchés nus. Ne les touchez pas ! *Les Marcheurs de la Nuit, ils défilent. Puis vient un autre* Ka huakia'i o ka Po. *Cette fois, il y a pas de musique et aucun* aumakua *qui crie* Kapu o moe ! *J'ouvre les yeux juste assez pour voir les torches — des torches plus brillantes que les autres, des torches rouges et portées cinq devant, cinq au milieu, et cinq derrière parce que cinq est un nombre parfait —, les* ku a lima. *Je sais, même avant que mon oncle nous chuchote de rester dans l'herbe, que ce* Ka huakia'i o ka Po *est une Marche des dieux. Les dieux marchent par six, trois dieux et trois déesses — et mon oncle, il chuchote que la* Hi'iaka-i-ka-poli-o-Pele, *la plus jeune sœur de Pélé, est au premier rang. Puis l'oncle nous dit de fermer les yeux et de rester couchés comme si on était morts. »*

Halemanu s'arrêta pour boire de l'eau et je regardai le révérend Haymark à la faible lumière de la bougie. Le ministre du culte fronçait les sourcils et secouait la tête comme pour me dire que nous ne devions rien croire de l'histoire du garçon blessé. Je jetai un coup d'œil par la porte ouverte. L'eau dégouttait de la véranda affaissée de notre cabane, mais la pluie avait cessé. Il n'y avait toujours aucun signe de M. Clemens.

« Quand les dieux défilent, il y a pas de musique, répéta Halemanu, seulement l'éclair qui est leur torche et le tonnerre qui est le chant de leurs noms et de leurs hauts faits.

« Ils passent sur le même chemin que les chefs morts, mais les dieux crient pas : C'est honteux ! —, *ils crient :* Tuez-les ! *Et les guerriers fantômes qui marchent avec les dieux pour les protéger sortent*

du rang et s'approchent de chaque homme de notre groupe, et un dieu crie : Frappe ! et l'homme bondit pour s'enfuir, mais le guerrier fantôme le tue avec son gourdin fantôme. Il n'y a plus de vivants que mon oncle et moi, et mon oncle, il chuchote : " Halemanu, ne cours pas quand ils crient, frappe. " Alors le dieu crie : Frappe ! quand le garde s'approche de mon oncle, et mon oncle ne court pas, mais le guerrier fantôme prend le gourdin et le tape tout de même sur la tête. Puis le guerrier fantôme s'approche de moi et le dieu crie : Frappe ! et...

— Comment savais-tu que c'étaient des fantômes et des dieux ? » interrompit le révérend Haymark.

Halemanu cligna des yeux. « Les dieux très grands, dit le petit garçon. Leurs têtes touchent presque les feuilles des cocotiers. Les fantômes beaucoup plus petits, mais grands aussi... peut-être deux mètres. Et leurs pieds touchent pas le sol. »

Le révérend Haymark poussa un grognement.

« Continue, Halemanu, dis-je en essuyant toujours, avec un tissu mouillé, le sang qui coulait de son front. Que s'est-il passé lorsque le dieu a crié Frappe ?

— Le guerrier fantôme a levé son gourdin pour me frapper. Même si l'oncle est mort quand il a pas couru, je fais ce qu'il me dit et je cours pas. Alors une déesse crie : Non ! Il est à moi ! Et le garde part avec les dieux. J'essaie de réveiller l'oncle, mais je vois que la pluie tombe dans ses yeux et qu'ils clignent pas. Tous les autres sont morts aussi. Je me rappelle rien jusqu'à ce que je voie l'éclair et la déesse nani wahine au-dessus de moi, dans son nui muumuu. Je touche votre jambe pour vous remercier. Mais vous n'êtes pas la déesse qui m'a sauvé, n'est-ce pas ?

— Non, Halemanu, je ne suis pas une déesse. Et il faut que tu te reposes. »

Les doigts du petit garçon s'accrochent à ma manche. « Non, faut pas rester ici ! Les dieux et les chefs morts sont ici parce que Pana-ewa et les mokos montent du Milu. La sœur de Pélé, Hi'iaka, et les autres dieux et kahuna sont ici pour édifier le nouveau heiau et combattre Pana-ewa. Il va y avoir une terrible bataille. Pana-ewa a beaucoup de corps. Il mange l'âme des wahine. Si vous restez ici, vous mourrez tous avant que le soleil se lève. »

À cet instant, il y eut un grand craquement derrière nous ; nous nous retournâmes, le révérend Haymark et moi, pour voir une forme franchir la porte d'un bond et s'écraser sur le sol en renversant l'une *des bougies qui s'éteignit dans sa chute. C'était M. Clemens, les cheveux ébouriffés encore plus que d'habitude, les yeux écarquillés, les vêtements couverts de boue.*

« Mademoiselle Stewart ! dit-il d'une voix vraiment tremblante. Mademoiselle Stewart ! répéta-t-il.

— Êtes-vous blessé, monsieur ? » demandai-je en m'agenouillant près de lui comme je l'étais quelques minutes auparavant auprès de l'enfant.

« Non, je ne suis pas blessé, mademoiselle. Mais j'ai vu... » Il s'interrompit avec un étrange éclat de rire.

— Qu'avez-vous vu, monsieur Clemens ? »

Alors, il m'attrapa par les épaules et m'étreignit. Je confesse que j'éprouvai un mouvement d'inquiétude ainsi qu'une étrange allégresse à ce contact inattendu.

« J'ai vu des choses prodigieuses, mademoiselle Stewart ! Des choses prodigieuses ! »

En dépit de la soirée précédente et de la bouteille de Sheep Dip qu'elles avaient vidée, Eleanor se réveilla à sept heures et demie avec un très léger mal de tête. Le scotch ne lui donnait presque jamais la gueule de bois.

Au lieu d'aller prendre le petit déjeuner au *lanai* ou au bar de la plage, elle brancha la petite cafetière du bungalow pendant qu'elle s'habillait pour faire son jogging. Elle pensa que c'était une attention délicate de mettre ainsi, dans chaque *hale,* des paquets de café de Kona et un moulin. Elle en but une tasse debout sur le petit porche. Les oiseaux poussaient des cris stridents et voletaient entre les palmiers, les paons se pavanaient dans le sentier ; elle entendit les vagues déferler, à l'ouest, derrière le mince écran de feuillage ; à l'est, le ciel était bleu sur le champ d'*a'a* qui commençait à quelques mètres de sa *hale*. Elle vit un peu de brume au sud, mais la crête du Mauna Loa se découpait distinctement sur l'horizon.

Eleanor laissa le restant de café au chaud, pour que cela la pousse à revenir plus vite, puis elle quitta le bungalow et s'engagea sur le chemin, à petites foulées ; elle passa devant les lagons artificiels, la petite piscine et le quatorzième trou du golf afin de gagner le champ de pétroglyphes. Au bout de cinq cents mètres, elle laissa derrière elle l'oasis plantée et serpenta entre les grands amas d'*a'a :*

elle apercevait parfois, au passage, les figures peintes et les trous des *piko*. Pour finir, le sentier dallé se rapprocha des falaises et les grands jets d'écume, qui s'élevaient à dix mètres au-dessus d'elles, vinrent caresser et rafraîchir son visage ; des arcs-en-ciel dansaient tout autour d'elle. Encore cinq cents mètres et le chemin se terminait par un panneau qui avertissait les joggeurs qu'ils avaient atteint les limites du Mauna Pélé et que poursuivre dans les champs de lave pouvait s'avérer dangereux. Eleanor s'arrêta à l'endroit où l'asphalte prenait fin, remarqua qu'une piste accidentée, couverte de cendres volcaniques, s'éloignait en serpentant en direction de la mer, et elle continua à courir lentement entre les rochers dont la surface était couverte d'aspérités.

Dix minutes plus tard, le sentier aboutit à la péninsule qui surplombait le Mauna Pélé. Là, les falaises faisaient au moins douze mètres de haut, et en l'absence de baie ou de lagon où serait venue se briser la force du vent et de la marée, l'océan Pacifique se jetait contre elles avec furie. Eleanor se mit à courir sur place pour admirer le spectacle.

De là, le Mauna Pélé n'était plus qu'un bouquet verdoyant de palmiers et de feuillage brillant qui s'étendait depuis la baie au dessin parfait jusqu'à la Grande Hale adossée aux contreforts du Mauna Loa et surplombée, au loin, par le Mauna Kea dont le sommet blanc scintillait. Les lointaines collines et les crêtes des montagnes montraient une combinaison de roches anguleuses et d'épais arbustes brunâtres — pas du tout l'image qu'un touriste se fait d'Hawaii. Eleanor trouva cela d'une beauté stupéfiante.

Au sud, des falaises de plus en plus déchiquetées s'infléchissaient vers l'est. La grande crête du Mauna Loa obstruait le ciel et Eleanor voyait distinctement les panaches de vapeur mêlée de cendres s'élever au-dessus des coulées de lave. Une autre colonne de fumée retint son attention — plus substantielle, que le premier, elle montait de la côte comme un strato-cumulus jusqu'à une altitude de douze à quinze mille mètres. Eleanor comprit qu'il s'agissait d'un ou de plusieurs nuages de vapeur d'eau qui s'étaient formés à l'endroit où la lave se jetait dans l'océan, à moins de quinze kilomètres de là. Penser aux énergies sauvages de la création qui se déchaînaient en ce lieu lui donna la chair de poule.

Elle continua son jogging sur le chemin côtier tout en réfléchissant.

Elle s'étonnait, maintenant, d'avoir prêté le texte de tante Kidder. Tout en reconnaissant l'amitié qui la liait à cette étrange femme de l'Illinois —, cela ne lui ressemblait absolument pas de laisser quelqu'un lire ce journal intime. Depuis que tante Beanie le lui avait confié, trente ans auparavant, Eleanor ne l'avait montré à personne. Elle se demandait ce qui l'y avait poussée.

J'ai peut-être besoin d'une alliée. Eleanor grogna et essuya la sueur qui lui coulait dans les yeux.

L'allié évident, face aux événements, quels qu'ils soient, qui l'attendaient peut-être, c'était pourtant Paul Kukali : un Hawaiien au courant des mythes et de l'histoire des îles, qui connaissait bien les gens et les groupes avec lesquels elle devrait prendre contact tôt ou tard... en plus, il était beau, charmant et sexy, à sa manière calme et tranquille.

Eleanor grogna de nouveau et secoua ses mains pour les réchauffer. Elle avait connu beaucoup d'hommes comme Paul Kukali, qui tous s'étaient avérés intéressants et charmants, mais aucun n'avait apparemment compris pourquoi son charme n'agissait pas sur cette enseignante solitaire, et maintenant d'âge mûr, appelée Eleanor Perry. Cependant elle avait besoin des contacts de Paul et était fortement tentée d'utiliser cet homme.

Je dis une sottise, pensa Eleanor, *si nous arrivons à résoudre cet ancien mystère, il en tirera plus de bénéfice que moi.*

Le sentier inégal, de plus en plus étroit, n'était plus qu'une série de fausses pistes qui s'engageaient entre les rochers. Eleanor décida qu'il était temps de faire demi-tour. Elle s'était arrêtée pour reprendre son souffle, penchée en avant, les mains sur les genoux, lorsqu'elle entendit le bruit.

Il était étrange, aussi violent que celui des déferlantes, mais pas synchronisé avec le fracas des vagues sur les rochers. Celui-ci survenait en premier, puis dix ou quinze secondes plus tard, éclatait le deuxième, qui ressemblait à une gigantesque expiration. Eleanor se glissa entre les amas d'*a'a,* vers la source du bruit.

Laquelle n'était qu'à une trentaine de mètres environ du bord de la falaise. Eleanor aperçut d'abord le jet de gouttelettes qui lui rappela le souffle d'une baleine. Elle traversa une grande dalle de pierre mouillée et vint s'accroupir près du trou. La séquence était toujours la même : d'abord le bruit assourdissant des vagues, puis un gémissement, semblable au cri d'âmes torturées ou à une centaine de non-musiciens soufflant dans des flûtes et des hautbois, et enfin le jet de gouttelettes si fines qu'elles semblaient presque vaporisées. Il sortait du trou comme s'il était soumis à une forte pression et Eleanor recula en prenant brusquement conscience que, si elle était prise dans cette explosion de vapeur, son corps serait projeté dans les airs à plusieurs dizaines de mètres. Mais lorsqu'elle eut minuté le phénomène et découvert qu'il s'écoulait au moins une minute entre chaque explosion, elle s'accroupit de nouveau près du trou et regarda dedans.

C'était un conduit de lave relié à la mer. Eleanor entendit rugir l'eau lorsque les vagues se précipitèrent dans l'étroit passage, dix mètres plus bas. Le boyau canalisait le ressac et le faisait remonter jusqu'au trou à côté duquel elle se tenait à croupetons. Eleanor allait partir lorsqu'elle entendit autre chose.

Des voix. Des voix résonnaient dans le conduit de lave.

Eleanor recula lorsque la vapeur surgit. Dès que le geyser se fut arrêté, elle revint se pencher au-dessus de l'orifice.

Des voix lui parvenaient, aussi rythmées qu'un chant. Supputant que le jaillissement de l'eau se produisait toujours à intervalles réguliers, Eleanor introduisit la tête et les épaules dans la fissure d'un mètre de diamètre environ et vit que celle-ci débouchait, quatre ou cinq mètres plus bas, sur une sorte de rampe qui constituait le plafond d'une grotte. Le conduit qui y donnait accès paraissait plus étroit et plus profond en direction de la mer tandis qu'il s'élargissait au contraire et devenait peu à peu horizontal en s'éloignant vers l'intérieur, sous le champ de lave.

Obstruant le trou comme elle le faisait, Eleanor n'aurait pas pu voir tout cela dans l'obscurité. Mais il n'y faisait pas totalement noir. La lueur de plusieurs torches et une étrange lumière verte éclairaient le plafond. Elle entendit l'explosion des vagues dans le conduit de lave et s'imagina l'eau, soumise à la forte pression du boyau, se précipitant vers elle. Elle s'était trop attardée. Ses doigts glissaient sur la roche mouillée, mais elle réussit à sortir la tête et les épaules avant que le geyser ne s'abatte sur elle comme un énorme marteau de forgeron.

Elle venait à peine de libérer ses épaules lorsque des mains appuyèrent lourdement sur son dos.

« C'est une blague, ou quoi ? » Byron Trumbo se préparait à putter quand Will Bryant lui apporta la nouvelle que le meurtrier s'était échappé.

« Je ne blague jamais. »

Trumbo se renfrogna, putta, rata, putta de nouveau, rata et finit par réussir, tout en restant en retard de deux coups. Hiroshe Sato ne put se retenir de sourire. L'Américain quitta le green en tirant Will par le coude.

La séance du matin s'était bien passée. Le groupe Sato avait engagé les négociations trois semaines auparavant avec une offre de cent quatre-vingt-trois millions de dollars. Trumbo avait affirmé qu'il ne pouvait pas se défaire du Mauna Pélé et des terrains avoisinants à moins de cinq cents millions. La discussion tournait maintenant autour de deux cent quatre-vingt-cinq millions. Quand elle atteindrait trois cents millions, Trumbo céderait. Il utiliserait ce capital pour combler les pertes consternantes d'Atlantic City et de Las Vegas, puis abandonnerait ses casinos et ses hôtels et reviendrait à l'essentiel, les actions et l'immobilier.

Tandis qu'il puttait le quatrième trou du parcours, Will Bryant lui chuchota à l'oreille : « Le shérif est là.

— Merde », murmura Trumbo après avoir dit aux hommes de Sato de poursuivre jusqu'au prochain tee. Il rejoignit Ventura sous les palmiers. Le shérif de Kona était si bronzé qu'on l'aurait pris pour un Hawaiien, mais Trumbo savait qu'il était né dans l'Iowa.

« Charlie, vous avez l'air en pleine forme », dit-il en lui serrant la main. Pendant la construction du Mauna Pélé, le milliardaire s'était donné pour tâche de fréquenter tous les politiciens et les représentants de la loi du secteur.

« Monsieur Trumbo », répondit le shérif en récupérant son énorme main. Ventura mesurait un mètre quatre-vingts et n'avait jamais accordé beaucoup de crédit au milliardaire.

« Will me dit que nous avez des nouvelles de Jimmy machin-truc... le tueur.

— Kahekili. » La voix du shérif était froide. « Et vous savez aussi bien que moi que les accusations lancées contre lui étaient ridicules. S'il a un coup dans le nez, Jimmy Kahekili pourrait démolir un type dans une bagarre de bistrot, mais ce n'est pas un tueur en série. »

Trumbo leva un sourcil. « C'est vous qui le dites. Mais Will prétend que vous êtes venu ici pour m'avertir de quelque chose à son sujet. »

Charlie Ventura acquiesça d'un signe de tête. « Le procureur d'Hilo m'a appelé. On a relâché Jimmy hier soir. Le juge a fait baisser la caution de cinquante mille à mille dollars, à cause du manque de preuves, et la famille de Jimmy a payé. »

Trumbo attendit en silence.

« Ce matin, son compagnon de cellule a révélé que Jimmy était très remonté contre vous. Il est convaincu que vous êtes responsable de ses ennuis et il a dit qu'une fois sorti, il allait vous régler votre compte. »

Trumbo soupira. « Vous ne pouvez rien faire ?

— La police de l'État a ordonné que Jimmy soit interrogé au sujet de ces menaces, mais jusqu'ici, on n'a pas pu le trouver.

— Il vit dans le coin, n'est-ce pas ?

— Ouais. À Hoopuloa. J'ai été voir sa mère et ses deux frères, ce matin. Ils soutiennent qu'ils ne l'ont pas vu et j'ai laissé un message pour lui ; j'ai dit que s'il se montrait au Mauna Pélé ou réitérait ses menaces, je m'occuperais personnellement de lui. »

Trumbo ne dit rien. Il se souvenait que Kahekili était un homme grand et fort... plus encore que le shérif... un géant. Il avait un jour découpé un bar du Sud-Kona en rondelles avec deux haches, une dans chaque main.

« N'importe comment, reprit le shérif, je sais que vous disposez de nombreuses forces de sécurité, monsieur Trumbo. Alors, il suffit de les avertir. Jimmy a le sang chaud et il connaît bien la région.

— Oui, répondit Trumbo en pensant à son garde du corps disparu, à son chef de la sécurité dans le coma et à l'andouille qui était maintenant aux commandes. Merci, shérif.

— Autre chose, dit Ventura. Est-ce que la police de l'État est venue enquêter au sujet du chien et de la main ? »

Trumbo cligna des yeux. *Bon Dieu, qu'est-ce qui l'a mis au courant de ça ?*

Ventura prit le silence du milliardaire pour une réponse négative. « Ils devraient passer aujourd'hui pour interroger les témoins et faire un rapport.

— Bien. » Trumbo se dit : *C'est ce salaud de Kukali. Je vais le foutre à la porte.*

« Si j'ai des nouvelles de Jimmy, je vous appelle, dit Ventura.

— D'accord. » Trumbo s'en retourna vers le tee. Will Bryant courut à sa rencontre. Trumbo l'arrêta à deux mètres de distance, d'un gros doigt braqué sur lui comme un canon de pistolet. « Si c'est des mauvaises nouvelles, je suis capable de vous tuer. »

Son adjoint déglutit et dit : « Trois choses, patron. Premièrement, M. Carter a reparlé à Hastings et a pris sur lui d'avertir les clients que les coulées de lave pourraient nous causer des ennuis. " Possibilités d'intoxication respiratoire ", comme il a dit.

— Quel petit con », chuchota Trumbo. Il allait virer le gérant en même temps que le conservateur. « Comment ont-ils réagi ?

— Ce matin, nous avions soixante-treize clients payants. Quarante-deux ont réglé leur note. »

Trumbo sourit. Le sol semblait glisser sous ses chaussures de golf — on aurait dit une planche reposant sur un champ de billes. Le milliardaire pensa sérieusement qu'il allait sombrer dans la folie. « Will, apprenez-moi la pire des trois choses. »

Bryant ne répondit pas.

Trumbo continuait à sourire. « Parlez.

— Deuxièmement, Dillon a disparu.

— Disparu ? Qu'est-ce que ça veut dire ? Ce matin, il était sous sédatifs, à l'infirmerie.

— Oui. Peu après huit heures, il a assommé le Dr Scamahorn avec un bassin et s'est enfui. L'infirmière dit qu'il était en chemise d'hôpital. »

Trumbo regarda l'*a'a* comme s'il pouvait voir le petit chef poilu de la sécurité courir de rocher en rocher le cul à l'air. « Bon. Faut pas en faire tout un plat. Dites à Fredrickson de chercher son patron en même temps que Jimmy machin-chose et sa hache. Quelle est la troisième chose ? »

Will Bryant hésita.

« Allez-y, ordonna sèchement Trumbo. Sato m'attend. Qu'est-ce que c'est ?

— Tsuneo Takahashi.

— Oui, répondit Trumbo en se frottant l'œil. Hiroshe a dit que Sunny ne s'était pas levé parce qu'il avait fait la fête avec des filles. Il dormait encore pendant que nous prenions le petit déjeuner et il a raté le tee-off. Sato est furieux contre lui. Et alors ?

— Il a disparu. Sunny disposait d'une chambre particulière au quatrième étage de la Grande Hale... Les autres ont l'habitude qu'il fasse la fête et préfèrent le tenir à l'écart des transactions... mais Fredrickson a enquêté et dit qu'on a arraché les portes de son *lanai* peu avant l'aube. La suite est sens dessus dessous. On dirait que tous les vêtements de Sunny sont encore là... il ne manque que lui. »

Trumbo leva à deux mains son putter en graphite puis le tordit sans réfléchir. « Pas d'affolement, chuchota-t-il.

— Pardon, monsieur ? » Will se pencha vers lui.

« Pas d'affolement », murmura Trumbo encore plus bas qu'avant. Il tordait toujours le putter à cinq cents dollars lorsqu'il s'en retourna vers le tee pour faire le cinquième trou. « Pas d'affolement. Pas d'affolement. »

16.

« *E Pele, eia ka 'ohelo 'au ;*
e taumaha aku wau 'ia 'oe,
e 'ai ho'i au tetahi.
Ô Pélé, voici tes baies d'*ohelo ;*
Je t'en offre,
Et j'en mange aussi. »

Chant traditionnel à Pélé.

Mme Cordie Stumpf, née Cordie Cooke, d'Elm Haven, dans l'Illinois, se réveilla avant l'aube, sans gueule de bois mais avec la douleur chronique qu'elle s'efforçait d'ignorer depuis deux mois. Elle sortit se promener lorsque le jour se leva et que les oiseaux commencèrent leur tapage. Elle ne faisait pas de jogging. Courir sans y être obligée lui paraissait absurde.

Cordie attendit que le *lanai* ouvre et prit un copieux petit déjeuner : crêpes au sirop d'érable, œufs brouillés avec du chorizo, pain complet, trois verres de jus d'orange et plusieurs tasses de café. Le journal intime relié de cuir que Nell lui avait confié la veille était dans son sac, mais Cordie ne voulut pas le sortir pendant qu'elle mangeait. Elle ne l'avait pas ouvert avant d'aller se coucher. Cordie ne lisait pas beaucoup, mais ce texte-là, elle avait décidé de le lire intégralement.

Après le petit déjeuner, elle se promena dans la galerie mar chande de la Grande Hale. La plupart des petites boutiques de luxe étaient fermées, ainsi que le salon de coiffure et le centre de massage. Cordie se dit que les gens du coin avaient peut-être décidé de ne pas venir travailler.

Elle se dirigeait vers la plage lorsque Stephen Ridell Carter l'aborda. « Madame Stumpf, commença-t-il en jetant un coup d'œil inquiet à une liste de noms, je craignais de vous rater.

— Moi aussi. Je n'aime pas qu'on me rate. »

Le gérant parut un peu déconcerté par sa réplique, mais lui débita tout de même un petit baratin qu'il avait visiblement répété de nombreuses fois ce matin. Les éruptions volcaniques avaient, semblait-il, expédié de la lave à une vingtaine de kilomètres du Mauna Pélé. M. Carter était sûr qu'il n'y avait pas de danger immédiat, mais sur les conseils d'un des plus grands volcanologues du monde, le Mauna Pélé suggérait à ses clients de rentrer chez eux ou de s'installer dans un autre bon hôtel avec l'assurance d'être remboursés de leurs frais.

« Je n'ai rien payé, lui rappela Cordie. J'ai gagné le concours " En vacances avec les millionnaires ".

— Je sais. Mais vous pourrez revenir passer chez nous les jours qui vous sont encore dus quand ce... risque mineur... sera passé.

— Vous me rembourserez le billet d'avion ? On me ramènera ici gratuitement ? »

Le gérant n'hésita qu'une seconde. « Bien sûr. »

Cordie sourit en montrant ses petites dents. « Eh bien, merci, mais non, monsieur C. Je suis ici et j'y reste.

— Mais si je peux me...

— Non merci, dit-elle en lui tapotant le bras. Il faut que j'aille sur la plage. J'ai un gros truc à lire. »

Mais Cordie n'alla pas vraiment sur la plage. Sa peau était encore rouge du coup de soleil de la veille et elle ne voulait pas exposer le journal aux embruns. Elle se trouva une chaise longue sur une zone herbue, à une vingtaine de mètres du Bar de l'Épave, et s'installa à l'ombre des palmiers, mais à portée des rafraîchissements. Elle s'allongea sur les coussins, s'assura que son sarong protégeait ses cuisses des coups de soleil, et ouvrit le journal. Elle lisait lentement, mais à la fin de la matinée, elle était arrivée au récit des événements qui avaient eu lieu, cent trente ans auparavant, sur la côte du Sud-Kona.

18 juin 1866, dans un village sans nom sur la côte de Kona.

La nuit et le jour écoulés depuis la dernière fois que j'ai écrit ressemblent à des vues à demi oubliées d'un monde avec lequel je n'ai depuis longtemps plus rien à faire. En vérité, je crois que j'ai échangé mon séjour dans un monde d'une beauté sublime pour une place en Enfer. Mais même une excursion en ce terrible lieu exige de l'honnête voyageur qu'il raconte son histoire, et ainsi ferai-je.

Depuis la nuit dernière, le temple païen, la pluie, le sauvetage de Halemanu, le retour de M. Clemens avec des yeux d'halluciné... on dirait qu'il s'est écoulé une éternité. Mais j'en étais là la dernière fois que j'ai posé la plume sur le papier, et c'est là que je dois reprendre.

« Des choses prodigieuses ! » s'était exclamé M. Clemens, et — ignorant les supplications du petit indigène qui nous disait de quitter aussitôt cet endroit — nous pressâmes le journaliste de nous raconter ce qui s'était passé pendant cette demi-heure.

« Une demi-heure ! » dit M. Clemens en tirant sa montre de la poche de son gilet. En constatant qu'il ne nous avait quittés que depuis une trentaine de minutes, il se mit à rire d'une façon extravagante. Le révérend Haymark empoigna le journaliste dément par le bras et lui tendit une flasque en argent.

« Du whisky ? demanda M. Clemens en cessant de rire assez longtemps pour porter le flacon à ses narines.

— A usage médicinal », répondit l'ecclésiastique. Notre révérend nous avait surpris plus d'une fois ces derniers temps.

M. Clemens but longuement et essuya ses moustaches d'une main tremblante. « Il faut me pardonner, dit-il, sans regarder aucun de nous dans les yeux. Vous comprendrez lorsque je... lorsque je vous aurai dit les choses prodigieuses que j'ai vues. »

Nous gardâmes le silence pendant que le jeune journaliste rouquin nous parlait avec ces accents étrangement lyriques, typiques du Missouri.

« Bien que je visse distinctement les torches sur la plage, il me fallut un certain temps pour descendre la paroi de la falaise sans qu'on me voie. C'est là que mes années d'enfance s'avérèrent très utiles. Agir secrètement, à la dérobée, c'est le quotidien des petits garçons. Bientôt, j'atteignis le pied de la colline et cherchai une bonne place d'où je pourrais les épier sans l'être moi-même. Un rocher en forme d'S, là où les arbres s'arrêtaient et où commençait le sable, servit admirablement mon dessein. J'établis ainsi mes pénates à cinquante mètre à peine de l'endroit où brûlaient les torches et où gambadaient les silhouettes fantomatiques. Maintenant que je m'en suis tiré indemne, je reconnais que j'étais... eh bien, effrayé est peut-être un mot trop fort pour décrire l'émotion qui palpitait dans mon sein...

mais j'avoue avoir eu la bouche un peu sèche et une certaine envie urgente de...

« Ce que je vis alors suffirait à faire de moi un méthodiste. D'abord, il y avait les marcheurs — ceux qui avaient défilé en chantant et en jouant de la musique non loin de notre hutte —, puis une autre bande, composée, semblait-il, de géants d'au moins deux mètres dont la peau brillait de la même lumière nacrée que leurs étranges torches... et encore d'autres qui arrivèrent pendant que j'étais tapi derrière mon rocher. À cette heure, j'aurais vendu mon âme pour la plus minable lunette dont je me sois jamais servi dans mon poste de pilotage... vendu mon âme, et été bien content de l'avoir fait.

« Il devait y avoir une centaine au moins de Marcheurs. Ceux à forme humaine l'espèce la plus grande étaient présents sous l'apparence de mâles et de femelles ; ils ne portaient pour ainsi dire pas de vêtements et la lumière des torches ainsi que mon esprit déconcerté étaient pourtant assez clairs pour que je puisse identifier les sexes. Certains devaient appartenir à la famille royale, car ils se tenaient debout, assis ou allongés sur des litières portées par des esclaves — ces palanquins ouverts dans lesquels j'ai vu voyager la famille royale, à Oahu —, et ils donnaient des ordres pendant que les autres travaillaient fébrilement. Cela se passe partout de la même manière et la royauté est généralement... à l'horizontale.

« Mais les ouvriers... je dois dire qu'ils travaillaient avec ardeur. Pendant que je les observais, ces esclaves — car il était évident à ce fils du Sud que je suis qu'il s'agissait d'esclaves, même s'ils avaient la même couleur de peau que leurs maîtres — ces esclaves disparaissaient dans la jungle et en ressortaient d'une manière aussi frénétique que vont et viennent les membres d'une fourmilière particulièrement active. Chaque fois qu'ils émergeaient de la jungle, ils étaient péniblement chargés de blocs de pierre de trois mètres sur trois, semblables, sinon identiques, à ceux que nous avons observés dans le temple abandonné qui se dresse à l'extérieur de cette hutte. Les dieux — car c'est ainsi que je nommai les silhouettes de deux mètres de haut, tant étaient nobles leur allure et leur attitude — montraient du doigt l'emplacement, sur la plage, où ces premiers blocs devaient être déposés. Les esclaves se hâtaient d'obéir, puis repartaient en courant dans la jungle pour aller chercher d'autres chargements de pierres.

« Je vis ainsi construire un heiau *tout neuf, car c'était de cela qu'il s'agissait. J'en reconnus bientôt la forme — les larges marches pour le sacrifice, les murs pour la défense. Ah... je vois dans vos yeux que*

vous n'arrivez pas à croire une chose pareille. Comment pourrait-on bâtir un temple en une demi-heure ? Vous pouvez donc comprendre ma stupéfaction, car je suis resté caché derrière mon rocher pendant des heures et des heures, à regarder cette construction endiablée. À un moment, je m'étonnai que l'aube ne se lève pas pour interrompre ce travail titanesque, mais quand je sortis ma montre — comme je viens de le faire devant vous —, dix minutes seulement s'étaient écoulées depuis la dernière fois que j'avais regardé l'heure, avant de descendre le long de la falaise. Elle est certainement cassée, pensai-je, car en observant la seconde aiguille, je vis qu'elle restait immobile.

« D'autres d'heures passèrent. Les bois et les bosquets, au pied de la falaise, étaient pleins d'esclaves qui peinaient sous leurs fardeaux. La plage fourmillait de dieux et d'insulaires royaux qui surveillaient la construction. La lumière des torches dansait. Les tambours battaient. Les chants s'élevaient, plus forts que le fracas des vagues. Tout cela dura des heures. Le heiau *serait bientôt terminé. On aurait dit que le soleil avait subi une longue éclipse et que les jours passaient dans l'obscurité. Je regardai ma montre. Vingt-cinq minutes s'étaient écoulées. Je contemplai fixement le cadran pendant très longtemps, jusqu'à ce que la seconde aiguille vibre et, d'un mouvement convulsif, avance d'une seconde.*

« Pour finir, chose incroyable, le temple fut terminé. Les dieux, les chefs, les guerriers et les esclaves se rassemblèrent. Comme à un signal venu du ciel, le vent de la mer rugit avec une violence redoublée. La lumière des torches vacilla et mourut. La scène n'était plus éclairée que par la lueur des corps surnaturels. Quand j'étais enfant, dans ma petite ville du Missouri, nous recueillions des vers luisants dans un pot, les soirs d'été, et nous les apportions dans notre chambre. Leur lumière ressemblait à celle-là : pâle, verdâtre, évocatrice de mort.

« Le prodige, c'est ce qui se déroula ensuite. J'eus du mal à voir, de l'endroit où j'étais caché, mais la musique cessa, les chants se turent, et les formes pâles se rangèrent sur la plage en respectant une certaine hiérarchie... comme pour attendre. Ce ne fut pas long. Plusieurs silhouettes émergèrent de la mer. Les chefs et les dieux aux corps phosphorescents s'écartèrent pour laisser passer ceux qui s'avancèrent des vagues jusqu'à la plage, de la plage au heiau*, de la base du temple à ses degrés les plus élevés. J'ai dit silhouettes, parce que les êtres qui émergèrent de l'océan étaient... fantastiques... c'est le moins qu'on puisse dire. Celle qui se tenait au centre avait une forme*

humaine mais, même de la distance où j'étais, je pus voir que cette créature était beaucoup trop grande pour un homme, et trop peu substantielle. Elle semblait faite de... de brume. D'embruns. De nuage. D'une vapeur légère. »

Alors, le petit garçon, Halemanu, s'exclama : « Pana-ewa !

Sottise, dit le révérend Haymark. Pana-ewa est un mythe. »

L'enfant ne regarda même pas l'ecclésiastique, mais parla à M. Clemens d'une voix douce. « Pana-ewa a beaucoup de corps. Kino-ohu est son corps de brouillard. Quand Pana-ewa a combattu Hi'iaka, la sœur de Pélé, il avait son corps de brouillard.

— Eh bien, reprit M. Clemens, qui s'arrêta dans son récit pour gratter une allumette et allumer l'un de ses cigares, la forme que j'ai vue ce soir avait un corps de brouillard. Un brouillard qui tourbillonnait. Je voyais ceux des géants luire au travers. Et il n'était pas seul. L'escorte qui l'accompagnait comprenait un homme qui semblait assez normal — un indigène —, les épaules couvertes d'une espèce de cape. Un peu plus tard, ceux qui étaient sur le sable apportèrent une chèvre bêlante à cet homme qui la leva vers la forme de brume...

— Pana-ewa ! murmura Halemanu.

— Oui, dit M. Clemens en tirant sur son cigare. Nous l'appellerons Pana-ewa. Le type à la cape souleva la chèvre vivante comme pour l'offrir à Pana-ewa, puis laissa tomber son vêtement et mit la chèvre sur son dos, comme font les bergers. Seulement, ce qui se passa ensuite... » M. Clemens se tut pour s'éclaircir la voix, comme si l'émotion l'étouffait.

« Quoi ? » demandai-je en jetant un coup d'œil sur la fenêtre obscurcie. Un petit oiseau s'y était posé et le battement de ses ailes m'avait fait sursauter.

« La chèvre se mit à bêler plus lamentablement... et en même temps, j'entendis un autre son, comme si l'on brisait des os et déchirait des tendons. Puis, même de si loin, je pus voir que la chèvre était en train de... de disparaître.

— Disparaître ? » répéta le révérend Haymark. L'ecclésiastique tenait toujours à la main le petit flacon en argent que M. Clemens lui avait rendu.

« Oui, disparaître, affirma le journaliste d'une voix plus forte. Avalée par une espèce de... d'ouverture... dans le dos de l'homme. Je voyais maintenant que la cape tissée avait dissimulé une grosse bosse, à l'endroit où aurait dû se trouver la colonne vertébrale de ce personnage, et sur cette bosse, il y avait... une ouverture.

— Une bouche, dit Halemanu d'une voix douce. C'est Nanaue. L'homme-requin. Il sert parfois Pana-ewa. »

Tous trois, nous regardâmes fixement l'enfant. Pour finir, M. Clemens reprit : « Il y en avait d'autres, dans cette escorte... des petits hommes noueux, tordus de forme et de traits...

— Les eepa *et les* kapua, *précisa Halemanu. Ils sont perfides. Très perfides. Eux aussi servent Pana-ewa. »*

M. Clemens ôta le cigare de sa bouche et se rapprocha du petit garçon, en le regardant d'un air pensif. « Une autre forme avait émergé de la mer. Un chien. Un grand chien noir qui resta près de la main droite de l'homme-brouillard.

— Ku, dit simplement Halemanu.

— Ku », répéta M. Clemens, et il s'assit lourdement sur le sol souillé. Il me regarda. « Une fois la chèvre dévorée, les chants cessèrent. L'homme-brouillard leva des bras beaucoup trop longs et... je ne sais pas comment décrire cela... il devint... quelque chose d'autre. Je vis une queue. J'aperçus des écailles. Des yeux jaunes. Le reptile avait des bras, toujours levés. Puis un éclair m'aveugla... » M. Clemens sembla remarquer le cigare qu'il avait à la main. Il le remit dans sa bouche, fronça les sourcils, le ralluma et dit : « Quand je pus voir de nouveau, tout avait disparu, les dieux, les chefs, les torches, le chien, les étranges petits gnomes et l'homme-brouillard-reptile. »

Je m'éclaircis la voix. « Le heiau *aussi avait disparu ?*

— Non. Le temple de pierre était encore là. Je regardai ma montre. Si j'en croyais mes sens, plusieurs heures s'étaient écoulées... peut-être une journée. Selon ma montre, moins de trentes minutes. Je suis revenu ici. »

Durant un moment, nous autres, les Blancs, ne pûmes que nous regarder mutuellement avec de grands yeux. Pour finir, je dis : « Qu'allons-nous faire ? »

Halemanu me tira par la manche.

« Tout à l'heure, mon enfant. » Je ne quittais pas les hommes des yeux, attendant leur décision. Le petit garçon insista. Fâchée, je retirai mon bras et dis : « Quoi ?

— Partons, maintenant !

— Il faut discuter de..., commençai-je.

— Partons, maintenant ! » cria l'enfant.

C'est M. Clemens qui le calma d'une caresse. « Pourquoi faut il que nous partions maintenant ? »

Halemanu montra la fenêtre. « Les oiseaux. Les petits oiseaux. »

Je regardai le carré noir. Les oiseaux avaient disparu. Cette peur que l'enfant avait des plus douces créatures de Dieu me fit sourire.

« Les oiseaux sont les frères de Pana-ewa ! dit le petit garçon. Les oiseaux partis. Pana-ewa arrive ! »

Eleanor retira brusquement sa tête et ses épaules du trou, en dépit de la pression des mains sur son dos, et recula juste au moment où le geyser jaillissait de la fissure. Trempée mais indemne, elle se tourna vers l'homme qui se tenait debout à côté d'elle. C'était Paul Kukali, dont les lunettes étaient éclaboussées de gouttelettes.

« Qu'est-ce qui vous prend ? hurla Eleanor, les poings levés. » Derrière elle, le geyser rugit, atteignit son maximum, retomba et disparut.

Paul ôta ses lunettes et lui jeta un regard maussade. « Je suis désolé, mademoiselle Perry... je vous ai vue, j'ai cru que vous étiez coincée, j'ai essayé de vous aider à sortir...

— En me poussant ? » répliqua sèchement Eleanor. Elle s'aperçut qu'elle avait toujours les poings levés. Son cœur battait la chamade et elle sentait l'adrénaline se répandre dans ses veines. S'il lui avait fallu frapper Paul Kukali, elle ne l'aurait pas fait dans la poitrine, comme ces idiotes des films. Des années auparavant, on l'avait agressée, à Port-au-Prince. C'était un simple vol — on ne l'avait pas gravement battue, ni violée —, mais l'expérience suffit à l'inciter à suivre des cours d'autodéfense, cet été-là ; et chaque année, elle en reprenait. Si elle s'était servie de ses poings contre Paul, elle l'aurait cogné à la gorge, sur l'arête du nez et en plusieurs autres endroits sensibles.

« Je ne vous poussais pas », dit Paul d'une voix douce. Il essuyait ses lunettes. L'eau perlait à sa barbe frisée. « J'essayais d'attirer votre attention. Vous ne m'avez pas entendu vous appeler ? »

Elle avait été trop absorbée par la lueur et les voix de la grotte. Ainsi que par l'eau qui se précipitait vers elle. Elle ne répondit pas.

« Je suis désolé si je vous ai fait peur, continua Paul en rechaussant ses lunettes. Ces conduits de lave sont dangereux. J'avais peur que vous ne sachiez pas que l'eau de la mer en jaillissait.

— Je le savais », répliqua laconiquement Eleanor. Elle baissa les bras. « Pardonnez-moi de m'être mise en colère. Vous m'avez fait peur.

— Je comprends. De nouveau, je vous prie de me pardonner. »

Le bruit de la mer qui remontait dans le conduit se fit entendre et ils s'éloignèrent du trou avant que le geyser n'en sorte de nouveau. « Pourquoi êtes-vous ici ? demanda Eleanor en tordant l'ourlet trempé de son T-shirt.

— En fait, je vous cherchais, répondit Paul en souriant. Mon ami le shérif est venu pour nous poser quelques questions sur le... euh... le chien. J'ai localisé Mme Stumpf, mais nous n'arrivions pas à vous trouver. Un jardinier m'a dit qu'il avait vu une dame faire son jogging sur le sentier et je m'y suis engagé pour voir si c'était vous. J'ai remarqué des empreintes de baskets à l'endroit où il se termine et je vous ai aperçue du haut des falaises. »

Eleanor le regarda un moment. « Je suis désolée d'avoir été absente.

— Ce n'est pas grave, répliqua Paul en haussant les épaules. Charlie Ventura est déjà reparti. Je suppose que ce n'était pour lui qu'une démarche de pure forme. Nous pourrons l'appeler plus tard. En fait, j'avais une autre raison de vous chercher. »

Eleanor attendit. Ils revenaient sur leurs pas, le long de la falaise. Elle pensait à ce qu'elle avait vu dans la grotte et se demandait si Paul était au courant.

« J'ai fini par joindre mon ami — le pilote d'hélicoptère. Comme je m'en doutais, il est pris toute la journée, à Maui, mais il peut venir en début de soirée pour nous emmener voir le volcan.

— Oh. Bien. » Elle avait presque oublié cette proposition. Elle hésita une seconde. « Paul...

— Oui ?

— J'ai un service à vous demander... » Elle s'arrêta, comme gênée.

Le conservateur leva les deux mains, paumes tournées vers elle, et dit : « Après la peur que je vous ai faite, je n'ai rien à vous refuser. Parlez.

— J'aimerais rencontrer les *kahuna* du coin. De préférence, ceux qui se consacrent au culte de Pélé. »

Paul Kukali s'arrêta brusquement. Son sourire avait disparu. « Les *kahuna ?* Les prêtres ? Pourquoi, Eleanor ? »

Elle se tourna vers lui. « J'ai de graves raisons personnelles. J'ai besoin de leur parler.

— Vous voulez les convertir au rationalisme ? » Il avait retrouvé son sourire.

Eleanor leva la main et se retint, au moment de lui toucher le bras. « Paul, je sais que c'est une grande faveur que je vous demande, en plus de tout ce que vous avez déjà fait... pour Cordie et pour moi... mais c'est très important. » Dans le silence qui se prolongeait, Eleanor regarda son reflet dans les lunettes de Paul.

« Qu'est-ce qui vous fait croire que je connais des *kahuna ?* » finit par demander Paul.

Eleanor gloussa. « Je pense que vous connaissez *tout le monde.* Si ce n'est pas le cas, tant pis. Je comprendrai. Demander ne coûte rien. »

Paul soupira. « Il y en a... qui vivent à quelques kilomètres d'ici... là où s'écoule la lave. On les aura peut-être évacués. Quand voulez-vous y aller ? »

Eleanor posa les mains sur les hanches et fit un large sourire. « Dès que je me serai changée. »

Cordie aurait poursuivi sa lecture du journal de tante Kidder si l'enfant ne s'était pas mis à pousser des cris. Cela venait de la plage, en partie cachée par les palmiers et un tertre herbu, mais elle aperçut bientôt un petit garçon de sept ans environ qui courait sur le sable en hurlant. Il n'y avait apparemment pas d'adulte aux environs. Elle se souvint vaguement d'avoir vu deux enfants arriver une demi-heure plus tôt ; l'un d'eux portait un radeau gonflable comme ceux qu'on utilise dans les piscines.

Cordie rangea le journal dans son fourre-tout, mit son sac en bandoulière et quitta sa chaise longue. Le petit garçon, loin de s'être calmé, criait encore plus fort. Cordie se hâta de gagner la plage.

Il courut vers elle, les mains jointes. Son visage était rouge et baigné de larmes. Cordie chercha des yeux les parents ou un surveillant de baignade, ne vit personne et saisit l'enfant par ses petits bras maigres. « Allons, calme-toi, mon chou. »

Il continuait à crier tout en montrant du doigt le lagon. « Mon f... mon f... mon frère, bégaya-t-il entre ses sanglots. Je lui... avais dit... de pas aller si... si loin. »

Cordie mit la main devant ses yeux pour regarder l'eau qui étincelait. Elle vit un petit garçon sur un radeau gonflable. Il était à genoux, si bien que sa frêle embarcation était presque pliée en deux. Il semblait n'avoir qu'un an ou deux de plus que son frère et était manifestement terrifié. Peut-être avait-il raison de l'être — le radeau était à plus de cent mètres du rivage et semblait emporté rapidement vers l'océan.

Cordie parcourut la plage des yeux. Chose incroyable, il n'y avait pas d'estivants et la chaise du surveillant de baignade était vide. *Ça va coûter cher à quelqu'un, si l'enfant se noie,* pensa-t-elle. Elle aperçut une silhouette derrière le comptoir du Bar de l'Épave, mais la hutte était trop loin pour qu'on entende ses cris et le barman tournait le dos à la plage. Cordie vit le kayak échoué près du poste du garde-plage.

« Va chercher tes parents, dit-elle au petit garçon en larmes. Je vais ramener ton frère. » *Merde,* pensa-t-elle. Cordie n'avait jamais appris à nager.

Le kayak était en fibre de verre et ne comportait qu'une seule place. Presque trop petite pour Cordie. Elle eut bien du mal à tirer l'embarcation jusqu'à l'eau, puis à grimper dedans. Ce faisant, elle fit tomber la pagaie, qui flotta ; elle la rejoignit en battant l'eau des mains et réussit à la repêcher. Heureusement qu'aujourd'hui il n'y avait presque pas de vagues.

Le petit garçon n'était pas parti chercher ses parents. Il était rentré dans l'eau et lui criait quelque chose. Cordie se retourna pour l'écouter.

« Gregory s'est éloigné à cause... à cause... à cause du *requin !*

— Un requin ? » Cordie s'aperçut qu'elle levait les pieds, dans le kayak. Elle regarda le radeau en plissant les yeux. Il s'était encore rapproché de l'ouverture de la baie et, là-bas, il y avait de vraies déferlantes. « Je n'aperçois pas de requin », cria-t-elle au petit garçon. C'était difficile de voir, à cause du soleil, mais aucune nageoire n'était visible. L'endroit où les petits garçons avaient pataugé s'appelait la piscine des mantas ; c'était là qu'on attirait les grandes raies, le soir, avec des lampes et qu'on les nourrissait, le jour. « C'était peut-être une manta, dit Cordie. Elles ne sont pas dangereuses » Elle ne pensait pas que les raies géantes puissent faire du mal aux gens.

Le petit garçon en pleurs secoua la tête. « C'était un *requin.* Seulement il n'avait pas de nageoires. Il avait des pieds. »

Cordie se sentit glacée, en dépit des trente degrés. « D'accord, dit-elle. Va chercher tes parents comme je te l'ai dit. Je vais ramener ton frère. » Elle hésita une seconde. « Hé ho ! cria-t-elle au petit garçon qui partait en courant. Lance-moi mon sac en paille. » Laisser derrière elle le journal de Kidder la contrariait beaucoup, elle ne savait pas pourquoi.

Le petit garçon se retourna, ramassa le sac et le lança à Cordie. Elle dut tendre le bras au maximum, mais le rattrapa sans en éparpiller le contenu. Elle écarta les jambes et fourra le sac au fond du kayak. Puis elle se pencha et se mit à pagayer vers l'enfant qui criait.

Non, mais c'est pas vrai, se dit Byron Trumbo. Ils étaient au septième trou du parcours nord, presque de retour au pavillon. Hiroshe Sato menait par cinq coups et s'en réjouissait ouvertement lorsque Trumbo leva les yeux et aperçut l'Hawaiien géant qui se tenait au bord du green. Il était torse nu et devait peser au moins deux cents kilos. Il tenait une hache à la main.

« Ahhh », s'écria Hiroshe Sato qui vit l'apparition au moment où il allait marquer sa balle.

Trumbo jeta un coup d'œil derrière lui. Bobby Tanaka et Will Bryant étaient à mi-chemin du fairway, avec la seconde équipe. Il n'y avait près de lui qu'Hiroshe, Inazo Ono et le vieux Matsukawa. Le géant faisait passer la hache d'une main dans l'autre, comme un enfant qui joue avec un bâton. Le milliardaire tâta sa ceinture sous sa chemise hawaiienne ; la radio était d'un côté, le Browning 9mm de l'autre. Ce qui n'était pas fait pour améliorer son jeu.

« Ne craignez rien, Hiroshe, dit Trumbo en souriant. C'est un type qui débroussaille pour nous. J'ai un travail à lui donner. Continuez et puttez. Je reviens dans un instant. » Trumbo déposa un marqueur, mit la balle dans sa poche de poitrine et s'avança avec assurance vers le géant. Tout en marchant, il sortit sa radio, régla la fréquence de sécurité et dit : « Fredrickson ? Fredrickson ? » Rien que des parasites. « Michaels ? Smith ? Dunning ? » Rien.

À cinq mètres du géant, Trumbo passa à une autre fréquence. « Will ?

— Oui, patron ?

— Venez immédiatement. Avec des renforts. » Trumbo raccrocha la radio à sa ceinture et fit encore quelques pas. Le géant le regardait venir. Le milliardaire vit qu'il portait une espèce de collier ou d'amulette en os — de grandes dents qui scintillaient au soleil.

Il s'arrêta à un mètre cinquante de l'énorme Hawaiien et dit : « Vous devez être Jimmy Kahekili. »

Le géant grogna et fit passer la hache dans sa main droite. Trumbo pensa que le ventre de cet homme était plus large que certaines de ses voitures. L'indigène avait des bourrelets de graisse au cou, sur la poitrine et sur la face interne des bras.

« Alors, Jimmy Kahekili, dit Trumbo en jetant un coup d'œil à sa montre, que voulez-vous ? Je n'ai pas beaucoup de temps à vous consacrer. »

L'énorme Hawaiien grommela de nouveau et Trumbo s'aperçut que ces grognements étaient des syllabes et que ces syllabes formaient des mots. « Vous nous avez volé notre terre.

— J'ai payé pour ce terrain. Et je verse des salaires à vos parents et amis qui travaillent chez moi. »

Le géant leva la hache au niveau de sa poitrine. « Vous nous avez volé notre terre. Nos îles. Tout notre pays.

— Oh. » Trumbo soupira et posa la main droite sur sa hanche, à quelques centimètres de la crosse du Browning. « Vous voulez parler de l'impérialisme américain ? D'accord, les États-Unis vous ont volé votre pays. Et alors ? C'est ce que font toujours les nations. Elles volent le pays des autres. En outre, je n'étais pas là quand c'est arrivé. » Trumbo essayait de lire dans les yeux de l'Hawaiien pour voir si, et quand, il passerait à l'action, mais ils étaient cachés par des replis de graisse.

« Vous avez détruit nos mares à poissons, vous, les *haole.* » Les grognements sortaient rapidement.

« Les mares à poissons ? Oh, oui... mais j'ai sauvé les pétroglyphes.

— Vous n'avez pas l'esprit de *malama,* l'*'aina...* l'amour de la terre. Vous volez et détruisez pour le profit. »

Trumbo regarda fixement le géant, puis haussa les épaules. « D'accord. Je ne vais pas discuter avec vous. Je suis un capitaliste...

un entrepreneur. Voler et détruire pour le profit, c'est mon boulot. Il y a un siècle, nos marines ont foutu une déculottée à votre reine, et maintenant je détruis au bulldozer quelques vieilles mares à poissons. Qu'est-ce que vous allez faire... nous tuer, moi et mes amis, avec votre hache ? »

Jimmy Kahekili émit un bruit grossier qui pouvait être un assentiment, et leva la hache à deux mains.

Trumbo pensa : *Le chargeur n'a que neuf balles. Je ne crois pas que ça suffira.* Il se demandait à quelle vitesse pouvait courir un béhémoth de deux cents kilos. À voix haute, il dit : « J'ai une meilleure idée. »

Cette fois, le grognement du géant parut interrogatif. Trumbo fit comme s'il l'était. « Écoutez, Jimmy, dit-il en se retournant à demi et en montrant d'un geste les Japonais qui attendaient, à une dizaine de mètres. Je suis en train de lâcher l'hôtellerie. C'est avec ces types-là qu'à l'avenir vous devrez négocier. Je ne pense pas que cela aidera votre petit mouvement nationaliste de les décapiter. Ils ne seront pas très disposés à vous écouter si vous renvoyez leur patriarche chez lui dans un grand sac de plastique. »

Un grognement plus doux.

« Mais j'éprouve de la sympathie pour vos objectifs. En fait, je vais vous montrer à combien cette sympathie s'élève... à dix mille dollars. »

Les replis de graisse entourant les yeux se plissèrent encore plus.

Le milliardaire leva la main. « Je ne vous raconte pas de blagues. Tout ce que je vous demande, c'est d'empêcher vos patriotes hawaiiens de s'en prendre à moi pendant les quelques jours qui viennent... une semaine au plus... et le chèque est à vous. Non, l'argent est à vous aujourd'hui même, et je paie cash. Je vous fais confiance. »

Un grognement. La hache frémit.

« D'accord ? Alors, serrons-nous la main. » Il tendit la main. Le géant hésita, puis déplia l'énorme bourrelet de graisse qui lui servait de bras. La main de Trumbo disparut dans la sienne et, durant un instant, le milliardaire crut que l'Hawaiien allait la lui arracher — *cela ferait tellement plaisir à Caitlin !* —, mais sa main réapparut.

Will Bryant arriva avec Michaels et Smith. Les hommes de la sécurité avaient la main droite glissée sous leur veste. « Laissez vos flingues, dit Trumbo. Will, voudriez-vous accompagner M. Kahekili jusqu'à la Grande Hale et dire à M. Carter de lui verser dix mille dollars pris sur la caisse des frais imprévus ? Qu'on inscrive cela sous la rubrique " entretien du terrain ".

— Patron ? dit Will Bryant.

— *Vous m'avez entendu.* » Trumbo sourit au géant. « Merci d'être passé, Jimmy. Nous nous reverrons bientôt. »

Trumbo tourna le dos à l'Hawaiien et retourna sur le green.

Eleanor revint à son bungalow, débrancha la cafetière, se doucha brièvement, enfila un pantalon en toile et un T-shirt et se hâta d'aller rejoindre Paul à la Grande Hale. En cours de route, elle chercha son amie des yeux, mais ne la vit pas, ni sur la plage, ni au Bar de l'Épave, ni sur le *lanai.*

Dans le hall, elle dit : « J'aimerais que Mme Stumpf vienne avec nous.

— Bien sûr. » Le conservateur semblait s'être résigné à ne jamais se trouver seul avec le professeur d'histoire.

Elle appela la chambre de Cordie, personne ne répondit. Elle jeta un coup d'œil au Lanai des Baleines, mais le restaurant était vide. L'hôtel semblait plus désert encore que d'habitude. Eleanor laissa un message disant qu'elle la verrait dans l'après-midi, puis rejoignit Paul entre les orants de bronze qui gardaient l'entrée.

« J'ai peur que nous ne soyons obligés de louer une Jeep, dit-il. J'ai bien ma Taurus, mais les routes que nous allons emprunter sont plutôt mauvaises.

— J'ai une Jeep. » Eleanor fit cliqueter les clés qu'elle venait de récupérer à la réception.

« Et Mme Stumpf ? s'enquit Paul tandis qu'ils franchissaient la *porte cochère* et plongeaient dans le parfum des bougainvillées qui bordaient la route.

« Je ne l'ai pas trouvée. Je suppose qu'il n'y a que vous et moi, mon capitaine. »

Paul Kukali sourit.

Eleanor s'arrêta, surprise, lorsqu'ils arrivèrent au parking. Une demi-douzaine seulement de véhicules y étaient garés. « On dirait que l'hôtel s'est vidé pendant la nuit. »

Paul dit en s'installant sur le siège du passager : « C'est pour cela que je vous cherchais ce matin. M. Carter a averti les clients que les coulées de lave pouvaient constituer un danger. »

Eleanor se laissa tomber sur le siège brûlant, mais attendit une seconde avant de tourner la clé de contact. « Les coulées de lave ? Ne sont-elles pas encore à plusieurs kilomètres d'ici ?

— Oui, mais les gaz toxiques constituent un problème. Et Hastings... le volcanologue de l'observatoire qui travaille pour M. Trumbo... croit que d'autres coulées sont en train de descendre par ici, mais n'ont pas encore atteint la surface.

— Les conduits de lave.

— Précisément. »

Eleanor se mordillait la lèvre tout en démarrant et en descendant la grande allée ; elle dépassa le golf nord, les jardins, les tennis et les haies de bougainvillées. Elle aperçut quelques golfeurs, et un seul jardinier au travail, le chapeau baissé sur les yeux, mais à part cela, le terrain et les courts semblaient déserts. Ensuite, l'état de la route qui serpentait dans le plateau désertique d'*a'a* se détériorait. Avec le ciel bleu au-dessus de leur tête et les contreforts du Mauna Loa devant eux, la route exécrable et les champs de lave rocailleux paraissaient moins menaçants à Eleanor que lorsque Cordie et elle étaient arrivées de nuit.

Un homme de la sécurité sortit de la maison du gardien et les salua d'un signe de tête. « Quelqu'un est encore à son poste, dit Paul lorsqu'ils tournèrent à droite, sur la 11.

— Les Hawaiiens ne sont pas venus travailler ?

— Certains, si. Beaucoup d'autres, non.

— À cause du volcan ou des événements bizarres qui se passent au Mauna Pélé ? » Aucun véhicule ne les croisa en direction du nord. Elle aperçut les falaises et la péninsule où elle était allée faire son jogging.

« Les gens d'ici sont habitués aux éruptions, répondit Paul. Ce sont plutôt les événements bizarres, comme vous dites. »

Ils laissèrent derrière eux le Puuhonua O Honaunau, la Cité du Refuge. Après la minuscule ville de Kealia, ils ne croisèrent plus que quelques cabanes au bord de la route et d'étroites voies secondaires menant aux villages de Hooopuloa et de Milolii. Paul dit que ces deux agglomérations avaient été évacuées.

Plusieurs kilomètres avant d'apercevoir la lave, Eleanor s'étonna de la grande quantité d'émanations. Un mur de fumée bleu-noir et une colonne de vapeur blanche qui s'élevaient, apparemment droit devant eux, jusqu'à quinze mille mètres d'altitude. C'était effrayant d'avancer vers un ciel aussi tourmenté.

Elle ne vit le barrage routier qu'au dernier moment. Une minute avant, la Jeep avançait en vrombissant à soixante-quinze kilomètres-heure, le vent ébouriffait ses cheveux courts, puis ils négocièrent un tournant et, à deux cents mètres de là, des barrières, des signaux lumineux et deux voitures de gendarmerie leur barraient le chemin. Eleanor ralentit et s'arrêta devant le policier qui se tenait près de la première balise.

« La route est interdite, madame », dit-il. C'était un Hawaiien, mais il avait des yeux d'un bleu saisissant. « Le flot de lave la coupe ici et plus loin à l'est. Il faut faire demi-tour. Oh... salut, Paul.

— Bonjour, Eugene. Je m'étonne qu'il n'y ait pas plus de monde en train de baguenauder dans le coin.

— On en a eu suffisamment comme ça. » L'officier sourit d'une oreille à l'autre. « Jusqu'à ce matin, certains hôtels organisaient des visites en car. Mais on a lancé un avertissement au sujet de la nocivité des gaz et d'un risque de recrudescence des coulées, alors ils ont mis fin à ce genre d'excursions. La plupart des touristes sont partis du côté d'Hilo. Il y a aussi les hélicoptères. » Comme pour souligner les paroles du gendarme, un hélico passa en rugissant sur les champs de lave, descendit en piqué et fit le tour de la colonne de vapeur.

« Puis-je montrer à Mme Perry à quoi ressemble la *pahoehoe* quand elle est fraîche ?

— Bien sûr. Garez-vous là, sur l'épaulement. Ne vous approchez pas trop. Une passagère d'un car du Mauna Lani a tourné de l'œil, ce matin. Il y a une sacrée chaleur et il faut se méfier des gaz. »

Paul hocha la tête. Eleanor gara la Jeep. Ils suivirent la route à pied, laissant derrière eux les barrières et les véhicules de gendarmerie.

« C'est incroyable », dit Eleanor. C'était le mot juste. La lave grise recouvrait la route sur près de trois mètres d'épaisseur, du Mauna Loa à la côte. De la fumée s'élevait en spirales de la croûte refroidie. Là où les épais replis de *pahoehoe* atteignaient l'asphalte, on apercevait la lueur orange du magma pâteux, comme de la lumière sous une porte. De minuscules flocons se détachaient de la lave cordée, qui craquait et tremblait, puis ils s'envolaient, portés par les courants chauds. La nappe tout entière se crevassait et se soulevait en durcissant. Près du bord de la coulée, l'herbe se carbonisait et fumait ; des deux côtés de la route, les arbustes brûlaient ou se dressaient comme des chicots calcinés. Heureusement, le vent soufflait du nord et chassait les vapeurs, mais la chaleur était si intense qu'ils durent s'arrêter à cinq ou six mètres du mur de lave grise. Tandis qu'Eleanor les contemplait, des replis apparemment refroidis se mirent à éclore comme un œuf et le jaune de la matière en fusion coula sur la route et sur l'herbe fumante. Tout ce que le magma touchait s'enflammait.

« Incroyable, répéta-t-elle, se protégeant le visage de la chaleur.

— Cette coulée a traversé la route hier matin, dit Paul. Il y en avait déjà au moins cinq, qui coupaient la voie, au sud et à l'est d'ici. »

Eleanor leva les yeux vers les contreforts du volcan. Il était en grande partie voilé par la fumée. « Peut-on la voir arriver ?

— Généralement, oui. Mais celle-ci a émergé d'un conduit de lave qui n'est qu'à trois ou quatre kilomètres plus haut, sur le flanc du volcan. Elle a pris les autorités au dépourvu. C'est pour cela qu'ils ont évacué Milolii et Hoopuloa. Ils ne savent pas ce que le Mauna Loa nous réserve. »

Eleanor regarda le point de la côte où s'élevait le nuage de vapeur. « Je voudrais bien voir l'endroit où la lave se jette dans la mer. » Jetant un coup d'œil sur le policier, elle ajouta : « Cela veut dire que nous ne pouvons pas aller rendre visite à vos amis les *kahuna ?* »

Paul hésita avant de répondre. « Il y a peut-être un moyen. Avec une Jeep. Tels que je les connais, je ne crois pas qu'ils laisseraient les autorités *haole* les chasser de leur terre. Mais il faudrait traverser ça. » Il montra le mur de fumée et de feu, entre la route et la côte.

« Traverser ça ? Vous voulez dire l'ancienne *a'a ?*

— Je parle de la nouvelle coulée de lave. La première, du moins.

— Comment pourrions-nous le faire ? » Elle recula lorsqu'un autre œuf gris se forma et explosa.

Paul haussa les épaules. « Avec la Jeep, on peut arriver jusqu'à proximité de la coulée de lave et voir s'il est possible de passer. C'est le seul moyen d'aller chez les *kahuna* auxquels vous voulez parler. À vous de décider. »

Eleanor regarda le conservateur. Des vagues de chaleur ondulaient entre eux. S'il voulait la dissuader sans discuter, c'était habile. « Allons-y », dit-elle.

Ils se hâtèrent de rejoindre la Jeep.

Cordie était à mi-chemin du radeau quand elle vit le monstre dans l'eau. La bête était plus près qu'elle de l'enfant terrifié et nageait avec indolence à cinq mètres de profondeur. Même depuis cette distance, Cordie aperçut l'énorme gueule et les rangées de dents pointues. Le gamin, sur la plage, ne s'était pas trompé : c'était bien un requin.

L'eau lui éclaboussait le visage et les bras tant elle pagayait avec acharnement. Cordie avait trouvé son rythme et sentait l'embarcation en fibre de verre voler sur l'eau. Les muscles de son dos protestaient, la fatigue alourdissait ses bras endoloris. Elle sentait irradier dans son bas-ventre cette douleur qui la tiraillait encore plus depuis son opération. Elle l'ignora, comme elle le faisait depuis des semaines. Penchée en avant, la poitrine pressée contre la coque, Cordie pagayait de toutes ses forces.

« Regardez ! cria le petit garçon lorsqu'elle ne fut plus qu'à dix mètres. Le requin ! » L'enfant tomba presque du radeau pour le lui montrer du doigt.

« Fais attention ! » cria Cordie en s'accordant un moment de répit. Elle était hors d'haleine. Pendant qu'elle reprenait son souffle, le kayak continua d'avancer, porté par la houle. Elle sentait le courant qui avait emporté l'enfant au large. Si elle se laissait dériver, la marée ou le courant l'entraînerait ; l'enfant, le kayak et le radeau atteindraient les grandes vagues qui se brisaient sur les récifs de corail, à une trentaine de mètres de là. Elle entendait maintenant les déferlantes, telle une série d'explosions ; l'écume courait jusque sur l'eau plus calme du lagon. Quand elle jeta un coup d'œil pardessus son épaule brûlée par le soleil, la plage du Mauna Pélé lui parut incroyablement lointaine. « Fais attention ! cria-t-elle de nouveau, d'une voix plus contenue, cette fois. Ne tombe pas à l'eau. »

La radeau avait perdu presque la moitié de son air et le petit garçon aggravait la situation en essayant à tout prix de garder les pieds hors de l'eau. L'enfant avait peut-être un an ou deux ans de plus que son frère, mais il était mince et pâle, avec des joues creuses et des taches de rousseur dans le dos. Ses cheveux courts se dressaient en épis mouillés. Il montra la mer entre le kayak et son radeau. « Regardez, il est là ! »

Cordie dut se pencher pour voir la bête, qui se trouvait maintenant à environ sept mètres de profondeur, mais l'eau était claire. L'énorme mâchoire lui souriait de toutes ses dents. Mis à part cette gueule bien reconnaissable, la créature avait l'air déformée, tordue. Au lieu du corps parfaitement aérodynamique et de la puissante queue bifide du requin, cette forme pâle semblait avoir de multiples protubérances et être dépourvue de nageoires.

Comme le dos d'un humain qui aurait une mâchoire de requin en haut de la colonne vertébrale.

« Accroche-toi au radeau ! cria Cordie. Ne bouge pas. Je vais t'accoster.

— Non ! hurla l'enfant, visiblement terrifié à l'idée de perdre son équilibre si précaire.

— Je ne te toucherai que quand tu seras prêt. » La lumière du soleil dansait sur l'eau et lui faisait plisser les yeux. Elle leva une main pour mieux voir. Ici, la houle paraissait plus forte — tantôt Cordie était plus haut que le radeau, tantôt c'était lui qui la surplombait — mais ce n'était rien, comparé à la violence des vagues vers lesquelles ils dérivaient. « Accroche-toi », dit-elle en recommençant à pagayer. Elle ne savait pas où caser l'enfant à bord, une fois qu'elle l'aurait rejoint — il n'y avait de place que pour une seule personne dans le petit kayak — mais le radeau se dégonflait rapidement.

« Regarde ! » cria de nouveau le petit garçon à l'instant où quelque chose frappait le fond de l'embarcation de Cordie avec une force effroyable.

La lumière devint bleue. Les sons parurent soudain à la fois amplifiés et étouffés. Cordie sentit la pression de l'eau sur son visage et ses yeux, et s'aperçut qu'elle n'avait pas eu le temps de prendre une bonne goulée d'air avant de chavirer. Elle comprit aussitôt que quelque chose l'avait heurtée — elle avait vu sur le câble une centaine de documentaires où le kayak d'un beau mec d'une vingtaine d'années se retournait pendant la descente de rapides déchaînés — seulement, à la télé, le gars remettait en quelques secondes son petit bateau dans le bon sens. Cordie se débattit, mais resta les pieds en l'air. Des bulles s'élevaient autour d'elle. Le poids de l'embarcation semblait la maintenir dans cette position. Elle avait beau se contorsionner, elle n'arrivait pas à retourner le bateau dans le bon sens ni à pointer la tête vers la surface, à un mètre seulement au-dessus d'elle.

Cordie sentit qu'elle n'avait plus d'air, vit des taches noires danser devant ses yeux et essaya de sortir du bateau. Elle ne savait pas nager et l'eau ici était profonde, mais si elle réussissait à s'extraire du kayak, elle pourrait s'accrocher à la coque et s'en servir comme d'un radeau gonflable pour rejoindre le petit garçon, en pagayant avec les pieds.

Le journal de tante Kidder. L'idée qu'il puisse tomber augmenta sa panique. Son cœur battit la chamade. L'envie de ne plus retenir son souffle et de respirer dans l'eau lui faisait mal dans la poitrine.

Cordie resta donc dans le kayak et tenta une dernière fois de se redresser en déportant son corps à gauche, vers la surface.

Elle se retrouva de nouveau suspendue la tête en bas. Quelque chose de gros et de blanc passa en nageant, à la limite de son champ de vision.

Avec le peu d'air qui lui restait dans les poumons, Cordie se pencha en avant, appuya sa poitrine contre la fibre de verre du kayak retourné, s'accrocha à la coque comme si c'était une espèce de vertugadin récalcitrant, et poussa de toutes ses forces.

Le kayak se retourna dans le bon sens et Cordie, toujours penchée en avant et retenant par la seule force de sa volonté le petit bateau qui oscillait dangereusement, suffoqua, toussa, cracha de l'eau de mer et fut secouée de haut-le-cœur.

Le petit garçon criait toujours. Cordie s'essuya les yeux et vit que le radeau gonflable sombrait ; l'enfant montrait quelque chose du doigt et l'appelait.

Des mains jaillirent de l'eau, de chaque côté du kayak, et saisirent la coque pour la retourner. Elle eut le reflexe de tendre les bras en avant. Les fortes mains brunes imprimèrent une rotation au kayak qui commença à pencher vers la droite. Cordie heurta violemment l'eau.

Cette fois, elle ne chavira pas. Les bras et les mains toujours étendus, elle poussa sur l'eau, et redressa l'embarcation. Le petit garçon était immergé jusqu'à la taille et ce qui restait de radeau gonflé était pressé contre sa poitrine, dessinant deux ailes. « Attention derrière vous ! » cria-t-il, et quelque chose frappa le kayak.

Cordie entendit un crissement de fibre de verre déchirée et l'embarcation tournoya sur elle-même. Une forme blanche jaillit de l'eau et plongea de nouveau. Cordie vit que la coque était fendue juste au-dessus de la ligne de flottaison, là où des dents pointues avaient arraché un morceau de cinquante centimètres de long. Le requin fit le tour du petit garçon en lui frôlant les pieds et revint à toute allure vers Cordie.

Elle eut du mal à glisser le bras entre ses cuisses, et pendant un moment elle crut que le fourre-tout avait disparu, mais elle le trouva et le sortit. Elle entendit la mer s'ouvrir devant le requin et se refermer derrière lui pendant qu'elle fouillait dans le sac, le laissait retomber entre ses pieds et sentait enfin dans sa main le poids familier du .38 à canon long de son ex-mari.

Des dents raclèrent la coque en arrachant de longues esquilles de fibre de verre et Cordie crut chavirer de nouveau ; elle tendit les bras, faillit lâcher l'arme, resserra sa prise, veilla à la maintenir hors de l'eau tandis qu'elle se penchait dans l'autre sens, puis, tenant le revolver à deux mains, visa la forme blanche qui filait de nouveau vers le radeau submergé. L'enfant nageait maintenant comme un petit chien et pleurait sans bruit.

Elle tira quatre fois, ne cessant que lorsque le monstre arriva près du petit garçon. Le requin parut plonger et, un instant, Cordie affolée s'attendit à voir le corps de l'enfant disparaître. Mais la bête passa de l'autre côté du radeau et elle vit qu'il était toujours là, pleurant et battant l'eau de ses quatre membres.

« Nage ! cria Cordie. Là ! Comme ça ! Vas-y ! »

Le petit garçon obéit. L'eau jaillissait au-dessus de ses mains et de ses pieds, mais il n'avançait pas. Cordie chercha autour d'elle la pagaie, ne la vit pas, comprit qu'elle n'aurait pas pu s'en servir en tenant le revolver, et fit avancer le kayak endommagé rien qu'avec la main gauche.

Le revoilà. La forme blanche fonçait de nouveau vers eux. L'air s'échappa en sifflant lorsque les dents pointus du requin s'enfoncèrent dans le radeau. Près des pieds de l'enfant, Cordie aperçut la mâchoire ouverte, le noir de la gueule, les dents blanches et irrégulières, la peau pâle, les bras, les cheveux noirs.

Elle leva le pistolet, l'immobilisa autant que le lui permettaient son cœur affolé et les oscillations du kayak, puis tira les deux dernières balles presque entre les jambes gigotantes de l'enfant. Elle *entendit* au moins l'une d'elles pénétrer dans sa cible — un bruit sourd, comme celui d'un maillet frappant de la chair morte —, puis le monstre plongea.

L'enfant serait venu heurter de plein fouet le kayak et se serait probablement assommé si Cordie ne l'avait attrapé de la main gauche, soulevé hors de l'eau et déposé devant elle sur la coque, comme un daim sur l'aile d'une voiture.

« Mets-toi à califourchon ! » ordonna-t-elle. Elle laissa tomber le pistolet déchargé dans son fourre-tout, chercha une dernière fois la rame des yeux, vit que la marée l'emportait vers les déferlantes, pensa : *Qu'elle aille se faire foutre* et fit pivoter l'embarcation en pagayant avec les mains.

« Mais le truc dans l'eau va...

— Aide-moi à pagayer ou je te fous à la baille », dit Cordie d'une voix totalement blanche, totalement convaincante.

Le gamin se mit à battre avec ardeur l'eau des pieds et des mains. Grâce à leurs six membres, ils commencèrent à gagner contre le courant.

Le retour vers la plage dut prendre une dizaine de minutes. Pour Cordie, il dura une éternité. Elle pensait à Samuel Clemens et à sa montre, et se dit que si elle en possédait une capable de mesurer la terreur, des jours se seraient écoulés. L'enfant en pleurs et elle continuaient à regarder derrière eux et de chaque côté, s'attendant que les mains ou la tête ou la mâchoire du requin jaillissent de la mer.

Rien n'arriva. Ils atteignirent l'endroit où l'eau était peu profonde. « Aide-moi à sortir de ce truc... », commença Cordie, mais le gamin sauta du kayak, parut courir à la surface de la mer et remonta la plage en galopant pour rejoindre sa famille. Les parents étaient blonds et très en colère. Ils se mirent à lui crier dessus avant même qu'il étreigne sa mère par la taille. Le frère plus jeune souriait d'un petit air narquois.

Cordie était sûre que, si elle essayait de sortir de ce satané kayak alors qu'il flottait encore, le requin jaillirait de l'eau, s'emparerait d'elle et la ramènerait vers le large. « Hé, pouvez-vous m'aider à... », cria-t-elle. La famille s'éloignait, le dos tourné, le père et la mère criaient et giflaient l'enfant en larmes.

« Bienvenue », dit Cordie. Elle respira un bon coup, renversa le kayak sur le flanc et sortit à quatre pattes de l'étroit cockpit.

Rien ne l'attaqua. Elle sentit le sable sous ses pieds, se leva et redressa le petit bateau avant que trop d'eau ne pénètre dedans. Elle le tira rapidement sur le sable, à cinq bons mètres des vagues, puis se mit à genoux pour l'examiner.

Il y avait deux déchirures irrégulières d'un mètre cinquante du côté gauche, et des échardes de fibre de verre s'enroulaient comme des copeaux de bois. À mi-chemin de la proue, une partie de la coque extérieure avait été arrachée et seul le revêtement intérieur en plastique avait empêché l'eau d'entrer. Cela ressemblait à un sandwich dont on aurait arraché un morceau... à condition que la bouche du mangeur ait mesuré un mètre de large.

Une ombre lui tomba dessus et Cordie sursauta avant de comprendre que c'était le surveillant de baignade. Un de ces Adonis de vingt-cinq ans au bronzage parfait, aux cheveux décolorés par le soleil et dont les abdominaux ondulaient au-dessus du slip de bain orange. « Qu'est-ce que vous avez fait à notre kayak ? »

Cordie se leva lentement, pivota sur une jambe et mit tout son poids dans le coup de poing. Elle frappa le ventre parfait et musclé juste dans le plexus solaire. Le beau gars émit un bruit tout à fait semblable à celui que venait de faire l'air sortant du radeau percé, puis il tomba comme une bûche.

« Pourquoi vous, les mecs, vous n'êtes jamais là quand on a besoin de vous ? » Cordie sortit son fourre-tout du kayak, vérifia si le pistolet y était encore, ouvrit le journal intime et fut infiniment soulagée de voir que, miraculeusement, aucune page n'était mouillée, puis elle se dirigea vers les palmiers du Bar de l'Épave.

Le barman était un Hawaiien de son âge, bien en chair. Il se pencha au-dessus du comptoir et lui sourit lorsqu'elle se percha sur le tabouret. « Salut, Ernie. Quatre Feux de Pélé. Doubles. Et rappelez-vous qu'ils sont à mettre sur le compte de la maison... Ordre de M. Trumbo. Et versez-vous quelque chose. »

Quand elle fut servie, Cordie se mit à aspirer sa boisson avec la longue paille et ouvrit soigneusement, presque avec respect, le journal intime de tante Kidder, pour reprendre sa lecture où elle l'avait laissée.

17.

« Ô Kamapua'a
Tu es celui dont les soies se hérissent.
Ô Extirpateur ! Ô Avaleur de mares !
Ô poisson remarquable de la mer !
Ô divine jeunesse ! »

Ancien chant à Kamapua'a, le dieu-cochon, qui se change aussi en un poisson appelé Humuhumu-nukunuku-a-pua'a.

18 juin 1866, dans un village sans nom sur la côte de Kona.

Bien que l'orage fût passé, c'était pure folie que d'abandonner notre hutte sèche et le cercle lumineux de la bougie pour sortir dans la nuit sur les conseils d'un petit païen blessé qui affirmait que deux oiseaux inoffensifs étaient les frères et les espions du dieu-démon Pana-ewa. Néanmoins, nous partîmes.

Nous en discutâmes pendant de longues minutes, et plus la discussion se prolongeait, plus le révérend Haymark et M. Clemens s'excitaient. Notre ecclésiastique rejetait les déclarations de l'enfant qu'il qualifiait d'inepties. Notre journaliste soutenait que la nuit avait été pleine de mystère et que les peurs du petit garçon n'étaient pas plus absurdes que la moitié des choses que nous avions vues depuis le coucher du soleil. Je gardais mon opinion pour moi.

Pour finir, les deux hommes se tournèrent vers moi. Le révérend Haymark me dit : « Mademoiselle Stewart, voudriez-vous, je vous prie, mettre un peu de plomb dans la tête de ce... de ce... de cet homme de lettres. »

M. Clemens grogna et s'adressa à moi : « Mademoiselle Stewart, nous sommes en démocratie... et j'espère que notre révérend Haymark y croit encore... il semble donc que vous déteniez la voix décisive qui va décider de notre sort. »

J'attendis une seconde en silence. Halemanu me regardait avec des yeux épouvantés. Les deux hommes m'observaient avec des degrés divers d'ennui clérical et d'amusement littéraire. Pour finir, je dis : « Nous partons. Immédiatement.

— Mais, mademoisellement Stewart, il n'y a pas de doute que..., commença le révérend Haymark dont le visage rubicond devenait encore plus rouge à la lumière vacillante de la bougie.

— Je vote pour le départ, dis-je en mettant fin à ses protestations d'un ton catégorique, non par peur de quelque croque mitaine des îles Sandwich, mais parce que nous avons un enfant blessé qui a besoin de soins et... quoi que M. Clemens ait pu voir d'autre cette nuit... parce que nous sommes sur une terre sacrée païenne — ou devrais-je dire une terre impie ? — et que ces Marcheurs ne nous veulent aucun bien. »

Le révérend Haymark abandonna ses récriminations pour étudier mon argument.

« Le petit garçon dit qu'il connaît le chemin vers un village qui n'est qu'à deux ou trois kilomètres au nord-est d'ici, continuai-je. L'enfant a de la famille là-bas et sa soi-disant Pele kahuna *connaît peut-être des remèdes populaires qui peuvent l'aider. Si ma voix doit être décisive, je vote pour que nous partions en toute hâte.*

— Tiens, tiens », dit M. Clemens.

Je le regardais en fronçant les sourcils sans cesser de rassembler mes quelques affaires. « Je vous répète que je ne crains aucun mâle. Encore moins un mâle impie fait de brouillard. »

M. Clemens rougit et mordit son cigare éteint.

Nous partîmes rapidement mais sans affolement. Les chevaux montraient les mêmes signes de terreur que lorsque les Marcheurs de la Nuit étaient passés à proximité, et il fallut que les deux hommes m'aident à seller mon lio *habituellement docile. M. Clemens installa le petit garçon devant lui et l'enfant parut chevaucher sans trop de difficultés en dépit de sa blessure à la tête.*

J'avoue que je retins pratiquement ma respiration tout le temps que nous longeâmes le chemin boueux, au bruit des sabots de nos chevaux, entre les murs de pierres maléfiques. Je m'attendais un peu que les dieux ou les démons ou les guerriers morts du récit de M. Clemens jaillissent de leur cachette pour nous sauter dessus. Il faisait assez sombre pour que des nations entières de païens cannibales soient tapies derrière ces vieilles pierres gorgées de sang.

Rien ne bondit sur nous. Halemanu désigna du doigt une vague piste qui s'écartait, en direction de l'est, du chemin que nous avions suivi, et dans cette nuit sans étoiles, nous remontâmes une fois de plus les pentes volcaniques — le journaliste et l'enfant en tête, mon Leo agité suivant de près la queue du cheval de M. Clemens et, fermant la marche, le révérend Haymark ballotté sur sa monture. Je me surprenais parfois à vérifier, par-dessus mon épaule, si l'ecclésiastique restait bien derrière nous ; si aucun monstre à la bouche de requin ou couvert d'écailles ne l'avait arraché de son cheval ou ne se penchait vers moi. Il faisait nuit, mais je pouvais distinguer la forme corpulente du pasteur et entendre clairement ses soupirs asthmatiques.

Au bout d'un moment, les étoiles surgirent dans toute leur splendeur tropicale, et même à leur faible lueur, j'identifiai les buissons et les fleurs qui parsemaient le paysage volcanique : des ohia *et des* ohelo *(une espèce de myrtilles), des sadlerias, des poloypodes, du danthonia, et une grande variété de plantes à bulbes portant des grappes de baies qui semblaient luire d'un bleu maladif à la lumière des étoiles. Il y avait ici de nombreuses variétés de palmiers — mais pas de cocotiers — et une profusion d'arbustes, de fougères arborescentes, de bancouliers et d'arbres à pain, mais plus nous montions, plus cette végétation locale faisait place aux coulées et aux couches, d'abord discrètes, puis dominantes, de cette lave cordée appelée* pahoehoe. *Nous progressions lentement, Halemanu semblait se tirer d'un demi-sommeil pour montrer la voie, et nos chevaux se hissaient avec précaution sur les terrasses de basalte couvertes d'arbrisseaux.*

Une fois, environ à mi-chemin de notre but, nous nous arrêtâmes pour écouter, car un bruit rythmé retentissait, à quelque distance derrière nous, comme une grande troupe d'hommes chantant à voix basse ; c'était peut-être l'explosion régulière des vagues — bien que nous fussions maintenant loin à l'intérieur des terres.

« Les Marcheurs ? » chuchota M. Clemens, mais le petit garçon ne répondit pas et nous non plus.

Nous éperonnâmes nos chevaux pour avancer moins précautionnement.

Le jour allait se lever lorsque nous arrivâmes au village — bien que village soit un bien grand mot pour la demi-douzaine de huttes délabrées qui surgirent de l'obscurité. Il n'y avait pas de lumière. Aucun chien n'aboya pour répondre à notre intrusion. Pendant un moment, nous restâmes en selle, convaincus que ce qui avait dévoré la troupe du révérend Whister avait aussi expédié sans ménagement la famille d'Halemanu qui résidait dans ce village. Mais quand le petit garçon appela dans ce flot de syllabes qu'est l'hawaiien, je reconnus les mots wahine haole, *« femme blanche », et* wai lio, *qui signifie « eau pour les chevaux » et qu'il prononça sous une forme interrogative, puis* Ka huakia'i o ka Po *qui, je m'en souvenais, voulait dire « Marcheurs de la Nuit ».*

Brusquement, une douzaine d'ombres nous entourèrent et des mains nous tirèrent de nos montures. Durant un moment, je me sentis sans volonté et permis à ces mains avides mais apparemment dénuées d'hostilité de m'arracher du dos de Leo, de me mettre sur mes pieds et de me toucher avec une curiosité naïve. J'entendis M. Clemens et le révérend Haymark protester, mais eux aussi furent démontés de force.

La douce voix d'Halemanu parla de nouveau, l'une des ombres répondit avec la voix d'un vieil homme et, sans plus de cérémonies, on nous poussa à travers un rideau de feuilles pour nous faire entrer dans la plus proche et la plus grande des cabanes.

Le village n'était indubitablement pas déserté. Huit vieillards, trois femmes plus jeunes et une tutu, *une grand-mère, aussi vieille que le temps, s'assirent dans la longue hutte, leurs visages et leurs corps ridés maintenant visibles à la très faible lumière de deux minuscules lampes à huile de cirier. Ils nous avaient fait asseoir dans leur cercle, M. Clemens en face de moi, le révérend Haymark près de la porte et l'enfant épuisé à côté de la vieille sorcière, dans le coin le plus obscur de la pièce. Le vieux installé près du révérend Haymark reprit la parole. Les mots proférées par sa bouche édentée n'auraient pas été plus compréhensibles s'il avait parlé anglais, mais Halemanu nous les traduisit aisément : « Grand-père demande pourquoi vous voyagez pendant cette méchante nuit. »*

M. Clemens répondit pour nous. « Dis-lui que nous nous rendons à l'église et au village du révérend Whister. »

Le vieil homme émit d'autres sons confus en hawaiien.

« Grand-père dit que l'église et le village sont détruits. Il n'y a personne de vivant, maintenant. C'est un mauvais endroit. Kapu. *» Dans son nouveau rôle de traducteur, Halemanu semblait plus âgé.*

Le révérend Haymark répondit : « Demande à ton grand-père comment le pasteur et le peuple du village ont été tués. »

Halemanu parla lentement, les yeux fermés à cause de la douleur. Un autre vieux assis dans le cercle aboya une réponse.

« Mon autre grand-père dit que lui et les autres kahuna *de cette côte ont prié pour qu'ils meurent, dit Halemanu sans émotion.*

— Prié pour qu'ils meurent ? répéta notre ecclésiastique avec une répugnance ostensible.

— Oui, répondit Halemanu. Mais les haole *ne sont pas morts quand ils ont prié, ils sont seulement devenus malades. C'est pourquoi les grands-pères qui étaient les plus forts des* kahuna *ont chanté les vieux chants et ouvert la porte des Enfers pour que les* eepa *et les* kapua *et les* mokos*, et Panaewa lui-même, soient relâchés, afin de nous débarrasser des saints hommes* haole.

— Débarrasser ? » répéta M. Clemens. Je sentis les battements de mon cœur s'accélérer.

« Oui, dit Halemanu, et il ouvrit les yeux. Les grands-pères ont ordonné à mon oncle et aux autres guerriers d'aller vous chercher et de vous ramener ici pour le sacrifice. Comme j'étais le plus jeune des kahuna*, on m'a permis de venir. Nous avons rencontré les* Kia hua-kia'i o ka Po *pendant notre court voyage, mais c'était une malchance. Ils m'ont épargné parce que je porte le nom du plus fameux* aumakua *qui sert Panaewa. »*

M. Clemens et le révérend Haymark tentèrent alors de se remettre debout, mais le vieil homme qui était près de la porte fit un geste avec son petit doigt et les deux hommes s'écroulèrent comme si l'on avait posé un grand poids sur leur dos. Ils avaient beau se débattre, ils ne pouvaient pas se relever. Je n'essayai même pas de m'enfuir.

« Halemanu..., commençai-je.

— Silence, femme », dit le petit garçon d'une voix impérieuse qui semblait plus profonde qu'une voix d'enfant n'aurait dû l'être.

Les vieux se mirent à chanter. Le son semblait pénétrer dans mon corps comme une drogue, l'intérieur de la hutte commença à vaciller à la lumière des noix de cirier et mes paupières s'alourdirent. Je vis M. Clemens et le révérend Haymark lutter pour échapper à l'effet du chant, mais ils n'eurent pas plus de chance que moi.

À ce moment, je me retournai pour regarder Halemanu. Le corps du petit garçon semblait onduler, comme un lointain mirage dans le désert, à midi, puis sa chair parut s'amollir, couler et se vider comme une eau sombre qui tomberait dans un invisible tuyau d'écoulement.

Il resta un brouillard. Un brouillard qui ondoyait. Le brouillard se leva et prit la forme d'un homme, mais d'une taille impossible ; sa tête frôlait le plafond de la hutte, à trois mètres au-dessus de nous. Je vis le brouillard tournoyer à la lumière de la lampe et, quand la voix se fit entendre, c'est de lui qu'elle sortait, tel l'écho d'une grande bête rugissant dans un long tunnel.

« *Et maintenant, je réclame ce qui est mien !* Kapu o moe, haole kanaka ! »

Le brouillard en forme d'homme se jeta sur nous.

Eleanor fit faire demi-tour à la Jeep et revint à l'embranchement qui menait à Milolii et Hoopuloa. Une barrière de police bloquait l'étroit accès à la route.

« Ne la contournez pas, dit Paul Kukali. L'*a'a* mettrait vos pneus en lambeaux. » Il descendit et déplaça la barrière. Eleanor avança et le conservateur replaça le lourd chevalet.

La petite route serpentait dans les mêmes champs de lave désolés qui séparaient le Mauna Pélé de la nationale 11. Eleanor conduisait lentement et s'attendait presque à voir les autorités apparaître au prochain tournant et leur ordonner de faire demi-tour. Il n'y avait aucune circulation.

Milolii semblait figé dans le temps. Les quelques maisons paraissaient vides et silencieuses, et le seul établissement public, un grand magasin, portait punaisé sur sa porte un ordre d'évacuation qui émanait de la police et signalait les peines encourues par les pillards. Le vent avait tourné et la fumée dérivait maintenant entre les cocotiers jusque sur les petites cabanes aux toits de fer galvanisé. Quelques bateaux à balancier attendaient sur une plage ombragée. Des flèches de lumière traversaient la fumée et la scène parut, aux yeux d'Eleanor, d'une beauté indicible.

« Empruntez cette route qui court parallèlement à la plage », dit Paul Kukali.

La « route » n'était qu'une double ornière de roues, à peine visible, qui traversait le feuillage tropical, puis un champ de fougères.

« Les gens d'ici vivent encore du poisson, dit Paul. C'est l'un des derniers villages de pêcheurs d'Hawaii. Mais ils arrondissent leurs revenus en cultivant des anthuriums et des fougères. Ils doivent apporter de la terre en camion. Vous pouvez constater que les champs de lave ne pourraient pas en nourrir beaucoup. »

La piste grossière avait quitté les champs fertiles et courait sur la roche broyée, en bordure des coulées de lave noire qui s'étendaient dans toutes les directions. Des embruns s'élevaient, à l'endroit où l'océan s'écrasait sur les rochers. À moins de deux kilomètres, la vapeur de la coulée de lave continuait à monter dans la stratosphère. La fumée, plus épaisse maintenant, ondulait au-dessus du basalte noir comme des volutes de brume. Eleanor conduisait toujours parallèlement à la côte, en prenant bien garde de ne pas déchirer ses pneus sur l'*a'a* qui bordait les ornières. Au bout de quelques minutes, lorsque la fumée devint presque trop dense, Paul lui dit : « Arrêtez-vous. »

Ils descendirent de la Jeep et continuèrent à pied. Ici, c'était la même coulée de lave qui avait recouvert la grand-route, mais elle semblait deux fois plus haute et s'étendait aussi sur les vieux champs d'*a'a* et de *pahoehoe*. Eleanor regarda le mur de lave refroidie depuis peu qui craquait, sifflait, s'effritait ; il s'élevait à quatre mètres au-dessus du sol et disparaissait, à l'est et l'ouest, dans la fumée. Chaque arbuste qui se dressait à moins de dix mètres de la coulée brûlait ou était déjà carbonisé. L'herbe se consumait sans flammes. De la lave pâteuse sortait d'une demi-douzaine de crevasses, coulait sur le sol et mettait le feu à l'herbe encore intacte. Pour Eleanor, cela évoquait l'odeur de l'automne dans le Middle West, quand elle était enfant, et que l'on faisait brûler les feuilles mortes. Mais sous cette odeur agréable, il y avait aussi une puanteur de soufre et d'autres gaz nocifs.

« Je suppose qu'il est impossible de traverser ça », dit-elle.

Paul recula et se protégea la bouche et le nez avec un foulard rouge. Ses yeux larmoyaient. « Les messieurs que vous voulez voir vivent à cinq mètres d'ici, de l'autre côté. »

Eleanor le regarda en plissant les yeux. « Et vous croyez qu'ils y sont toujours ? Avec tout ce qui se passe ?

— Ils sont entêtés, répliqua Paul en haussant les épaules.

— Moi aussi. » Elle marcha de long en large, au bord de la coulée, en essayant de trouver un endroit où la lueur orange s'affaiblirait, où la chaleur serait moins forte. Pour finir, elle se rapprocha du magma, protégea son visage et s'engagea sur un rocher gris qui glougloutait moins que les autres. Des fragments de lave refroidie s'effritèrent et voltigèrent lorsqu'elle posa le pied dessus.

Le sol était brûlant. Eleanor aurait bien voulu porter autre chose que des baskets. Mais les semelles ne fondirent pas et la surface ne craqua pas lorsqu'elle fit porter tout son poids sur la terrasse moulée dans cette roche nouvelle. Elle se redressa. « Je vais essayer de traverser », dit-elle en prenant soin de poser le pied sur une corniche solide, soixante centimètres plus haut.

Paul Kukali émit un bruit, mais la suivit pas à pas.

Eleanor franchit lentement la coulée de lave, en avançant avec autant de précaution que si elle traversait un torrent sur des rochers glissants. La chaleur de la roche encore pâteuse lui sautait au visage par les crevasses environnantes. De la fumée, de la vapeur et des gaz sulfureux s'élevaient en volutes de ces fentes et se mêlaient au voile de fumée qui maintenant cachait le soleil. Elle sentait les semelles et les côtés de ses baskets s'amollir, aussi avançait-elle le plus vite possible en ne restant jamais plus longtemps qu'il ne fallait sur un endroit brûlant. Eleanor tentait de ne pas penser à ce qui arriverait si elle passait au travers.

« Là-dessous, dit Paul Kukali à mi-chemin des cinquante mètres qu'ils devaient parcourir, la lave coule comme une rivière. La croûte est très mince au-dessus.

— Merci, dit Eleanor en s'arrêtant pour tousser. J'essayais de ne pas y penser. » Elle fit un autre pas. Le sifflement et le grésillement de la lave au contact de l'océan froid faisaient penser à une radio marchant à plein volume et qui ne capterait que des parasites.

Une fois, la terrasse craqua sous ses pas comme de la glace en train de fondre. Eleanor dut non seulement ramener rapidement le pied en arrière, mais sauter jusqu'à un plissement plus élevé de la roche grise, afin d'échapper à l'explosion de chaleur et de magma qui en jaillit. Elle s'arrêta un moment, toute tremblante, avant de continuer. Eleanor avait toujours apprécié tante Kidder et ses aventures dans les régions sauvages du globe, cent trente ans auparavant, mais elle eut alors une perception toute viscérale du courage qu'il avait fallu à cette femme pour marcher sur la croûte de lave du Kilauea alors que le volcan était en éruption. *Peut-être n'est-ce pas seulement le goût du célibat qui a été transmis à celles d'entre nous qui suivirent les traces de tante Kidder,* pensa-t-elle. *Peut-être est-ce le gène de la démence.* Elle reprit sa marche.

Du côté nord de la coulée de lave, les incendies rendirent les derniers pas encore plus difficiles, mais Eleanor finit par trouver un endroit où elle pouvait sauter de la terrasse qui surplombait d'un mètre l'herbe fumante. Elle s'éloigna de la chaleur et resta un moment sur un rocher solide ; elle sentait ses jambes trembler, mais éprouvait aussi cette impression de planer que procure parfois l'adrénaline.

Paul la rejoignit. Son visage était strié de suie — comme le sien, sans doute, se dit Eleanor — et il fronçait les sourcils. « Nom d'un chien, quand je pense qu'il va falloir retraverser tout ça. J'espère que la lave n'aura pas englouti notre Jeep pendant notre absence. »

Eleanor reprit son souffle. Elle aurait dû se garer plus loin de la coulée. Elle n'était pas encore très calée en matière de volcans. *Mais je suis en train d'apprendre,* pensa-t-elle. Ils s'engagèrent dans l'étendue déserte d'*a'a,* plongèrent dans la fumée, en suivant toujours les ornières des pneus qui avaient réapparu de ce côté-là.

Les deux vieux *kahuna* se tenaient debout devant leur vieille caravane. C'étaient des septuagénaires... peut-être des octogénaires... vêtus de jeans, de chemises occidentales délavées aux poches fermées par des boutons-pression, et chaussés de bottes de cow-boy déformées. La similitude de leur apparence, de leur expression et de leur posture donna à penser à Eleanor qu'ils étaient jumeaux.

« *Aloha,* dit celui qui fumait — chose incongrue au milieu de ces tourbillons de fumée qui cachaient le ciel, l'océan et tout le paysage dans un rayon de quinze mètres. Nous vous attendions, dit-il en jetant sa cigarette et en l'écrasant sous sa botte. Entrez vous mettre à l'abri de la fumée. »

La caravane, guère spacieuse, sentait le bacon et la graisse. Tous quatre se glissèrent dans le coin-cuisine et s'installèrent de chaque côté de la table, Eleanor et Paul sur un banc, les deux *kahuna* en face d'eux. Une vieille femme au regard placide et aux cheveux blancs était assise, dans l'ombre, sur un sofa. Eleanor la salua d'un signe de tête, mais les hommes — y compris Paul — firent comme si elle n'était pas là.

« Eleanor, dit Paul, je vous présente mes grands-oncles, Leonard et Leopold Kamakaiwi. *Kapuna,* voici le Dr Eleanor Perry [1]. Elle souhaite vous parler. »

Leopold croisa les mains sur le Formica de la table et lui sourit. Il lui manquait quelques dents, mais les autres étaient très blanches. « Un médecin, dit-il en hochant la tête. C'est bien que vous soyez

1. Dans la plupart des autres pays du monde, on donne couramment le titre de docteur à tous ceux qui ont soutenu une thèse, aussi bien en lettres qu'en sciences.

venue. J'ai une douleur dans l'épaule et j'aimerais que vous la fassiez partir.

— Je ne suis pas... », commença Eleanor, puis elle s'arrêta, comprenant qu'il était en train de la faire marcher. Elle lui rendit son sourire. « Il faut ôter votre chemise. »

Le vieux leva les deux mains, comme s'il était scandalisé. « Non, non ! *Mahalo nui,* je n'enlèverai jamais ma chemise devant une belle *wahine* avant d'avoir bu quelques verres. » Il prit, sur une étagère voisine, une bouteille et quatre verres poussiéreux.

Leonard Kamakaiwi ne souriait pas lorsqu'il dit d'un ton dur : « Paul, est-ce ta nouvelle *ipo ?* As-tu été *wela kahao ?*

— Non, *kapuna,* répondit-il en soupirant. Mlle Perry est une cliente du Mauna Pélé. » Puis, s'adressant à Eleanor : « *Kapuna* signifie " grand-parent " ou " ancien ", mais aussi " sage ". Parfois, on l'utilise de façon plutôt impropre. »

Leopold ricana. « Versons-nous un peu de sagesse », dit-il en remplissant les verres d'un liquide noir.

Ils trinquèrent et burent. Les vapeurs de cette boisson affectèrent Eleanor à l'instant même où l'alcool lui brûla l'œsophage et mit le feu à son estomac. On aurait dit du kérosène pur. « Qu'est-ce que c'est ? demanda-t-elle quand elle put parler de nouveau.

— De l'*okolehau,* ricana Leopold. Cela veut dire " cul de fer ". C'est fait avec la racine du *ti.* On brasse cet alcool dans les marmites en fer utilisées pour la graisse de baleine. C'est pour ça qu'il y a *hau* — fer — dans son nom.

— Eh bien, cela a failli me faire tomber sur l'*okole* », répliqua Eleanor en prenant une autre gorgée.

Même le maussade Leonard se joignit à leurs rires.

Leopold la resservit et dit : « Que voulez-vous, mademoiselle Eleanor Perry ? »

Elle décida de jouer cartes sur table : « Paul m'a dit que vous étiez des *kahuna.* »

Les deux vieux la regardèrent d'un air impassible. Eleanor prit leur silence pour un assentiment. « Dans ce cas, je voudrais savoir si vous êtes *kahuna ana'ana* ou bien *kahuna lapa'au.* » Le premier était un sorcier doué des pouvoirs de la magie noire ; le deuxième, un prêtre qui soignait les gens physiquement et spirituellement.

« Pourquoi ? dit Leopold en montrant de nouveau ses dents blanches. Vous voulez que quelqu'un prie pour apporter la mort ? »

Leonard fit un geste pour faire taire son jumeau. « Il y a des *kahuna* qui ont tous ces pouvoirs, répondit-il d'une voix douce.

— Ou des jumeaux qui les partagent ? » demanda Eleanor.

Le vieil homme ne répondit pas.

« Cela ne me regarde pas..., commença-t-elle.

— Exact, exact », dit Leopold Kamakaiwi avec un sourire. Il but une petite gorgée d'*okolehau.*

« Cela ne me regarde pas, mais je crois que vous essayez de lancer un sort de mort contre le Mauna Pélé. Je crois que vous avez ouvert les Enfers de Milu et que vous avez relâché les anciens démons. Je crois que vous avez ramené sur terre Panaewa et Nanaue et Ku et les autres. Je crois que des gens en meurent et qu'il faut que vous y mettiez fin. » Eleanor s'arrêta, le cœur battant. Elle savait très bien qu'elle était à des kilomètres de tout secours, entre des coulées de lave brûlante, seule avec trois hommes — qu'elle soupçonnait d'être *kahuna* tous les trois. C'était pour cette raison qu'elle avait laissé un mot pour Cordie, à la réception, lui disant où elle était et avec qui.

Dans le long silence qui suivit son petit discours, on entendit distinctement les sifflements et les grésillements de la coulée de lave qui se jetait dans l'océan, à cinq cents mètres de là. Eleanor jeta un coup d'œil par la petite fenêtre encrassée et vit passer des volutes de fumée. Elle avait l'impression de traverser les nuages. Peut-être volaient-ils vraiment ; les *kahuna* avaient pu l'emporter quelque part, au-dessus du volcan, pour la sacrifier. *Du calme, Eleanor,* se dit-elle. *Ressaisis-toi.*

Pour finir, Leonard dit : « Nous n'avions pas l'intention de faire mourir les gens. Il faut nous croire. »

Leopold haussa les épaules et les resservit. « Pour dire la vérité, nous ne croyions pas que la vieille magie puisse encore agir.

— Il n'y a pas que l'oncle Leonard et l'oncle Leopold, dit Paul en posant la main sur son bras. Les *kahuna* de toutes les îles ont entonné, le même jour, les anciens chants. C'est de ma faute. Lorsque les magistrats ont refusé de préserver les mares à poissons et les champs de pétroglyphes, je leur ai dit qu'il n'y avait plus aucun recours. Mes oncles m'ont montré qu'il en restait un.

— C'était une erreur, dit Leonard en secouant la tête. Je l'ai dit, que c'était une erreur. Il vaut mieux laisser les *mokos* enterrés. Il vaut mieux ne pas invoquer les dieux. » Il but une longue gorgée.

C'est Leonard, le kahuna lapa'au, découvrit-elle, stupéfaite. *L'homme-médecine. Et c'est le joyeux Leopold qui commande aux forces de l'ombre.*

Comme s'il lisait dans ses pensées, ce dernier lui fit un grand sourire.

« Vous ne pouvez plus les arrêter ?

— Non », répondirent ensemble les deux frères. Leonard poursuivit : « Tous les *kahuna* ont essayé pendant des mois. Aucun ne voulait que des gens meurent. Mais les anciens chants ont libéré les êtres des Enfers. Nous ne savons pas comment refermer l'ouverture, comment les renvoyer dans les ténèbres.

— Pélé..., commença Eleanor.

— Pélé est en colère contre nous... », dit Leopold, puis il montra la fumée, par la fenêtre. « Et elle n'écoute pas.

— Elle n'a pas écouté pendant des générations, ajouta Leonard d'un ton morose. Nous avons abandonné les anciennes coutumes. Nous avons perdu notre fierté. Nous ne méritons plus qu'elle nous écoute.

— Il n'y a plus de *Pele kahuna ?* dit Eleanor en se penchant vers eux. Des prêtresses qui intercèdent pour vous auprès de Pélé ?

— Comment savez-vous tout cela ? demanda Leopold en la regardant d'un air soupçonneux.

— Elle lit », intervint Paul Kukali avec une pointe d'ironie.

Eleanor jeta un coup d'œil sur le conservateur puis revint aux jumeaux. « Je me trompe ?

— Vous ne vous trompez pas, répondit Leonard. Il y a cent ans, il y avait des *Pele kahuna.* Il y a cinquante ans, il y avait des *Pele kahuna.* Mais elles sont toutes mortes. Mortes sans transmettre leurs secrets. Il n'y en a plus.

— Pas une ? » Eleanor sentit quelque chose comme une nausée monter en elle. Tout son plan astucieux venait de s'effondrer. Elle regarda la vieille femme sur le sofa, comme pour chercher de l'aide, mais son regard était si inexpressif qu'Eleanor pensa qu'elle était peut-être aveugle.

« Sauf Molly Kewalu, dit Paul.

— Molly Kewalu est *pupule,* répliqua Leopold d'un air dédaigneux. Folle. Dingue.

— Et elle ne parle plus à personne, confirma Leonard.

— Elle habite en haut du volcan et il n'y a pas de route pour y aller. Il faudrait marcher pendant des jours pour la voir. La lave l'a probablement déjà emportée.

— Comment fait-elle pour vivre là-haut ? demanda Eleanor. Rien n'y pousse. Que mange-t-elle ?

— Les femmes la nourrissent, répondit Leopold avec un autre reniflement de mépris. Les femmes des villages croient qu'elle a toujours le *mana,* et cela fait cinquante, soixante ans qu'elles lui apportent du *manauahi* — gratuitement —, de quoi manger. Mais c'est une vieille folle. Une *pupule.* »

Eleanor regarda Paul, mais celui-ci secoua la tête. « Molly Kewalu prétend qu'elle peut parler à Pélé, mais à l'hôpital de Hilo, la moitié des vieilles Hawaiiennes atteintes de la maladie d'Alzheimer disent la même chose.

— Pourtant..., commença-t-elle.

— Eleanor, connaissez-vous le mythe qui interdit de ramasser des pierres du volcan pour ne pas offenser Madame Pélé ?

— Bien sûr. Tous les touristes savent cela. La déesse n'aime pas qu'on lui vole sa lave. Cela porte malheur, n'est-ce pas ?

— C'est exact, dit Paul. Tous les ans, les gardes du Parc national des volcans reçoivent par la poste des centaines de pierres. Elles arrivent de tous les coins du monde — surtout du Japon, ces derniers temps. Les touristes les chapardent puis les renvoient avec des lettres décrivant les malheurs qui leur sont arrivés depuis. Quatre fois par an, les gardes doivent les remonter sur le volcan et les y laisser avec des offrandes — généralement une bouteille de gin — afin d'apaiser Pélé. Eleanor, il y en a des *milliers.* Quatre fois par an, on voit partir une procession de bennes à ordures remplies de pierres de lave.

— Alors ?

— Alors, ce mythe, ce tabou, n'existe pas.

— Ce n'est pas *kapu,* dit Leopold.

— J'ai donné l'origine de cette prétendue légende dans l'un de mes articles, poursuivit Paul Kukali. Cet " ancien tabou " qui interdit de voler les roches volcaniques est né dans les années cinquante... tout a commencé avec un chauffeur de car de touristes qui en avait assez de nettoyer la poussière de lave chaque fois que les touristes se ramenaient dans son véhicule avec leurs satanées pierres. »

Eleanor éclata de rire ; elle sentait l'*okolehau* brûler en elle. « C'est vrai ?

— Oui.

— Mais qu'est-ce que cela vient faire avec Molly Kewalu ?

— C'est aussi une légende bidon. Elle raconte à tout le monde qu'elle parle avec Pélé, mais ce n'est qu'une vieille dame folle partie se cacher là où on ne viendra pas la chercher pour l'enfermer.

— Se cacher où ? demanda Eleanor.

— Dans un coin désert, dit Leonard. *Ka'u.* Dans une grotte, sur la crête que les vieux appelaient Ka-hau-komo parce que autrefois deux arbres *hau* s'élevaient là où aucun arbre ne peut pousser.

— *Hau,* dit Eleanor. Fer. Comme dans notre ferréol [1].

— La grotte de Molly Kewalu est à proximité de la grande pierre appelée Hopoe par les anciens, poursuivit Leonard. Pendant des centaines d'années, elle resta si parfaitement stable que les ouragans n'ont pas pu l'abattre. Nos ancêtres l'avaient nommée d'après Hopoe, le célèbre danseur de Puna qui apprit à danser à Hi'iaka, la plus jeune sœur de Pélé. La pierre tomba quand Pélé se réveilla et nous montra son courroux, en 1866. »

Eleanor toucha les mains des deux vieillards, l'une après l'autre. Ils levèrent les yeux de leurs verres. « Vos chants ont libéré ces esprits. N'y a-t-il aucun moyen de les renvoyer dans les Enfers ? »

L'expression d'impuissance qu'elle lut dans leurs yeux était une réponse éloquente. La vieille femme ne dit rien.

Paul regarda sa montre. « Il faut rentrer. » Il termina son verre. « Si la Jeep n'a pas été calcinée ou enterrée. »

Eleanor haussa les épaules. « C'est un véhicule de location. » En partant, elle salua la vieille femme silencieuse, contrariée que Paul et les deux autres hommes continuent à la traiter comme si elle n'existait pas.

Dehors, le paysage était aussi surréel qu'avant. La fumée, qui s'était encore épaissie, courait plus vite devant eux, car le vent venait maintenant du sud. Le bruit de l'évaporation de l'océan était toujours audible.

« *Kapuna,* dit Paul à ses grands-oncles, les coulées de lave se

1. Arbre d'Amérique latine dont le bois, brun foncé, présente un grain fin, très dur et très lourd.

déplacent très rapidement. On a évacué tous les villages entre ici et le Mauna Pélé. Vous ne voulez pas venir avec nous ? »

Leonard Kamakaiwi le regarda d'un air furieux. Leopold Kamakaiwi éclata de rire. Les deux vieillards rentrèrent dans leur caravane.

Le champ de lave semblait plus brûlant et encore plus dangereux qu'à l'aller. Eleanor se demanda si elle n'allait pas récolter des brûlures aux pieds. Un arbre, près de la Jeep, fumait à cause de la proximité de plusieurs nouveaux ruisseaux de lave, mais le véhicule était intact.

« Il faut que nous parlions », dit Paul lorsqu'ils arrivèrent à la nationale 11 et tournèrent en direction du nord. Ils roulaient lentement et la lumière vespérale projetait leur ombre sur la roche noire. La fumée était épaisse, ici aussi, et âcre la puanteur des vapeurs de soufre.

« D'accord, répliqua Eleanor.

— Mark Twain n'a rien écrit sur cette nuit des années 1860 où les Marcheurs ont édifié un *heiau* près de l'endroit où se trouve maintenant le Mauna Pélé, n'est-ce pas ? Nous... les *kahuna...* savons que cette histoire n'est citée que dans les chants et la tradition orale. Vous avez dû trouver cela ailleurs. »

Eleanor essaya de changer de sujet : « Paul, êtes-vous un *kahuna* reconnu ? »

Le conservateur éclata d'un rire cynique qui lui rappela Leonard. « Je n'ai jamais été un véritable *kahuna,* répondit-il, le regard perdu dans la fumée qui tournoyait devant eux. Mon éducation occidentale m'a ôté le niveau de croyance nécessaire pour apprendre. Mes yeux de *haole* rationaliste ne peuvent pas voir clairement.

— Pourtant, vous croyez à ce que vos oncles et les autres ont fait, au Mauna Pélé ?

— J'ai vu le chien... Ku... qui transportait la main de sa victime. J'ai vu d'autres choses, la nuit. »

Eleanor ne demanda pas quoi. Pas encore. « Est-ce que j'aurai droit tout de même à la promenade en hélicoptère ? »

Il rit. « Vous en avez toujours envie ?

— Oui.

— D'accord. Mon ami va atterrir au Mauna Pélé dans quelques heures... à la tombée de la nuit. À moins que le complexe hôtelier n'ait été évacué de force par la police ou qu'il ne soit envahi par la lave. Autre chose ?

— Dites-moi seulement qui était cette vieille femme », demanda-t-elle en arrivant au portail du Mauna Pélé. Ici, la fumée était moins épaisse, mais toujours présente. Le vent du sud était chaud et humide.

« Quelle vieille femme ? Vous voulez parler de Molly Kewalu ? »

Eleanor s'engagea dans l'allée qui menait au complexe hôtelier. Le garde les reconnut, fit un bref salut amical et ôta la chaîne. Ils traversèrent les champs d'*a'a* noire. La côte, à moins de trois kilomètres, restait invisible à cause de la fumée. Comme le Mauna Pélé. « Non, répondit-elle, celle qui était dans la caravane, avec vos oncles. »

Paul la regarda d'un air étrange. « Il n'y avait pas de vieille femme dans la caravane. »

« Envolés, les soutiens-gorge et les petites culottes. Terminés les préliminaires. Bordel ! Qu'est-ce qui foire ? »

Will Bryant grimaça. « M. Sato s'inquiète au sujet de Sunny.

— Merde ! » Malgré toutes ces insanités, les négociations avaient progressé selon ses prévisions. À quinze heures, après un merveilleux déjeuner sur le *lanai* privé du septième étage, et une démonstration de *hula* par des danseuses professionnelles que Trumbo avait fait venir de l'île d'Oahu, ils s'étaient remis au travail. À seize heures quinze, on avait fixé le prix à trois cent douze millions de dollars et rédigé le contrat. Sato avait amené avec lui sa cohorte d'avocats ; Byron Trumbo employait huit hommes de loi, mais détestait tellement voyager avec eux qu'il avait confié la vérification des papiers à Will Bryant. Celui-ci était diplômé en droit, comme Bobby Tanaka, et les deux hommes avaient passé une heure à vérifier les clauses tapées en petits caractères. À dix-sept heures trente, les contrats prêts à signer reposaient sur le bureau en teck et acajou, dans la salle de conférences de la suite présidentielle.

Mais Hiroshe Sato se faisait du souci pour Sunny Takahashi.

« Merde ! répéta Trumbo pour la vingtième fois ce jour-là. Fredrickson l'a toujours pas retrouvé ?

— Non », dit Will Bryant. Il épluchait encore un exemplaire du contrat qui allait faire du Mauna Pélé un club de golf japonais et tirer son patron de graves ennuis financiers. Ses lunettes à monture d'écaille et ses cheveux attachés sur la nuque donnaient à Bryant l'apparence d'un étudiant en droit. Son costume à trois mille dollars contredisait cette image.

« Fredrickson a retrouvé Briggs ? » Trumbo aimait bien son garde du corps.

« Non.

— Aucune nouvelle de Dillon ?

— Non, il n'a pas reparu.

— Vous avez convaincu Bicki de partir ?

— Non. Elle est en train de se baigner.

— Et Maya ?

— Elle aussi insiste pour rester.

— Caitlin ?

— M. Koestler et elle ont appelé New York. Ils croient toujours pouvoir vous forcer à vendre au prix qu'ils ont fixé. Elle a tenté trois fois de voir M. Sato, mais notre sécurité a veillé au grain. »

Trumbo s'allongea sur le divan et posa ses baskets sur les coussins. « Je suis fatigué. »

Will Bryant hocha la tête et tourna une page du contrat. « Vous voulez vraiment que le paiement de Sato passe par notre compagnie de holding, Miami Entertainment ?

— Oui. Cela allégera les taxes ; nous ferons déclarer le déficit par la Miami Entertainment, puis nous la liquiderons, je ferai transiter le gros du capital par les comptes jumelés des Caïmans, et nous vendrons les deux casinos comme s'ils faisaient partie de la même transaction. Nous amortirons tout ce gâchis en diminuant les impôts et je n'aurai plus qu'à mettre l'argent qui restera dans la fusion du Hughes Satellite Cable Service et refinancer l'opération Ellison.

— Ça peut marcher.

— Ça marchera. » Trumbo se redressa. « Vous pensez que Hiroshe n'a pas cru à cette histoire... que Sunny avait fait la fête toute la nuit et était en train de dessouler quelque part en compagnie des filles ? »

Will Bryant posa le contrat sur la table basse. « Sunny aime faire la fête, c'est bien connu. Mais on sait aussi qu'il est toujours à l'heure le lendemain matin. M. Sato est hors de lui.

— Est-ce que Bobby a écouté les bandes ? » Comme il se doit,

Trumbo avait mis la suite et les téléphones de Sato sur écoute. Et, bien entendu, la sécurité de Sato avait passé les pièces et les combinés au peigne fin et ôté les micros cachés. Trumbo s'était alors servi de micros paraboliques, installés à une centaine de mètres, pour capter les vibrations de la voix sur les fenêtres, et les ordinateurs avaient reconstitué les conversations. Il utilisait également des appareils audio et vidéo à fibre optique pas plus gros qu'un cheveu, dissimulés dans la profusion de plantes qui ornaient la suite de Sato ; et cette information était elle aussi envoyée à ses magnétophones. Bobby Tanaka et les deux hommes de la sécurité avaient enregistré les conversations de cet après-midi.

« Bobby dit que M. Matsukawa est d'avis de laisser tomber l'affaire, dit Will en sirotant de l'eau glacée dans un grand verre.

— Ce vieux schnoque, murmura Trumbo. Je voudrais que le truc qui a enlevé Sunny ait pris Matsukawa.

— Inazo Ono tient toujours chaudement à l'achat. C'est l'ami intime de M. Sato et son principal négociateur. »

Trumbo ferma les yeux et se frotta l'arête du nez. « Quatre millions de mes dollars durement gagnés, ce salaud d'Ono ferait mieux d'y tenir chaudement ! et Hiroshe lui donnera probablement un gros morceau du club de golf pour le récompenser d'avoir mené cette difficile transaction.

— Oui. Eh bien, il n'y a plus qu'à le faire signer.

— Tout doit être terminé aujourd'hui, murmura Trumbo, les yeux toujours fermés. Cette satanée fumée de volcan empire et je ne crois pas qu'on puisse tenir un jour de plus. Combien reste-t-il de clients ?

— Hmmm, dit Will en consultant son calepin. Onze.

— Onze », répéta Trumbo. Il parut sur le point d'éclater de rire. « Cinq cents chambres et onze clients seulement.

— M. Carter a cru bon d'avertir les gens...

— Carter ! dit Trumbo, les paupières closes. Ce pédé est toujours là ?

— Oui..., dit Will en terminant son eau glacée. Vous ne l'avez pas encore congédié.

— J'aurais peut-être dû le faire descendre. Au fait, qu'est-il arrivé à ce gros Hawaiien à la hache...

— Jimmy Kahekili.

— Oui. Il est parti ?

— Non. La dernière fois que j'en ai entendu parler, il était dans la cuisine en train de manger des gâteaux. Il avait toujours sa hache. Michaels le surveille.

— Bien. Je suis content qu'il soit encore ici. Avec des gens comme Caitlin et Myron Koestler et Carter dans le coin, on peut avoir besoin de M. Kahekili. » Trumbo souriait lorsque sa radio bourdonna. « Ici, Trumbo.

— Monsieur Trumbo, dit Fredrickson, bonne nouvelle. J'ai retrouvé Sunny Takahashi. Terminé. »

Trumbo bondit sur ses pieds en serrant la radio. « Il est vivant ?

— Oui, monsieur. Pas même blessé, je crois. Terminé. »

Byron Trumbo saisit Will Bryant par les bras, mit le jeune homme debout et dansa une gigue. Puis il relâcha son adjoint et appuya sur le bouton envoi. « Formidable... amenez-le ici. *Presto.* Vous aurez droit à une prime, mon garçon. »

Des parasites grésillèrent pendant un moment. « Je pense qu'il vaudrait mieux que vous veniez, monsieur Trumbo. Terminé. »

Le milliardaire se renfrogna. « Où êtes-vous ?

— Dans le champ de pétroglyphes. Vous savez, là où la piste de jogging traverse les rochers, au sud de...

— Bon Dieu, hurla Trumbo, je sais où est ce foutu champ de pétroglyphes. Pourquoi faut-il que je vienne ? Sunny est bien avec vous ?

— Oui, monsieur. Il est ici. M. Dillon aussi.

Trumbo échangea un regard avec Will Bryant. « Dillon est là ? Écoutez, Fredrickson, je veux que Sunny Takahashi revienne ici le plus tôt possible, aussi ne me faites pas chier avec un autre...

— Je crois vraiment qu'il faut que vous voyiez ça, monsieur Trumbo. » La voix de l'homme de la sécurité semblait étrange, résonnait comme s'il parlait dans un tonneau.

— Écoutez, ramenez ce petit Japonais ici le plus vite... Fredrickson ? Fredrickson ? Merde ! » Il n'y avait plus que des parasites sur la ligne. Trumbo se dirigea vers la porte, prit le Browning 9mm et vérifia s'il était chargé. Will Bryant bondit sur ses pieds pour le suivre.

« Non. Vous restez ici et vous amenez Sato et ses gens dans la salle de conférences, pour la signature. Je reviens avec Sunny dans un quart d'heure. Je m'en bats l'œil que Takahashi ait été lobotomisé, on va le rendre présentable pour que Sato l'aperçoive et sache que son golden boy se porte bien, et puis on leur fera signer ces putains de papiers.

— Compris, message reçu. » Will partit vers l'aile de Sato pendant que Trumbo prenait l'ascenseur pour descendre.

Le milliardaire s'arrêta dans le hall, puis se précipita dans le restaurant qu'il traversa afin de gagner l'immense cuisine. Jimmy Kahekili était assis au comptoir, un gâteau dans une main, la hache dans l'autre. Michaels, l'homme de la sécurité, le surveillait comme un faucon.

« Monsieur Trumbo ! cria Bree, le cuisinier, tout en émoi, en levant les mains. Ce... cet... cette montagne de graisse... est dans mes jambes depuis des heures. Vous voilà, le ciel soit béni !

— Bouclez-la, Bree, dit Trumbo. Écoutez, il faut que j'aille en quatrième vitesse dans le champ de pétroglyphes et j'ai besoin de vous comme garde du corps.

— Bien sûr, chef. » L'homme de la sécurité boutonna sa veste pour dissimuler son arme.

— Non, pas vous. » Trumbo montra du doigt l'Hawaiien de deux cents kilos. *« Vous. »*

Jimmy Kahekili continuait à manger son gâteau tout en tenant la hache levée, au niveau du comptoir.

« Ce sera dix mille dollars de plus pour vous », dit Trumbo qui tourna les talons et se dirigea vers la porte.

D'un geste délicat, Jimmy Kahekili s'essuya les doigts sur sa poitrine nue, descendit en pivotant du tabouret que la masse de son corps avait dissimulé et se dandina pour rattraper son nouveau patron.

Kahekili ne pouvait pas entrer dans une voiturette de golf. Trumbo décida d'aller à pied. L'Hawaiien le suivit en marchant comme un canard ; son ombre couvrait complètement le milliardaire tandis qu'ils traversaient le jardin en toute hâte et passaient devant le Bar de l'Épave pour se diriger vers le sud.

Ils venaient d'atteindre la grande piscine lorsque Trumbo s'arrêta si brusquement que Jimmy Kahekili faillit lui rentrer dedans. Les épaules du milliardaire s'affaissèrent.

Dans l'allée, devant lui, il venait d'apercevoir Caitlin Sommersby Trumbo, Maya Richardson et Bicki. Myron Koestler, appuyé nonchalamment contre un cocotier, souriait d'un air narquois. Les trois femmes étaient en train de parler avec véhémence. Quand Trumbo passa le tournant, elles croisèrent les bras sur la poitrine et se tapotèrent les coudes. La lumière vespérale scintillait sur leurs ongles longs.

« Byron Trumbo, dit Caitlin avec cet accent lent de la Nouvelle-Angleterre. L'homme que, justement, nous voulions voir. »

18.

« La nuit est à Pana-ewa, amère est la tempête ;
Le vent fait ployer les branches des arbres ;
Les fleurs et les feuilles de *lehua* s'entrechoquent ;
Le dieu Pana-ewa, en colère, gronde,
Tout excité par son courroux.
    Ô Pana-ewa !
    Je t'inflige du mal.
Regarde, je t'inflige les durs coups de la bataille. »

Incantation de Hi'iaka contre les ennemis de Pélé.

18 juin 1866, dans un village sans nom sur la côte de Kona.

La créature de brouillard et de nuit choisit pour victime le révérend Haymark et tomba sur lui si rapidement que même au cas où M. Clemens aurait pu bouger — et je pouvais voir qu'il était toujours maintenu à terre par des forces invisibles —, tout secours serait arrivé trop tard. L'homme-brouillard qui avait été Halemanu, le petit garçon, bondit comme une panthère et parut envelopper l'infortuné ecclésiastique. Le révérend Haymark cria, puis émit un faible bruit qui semblait venir de très loin. J'essayai de me lever, de me précipiter vers lui, mais je m'aperçus que j'étais immobilisée par la même sorcellerie qui tenait en échec mes deux compagnons. De la silhouette de brume s'élevèrent des grognements et des bruits de dents comme j'espère ne plus jamais en entendre. On aurait dit qu'une bête immonde s'acharnait sur un cuissot, là, au milieu de nous.

Pour finir, le révérend Haymark cessa de lutter et la créature de brouillard — Pana-ewa ? — se solidifia en une masse d'un noir plus profond que la nuit. Aux grognements et aux claquements de dents succéda le bruit d'un animal buvant à longs traits l'eau d'une immense gourde. Puis plus rien.

Le vieil homme qui avait été le voisin du révérend Haymark chanta quelque chose en ancien hawaiien. La bête de brouillard se détacha en glissant du corps sans vie de notre ami et brusquement... changea... puis quelque chose de grand et d'écailleux, pas totalement reptilien mais guère humain, alla s'accroupir dans un coin sombre.

Les anciens continuèrent à chanter dans leur langue harmonieuse. Je reconnus le nom de Pana-ewa, fréquemment répété. L'homme-reptile se balançait en mesure. Ses yeux d'homme viraient de gauche à droite, à la lumière des chandelles, pour nous regarder, M. Clemens et moi, d'un air presque moqueur. Ses dents pointues étaient humides. Sa longue langue goûta l'air. Je me tournai vers le journaliste, en quête de réconfort, mais ses regards restaient fixés sur le monstre reptilien ; sa bouche béait sous sa moustache et ses yeux s'écarquillaient. Je revins au révérend Haymark, mais l'ecclésiastique était totalement immobile. Je craignis le pire.

Pour finir, les vieillards se turent et se levèrent tous un par un pour sortir de la hutte ; il ne resta plus que la vieille femme dans l'ombre, M. Clemens, moi-même, le corps de notre compagnon et la chose appelée Pana-ewa.

Le monstre prit la parole : « Vos âmes sssssssont à moi, haole. Je reviendrai les chchchchchercher. » Et là-dessus, la bête s'enfonça dans le sol meuble de la hutte et disparut à nos yeux. Comme soudain délivrée d'invisibles liens, je faillis tomber tête la première, si forte avait été son emprise et si intense ma tension inconsciente.

Nous nous approchâmes du révérend. Tandis que je lui tâtais le pouls, le journaliste regardait le grand trou que la créature avait utilisé pour sortir. « Étrange, dit le journaliste californien. Très étrange. »

Je levai les yeux vers lui, bouleversée. « Le révérend Haymark est mort. Son pouls ne bat plus. » La température du corps de notre ex-compagnon était plus inquiétante encore que l'absence de pouls : sa peau était aussi froide que de la glace. Du givre s'était formé sur les yeux fixes du pauvre homme et sa peau semblait aussi dure qu'un quartier de bœuf gelé.

M. Clemens vint confirmer mon diagnostic. « Aussi mort qu'une morue, murmura l'écrivain.

— Il n'est pas mort », dit la vieille assise dans l'ombre. Son anglais était laborieux mais correct.

Je crois que nous tressaillîmes tous deux en l'entendant. Elle était restée tellement silencieuse et immobile pendant les invraisemblables événements de la dernière demi-heure que nous avions quasiment oublié sa présence.

M. Clemens se lissa les moustaches. « J'hésite à contredire une dame, mais notre ami n'est pas seulement décédé, il est aussi raide et froid qu'une grenouille du Minnesota en plein hiver.

— Il n'est pas vivant, répliqua-t-elle lentement, mais il n'est pas mort. »

M. Clemens échangea un regard avec moi. « Qui êtes-vous ? » demandai-je à la vieille femme.

Elle ne daigna pas répondre. Dehors, on entendit les vieillards reprendre leurs chants.

« Pourquoi vos amis ont-ils tué le nôtre ? poursuivis-je. Pourquoi ont-ils invoqué ce démon ? »

La femme émit un grognement du fond de sa gorge. « Ces kauwa kahuna *— ces sorciers sans terres, sans cervelle, sans bite — ne sont pas mes amis. Ce sont des petits hommes. Ils ne peuvent pas me voir. Vous seuls me voyez. »*

De nouveau, j'échangeai un regard avec M. Clemens. La déclaration de la vieille femme était dénuée de sens, mais tout ce qui était arrivé durant ce jour et cette nuit sans fin bafouait la raison.

« Est-ce qu'ils vont nous tuer ? » demandai-je à M. Clemens.

C'est la femme qui me répondit. « Ils sont en train de prier pour obtenir votre mort. Vous les entendez ? Mais leurs chants ne servent à rien. »

M. Clemens regarda le corps rigide de notre compagnon. « Ils ont bien réussi à invoquer ce démon. »

La vieille grogna de nouveau. « Invoquer les démons est un jeu d'enfant. Ce sont des enfants. Pana-ewa pouvait seulement dérober l'âme de l'un d'entre vous, et ils ont choisi votre ami, croyant que c'était le plus puissant, puisqu'il était votre kahuna. *» Elle cracha dans la poussière. « Ils sont stupides. »*

Je regardai le grand trou par où le reptile avait disparu. « Est-ce que... est-ce qu'il va... revenir ?

Non, répondit la femme. Il a peur.

— Peur de quoi ? demanda M. Clemens.

— De moi. » Puis elle s'éleva. Elle ne se mit pas sur ses pieds. Elle ne se redressa pas. Elle s'éleva simplement, toujours en position assise, et flotta à un mètre environ du sol en terre battue.

Je la regardai avec de grands yeux et M. Clemens devait faire de même, je le savais.

« Écoutez-moi, dit la vieille femme. Il faut que vous partiez. Laissez ici le corps de votre ami...

— Nous ne pouvons pas faire une chose pareille... commença M. Clemens.

— SILENCE ! » Je suis certaine que la montagne tout entière résonna de son cri. Il fit taire M. Clemens, mais dehors, les voix tremblotantes des vieux continuaient à chanter.

« Vous allez laisser le corps de votre ami ici, dit-elle. Il ne lui arrivera rien. Je veillerai moi-même sur lui. Il faut récupérer son âme.

— Son âme... » commença M. Clemens, mais il se tut de lui-même.

« Pour cela, il faut vous rendre à l'entrée des Enfers que ces imbéciles de kauwa ont ouverte dans leur ignorance et leur arrogance. Ils ne savent pas comment la refermer. Dans leurs stupides tentatives pour chasser les haole kahuna, ils ont libéré de terribles forces.

« Vous irez à l'entrée des Enfers et vous y descendrez, poursuivit-elle d'une voix aussi mélodieuse que le chant qui se poursuivait de l'autre côté des parois de chaume de notre hutte. Quand vous aurez atteint l'entrée du Royaume des Fantômes, vous vous débarrasserez des absurdes vêtements haole dont vous avez drapé vos corps... »

Je jetai un coup d'œil sur ma jupe, ma veste, mon corsage, mes gants et mes bottes. Qu'y avait-il d'absurde dans ces vêtements ? Je les avais achetés dans les plus belles boutiques de Denver.

« Quand vous vous serez débarrassés de vos guenilles haole, vous vous oindrez d'une huile faite avec des noix de kukui pourries. Les fantômes n'aiment pas cette odeur. »

M. Clemens leva les sourcils en me regardant, mais tint sagement sa langue.

« Alors vous ferez une corde avec les lianes de ieie et vous descendrez dans les Enfers », dit la vieille qui lévitait toujours. Elle leva un doigt pour nous admonester. « Il ne faut pas que les fantômes, les démons et les dieux sachent que vous n'êtes pas des fantômes. Si vous révélez que vous êtes des vivants, Pana-ewa ou ses acolytes vous voleront votre âme et je ne pourrai rien faire pour vous secourir. »

Je fermai les yeux en espérant que tout ceci n'était qu'un rêve. Le chant lointain, le vent soufflant dans le chaume du toit, la psalmodie de la vieille femme — tout continua. J'ouvris les yeux. La femme aux cheveux blancs planait à un mètre au-dessus des chandelles.

« Il faudra retrouver non seulement le fantôme volé de votre ami, *disait-elle, mais tous les fantômes de* haloe *qui ont été emmenés sous terre depuis que ces imbéciles ont ouvert la porte, il y a deux semaines. Prenez-les tous. Pour que l'entrée soit scellée, il ne faut plus que les esprits* haole *restent dans le domaine de Milu.* »

M. Clemens et moi étions restés debout afin que nos yeux soient au même niveau que le regard sombre de la vieille femme en lévitation. « Et si les hommes qui sont là, dehors, nous arrêtent ? demanda le journaliste.

— Tuez-les », répondit-elle d'une voix blanche. Je remarquai, pour la première fois, que ses lèvres ne bougeaient pas quand elle parlait. Après tout ce qui s'était passé, cela ne semblait pas étrange outre mesure.

M. Clemens hochait la tête comme si tout cela avait un sens. « Une question, dit-il. Ou plutôt... quelques petites questions. Euh... comment trouverons-nous cette entrée des Enfers ? Et... euh... où peut-on acheter l'huile de noix de kukui pourries et où trouverons-nous des lianes d'ieie ?

— ALLEZ ! » ordonna la vieille en nous montrant la porte. Sa voix avait les accents d'une mère poussée à bout par les gémissements stupides de son enfant.

Nous partîmes en jetant tous deux un regard en arrière sur le corps sans vie du révérend Haymark. La vieille femme était retournée à sa place, dans le sombre recoin de la longue hutte.

Dehors, les vieillards nous regardèrent comme s'ils étaient surpris que nous soyons toujours vivants. Ils interrompirent leur chant et s'avancèrent vers nous lorsque M. Clemens détacha nos chevaux et me tendit les rênes de Leo. Le journaliste sortit le revolver de son manteau et visa la poitrine nue du chef de la bande. Il arma le gros chien avec un cliquetis bien audible. L'Hawaiien leva les mains, fit un sourire niais qui révéla une unique dent, et recula.

« La magie haole opère parfois », grommela M. Clemens tout en enfourchant son cheval. Nous sortîmes de l'épouvantable petit village par le même chemin qu'à l'arrivée et descendîmes la colline en traversant avec précaution les terrasses de lave dangereusement glissantes.

Derrière nous, le ciel commençait à s'éclairer, malgré la fumée du volcan.

« Qu'allons-nous faire ? » dis-je lorsque nous fûmes suffisamment loin du village.

M. Clemens rangea son pistolet. « La seule chose sensée à faire serait d'aller chercher du secours à Kona. »

Je jetai un coup d'œil en arrière sur les sombres rochers qui dissimulaient le village. « Mais le révérend Haymark...

— Vous croyez vraiment que nous pouvons le ramener à la vie ? dit M. Clemens d'une voix aussi tranchante que la roche sur laquelle nos chevaux progressaient péniblement. Ce genre de miracle n'a pas été accompli depuis belle lurette. »

Je ne répondis rien. La gorge me brûlait et j'avoue que je me sentais sur le point de pleurer.

« Oh, bon, soupira le journaliste. De toute façon, il n'y a rien de sensé dans cela. Ce n'est pas maintenant que ça va le devenir. Allons dans le Monde des Fantômes.

— Mais comment le trouver ? » dis-je en me frottant les yeux.

M. Clemens tira sur les rênes pour faire arrêter sa monture. Leo et moi le suivions et je n'avais pas levé les yeux depuis notre départ du village. Je le fis. À dix mètres devant le cheval du journaliste, flottant sur l'a'a comme un feu follet, un globe de gaz bleu oscillait à deux mètres au-dessus de la piste ; on eût dit qu'il nous attendait, tel un guide de montagne faisant une pause pour que ses clients le rattrapent.

« Hue ! » dit M. Clemens, et son cheval s'engagea avec précaution sur le basalte. Le feu follet dansait devant eux comme un chien qui folâtre.

Je jetai un coup d'œil au ciel qui s'éclairait lentement, chuchotai ce qui était peut-être une prière et éperonnai mon cheval fatigué.

Un ombre tomba sur la page. Cordie Stumpf plissa les yeux pour regarder son propriétaire.

« Intéressante lecture ? » demanda Eleanor.

Cordie haussa ses épaules brûlées par le soleil. « Les personnages le sont. On se laisse absorber par l'intrigue. »

Eleanor gloussa et s'assit à côté d'elle. Le vent soufflait maintenant du sud-ouest, débarrassant peu à peu la côte de la fumée. Au-dessus des palmiers, le ciel était bleu. Cordie avait tourné sa chaise longue dos à la plage, afin que la lumière de cette fin d'après-midi éclaire les pages. L'ombre des arbres s'allongeait de plus en plus sur l'herbe. « Sérieusement, qu'en pensez-vous ? »

Cordie marqua sa page avec un signet et referma le journal intime relié en maroquin. « Je commence à comprendre pourquoi vous êtes venue ici, Nell. »

Le visage joufflu de Cordie Stumpf était pâle sous la rougeur des coups de soleil. Eleanor savait que son amie souffrait. Elle posa la main sur le bras constellé de taches de rousseur. « Je savais que vous comprendriez.

— Je l'ai déjà lu entièrement et j'étais en train de le relire. Les détails semblent essentiels. »

Eleanor répondit d'un hochement de tête.

« Qu'est-ce que vous avez fait aujourd'hui, Nell ? Provoqué le conservateur ?

— On pourrait le dire. » Eleanor raconta sa visite aux *kahuna.* « Une fois rentrés, nous avons parlé un bon moment. L'idée d'invoquer les vieux dieux et d'ouvrir la porte à Milu... la porte de leurs Enfers... ce n'est pas Paul qui l'a eue, mais lorsque ses grands-oncles l'ont suggéré, il les a aidés. C'est un *kahuna,* mais encore novice.

— Une sorte d'apprenti prêtre ?

— Exact.

— Alors, vous lui avez dit que votre arrière-arrière-arrière-grand-tante avait vu ses arrière-arrière-grands-pères faire les mêmes conneries que lui et ses oncles ?

— Non. Mais il sait que j'ai accès à des informations sur cette époque... quelque chose sur Mark Twain qui n'a jamais été publié. »

Cordie grogna.

« Et vous ? demanda Eleanor. Ç'a été une journée calme ? »

Cordie sourit. « Oui. J'ai fait du kayak sur la baie. J'ai nagé un peu. »

Devant l'air surpris d'Eleanor, Cordie lui raconta toute l'histoire. Elle parlait d'une voix neutre, sans chercher à faire d'effets. Quand elle eut terminé, Eleanor essaya de parler... ferma la bouche... secoua la tête... et refit une tentative. « Je crois que vous avez rencontré Nanaue. L'homme-requin. »

Cordie sourit de nouveau. « Je n'ai pas eu peur de la partie homme. C'est la partie requin qui m'a le plus embêtée. » Elle leva le journal intime. « Votre tante Kidder ne dit pas grand-chose sur Nanaue. Vous en savez plus long qu'elle ? »

Eleanor se mordilla la lèvre d'un air distrait. Pour finir, elle dit : « Juste ce que disent les légendes.

— Je ne connais pas les légendes, Nell. Je sais seulement qu'un connard avec une bosse sur le dos et des dents dans la bosse a arraché un morceau de mon kayak. J'aimerais en connaître un peu plus sur ce truc. »

Eleanor jeta sur son amie un regard scrutateur. « Cela ne semble pas vous poser de problème, pourtant.

— Au contraire, *mi amiga*. Cela me pose toujours un problème quand quelque chose cherche à me manger toute crue.

— Vous comprenez ce que je veux dire. Un problème à cause de... l'invraisemblance de tout cela. Nous sommes en train de parler de choses impossibles. »

Le sourire de Cordie s'effaça. Elle regarda ses mains rêches. « Nell, on pourrait dire que je n'ai jamais tout à fait dépassé le stade de la pensée mythique. Quand j'étais petite, un événement m'a préparée à... voyons, comment dire... m'a appris à ne faire confiance qu'à mes sens. Quelque chose, dans l'eau, a essayé de me *tuer* aujourd'hui. Je veux savoir ce que c'est. »

Eleanor hocha presque imperceptiblement la tête. « Lorsque les premiers Hawaiiens se sont établis sur ces îles, il existait une sorte de dieu appelé Ka-moho-ali'i... le Roi des Requins. Comme la plupart des dieux hawaiiens, il pouvait apparaître sous sa forme originelle — un requin — ou prendre celle d'un être humain. En fin de compte, Ka-moho-ali'i tomba amoureux d'une femme appelée Kalei. Il émergea de l'eau sur la côte nord de cette île — la Grande Île —, devint homme et épousa Kalei. Ils vécurent dans la vallée du Waipio. Quand leur enfant naquit, c'était un mâle qu'ils appelèrent Nanaue. L'enfant avait une petite bosse sur le dos et, sur la bosse, une tache de vin... en forme de gueule de requin. »

Eleanor s'arrêta. Cordie lui fit un petit sourire. « Continuez, Nell. J'aime votre voix de conteuse.

— Eh bien, si l'on en croit les légendes, Ka-moho-ali'i abandonna son épouse pour retourner dans la mer...

— Ça, c'est typiquement masculin.

— Mais il l'avertit qu'il ne fallait laisser personne voir la tache de vin de Nanaue, ni permettre au petit garçon de manger la chair des animaux. Kalei respecta les souhaits de son mari et protégea Nanaue pendant toute son enfance — elle couvrit son dos de plus en plus bossu d'une *kapa* et ne lui donna jamais de viande. Mais quand il devint adulte, il prit ses repas dans la maison des hommes et manifesta un appétit insatiable pour la viande. Quand il nageait — ce qu'il faisait toujours seul —, il se transformait en un être qui ressemblait plus à un poisson qu'à un homme... certaines légendes disent qu'il était totalement requin, d'autres qu'il conservait une partie de sa forme humaine...

— Ce sont les secondes qui ont raison. Continuez.

— En fin de compte, on découvrit le secret de Nanaue. Il avait la mauvaise habitude d'attirer les gens du coin dans l'eau... il aimait particulièrement l'eau douce, comme le bassin sous les chutes de Waipio... où il les attaquait et les dévorait. Quand les villageois s'en prenaient à lui, il fuyait jusqu'à la mer, mais ne pouvait pas vivre longtemps dans l'océan. Les légendes racontent qu'une bande de *kahuna* pourchassa Nanaue jusqu'à Maui, près du village de Hana, puis jusqu'à l'île de Molokai. Pour finir, ils l'attrapèrent et le ramenèrent dans la Grande Île. Là, les récits divergent. Certains disent qu'il fut coupé en morceaux sur la colline de Puumano. D'autres qu'il fut banni dans les Enfers de Milu, avec les autres démons et demi-dieux, lorsque Pélé les vainquit, en 1866. »

Cordie hocha la tête et tapota le journal intime de tante Kidder. « Oui, eh bien, je pense que nous savons quelle version est la bonne. »

Eleanor s'enfonça dans sa chaise longue. Son corps était endolori, du fait des exercices de cette journée, ou bien de sa tension qui, elle, n'avait rien de modéré. À l'est, le ciel était gris à cause des incendies qu'elle avait vus plus tôt, mais grâce la brise du sud-ouest il restait bleu au-dessus du Mauna Pélé. Eleanor essaya de s'imaginer qu'elle passait des vacances normales : qu'elle jouait au tennis avec quelqu'un, nageait dans la jolie baie sans s'inquiéter des hommes-requins, faisait du jogging dans les champs de pétroglyphes sans voir des grottes éclairées par des torches, et se promenait la nuit sans craindre que quelque chose ne surgisse brusquement des broussailles. L'idée semblait agréable, mais dépourvue d'intérêt.

« J'ai besoin d'en apprendre davantage sur ces légendes, dit soudain Cordie Stumpf en rendant le journal intime à Eleanor. Si nous devons travailler ensemble, ce soir, il faut que je sache tout.

— Oui, répondit Eleanor en soupirant. Je suis désolée que cela dure tant. » Elle se redressa. « Vous n'êtes pas obligée de vous impliquer dans cette vilaine histoire, vous savez. »

Cordie éclata de son rire si spontané. « Nell, ma chérie, mais je *suis* déjà impliquée ! Et je le serai jusqu'à ce que nous ayons réglé cette affaire. » Par-dessus l'épaule d'Eleanor, elle jeta un coup d'œil au soleil qui descendait sur la ligne d'horizon. « Et je crois qu'il va se passer quelque chose ce soir. Ça risque de se déchaîner drôlement, ici, après la tombée de la nuit. Il nous faut un plan, ma fille. » Elle se retourna vers la Grande Hale. « Vont-ils nous servir à dîner, ou les cuisiniers ont-ils été mangés par Pana-ewa et ses bestioles ?

— Paul dit qu'il n'y a plus qu'une poignée de clients. Mais le chef travaille toujours et il y a suffisamment d'employés pour faire tourner le restaurant. Manifestement, M. Trumbo donne une surboum ce soir et a offert de grosses primes aux membres du personnel qui viendront travailler.

— Bien, dit Cordie en se levant et en rassemblant sa serviette, son peignoir et son grand fourre-tout. Je meurs de faim. Cela vous dirait de dîner avec moi et de bavarder en sirotant quelques Feux de Pélé bien frais ? Je veux que vous me racontiez tout ce que vous savez sur Madame Pélé. »

Eleanor se leva aussi et regarda à sa montre. « Je suis censée faire une promenade en hélicoptère à la tombée de la nuit... »

Les yeux de Cordie brillèrent. « Je crois savoir qui a organisé cela pour vous. Il est seulement dix-huit heures... il reste deux heures avant le coucher du soleil. Mangeons. » Comme Eleanor hésitait, elle ajouta : « La nuit va sûrement être longue, Nell.

— Je vous retrouve au restaurant dans un quart d'heure », dit Eleanor qui se dirigea vers son *hale* afin de prendre une douche et de s'habiller pour ce qui l'attendait ce soir.

Trumbo s'arrêta.

Les trois femmes lui barraient la route. Caitlin était vêtue d'un pantalon et d'un corsage en coton délavé qui flottaient un peu dans la douce brise du sud. Elle tenait son sac Bally d'une main, l'autre restait plongée dedans. Maya était au centre du trio ; le mannequin était vêtu d'un paréo à fleurs — un mètre et demi de cotonnade qu'elle avait drapé comme une jupe par-dessus le maillot une-pièce orange qu'elle portait sur la photo de couverture du numéro spécial « maillots de bain » de *Sports Illustrated ;* ses lèvres et ses ongles brillaient de la même teinte vermillon. La chanteuse de rock était en hauts talons et Bickini couleur chocolat assorti à sa peau. On avait l'impression qu'elle était nue, hormis son bracelet et ses bagues en or. Elle se tenait bras croisés et jambes écartées.

« Salut, les filles », dit Byron Trumbo.

Pendant une minute, on n'entendit que le bruissement des feuilles de palmier et la respiration sifflante de Jimmy Kahekili. Puis Caitlin Sommersby prit la parole. « Pauvre petit con.

— Espèce d'enculé, dit Maya avec son plus bel accent britannique.

— Salut, T. » Bicki souriait comme dans ses clips de MTV.

« Salut, Bicki, répondit Trumbo.

— On a discuté et pris une décision, dit-elle. On va te couper les couilles et la bite ; chacune de nous gardera un morceau en souvenir.

— Désolé, les filles. Je suis pressé. » Il obliqua vers la gauche. Les trois femmes se déplacèrent vers la gauche dans un aussi bel ensemble que la ligne avant des Cow-boys de Dallas.

Myron Koestler s'écarta de son arbre et dit : « Monsieur Trumbo... euh... Byron, j'ai bien peur que ceci ne complique considérablement notre affaire. À la lumière de ce... euh... nouveau développement... je crains bien que les demandes raisonnables de ma cliente ne soient... euh... révisées à la hausse. »

Trumbo posa la main sur le bras de Jimmy Kahekili. Il était aussi gros que la cuisse de Trumbo. « Jimmy, dit-il en désignant Koestler du doigt, si cette hémorroïde ambulante dit un mot de plus, je veux que vous preniez votre hache et que vous la découpiez en morceaux assez petits pour nourrir une souris. *Comprende ?* »

La masse de chair qui se tenait derrière Trumbo poussa un grognement de plaisir anticipé. Koestler recula rapidement, regarda les femmes, ouvrit la bouche comme pour dire qu'il avait des témoins, fixa Jimmy Kahekili et se tut.

Les femmes continuaient à barrer la route à Trumbo.

« Écoutez, dit le milliardaire avec un petit sourire. J'aimerais bien rester pour bavarder avec vous... je sais que vous voulez toutes savoir comment vous vous classez les unes par rapport aux autres... mais je suis vraiment très pressé. » Il s'avança vers elles.

Caitlin sortit un semi-automatique de son sac Bally et visa le ventre de Trumbo. Cette arme-là était plus grande que celle de Maya.

Trumbo s'arrêta et soupira. « Quoi ? on soldait ce genre de truc chez Bergdoff ? »

Caitlin étreignit l'arme à deux mains. Les autres femmes la regardaient d'un air impassible.

« Me tuer ne te rapportera rien, ma belle. On te donnera probablement la cellule qu'ont occupée Leona Helmsley et la fille Machin-chouette, la connasse qui s'était fait le diététicien. »

Caitlin leva le pistolet jusqu'à ce qu'il soit au niveau du visage de Trumbo.

« Je n'ai pas de temps à perdre avec ces conneries », dit le milliardaire en regardant de nouveau sa montre. Il devait retrouver Hiroshe pour l'apéritif. « Allons-y, Jimmy », fit-il en s'avançant vers les femmes.

Maya s'écarta. Caitlin pivota sur ses talons comme une girouette rouillée, les bras toujours tendus, le pistolet braqué sur Trumbo tandis qu'il passait son chemin. Bicki lui lança un regard noir et fier, comme seules les Afro-Américaines savent le faire. Jimmy Kahekili emboîta le pas au milliardaire, non sans jeter des coups d'œil inquiets au groupe hostile. Myron Koestler, caché derrière son palmier, ne laissait voir que ses doigts pâles et sa queue-de-cheval.

Trumbo parcourut une douzaine de pas, tourna à l'angle du sentier et, une fois hors de vue de ses femmes, respira un grand coup. « Venez, Jimmy. Il faut nous dépêcher de ramener Sunny Takahashi avant que Sato se gèle les pieds.

— Vous êtes un cinglé de *lolo,* mec. Ces *wahine haole* ont beaucoup de *hu hu.*

— Oui, acquiesça Trumbo en traversant au trot le champ de pétroglyphes sur le chemin dallé. Quelque chose comme ça. »

Fredrickson les attendait à l'extrémité du chemin, là où commençait le champ d'*a'a.* Il tenait un semi-automatique dans sa main hâlée et ne cessait de se retourner pour regarder par-dessus son épaule, en direction du champ de lave.

« Où est-il ? » demanda Trumbo. L'homme de la sécurité contemplait, bouche bée, Jimmy et sa hache. « Putain, ne vous occupez pas de lui. Où est Sunny ?

— Et Dillon... Dillon aussi est là.

— Je me fous complètement de Dillon, répliqua sèchement Trumbo. Je veux Sunny Takahashi. Si vous m'avez fait venir ici pour rien... » Le milliardaire et l'immense Hawaiien s'avancèrent à l'unisson.

Fredrickson recula dans le champ de lave. « Euh, monsieur Trumbo... non, je veux dire, il faut que vous voyiez... je veux dire, je n'ai appelé personne d'autre parce qu'ils ont dit... n'importe comment... » Il fit demi-tour et s'engagea sur la lave.

Le trou était à moins de cent mètres de la piste de jogging. À voir les gros rochers empilés au bord du cratère, le tremblement de terre avait certainement eu lieu quelques heures plus tôt. Fredrickson s'avança avec précaution, pistolet au poing. Trumbo le suivit avec impatience. Jimmy Kahekili resta derrière.

« Mais quel rapport tout ça peut avoir avec... », commença Trumbo, puis il se tut.

Le conduit de lave n'était, à cet endroit, pas très loin de la surface, peut-être à quatre ou cinq mètres. Le bras donnant sur la mer avait été bloqué par la chute des pierres lorsque le toit s'était effondré, mais le *mauka,* le côté vers la montagne, était encore intact, ellipse noire qui s'ouvrait dans le sol.

Juste à l'entrée de l'orifice, il y avait Dillon, le chef de la sécurité, Tsuneo « Sunny » Takahashi, le grand ami d'Hiroshe Sato, et un cochon grand comme un poney du Shetland. Leurs corps émettaient une lueur vert pâle, comme si on les avait trempés dans une peinture phosphorescente. Leurs yeux ouverts regardaient fixement devant eux, sans rien voir. Le verrat se tenait entre eux. Son dos dépassait l'épaule de Dillon. L'apparition porcine avait plusieurs sphères noires à la place de chaque œil — Trumbo en compta huit en tout. Elles rutilaient, rappelant à M.T. le maillot de bain orange de Maya qui, tout à l'heure, réfléchissait la lumière du soir. Le cochon ouvrit la bouche et sourit. Il avait des dents d'homme — énormes, mais indéniablement humaines.

Trumbo se retourna et regarda Fredrickson. L'homme de la sécurité haussa les épaules en signe d'impuissance. « Il m'a dit qu'il ne voulait parler qu'à vous, patron.

— Qui ? Qui, bon sang...

— Moi », dit le cochon.

Trumbo tira le Browning 9mm dissimulé sous sa chemise hawaiienne. Le verrat sourit plus largement. Ses huit yeux humides rayonnaient de bonheur.

« Qu'est-ce que... », commença Trumbo. Il remarqua que sa voix tremblait un peu, ainsi que son pistolet. Il le prit à deux mains.

« Non, non, Byron, dit le cochon. Pas besoin de ça. Nous avons beaucoup trop de choses en commun pour gâcher ainsi notre relation. » La voix était aussi grave qu'on pouvait l'attendre d'un verrat de cinq cents kilos.

Byron Trumbo sentit des filets de sueur couler sur sa poitrine, sous son ample chemise. Il se retourna et chercha Jimmy Kahekili des yeux, mais l'Hawaiien avait disparu. Dans sa hâte à s'enfuir, il avait laissé tomber sa hache.

« Pssst, dit le cochon. Descendez. »

Trumbo se retourna vers le trou. Le verrat souriait et les deux hommes nus étaient toujours là.

« Dillon ! » cria-t-il. L'ex-chef de la sécurité ne bougea pas. Ses yeux vitreux restaient ouverts.

« Non, non, dit le cochon. C'est à moi que vous devez parler, Byron.

— D'accord. Qu'est-ce que vous me voulez ?

— Et *vous,* que désirez-vous ? répliqua le monstre d'un ton doucereux.

— Je veux Sunny Takahashi. Vous pouvez garder Dillon. »

Le cochon géant gloussa. On aurait dit que des soufflets géants pompaient l'air pendant que des rochers s'entrechoquaient dans un bol en pierre. « Ce n'est pas si simple. Il faut d'abord que nous parlions.

— Parler, mon cul, dit Trumbo, et il visa le monstre entre ses deux bouquets d'yeux.

— Si vous appuyez sur la gâchette, dit le cochon sur le ton de la conversation, je monte, je vous arrache les intestins et je croque vos testicules comme si c'étaient des pommes d'amour.

— Va falloir prendre votre tour, y a la queue », répliqua Trumbo en tenant fermement le pistolet.

Le cochon ricana encore plus fort. « C'est celui-là que vous voulez ? », dit-il en donnant un coup de groin au Japonais hypnotisé.

Trumbo hocha la tête et attendit.

« Il est à vous quand vous le voulez. » Les huit yeux clignèrent et les deux hommes phosphorescents pivotèrent sur leurs talons, s'enfoncèrent dans le conduit de lave et disparurent de la vue du milliardaire. « Il vous suffit de descendre et d'en parler avec moi. »

Le monstre se retourna gracieusement, presque délicatement, fit quelques pas au petit trot vers les ténèbres. Il jeta un coup d'œil par-dessus son épaule hérissée de soies et ses yeux n'avaient plus du tout l'air enjoués. « Mais n'attendez pas trop longtemps, Byron. Les choses vont commencer à devenir intéressantes par ici dans quelques heures. » Le cochon s'enfonça dans le tunnel.

Trumbo écouta le claquement de ses pattes résonner sur le basalte, puis ce fut le silence. Il baissa son pistolet.

« Putain de bordel de merde », dit Fredrickson en s'asseyant lourdement sur la lave. Son visage n'était plus noir, mais d'un gris de cendre.

« Ne tournez pas de l'œil, bon Dieu, dit Trumbo. Mettez la tête entre vos genoux. Tout va bien. »

Fredrickson le regarda avec de grands yeux. « J'ai cru que je devenais dingue. Un mauvais trip... mais j'ai jamais pris de LSD. Il... cette *chose*... m'a dit de vous appeler sur ma radio...

— OK, l'interrompit Trumbo en remettant son pistolet à sa ceinture. Vous en avez parlé à quelqu'un d'autre ? »

Fredrickson, les poignets ballant sur ses genoux, haletait. « Non, non. Le cochon a dit qu'il se ferait des bretelles avec mes boyaux si j'appelais quelqu'un d'autre... mot pour mot... des bretelles avec mes boyaux. »

Trumbo savoura cette image un certain temps. « OK », répéta-t-il.

Fredrickson leva les yeux. Son visage commençait à reprendre sa couleur normale. « Vous n'allez pas descendre dans ce trou, monsieur Trumbo ? »

Le milliardaire le regarda sans rien dire.

« C'est ce que je pensais. Mais si nous réunissions tous nos gars et ceux de Sato, avec des lunettes à infrarouge, des Uzi, des Mac 10 et d'autres trucs comme ça...

— Fermez-la », dit Trumbo. Il jeta un coup d'œil à sa montre. « Je suis en retard pour l'apéritif avec Hiroshe. Restez ici. Gardez la fréquence. Je vais... »

L'autre homme sauta sur ses pieds. « Foutre non, que je vais pas rester à glander ici en pleine nuit avec ce putain de bacon parlant, en bas, dans ce putain de... »

Trumbo s'avança rapidement et gifla deux fois son employé, de toute sa force. « Vous restez *ici*. Et il y aura dix mille dollars pour vous. Dix mille pour *une* soirée. Vous pouvez courir comme Stepin Fetchit si ce truc sort de son trou, mais *faites-le-moi savoir par radio.* Compris ? Si vous vous dégonflez, j'y mettrai le paquet, mais je vous ferai éliminer, vous et toute votre famille... jusqu'à la cinquième génération. On se comprend bien ? »

L'homme de la sécurité avait les yeux fixes, son regard rappelait d'une façon sinistre ceux de Sunny et de Dillon.

« Bien. Je vais vous envoyer quelqu'un avec un panier-repas avant minuit. » Il tapota l'épaule de l'homme figé sur place et reprit rapidement le chemin du Mauna Pélé.

Le vent avait de nouveau tourné au sud. Il était chaud et humide et Trumbo se souvint qu'on l'appelait *kona* et que c'était le surnom de toute cette partie de la côte. Le nuage de cendres n'était pas gênant, mais la fumée provenant des coulées de lave se rabattait de nouveau vers la côte en épaisses nuées grises qui bouchaient le ciel.

Il fit soudain plus froid, comme si le soleil s'était déjà couché. Les ombres disparurent à mesure que la fumée s'épaissit, et le crépuscule s'étendit comme un linceul sur tout le paysage. Les palmiers bruissaient et se chuchotaient des choses ; un vent brûlant sifflait sur l'*a'a.*

Trumbo jeta une dernière fois un coup d'œil à sa montre et hâta le pas vers la sombre oasis des arbres.

« Par où dois-je commencer ? » demanda Eleanor lorsqu'on leur servit les deuxièmes Feux de Pélé. Installées sur la terrasse du Lanai des Baleines, elles regardaient l'ombre du soir virer soudain au gris.

« Par Pélé, répondit Cordie en levant son verre.

— Bon, eh bien, Pélé est une déesse tutélaire, avec l'habituel assortiment de pouvoirs et d'obligations implicites..., commença Eleanor.

— Non, Nell, l'interrompit Cordie. Pas de blabla universitaire. Prenez votre voix de conteuse. »

Eleanor but une gorgée de Feu de Pélé, se racla la gorge et recommença. « Pélé ne fait pas partie des plus anciens dieux, mais elle descend d'une excellente famille. On dit que son père était un certain Moe-moea-au-lii, littéralement : “ le Chef-qui-ne-rêve-quede-conflits ", mais il disparut vite et ne figure pas dans les dernières histoires de Pélé.

— Ça, c'est typiquement masculin, murmura Cordie en sirotant sa boisson. Continuez.

— Oui... euh, la mère de Pélé, Haumaea, est parfois connue sous d'autres noms, Hina ou La'ila'i. Sous ses différentes formes, Haumaea, la déesse du travail et de la fécondité, mère de tous les dieux secondaires et de toute l'humanité, et la contrepartie féminine du pouvoir mâle dans l'univers incarne l'esprit féminin.

— Bravo », dit Cordie en levant son poing fermé.

Eleanor s'arrêta et fronça les sourcils. « Vous avez déjà bu deux cocktails. Vous êtes sûre que vous voulez... »

Cordie se pencha pour tapoter la main d'Eleanor. « Faites-moi confiance, Nell, dit-elle d'une voix claire. Je tiens bien l'alcool. Continuez.

— Les pouvoirs de Pélé sont sortis de la matrice de la Terre-Mère, que les anciens Hawaiiens appelaient Papa.

— La Terre-Mère égale Papa, dit Cordie en mâchonnant son fouet à cocktail. D'accord. Allez-y, Nell. Je ne vous interromprai plus.

— Les anciens pensaient que l'univers ne tenait en équilibre que par l'union des contraires. La lumière mâle pénétrait les ténèbres femelles pour donner naissance à un univers de forces opposées. »

Cordie hocha la tête sans rien dire.

« Pélé arriva tard sur ces îles, continua Eleanor en retrouvant sa voix de conteuse. Son canoé était guidé par Ka-moho-ali'i...

— Hé, mais c'est ce roi-requin dont vous m'avez parlé. Le père de ce moutard qui a essayé de me manger aujourd'hui. Désolée... je reste bouche cousue.

— Vous avez raison, Cordie. Ka-moho-ali'i était le frère de Pélé. À Bora Bora, d'où ils venaient tous les deux, on le connaissait aussi sous le nom de Roi des Dragons. En tout cas, il aida le canoé de Pélé à atteindre Hawaii. Elle atterrit d'abord à Niihau, puis se rendit à Kauai. En tant que déesse du feu, elle avait une sorte de pelle magique qui, je crois, s'appelait Paoa. Elle s'en servit pour creuser des trous à feu où elle pouvait vivre, mais la mer ne cessait d'y pénétrer et d'éteindre les flammes. Pélé suivit la chaîne des îles jusqu'à la Grande Île, où elle estima que le Kilauea lui convenait tout à fait. Elle a habité là pendant des milliers d'années. »

Eleanor s'interrompit lorsqu'un grincement strident remplit l'air. Des oiseaux au brillant plumage tropical étaient en train de se battre dans les branches, au-dessous de la terrasse. Les deux femmes firent une pause pour boire leurs cocktails.

« Avant de s'installer ici, Pélé mena une grande bataille, à Maui, contre sa sœur aînée, Na-maka-o-Kaha'i, la déesse de la mer...

— J'ai jamais eu de sœur aînée, dit Cordie. Juste des frères. Et c'étaient tous des emmerdeurs, sauf un qui est mort quand il était petit. Pardon. Continuez.

— Pélé et sa sœur se battirent jusqu'à ce que Pélé soit tuée.

— Tuée ? » Cordie avait l'air décontenancée.

« Les dieux ont des côtés mortels. Quand Pélé perdit le sien, elle devint encore plus puissante en tant que déesse. Et comme elle était morte ici, à Hawaii, son esprit put s'envoler jusqu'au Mauna Loa et son cratère, le Kilauea, où elle vit depuis ce jour. »

Cordie fronça les sourcils. « Je croyais que Pélé pouvait apparaître sous l'aspect d'une femme...

— Oui, elle le peut. » Leur troisième tournée de cocktails arriva. « Mais elle n'est *plus* mortelle.

— Je ne comprends pas. Mais continuez. Je vais boire. Et vous, vous parlez.

— Là, ça se complique. Pélé est la déesse du feu, mais elle ne peut pas *faire* du feu... c'est une prérogative des mâles. Pourtant elle peut le maîtriser, et c'est la tâche qu'elle accomplit sur ces îles. Elle a plusieurs frères, qui sont aussi des dieux, et qui contrôlent le tonnerre, les explosions, les fontaines de lave, les prétendues pluies de feu... tout les aspects les plus bruyants et les plus spectaculaires, mais les moins puissants, du feu.

— Typique, murmura de nouveau Cordie.

— Mais Pélé commande aux grandes forces de la nature que sont les volcans. Généralement, la déesse dort, mais au cours des siècles, elle a aidé certains êtres humains qu'elle aimait bien...

— Kamehameha.

— Oui. » Eleanor repoussa le troisième cocktail. « Je ferais mieux de ne pas boire celui-là. J'ai déjà la tête qui tourne, et comme vous dites... ce soir, nous serons très occupées. Je ne veux pas que Paul et son ami pilote pensent que je suis ivre. »

Cordie haussa les épaules. « Moi, je me suis toujours fichue de ce que pensaient les gens. » Elle leva les yeux lorsque le serveur vint leur demander si elles voulaient dîner à l'intérieur du restaurant ou dehors, sur la terrasse. « Qu'en dites-vous, Nell ? J'aimerais bien rester dehors, ce soir.

— Moi aussi », dit Eleanor.

Elles commandèrent leur repas. En guise d'amuse-gueule, Eleanor essaya un pâté d'*ahi,* composé de couches d'aubergines marinées et grillées, d'oignons de Maui, de basilic, d'*ahi* séché et de tomates, légèrement saupoudré de fromage de chèvre de Puna et parfumé à la citronnelle. Cordie prit des galettes de homard aux pommes de terre avec une sauce vinaigrette. Comme plat principal, elles choisirent de la selle d'agneau de Sonoma caramélisée au thym frais et accompagnée d'une purée de pommes de terre.

Le service était rapide et la nourriture délicieuse. Elles bavardèrent tout en mangeant. Le ciel commençait à s'assombrir. Paul Kukali s'arrêta à leur table, mais seulement pour dire à Eleanor que l'hélicoptère n'arriverait pas avant une demi-heure au moins. Le conservateur semblait préoccupé.

« Bon, revenons à Pélé, dit Cordie. Ce qu'il faudrait, c'est savoir si elle est de notre côté, ou responsable de tout ce qui se passe au Mauna Pélé.

— Vous savez ce que je pense.

— Oui, j'ai lu le journal intime de Kidder. »

Eleanor fit un petit geste de main. Puis se tut pour regarder sa main éclairée par la lumière horizontale. Elle lui rappela celle de sa mère. *Quand mes mains ont-elle commencé à ressembler à celles de ma mère ?* pensa-t-elle. Secouant la tête, elle essaya de se concentrer. « Il vaut mieux croire... ou du moins, je veux croire... que ces événements sont provoqués par les forces opposées à Pélé. »

Les yeux de Cordie brillaient. « Oui, mais quels ennemis de Pélé ?

— Je l'ignore », répondit Eleanor. Brusquement, elle se sentait fatiguée. « Pélé en a tellement. En plus de Na-maka-o-Kaha'i, la déesse de la mer, il y a Pliahu, la déesse de la neige qui vit au sommet du Mauna Kea. Elles se sont brouillées, il y a plusieurs milliers d'années, parce qu'elles aimaient le même homme.

— Ah, ah », dit Cordie. On leur apporta les desserts. Cordie avait commandé un *lilikoi,* une tarte au fromage blanc et aux raisins secs, et voulait essayer une crème brûlée à la citronnelle avec un gâteau à la noix de cajou. Eleanor prit un café.

« D'après ce que nous avons entendu dire, il semble que Pana-ewa, ce type à la fois reptile et brouillard, est impliqué dans cette guerre, comme il l'était dans celle de 1866, reprit Eleanor. Mais si puissant qu'il soit, ce n'est pas un personnage assez important pour mener une rébellion contre Pélé.

— Qui d'autre encore la déteste ?

— La plupart des dieux mâles. Même les plus anciens, comme Lono et Ku, sont devenus jaloux de la dévotion que les Hawaiiens ont pour Pélé.

— Comportement typique de mâle angoissé, murmura Cordie.

— Pardon ?

— Rien. » Cordie goûta à la crème. « Oh... que c'est bon. Vous en voulez ?

— Volontiers. » Eleanor en prit un peu avec sa cuillère, goûta et ferma les yeux. « C'est délicieux.

— Vous en voulez encore ?

— Non merci. » Eleanor but son café et sentit s'atténuer l'effet de l'alcool. « Où en étais-je ?

— Pélé et la jalousie des dieux mâles.

— Ah, oui... nous avons vu un chien noir, or, Ku prend souvent la forme d'un chien.

— Comment l'autre... l'autre clown... Lono, apparaît-il ?

— Je ne sais pas au juste. Lono peut prendre la forme humaine, mais je crois qu'il le fait rarement. C'était le plus féroce et le plus exigeant des anciens dieux... la plupart des sacrifices humains perpétrés sur cette côte étaient destinés à Lono... mais je ne pense pas qu'il ait un compte particulier à régler avec Pélé. »

Cordie mangeait alternativement un morceau de son gâteau au fromage blanc et une cuillerée de crème. « Alors, l'ennemi de Pélé, ici, pourrait être Ku, le clebs, ou plus vraisemblablement Pana-ewa et ses copains, les démons. »

Eleanor regarda la lumière disparaître de la cime des arbres. « Ou un autre. » Elle jeta un coup d'œil à sa montre. Encore quelques minutes avant de rejoindre Paul pour l'excursion en hélicoptère. Elle éprouvait une certaine appréhension. « Pélé a mené une grande bataille contre sa sœur favorite, Hi'iaka, quelque part sur cette côte. Encore une fois à cause d'un homme. Pardon ?

— Je n'ai rien dit.

— Elle s'entendait très bien avec Hi'iaka, sa plus jeune sœur, la déesse de la danse. Hi'iaka demeura loyale envers Pélé, même lorsqu'elle fut attirée par l'un des amants de sa sœur, un homme appelé Lohi'au. Pélé crut qu'il se passait quelque chose de louche entre eux et attaqua Hi'iaka sur cette même côte... »

Les deux femmes regardaient le soleil, bas sur l'horizon, et l'immensité de l'océan. Le nuage de cendres et de fumée, suspendu comme une bâche au-dessus du littoral, se teintait de toutes les nuances du rouge et de l'orange. Les vagues ondulaient paresseusement, tel un océan de sang.

« Qui a gagné ? » demanda Cordie. Elle avait terminé son dessert et laissa tomber sa cuillère dans l'assiette avec un tintement satisfait.

« Hein ? Oh, quand Pélé se battit contre Hi'iaka ? Il y eut match nul, mais Pélé tua accidentellement Lohi'au.

— On dirait un samedi soir à Chicago. Une bagarre familiale typique.

— Cette histoire se termina relativement bien. L'un des frères de Pélé, un dieu, trouva l'esprit de Lohi'au flottant sur l'océan, le ramena à terre et le réintégra dans son corps.

— Comme dans le journal de Kidder ?

— Je suppose. En tout cas, Hi'iaka et son nouvel amant partirent ensemble pour l'île de Kauai. Mais elle a peut-être gardé une dent contre Pélé. Et c'est une puissante déesse... »

Cordie croisa les mains sur son ventre et s'appuya au dossier de sa chaise. « Je ne sais pas, Nell. Je ne crois pas que Paul et ces *kahuana* aient réussi à se faire écouter d'un esprit femelle. Je pense qu'ils ont un dieu mâle, un cochon de macho, qui travaille pour eux. »

Eleanor sourit largement.

« Qu'est-ce qui vous amuse ?

— Il y a un dieu-cochon. Ou du moins un verrat. Kamapua'a. C'est la quintessence du dieu mâle... et l'ennemi de Pélé. Et aussi son amant. »

Cordie se pencha sur la table. Les derniers rayons du soleil mourant embrasèrent son visage hâlé. « Racontez-moi ça.

— Les Polynésiens et les Hawaiiens ne connaissaient pas d'animal terrestre plus gros que le cochon sauvage. C'est l'incarnation du pouvoir mâle. Kamapua'a prend la forme d'un cochon... ou d'un bel homme. C'est un dieu puissant, bien qu'il se plaise à rester sur la côte pluvieuse et venteuse des îles — il est associé à la pluie, aux forêts et aux endroits sombres —, mais ses appétits lui causent toujours des ennuis. Un jour, Kamapua'a a essayé de violer Kapo, la sœur de Pélé, mais elle lui a échappé en détachant son vagin et en le jetant au loin, comme un leurre... Pardon, qu'y a-t-il ? »

Le visage rond de Cordie avait pris une expression indéchiffrable. « Rien, Nell. J'étais juste en train de penser que ce pourrait être bien utile... continuez. C'est plus passionnant que *General Hospital.*

— Kamapua'a a aussi violé Pélé des douzaines de fois au cours des siècles. Il y a un endroit, à l'extrémité sud de l'île, à Puna, appelé Ka-lua-o-Pele où la terre est retournée et bouleversée ; les légendes disent que c'est là que Pélé perdit sa première grande bataille contre Kamapua'a et où il... la posséda.

— La baisa, clarifia Cordie. La viola.

— J'ai vu des photos de cet endroit. On dirait des draps en désordre.

— Dommage que Pélé n'ait pas été assez forte pour vaincre ce cochon, fit remarquer Cordie pendant que le serveur ôtait les dernières assiettes.

— Elle aurait pu. Ce fut une terrible bataille — les feux de Pélé contre les déluges de pluie de Kamapua'a. Il envoya même des milliers de verrats dévorer tous les buissons afin qu'il n'y ait plus rien à brûler. Pélé transforma les torrents de pluie en vapeur. Elle engloutit les terres de Kamapua'a sous la lave. Il répondit en déversant encore plus d'averses. Pélé préférait être détruite plutôt que de lui céder. Mais les légendes disent qu'à la fin, ses frères — ceux qui avaient la charge des bâtons à feu — virent qu'elle était en train de perdre et lui ordonnèrent de se rendre. Ils avaient peur que tous les feux soient éteints.

— Typique, dit Cordie en faisant craquer ses jointures.

— Oui, acquiesça Eleanor d'un air songeur. Kamapua'a ferait un bon suspect, mais il vient rarement du côté sec de l'île, si l'on en croit...

— Qu'est-ce que c'est que ça ! » s'exclama Cordie. Elle regardait par-dessus l'épaule d'Eleanor.

Elles se levèrent et allèrent s'appuyer à la balustrade de la terrasse. Éclairés par les dernières lueurs du soleil couchant que réfléchissait le nuage de cendres, des milliers de minuscules filaments flottaient dans l'air et brillaient comme de minces fibres de couleur pure. Cordie et Eleanor descendirent en toute hâte du Lanai des Baleines dans les jardins qui séparaient la Grande Hale de la plage. Des brins de cette substance jonchaient l'herbe, les chemins et le feuillage. Des touffes entières de fibres, dont beaucoup faisaient un mètre ou plus, ondulaient comme une chevelure féminine.

« Qu'est-ce que c'est ? » répéta Cordie.

Eleanor haussa les épaules en signe d'ignorance. Maintenant que le soleil s'était couché, les filaments avaient perdu la majeure partie de leur couleur, réduite à un rouge passé ou à un gris argenté poli. On avait l'impression troublante d'avoir affaire à une perruque de femme.

« Les cheveux de Pélé », dit une voix derrière elles.

Elles se retournèrent : c'était Paul. Le conservateur avait toujours l'air distrait et inquiet. Il parlait d'une voix blanche. « C'est une sorte de verre filé produit lorsque le Mauna Loa et le Kilauea sont en éruption. Touchez... regardez comme ils sont souples. Ils tombent rarement aussi loin. » Il tourna les yeux vers l'est, où le ciel était d'un rouge plus éclatant qu'à l'ouest. On aurait dit que, ce soir, il y avait deux couchers de soleil. « L'éruption a dû empirer. »

Eleanor tâta une dernière fois les fibres qui ressemblaient à des cheveux et se redressa. « Est-ce que cela signifie que l'excursion est remise ?

— Non, au contraire. L'hélico est là, et nous ferions mieux de partir rapidement avant que le nuage de cendres ne grossisse et qu'on ne nous empêche de décoller. »

Eleanor se tourna vers Cordie. « C'est sûr, vous n'avez pas envie de...

— Non, non. Je n'ai pas plus peur que d'habitude, Nell, simplement l'avion me terrorise. Je ne le prends que lorsque j'y suis obligée. Mais je vous accompagne pour vous regarder partir. »

Paul était venu en voiturette de golf et ils firent le tour de la Grande Hale, passèrent devant les courts de tennis et le parking, traversèrent la partie nord du golf, jusqu'à l'héliport aménagé dans le champ d'*a'a.* Ici, loin des arbres, le ciel était plus clair, mais le nuage de cendres imposait toujours sa présence grise à environ trois cents mètres du sol.

L'appareil les attendait au centre du cercle d'asphalte ; ses pales tournaient au ralenti. Il était beaucoup plus petit qu'Eleanor ne l'avait imaginé — une grosse bulle avec un empennage et un rotor arrière. Le vent fouettait la manche à air rouge accrochée à un mât sur l'aire d'atterrissage. Comme le ciel se reflétait sur le cockpit en Plexiglas, le pilote n'était qu'une silhouette très vague.

Eleanor se retourna et empoigna le bras de Cordie. « Je reviens dans une heure ou deux. »

Les yeux de Cordie plongèrent dans ceux d'Eleanor. « Faites attention, Nell. Et si vous trouvez celle que vous cherchez, saluez-la de ma part. »

Eleanor sourit, hocha la tête et suivit Paul qui avançait plié en deux vers l'appareil.

Cordie recula, loin du remous des pales. D'où elle se tenait, il était impossible de distinguer le pilote, mais elle regarda Paul monter le premier, puis Eleanor, qui s'installa sur le siège avant et attacha sa ceinture. Le bruit du moteur grimpa dans les aigus, les pales devinrent floues et le petit hélicoptère s'éleva dans les airs comme une libellule. Cordie ne le quitta pas des yeux tandis qu'il tournait, à basse altitude, autour du complexe hôtelier, puis se rabattait vers la mer et remontait la côte en vrombissant.

« Bonne chance, Nell », chuchota Cordie. Elle s'en revint vers l'oasis du Mauna Pélé où s'accumulaient les ombres.

19.

« Les dieux lumineux des Enfers.
À Vavau, brillent les dieux de la nuit.
Les dieux s'assemblent, nombreux, pour Pélé. »

Prière à Pélé.

18 juin 1866, dans un village sans nom sur la côte de Kona.

Derrière nous, le soleil ne s'était pas encore élevé au-dessus de la cime du volcan, les nuages s'amassaient, mais le ciel avait viré au gris pendant que le guide-feu follet nous emmenait à l'entrée des Enfers de Milu.

Pendant les derniers kilomètres de cette descente vers la côte, nous avions suivi une route macadamisée de largeur uniforme. Ma monture fatiguée cheminait à pas lents depuis plusieurs minutes lorsque je m'aperçus que ses sabots ne faisaient plus le même bruit et m'avisai de regarder le sol, dans l'obscurité qui commençait à se dissiper. Cette route pavée, sûrement ancienne, témoignait d'un haut degré d'ingéniosité. Les pierres plates étaient usées et lisses.

« Cela me rappelle ces anciennes voies qui partent de Rome et que l'on voit sur les rotogravures », dit M. Clemens en laissant son cheval piétiner sur place pour se mettre à ma hauteur, maintenant que le chemin s'était élargi. La sphère de gaz bleu flottait devant nous, tel un chien de chasse prêt à nous conduire dans les champs de lave. Nos montures épuisées la suivaient sans le moindre signe de peur.

« Je voudrais bien être à Rome, dis-je en prenant conscience que j'étais tout autant bouleversée que harassée.

— Oui, oui, acquiesça M. Clemens. Même rendre visite au pape serait une perspective plus agréable que cette audience imminente avec le Roi des Fantômes. »

En dépit du réchauffement de l'air, je frissonnai. « Nous ne devrions pas plaisanter de cela », dis-je. Consciente que mon ton avait peut-être été trop tranchant, je demandai : « Vous êtes allé à Rome ?

— Hélas, non, mais j'espère visiter l'Europe avant de devenir vieux. Si je deviens jamais vieux... » Puis il me jeta un coup d'œil qui laissait entendre qu'il craignait de m'avoir alarmée. « Êtes-vous allée à Rome, mademoiselle Stewart ? »

Je soupirai. Ce fut un soupir bien las. « Je viens juste de commencer mes pérégrinations, monsieur Clemens. J'ai vu encore peu de choses et ma grande crainte, c'est de ne pouvoir vivre assez longtemps pour visiter le monde entier. J'espérais voir Rome au cours de ce voyage. »

Mon compagnon haussa les sourcils. « Pourtant, vous avez dit qu'en partant d'ici, vous traverseriez le Pacifique en direction de l'ouest...

— Oui. Ayant vu les Rocheuses et rédigé le récit de mon voyage là-bas... » Je m'arrêtai, consciente de la confidence que je venais de faire.

« Vous écrivez ! s'écria M. Clemens. Un écrivain voyageur ! Un gribouilleur comme moi ! »

Je baissai les yeux, furieuse d'avoir avoué une telle chose, et honteuse de la rougeur qui enflammait mes joues. « Seulement quelques pages d'un journal que j'ai envoyé à mes sœurs. Je les ai fait relier... pour leur usage personnel... ce n'est pas un vrai livre.

— Ne dites pas de sottises ! s'écria M. Clemens d'une voix encore plus forte. J'ai voyagé avec une âme sœur sans le savoir. Nous avons tous deux abandonné un honnête travail pour les plaisirs de la plume vagabonde. »

Je serrai les rênes dans ma main et tentai de changer de sujet. « Au départ des îles Sandwich, j'avais l'intention de me rendre en Australie. Puis de revenir sur mes pas pour voir le Japon. Peut-être la Chine — j'ai une cousine là-bas, qui est missionnaire — et puis l'Inde ; ensuite je comptais revenir, peut-être par voie de terre, et visiter Jérusalem... et puis l'Europe... Rome... » Je me tus, atterrée par mon propre bavardage.

M. Clemens hochait la tête, impressionné. « Un itinéraire respectable pour une petite dame qui voyage seule. » Il tapota les poches de sa veste, comme s'il cherchait un cigare, fronça les sourcils et dit : « De combien de temps disposez-vous pour ce périple ? »

Je livrai mon visage à la brise fraîche qui soufflait des zones forestières s'étendant entre la côte et nous. La mer, bien visible mainte-

nant, rougeoyait de la lumière réfléchie par le ciel. « Un an, dis-je. Deux ? Plus. Peu importe.

— Il n'y a rien... euh... là-bas, dans l'Ohio, qui vous donne envie d'y revenir ? » demanda-t-il.

Au lieu de répondre directement, je dis : « Dans son testament, mon père m'a fait un énorme legs. Durant quelques années, j'ai souffert d'une maladie chronique. Mon médecin m'a conseillé les voyages. »

Les yeux de M. Clemens brillèrent. « Sans s'imaginer que sa patiente ferait le tour du monde. » Il leva une jambe et la posa de biais, sur le pommeau de la selle, en un geste plein de nonchalance. Ses bottes étaient poussiéreuses. « Si votre médecin avait su la tournure que prendraient vos aventures dans les îles Sandwich, je ne pense pas qu'il vous les aurait prescrits. »

Désirant désespérément changer de sujet, je jetai un coup d'œil à droite et dis : « Comme c'est étrange. La mer est à plus de deux kilomètres et l'on entend distinctement le ressac. »

M. Clemens regarda, par-dessus son épaule, la lointaine ligne de brisants. « Avez-vous observé les païens lorsqu'ils s'adonnent à leur passe-temps national ? »

Je fis signe que non. Nos montures avançaient lentement sur les pierres glissantes. Notre guide-feu follet me semblait presque normal, dans l'état de choc et de fatigue où m'avait plongée la mort du révérend Haymark.

« Ils chevauchent les rouleaux que forment les vagues », dit le journaliste roux en tapotant de nouveau ses poches, comme si un cigare avait échappé à son attention. Ce n'était évidemment pas le cas.

« Ah, dis-je. J'en ai entendu parler à Honolulu, mais je ne les ai pas vus faire.

— Un sport magnifique, poursuivit M. Clemens en reprenant une posture plus normale sur sa selle. Lors de ma seconde journée à Oahu, je suis tombé sur un essaim de jeunes dames indigènes qui se baignaient nues dans les vagues ; je suis allé m'asseoir sur leurs vêtements afin que personne ne les leur vole. Je les ai suppliées de revenir, car la mer montait et j'étais convaincu qu'elles couraient un danger, mais elles ne semblaient pas effrayées et continuèrent à se livrer à leur jeu. »

Je baissai les yeux, ne dis rien et détournai la tête afin que ce jeune effronté ne voie pas mon sourire. Brusquement, le discours de la vieille femme me revint à l'esprit — « Vous vous débarrasserez des absurdes vêtements haole *dont vous avez drapé vos corps... » et mon sourire s'effaça.*

« Un peu plus tard, poursuivit M. Clemens, les jeunes gens du village rejoignirent les dames et le sport auquel ils s'adonnaient m'intéressa infiniment. Chaque indigène emportait une petite planche avec lui, avançait de trois à quatre cents mètres dans les flots, attendait une vague particulièrement spectaculaire, puis lançait sa planche sur la crête écumeuse et se hissait dessus. C'était stupéfiant à regarder, mademoiselle Stewart. Les meilleurs d'entre eux — homme ou femme — revenaient vers le rivage à la vitesse d'un train, ou d'un obus ! Pendant que leurs planches venaient s'échouer en rugissant sur le sable, les païens se tenaient en équilibre sur une jambe, se saluaient mutuellement, faisaient l'arbre droit ou nattaient leurs cheveux. »

Souriant de nouveau, cette fois pour montrer mon incrédulité, je dis : « Avez-vous essayé, monsieur Clemens ?

— Bien sûr ! » réplique *le journaliste. À ce souvenir, il fronça les sourcils. « J'avoue que ç'a été un échec. J'ai lancé la planche au bon endroit — et au bon moment aussi — mais j'ai manqué la correspondance. Elle a heurté le rivage en trois quarts de seconde, sans aucune cargaison, et j'ai touché le fond à peu près en même temps, après avoir avalé deux ou trois barils d'eau de mer. Je suppose que seuls les Hawaiiens maîtriseront jamais cet art. »*

Le ciel avait maintenant tout son éclat matutinal ; à l'est, la cime du volcan dissimulait toujours le soleil, mais les nuages arrivaient de la mer, lents et sinistres, et en dépit des vents contraires, la puanteur du volcan emplissait l'air.

Je soupirai de nouveau. Je savais que mon compagnon badinait pour me donner du courage et chasser de mon esprit les horreurs à venir, mais l'étrange urgence qui nous poussait demeurait aussi réelle que le feu follet qui maintenant quittait l'ancienne route pavée pour s'engager dans le champ d'a'a. Nos chevaux hésitèrent un instant, visiblement peu disposés à chercher de nouveau leur chemin entre des pierres coupantes, mais nous les y poussâmes et ils finirent par obéir. La sphère de gaz bleu parut attendre que nous ayons pénétré sur le champ de lave, puis elle se remit à danser devant nous.

M'efforçant de parler sur le même ton léger, désinvolte, qu'affectait M. Clemens, je dis : « J'ai bien peur d'avoir des difficultés à faire sortir des Enfers les fantômes des haloe... *je ne crois pas aux fantômes. »*

Mon compagnon s'éclaircit la voix, comme s'il se préparait à racon-

ter une autre anecdote, et répondit : « Moi non plus je n'y croyais pas, jusqu'à une certaine nuit d'automne, il y a deux ans, à Carson City, où je me... » Il se tut, puis tira sur les rênes pour arrêter son cheval. Devant nous se dressait un mur de lave qui, il y avait bien longtemps, avait constitué une chute ardente de trois cents mètres de haut ; maintenant refroidi et fait de pierre lisse, cet à-pic dessinait un amphithéâtre circulaire qui descendait jusqu'à une large baie. Les vagues déferlaient cinq cents mètres plus bas. Il n'y avait là qu'un bouquet de cocotiers et quelques maisons en ruine.

« Je crois que c'est la baie de Kealakekua, dit M. Clemens à voix basse, comme si l'on pouvait nous entendre. C'est là que le capitaine Cook a été tué et mangé, il y a quelques années. »

Quel que fut son nom, cet étrange cercle de pierre lisse et ondulée était coupé en deux par une grande fissure étroite, visiblement produite par l'effondrement du plafond d'un de ces nombreux conduits de lave que nous avions rencontrés au cours de notre chevauchée. À l'endroit où le feu follet avait disparu, le sol s'ouvrait et ce trou ressemblait à l'entrée d'une caverne.

Les chevaux ne voulurent pas approcher à moins de dix mètres de cet endroit. Nous mîmes pied à terre, M. Clemens entrava les bêtes fatiguées et ôta de sa selle un rouleau de corde, puis nous nous avançâmes lentement vers l'ouverture.

Nous nous étions trompés en croyant qu'il s'agissait d'une grotte ; même là où le sol descendait en replis de lave, la crevasse était trop verticale. À cause de quelques saillies rocheuses, vestiges du plafond effondré, il était impossible de voir si elle faisait deux ou deux cents mètres de profondeur.

Mon compagnon attacha une petite pierre à l'extrémité de la corde. Il la lança dans l'ouverture qui béait à nos pieds. « Nous avons besoin d'une sonde », dit-il, visiblement ailleurs. Le galet frappa la roche avant que les cinq mètres de corde se fussent déployés.

« Bon. » M. Clemens ramena la corde et l'enroula avec l'aisance que donne une longue pratique. « Mark twain [1]*, je pense. » Il la jeta de nouveau, plus loin cette fois. « Oui », dit-il.*

Je ne cachai pas mon incompréhension.

« Un vieux terme de navigation fluviale. Cela signifie que la sonde montre deux brasses à l'avant. Trois mètres cinquante. Assez profond

1. *Twain* est la forme ancienne de *two*, employée encore dans l'expression *the twain*, les deux.

pour que la quille passe. Bonne nouvelle pour le pilote. En réalité, j'aime tellement cette expression que lorsque j'ai envoyé mon article sur le Hornet, *la semaine dernière, j'ai...*

— Comment allons-nous faire pour descendre ces trois mètres cinquante ? demandai-je sans vouloir l'interrompre, mais beaucoup plus intéressée par ce qui nous attendait que par les pittoresques traditions de la navigation fluviale.

— La vieille sorcière a parlé de lianes de ieie. Mais j'ai pensé que cette corde serait mieux... » Il s'arrêta, regarda par-dessus mon épaule avec une expression si bizarre que je pivotai sur mes talons.

Une jeune femme se tenait à moins de deux mètres derrière moi. Je ne l'avais pas entendue approcher, bien que les pierres et les cailloux aient crissé sous nos chaussures. C'était une belle indigène, à la peau d'un brun chaud, aux yeux noirs et brillants, dont la chevelure flottante avait le lustre d'une aile de corbeau. Elle tenait deux choses dans ses mains fines — une calebasse fermée par un bouchon et un rouleau de liane tressée.

Avant que l'un de nous ait pu parler, elle dit : « Il faut vous dépêcher. Pana-ewa et les autres dorment un peu après l'aube, mais d'un sommeil léger, et ils se réveillent facilement. Vite, dépouillez-vous de ces vêtements haole... »

Sa voix était jeune, vibrante, douce, harmonieuse dans sa manière de prononcer les voyelles anglaises... et c'était, sans le moindre doute, la voix rajeunie de la vieille femme.

« Vite ! répéta la belle jeune femme en faisant un geste de la main qui tenait la liane enroulée. Déshabillez-vous »

M. Clemens et moi, nous nous regardâmes.

« Will, je discutais avec un cochon, dit Byron Trumbo en sifflant son second verre de vodka pure. Un putain de cochon. »

Bryant hocha la tête et jeta un coup d'œil sur Hiroshe Sato et ses amis, de l'autre côté du long buffet. « Je sais. Mme Trumbo refuse de partir et son avocat insiste pour que nous...

— Pas *ce* cochon-là, répondit Trumbo en se retournant rapidement et en essuyant sa lèvre supérieure. Je parle d'un vrai cochon. Un goret. Un verrat. Un gros porc. »

L'adjoint du milliardaire lorgna son patron et ne dit rien.

« Ne me regardez pas comme ça ! » rugit Trumbo, assez fort pour que Sato, le vieux Matsukawa et le Dr Tatsuro se retournent vers eux.

Trumbo s'éloigna en entraînant Will avec lui. « Ne me regardez pas avec cet air de penser : *vous êtes dingue,* chuchota-t-il. Il y avait un cochon géant dans ce trou, et il était avec Sunny Takahashi... qui brillait comme un cadran au radium des années cinquante... et il avait huit yeux, je crois. Le cochon, je veux dire. » Trumbo saisit Will Bryant par le bras. « Vous me croyez, hein ? Dites-moi que vous me croyez.

— Je vous crois, monsieur Trumbo. » Bryant dégagea son bras en douceur.

Trumbo le regarda d'un air soupçonneux, mais Will Bryant acquiesça d'un signe de tête. « Il se passe suffisamment de choses étranges par ici. Si vous dites que vous avez discuté avec un porc... vous avez discuté avec un porc. »

Le milliardaire tapota l'épaule de son adjoint. « C'est ce que j'aime en vous, Will... sous cet aspect lisse de diplômé de Harvard bat le cœur d'un vrai lèche-cul du genre allez-y-pissez-moi-dessus. Sans vouloir vous offenser, Will.

— Il n'y a pas de mal, patron. Mais il faut que je vous dise que nous avons retrouvé Sunny Takahashi... »

Trumbo, qui était en train de se resservir, faillit laisser tomber la bouteille de vodka. « Il est revenu ? Le cochon l'a laissé partir ?

— Je ne sais rien sur ce cochon, mais on a trouvé le corps de Sunny dans l'un des congélateurs du restaurant. Le Dr Scamahorn dit qu'il est mort depuis environ douze heures. Je n'en ai pas encore informé M. Sato et les siens, parce que je savais que vous préféreriez le faire vous-même. Il y avait aussi le corps du chef de la sécurité. Nous avons essayé de vous joindre, mais vous n'avez pas répondu à l'appel radio. Scamahorn veut faire une autopsie lorsque nous aurons prévenu la police et... »

Trumbo reprit Will par le bras et l'éloigna encore plus du buffet. « Où est le corps ?

— De qui ?

— De Sunny ! » s'exclama Trumbo, puis il baissa de nouveau la voix. « De Sunny. Dillon, j'en ai rien à foutre. Où est-il ?

— À l'infirmerie. On les a montés là il y a environ vingt minutes. »

Trumbo planta son gros doigt dans la poitrine de Will. « Allumez votre radio et... non, allez-y *personnellement.* Veillez à ce que le cadavre de Sunny... et puis l'autre, les deux corps... soient remis au congélateur. Et silence. Pas un mot à *quiconque.* »

Cette fois, Will Bryant regarda drôlement son employeur. « Patron, c'est fini. M. Sato ne signera plus, maintenant que son ami a été tué. C'est terminé. Il faut que nous... »

Trumbo fit reculer Will encore plus loin. « Non, non. Vous n'avez pas compris. J'ai *vu* Sunny Takahashi il n'y a pas une demi-heure. Je reconnais qu'il luisait et titubait comme un zombie, mais c'était Sunny. S'il est mort et congelé depuis douze heures comme le pense Scamahorn, cela veut dire que le cochon retient son fantôme en otage ou quelque chose comme ça...

— Son fantôme ? » Bryant ne buvait pas d'alcool et n'en avait jamais bu, mais il s'empara de la bouteille de vodka.

« Un fantôme, un esprit, ce genre de truc, dit Trumbo d'une voix aussi basse que possible. Je connais rien à cette religion hawaiienne de merde. Mais le goret voulait bien me rendre Sunny... il *savait* que le Japonais était important pour moi et il était prêt à conclure un marché. Je veux dire, je ne connais rien aux dieux-cochons hawaiiens, mais je sais quand quelqu'un est prêt à négocier, et ce porc l'était. »

Will Bryant siffla sa vodka et hocha la tête. « D'accord, mais Sunny et Dillon sont morts...

— Dillon peut bien le rester. Mais peut-être que le cochon me rendra le Japonais. Il dit que Sunny est à moi quand je le veux. Il dit qu'il me suffit de descendre dans le trou et d'en parler avec lui. » Trumbo se tut en se mordant la lèvre.

Will reposa soigneusement son verre sur le comptoir. « Il faut les rejoindre. Hiroshe et les autres sont impatients de dîner. »

Trumbo hocha distraitement la tête. « Vous croyez qu'ils signeraient si Sunny revenait ? »

Will Bryant hésita une seconde seulement. « Tous les papiers ont été soigneusement relus. La salle de conférences est prête. Sato n'aime pas travailler le soir, mais ils disent qu'ils ont envie de partir tôt demain. »

Le regard de Trumbo ne voyait rien de ce qui était autour de lui tandis qu'il hochait la tête. « OK, eh bien... je sais comment faire revenir Sunny et régler cette saleté d'affaire avant demain. Vous remettrez vous-même les deux corps dans le congélateur... »

Will fit une grimace.

« Vous vous laverez les mains avant de vous joindre au banquet. Remettez les cadavres au frigo. Peut-être que le cochon lâchera Dillon pour rien. Ne laissez pas Scamahorn commencer l'autopsie... Sunny ne vaudra pas grand-chose si je ramène son fantôme et qu'il lui manque la cervelle ou le foie, ou un autre truc du même genre. » Il poussa un peu Will. « Allez ! je vais occuper Hiroshe et faire asseoir tout le monde. »

Will Bryant hocha la tête et s'avança vers la porte de service. Il s'arrêta sur le seuil.

« Quoi ? éructa Trumbo.

— Je me demandais, dit Will tout songeur. Qu'est-ce qui va arriver, après ? »

Les lumières s'éteignirent.

Eleanor avait décollé peu après le coucher du soleil, mais la nuit n'était pas complètement tombée. La fumée des incendies de lave était épaisse. Les pales de l'hélicoptère projetaient des tourbillons dans son sillage tandis qu'ils viraient au-dessus du Mauna Pélé puis longeaient la côte en direction du sud.

Paul Kukali s'était glissé sur le siège arrière — plutôt un banc étroit et rembourré qu'un fauteuil — pendant qu'Eleanor s'installait sur l'unique siège passager prévu à l'avant. Gênée par le bruit des rotors et occupée à boucler sa ceinture, elle n'avait pas compris le nom crié par le pilote lors des présentations. Son prénom semblait être Mike. Avant qu'il sorte ses lunettes de soleil de la poche de sa chemise et les chausse, elle avait aperçu les plus beaux yeux gris clair qu'elle ait jamais vus chez un homme. Mike devait avoir dans les quarante-cinq ans, comme elle ; elle remarqua sa peau bronzée, son beau sourire, sa barbe soigneusement taillée, ses bras musclés et ses mains étonnamment délicates, posées sur les commandes. La droite manipulait le manche à balai, entre ses cuisses, et l'autre un second levier, près de sa jambe gauche. Ses baskets étaient plantées sur les pédales et Eleanor voyait le paysage, sous ses pieds, au travers du Plexiglas.

Paul Kukali avait coiffé un casque et, penché en avant, faisait signe à Eleanor de l'imiter. Elle prit le sien dans une niche, sur la console, entre le pilote et elle, et le mit sur sa tête, puis régla un petit micro placé devant.

« C'est mieux, hein ? dit Mike. Cet appareil est élégant, mais il fait pas mal de boucan. C'est plus facile de parler à l'interphone. Vous m'entendez ?

— Oui », dit la voix de Paul, très faible. Eleanor acquiesça aussi.

« Bon, OK... heureux de faire votre connaissance, Eleanor », dit Mike en tendant la main. Visiblement, il avait entendu le prénom que Paul avait crié.

Eleanor lui serra la main et cligna des yeux à cause de l'impression simultanée de force et de délicatesse que lui procura ce bref contact.

« On peut partir ? avait dit le pilote. Il va faire noir bien assez tôt. »

Eleanor hocha la tête et, en quelques secondes, le rugissement du moteur augmenta, les pales devinrent floues, le petit appareil parut rebondir, puis s'élança dans les airs avec une rapidité qui lui coupa le souffle et la fit s'agripper aux accoudoirs du fauteuil. De son côté, il y avait une portière que Paul avait refermée, mais un hublot coulissant s'ouvrit avec un grincement et lui donna, quand l'appareil s'éleva en virant sur la gauche, l'impression qu'il n'y avait plus rien entre elle et les cimes des palmiers qui dansaient à quelques centimètres seulement de l'appareil.

« Vous pouvez vous tenir à la barre qui est là, dit Mike à l'interphone, mais gardez vos pieds à l'écart des pédales. Merci. »

Eleanor hocha de nouveau la tête ; elle se sentait un peu ridicule. Puis toute gêne disparut et elle regarda bouillonner la voûte de feuillage lorsqu'ils survolèrent la Grande Hale et le Bar de l'Épave. Elle aperçut Cordie, à cent mètres en dessous, qui leva son visage rond rougi par le soleil pour regarder passer l'hélicoptère ; Eleanor la salua, à tout hasard. Cordie ne répondit pas. Puis ils laissèrent derrière eux les terrasses du penthouse et traversèrent la baie. Eleanor vit la petite jungle de palmiers, les *hale* perchées sur leur pilotis précaires, les toits de chaume disparaître rapidement, et ils se retrouvèrent au-dessus de la mer ; elle regarda l'eau vert clair devenir bleu foncé au-delà des récifs de corail.

« Un orage arrive de l'ouest, dit Mike en montrant l'océan. Il sera là dans deux heures, m'a-t-on dit. Le temps que nous fassions un petit tour et que je rentre à la maison.

— Où habitez-vous ? » demanda Eleanor. Elle entendit sa propre voix tonner dans son casque et comprit qu'elle avait crié dans le micro.

« Mike réside dans l'île de Maui », dit Paul. Elle se retourna pour regarder le conservateur d'art et d'archéologie. Il avait bouclé sa ceinture, mais la cabine de l'hélicoptère était si petite que, lorsqu'il se pencha en avant pour répondre, ses épaules touchèrent presque celle d'Eleanor et du pilote. « Près de Hana.

— À Kipahulu, précisa Mike. Pas d'électricité. Pas d'eau. Pas de câble. On adore ça.

— Mike est mariée à une célèbre chercheuse et ils ont deux beaux enfants, dit Paul. Ils habitent une belle maison de style japonais en pleine jungle, sur la côte, et leur plus proche voisin est Mike Love... le Beach Boy. »

Eleanor hocha la tête, mais elle ne savait pas si Paul parlait d'un membre de l'ancien groupe de rock ou d'une personnalité de Maui.

« Dans quel domaine travaille votre femme ? demanda Eleanor.

— Médical », répondit le pilote qui appuya sur deux boutons du tableau de bord et se carra confortablement dans son siège.

Ils fonçaient vers le sud, à deux ou trois kilomètres des falaises. Le fracas des vagues et les rochers qui défilaient sous eux rappelèrent à Eleanor la séquence d'ouverture d'une ancienne série télévisée — *Magnum*. Elle sourit et regarda s'éloigner les champs de pétroglyphes et le sentier où elle avait fait du jogging ce matin. Elle aperçut brièvement le geyser. « Les transports en hélicoptère, c'est votre job ? » demanda-t-elle à Mike.

Le pilote sourit. Il avait de sympathiques pattes-d'oie au coin des yeux, visibles même avec ses lunettes de soleil. « En partie. Je suis propriétaire de l'appareil et je le sous-traite à la Cité des Sciences... » Il se tourna vers elle. « Il y a un centre là-haut, sur le Haleakala... un énorme volcan endormi, sur la côte est de Maui... on y fait surtout de l'astronomie, de la météorologie et des recherches secrètes pour l'Air Force, mais Kate — ma femme — travaille au labo d'immunologie et je la conduis là-bas tous les jours. Depuis notre cabane, au niveau de la mer, jusqu'à son labo situé à trois mille mètres d'altitude. »

Eleanor cligna des yeux en pensant à cette femme qui passait de la chaleur tropicale au froid arctique, et vice versa, tous les jours. « Pourquoi ont-ils installé un labo d'immunologie si haut, si loin de tout ? » demanda-t-elle.

Mike haussa les épaules. Sa main droite reposait sur le manche à balai pendant que, de la gauche, il paraissait régler le régime du moteur. « Je suppose qu'ils s'imaginent que si un vilain microbe s'échappait, il mourrait à cette altitude. Kate est la seule femme d'Hawaii à se rendre tous les jours au travail en sandales et parka de duvet d'oie. » Mike tourna la tête et l'appareil s'inclina sur l'aile pour gagner l'intérieur ; ils survolèrent la péninsule sur laquelle un chaos de pierre et des silhouettes en bois sculpté semblaient regarder la mer monter. « La Cité du Refuge », dit-il.

Quelques minutes plus tard, ils rejoignirent la première coulée de lave. À travers la fumée, dans la douce lumière du crépuscule, Eleanor aperçut le ruban d'asphalte de la grand-route intérieure coupée par celui, plus large, du ruisseau fumant. Le village côtier de Milolii passa comme l'éclair sous les patins de l'hélicoptère ; Eleanor se pencha pour voir la lave rougeoyante s'étaler en éventail avant de se jeter dans la mer. La vapeur d'eau s'élevait à quinze mille mètres au moins, colonne blanche horriblement dense qui empalait le ciel, à un kilomètre sur leur droite. « Il ne faut pas s'en approcher trop », dit la voix de Mike dans l'interphone. Il manœuvra le manche à balai et ils plongèrent en virant à gauche, dans un style montagnes russes qui donna à Eleanor l'impression que son cœur remontait dans sa poitrine.

« Regardez », dit-elle en montrant quelque chose à travers le Plexiglas. Les coulées de lave s'étaient rapprochées de la caravane des *kahuna,* Leonard et Leopold Kamakaiwi. Le véhicule semblait cerné par les feux de broussailles ; les flammes orange se réfléchissaient sur ses flancs ternes en forme de scarabée.

Mike descendit en traçant un cercle. « Faut aller jeter un coup d'œil ?

— Non, tout va bien, répondit Paul. Leur camionnette n'est plus là.

— Où ont-ils pu se rendre en voiture ? » demanda-t-elle en regardant dans les deux directions. Au sud-ouest, la colonne de vapeur d'eau s'élevait comme un champignon atomique. À l'est, les flots de lave du Mauna Loa couraient, de plus en plus larges, sur tout le rift sud-ouest, coupant la Belt Road en trois endroits bien visibles et séparant la côte du Kona de Ka'u et de l'extrémité sud de l'île plus efficacement qu'un champ de mines.

« Ils ne risquent rien, répéta Paul. Oncle Leonard et oncle Leopold sont têtus... mais pas fous.

— OK, dit le pilote. On y va ? On va voir les volcans ?

— Oui », répondit Eleanor. Et sans réfléchir, elle ajouta : « S'il vous plaît. »

Ils traversèrent la pointe sud de l'île en évitant le gros nuage de cendres de l'éruption du Mauna Loa.

« Paul vous a probablement expliqué que le Kilauea et le Mauna Loa n'avaient pas connu d'éruption simultanée depuis un bon bout de temps », expliqua Mike tandis qu'ils survolaient la queue de l'île, semblable à une épine dorsale en dents de scie.

— Oui.

— C'est en 1950, je crois, que le Mauna Loa a pour la dernière fois craché de la lave sur son flanc ouest avec une telle ampleur. » Mike avait ôté ses lunettes et ses yeux allaient des cadrans au sol qui s'élevait progressivement devant eux. L'hélicoptère continua à monter, mais demeura à trois cents mètres au-dessus des champs de lave torturée de Ka'u. « Le magma se déplace à près de dix kilomètres-heure... et peut atteindre la côte en moins de quatre heures. Pis encore, il y a des douzaines... des centaines... de conduits souterrains où coulent des rivières de lave pâteuse. J'ai transporté des scientifiques de Kona au Kilauea, cet après-midi, et nous avons vu une nouvelle coulée jaillir là-bas, au nord, près de votre complexe hôtelier. »

Eleanor écoutait d'une oreille, captivée qu'elle était par la scène qui se déployait devant eux. Des douzaines de ruisseaux de lave issus du grand volcan et de l'éruption du Kilauea convergeaient en véritables rivières de flammes rouge-orangé vers la mer, sur une trentaine de kilomètres. Des gerbes de feu se détachaient sur des nuages de cendres bleu-noir, plus sombres que les nuées d'un orage d'été. Un millier d'incendies plus petits consumaient en quelques instants les arbres, les prés et, probablement, des maisons.

« Croyez-le ou pas, je peux pressuriser ce petit appareil, dit Mike. Et il le faudrait si nous survolions le Mauna Loa, à plus de quatre mille mètres d'altitude... mais je resterai plus bas. Nous pourrons observer les deux éruptions sans utiliser les masques à oxygène. »

Eleanor les distinguait déjà. À une quinzaine de kilomètres, le Kilauea était un lac de flammes en train de déborder. Des cônes de cendres se dessinaient dans l'obscurité, illuminés par les fontaines de magma qui jaillissaient des flancs fissurés du cratère.

Mais ce fut le Mauna Loa qui retint son attention. Tandis que le sommet du volcan, à plusieurs kilomètres de là, crachait une épaisse colonne de cendres qui venait s'amonceler au-dessus d'eux, les crevasses courant tout le long du rift sud-ouest rougeoyaient, brûlaient et flamboyaient comme des fentes dans le plafond de l'Enfer. Eleanor vit des rubans de flammes courir sur des kilomètres sans interruption, des colonnes de gaz incandescents monter dans le ciel vespéral, de la lave en furie jaillir comme une immense fontaine.

« Mon Dieu, chuchota-t-elle.

— Oui », acquiesça Paul.

Ils survolèrent le mur de feu avec une marge de sécurité de cinquante mètres seulement. L'hélicoptère était secoué par le courant d'air chaud ascendant, aussi les mains et les pieds de Mike s'affairaient-ils sur les commandes. Eleanor sentit la chaleur au travers des semelles de ses chaussures. « Mon Dieu », répéta-t-elle.

Ils passèrent au sud de la caldeira, plus bas que le vrai cratère du Mauna Loa, puis foncèrent vers la tempête de feu du Kilauea.

La nuit était tombée ; la terre et la mer n'étaient plus que deux masses obscures qu'on différenciait à peine, entre les innombrables rivières et ruisseaux de flammes. Tous descendaient de la montagne en flots lents mais inexorables. Dix mille petits incendies brûlaient à proximité. Chaque *ohi'a* qui s'enflammait devenait pareil à un flambeau, au sein de cet embrasement général. La fumée ondulait entre les geysers et les rubans de feu comme un rideau déchiré, et voilait parfois, sans jamais les obscurcir, les fissures embrasées.

Mike les fit passer à cent mètres au-dessus du lac houleux du Halemaumau en éruption. Eleanor contempla les gaz fumants, les geysers rouges s'élevant des fontaines orangées, le chaudron bouillonnant de magma surchauffé, et se dit : *Si le moteur s'arrêtait, si l'hélicoptère tombait dans ce...* et elle s'adjura de ne plus y penser. La chaleur faisait pression sur le Plexiglas comme le souffle d'une chaudière ouverte. Enfin, ils laissèrent derrière eux le lac du Halemaumau, le cratère débordant du Kilauea et suivirent l'une des coulées de lave ; ils descendaient à une vitesse vertigineuse et viraient pour éviter les colonnes de fumée noire qui se dressaient comme des troncs géants dans la nuit.

« Ils sont tous en éruption, dit Mike. Tous les cônes de déjection et les anciens lacs... le Mauna Ulu, le Pu'u O'o, le Puu Huluhulu, le cratère du Pauahi, le Halemaumau... regardez. »

Eleanor suivit son doigt pointé et vit, sur leur gauche, un dôme de lave s'élever comme un globe dentelé d'un lac embrasé. Il bouillonna à plusieurs centaines de mètres au-dessus du champ de *pahoehoe* et se mit à ressembler vraiment à une sphère — rouge sang, strié de couches noires de lave en train de refroidir qui glissaient à sa surface — avant d'entamer sa lente retombée. Mais elle comprit que Mike lui montrait quelque chose qui était plus loin que le dôme, plus loin que le lac de feu, un geyser jaillissant de la fissure principale. Eleanor aperçut un point minuscule qui se détachait sur la colonne orange et comprit que c'était un autre hélicoptère, dérivant devant une gerbe de flammes de trois cents mètres de haut.

Mike fit basculer un interrupteur et parla rapidement dans le micro, d'une façon précise, laconique. Il remit l'interphone en route. « Le scientifique que j'ai transporté un peu plus tôt estimait qu'une seule cheminée crachait plus d'un million de mètres cubes de lave par heure. Nous en avons compté neuf le long de cette zone de rift. »

Eleanor secoua la tête, incapable de parler.

« Il commence à faire vraiment nuit, poursuivit Mike. Le mieux serait que vous retourniez au Pélé et que moi, je rentre dîner. »

Ils volaient vers l'ouest. En traversant l'épine dorsale de l'île, Eleanor vit des nuées d'orage au loin, sur le Pacifique, mais les pentes occidentales du volcan retenaient les dernières lueurs du crépuscule. Les longues fissures enflammées traversaient un paysage à présent reconnaissable — le vaste désert de lave du Ka'u.

Eleanor se surprit à tendre la main pour toucher le bras de Mike. Il la regarda d'un air interrogateur.

« Mike..., commença-t-elle, et elle dut se ressaisir. Vous m'avez fait un merveilleux cadeau... je l'ai beaucoup apprécié... mais pourriez-vous... » Elle respira à fond. « Connaissez-vous un endroit qui s'appelle Ka-hau-komo ? »

Mike jeta un coup d'œil à ses instruments, corrigea le cap en effleurant adroitement une commande et se tourna vers elle. « Ka-hau-komo ? Avec *hau* qui signifie " fer " ?

— Oui.

— J'en ai entendu parler. » Il regarda le flanc sombre de la montagne, au-dessous d'eux. « C'est par ici, mais nous ne le trouverons jamais dans la demi-obscurité. Les arbres *hau* — les casuarinas — ont disparu, je crois.

— Oui, mais il y a là un grand rocher appelé Hopoe.

— Eleanor, dit Paul d'une voix sèche. Ce n'est pas une bonne idée.

— Je crois que si, Paul, répliqua-t-elle en se retournant vers lui. Et vos oncles y pensaient aussi, mais ils ont eu peur de demander.

— Je connais le rocher appelé Hopoe, dit Mike. Il nous servait de point de repère dans nos exercices, quand j'ai passé mon brevet de pilote. Difficile à trouver dans cette lumière, mais il est là... » Il montra d'un signe de tête l'interminable crête de rochers et les deux fissures qui la longeaient sur des kilomètres. « En bas.

— Il y a une femme, là, dit Eleanor. Elle est peut-être coincée par la lave. »

Seule la douce lueur rouge du tableau de bord éclairait le visage de Mike. Il avait l'air inquiet. « Molly Kewalu ?

— Tu la connais ? » C'était la voix de Paul. Étonnée.

« Je croyais que c'était une légende, dit Mike.

— Bien sûr que c'en est une, confirma Paul.

— Non, dit Eleanor. Elle est vivante, elle habite une case juste à côté de la pierre appelée Hopoe, et elle a besoin d'aide.

— Je peux appeler les équipes de secours. »

Eleanor insista. « Ils vont y aller ce soir ? »

Mike hésita une seconde. « Non. Demain, à l'aube. »

Ce fut au tour d'Eleanor de montrer du doigt les fissures d'où jaillissaient des flammes. L'hélicoptère avait contourné le flanc ouest du Mauna Loa, et ses coulées de lave, bien plus larges que celles du Kilauea, étaient maintenant visibles.

« Il ne me reste peut-être que cinq minutes de clarté pour repérer le Hopoe, mais je crois pouvoir y arriver. C'est là, dans le coin... peut-être en dessous de cette grosse cheminée. »

Eleanor s'aperçut que sa main était toujours sur le bras du pilote. Elle l'enleva. « Merci.

— C'est trop accidenté pour que j'atterrisse, dit Mike, en répétant dans sa tête ce qu'il avait à faire. Je peux vous larguer et tourner en rond, mais ça va être délicat. Il y a une trousse de secours sous votre siège, avec une puissante lampe électrique. Je peux me servir des projecteurs que j'ai sous le ventre de l'appareil. Mais c'est un terrain difficile...

— Je vais y arriver, dit Eleanor dont le cœur battait la chamade.

— Il y a encore de la place pour une personne. Mais si Molly la folle est là avec sa famille et ses petits-enfants... c'est impossible.

— Il n'y a que la vieille. » La voix de Paul était blanche. Dépourvue de toute émotion.

« D'accord, dit Mike. Voilà le Hopoe, à environ un kilomètre et demi. »

Eleanor s'efforça de voir, mais ne distingua qu'un amoncellement de pierres, chacune plus grosse qu'une maison, toutes éclairées à contre-jour par la coulée de lave qui s'était creusé entre elles un chemin embrasé vers la mer.

« Accrochez-vous, dit Mike. On va descendre. »

Cordie, seule sur son *lanai,* regardait l'orage arriver de l'océan lorsque les lumières s'éteignirent. Cela ne la prit pas au dépourvu. Avant que la dernière lueur du crépuscule s'éteigne, elle avait posé la lampe de poche, les bougies, les allumettes et la lampe-tempête sur une table, près de sa chaise longue. Elle se servit de la torche électrique pour vérifier si les portes et les fenêtres de la suite étaient bien fermées, puis revint sur le *lanai* pour allumer les bougies. Le vent de la mer commençait juste à souffler plus fort, mais bien qu'elle fût à quinze ou vingt-cinq kilomètres du front de la perturbation, Cordie vit les contours du strato-cumulus noir illuminé par les éclairs et comprit que ce serait un gros orage. Elle aurait bien voulu que Nell soit déjà rentrée. Tant qu'il ne tonnerait pas, elle pourrait, de son *lanai,* entendre l'arrivée de l'hélicoptère, mais elle espérait que son amie reviendrait avant la tombée de la nuit.

Elle porta trois des bougies à l'intérieur, une dans chaque pièce de la suite, et garda la lampe-tempête pour le *lanai.* Le vent devenait vraiment fort et les feuilles des palmiers bruissaient comme un public agité parce que le rideau tarde à se lever sur le dernier acte. Cordie sortit le .38 et une boîte de cartouches de son fourre-tout, ouvrit le barillet, enleva les douilles et commença à le recharger.

On frappa à la porte.

« Un petit moment », cria doucement Cordie, et elle mit en place les trois dernières cartouches. Elle referma le barillet, le fit tourner, ôta la sécurité et se dirigea vers la porte. « Qui est là ? »

Elle entendit mal la réponse, mais c'était une voix mâle.

Cordie laissa la chaîne de sûreté en place, tint le pistolet derrière son dos et entrouvrit la porte.

Stephen Ridell Carter tenait une lampe-tempête à la main. « Madame Stumpf ? Désolé de vous déranger, mais comme l'électricité est coupée, nous demandons aux invités de se transférer au septième étage.

— Pourquoi ? » demanda Cordie. Elle n'ôta pas la chaîne et n'ouvrit pas la porte.

Le gérant s'éclaircit la voix. « Euh... nous avons un générateur qui fournit de la lumière aux suites de cet étage, madame Stumpf, et nous pensons que ce serait... euh... plus commode pour vous.

— Je suis très bien ici. Le réfrigérateur coulera un peu en dégivrant, c'est tout. »

Carter hésita. Ses cheveux parfaitement coiffés brillaient, à la lumière de la bougie, mais son visage paraissait plus âgé, plus creux que la dernière fois qu'elle l'avait vu. « Eh bien, en fait, madame Stumpf... euh... comme vous le savez, la plupart des invités sont partis et nous... euh... pensons qu'il serait plus facile d'assurer la sécurité si les quelques invités qui restent... euh... se rassemblaient au septième étage.

— La sécurité, pour quelle raison, monsieur Carter ? »

Le gérant se mordit la lèvre. « Certains... euh... certains événements inhabituels se sont produits, madame Stumpf.

— J'en suis bien consciente, monsieur Carter. » Cordie continuait à dissimuler son pistolet.

« Êtes-vous certaine de ne pas vouloir nous rejoindre au septième ? Les suites y sont... euh... encore plus confortables que celle-ci. »

Cordie lui sourit. « Merci tout de même, monsieur C. Mais je me suis habituée au lit de cette chambre. De plus, mes amis savent qu'ils peuvent m'y trouver. Vous, montez donc. » Elle commença à refermer la porte.

Stephen Ridell Carter glissa deux doigts dans le chambranle. Cordie attendit.

« Madame Stumpf, vous ferez... euh... attention, n'est-ce pas ? »

Cordie lui montra le pistolet. « Oui, je vous le promets. »

Le gérant hocha la tête et ôta la main. Cordie laissa la porte ouverte assez longtemps pour entendre ses pas s'éloigner sur les dalles sonores de la mezzanine. Il faisait très noir dans l'atrium. Elle referma la porte et retourna sur le *lanai*. Le vent était devenu encore plus fort, la flamme vacillait dans la lampe-tempête, le feuillage bruissait plus bruyamment. « Reviens, Nell », chuchota Cordie en étudiant le ciel où les nuages commençaient à éclipser les étoiles. La lueur rouge du volcan teintait le front de l'orage. « Rentre à la maison, Nell. »

Elle entendit sous la terrasse une sorte de raclement qui n'était pas produit par la végétation. Cordie posa le pistolet et alla se pencher par-dessus la balustrade. Quelque chose de gros et de rapide, pourvu de quatre pattes, sortit en courant de la jungle pour plonger dans l'ombre de la Grande Hale. Une minute après, une créature plus grande la suivit — qui courait sur deux jambes, cette fois, mais maladroitement, comme si elle traînait une queue.

Cordie rentra récupérer le pistolet et retourna voir. Le chemin asphalté et la terrasse étaient déserts. Elle n'entendit plus que le crachotement des torchères qui bordaient l'allée.

« Rentre à la maison, Nell », chuchota Cordie.

18 juin 1866, dans un village sans nom sur la côte de Kona.

« Déshabillez-vous », nous avait ordonné la jeune femme.

Je crois que jusqu'à cet instant, toute l'aventure des îles Sandwich — le volcan, le temple, les kanaka *défunts, même la mort apparente du révérend Haymark —, tout avait ressemblé à un rêve que je pouvais décrire et décrivais avec le détachement d'un naturaliste qui voyage dans des régions étranges, avec cet air médusé, presque amusé, qui convient à une chrétienne blanche se trouvant en pays païen. Je voyais des choses, faisais des remarques à leur propos... mais sans me laisser affecter par elles.*

« Déshabillez-vous, dit la belle indigène. Vite. »

Je pensai au révérend Haymark étendu mort ou comateux dans la hutte indigène, à plusieurs kilomètres au-dessus de nous, sur la pente volcanique fumante. Je pensai aux choses étranges que nous avions vues et aux fantastiques événements encore à venir. Je commençai à déboutonner mon manteau de voyage.

« Mademoiselle Stewart, dit M. Clemens, les poings serrés, en

contemplant ses bottes. Je crois que je... Je veux dire, je sais que je ferais mieux de descendre seul dans cet abîme. Ce n'est pas la place d'une... »

Je ne saurais jamais la suite, car la jeune femme l'interrompit : « Non ! Il faut un homme haole *et une* wahine haole. *Les fantômes mâles suivront l'homme. Les fantômes femelles suivront la* wahine. *Déshabillez-vous vite ! Pana-ewa et les autres dorment... mais pas pour longtemps ! »*

M. Clemens et moi, nous nous tournâmes le dos et ôtâmes nos habits. J'enlevai mes gants de cavalière, le chapeau à bord étroit que les familles de missionnaires m'avaient donné à Hilo, mon foulard de soie rouge, mon manteau de voyage en cuir gratté et la jupe d'amazone en whipcord. Jetant un coup d'œil à la dérobée sur M. Clemens, qui rougissait furieusement, je déboutonnai mon corsage en coton grossier et le posai sur le tas de vêtements soigneusement pliés.

« Vite ! » dit la femme. Elle tenait la corde de liane et la calebasse dans ses mains vigoureuses. La lumière se levait, toujours obscurcie par les nuages de cendres et de pluie, mais assez intense pour nous permettre de lire.

J'aurais bien voulu être dans ma chambre d'amis, à Hilo ou à Honolulu, avec un bon livre. Les aventures, il vaut mieux les lire que les vivre, décidai-je.

J'ôtai ma sous-jupe, mon cache-corset, mon jupon de coton, mes bottes de cheval, et mes bas épais. En corset, culotte et chemise délacée, frissonnant plus de honte que de froid, je regardai la femme. Je crus détecter une ombre de sourire sur ses lèvres pleines.

« La vieille femme vous a dit que pour pénétrer dans les Enfers de Milu, il fallait que vous soyez nue, dit la belle apparition.

— C'était vous, *la vieille femme, dis-je en m'émerveillant de la conviction qui remplissait ma voix.*

— Bien sûr », répondit l'indigène. Puis, se tournant vers M. Clemens, qui était derrière moi, elle dit : « Dépêchez-vous. »

Les joues en feu, je délaçai mon corset, laissai glisser ma chemise, enlevai ma culotte et les posai soigneusement avec mes autres habits. « Allons-nous marcher pieds nus ? demandai-je, de nouveau surprise par le calme de ma voix. Nous allons nous faire mal.

— Nullement, dit l'indigène. Regardez-moi. »

Nous nous retournâmes vers notre interlocutrice tout en essayant de ne pas nous voir, M. Clemens et moi. Mais je remarquai tout de même que la poitrine du journaliste était couverte de poils fins, rou-

geâtres, qui brillaient comme du cuivre à la lumière de plus en plus vive. Son visage était rouge, son menton dressé avec détermination.

La femme — je croyais vraiment que c'était Pélé — tendit le rouleau de liane à M. Clemens. « La liane de ieie tiendra bon. Il faut que vous laissiez une extrémité attachée dans le monde extérieur, sinon vous ne pourriez plus jamais quitter le Royaume des Fantômes. Approchez-vous. »

Nous nous avançâmes vers elle. Je devins violemment et absurdement consciente de la chaleur qui se dégageait de la jambe droite de M. Clemens. Il se tenait bras ballants. L'indigène déboucha la calebasse. Oubliant notre nudité, nous reculâmes en portant les mains à notre visage, pour tenter de nous protéger de la puanteur qui nous assaillait.

« Non, non, dit la femme. L'huile de kukui *empêchera les fantômes de vous regarder. Les mauvaises odeurs les incommodent.*

— Alors, je suis sûr qu'il y aura beaucoup de fantômes incommodés avant que la tâche de ce jour soit accomplie », dit M. Clemens. Son visage se plissa de dégoût tandis que la belle femme aux cheveux noirs versait le liquide visqueux et nauséabond contenu dans la calebasse et lui en frottait les mains et les bras. « Frictionnez-vous tout le corps avec, ordonna-t-elle.

— C'est de l'essence de putois », murmura mon compagnon, mais il s'exécuta.

Ce fut mon tour. La femme versa le liquide gras sur mes bras nus et mes paumes ouvertes comme s'il s'agissait d'un acte religieux. Peut-être était-ce un sacrement païen.

« Frictionnez-vous partout », me dit-elle, et elle inclina la gourde tandis que j'étalais l'onguent sur mes bras, ma gorge, ma poitrine, mon ventre, mes cuisses et mon dos. La sensation n'était pas désagréable. Sans l'odeur presque insupportable d'huile rance, on aurait pu penser que nous nous préparions à un massage dans la grotte d'une station thermale des montagnes Rocheuses.

*Quand nous eûmes fini d'appliquer le reste de l'huile, la jeune femme recula et nous félicita avec une ombre de sourire. « Très bien. Vous sentez l'*haole *mort. »*

M. Clemens brossa sa moustache. « Est-ce que les haole *morts ont une odeur différente des* kanaka *morts ? » demanda-t-il en se servant du mot que les indigènes utilisaient pour se désigner.*

Notre guide fit comme si elle n'avait pas entendu sa question. Son maintien était à la fois impérieux et malicieux ; on aurait dit une princesse de la famille régnante qui ne prenait pas tout à fait sa position au sérieux. Mais son visage devint grave lorsqu'elle dit : « Faites attention au cochon.

— Pardon ? Vous dites ? » demanda M. Clemens.

La femme recula d'un pas. « Pana-ewa a le sommeil léger. Nanaue, le garçon-requin, ne dort pratiquement pas. Si Ku — l'homme-chien — capte votre véritable odeur sous l'huile de kukui, *il s'emparera de vos âmes. » Elle se tourna pour me regarder droit dans les yeux. « Si Kamapua'a se réveille, il vous violera avant de vous tuer et de manger votre* hi-hi'o. »

Je déglutis avec difficulté. J'avais croisé les bras sur la poitrine, mais je me sentais ridiculement exposée aux regards et vulnérable. « Manger mon hi-hi'o *? » répétai-je. Mon esprit vacillait devant les traductions possibles de ce simple mot hawaiien.*

« Votre âme qui voyage, expliqua la femme qui était peut-être Pélé. Le hi-hi'o, *c'est le* whane, *l'âme des vivants, quand elle a quitté le* kino. *Le corps. Si votre ami* kahuna *avait été tué par Pana-ewa, c'est son* lapu *qui serait là-bas.*

— Lapu *? répéta M. Clemens.*

— Son fantôme, répondit la beauté aux cheveux aile-de-corbeau.

Est-ce que les fantômes que nous sommes censés ramener des Enfers sont des hi-hi'o, *les âmes volées des vivants, ou des* lapu, *les fantômes des morts ? demandai-je, un peu perdue.*

— Pana-ewa a volé le whane *de votre ami, le transformant ainsi en* hi-hi'o. *Les autres reviendront dans leurs corps s'ils sont* hi-hi'o, *ou bien ils iront où vont les* lapu *chrétiens après la mort.*

— Où donc ? » demanda monsieur Clemens.

Les dents de la jeune femme étaient très blanches et bien rangées. « Pourquoi me le demandez-vous ? Êtes-vous chrétien ou non ? »

M. Clemens fit la moue, mais la jeune femme lui tendait déjà le rouleau de liane et une noix de coco vide avec un bouchon dans sa partie supérieure. « La noix, c'est pour capturer le whane *de votre ami. »*

M. Clemens et moi regardâmes la noix de coco d'un air perplexe.

« Attachez la liane avec grand soin, dit la femme en reculant encore d'un pas. Ce sera votre seul moyen de sortir du Pays des Fantômes.

— L'attacher à quoi ? » demanda M. Clemens en se retournant pour regarder la fissure et la plaine de lave presque déserte qui l'entourait.

Toujours consciente de ma nudité, mais un peu distraite par la discussion, je tournai aussi la tête et observai l'entrée de la grotte. « La liane n'est pas assez longue pour qu'on l'attache à ces arbres, dis-je. Peut-être à l'une des grosses pierres ? »

M. Clemens s'éclaircit la voix comme s'il allait parler et se retourna. Une seconde plus tard, je fis de même. La jeune femme que je prenais pour Pélé avait disparu. À dix mètres de là, nos chevaux dormaient, tête basse. Plus loin, s'étendait jusqu'à l'océan, il y avait le champ de lave désert et, derrière nous, les falaises.

Si nous avions gardé une once de rationalité, nous aurions revêtu nos habits et serions repartis. Nous pouvions atteindre Kona avant la tombée de la nuit et signaler à la police qu'une étrange insurrection avait éclaté sur la côte méridionale. Quelqu'un aurait rapporté le corps du révérend Haymark.

Mais nous en étions maintenant totalement dépourvus. Nus au milieu de cet amphithéâtre de lave, nous frissonnions, mais nous étions comme en apesanteur, presque béats.

Sans parler, nous avons laissé nos habits et franchi les quelques mètres qui nous séparaient de la fissure. Apparemment perdu dans ses pensées, M. Clemens inspecta de nouveau l'entrée verticale de la grotte, s'accroupit avec grâce, posa par terre la noix de coco et enroula plusieurs fois la liane autour de la seule grosse pierre qui dépassait suffisamment du sol. Il fit quelques nœuds compliqués qui montraient sa longue pratique de la chose. Il restait au moins quinze mètres de liane tressée.

« Mademoiselle Stewart, commença-t-il sans me regarder. Je continue à croire qu'il vaudrait mieux que j'y aille seul...

— C'est stupide, répondit-je en m'accroupissant assez près de lui pour que sa peau sente la chaleur de la mienne. Je la crois quand elle dit qu'il faut un homme et une femme pour conduire les fantômes mâles et femelles hors des Enfers. »

Lorsque nous nous regardâmes, nos yeux — j'en suis certaine — brillaient sous l'effet d'un sentiment inexplicable. Qui aurait pu deviner que la folie comportait sa propre logique et son propre plaisir ?

Nous nous remîmes debout, au bord de la crevasse. M. Clemens prit l'extrémité libre de la liane, en fit une sorte de lasso, mais hésita au moment d'y faire passer ma tête et mes épaules. Je compris qu'il devait me descendre dans l'abîme mais ne souhaitait pas que je sois la première à pénétrer dans les ténèbres. Je compris aussi qu'il y avait une autre raison qui le faisait hésiter à attacher la liane autour de ma taille.

Je la pris et la mis en place. M. Clemens rougit, mais vérifia le nœud avant que l'épaisse corde ne se resserre contre ma peau.

Pour briser ce moment de tension, je dis : « Je pense que le vieil adage : " L'habit fait l'homme [1] " a du vrai... »

Il me regarda d'un air surpris.

« Les gens nus, continuai-je, ont sûrement peu ou pas d'influence sur la société. »

Durant une seconde, il y eut un silence, rompu seulement par le lointain bruit des vagues ; un peu plus tard, celui-ci fut noyé par l'éclat de rire de mon compagnon.

« Silence, dis-je, vous allez réveiller Pana-ewa. »

Il reprit son sérieux, mais me sourit. « Ou Ku.

— Ou Nanaue, le garçon-requin.

— Ou Kamapua'a, chuchota-t-il. Le cochon. »

Nous nous regardâmes en souriant et je dois avouer ici qu'une étrange et intense énergie passa entre nous. Je suis sûre que c'est cette excitation, cet afflux d'énergie et cette sorte d'ivresse que les soldats éprouvent juste avant la bataille, mais il y avait aussi... autre chose.

M. Clemens resserra le nœud et déroula la liane dans toute sa longueur ; il ne cessa de parler tout en se préparant à me descendre dans l'abîme. « Mademoiselle Stewart, cela me rappelle un jour, à San Francisco, il n'y a pas longtemps, où je me retrouvai par hasard devant un hôtel en feu. Une dame était coincée au quatrième étage, tous ceux qui m'entouraient avaient perdu la tête et couraient dans tous les sens. Moi seul avais gardé tout mon sang-froid... » Il s'arrêta pour tirer sur la liane, afin de vérifier le nœud sur la pierre. « Moi seul eus la présence d'esprit d'ôter la longe d'un cheval attaché non loin de là, de lancer la corde à l'infortunée et de lui crier comment l'assurer. »

Je reculai jusqu'au bord de la fissure et attendis que M. Clemens prenne la corde. « Oui ? » dis-je.

Il me regarda. Ses yeux étaient très brillants sous son front expressif. « Eh bien, une fois qu'elle eut fixé la corde, je criai : " Sautez ! Faites-moi confiance ! " »

Nous restâmes silencieux un moment, et cette étrange énergie

1. Adage grec cité par Érasme.

continuait de passer de l'un à l'autre, tel le feu Saint-Elme qui nous avait guidés jusque-là.

Puis M. Clemens enroula la liane une fois autour de mon bras, me montra comme la tenir et me dit : « Reculez, mademoiselle Stewart. Faites-moi confiance. »

Je reculai, abandonnant la pierre pour le vide, et commençai ma descente aux Enfers.

20.

« Ô dieux du ciel !
Que la pluie vienne, qu'elle tombe.
Que Paoa, la pelle de Pélé, soit brisée.
Que la pluie se sépare du soleil.
Ô nuages dans le ciel !
Ô grands nuages d'Iku ! Noirs comme la fumée !
Que le firmament tombe sur la terre,
Que les cieux s'ouvrent pour la pluie,
Que l'orage vienne. »

Chant de guerre de Kamapua'a.

« *E Pele e !* Voici mon sacrifice — un cochon.
E Pele e ! Voici mon cadeau — un cochon.
Voici un cochon pour toi.
Ô déesse des pierres brûlantes.
La vie pour moi. La vie pour vous.
Les fleurs du feu ondulent doucement.
Voici ton cochon. »

Chant traditionnel à Pélé.

Durant tout l'après-midi, Eleanor avait eu une impression de plus en plus forte d'irréalité, mais lorsqu'elle sauta du patin d'un hélicoptère suspendu au-dessus de la large « Pierre-qui-danse » appelée Hopoe, cela se transforma en une sorte de rêve merveilleux. *Un rêve qui n'a pourtant rien de calme,* pensa-t-elle en s'accroupissant pour se protéger des tourbillons de vent et de gravier que provoqua le départ de l'appareil. Elle sentit l'adrénaline qui se déchargeait dans son corps transformer son esprit en une sorte de turbo. *C'est ça, être vivante !*

Mike lui avait accordé dix minutes. C'était toute la marge que lui permettaient ses besoins en carburant et l'arrivée de l'orage. Il tournerait au-dessus du secteur — « en orbite », avait-il dit exactement — et cinq brefs clignotements de la lampe électrique d'Eleanor le feraient redescendre vers la pierre appelée Hopoe.

Elle alluma la torche, la testa, puis l'éteignit. Elle avait pensé qu'il ferait noir ici, à flanc de montagne, mais la lueur du volcan se reflétant sur les nuages et la lumière plus violente encore de la coulée de lave voisine jetaient sur chaque rocher et chaque fissure une lumière dense, rouge sang. Eleanor descendit avec précaution de la pierre géante sur laquelle elle avait atterri.

Il y avait un espace dégagé au pied de l'énorme roche, et une ombre plus épaisse qui marquait peut-être l'entrée d'une grotte. La lave passait à moins de dix mètres. La chaleur et la rapidité de son flot remplirent Eleanor de stupeur ; il coulait comme un torrent en crue, noir et rouge, à la vitesse d'un train de marchandises, et la chaleur du magma l'obligea à lever le bras pour se protéger le visage. Cent mètres plus bas jaillissait un geyser de lave. Eleanor se souvint des feux d'artifice qu'elle avait vus, étant enfant, dans sa ville endormie de l'Ohio, de leur bouquet final qui retombait en gerbes d'étincelles et en feu liquide... comme celui-ci. Non, pas comme celui-ci. Cinq cents mètres plus bas, il y en avait un autre, plus grand encore, plus brillant, et en dessous, d'autres crevasses en flammes, d'autres geysers, et ainsi de suite jusqu'à la mer invisible. Eleanor se demanda si cette marée de roche en fusion avait déjà atteint le Mauna Pélé. Elle leva les yeux en les fermant à moitié, mais ne put apercevoir l'hélicoptère dans les nuages de fumée et de cendres. Les cheveux de Pélé étincelaient ici et là, filaments éparpillés sur les rochers et les fissures noires qui reflétaient la lumière infernale.

« Eleanor », dit une voix.

Elle se retourna et vit une silhouette dans l'ouverture sombre de la caverne. « Molly Kewalu ?

— Entrez », dit la femme en reculant dans l'obscurité.

Eleanor jeta un coup d'œil à sa montre et descendit en toute hâte. Il lui restait moins de sept minutes avant que l'hélicoptère revienne.

La grotte s'élargissait au bout d'une dizaine de pas. Eleanor remarqua le tapis qui recouvrait le sol de lave polie, la table ancienne avec ses deux chaises, un rocking-chair près d'une table basse faite avec un carton d'emballage, les livres dans d'autres cartons empilés pour former des étagères, le coin-cuisine avec ses pots de cuivre étincelants, les trois lanternes grésillantes qui illuminaient la scène de leur chaude lumière. Tout cela ne fit que renforcer cette impression de rêve. Elle ne demanda pas à la femme comment elle avait appris son nom.

« Asseyez-vous », dit Molly Kewalu. Eleanor s'était attendue à retrouver la vieille femme qu'elle avait vue dans la caravane de Leonard et Leopold. Mais ce n'était pas elle. Molly Kewalu était peut-être la Vieille Folle de la Grande Île, mais elle rappela à Eleanor l'ex-chef du département d'anglais d'Oberlin. Ses cheveux gris étaient tirés en un chignon austère maintenu par un joli peigne d'écaille. Elle avait un visage très peu ridé, avec de beaux sourcils, un menton ferme et des yeux plus rieurs que déments. Elle portait un pantalon brun-roux en grosse toile, un corsage de soie rouge au col ouvert sur un collier de turquoises qui ressemblait à un bijou navajo, des gros souliers de marche et un bracelet simple et élégant composé de minuscules coquillages.

« Je vous en prie, asseyez-vous », répéta Molly Kewalu en montrant d'un geste le rocking-chair. Elle-même prit l'une des chaises.

« Je ne peux rester qu'une minute », fit remarquer Eleanor en s'asseyant. Elle se dit : *Tout cela est réel.* Cela l'était. Elle entendait les lanternes grésiller, sentait l'odeur soufrée de la coulée de lave.

« Je sais », répliqua Molly Kewalu. Elle se pencha et toucha le genou d'Eleanor. « Avez-vous une idée de la situation dans laquelle vous vous êtes fourrée, Eleanor Perry de l'Ohio ?

— Il y a une bataille, dit-elle d'une voix faible dans le silence douillet de la grotte. Pana-ewa et les autres démons... »

Molly Kewalu leva la main pour l'interrompre. « Pana-ewa compte pour rien. *Rien.* C'est Kamapua'a qui conteste l'autorité de Pélé sur cette île. C'est Kamapua'a qui s'est servi des *haole* pour préparer sa voie.

— Préparer sa voie », répéta Eleanor. Elle entendit le sang bourdonner dans ses oreilles. « Même avec Kidder et Mark Twain, c'était...

— Le cochon. Les *kahuna* mâles disent qu'ils vénèrent Pélé, mais au fond de leurs cœurs, ils suivent le cochon.

— Le cochon. »

Molly Kewaly se pencha plus près et saisit l'enseignante par les bras. « Vous avez du courage, Eleanor Perry de l'Ohio. Vous voulez descendre dans les Enfers de Milu comme le fit votre ancêtre. »

Eleanor cligna des yeux. *Comment savait-elle ?*

« Vous allez échouer, Eleanor Perry. Votre corps mourra avant que cela arrive. *Mais ne perdez pas courage.* C'est le tranquille courage nocturne des femmes qui cimente nos pouvoirs et contrebalance le courage diurne et bruyant des hommes. Le nôtre est la source de l'obscurité qui fait l'obscurité, comprenez-vous, Eleanor Perry de l'Ohio ?

— Non. » Elle pensait : *Mon corps va mourir ?* Elle dit : « Je voudrais comprendre, mais je n'y arrive pas. » *J'enseigne l'histoire et la littérature du siècle des Lumières.* Has meus ad metas sudet opportet equus.

« Écoutez », dit Molly Kewalu en se levant. Elle chanta d'une voix douce :

Au temps où la terre devint brûlante
Au temps où les cieux se retournèrent
Au temps où le soleil s'obscurcit
Pour permettre à la lune de briller
Au temps où les Pléiades se levèrent
C'est le limon qui fut l'origine de la terre
La source de l'obscurité qui fit l'obscurité...

Le Chant de la Création, pensa Eleanor. *Un simple chant de création. Vais-je mourir ?*

Quand l'espace se retourna, le ciel se renversa.
De la source dans la boue fut formée la terre
De la source dans l'obscurité fut formée l'obscurité
De la source dans la nuit fut formée la nuit.

L'union, pensa Eleanor. *La matrice de la nuit. Le lieu de naissance de l'univers dans le choc des contraires. Même la guerre entre Pélé et Kamapua'a doit continuer.*

« Des profondeurs de l'obscurité, l'obscurité si profonde », chanta Kewalu.

L'obscurité du jour, l'obscurité de la nuit,
De la nuit seule

La nuit donna naissance
Kumulipo naquit dans la nuit, un mâle
Po'ele naquit dans la nuit, une femelle.

Mais le viol doit cesser, pensa Eleanor. *L'équilibre doit être rétabli ou perdu.* Une partie de son esprit comprenait. Une partie de son esprit s'en fichait. *Dois-je mourir ?*

« L'homme naquit pour le courant étroit », chanta Molly Kewalu. Elle toucha la main d'Eleanor qui se leva et la suivit jusqu'à l'ouverture sombre de la grotte. La lave sifflait et déversait sa lumière rouge. Quelque part au-dessus d'elles, quelque chose rugit.

La femme naquit pour le large courant
La nuit des dieux naquit.

Molly Kewalu lui lâcha la main. « Retourne, Eleanor Perry de l'Ohio. Retourne et fais ce que tu dois faire. Courage. »

Eleanor tourna le dos, fit quelques pas, puis revint, affolée. « Non ! Il faut que vous veniez. Pour m'aider.

— Quelqu'un sera là pour t'aider », répliqua Molly Kewalu d'une voix douce. Ses paroles étaient presque étouffées par le sifflement de la lave. « Il y a toujours une sage-femme pour nous aider quand nous sommes dans les douleurs. »

Eleanor secoua mollement la tête. Tout lui paraissait si clair, quelques instants auparavant. « Il faut que vous veniez..., répéta-t-elle.

— Pas ce soir », dit Molly Kewalu. Elle leva un doigt, le pointa sur la rivière de lave, remonta son cours sur le flanc du volcan. « Cette nuit, je dois offrir un sacrifice ailleurs. » Elle s'avança rapidement, serra la main d'Eleanor et disparut par l'ouverture de la grotte.

Eleanor hésita une seconde, puis remonta le talus en titubant, à l'aveuglette, jusqu'au sommet du rocher abattu appelé Hopoe, la Pierre-qui-danse.

Quelques secondes plus tard, l'hélicoptère vint planer au-dessus d'elle ; ses tourbillons de poussière aveuglèrent Eleanor, son rugissement l'assourdit. Des mains la tirèrent. Quelqu'un cria plusieurs fois la même chose. Il lui fallut un moment pour comprendre les mots anglais ; ils résonnaient à son oreille comme si c'était une langue étrangère.

« Non, finit-elle par dire, en laissant Paul attacher sa ceinture. Elle n'était pas là. Il n'y avait personne.

— Bon », dit Mike. Le moteur rugit. Ils s'élevèrent, virèrent et s'éloignèrent.

« Byron-san, dit Hiroshe Sato pendant qu'on leur apportait des escargots au beurre de basilic avec des tomates séchées au soleil et du vin blanc, on dirait qu'ici, on ne peut pas compter sur l'électricité. » Les flammes des lampes-tempête dansaient tout le long de la somptueuse table. Les serveurs présentèrent des brochettes de grosses crevettes de Malaisie nappées d'une sauce aux *gadogado* — cacahuètes — et accompagnées de légumes saisis au feu de bois, le tout dressé sur un lit de salade.

« Question d'atmosphère, dit Byron Trumbo. Il y a un orage ce soir, mais les générateurs de secours fonctionnent. » Il fit un signe de tête à Bobby Tanaka qui appuya sur un bouton. Les chandeliers ornés de lampes électriques s'illuminèrent. Bobby les éteignit. « Nous préférons l'atmosphère des bougies. »

Les serveurs en livrée blanche proposèrent une salade d'épinards à la grecque à ceux qui ne voulaient pas de crevettes. Trumbo battit des paupières à cause de la sauce au fenouil, aux oignons et à l'ail, enrichie d'une pointe d'ouzo. La feta émiettée formait un joli contraste avec les légumes verts. On servit des fouaces chaudes, tout juste sorties du four. André, le sommelier, un homme âgé, ouvrit les bouteilles et apporta les bouchons à Trumbo qui, sans les humer, fit signe de remplir les verres.

« Nous demeurons inquiets pour notre ami Tsuneo, chuchota Hiroshe Sato en se penchant de manière à ce que personne d'autre ne puisse l'entendre. Tout irresponsable qu'il soit, cela ne lui ressemble pas de manquer une réunion de travail.

— Je suis sûr que Sunny va bien, répliqua Trumbo. Je suis même certain qu'il reviendra pour assister à la signature, après le dîner. »

Sato répondit par ce semi-grognement que les Japonais émettent lorsqu'ils sont émus mais ne veulent pas se confier. Il s'attaqua aux crevettes de Malaisie.

« Excusez-moi un instant, Hiroshe », dit Trumbo. Il avait vu Will Bryant entrer dans la longue salle et parler aux deux hommes de la sécurité. Trumbo entraîna son adjoint sur la terrasse. Le vent rugissait, les nuages couraient dans le ciel embrasé par la lueur du volcan.

« On a remis les corps dans le congélateur, dit Bryant à voix basse. On a condamné le septième étage. Les hommes de Michaels gardent l'ascenseur, l'escalier et la mezzanine.

— Et Fredrickson ?

— Il a appelé il y a quelques minutes. Il est effrayé. Il dit qu'un orage s'annonce. Il veut rentrer.

— Dites-lui de rester où il est. » Trumbo entraîna son adjoint encore plus près de la balustrade. « Will, j'ai un boulot pour vous. »

L'adjoint attendit sans répondre. Il portait ses lunettes rondes de chez Armani à monture d'écaille et les verres grossissaient ses yeux.

« Vous vous rappelez ce trou dont je vous ai parlé ? Et le cochon ? Et Dillon et Sunny qui avaient l'air de fantômes ou de zombies ? »

Will Bryant fit signe que oui et attendit.

« Eh bien, le cochon a dit que si je voulais Sunny, tout ce que j'avais à faire, c'était de descendre le chercher. »

Will Bryant fit signe que oui et attendit.

« Je veux que vous y alliez », dit Trumbo.

Will Bryant tourna lentement la tête jusqu'à ce que ses yeux de hibou se fixent sur son patron.

« Sur-le-champ, ajouta ce dernier.

— Ahhh », dit l'assistant. Il passa la langue sur ses lèvres puis fixa de nouveau le milliardaire. « Je viens de replacer le corps de Sunny Takahashi dans le congélateur.

— Oui, mais je pense que le cochon a gardé son esprit, ou un truc comme ça. Allez le chercher et nous verrons si nous pouvons le remettre dans le corps du Japonais à temps pour que Sato signe l'acte de vente ce soir. »

Les yeux de Will Bryant ne clignaient pas derrière les verres ronds. « Vous voulez que je sorte sous l'orage, que je trouve la grotte gardée par Fredrickson, que j'y descende, que je parle au cochon et que je ramène l'esprit de Sunny Takahashi à temps pour la signature ?

— Oui », dit Trumbo d'un air soulagé. Quand les instructions étaient claires, Will Bryant ne le laissait jamais tomber.

« Allez vous faire foutre, dit Bryant.

— Quoi ?

— Allez vous faire foutre. » Puis il ajouta : « Patron. »

Trumbo résista à l'envie de saisir le diplômé de l'Harvard Business School par son cou d'oiseau et de le précipiter par-dessus la balustrade, du haut du neuvième étage. Il avait fait cela à son dernier adjoint. « Qu'est-ce que vous avez dit ?

— J'ai dit : “ Allez vous faire foutre ”, répondit Bryant d'une voix calme. Il y a déjà beaucoup trop de morts dans le coin, et je n'ai pas envie de les rejoindre. Ce n'est pas ma conception du “ boulot ”. »

Trumbo frissonnait de rage. Il mit les mains derrière le dos pour dissimuler leur tremblement. « Je vais m'arranger pour que cela en vaille la peine », dit-il entre ses dents serrées.

Bryant attendit.

« Dix mille dollars. »

Bryant rit tout bas.

« D'accord, bordel de merde, cinquante mille », dit Trumbo. Il aurait bien envoyé l'un des types de la sécurité chercher Sunny, mais ils avaient une noisette à la place du cerveau. Bobby Tanaka était une couille molle et il avait viré Stephen Ridell Carter. Il ne restait que Bryant.

Celui-ci fit non de la tête et attendit.

« Bordel de merde, souffla Trumbo, le visage cramoisi et les tendons du cou saillant, combien ?

— Cinq millions de dollars. En liquide. »

La vue de Trumbo se réduisit à un long tunnel noir truffé de points rouges. Quand il retrouva la vision, il dit : « Un million.

— Allez vous faire foutre », répéta son adjoint.

Trumbo n'avait plus qu'à écraser cette petite punaise de maître chanteur, ou à faire la chose lui-même. Il pivota sur ses talons et alla rejoindre ses invités. Les serveurs apportaient le plat principal, de l'*opakapaka* avec des croûtons à l'échalote et au gingembre, des côtelettes d'agneau rôties accompagnées de croûtons tartinés de miel et saupoudrés de noix de coco et de macadamia, flottant sur une sauce à l'anis étoilé.

« Vous allez bien, Byron-san ? demanda Sato d'une voix inquiète. Votre visage a la couleur du homard.

— Ça va, » répondit Trumbo en prenant son couteau et en

pensant combien ce serait doux de l'enfoncer entre les côtes décharnées d'un certain traître.

18 juin 1866, dans un village sans nom sur la côte de Kona.

Je restai un moment seule dans le royaume de Milu. Le conduit de lave se prolongeait, mais n'était pas plongé dans les ténèbres. Les murs luisaient d'une phosphorescence tamisée. De faibles sons résonnaient de l'autre côté du tournant, dans ce qui devait être une grotte. Le sol strié était rugueux sous mes pieds nus. Je sentais sur ma peau l'odeur rance de l'huile de kukui.

Vite, je défis les nœuds, me libérai de la liane et tirai sur la corde tressée pour faire savoir à M. Clemens qu'il pouvait descendre. La lumière du soleil qui se réfléchissait sur une paroi de la fissure parvenait jusqu'à moi, mais un surplomb de la roche m'empêchait de voir mon compagnon. Je détournai les yeux lorsqu'il arriva en glissant le long de l'épaisse liane.

Nous nous mîmes en route vers la lueur lointaine ; curieusement, nous avions l'impression d'être moins nus dans la pénombre. « Cela me rappelle notre éclairage aux lucioles », chuchota M. Clemens. Nous nous arrêtâmes avant le tournant et il jeta un coup d'œil dans la caverne.

Quand il se retourna, ses moustaches frissonnaient littéralement d'excitation. « Des fantômes, chuchota-t-il.

— Combien ?

— Combien ? répéta M. Clemens. Combien ? Je n'en sais rien... environ neuf cent quatre-vingt-sept mille six cent trente et un. »

Je le regardai, déroutée.

« Je ne sais pas combien ! chuchota, trop fort, M. Clemens. De quoi danser le cotillon. Peut-être un régiment. Je n'ai pas l'habitude de compter les fantômes. Il y en a assez pour organiser plusieurs tournois de bridge, et il en resterait amplement pour le jury. »

Ce ton léger, en un tel moment, me fit faire la grimace. « Comment savez-vous que ce sont des fantômes, monsieur Clemens ? Simplement parce qu'on nous a dit qu'ici, il y en avait ? »

Le journaliste rouquin hocha la tête, haussa les épaules et tapota sa poitrine nue, comme à la recherche d'un cigare dans une poche inexistante. « Oui, mademoiselle Stewart, et le fait qu'ils luisent, tels des feux Saint-Elme, et que je puisse voir au travers. Ce sont des indices élémentaires, mais je ne suis pas détective. Ce pourrait être un comité du Sénat en quête de quorum, mais comme ils sont nus, cela semble improbable. Je parierais que ce sont des fantômes. » J'hésitai et M. Clemens prit peut-être cette pause pour de la peur, car il dit : « Est-ce que nous continuons ? Ou nous remontons à la surface ?

— Nous continuons », dis-je aussitôt. Remarquant que les joues de M. Clemens étaient très colorées, j'ajoutai : « Ne vous affligez pas de notre nudité, monsieur. Nos valeureux progéniteurs, Ève et Adam, se sentaient à l'aise dans cet état. »

M. Clemens souffla par les narines et chuchota : « C'est vrai, mademoiselle Stewart, et je ne suis pas étudiant en théologie, mais je crois qu'Adam et Ève s'appelaient par leur prénom.

— Est-ce que nous poursuivons notre route, monsieur Clemens ? »

Le journaliste m'offrit son bras. C'est ainsi, bras dessus, bras dessous, que nous entrâmes dans le royaume de Milu, du même pas dégagé que deux habitants de San Francisco se rendant, sur leur trente-et-un, à un bal. Les fantômes s'adonnaient, semblait-il, après leur mort, au même de genre d'activités que pendant leur vie. La grotte s'élargit et nous vîmes des douzaines de silhouettes fluorescentes — des indigènes des îles Sandwich, pour autant que nous pourions le dire ; certains dormaient, beaucoup jouaient à des jeux que nous avions vu pratiquer avec des cailloux dans la poussière de Hilo ou de villages plus petits, d'autres lançaient des noix de coco contre un mât et se payaient en os ; il y en avait qui mangeaient — regroupés autour d'un immense bol de pâte rouge que les indigènes appelaient poi —, tandis que d'autres encore se promenaient simplement, les hommes avec les hommes, les femmes avec les femmes, sauf quelques couples qui se courtisaient dans la mort comme ils l'avaient sans doute fait de leur vivant.

M. Clemens et moi marchions lentement, d'un air naturel. Nous ne pouvions certes pas rivaliser avec la transparence qu'offraient ces esprits, mais l'huile de kukui nous prêtait une certaine luminosité qui n'était pas sans ressembler à la lueur spectrale émise par ceux qui nous entouraient. Plusieurs fois, un esprit mâle ou femelle abandonna son activité et s'approcha, sans doute pour nous accueillir en ces lieux, mais lorsqu'il arrivait à portée olfactive de l'huile rance, il se détournait rapidement et faisait la grimace, comme pour dire : « Que ces fantômes sentent mauvais ! » C'est peu après l'une de ces tentatives que je remarquai un fait curieux : bien que les esprits de cette immense caverne parussent parler ensemble — leurs bouches s'ouvraient et se refermaient, leurs mâchoires bougeaient, leurs expressions changeaient —, nous n'entendions pas leur conversation, il n'y avait aucun bruit d'aucune sorte, sauf celui du vent s'infiltrant dans les nombreuses fissures des parois de cette salle.

M. Clemens me serra le bras et désigna quelque chose d'un signe de tête. Comme pour contredire mes conclusions sur le silence de ce royaume spectral, un énorme cochon — il devait peser au moins cinq cents kilos — dormait à l'entrée d'une grotte latérale. Son ronflement était plus qu'audible ; en réalité, c'était le sifflement de l'air entrant et sortant du groin de ce monstre que j'avais pris pour le bruit du vent dans les fentes de la caverne.

La femme m'avait avertie qu'il ne fallait pas réveiller le cochon et j'allais m'éloigner, sur la pointe des pieds, dans la direction opposée, lorsque M. Clemens me fit encore signe du menton et du doigt.

Derrière l'animal, dans une profonde niche, j'aperçus plusieurs silhouettes phosphorescentes qui, quoique nues comme les autres, n'étaient apparemment pas des esprits d'indigènes. La plupart des fantômes de haole étaient mâles, mais je vis au moins une femme âgée dans cette congrégation... car c'en était bien une. Un petit pilier de lave d'un mètre de hauteur, relativement plat au sommet, servait visiblement de chaire, et plusieurs de ces fantômes s'avançaient vers lui comme pour entendre un prêche. L'esprit le plus grand, le plus vieux, devait être le révérend Whister. La femme âgée qui se tenait dans l'auditoire était sans doute son épouse. Il y avait d'autres hommes ; j'essayai de me souvenir des détails de l'histoire entendue à la Maison du Volcan — le plus grand des hommes jeunes pouvait être August Stanton, l'époux de la veuve Stanton. L'autre était sûrement M. Taylor. Je grimaçai en me souvenant qu'on avait trouvé M. Stanton vidé de son sang et que M. Taylor était mort la tête « écrasée avec un bruit de noix de coco que l'on coupe en deux ». Ils semblaient se porter à merveille en tant qu'esprits, bien qu'il y eût dans leur regard un petit air abstrait qui n'y était peut-être pas de leur vivant.

M. Clemens hocha de nouveau la tête et je faillis m'exclamer en voyant s'avancer le second prêcheur. La corpulence du révérend Haymark était aussi impressionnante dévêtue que lorsqu'elle se dissimulait sous les multiples épaisseurs de l'habit de missionnaire. Notre ex-compagnon posa les mains sur les rebords du roc avec l'aisance d'un familier de la chaire, s'y appuya en se penchant et commença à articuler d'inaudibles platitudes. La congrégation écoutait avec une expression hébétée qui n'a rien de rare dans les églises presbytériennes, par un chaud dimanche matin.

M. Clemens colla ses lèvres contre mon oreille afin que ses paroles ne soient pas entendues, même à quelques pas de nous. « Comment faire pour le mettre dans la noix de coco ? »

Je secouai la tête. Je ne voyais même pas comment nous pourrions passer par-dessus le cochon. Pour accéder à la grotte latérale, il fallait enjamber le groin de ce monstre. Cela me fit frissonner.

Comme s'il lisait dans mes pensées, mon compagnon se pencha de nouveau vers moi et murmura : « Restez ici. Je vais tenter de rejoindre le révérend Haymark. »

Je répondis en saisissant le bras de M. Clemens et en faisant énergiquement signe que non. Déjà, la plupart des esprits se rapprochaient, en dépit de la puanteur de notre huile qui commençait à sécher, et l'idée de rester seule ici avec ces morts qui allaient me frôler m'était insupportable.

M. Clemens hocha la tête pour signifier qu'il me comprenait, et nous entreprîmes ensemble de franchir le cochon qui ronflait toujours. Le sol de la caverne était irrégulier sous nos pieds et je sentais monter en moi la terreur de perdre soudain l'équilibre et de tomber sur cette masse hérissée de soies. De près, le verrat était encore plus gros que je ne l'avais cru ; il devait peser facilement une tonne. On aurait dit un petit éléphant avec une peau et des soies de porc, et une hure terrifiante. Au moment de lever la jambe, la tête me tourna car je découvris que la bête endormie avait de multiples paupières... non pas deux ou quatre, mais au moins huit. J'aperçus, sous ses paupières baissées, des globes d'obsidienne et je crus que le monstre feignait seulement de dormir pour nous attirer à proximité. Lorsque je levai mon pied nu pour enjamber le groin, je sentis la chaleur de sa hideuse respiration et vis, en imagination, ces yeux s'ouvrir brusquement, cette gueule pourvue de dents humaines se refermer sur ma cheville ; j'entendis les os craquer, les cartilages se déchirer, et le monstre avala mon pied en une seule bouchée, puis redressa cette tête de la taille d'un baril pour dévorer le reste de ma jambe...

M. Clemens me rattrapa avant que je m'évanouisse. Sous l'effet de ce soudain vertige, je chancelai vers le dos hérissé de soies du verrat et seul le vigoureux bras gauche de l'ex-pilote fluvial me retint. Pendant que nous nous étreignions ainsi, comme deux danseurs en train d'exécuter une lente pirouette, je retrouvai mon sang-froid, puis mon équilibre.

Ayant enfin franchi le seuil, nous nous retrouvâmes dans la profonde niche. Si la bête se réveillait maintenant — et je me dis brus-

*quement que le sens olfactif d'un cochon était sûrement développé et que notre puanteur allait le tirer de son sommeil —, nous serions piégés avec les autres fantômes d'*haole*. Je me souvins de ce que m'avait dit Pélé, que le cochon me violerait et mangerait mon* hi-hi'o *si je le réveillais. Une fois encore, ma chair frémit de répulsion et un étourdissement me glaça la peau ; une fois encore, M. Clemens m'empêcha de tomber en posant sa forte main sur mon dos nu. De telles familiarités auraient été inconcevables une heure plus tôt ; maintenant, elles étaient les bienvenues.*

Nous traversâmes la petite congrégation d'esprits chrétiens. Nous étions venus pour notre ami le révérend Haymark, mais la vieille dame de la hutte nous avait ordonné de ramener de la caverne tous les whane haole *afin que Pélé puisse reprendre le combat contre ses ennemis. Je regardai M. Clemens, mais il était évident qu'il ne savait pas mieux que moi ce qu'il fallait faire pour déplacer ces formes phosphorescentes de cet endroit.*

Le problème fut résolu pour nous. Les esprits chrétiens détestaient autant notre odeur que les kanaka*, et ils nous laissèrent passer. M. Clemens s'avança jusqu'à la chaire où le fantôme du révérend Haymark continuait de prêcher à un auditoire qui n'y prêtait guère attention. L'esprit de notre corpulent ami me faisait penser à une grossière imitation en cire de l'homme que j'avais connu. Sa bouche remua en silence jusqu'à ce que mon compagnon lui touchât le bras. Immédiatement, le* whane *du révérend Haymark se retourna comme si on l'avait appelé et descendit de la chaire improvisée pour suivre M. Clemens qui revint en se faufilant dans la petite foule.*

J'essayai cette technique. Elle marchait bien. Pour appeler l'un de nos fantômes, il suffisait de lui toucher le bras. La première fois que je le fis — avec une femme, Mme Whister, sans doute —, je retirai vivement la main. Le bras de l'esprit n'était pas plus substantiel qu'une brise — une brise glaciale. Mais elle se tourna docilement vers moi et me suivit vers le groin du cochon et la liberté.

*Une demi-douzaine d'effleurements, et les esprits d'*haole *nous emboîtèrent le pas comme des oisons derrière leur mère. M. Clemens, qui était en tête, ne s'arrêta que brièvement pour enjamber le groin ronflant. Pendant une seconde, je craignis que les pieds ectoplasmiques du révérend Haymark ne réveillent la bête, mais je remarquai alors qu'aucun des esprits ne touchait le sol en marchant.*

Quand ce fut mon tour de repasser par-dessus le verrat endormi, mon cœur battait si fort que je me dis que le bruit allait le réveiller.

Mais je rassemblai mon courage et j'enjambai l'affreuse tête. Je vis distinctement les dents — énormes, pointues, luisantes. Là où dormait le monstre, une petite mare de salive mouillait le sol de la caverne.

Je passai sans difficulté. Les esprits qui me suivaient en flottant ne jetèrent même pas un coup d'œil au cochon. Je me demandai ce que je ferais si ces fantômes passaient l'éternité à me suivre partout. Pendant que nous nous dirigions vers l'entrée de la caverne et que le révérend Haymark et les autres esprits planaient dans notre sillage comme des ballons captifs, je décidai de régler ce problème dès que je pourrais y réfléchir dans le monde extérieur.

D'autres fantômes se joignirent à notre procession, poussés par une sorte de curiosité spectrale. Aucun cri d'alarme ne résonna ; en vérité, il n'y avait pas de bruit du tout, sauf la respiration grinçante du monstre, qui diminua mais ne s'éteignit pas, lorsque nous nous engageâmes dans le conduit de lave.

La plupart des esprits d'indigènes retournèrent sur leurs pas avant que nous atteignions la fissure, mais l'un d'eux — un beau garçon aux yeux vides — continua à nous suivre. Brusquement, je me dis que c'était certainement cet indigène loyal mais infortuné, appelé Kaluna, que le révérend Whister avait tué par erreur lorsque le jeune homme avait levé son couteau pour prêter serment. Mais peu importe. La vieille femme ne nous avait pas dit d'emmener avec nous des esprits hawaiiens et, en vérité, le whane *de ce garçon n'essaya pas de nous suivre lorsque nous remontâmes à la surface.*

M. Clemens se pencha et me chuchota à l'oreille : « Il va falloir que je grimpe le premier, afin de pouvoir vous tirer de là. »

L'idée de rester seule dans la demi-obscurité avec ces créatures phosphorescentes et stupides ne me plaisait pas, mais je me mordis la lèvre et acquiesçai d'un signe de tête. Avant de grimper, M. Clemens fit une chose incroyable. Débouchant la noix de coco que la jeune femme lui avait donnée, il l'approcha de la personne du révérend Haymark et commença à y enfoncer le spectre qui céda sous ses efforts. Chose plus incroyable encore, la forme de notre ex-compagnon entra lentement dans la noix de coco comme une brume par un trou de serrure. M. Clemens s'évertuait, pétrissant les restes impalpables de l'ecclésiastique pour les faire passer par la minuscule ouverture. Ce fut — comme M. Clemens me le dit plus tard — un travail aussi difficile que d'introduire une grande voile dans une petite valise.

M. Clemens fit entrer la dernière protubérance ectoplasmique du missionnaire dans la noix de coco qu'il reboucha, puis il se mit à grimper.

« Et ceux-là ? » murmurai-je en montrant d'un geste la congrégation aveugle du révérend Whister, formée de sa femme aux yeux fixes, de son gendre au regard vide, de M. Taylor dépourvu de toute expression et d'un ou deux autres dont nous ignorions l'histoire.

M. Clemens s'écarta de la liane pour me chuchoter : « Il vaut mieux les laisser s'en sortir tout seuls, s'ils le peuvent. Je crois qu'ils n'ont plus de corps dans lequel revenir, aussi nous ne pouvons rien pour eux. D'après ce qu'a dit la vieille femme, ce sont des lapu, *des fantômes de morts, pas un* hi-hi'o *kidnappé, l'esprit d'un vivant, comme c'est le cas pour notre ami. » Il haletait un peu de se tenir ainsi, suspendu à la liane, presque à l'horizontale de la paroi rocheuse. Je me rendis compte avec stupéfaction que je m'étais habituée au corps nu de M. Clemens. « Et puis, dit-il en commençant à s'élever, je crois qu'il n'y a plus de place dans la noix de coco. »*

Il disparut bientôt à ma vue. Pendant un moment, je restai seule avec les esprits qui m'avaient suivie, y compris Kaluna dont le triste visage exprimait la seule émotion que j'aie vue dans le royaume de Milu.

Brusquement, mon pouls s'accéléra et je pivotai sur mes talons comme si quelque chose avait bougé dans les ténèbres. Des images de Pana-ewa jaillirent dans mon esprit, mais il n'y avait ni lézard ni créature de la nuit ou de brouillard dans le conduit de lave.

Il me fallut une seconde pour prendre conscience que ce qui m'avait alarmé n'était pas une présence, mais une absence.

Le cochon avait cessé de ronfler.

Cordie entendit l'hélicoptère avant de le voir. Puis il survola la Grande Hale ; ses projecteurs balayèrent les palmiers et clignotèrent deux fois, comme pour la saluer, avant que les pales passent en vrombissant au-dessus de sa tête et que l'appareil disparaisse dans la nuit.

Elle connaissait le plan de Nell. Elle savait que, sauf si la vieille femme l'en avait dissuadée, Eleanor avait prévu de descendre dans les Enfers et d'en faire sortir les esprits des *haole* afin que Pélé puisse à nouveau combattre ses ennemis sans faire courir de risques aux otages. Cordie savait aussi que Nell devrait persuader ce connard de Kukali de pénétrer avec elle dans la grotte — en supposant que l'ancienne règle qui exigeait la présence d'un homme et d'une femme pour récupérer les esprits soit toujours en vigueur.

Elle se fichait de ce plan. Sauver le Mauna Pélé ou les fantômes des clients qui avaient disparu, ce n'était pas son truc. Il suffisait que son amie Nell et elle s'en tirent saines et sauves. Cordie Stumpf se dit en frissonnant qu'elle devrait se rendre à l'héliport pour avertir Nell et Paul que des monstres se promenaient dans la nuit... mais aller là bas, cela signifiait braver les ténèbres et s'exposer en personne.

La petite femme mit son sac en paille sur l'épaule, vérifia si tout ce dont elle avait besoin se trouvait dedans et ouvrit la porte.

La mezzanine du sixième étage était plongée dans l'obscurité. Elle entendit les rires et la musique de la petite fête que Trumbo donnait à l'étage au-dessus, mais plus bas, tout était noir et silencieux. L'ascenseur des clients ne fonctionnait plus, et il lui faudrait descendre à pied les six étages de l'un des deux escaliers de la Grande Hale. Les marches étaient à l'air libre, ce qui l'aiderait, mais dehors, l'unique lumière provenait des lanternes et des torchères du jardin, et de la lueur infernale du volcan.

Ça suffit pour voir passer des cochons géants, je suppose, se dit Cordie. Elle prit le pistolet dans sa main droite et ferma à clé la porte de sa suite. Elle fit quatre pas, fronça les sourcils et s'appuya contre la balustrade donnant sur la cour centrale afin d'ôter ses gros souliers qu'elle rangea dans son fourre-tout. Ses chaussettes ne faisaient aucun bruit sur les dalles. *C'est mieux,* pensa-t-elle.

Cordie s'avança rapidement vers l'escalier.

Eleanor se souvint à peine de la fin du vol tant ses émotions et ses pensées étaient confuses. Le pilote paraissait inquiet et voulait savoir où s'était réfugiée Molly Kewalu. Eleanor avait beau lui répéter que la grotte était vide, cela ne semblait pas le satisfaire. Le silence de Paul, à l'arrière, exprimait son profond scepticisme.

Ils effectuèrent une approche indirecte du Mauna Pélé par la mer. « Il n'y a pas de lumière », dit Mike en appuyant sur un commutateur du tableau de bord qui braqua dans la nuit le faisceau d'un projecteur. Eleanor vit les *hale* sombres, la plage vide, le Bar de l'Épave abandonné, et le feuillage du jardin que fouettait un vent de plus en plus fort.

« Je me demande si je vais vous laisser là, dit Mike en arrivant à l'héliport plongé dans l'obscurité. On dirait qu'ils ne se sont même pas donné la peine de mettre en marche les générateurs de secours. » L'appareil fit du surplace tandis que le pilote regardait d'abord Eleanor, puis Paul Kukali. « N'importe comment, demain matin, ils vont recevoir l'ordre d'évacuation. Pourquoi ne pas vous déposer à Kona ? C'est sur ma route.

— Tout ira bien, répondit Paul d'une voix lasse.

— Je me demande, insista Mike. Vous avez vu cette nouvelle faille. Il y a un geyser en pleine activité à moins de cinq kilomètres, et Dieu sait ce qui est en train de se passer dans les conduits de lave.

— Tout ira bien », répéta Paul.

Mike hésita encore un instant, puis fit descendre l'appareil en se servant de ses projecteurs pour éclairer le terrain vide. Le vent ballottait le petit hélicoptère et Eleanor prit conscience de l'habileté qu'il fallait pour effectuer un atterrissage en douceur comme celui-ci. Une fois arrivée, Eleanor serra la main du pilote encore posée sur le manche à balai. « Merci. Cette promenade a été très importante. Je ne l'oublierai jamais. »

Mike la regarda et hocha la tête, mais il y avait encore beaucoup de questions informulées dans ses yeux gris si beaux.

« Tu vas avoir du mal à rentrer à Maui ? » demanda Paul.

Mike fit non de la tête et tapota son casque. « La tour de Keahole me dit que je dispose presque d'une demi-heure avant que l'orage se déchaîne vraiment. Assez pour rejoindre le nord de la Grande Île et faire la traversée. » Il sourit à Eleanor. « Les enfants auront mangé, mais Kate m'attend toujours pour dîner. Eh bien, bonne chance. »

Eleanor et Paul détachèrent leurs ceintures, descendirent de l'appareil et se plièrent en deux pour passer sous les hélices qui tournaient au ralenti. Le vent était fort, même lorsqu'ils arrivèrent aux limites de l'héliport, hors de portée du souffle des rotors.

Mike les salua de la main, puis éteignit la lumière rouge de la cabine. Une seconde plus tard, le bruit des pales augmenta, l'appareil parut se balancer sur ses patins, puis bondit dans les airs ; ses feux de navigation qui clignotaient s'éloignèrent en direction du nord.

« Molly était là, n'est-ce pas ? dit Paul lorsque les nuages bas eurent englouti les lumières rouges et vertes.

— Oui. » Eleanor croisa les bras sur sa poitrine et frissonna, bien que le vent fût chaud.

« Qu'a-t-elle dit ? »

Eleanor ouvrit la bouche, puis se tut. « Je ne sais plus très bien, dit-elle enfin. Je me souviens qu'elle a chanté quelque chose, mais c'était comme si elle me parlait en même temps sur une autre longueur d'onde.

— Les *Pele kahuna* peuvent faire ça. Du moins, avec les femmes. » Il y avait un peu d'amertume dans sa voix.

« Mais, vous... vous et vos oncles et les autres *kahuna...* vous avez essayé d'appeler Pélé pour débarrasser l'île de ce complexe hôtelier, n'est-ce pas ? Vous l'avez appelée avant de libérer Kamapua'a, Pana-ewa et les autres. »

Paul ne répondit pas, mais même dans la pénombre, Eleanor put lire la vérité sur son visage.

« L'équilibre est rompu, répondit enfin le conservateur. Les anciennes coutumes... les vieux chants... ont perdu leur efficacité. Pélé ne répond plus comme elle le faisait quand nos ancêtres l'appelaient.

— C'est à cause des viols, dit Eleanor.

— Pardon ? » Paul semblait très surpris.

« Les viols, répéta Eleanor, surprise de son assurance. Pendant des siècles, votre dieu-cochon... Kamapua'a... a violé Pélé quand il en avait envie. Cela a détruit l'équilibre. Leurs batailles faisaient autrefois partie de l'ordre des choses, mais les viols l'ont détruit. » Elle regarda le chemin pavé et le terrain de golf, derrière les bougainvillées, dans l'obscurité. « C'est comme ce complexe hôtelier, il a été l'occasion de beaucoup trop de violations de vos coutumes. »

Avant que Paul ait pu répondre, des phares les éclairèrent d'une vive lumière. Tous deux reculèrent dans l'ombre, mais le véhicule remonta la bretelle d'accès en rugissant et vira, sans ralentir, sur l'asphalte de l'héliport. Les pneus gémirent.

« Je monterais en vitesse si j'étais vous, dit Cordie, penchée hors de la Jeep, il va pleuvoir des cordes d'ici quelques minutes. »

Tous deux grimpèrent dans la voiture, Paul à l'arrière et Eleanor à côté de la conductrice, comme dans l'hélicoptère. Ils avaient fait demi-tour et retournaient déjà vers la Grande Hale avant qu'Eleanor dise : « C'est la Jeep que j'ai louée. Comment avez-vous pu la faire démarrer ?

— J'ai court-circuité l'allumage. Et c'est pas aussi facile que dans les films, croyez-moi.

— Pourquoi ?

— Pourquoi c'est pas si facile ? Eh bien, d'abord, les fils de l'allumage sont pas là, pendouillants, à attendre qu'on les dénude et qu'on les épisse. Bien qu'avec cette stupide Jeep, c'était pas plus...

— Non. Je veux dire : pourquoi avez-vous fait cela ? »

Cordie les regarda. Le vent rabattait ses cheveux raides et ternes sur ses oreilles. « Il y a de drôles de trucs qui se baladent dans le coin, cette nuit. Mais vous le savez. Du moins, *vous,* Nell.

— Oui. Il faut que nous descendions ce soir. Dans les Enfers.

— Ce soir ? s'exclama Cordie.

— Impossible », cria Paul.

La Jeep s'arrêta net sous la *porte cochère.* La loge était plongée dans l'obscurité.

Eleanor se tortilla pour se retourner. « Pourquoi, impossible ? »

Paul Kukali agita ses mains fines. « Les dieux dorment un peu, le matin. Et les Enfers ne sont plus gardés. Mais la nuit... Kamapua'a mangerait votre âme.

— Qu'il aille se faire foutre. » *C'est moi qui ai dit ça ?* pensa l'enseignante.

Paul se renfrogna. « Kamapua'a fait partie de notre religion, Eleanor. C'est une force aussi importante que Pélé.

— Peut-être, mais c'est aussi un violeur. Un cochon. S'il n'y a que Pélé pour l'empêcher de massacrer tout le monde sur cette côte, il faut libérer les esprits *haole* afin qu'elle puisse agir.

— C'est Molly Kewalu qui vous a dit cela ? demanda Paul.

— Oui. Non. » Elle fronça les sourcils et se frotta le front. « J'ai du mal à me souvenir exactement de ses paroles... Mais il faut se dépêcher de descendre dans les Enfers. Et vous devez m'accompagner, Paul.

— Moi, je vais avec vous, Nell », dit Cordie d'une voix douce.

Eleanor posa la main sur son bras. « Merci. Mais ce doit être un homme et une femme. Vous avez lu le journal de Kidder. »

Cordie fit la grimace. « Ça ne se passe peut-être plus comme ça.

— Non. Un homme et une femme. Paul... c'est vous qui avez tout mis en route. Viendrez-vous avec moi ? »

Le conservateur resta silencieux un long moment. Cordie entendit les feuilles de palmier crisser au-dessus d'eux. Un éclair zébra le ciel derrière la Grande Hale. « Oui, finit-il par répondre. Mais pas ce soir. Ce serait courir à la mort. Demain à l'aube. »

Eleanor soupira — était-ce de frustration ou de soulagement, elle-même n'en savait rien. « D'accord.

— C'est décidé, dit Cordie. Moi, j'ai une suggestion à faire. »

Tous deux l'écoutèrent.

« Si on était dans un de ces films stupides que mes garçons avaient l'habitude de regarder, on se séparerait et on irait dans des directions différentes et les monstres ou le type avec un masque de bouc nous ramasseraient l'un après l'autre. C'est le moment où je me mets à applaudir les monstres parce qu'ils sont plus malins que les héros. Vous pigez ?

— Je suis d'accord, dit Paul. Ils vont se déchaîner cette nuit. Il faut rester ensemble.

— Ou partir, proposa Cordie. J'ai piqué la Jeep. On peut prendre la grand-route jusqu'à Mauna Kea, ou Kona, ou le Mauna Lani, et regarder HBO [1] jusqu'à ce que le soleil se lève.

— Non, répliqua Eleanor. Mike dit qu'on va probablement évacuer le Mauna Pélé dans la matinée. Si cela avait lieu avant notre retour, nous ne pourrions jamais pénétrer dans les Enfers.

— Mince alors, ce serait épouvantable. »

Eleanor regarda fixement son amie. « Vous avez lu le journal de Kidder. Vous savez combien c'est important.

— Oui. D'accord. Mais restons ensemble. On file jusqu'à l'escalier ouest, on monte chez moi, on allume les lanternes, on ferme portes et fenêtres et on joue au poker jusqu'à l'aube.

1. *Home Box Office,* chaîne de télévision américaine transmise par câble et par satellite dans les cinquante États depuis 1978 et qui passe, vingt-quatre heures sur vingt-quatre, des films commerciaux, des téléfilms, des émissions sportives, des documentaires et des émissions musicales.

— Entendu, dit Eleanor. Mais il faut d'abord que je retourne à mon bungalow. »

Ce fut au tour de Cordie de la regarder fixement. « Pourquoi ?

— Pour récupérer le journal de Kidder. »

Cordie tapa le volant. « OK, mais allons-y tout de suite. Ensemble. Et revenons ici ensemble. »

Les deux autres hochèrent la tête et Cordie passa devant l'entrée de la Grande Hale, emprunta une voie de service qui la longeait, puis rejoignit le chemin qui traversait le jardin. La Jeep occupait toute la largeur de la voie, mais Cordie ne ralentit pas pour contourner le Bar de l'Épave, puis accélérer. Les phares illuminaient le feuillage. Il se mit à pleuvoir.

Cordie s'arrêta brutalement devant la *hale* d'Eleanor et dit : « Paul, prenez ma place. Nell et moi, on pourrait avoir besoin de repartir en vitesse. » Elle descendit d'un bond en sortant de son sac le pistolet et une lampe de poche.

« Cordie, ce n'est pas la peine de...

— Fermez-la, Nell. » Cordie balaya les marches et le porche de son faisceau lumineux. « Même les torchères ne sont pas allumées ce soir. Venez. Ouvrez la porte et reculez. Je vais éclairer. »

Eleanor trouvait cela un peu mélodramatique ; peut-être que son amie avait regardé beaucoup trop de policiers à la télé, mais Cordie semblait très sérieuse lorsqu'elle ouvrit la porte d'un coup de pied et inspecta les lieux, pistolet au poing.

La *hale* était vide et telle que Eleanor l'avait laissée, sauf qu'on était venu faire le lit. Elle récupéra le journal intime de Kidder, jeta sa trousse de toilette et d'autres choses en vrac dans son sac, qu'elle referma et, en une minute, elles étaient de nouveau dehors.

Paul avait fait demi-tour. Cordie sauta à l'arrière et laissa le siège avant à Eleanor. La Jeep accéléra sur l'étroit sentier menant à la Grande Hale.

L'arbre tombé barrait la piste asphaltée, juste avant le Bar de l'Épave. « Oh, merde, dit Paul.

— Faites le tour, dit Cordie. Embrayez et coupez par les taillis. »

Paul secoua la tête. « Non, le fourré est épais. Il y a beaucoup trop de rochers et de canalisations. Il faut trouver un autre chemin.

— La plage », dit Eleanor. La mer n'était qu'à une vingtaine de mètres sur leur gauche. En faisant marche arrière, il pouvait prendre, près de la petite piscine, le chemin qui menait à la plage, puis remonter vers la Grande Hale.

Paul hocha la tête et fit marche arrière. En tombant, l'autre arbre aurait pu atterrir sur Cordie si l'Hawaiien n'avait pas eu le réflexe d'appuyer sur le frein. Cordie passa tout de même par-dessus l'arrière de la Jeep et tomba dans le feuillage bruissant du palmier.

« Cordie ! cria Eleanor.

— Oh, merde », redit Paul Kukali. Quelque chose dans sa voix la fit se retourner.

Dans la lumière des phares, nettement visibles en dépit de l'averse qui brouillait tout à cinq mètres, elle vit l'énorme chien noir, l'homme-requin bossu, un reptile rempli de brume tourbillonnante et un cochon gros comme une petite voiture. Le verrat et le chien souriaient de toutes leurs dents luisantes. L'homme-requin se retourna pour montrer les dents pointues qu'il avait sur le dos. La créature de brouillard fit un sourire reptilien. D'autres choses bougeaient et menaient grand tapage dans les broussailles.

Le moteur de la Jeep se tut. Paul, bouche bée, posa ses mains en évidence sur le volant.

Eleanor essaya encore de grimper par-dessus le dossier pour voir si Cordie était blessée, mais avant qu'elle ait pu atteindre l'arrière, des mains vigoureuses la prirent par le bras et la tirèrent hors de la voiture.

« Je n'ai pas le droit de vous toucher, femme, dit le cochon de sa voix de basse. Mais d'autres le peuvent. » Panaewa s'enroula autour d'Eleanor et la créature de brume l'engloutit.

Les cris, à la fois mâles et femelles, devinrent vite des hurlements, mais la Grande Hale était à plusieurs centaines de mètres ; d'ailleurs, là-bas, on ne pouvait rien entendre, à cause de l'orage et de l'orchestre qui jouait dans le penthouse, pour la petite fête de Byron Trumbo.

21.

« Les étoiles brûlaient
Chauds étaient les mois.
La terre se soulève en îles,
Les grandes vagues sont comme des montagnes.
Pélé expulse son corps.
Des masses rompues de pluie tombent du ciel.
La terre est secouée par les séismes.
Ikuwa, le mois pluvieux, résonne du bruit du tonnerre. »

Chant accompagnant la naissance de *Wela-ahi-lani-nui,* le premier homme.

18 juin 1866, dans un village sans nom sur la côte de Kona.

À peine avais-je entendu le silence qui annonçait le réveil du porc géant que la terre trembla et que je fus renversée sur le sol. Des rochers tombèrent, des stalactites dégringolèrent et les fantômes qui m'entouraient tourbillonnèrent comme du plancton phosphorescent agité par le coup de pied d'un nageur.

J'étais certainement perdue, destinée à mourir nue et seule dans le Royaume des Fantômes, mais une seconde après, la liane d'ieie descendit en ondulant, avec son nœud coulant tout préparé. De nouveau la terre trembla et de nouveau je perdis l'équilibre, mais la crevasse ne s'était pas refermée et je me hâtai de passer la corde autour de ma taille, de l'enrouler autour de mon poignet, comme M. Clemens me l'avait montré. Une seconde après, je m'élevais vers la lumière, meurtrissant mon pied nu contre la paroi rugueuse de la caverne en essayant d'y trouver une prise. Les fantômes des haole *s'élevèrent avec moi en tournoyant comme des particules de poussière dansant dans un rayon* de lumière. Un rugissement retentit dans le tunnel, loin derrière moi, mais je ne pus dire si c'était le bruit du séisme ou le dieu-cochon qui s'était réveillé et rugissait de fureur.

Toute idée de bienséance m'avait quittée lorsque je grimpai à quatre pattes sur le rebord de la fissure et, pratiquement aveuglée par la lumière, j'aspirai l'air humide à pleins poumons. La terre continuait à trembler, l'air sentait le soufre, le ciel se teintait d'un orange rougeâtre ; les esprits des missionnaires morts s'envolèrent et se dissipèrent comme un brouillard dans le vent puissant, mais à ce moment, toute mon attention était concentrée sur l'apparition qui se dressait devant moi.

J'avoue que je me mis à rire et ne pus m'arrêter. Encore nue comme Ève et à genoux, dans une posture qu'aucune chrétienne n'aurait gardée une minute de plus, même dans la solitude, je ne pus me relever tant je riais aux éclats.

« Et alors ? dit M. Clemens qui laissa tomber la liane, mais garda la gourde bien serrée sous son bras. J'en avais besoin pour pouvoir vous hisser, mademoiselle Stewart », dit le journaliste en rougissant plus fort que jamais.

J'essayai de mettre fin à ma crise de fou rire. Je réussis, mais au bout de plusieurs minutes, bien que la terre tremblât et que le volcan fût en éruption derrière moi. Imaginez que M. Clemens, qui venait de tirer si sérieusement sur cette liane, la noix de coco contenant les restes immortels de notre ami missionnaire coincée sous le bras, ne portait que les grandes bottes qu'il avait pris le temps d'enfiler et était devenu rouge comme une tomate... et vous me pardonnerez cet instant d'hystérie.

Il se servit de la noix comme d'une feuille de vigne. « Si vous avez terminé, dit-il d'un air un peu malicieux, je suggère que nous nous habillions et que nous quittions cet endroit. On dirait que Madame Pélé a déclaré la guerre. »

À ces mots, je me retournai et parcourus des yeux le grand amphithéâtre de lave refroidie. Des flammes sortaient des fissures situées à moins d'un kilomètre sur le flanc de la montagne. La lave jaillissait à plusieurs centaines de mètres de hauteur et de gros nuages de gaz sulfureux planaient sur le paysage rocheux. Les terrasses de pierre qui, il y a une heure, n'avaient été que le résidu des anciennes coulées, rougeoyaient de ruisseaux de magma. La lave qui se déversait dans le souterrain que nous venions tout juste de quitter atteindrait cet endroit dans quelques minutes, si ce n'était déjà fait. Cette vision me dégrisa.

Il me fallut moins d'une minute pour m'habiller car, je dois l'avouer, je laissai une partie de mon linge délacé. Cela me paraissait étrange d'avoir de nouveau des vêtements, comme si ce bref moment d'innocence partagé avec M. Clemens avait éveillé en moi des souvenirs de nos premiers jours dans le Jardin d'Éden. Mais je fus bien contente de porter une robuste jupe d'amazone lorsque je sautai en selle. Le bruit, les tremblements de terre et la puanteur terrifiaient nos montures qui roulaient des yeux, mais M. Clemens les avait attachées d'une main experte et, malgré leur panique bien visible, elles n'avaient pas réussi à fuir. Nous prîmes la route du nord, puis de l'est. Derrière nous, la lave coulait comme un brusque torrent de printemps, embrasant les quelques arbustes et carrés d'herbe qui poussaient sur l'ancien champ de pahoehoe. *Nous n'avions plus de feu follet fluorescent pour nous guider, mais le journaliste avait prêté attention au chemin, à l'aller ; bien que les chevaux fussent épuisés, ils grimpèrent la longue côte avec une détermination plus stimulée par le cataclysme volcanique qui se déchaînait derrière nous que par nos coups d'éperons. M. Clemens tenait fermement la noix de coco calée contre le pommeau de sa selle. « Il ne faudrait pas perdre le révérend Haymark, après tout le mal que nous nous sommes donné, dit-il à un moment. La noix de coco pourrait rouler dans un bosquet de cocotiers et, après avoir transporté jusqu'au village celle que nous aurions récupérée, nous pourrions découvrir que nous sommes revenus avec un marchand de chevaux du coin.*

— Ce n'est pas drôle, monsieur Clemens », dis-je, bien que, pour une raison quelconque, probablement mon extrême lassitude, cette remarque m'amusât un peu.

Nous chevauchâmes toute la matinée. Plusieurs fois, l'île parut trembler avec une telle violence que nous dûmes mettre pied à terre pour retenir les chevaux épouvantés. De grosses pierres dégringolaient le versant à toute allure, écrasant sur leur chemin les arbustes et les petits ohi'a ; *derrière nous, les nuages de cendres et de fumée s'évertuaient à cacher le soleil. Une fois, nous nous arrêtâmes pour calmer les chevaux par la seule force de notre volonté, et M. Clemens me montra du doigt la longue pente qui courait vers la côte. D'abord, je distinguai peu de chose dans la fumée et les nuages, puis je vis la cause de son inquiétude : à plusieurs kilomètres en mer, une vague gigantesque déferlait vers le rivage. Nous étions alors loin de la mer et n'avions rien à craindre, mais la vue de ce tsunami — je crois que c'est ainsi que les Japonais appellent les raz de marée — me coupa le souffle.*

L'énorme rouleau d'eau verte franchit les falaises, traversa implacablement les bosquets de palmiers qui longeaient la côte, en les subtilisant à la vue comme par un tour de passe-passe, et poursuivit sa route. À cette distance, la vague semblait assez inoffensive, juste une plus grande que celles qui l'avaient précédée, mais on pouvait aisément imaginer la terrible destruction qu'elle causait sur son passage. Je pensai aux temples que nous avions vus et au village où nous nous étions arrêtés — il y avait de cela seulement deux nuits sans sommeil ! — et me demandai s'ils étaient sur le chemin de cette terrible force marine aveugle. La mer balaya la cuvette de lave que nous venions de quitter en hâte et, quand l'eau atteignit la fissure où coulait la lave bouillante, un grand jet de vapeur s'éleva, si puissant que je tressaillis, imaginant que M. Clemens, nos chevaux et moi allions cuire comme des crevettes dans une casserole.

Le nuage de vapeur resta à deux kilomètres de nous, mais obscurcit la partie la plus hideuse de cette scène — les ravages du grand tsunami qui, en se retirant vers la mer, emporta des arbres immenses, des maisons d'indigènes et des êtres vivants à plusieurs kilomètres de la côte, jusque dans les profondeurs vierges de l'océan.

Contrecoup de cette forte émotion, la fatigue qui m'accablait me parut encore plus écrasante. Je m'éveillais parfois en sursaut pour découvrir que je m'étais assoupie, assise sur ma selle. Mes mains, mes jambes et mes pieds étaient écorchés et meurtris par notre exploration de la caverne et nous sentions toujours l'odeur infecte de l'huile rance de kukui que, dans notre hâte, nous n'avions pas pris le temps d'essuyer — du moins cet inconfort constant m'empêchait-il de m'endormir vraiment.

En début d'après-midi, peut-être à une heure du village que nous cherchions, M. Clemens donna l'ordre aux chevaux de s'arrêter. J'étais trop abrutie par le manque de sommeil pour en comprendre immédiatement la raison — il n'y avait plus de tremblement de terre et nous avions échappé au plus gros de la fumée et des cendres — mais quand je regardai mon pauvre Leo, je vis qu'il avait la tête penchée et qu'il buvait. Nous étions tombés sur une grande rareté dans ce paysage volcanique poreux : un ruisseau de montagne à l'eau claire et fraîche.

Je mis aussitôt pied à terre pour boire. Bien que peu de ce précieux liquide, recueilli dans mes mains en coupe, atteignît ma bouche, j'hésitais à utiliser la méthode de M. Clemens, qui consistait à se mettre à plat-ventre et à laper comme un chien. Je dois confesser, cependant, qu'elle était plus efficace.

Quand nous eûmes bu tout notre content et que nos chevaux se furent endormis debout, je suggérai à mon compagnon que nous profitions de cette aubaine pour nous nettoyer un peu. Mon journaliste apprivoisé acquiesça. Nous nous retirâmes dans l'intimité relative que put nous procurer une grande pierre — M. Clemens en amont et moi en aval — et je m'épongeai du mieux que je pus sans vraiment me déshabiller. Bien sûr, l'horrible odeur avait imprégné nos vêtements, et j'eus beau tirer de ma sacoche un corsage et une culotte propres, la plus grande partie de mes efforts ne servirent à rien.

Nous nous rejoignîmes et M. Clemens soupesa la noix de coco. « Une moitié de mon esprit m'a dit de la plonger dans l'eau pour que le révérend Haymark participe à nos ablutions. » Il ajouta en la mettant en sûreté dans sa propre sacoche : « Mais l'autre moitié a voté contre cette proposition.

— Une moitié de mon esprit croit que j'ai perdu la tête », dis-je. Même à mes oreilles, ma voix semblait recrue de fatigue.

M. Clemens acquiesça en silence. Puis il fit quelque chose d'étrange ; s'avançant rapidement, il tendit la main vers moi. Ma première pensée fut qu'il allait rajuster mon col ou remettre en place une mèche égarée, mais il me prit simplement par l'épaule, se pencha et m'embrassa.

Je fus prise totalement au dépourvu. Je ne protestai pas. Je ne reculai pas et M. Clemens m'embrassa de nouveau.

Pour finir, je reculai, posai les mains sur sa poitrine et le repoussai, bien qu'avec peu de force.

M. Clemens dansa d'un pied sur l'autre. « Je m'excuse, mademoiselle Stewart, mais j'en avais envie depuis le soir où, sur le bateau, nous avons discuté métaphysique à la lumière des étoiles. Je m'excuse de ma présomption et de ma maladresse. Mais je ne récuse pas l'affection qui a motivé cet acte inopportun. Mes intentions sont pures et il ne s'agit pas d'une impulsion momentanée. »

Je restai sans voix. Finalement, je réussis à émettre un : « Vraiment, monsieur Clemens... » qui poussa mon compagnon à frotter encore plus ses bottes sur le sol et à rougir autant que lorsque j'avais ri de lui, trois heures auparavant.

Tandis que je remettais mes cheveux en place et marquais mon désaccord par un regard froid et appuyé, j'avoue que mes pensées revenaient obstinément à la sensation de ses lèvres sur les miennes, de ses doigts vigoureux délicatement posés sur mon épaule.

« Il faut poursuivre notre route, dis-je enfin en tirant sur les rênes pour réveiller Leo.

— Je m'excuse de nouveau, mademoiselle Stewart, si vous...

— Nous parlerons de cela plus tard », répliquai-je, plus sèchement peut-être que je ne le voulais. Le cuir de la selle craqua lorsque je me hissai dans cette inconfortable position à califourchon qu'il m'avait fallu adopter depuis mon arrivée dans les îles. M. Clemens se précipita pour m'aider, mais je trouvai seule mon assiette et tirai sur les rênes. « Dépêchons-nous, dis-je. Nous ne savons pas combien de temps l'esprit du révérend Haymark restera opérant dans son refuge temporaire. »

M. Clemens émit un son que je pris pour un assentiment. Il se mit en selle et nous continuâmes à remonter les pentes du Mauna Loa ; mes pensées étaient aussi embrouillées et torturées que l'a'a qui nous entourait maintenant.

Nous arrivâmes au village délabré en milieu d'après-midi. J'étais trop épuisée pour consulter ma montre. Les habitants étaient invisibles, ce qui diminua en partie mes inquiétudes. Je craignais que M. Clemens ne soit obligé d'en abattre quelques-uns pour les convaincre de nous laisser tranquilles. Mon impudent compagnon dut partager mon soulagement, car il parut de meilleur humeur qu'il ne l'était depuis mes réprimandes, au bord du ruisseau. Il m'aida à descendre de ce cher Leo, qui soufflait bruyamment comme le font les chevaux peu avant de s'effondrer.

La vieille femme nous attendait dans la hutte, ainsi que le corps sans vie du révérend Haymark. Je m'accroupis auprès du cadavre, à la recherche des premiers signes de putréfaction qui me convaincraient que les événements des dernières heures n'avaient été qu'un rêve d'opium.

Le corps du missionnaire, sans vie et froid au toucher, ne montrait aucun des symptômes que douze heures de véritable mort auraient inévitablement entraînés.

« Vous l'avez ramené », dit la vieille femme d'une manière qui suggérait que ce n'était pas une question. Cela me calma les nerfs de voir qu'elle ne flottait plus au centre de la pièce, mais était assise comme moi sur l'une des nattes tissées.

M. Clemens tendit la noix de coco.

« Bien », dit-elle. Je scrutai ses traits, mais je n'étais plus aussi certaine qu'elle ne faisait qu'un avec la séduisante jeune femme de la fissure. J'étais trop fatiguée pour que cela m'importât.

Elle me gifla. Choquée, je portai la main à ma joue brûlante.

« Il faut que tu restes éveillée, dit-elle. Tu dois comprendre et graver chaque étape dans ta mémoire. Si tu commets une seule erreur, l'esprit de ton ami kahuna *sera perdu à jamais. »*

Je ne pus que la regarder fixement.

« C'est moi qui vais le faire », dit M. Clemens en s'interposant entre la vieille femme et moi.

Elle secoua sa tête grise. « Seule une femme, disciple de Pélé, peut accomplir cela.

— Je ne suis pas disciple de Pélé. Je suis une chrétienne de l'Ohio. »

La vieille femme se contenta de sourire. Elle leva une calebasse contenant un liquide trouble. « Bois », ordonna-t-elle.

Je regardai le liquide d'un air dubitatif, mais je bus. En quelques secondes, une étrange énergie m'envahit.

« Maintenant, dit la vieille femme, nous pouvons commencer. »

Il y eut un grand bruit sur le seuil. M. Clemens regarda par-dessus mon épaule et dit : « Bon sang ! »

Le cochon géant des Enfers de Milu remplissait la porte. Mon cœur cessa de battre.

La vieille femme s'arrêta à peine dans ses préparatifs. « Il ne peut pas entrer », dit-elle sèchement. Posant sa main desséchée sur ma tête, elle s'adressa au cochon : « Kamapua'a, tu sais que mon contact protège cette wahine haole *et toutes ses descendantes. Elles sont sous la protection de Pélé. Tu ne peux pas nuire à leur corps. »*

Le cochon grogna de colère, puis sourit. « Mais je peux manger leur âme.

— Tu ne peux pas entrer, répéta la femme. Cette hutte est taboue pour toi. J'ai invoqué les forces du Kilauea. Tu n'as ici aucun pouvoir. »

De frustration, le cochon frappa le sol.

« Fais attention, me dit la vieille femme. Chaque étape doit être correctement effectuée ou le whane *de ton ami sera perdu à jamais. »*

Elle se mit à chanter. Le rituel commençait.

Cordie reprit conscience au sein d'un amas de feuillage écrasé. Aucune confusion ne régnait dans son esprit : elle savait exactement où elle était et ce qui s'était passé une seconde avant qu'elle soit assommée. Elle se souvenait des monstres qui barraient la route, de la tentative affolée de Paul pour faire reculer la Jeep, de l'arbre qui était tombé et de sa propre chute de l'arrière du véhicule. Ce qu'elle ignorait, c'était si tout cela était arrivé trente secondes plutôt ou trois heures auparavant. Il pleuvait toujours, mais pas aussi fort que lorsqu'ils étaient repartis du *hale* d'Eleanor. Cela ne voulait pas dire grand-chose — ces derniers jours, elle avait vu les averses tropicales changer de nature d'une seconde à l'autre.

Luttant contre la nausée que provoque un tel coup à la tête, Cordie se fraya un chemin dans l'enchevêtrement des feuilles et se hissa sur le pare-chocs arrière de la Jeep. Un animal petit, mouillé et couvert de fourrure lui frôla la jambe et elle ferma instinctivement les poings avant de s'apercevoir qu'il s'agissait d'un rat. *Ils vivent dans les palmiers. Une cinquantaine de ces sales bêtes me sont probablement passées sur le corps pendant que j'étais dans les vapes.* Cordie eut un frisson de dégoût, mais repoussa cette pensée. Enfant du quart-monde, elle avait grandi aux alentours d'une décharge publique où elle jouait tous les jours. La majeure partie de sa vie d'adulte s'était déroulée dans une entreprise de collecte et de traitement des ordures. Elle détestait les rats, mais en avait l'habitude.

Avant de se remettre sur ses pieds, Cordie chercha son fourre-tout. La longue lanière était à son épaule lorsque la Jeep avait heurté l'arbre, mais le sac s'était envolé avant qu'elle dégringole. Elle le retrouva en trente secondes, il ne s'était pas ouvert. Cordie fouilla dedans et en sortit le .38 et la lampe de poche. Souffrant d'élancements dans la tête, dus à ce qui devait être une petite commotion cérébrale, elle se hissa sur l'arrière de la Jeep, l'arme et la lampe à bout de bras, le pouce sur le chien.

La voiture était vide. Cordie se glissa entre les branches pour la contourner. Les phares illuminaient toujours la pluie, mais il n'y avait aucune trace des monstres. Rien ne bougeait dans les fourrés. Elle atteignit le capot. Rien devant le véhicule. La pluie dégouttait du feuillage, dans l'obscurité.

Un faible bruit à gauche la fit tomber sur un genou et lever le canon du pistolet en même temps que le faisceau de la lampe. Il s'éleva de nouveau... c'était un gémissement. Cordie éclaira le sol et vit le pied nu d'un homme dépassant d'un parterre de fleurs. De petites plaques piquées dans le sol portaient des étiquettes que Cordie put lire même à cette distance : « Hibiscus », « Lantana » et « Fougère Hapu'u ». L'homme gémit de nouveau. Après avoir balayé ses arrières du faisceau de sa lampe et s'être assurée qu'elle était le seul être debout dans le voisinage immédiat, Cordie s'approcha du corps étendu.

C'était Paul Kukali. Quelque chose avait déchiré la chemise du conservateur et mis son pantalon en lambeaux, sans doute de longues griffes. Le côté gauche de son visage était lacéré et meurtri, une tuméfaction violacée cachait l'un de ses yeux, son bras gauche était visiblement cassé en deux endroits, un doigt manquait à sa main droite, de profondes coupures entaillaient sa poitrine et l'une de ses cuisses, sa cheville droite avait l'air bizarre, comme si elle était tordue dans le mauvais sens. « Mon Dieu, chuchota Cordie, ils vous ont salement amoché. » Elle n'avait jamais trouvé cet homme particulièrement sympathique, ne lui avait jamais fait vraiment confiance, mais elle regrettait de le voir dans cet état.

Il gémit de nouveau. Cordie se pencha et posa une main sur sa poitrine nue. En dépit des blessures, sa respiration semblait normale et son cœur battait. « Paul, chuchota-t-elle, où est Nell ? Où est Eleanor ? »

Paul Kukali gémit de nouveau. Il n'était pas vraiment conscient. Cordie lui tapota l'épaule et se redressa. Elle avait suivi assez de cours de secourisme pour savoir qu'elle aurait dû le laisser là et aller chercher du secours ; il se pouvait que son dos soit touché, qu'il souffre de lésions internes qui le tueraient si elle tentait de le déplacer. Mais Cordie savait aussi qu'aucun secours médical ne viendrait dans cet endroit démentiel. Les monstres qui avaient fait cela à Paul la découvriraient peut-être avant qu'elle ait pu retourner à la Grande Hale, auquel cas il mourrait ici, dans le noir.

« Je reviens », dit Cordie, et elle se mit à examiner le sentier pavé et les parterres de fleurs. Il y avait des empreintes — humaines et animales — et certaines plates-bandes étaient retournées, mais elle ne vit aucune trace de Nell. Puis, brusquement, le faisceau de la lampe éclaira quelque chose de plus clair dans la jungle, à une vingtaine de pas de l'arbre tombé qui barrait le chemin. Courbée en deux, le pistolet braqué, Cordie se glissa sous les branches basses. La pluie avait repris et tombait de feuille en feuille avec un tapotement qui, en d'autres circonstances, aurait pu avoir sur elle un effet apaisant.

C'était Eleanor. Ses vêtements n'étaient pas déchirés, elle ne portait aucun signe extérieur de blessure. Cordie mit le pistolet à sa ceinture et palpa le poignet et la gorge de son amie. Elle posa la joue sur sa poitrine. Nell n'avait plus de pouls. Elle ne respirait pas. Sa peau était froide.

Serrant la lampe entre ses dents, Cordie tira le corps d'Eleanor dans la boue et les fourrés. Lorsqu'elle arriva au sentier, elle haletait et les élancements, dans sa tête endolorie, faisaient tout tourner autour d'elle. Elle dut s'asseoir sur l'une des pierres qui entouraient le parterre de fleurs et attendre que le vertige et la nausée passent. Puis, soulevant Eleanor avec une grande tendresse, elle porta le corps jusqu'à la Jeep et le déposa soigneusement sur la banquette arrière mouillée.

Paul Kukali avait cessé de gémir, mais respirait toujours. Cordie se servit de son foulard pour lui bander la main droite, celle qui saignait et à laquelle il manquait un doigt, puis, prenant garde de ne pas toucher à son bras cassé, elle traîna l'homme en le portant à moitié jusqu'au siège avant de la Jeep. Paul gémit durant l'opération, surtout quand sa cheville brisée raclait le sol, mais il ne reprit pas conscience.

Après avoir attaché la ceinture de sécurité afin de le maintenir en place, et calé le corps d'Eleanor pour qu'il ne tombe pas de la banquette, Cordie s'appuya brièvement contre la Jeep pour lutter contre le vertige, puis elle jeta son fourre-tout à ses pieds, se pencha pour court-circuiter de nouveau l'allumage, fit démarrer le moteur et resta un moment immobile sur le siège du conducteur. Deux arbres encadraient la Jeep. Celui de devant était un palmier et son tronc ne débordait pas du chemin ; seul son feuillage reposait sur le parterre de droite.

Cordie embraya le pont avant et roula sur les palmes ; les branches craquèrent et tanguèrent. Elle s'attendait presque qu'un monstre tombe des arbres et lui saute sur le dos avec un grondement féroce, mais elle était trop occupée à empêcher le véhicule de verser pour s'en inquiéter. Puis elle se retrouva sur le chemin pavé menant à la Grande Hale et vit la sombre carcasse du Bar de l'Épave.

Cordie débraya et accéléra.

L'orchestre hawaiien avait d'abord refusé de venir au Mauna Pélé, mais Trumbo leur ayant promis mille dollars de plus, ils étaient là tous les cinq, dans la grande salle du banquet, en train de jouer du saxo, de la guitare et du ukulélé à la douce lueur des lampes-tempête, pendant que les Japonais s'imbibaient de saké comme si on allait le rationner. Trumbo se réjouissait de la musique, car elle couvrait à la fois les bruits de l'orage et le calme inhabituel de l'hôtel, quasiment vide jusqu'au septième étage. Elle lui permettait aussi de penser au lieu de parler.

Cette réflexion ne fut pas extraordinairement féconde. D'après le plan originel, Sato aurait dû signer les papiers dans l'après-midi, et les deux parties seraient déjà en train de célébrer la fin des négociations. Mais bien que les termes du contrat soient au point, Hiroshe Sato et ses conseillers, troublés par l'absence de Sunny Takahashi, avaient préféré patienter jusqu'à ce que le gamin soit revenu. Trumbo pensait que Sunny n'était pas vraiment mort, mais que c'était maintenant une espèce de fantôme, détenu dans un conduit de lave du Mauna Pélé, gardé par un cochon géant doué de la parole qui le rendrait quand Byron Trumbo le milliardaire descendrait discuter avec lui.

Quelle sacrée merde, se dit Trumbo. Il n'était ni superstitieux ni religieux et ne s'intéressait pas au paranormal, mais avait l'habitude des situations bizarres. On n'amassait pas une fortune de plus d'un milliard de dollars sans faire de drôles de choses. On n'accumulait pas non plus une telle fortune si l'on ne pouvait pas se concentrer, et Byron Trumbo ne pensait maintenant qu'à une seule chose : faire signer le contrat aux Japonais et se débarrasser du Mauna Pélé afin de récupérer le capital qui lui permettrait d'émerger de sa crise financière actuelle. L'analyse rationnelle du phénomène que représentait un porc doué de la parole pouvait attendre. Ainsi que l'autre animal qui parlait, Caitlin Sommersby Trumbo, bien qu'il doutât que quelque chose de sensé pût encore se passer entre eux.

Michaels, devenu chef de la sécurité, était venu tout à l'heure chuchoter à l'oreille de son patron que Mme Trumbo et les deux autres dames, ainsi que Koestler, étaient enfermés ensemble au septième étage de la Grande Hale. Trumbo avait convoqué les deux autres filles sous prétexte qu'un ouragan s'annonçait, ce qui n'était pas un mensonge. Il était désolé que les trois femmes aient fini par se rencontrer ; Maya, ce n'était pas une grande perte — leur liaison avait atteint la fin de sa courbe naturelle —, mais Trumbo avait tiré beaucoup de plaisir du couple insolite qu'il formait avec Bicki. *Peut-être que ce n'est pas complètement fichu,* pensa-t-il, mais il écarta rapidement la question. Il se concentra sur le problème le plus urgent : que faire pour obtenir d'Hiroshe qu'il signe le contrat ? Le groupe de Sato semblait ne pas s'apercevoir du chaos qui régnait au Mauna Pélé, mais Trumbo pensait que la disparition de Sunny risquait de compromettre leurs relations. En dépit de toute leur histoire et de la Seconde Guerre mondiale, les Japonais affectaient une certaine horreur de la violence et, ici, ils pouvaient la flairer partout.

D'un autre côté, Trumbo le savait, le jeune Hiroshe essayait de sortir de l'ombre de son père, et ce beau club de golf sur la Grande Île d'Hawaii lui en offrait la possibilité. Soit cela ferait de lui un heureux milliardaire, qui réussirait par ses propres moyens, soit il y engloutirait la fortune du vieux. Byron Trumbo se foutait complètement de ce qui se passerait, du moment qu'il était débarrassé du complexe hôtelier et touchait le fric.

Le milliardaire se demanda s'il ne devrait pas alimenter les lampes électriques de la suite. Il avait posté des gardes autour des générateurs de secours ; ils fonctionnaient bien, mais Trumbo avait décidé d'économiser le courant et de le garder pour l'ascenseur, les alarmes du septième étage et l'éclairage de la salle de conférences lorsque viendrait le moment de signer... s'il venait. En outre, les Japonais ne semblaient pas gênés par la présence des lampes-tempête, aussi décida-t-il de laisser les choses en l'état.

L'orchestre se déchaînait, Will Bryant était revenu à table mais évitait soigneusement de croiser le regard de son patron qui entretenait une conversation stupide avec Hiroshe, le vieux Matsukawa et le Dr Tatsuro. Quand Michaels revint, Trumbo se dit qu'il en avait assez qu'on lui chuchote dans l'oreille, aussi s'éloigna-t-il une minute de la table.

« Deux choses, dit l'homme de la sécurité, qui semblait agité. D'abord, Fredrikson est plus sur la fréquence.

— Vous voulez dire qu'il n'a pas appelé quand il était censé le faire ?

— Non. Je dis qu'il est plus sur la fréquence. On lui avait réservé une bande libre, et tout ce qu'il avait à faire, en cas d'emmerde, c'était d'envoyer une porteuse mais...

— Envoyer une porteuse ? » dit Trumbo d'un ton agacé. Il détestait que les gens emploient un jargon professionnel ou des mots techniques dont la signification n'était pas claire.

Michael rougit. « C'est un terme qu'on utilisait au Vietnam, monsieur. Cela veut dire qu'on lui avait réservé une bande libre... nous, on l'utilisait pas... et tout ce qu'il avait à faire pour qu'on l'entende, c'était appuyer sur le bouton “ transmission ”. C'est comme ça qu'on communiquait, dans la jungle, quand on voulait pas que les Viets entendent nos...

— Oui, oui. Épargnez-moi vos histoires de guerre. Alors, tout ce que Fredrickson avait à faire, c'était d'appuyer sur un bouton, mais il ne l'a pas fait ?

— On sait pas, monsieur Trumbo. Il est plus sur la fréquence. C'est comme si quelque chose avait écrasé sa radio.

— Ou l'avait mangé, dit Trumbo.

— Pardon ?

— Rien.

— Est-ce qu'on envoie des hommes là-bas ? C'est drôlement calme ici, on pourrait...

— Non. Si Fredrickson est encore vivant, il fera son boulot et trouvera moyen de nous prévenir si quelque chose sort de ce trou. Sinon... pourquoi perdre des hommes ? Qu'est-ce qu'il y avait d'autre ?

— Une femme veut vous voir, monsieur. »

Trumbo soupira. « Laquelle ? Caitlin ?

— Non, monsieur, s'empressa de répondre Michaels. Une cliente. Mme Stumpf. »

Monsieur Trumbo resta sans voix. « Une cliente ? Je croyais qu'ils s'étaient tous barrés.

— Pas tous, monsieur. Mme Strumpf, c'est la gagnante du concours qui...

— Oui, je sais. Eh bien, dites-lui que je la verrai demain, après le petit déjeuner.

— Mais, monsieur, elle dit que c'est important. Elle dit que c'est au sujet d'un chien, d'un requin et d'un cochon. Elle dit que vous comprendrez. »

Trumbo se retourna vers la salle à manger. Les serveurs apportaient le dessert — une glace à la mangue, une mousse au chocolat et un espresso — et les invités allaient être occupés pendant quelques minutes. « OK. Où est-elle ? »

Cordie l'attendait dans l'antichambre dallée de la suite. Trumbo avait déjà rencontré cette petite femme trapue quand le conservateur, l'autre cliente et elle avaient signalé l'apparition du chien porteur de restes humains, mais il fut surpris de voir qu'elle était encore pire avec ses cheveux mouillés et ses vêtements trempés.

« Madame Stumpf ! dit-il chaleureusement en ouvrant les bras comme s'il allait étreindre l'apparition dégoulinante. Nous sommes si heureux que vous acceptiez notre invitation à jouir de la suite plus confortable du septième étage jusqu'à ce que l'orage soit passé ! Que pouvons-nous faire pour que votre séjour soit encore plus agréable ?

— Renvoyez votre garde du corps », dit Mme Stumpf après avoir poussé un grognement.

Michaels se hérissa, mais Trumbo se contenta de sourire. « Ne vous inquiétez pas, madame Stumpf, mon collaborateur est digne de confiance. Tout ce que vous dites restera encore nous.

— Dites-lui d'aller se faire foutre », répéta la petite femme.

Trumbo cligna des yeux, mais son sourire ne s'effaça qu'en partie. « Allez vous faire foutre », dit-il à Michaels. L'homme de la sécurité franchit la porte donnant sur la mezzanine où l'attendaient ses camarades.

« Alors, qu'est-ce que c'est que cette histoire de requin, de cochon et de je ne sais quoi encore ? »

Cordie grogna de nouveau. « Byron, mon vieux, vous avez deux problèmes. Le premier, c'est que des bestioles mythologiques sont en train d'envahir votre complexe. Avant que je gare ma Jeep dans votre hall vide, j'ai vu un cochon sauvage fouiller du groin les jardins, et ce chien qui a des dents humaines se balade sur la mezzanine du second étage.

— Vous avez garé votre Jeep dans le hall ? » dit Trumbo. Retrouvant son sang-froid, il ajouta : « Il n'y a rien à craindre, madame Stumpf. Je reconnais que depuis un jour ou deux, il se passe des choses un peu... euh... insolites, mais tout va redevenir normal d'ici demain. Je vais dire à mon adjoint de vous raccompagner jusqu'à votre suite. » Il posa la main sur le dos de la femme, sentit le corsage mouillé et les muscles solides, en dessous, et commença à la pousser vers la porte. Elle ne résista pas.

« Oh, dit-elle. Je vous ai dit que vous aviez deux problèmes. »

Trumbo ne céda pas à l'envie de soupirer. « Oui ? »

Cordie Stumpf s'arrêta, fouilla dans son fourre-tout et en sortit le .38 au long canon qu'elle enfonça dans les côtes de Byron

Trumbo. « Voilà le deuxième », dit-elle d'une voix douce, et elle arma le chien.

Trumbo regarda le problème sans bouger. « OK. Comment allons-nous le résoudre ? »

Cordie lui montra d'un hochement de tête la porte qui donnait sur la suite du milliardaire. « Nous entrons là, nous passons par la porte de derrière et nous descendons. Vous venez avec moi. Sans piper. Sans faire aucun signe à vos sbires. Si vous m'obéissez pas, si vous me faites de la peine, j'appuie sur la gâchette.

— Bordel, vous savez que vous êtes dingue ?

— Oui, répliqua Cordie, et elle lui enfonça un peu plus le canon entre les côtes. Regardez-moi. »

Trumbo fixa les petits yeux délavés. Un peu plus tôt, il avait dû affronter un revolver brandi par son épouse outragée, mais il connaissait les limites de sa démence. Là, il ne vit aucune borne à ce qui luisait dans les yeux de cette femme. « Bien. Je ne vais pas faire d'histoires. On va sortir par la porte de derrière. Désarmez simplement le chien, d'accord ?

— Je le ferai quand on sera arrivés à destination », dit Cordie. Sa voix était lasse et monocorde, mais ferme. « À moins que je sois obligée d'appuyer sur la gâchette. »

À ces mots, Trumbo frissonna, mais il se retourna, entra dans la suite et prit le couloir, afin d'éviter la salle du banquet. Cordie ôta brièvement le revolver de ses côtes, mais seulement pour le dissimuler dans son fourre-tout. Trumbo sentit la gueule s'enfoncer de nouveau à travers la paille du sac.

Ils sortirent sur la terrasse par la porte de derrière. Trumbo salua les hommes de la sécurité d'un signe de tête et s'avança vers l'ascenseur.

« Vous voulez qu'on vous accompagne, monsieur T ? » demanda une véritable armoire à glace.

Trumbo fit signe que non et pénétra dans la cabine avec la petite femme. Le fourre-tout restait appuyé contre ses côtes. « Quel étage ? lui demanda-t-il.

— Sixième. »

Trumbo fut surpris. Il s'attendait qu'elle dise le rez-de-chaussée. Une fois sortie de l'ascenseur, elle le poussa jusqu'à sa propre suite.

« Paul Kukali est dans un sale état, dit la femme avec son accent traînant du Middle West. Je l'ai laissé avec deux ou trois de vos hommes qui vont l'emmener chez le toubib, au septième.

— Le Dr Scamahorn. Il a déménagé l'infirmerie en haut pour...

— Oui », l'interrompit Cordie en ouvrant la porte et en lui faisant signe d'entrer. Elle balaya la pièce de sa lampe électrique puis le poussa dans la chambre à coucher. Le corps d'une femme était couché sous le dessus-de-lit hawaiien fait main.

« Bon sang », dit Trumbo en touchant le poignet glacé. C'était celle qui avait signalé le chien — Mlle Perry. Sa peau était si froide que Trumbo pensa qu'elle était morte depuis des heures, peut-être noyée. « Que lui est-il arrivé ? » demanda-t-il, puis il réfléchit. *Ce putain de cochon. C'est sûrement le cochon.*

« C'est le cochon, dit Cordie d'une voix lasse, comme si elle lisait dans ses pensées. Mais il ne pouvait pas la toucher, à cause de l'ordre formulé par Pélé en 1866, aussi il a lâché Pana-ewa sur elle. »

Trumbo regarda la petite femme comme si elle s'était mise à parler swahili.

« Laissez tomber, dit Cordie en le faisant ressortir de la chambre. Je voulais juste voir comment elle allait. Je pense qu'elle est en sécurité ici. Les créatures ne savent pas que je suis revenue. Au vrai, je crois qu'ils n'en ont rien à branler de moi.

— Les créatures ? » Trumbo était de mauvaise humeur et contrarié que cette petite ménagère boulotte l'ait amené ici sous la menace d'une arme, alors qu'il aurait dû être là-haut en train de traiter avec Sato, mais cette histoire était tellement loufoque qu'elle finissait par l'amuser.

« Laissez tomber », répéta Cordie Stumpf. Une fois revenue sur la mezzanine, elle ferma la porte à clé et écouta. Trumbo fit de même, terriblement conscient du pistolet de nouveau appuyé sur son dos. Il y eut des bruits de débandade aux étages inférieurs et, une fois, il crut entendre un grognement.

Elle l'entraîna vers l'escalier. « Attention en marchant », chuchota-t-elle. Ce n'était même pas nécessaire : ses baskets ne faisaient pratiquement pas de bruit.

Cette fois, ils s'arrêtèrent au premier et traversèrent le hall non éclairé jusqu'au restaurant. La porte était fermée. « J'espère que vous avez la clé sur vous », murmura Cordie. Quelque chose bougea dans les buissons, au-delà des bouddhas agenouillés.

Trumbo envisageait de dire qu'il n'avait pas les clés, mais ce dernier bruit l'en dissuada. Il ouvrit la porte et la referma derrière eux quand ils se furent glissés à l'intérieur. Cordie scruta la longue salle avec sa lampe, mais son attention ne s'égarait jamais suffisamment pour que Trumbo tente de lui arracher l'arme. *Bientôt.*

« Là, c'est la cuisine ? chuchota-t-elle en braquant la torche sur une porte.

— Oui. »

Elle le poussa à travers la porte battante. Les comptoirs et les meubles de rangement en inox brillèrent sous le faisceau lumineux. « L'office », murmura-t-elle. Trumbo l'y conduisit en se demandant si c'était une cinglée boulimique qui allait manger jusqu'à en crever tout en le gardant sous la menace de son arme. Du moment qu'elle le faisait assez rapidement pour qu'il puisse rejoindre Sato, il s'en fichait.

Dans l'office, Cordie essaya d'allumer, mais l'électricité était toujours coupée.

« Je peux vous aider à trouver quelque chose ? » demanda Trumbo en parcourant des yeux les rangées de conserves et autres mets délicats qui convenaient à un restaurant cinq étoiles. *De l'arsenic ?* pensa-t-il. *Du verre pilé ?*

Cordie n'hésita qu'une seconde. « De la pâte d'anchois », répondit-elle en promenant la lampe braquée sur une étagère basse.

Trumbo cligna des yeux, mais alla docilement chercher le tube tandis qu'elle agitait le canon du revolver dans sa direction.

« Vaut mieux en prendre deux, dit la petite femme boulotte. Et ce grand tube de pâte d'ail, là... oui, c'est ça. »

Trumbo obéit. Il avait l'impression d'être un mari soumis dans un supermarché.

« Qu'est-ce qu'il y a d'écrit sur ce petit pot noir ? »

Trumbo se pencha et lut à la lumière de la lampe : « Petite marmite. C'est une pâte que certains de nos clients anglais aiment tartiner au petit déjeuner et...

— Je connais. J'en ai eu à Londres, une fois. C'est ce truc noir qui sent comme si on avait fourré dans le pot une souris morte depuis un an ou deux. Et le goût est encore pire. Vaut mieux prendre ça aussi. »

Quel que soit le genre de sandwich qu'elle va faire, pensa-t-il, *je n'en mangerai pas.*

« Du fromage, dit Cordie, et ils se dirigèrent vers la glacière.

— Écoutez, fit remarquer Trumbo lorsqu'ils furent devant le compartiment à fromages, si vous avez faim, remontez avec moi et joignez-vous au banquet...

— Fermez-la. » Cordie fit un geste avec le revolver. « Un peu de limburger. Et ce bleu.

— J'ai besoin d'un couteau pour les couper, dit Trumbo en se tournant vers la cuisine.

— Petit malin, répliqua Cordie en lui faisant signe de revenir. Servez-vous de vos mains. Mieux encore, emportez tout le cageot.

— Il doit peser cinq kilos, dit Trumbo qui jongla avec les deux tubes et le petit pot en sortant les fromages odorants du compartiment.

— Vous êtes un type costaud », dit Cordie. Elle lui tint la porte ouverte et garda le pistolet braqué sur lui pendant qu'ils retraversaient le restaurant.

Elle s'arrêta près de la porte et ne fit que l'entrouvrir.

« Où on va maintenant ? » demanda Trumbo. Il pensait : *Si elle vient plus près, je pourrai l'assommer avec ce fromage.* L'odeur qui montait du cageot plein de limburgers lui donnait envie de vomir.

Cordie écoutait une sorte de raclement qui venait de la mezzanine du deuxième étage. « On va descendre l'escalier. Vos types de la sécurité se ramèneraient si on prenait l'ascenseur. »

Elle allait franchir la porte lorsqu'elle s'arrêta. « Flûte et zut, dit-elle à voix basse.

— Qu'est-ce qu'il y a ? » Trumbo maintenait les tubes et les fromages avec le menton. L'odeur lui faisait monter les larmes aux yeux. « Vous avez oublié le pain ? »

Cordie fit non de la tête. « J'ai pas de noix de coco.

— Dommage. Est-ce que cela veut dire que le pique-nique est fichu ?

— Où est la cave à vin ? Un endroit aussi chic a forcément une cave à vin. »

Trumbo désigna une porte près de la cuisine.

On avait creusé la roche, derrière la cuisine, pour installer une cave à vin, et, bien que réfrigérée, elle ne s'était pas encore réchauffée. Cordie alla de casier en casier, promenant sa lampe sur les bouchons et les étiquettes. « Quel est le meilleur ? »

Trumbo haussa les épaules. « Je n'en sais rien. » Il regarda les casiers qu'elle éclairait. « Ce château-lafite 1948 vaut plus d'argent que vous n'en verrez jamais.

— OK, OK », dit Cordie en prenant la bouteille hors de prix. Fouillant dans son fourre-tout, elle en sortit un couteau suisse muni d'un tire-bouchon. « Reculez jusque là-bas. » Pendant que Trumbo, furieux, s'éloignait de dix pas, elle coinça la bouteille entre ses genoux et la déboucha d'une main tout en tenant le pistolet de l'autre.

« Hé, dit le milliardaire, cette bouteille vaut...

— Fermez-la. » Cordie huma le bouchon, hocha la tête en connaisseuse et but une gorgée à la bouteille. Puis elle versa le reste sur le sol.

« Bon Dieu ! » cria Trumbo. Il était de nouveau en colère. Il posa le cageot par terre mais, en levant les yeux, vit que Cordie braquait le .38 sur lui.

« Oh, dit-elle. Vous en vouliez ? » Elle enfonça le bouchon dans le goulot.

« Je vais vous faire enfermer chez les dingues pour le reste de votre misérable vie », dit Byron Trumbo du ton qu'il utilisait lors de la signature de contrats importants.

Cordie hocha la tête. « Un peu de repos me ferait du bien, cher vieux Byron. Ramassez vos fromages. » Elle siffla deux mesures de « What a Friend We Have in Jesus » pendant que Trumbo reprenait son fardeau.

« Une minute, dit-elle. Paul Kukali m'a dit que certains de vos gens avaient disparu. Vous avez peut-être besoin d'emporter une bouteille.

— De quoi parlez-vous, bordel de merde ?

— De fantômes. De transporter des fantômes. Cette bouteille est pour les miens. Faudrait peut-être en emporter une, si vous avez quelqu'un à ramener.

— Transporter des fantômes, répéta Trumbo. C'est la plus grosse connerie que j'aie jamais... » Il se tut. « Oui, j'ai peut-être besoin d'une bouteille.

— Juste une ? demanda Cordie, en faisant courir sa lampe sur les casiers.

— Oui. J'ai les mains pleines. Vous pouvez en prendre une ?

— Bien sûr. » Cordie en sortit une tout en gardant le pistolet braqué sur lui.

— Pas une chère. Une gallo suffira. »

Cordie haussa les épaules, récupéra une gallo et posa la bouteille pleine sous le menton du milliardaire, en compagnie de l'ail et de la pâte d'anchois. « Allons-y. »

Ils prirent l'escalier qui menait au sous-sol.

« Putain, dit Trumbo, par là il n'y a que...

— Les catacombes, acheva Cordie. Oui. J'ai pensé que ce serait plus facile que d'essayer de faire deux ou trois kilomètres sous l'orage. Mon idée, c'est que tous les conduits de lave sont reliés entre eux, et je suppose que vos types ont été mâchouillés par quelque chose qui se balade par là.

— De quoi parlez-vous ?

— Avancez, dit Cordie en montrant le couloir plongé dans l'obscurité la plus totale.

— Y en a marre, dit Trumbo en reculant dans un coin. Pas question que je... »

Le coup de feu retentit incroyablement fort dans cet endroit vide. La balle entailla l'oreille de Trumbo, emporta un tout petit morceau du lobe et ricocha au loin, dans le tunnel en ciment. Le bruit et l'odeur de la cordite semblèrent remplir brusquement tout l'univers.

Trumbo lâcha les tubes, les fromages, le pot de petite marmite et la bouteille, leva frénétiquement une main devant lui tout en tâtant son oreille de l'autre. « Ne tirez pas, ne tirez pas, ne tirez pas...

— Vous n'êtes pas blessé, dit Cordie. Pas encore. Je pense que je peux viser deux ou trois autres endroits sans que cela vous empêche de fonctionner un moment. Maintenant, ramassez tout ça. »

Trumbo s'empressa d'obéir.

« C'est une bonne chose pour votre ami fantôme que la bouteille de vin soit pas cassée », fit remarquer Cordie en braquant la lumière sur lui.

Trumbo grogna.

« Allons-y, dit-elle en lui faisant signe d'emprunter le tunnel obscur. Les choses s'arrangent. »

Trumbo murmura quelque chose, le nez dans le limburger.

« Qu'est-ce que vous dites ? demanda Cordie. Je n'ai pas saisi.

— Je dis, répondit Trumbo : je ne vois pas en quoi. »

Derrière la lueur de la lampe électrique, la voix de Cordie était douce. « Quand on arrivera à l'endroit où commence la caverne, dit-elle, on se déshabillera et on se frottera avec tout ça. »

22.

« Il n'est guère besoin d'imagination pour voir ces gisements de lave peuplés d'étranges formes semblables aux monstres antédiluviens reconstitués pour notre instruction au Crystal Palace. Toutes les variétés de créatures qui rampent et se traînent sur le ventre semblent se retrouver ici ; de gigantesques lézards et de monstrueuses seiches pourvues de nombreux tentacules. »

Miss C.F. Gordon-Cumming,
Fires Fountains, 1883.

18 juin 1866, dans un village sans nom sur la côte de Kona.

Je m'agenouillai auprès du corps du révérend Haymark pendant que la vieille femme s'asseyait en face de moi. M. Clemens regardait. Le dieu-cochon et les autres choses innommables saccageaient le village, enragés d'être bannis de la hutte par ordre de Pélé.

Elle me tendit la noix de coco contenant le whane *de notre ami. « Tu dois être impitoyable. L'esprit n'a pas envie de retourner dans son corps. Il a pris goût à la liberté et ne souhaite pas être de nouveau encagé. Il faut le gifler pour obtenir sa soumission.*

— Le gifler ! m'écriai-je.

— Le gifler. Il faut donner des gifles à l'esprit pour le faire rentrer dans le corps et l'y garder jusqu'à ce que le cadavre commence à se réchauffer. S'il s'échappe pendant que tu essaies de faire cela... » La vieille femme montra la porte ouverte. « Il sera mangé par Kamapua'a ou Pana-ewa et tu ne le reverras jamais. Même maintenant que ma lave envahit les Enfers. Dans quelques instants, mes ennemis quitteront cet endroit. Mais les fantômes y seront ensevelis.

— *Le gifler.* » La noix de coco à la main, je regardai M. Clemens pour demander son aide. « *Où l'esprit... Comment...* »

La vieille femme toucha le coin de l'œil du révérend Haymark. « *Ceci est la* lua-uhane, *la* " *porte de l'âme* ". *C'est par là que l'esprit sort du corps... c'est de là que Pana-ewa tire l'esprit, comme tu suces le lait d'une noix de coco. L'esprit voudra rentrer par là.* Ne le laisse pas faire ! *Il doit rentrer par les pieds et tu dois le forcer à remonter dans le corps jusqu'à ce qu'il réside partout. Maintenant, enlève ce qui recouvre les pieds de votre* kahuna. »

Je tendis la main vers les bottes du révérend Haymark, puis m'arrêtai, troublée. Je n'avais jamais déshabillé d'homme, ni même ôté les bottes de mon père quand il avait bu, et j'avais l'impression que c'était mal de faire cela maintenant. Heureusement, M. Clemens vit ma gêne et se pencha pour enlever les bottes et les chaussettes de l'ecclésiastique. En un instant, les dix orteils de notre ami pointèrent vers le ciel comme de pâles jalons de tombeau. La pensée qu'il me faudrait toucher ces pieds morts, glacés, me fit frissonner.

La vieille femme posa ses mains vigoureuses sur ma tête et mon épaule. « *À partir de cet instant, je te consacre prêtresse de Pélé, dit-elle mi-parlant, mi-chantant. Tu rejoins la communauté des sorcières de Pélé. Tu parles pour Pélé. Je mettrai mes paroles dans ton esprit. Ta voix sera ma voix. Tes mains seront mes mains. Ton cœur sera mon cœur. Pélé a parlé.* »

Je tressaillis violemment, comme si la foudre m'avait frappée. Mon épuisement disparut. J'eus l'impression qu'un pouvoir émanait de l'extrémité de mes doigts. Je regardai M. Clemens et lus, dans ses yeux écarquillés, que mon visage avait changé, qu'il manifestait peut-être l'énergie et l'entendement dont je me sentais imprégnée, à cette seconde.

Je débouchai la noix de coco. L'esprit du révérend Haymark s'en écoula comme une épaisse mélasse grise ; il forma d'abord une mare sur le sol, puis s'éleva sous l'apparence d'un homme. Je me levai lorsqu'il se condensa. Le murmure de la vieille femme devint un lointain bruit de fond — ou peut-être ne résonnait-il que dans mon esprit. Je l'ignore.

Quand le fantôme eut fignolé sa forme humaine, il ondula comme une fumée que trouble une brise légère et commença à dériver vers la porte. Je n'eus pas besoin des exhortations de la vieille femme pour savoir ce que je devais faire.

Je me mis entre l'esprit du révérend Haymark et la porte ouverte et giflai plusieurs fois la forme ectoplasmique ; mes doigts entrèrent en contact avec quelque chose, puis glissèrent et pénétrèrent dans la forme brumeuse.

Le fantôme revint, mais la partie inférieure perdit son aspect humain, commença à tournoyer autour de la tête du cadavre et prit l'aspect d'une spirale qui, semblable à un cyclone, cherchait les coins des yeux du révérend.

Je l'en éloignai, d'une grande claque. M'apercevant que je pouvais saisir le fantôme, je le pris par les épaules et le traînai jusqu'aux pieds nus. L'esprit avait perdu toute apparence humaine et je sentis que mes mains brûlantes tenaient un brouillard. Je pressai celui-ci contre les pieds, sentis d'abord une certaine résistance, puis la substance céda, fléchit et amorça enfin la pénétration osmotique des plantes nues et vulnérables. J'avais l'impression d'introduire de force une crème épaisse dans un filtre fin.

L'esprit résista encore un moment et ces mots me vinrent d'eux-mêmes à l'esprit. Je me mis à chanter.

Oh, le sommet du Kilauea !
Oh, les cinq rebords du cratère !
Le feu *kapu* de la femme.
Quand les cieux sont ébranlés,
Quand s'ouvrent les crevasses de la terre.
L'homme est jeté à terre.
Couché sur le sol.
La foudre de Kane se réveille.
Kane de la nuit, il va vite.
Mon sommeil est brisé.
E ala e ! Réveille-toi !
Le ciel se réveille.
L'île terre est réveillée.
La mer est réveillée.
Réveille-toi !
Me voici.

À ce moment, la terre trembla et la hutte se balança comme le pagne d'une jeune indigène pendant l'une de leurs danses sensuelles. J'entendis de grands craquements et des grondements, mais je n'aurais pu dire si c'était un séisme, la foudre ou les deux. M. Clemens tomba à genoux, mais ne quitta pas des yeux la lutte entre l'esprit du révérend Haymark et moi. À cette seconde même, je sus que Pana-ewa,

Kamapua'a et les autres forces antagonistes avaient été renvoyés de ce lieu, et que des flots de lave scellaient les Enfers de Milu.

Je me concentrais sur ma tâche. La transpiration perlait à mon nez et sur mon menton tandis que j'obligeais le fantôme à remonter dans les jambes de l'ecclésiastique. Lorsqu'il arriva aux hanches, la lutte s'intensifia ; sans doute l'esprit avait-il horreur de s'élever jusqu'aux organes vitaux et de permettre ainsi au corps de respirer et de revivre. Je tendis la main derrière moi, comme si je savais que la vieille femme allait me donner une jarre en terre cuite. Ce qu'elle fit. Je versai l'eau fraîche sur le corps tout en chantant.

Je te fais croître, ô Kane !
Moi, Lorena Stewart, je suis le prophète.
Pélé est le dieu.
Cette œuvre est sienne.
Elle opère la croissance.
Voici l'eau de vie.
E ala e ! Réveille-toi ! Lève-toi !
Laisse la vie revenir.
Le *kapu* de la mort est fini.
Il est aboli.
Il s'est écoulé.

Brusquement, l'esprit cessa de résister et parut remonter aisément tandis que je claquais et massais les flancs et le ventre du missionnaire mort. Je fis descendre l'esprit dans les bras flasques et tapotai les doigts jusqu'à ce que la chaleur y revienne. Pour finir, je frictionnai le large cou, massai les mâchoires et posai sur le visage et le crâne du mort mes mains d'où rayonnait le mana.

Puis je m'assis sur les talons, de nouveau épuisée ; la divine énergie s'écoula de moi si brusquement que je portai les doigts aux coins internes de mes yeux pour m'assurer que mon propre whane *ne s'en échappait pas.*

Le révérend Haymark toussa comme s'il suffoquait, puis ses yeux s'ouvrirent en papillotant. Ses lèvres bougèrent. Il se mit à respirer.

Je crois que M. Clemens me rattrapa lorsque je m'évanouis.

Dans le bureau de l'astronome, Cordie promena le faisceau de sa lampe sur le mur abattu et la sombre caverne, vit le sang qui maculait le plancher, le mur et le plafond, recula et dit : « OK, il est temps d'enlever vos vêtements.

— N'y comptez pas », répliqua Byron Trumbo. Il prendrait le risque de sauter sur cette salope plutôt que de se soumettre à cette humiliation.

Cordie soupira d'un air las et leva le pistolet. « Où vous la voulez, celle-là ? Dans la cuisse ou dans ce pneu de secours que vous portez autour de la taille ? N'importe comment, je m'arrangerai pour que vous restiez capable de marcher. »

Se tenant hors d'atteinte, elle arma le chien.

Trumbo se mit à jurer en déboutonnant sa chemise. Le temps qu'il se retrouve en caleçon, il avait utilisé toutes les expressions apprises au cours de sa vie pittoresque et commençait à en improviser de nouvelles. Derrière la lumière de la lampe, Cordie aussi se déshabillait. Quand il fut en chaussettes et que la petite femme boulotte n'eut plus que l'arme, la torche électrique et le fourre-tout, il dit : « Et puis quoi encore ? Vous allez me violer ?

— Je vous en prie. J'ai mangé il y a à peine deux heures. Enlevez-moi ces chaussettes.

— Si nous entrons là-dedans, je vais me couper les pieds sur les rochers », dit Trumbo, horrifié d'entendre comme un gémissement dans sa voix.

Cordie haussa les épaules. « Les fantômes qui sont là-dedans n'ont pas de chaussettes. Je suppose qu'il faut faire pareil. Enlevez-moi ça. »

Trumbo grinça des dents et les retira d'un coup sec. « Vous emportez ce sac ? Vous croyez que les fantômes ont des fourre-tout ?

— Je m'en fous et contrefous. J'en ai besoin pour trimbaler mes affaires. Je vais pas laisser le journal de Kidder.

— Le journal de qui ?

— Laissez tomber. Il est temps de nous parfumer. Vous d'abord. Commencez par la pâte d'ail. »

Jamais Byrton Trumbo n'avait vécu une chose pareille. Sous le regard cyclopéen du pistolet, il s'enduisit d'ail semi-liquide, puis se frotta avec la pâte d'anchois. L'odeur lui donna des haut-le-cœur.

« Le fromage, maintenant. » Cordie se tartinait d'ail tout en gardant le revolver braqué sur lui.

« Merde et merde, dit-il d'une voix rageuse, et il se mit à malaxer le fromage. Ça ne va pas tenir.

— Il collera. Continuez. »

Trumbo s'enduisit de fromage. L'odorant limburger fit croûte sur sa poitrine. Des miettes s'accrochèrent à ses aisselles et d'autres tombèrent sur ses poils pubiens. Il se frotta les jambes avec des poignées de pâte molle fermentée.

« Formidable », dit Cordie, et elle prit le reste de fromage pour s'en frotter le corps.

Trumbo essayait de ne pas la regarder. Depuis qu'il s'était fait son premier million, les femmes qu'il choisissait de voir nues étaient physiquement attirantes, aussi proches de la perfection qu'il était possible d'en trouver sur le marché. En regardant les petits seins pendants de cette femme, la cellulite sur ses fesses, ses cuisses grasses, les cicatrices de son ventre et ses jambes poilues, il pensa à sa mère et à la mort et à toutes sortes de choses qu'il croyait avoir laissées derrière lui à jamais. Brusquement, Trumbo eut envie de pleurer.

Cordie ignora ses coups d'œil. « Maintenant, la petite marmite, dit-elle. Mettez-en sur votre figure et sur vos cheveux. »

Trumbo ouvrit le pot et faillit alors rendre son dîner. Ce n'était pas seulement l'odeur de pourriture de la pâte noire, mais la manière dont elle se mêlait aux puanteurs qui s'élevaient de sa peau. Refrénant les haut-le-cœur par le seul pouvoir de la volonté, il étala la petite marmite sur ses cheveux clairsemés et derrière ses oreilles.

« Allez-y, dégueulez, si vous en avez envie, dit Cordie. Cela augmentera l'odeur.

— Bordel, pourquoi faisons-nous ça ? » demanda-t-il en lui tendant le pot ouvert. La garce gardait le pistolet hors de portée.

« C'est dans le journal de Kidder, répondit la petite femme en enduisant ses cheveux raides de pâte noire. Les fantômes n'aiment pas les mauvaises odeurs. Ils détournent les yeux. S'ils comprenaient que nous sommes vivants, ils se jetteraient sur nous et voleraient nos esprits, comme Pana-ewa l'a fait à cette pauvre Nell. » Elle jeta au loin le pot vide. « Si seulement on avait eu de la sauce aux harengs. Ou des boîtes d'aliments pour chats. Au poisson, ce serait le plus efficace. Ce truc m'a toujours donné envie de dégobiller, quand j'avais un minou.

— Vous êtes bonne à enfermer », dit Byron Trumbo entre ses dents qui grinçaient.

Cordie hocha la tête. « OK, on y va. » Elle montra du doigt le trou dans le mur.

« Vous croyez que je vais descendre avec vous dans ce conduit de lave jusqu'à ce qu'on trouve des fantômes ?

— C'est le programme, répliqua Cordie en détachant de sa frange mouillée un mollard noir de petite marmite.

— Pourquoi moi ? demanda Trumbo.

— Le règlement dit qu'il faut un homme. Vous aviez l'air disponible. Je suis désolée, mais c'est comme ça. D'ailleurs, la vie a tendance à être comme ça. »

Trumbo réfléchit un moment à cette déclaration philosophique, puis tendit ses muscles pour se préparer à lui sauter à la gorge.

« Vaudrait mieux pas, By », fit remarquer la petite femme qui tenait fermement le pistolet.

Les poings serrés, Trumbo franchit le mur abattu et pénétra dans la caverne. « Il fait noir comme dans un four là-dedans, dit-il en entendant le faible écho de ses paroles.

— J'arrive », dit Cordie.

Au-dessus d'eux, à l'extérieur, sur terre, dans le ciel, sous la mer, la bataille est engagée.

Le Mauna Loa dresse ses quatre mille sept cents mètres au-dessus du niveau de la mer, mais sous les vagues, sa masse continue à descendre encore pendant cinq mille mètres, jusqu'aux fonds marins. Si l'océan disparaissait, le volcan compterait neuf mille sept cents mètres de hauteur, et ce serait la montagne la plus haute de la planète Terre. Le Kilauea, maintenant en pleine éruption comme son frère plus grand, le Mauna Loa, ne s'en tiendrait pas à ses modestes mille deux cents quarante-huit mètres mais se révélerait pour ce qu'il est vraiment, un cône volcanique de six mille sept cents mètres d'altitude.

De son réservoir inépuisable de magma bouillonnant, situé à plus de dix kilomètres en dessous de la cime du Mauna Loa, des forces internes font monter d'énormes quantités de lave au travers d'une roche tellement truffée de fissures qu'elle ressemble à une éponge géante. Cette explosion de matière en fusion est si puissante qu'elle déclenche des séismes sur toute la Grande Île et à plus de cinquante kilomètres en mer.

Dans la Grande Hale du Mauna Pélé, les secousses sont assez fortes pour que les Japonais, drôlement calés en ce qui concerne les tremblements de terre, se précipitent sous le chambranle des portes pendant que Will Bryant essaie de contacter soit son patron, soit Hastings à l'observatoire du volcan, par téléphone cellulaire ou par radio. Ni l'un ni l'autre ne répond. À l'observatoire, Hastings et une vingtaine d'autres scientifiques surveillent les instruments qui révèlent qu'il s'agit du plus violent tremblement de terre depuis 1935, et de la plus forte éruption simultanée du Mauna Loa et du Kilauea depuis qu'on observe scientifiquement ces phénomènes sur l'île, c'est-à-dire 1832.

Le long du rift sud-ouest, là où se trouve le complexe hôtelier du Mauna Pélé, plus d'une douzaine de nouvelles éruptions se produisent sur le flanc du volcan ; l'effroyable pression s'élève jusqu'à la caldeira du Mauna Loa, le long de lignes de faille qui depuis longtemps sont restées en sommeil. Bien que n'atteignant pas la force explosive de l'éruption du mont St. Helens, dans l'État de Washington, en 1980 — vingt mégatonnes —, ou celle de 1985 du Nevada del Ruiz, en Colombie, qui tua plus de vingt-trois mille personnes, cette éruption latérale est assez puissante pour faire jaillir la lave tout le long de la pente sud-ouest du Mauna Loa, en d'innombrables geysers dont certains s'élèvent dans le ciel nocturne jusqu'à cinq cents mètres.

Des gaz dépassant huit cents degrés centigrades remontent à la surface de la fissure longue d'une vingtaine de mètres, et de grands nuages de vapeurs sulfureuses tournoient entre les flammes et les coulées de lave. Par dizaines de milliers, les filaments de silice, les cheveux de Pélé, dérivent avec les courants ascendants d'air chaud et se posent sur les forêts tropicales et les champs de fougères. Des fragments de roche sont projetés en l'air comme des bombes ; les plus lourds dégringolent au voisinage de la faille, mais les particules plus légères forment des nuages de cendres qui voyagent à plusieurs centaines de kilomètres en mer.

Tout le long du rift sud-ouest qui court vers l'océan, d'anciens conduits se remplissent de magma. La montagne, rendue poreuse par des dizaines de milliers d'années de refroidissement et de glissements de terrain, se remplit brusquement de lave et tremble sous l'effet du séisme. À plusieurs kilomètres au-dessus du réservoir, la roche saturée d'eau explose sous l'effet de l'infernale chaleur. Des nuages de vapeur rivalisent avec ceux de soufre tandis que les explosions se succèdent tout le long de la faille comme un cordon de pétards géants. Plus de sept cent mille mètres cubes de lave s'écoulent, établissant un nouveau record pour l'observatoire du volcan.

En amont de ce flot latéral, les forêts brûlent. Les grandes routes disparaissent sous six mètres d'une roche pâteuse qui coule à une vitesse supérieure à celle d'un coureur. Les maisons sont volatilisées. Les voitures et les camions sont emportés à cinquante kilomètres-heure comme des jouets ; la peinture se vaporise instantanément en un nuage toxique, les sièges s'enflamment et les réservoirs d'essence prennent feu, petit contrepoint aux fontaines de lave qui jalonnent la coulée.

La perturbation tropicale de Kamapua'a vient s'abattre sur la côte en flammes comme le jet d'un tuyau de jardin dirigé contre un incendie d'immeuble. La vapeur s'élève en dix mille endroits, là où le déluge de la mousson rencontre la lave qui déborde, mais il faudrait des millénaires à une simple eau de pluie pour l'emporter sur le magma qui grésille. Un tsunami peut éteindre des flammes, mais Pélé a planifié ses éruptions nocturnes pour qu'il ne s'en produise pas, si violents que paraissent les séismes. Des vagues de cinq mètres s'écrasent sur les falaises en flammes, mais ce n'est pas un raz de marée.

Élément de la stratégie séculaire de Kamapua'a, des milliers de cochons sauvages dévorent les arbustes et la végétation pour ôter à Pélé le carburant de ses incendies. La plupart meurent dans la première demi-heure de cette nouvelle éruption latérale, engloutis par des ruisseaux de lave soigneusement prévus. Dans la puanteur du soufre et le rugissement de la vapeur, la nuit se remplit de l'odeur *luau* de porc rôti.

Hiroshe Sato, qui se tient dans le chambranle du hall de la suite présidentielle du Mauna Pélé, regarde les tentacules de lave se frayer un chemin brûlant jusqu'à la mer, à moins de cinq cents mètres de la Grande Hale, et se répète, inlassablement, à mi-voix : « Merde, merde, merde. »

« Je crois que nous approchons », dit Cordie. Les tunnels paraissaient s'étendre sur des kilomètres, un conduit de lave après l'autre, si bien que ni elle ni le milliardaire n'avaient plus la moindre idée de la direction dans laquelle ils allaient. Chacun d'eux s'attendait à tout moment à aboutir à la mer ou à dégringoler dans la caldeira du volcan.

Au lieu de cela, les murs se mirent à rougeoyer.

« C'est bon signe, dit Cordie en tapotant le fourre-tout qu'elle portait à l'épaule. Le journal de Kidder dit que tout émet de la lumière dans le pays des fantômes.

— Sensass », répliqua Trumbo. Ses pieds nus étaient en compote. La mixture puante dont cette femme l'avait obligé à s'enduire lui donnait la chair de poule. Quatre ou cinq fois, ils avaient été renversés par les séismes qui faisaient tomber des pierres et de la poussière du plafond. À chaque seconde, Trumbo s'attendait qu'un flot de lave se précipite sur eux. « C'est vraiment sensass, comme pays. »

Ils furent déçus par les fantômes, quand ils les découvrirent. Des formes phosphorescentes — presque transparentes, presque humaines — se déplaçaient par paires ou par petits groupes. Lorsque la caverne s'élargit, ils aperçurent des centaines d'esprits qui s'exerçaient à des jeux, erraient à plusieurs, mangeaient du *poi,* jouaient. « Juste comme dans le journal », dit Cordie.

Certains esprits flottèrent vers eux, puis firent un écart en arrivant à portée de leur puanteur. Trumbo les comprenait.

Cordie se rapprocha de lui, le pistolet baissé, et lui souffla à l'oreille : « À partir de maintenant, il faut garder le silence. Ils ne parlent pas. Ou, s'ils le font, nos oreilles ne peuvent pas les entendre. »

Trumbo hocha la tête et se dit que c'était le moment de saisir le bras de la femme et de lui arracher le pistolet. *À quoi bon ? Il vaut mieux accomplir ce qu'on est venus faire et foutre le camp.* Malgré lui, il commençait à admirer le courage de cette femme ; il s'était d'ailleurs habitué à ses formes nues. Il comprenait qu'elle était plus musclée que grasse, et que derrière ses petits yeux brûlait une volonté aussi ardente que la lave, laquelle probablement les consumerait bientôt tous les deux. *Et puis merde,* pensa Trumbo. Il fallait bien mourir. Ce serait une manière originale de partir. Il regrettait seulement de ne pas avoir réglé l'affaire du Mauna Pélé. Tant qu'à mourir, il aurait préféré le faire une fois la vente conclue.

Les fantômes poursuivaient leurs jeux, leurs travaux et leurs conversations silencieuses. Ils étaient tous nus, mâles et femelles, et l'on ne voyait aucun enfant. Trumbo se dit : *Si c'est ça, la vie après la mort, je m'en passerais bien. On dirait un vendredi soir à Philadelphie.*

« Regardez ! » chuchota Cordie, en lui sifflant presque dans l'oreille.

Trumbo ne vit pas tout de suite ce qu'elle désignait du doigt. Puis il les aperçut, dans une caverne latérale — plusieurs esprits qui semblaient plus *haole* que le reste. Il lui fallut une minute pour les identifier : le fantôme de Dillon, celui de Fredrickson et de son propre garde du corps, Briggs, jouaient avec d'invisibles dés en compagnie de trois gros types qui ressemblaient à des vendeurs de voitures du New Jersey. L'un d'eux n'avait qu'une main. L'esprit de Sunny Takahashi semblait faire des paris avec une monnaie invisible. Quelques types, du genre touristes, puttaient avec des clubs invisibles et mangeaient une nourriture invisible, assis à une table invisible. L'ex-astronome du Mauna Pélé lisait un magazine invisible pendant que deux autres quinquagénaires regardaient une télévision invisible et zappaient impatiemment en manipulant d'invisibles télécommandes.

L'esprit d'Eleanor errait seul, comme s'il cherchait un moyen de sortir.

« Nell », murmura Cordie, qui traversait déjà la caverne pour la rejoindre. Il lui fallut moins d'une minute pour déboucher la bouteille de vin et y enfermer l'esprit. Le récipient parut se remplir de fumée.

« Touchez les autres et ils vous suivront, chuchota-t-elle à Trumbo. Mais je pense que vous devez capturer ceux que vous voulez remettre dans leurs corps. » Elle lui tendit la seconde bouteille.

Trumbo hésita. Briggs et Fredrickson l'avaient bien servi. Dillon n'était pas vraiment mort, semblait-il ; on lui avait juste dérobé son âme. L'astronome et les autres employés n'avaient pas mérité leur sort. Le retour de Sunny Takahashi valait de l'argent.

Trumbo prit la bouteille de gallo et y fit entrer Sunny. Ce ne fut pas aussi difficile qu'il l'avait imaginé. Cependant, le fantôme barbu de Dillon voltigeait autour de lui comme une mouche importune. Pour finir, Trumbo se laissa fléchir et déboucha la bouteille. « Écoute, murmura-t-il, s'il y a encore de la place, je veux bien... » L'esprit coula dedans comme de l'eau dans une botte.

Trumbo laissa tomber la bouteille remplie de fumée dans le fourre-tout de Cordie. « Foutons le camp d'ici », chuchota-t-il, tout en sachant qu'ils ne retrouveraient jamais le chemin par lequel ils étaient venus.

Cordie hocha la tête et se retourna. Tous deux se figèrent sur place.

Kamapua'a leur barrait la route. Le cochon géant souriait.

23 juin 1866, à bord du Boomerang.

Je relis les pages haletantes gribouillées il y a moins d'une semaine, et je n'arrive pas à croire que c'est moi qui les ai écrites. Ces mots, ces événements appartiennent à une autre personne, à une autre vie.

Le bateau à vapeur vient juste de quitter les docks de Kona-Kawaihae et d'entamer son lent voyage pour Lahaina, où j'espère revoir des amis et prendre une semaine de repos dans leur plantation des hautes terres, avant de me rendre à Honolulu, puis de là en Orient par le Pacific Mail Steamer baptisé Costa Rica. *M. Clemens et le révérend Haymark sont partis hier pour Honolulu par le* Kilauea, *un caboteur qui circule entre les îles, le premier pour retourner en Californie, l'ecclésiastique pour rejoindre sa Mission, à Oahu. Le journaliste a retenu une cabine à bord d'un bateau à voiles, le* Smyrniote, *et il m'a informée qu'il était certain d'atteindre San Francisco car aucun navire porteur d'un nom aussi bizarre ne saurait être le bienvenu dans le Davy Jones's Locker* [1].

Mes souvenirs des heures et des jours qui suivirent notre sauvetage du révérend Haymark sont, au mieux, nébuleux. Je ne me rappelle même pas avoir écrit les lignes fantastiques qui précèdent ces pages, rédigées aujourd'hui. Les événements qui ont accompagné la résurrection de notre compagnon se dissipent, tel un rêve... non, ils me sont plus étrangers qu'un rêve... comme s'ils avaient été vécus par un personnage de roman.

Je me souviens de notre arrivée à Kona. Je me souviens que M. Clemens m'a demandée en mariage avant-hier, tandis que nous regardions le coucher de soleil, sur les quais. Je me souviens de mon refus.

Mon ami a été peiné. Je l'ai été pour lui. Je me souviens que j'ai ôté mon gant et lui ai gentiment caressé la joue. « Puis-je vous deman-

1. Davy Jones est la personnification de la mer, et le *locker*, son placard, symbolise le fond de l'océan, tombeau de tout ce qui sombre.

der, mademoiselle Stewart, pourquoi vous ne pouvez pas prendre ma demande en considération ? a-t-il dit cérémonieusement, visiblement blessé.

— Sam », ai-je commencé tendrement. C'était la première fois que je l'appelais par son prénom. « Ce n'est pas que je ne veuille pas vous épouser... ou que je ne vous aime pas... c'est seulement que je ne peux pas le faire. »

Je lus sur son visage la confusion où cette réponse le plongeait.

« Quand la vieille femme m'a touchée, commençai-je tout en sachant que je ne serais pas capable de m'expliquer, j'ai senti... quelque chose. Ma destinée. Je dois voyager, écrire, et me faire un nom dans le monde, si petit soit-il, et ce serait impossible si je devenais Mme Samuel Langhorne Clemens. » Je souris. « Ou même Mme Thomas Jefferson Snodgrass ou Mme Mark Twain. »

Mon ami et vrai compagnon ne me sourit pas. « Je ne comprends pas. Je souhaite écrire. Je souhaite voyager. Je vais proposer à mon journal de faire le tour du monde et de lui envoyer le genre d'articles que j'ai rédigés sur les îles Sandwich. Pourquoi ne pourrions-nous pas jouir de cela ensemble au lieu d'exercer notre profession séparément ? »

Je ne pus que soupirer. Comment expliquer à cet être courageux et fin qu'il était un homme — que tout était possible pour lui — alors que j'étais une femme, et que je devais rendre possibles les choses que je voulais posséder.

Mais je reconnais qu'à ce moment, c'est de lui que j'avais envie. De lui. Samuel. Mon brave compagnon. Mon amour.

« Je vous aimerai toujours, dit-il ensuite, tandis que le soleil sombrait sous la ligne d'horizon, quelque part vers l'orient. Je n'épouserai personne d'autre. »

Je lui caressai de nouveau la joue. Comment lui expliquer que j'étais sûre — que je savais — que le destin qu'il décrivait comme sien serait le mien, alors que lui choisirait presque certainement une autre épouse dans peu de temps. Son besoin d'une compagne était aussi tangible que la douceur de sa joue sous ma paume.

Je m'aperçois que je m'étends sur ces choses personnelles au lieu de décrire la stupéfaction infinie du révérend Haymark en se découvrant vivant, ou notre fantastique marche sur la côte de Kona dans les flammes et le tremblement de terre, ou l'étonnement tout aussi grand que les chrétiens de Kona et de Kawaihae montrèrent en nous voyant vivants.

D'un commun accord, aucun de nous ne mentionna notre véritable aventure. Nous ne parlâmes ni de Pélé ni de chiens qui parlent ni du Royaume des Fantômes de Milu. Les îles Sandwich n'ont pas encore d'asile d'aliénés, mais il existe beaucoup d'endroits isolés où l'on aurait pu nous abandonner si nous avions fait état de tout cela publiquement.

Je n'ai pas envie d'écrire sur les heures et les jours qui suivirent la résurrection et notre retour. Je dirai seulement combien je fus affligée lorsque, en retournant dans cette hutte en chaume, je découvris que la vieille femme avait disparu. Je savais que je serais reliée à elle tout le reste de ma vie — en fait, je soupçonne que mes descendantes partageront ce lien pendant les générations à venir. Je pleurai son départ.

Hier, j'ai pleuré le départ de l'amour de ma vie. M. Clemens et moi, nous nous serrâmes la main d'une façon très protocolaire, sous les yeux du révérend Haymark et d'une douzaine d'autres personnes. Mais je lus l'émotion dans ses yeux. Je suis sûre qu'il vit les larmes dans les miens.

En ce moment, ils en sont pleins. Il ne faut pas que je pleure. Je vais m'arrêter d'écrire jusqu'à ce que j'aie retrouvé le contrôle de moi-même.

Un cafard gros comme une cuillère à soupe vient de passer de l'oreiller de ma couchette au rugueux morceau de lainage qu'ils appellent une couverture. Il me regarde de ses petits yeux malicieux ; il sent que j'ai peur des cafards et croit que je ne saurai me résoudre à le toucher.

Il a tort. J'ai affronté des yeux plus malveillants et plus féroces. Les jours de cette vermine sont comptés.

Être libérée de la peur, c'est une chose enivrante, plus forte que le whisky, et un très mauvais présage pour les cafards, ici et en tout lieu de cette vaste planète.

« Byron, c'est gentil de passer nous voir. » Le groin du cochon s'allongea vers Cordie. « C'est un cadeau pour moi ? »

Trump jeta un coup d'œil à sa compagne, puis revint au cochon. « Bien sûr. »

Le verrat émit un bruit au fond de sa vaste gorge. « Je la mangerai dans un moment. D'abord, nous avons une affaire à régler. »

Trumbo attendit.

« Je vois que vous vous êtes déjà servi, en ce qui concerne l'âme de Sunny », dit Kamapua'a.

Trumbo haussa les épaules. « Elle avait l'air à la disposition de n'importe qui. »

Le grognement qui résonna dans le ventre du monstrueux cochon aurait pu être un gloussement. « Bien, bien. Mais il y a tout de même le prix à payer.

— Mon âme ? demanda le milliardaire.

— Rien à en foutre. Je parle d'un échange. »

Trumbo haussa les sourcils, mais ne dit rien.

« Quand j'aurai battu cette salope de Pélé et que je contrôlerai de nouveau l'île, continua Kamapua'a, je vais adopter la forme humaine pour dix ou vingt ans. Je serai de nouveau libre de parcourir la terre. De ma cellule souterraine, j'ai observé la manière dont les choses avaient changé à la surface. Je pourrais de nouveau être le chef d'une des tribus, mais j'ai d'autres projets.

— Un échange ? », dit Trumbo.

Le cochon sourit encore plus. « Précisément. » Il fit deux pas vers eux, et ses pattes résonnèrent sur le basalte. Cordie vit de la salive sur son large groin et sentit son souffle chaud. « On peut faire un marché, Byron, dit-il d'un air de complicité mâle. Vous et moi.

— Pourquoi accepterais-je ? »

Le verrat fit encore un pas. Son haleine empestait. « Parce que, sinon, je ne fais qu'une bouchée de vos boyaux et de vos os, et j'entrepose votre misérable âme dans les recoins les plus immondes de cette caverne pour l'éternité, répliqua le cochon en élevant sa voix grave.

— OK, j'écoute. »

Le cochon se rapprocha encore. « Vous emportez la petite *uhane* du Japonais, dont je n'ai que faire, vous concluez votre vente et vous touchez vos trois cents millions de dollars. Puis vous revenez ici et nous faisons un échange.

— Quel genre d'échange ? Vous voulez de l'argent ? »

Le verrat grogna. « Les misérables *kahuna* nous ont fait venir pour vous détruire. Mais nous n'en avions pas l'intention. C'est Pélé que je souhaite détruire. Vous et moi, Byron, nous sommes pareils. Nous sommes nés pour dominer les autres. Nés pour soumettre... les femmes... les pays. Je comprends votre désir ardent d'utiliser la force et de violer. Je le comprends très bien. Je n'ai pas envie de votre argent. »

Trumbo hocha la tête pensivement. « Je ne vois toujours pas ce que nous pourrions échanger », finit-il par dire.

Kamapua'a sourit de nouveau. Ses huit yeux brillaient. « Nos places, Byron, mon ami. Je deviens vous. Vous devenez moi. »

Le visage de Trumbo resta impassible. « Je voudrais être sûr de bien comprendre... Le marché que vous me proposez c'est que je prenne votre place et que vous preniez la mienne ? Que vous occupiez mon corps et que j'aie le vôtre ? »

Le cochon acquiesça d'un signe de tête.

« Vous allez être un beau milliardaire avec des maisons et des femmes sur trois continents, et moi, je vais passer dix ou vingt ans dans le corps d'un cochon géant et puant qui vit dans une caverne, à Hawaii. C'est ça la transaction ?

— C'est ça, Byron, répondit le cochon qui souriait toujours.

— Et que gagnerai-je, moi, à une affaire pareille ?

— D'abord, grogna le verrat d'une voix qui semblait venir de son ventre, vous aurez le droit de vivre. Je ne dévorerai pas vos boyaux et vos os. Deuxièmement, je vous garantis qu'au cours des quinze ou vingt ans que je passerai dans votre corps, je créerai un empire financier comme on n'en a jamais vu sur cette planète. Vous êtes arrivé ici comme un homme aux abois... qui essayait désespérément, en vendant ce misérable hôtel, de récupérer quelques centaines de millions de dollars, de sauver un empire en train de s'effondrer. Quand vous reviendrez dans votre corps, vous *posséderez* le monde, Byron Trumbo. Et ce n'est pas une image.

— Je finirai par posséder le monde, si je reste dans mon propre corps », répliqua Trumbo.

Le cochon grogna. « Troisièmement, continua-t-il comme si Byron n'avait rien dit, pendant que vous serez roi des Enfers, vous aurez un pouvoir illimité sur les fantômes et les démons de ce monde. Vous détiendrez tout pouvoir sur les éléments, vous commanderez à la foudre, aux marées, aux grands tsunamis. Vous goûterez un pouvoir dont les délices sont au-delà de tout ce que vous avez jamais imaginé. »

Trumbo se frotta la joue. « Aurai-je tous les pouvoirs que vous possédez maintenant ? »

Kamapua'a fit non de sa grande tête hérissée de soies. « Je ne suis pas idiot, Byron. Si vous endossiez tous mes pouvoirs, vous pourriez résilier notre accord n'importe quand et devenir le roi du monde d'en haut. Non, j'aurai besoin de l'essentiel de mes pouvoirs pendant que je serai dans votre corps, j'aurai besoin de les utiliser pour vous rendre riche et célèbre au-delà de vos rêves les plus fous. Mais je vous assure qu'être Kamapua'a, seigneur des Enfers, constituera l'apogée de votre existence. Et — comme je l'ai dit — lorsque vous reviendrez dans votre forme mortelle, vous hériterez des richesses et des pouvoirs que j'aurai amassés pour vous.

— Et si vous décidez de rester éternellement humain ? demanda Trumbo.

— Non, non, non, grogna le cochon. Votre forme humaine est acceptable, mais elle est mortelle. Je n'ai pas envie de mourir. Je suis un dieu.

— Justement, dit Trumbo. Mon corps sera vieux si je le sous-loue pendant vingt ans... il aura presque soixante ans. »

Les dents mouillées du cochon luisirent dans la pénombre. « Et sera au summum de son pouvoir, Byron. Je traiterai votre forme mortelle avec plus de soin que vous ne le faites maintenant. Il sera en pleine forme, fin prêt pour la lutte... après tout, je serais désappointé si vous gâchiez l'empire que je vous aurais gagné. Et n'oubliez pas que votre brève besogne de dieu vous préparera à des choses qu'aucun mortel n'a jamais accomplies sur la terre d'en haut.

— Alors, c'est ça ? C'est le marché ?

— C'est ça, dit Kamapua'a. Si vous dites non, vous mourrez tout de suite, et votre âme pourrira ici à jamais. Si vous dites oui, vous jouirez d'un pouvoir et d'une richesse illimités et vous goûterez la gloire d'être un dieu. Qu'en dites-vous, Byron Trumbo ? »

Un long moment, le milliardaire parut perdu dans ses pensées. Quand il leva les yeux, son visage montrait sa ferme détermination. « Eh bien, puisque vous le présentez ainsi, je dis : allez vous faire foutre. »

Cordie n'aurait pas imaginé qu'une face de cochon puisse exprimer de la stupéfaction. Ce fut pourtant le cas.

« Allez vous faire foutre, ainsi que la truie que vous chevauchez », ajouta Trumbo pour faire bonne mesure.

Le cochon géant beugla, son rugissement se répercuta sur le plafond de lave. « Pourquoi avez-vous tout rejeté pour me dire non, mortel ?

— Je n'ai jamais aimé le bacon, dit Trumbo en haussant les épaules. »

Le cochon dévoila toutes ses énormes dents. « Je vais m'octroyer l'immense plaisir de vous dévorer tous les deux, grogna-t-il. Et ensuite, je dévorerai vos fantômes.

— Regardez ! » dit Cordie en montrant quelque chose derrière le verrat.

Le monstre jeta un coup d'œil par-dessus son dos hérissé de soies. La jeune Hawaiienne qui se tenait à vingt pas de là n'était pas un fantôme ; c'était à peine une femme, plutôt une belle fillette, mais ses yeux noirs brillaient d'un éclat dur.

« Vas-t'en, salope, dit le cochon à Pélé. Ici, tu n'as aucun pouvoir. C'est mon domaine. Ces mortels sont mon dîner. »

La jeune indigène ne bougea pas, ne cligna pas des paupières.

« Allons, dit Kamapua'a en reportant son attention sur Trumbo et Cordie. Mourez. » La forme monstrueuse s'avança en trottant sur ses petites pattes de cochon.

Cordie s'interposa entre Trumbo et la monstrueuse masse de chair porcine, fouilla dans son sac et en sortit son revolver. Elle arma le chien et le cochon éclata de rire.

« C'est une blague. » Son groin se tortilla et le pistolet s'envola des mains de Cordie pour aller heurter en cliquetant le mur de la caverne. Le cochon fonça sur elle, sa tête et ses dents remplirent le champ de vision de la malheureuse.

Un tremblement de terre jeta Cordie et Trumbo au sol. Même le cochon géant s'arrêta pour se carrer sur ses minuscules pattes. Le monstre rugit à l'adresse de l'Hawaiienne restée silencieuse : « Va te faire foutre, salope. Je te l'ai dit, tu n'as aucun pouvoir ici. Je m'occuperai de toi dans un moment. »

Byron Trumbo et Cordie entendirent le grondement avant de sentir la chaleur. Quelque chose descendait le conduit de lave avec la rapidité et le bruit d'un train de marchandises. Brusquement, une lueur orange illumina les parois.

« La lave ! » cria Trumbo, et il se retourna pour courir. Il n'en était plus temps.

Kamapua'a éclata de rire et montra son derrière à Pélé. « Fais ce que tu veux, garce. Ils mourront sous mes dents avant que ton pitoyable feu les atteigne. » Le cochon grogna et sauta sur Cordie.

Elle avait sorti la bouteille portant l'âme d'Eleanor et était en train de la déboucher. La forme d'Eleanor s'en échappa en se déroulant comme de la fumée prise dans un tourbillon.

Le cochon freina des quatre pattes en dérapant sur le sol raboteux. D'autres fantômes voletaient et tournoyaient, agités par l'approche de la lave. La lueur orange s'était intensifiée et la chaleur était épouvantable.

« Fous le camp ! » mugit le cochon lorsque l'esprit d'Eleanor se mit à voltiger entre Cordie et lui. L'animal grinçait des dents car le visage de la femme était à moins de trente centimètres de son groin, mais le fantôme se tordait et entravait chacun de ses mouvements.

« Vous n'avez pas le droit d'y toucher, dit Cordie d'une voix faible. Pélé l'a ordonné. »

Kamapua'a rugit pour de bon cette fois, et des morceaux du plafond de la caverne dégringolèrent. Le cochon pivota sur ses talons et fonça vers Byron Trumbo, figé de terreur. La lueur de la lave qui approchait éclairait la caverne comme un projecteur orange.

Le fantôme d'Eleanor fila comme du vif-argent pour s'interposer entre le monstre et l'homme. De nouveau, Kamapua'a dut s'arrêter pile, dans l'incapacité de violer le *kapu* sacré de la déesse. Le monstre revint vers Cordie qui n'était plus protégée. La lave, maintenant visible derrière elle, franchit le coin du tunnel dans un raz de marée de roche en fusion.

« Vite, dit la jeune Hawaiienne. Venez. »

Cordie se précipita à la gauche du cochon. Trumbo était à sa droite. Kamapua'a s'élança sur Cordie, mais l'esprit d'Eleanor le bloqua ; il se retourna pour attraper Trumbo avec ses dents, mais de nouveau le fantôme vaporeux l'en empêcha. Les pattes du verrat martelaient le sol. Les deux mortels étaient trop rapides. Le temps que le cochon ait pivoté sur ses pattes étrangement frêles, Cordie et le milliardaire avaient parcouru à toutes jambes la distance qui les séparait de la jeune Hawaiienne.

« NON ! » L'écho de ce cri fit plus trembler la caverne que le séisme. Kamapua'a pencha sa tête massive, piétina le sol et chargea comme un taureau dans l'arène. Cordie et Trumbo tressaillirent, mais le monstre s'écrasa contre une barrière invisible, à un mètre de la belle et jeune Hawaiienne.

Elle leva les mains. Sa voix était aussi jolie qu'elle.

Ô le sommet du Kilauea !
Ô les cinq rebords du cratère !
Le ciel se réveille.
La terre est réveillée.
La mer est réveillée.
Ce travail, c'est le mien.
J'apporte le feu.
J'apporte la flamme de la vie.
E ala e ! *Que les flammes se réveillent !*
Que la lave s'élève !
Le kapu *de viol et de mort est fini.*
Il est aboli
Il s'est écoulé

Les fantômes des *haole* voltigeaient autour de Pélé, de Cordie et de Trumbo comme un tourbillon de fumée. Le fantôme d'Eleanor retourna dans sa bouteille de vin. Cordie la reboucha d'un coup de poing. Kamapua'a mugit de nouveau. Des rochers dégringolèrent et des fissures s'ouvrirent dans les murs. La lave dévala les derniers douze mètres.

Cordie vit les soies du cochon s'enflammer une seconde avant que le magma le recouvre, puis elle s'accroupit, ferma les yeux, sentit la chaleur de la roche en fusion et s'étonna de ne rien trouver de plus important à penser, au seuil de la mort, que : *Merde !*

La lave coula de chaque côté d'eux, sa chaleur était terrible, mais ils ne moururent pas. Cordie entendit le cri ultime du monstre, mais ne vit pas s'il s'était volatilisé ou si le ruisseau l'avait emporté dans sa course. Le magma contournait l'invisible coquille qui faisait office de barrière, entraînant avec lui de gros morceaux de roche noire et orange. Il y eut une explosion de vapeur derrière eux lorsque la lave rencontra l'océan.

Puis ils s'envolèrent — la jeune fille avait toujours les bras en l'air —, ils s'élevèrent sur un invisible et doux ascenseur, franchirent la fissure et jaillirent par le trou agrandi du geyser, comme si de tels prodiges étaient chose courante.

La jeune fille baissa les mains. Cordie cligna des yeux et huma la brise de mer, sentit la pluie. La barrière protectrice avait disparu. Au sud, la lave coulait et la vapeur sifflait, mais il n'y avait rien entre eux et le Mauna Pélé.

« Venez avec moi, dit Cordie à l'enfant, à la déesse. J'ai besoin de votre aide. » Elle leva la bouteille et l'âme semblable à de la fumée que celle-ci renfermait.

La jeune femme fit signe que non. « Tu as les paroles. » Elle toucha la tête de Cordie Cooke Stumpf. « Tu appartiens à la communauté de Pélé. Va. »

Byron Trumbo voulut partir, mais il s'aperçut que ses jambes ne pouvaient plus le porter.

Il s'assit lourdement sur un rocher lisse.

Cordie s'accroupit près de lui. « Ça va ?

— Oui. » Trumbo voyait des papillons noirs.

« Mettez la tête entre vos genoux. Ça ira mieux. »

Trumbo resta dans cette position jusqu'à ce que les taches disparaissent. « C'est probablement cette satanée odeur, dit-il en laissant la pluie couler sur son visage. Hé, où est-elle passée ? »

Cordie regarda par-dessus son épaule. La jeune femme avait disparu.

« Elle est là-haut, répondit Cordie en montrant du doigt la lueur orange du volcan. Venez, je vais vous aider. » Elle remit Trumbo sur ses pieds.

« On va remettre Eleanor dans son corps, et puis je vous aiderai pour votre ami japonais.

— Un sacré jeu de société. Si on pouvait le faire breveter, on ferait fortune.

— Vous avez une fortune », lui rappela Cordie.

Byron Trumbo grogna. « J'en avais une. À cette heure, les Japonais sont probablement dans l'avion qui les ramène à Tokyo. »

Cordie ferma le poing et tapa sur l'épaule de Trumbo. « Voulez-vous dire que si vous étiez ruiné demain, vous ne seriez plus capable de vous faire un million de dollars ? »

Trumbo hésita une seconde. « Non. Je pourrais.

— Et ça vous amuserait, non ? »

Trumbo ne répondit pas, mais son petit sourire s'élargit. Ils se mirent en route vers la Grande Hale. Au bout d'un moment, il dit : « Bon Dieu, qu'est-ce qu'on pue !

— Continuez à marcher. La pluie va laver une bonne partie de cette odeur infecte. On prendra une douche quand on sera à l'hôtel.

— J'aimerais bien être habillé », dit Trumbo en pesant le moins possible sur ses pieds nus.

Cordie lui fit un grand sourire. « Nu, vous êtes pas mal, dit-elle. Pour un homme. »

23.

« Le ciel est créé.
La terre est créée.
Attachées et attachées,
Tenant toujours ensemble,
Entremêlées dans l'obscurité,
Près les unes des autres, les îles
Se déploient comme une volée d'oiseaux.
Ils sautent en l'air, les lieux divisés.
Ils sont soulevés, les cieux.
Polies par la frappe,
Des lampes reposent dans le ciel.
À présent, les nuages bougent,
Le grand soleil se lève dans sa gloire,
L'humanité parvient au plaisir,
En haut, se meut le ciel.

Extrait du *Kumulipo,* le chant de création.

Cordie et Eleanor dormirent tard, sourdes aux bruits matinaux des hélicoptères qui atterrissaient, décollaient et atterrissaient. Ce fut le chant des oiseaux qui finit par les réveiller.

Eleanor, qui avait passé la nuit sur le divan, s'approcha du grand lit où Cordie, toujours vêtue du jean et de la chemise froissée qu'elle portait la nuit précédente, s'était affalée, bras et jambes étendus. « Bonjour. »

Cordie s'obligea à ouvrir un œil. Eleanor lui tendit une tasse de café.

« Où avez-vous trouvé ça ? demanda Cordie en l'acceptant avec reconnaissance.

— Il y a une cafetière dans votre cuisine. Et des filtres. » Eleanor porta la main à sa tête. « Quelle migraine !

— Oui, répondit Cordie en regardant son amie. Vous vous rappelez... ce qui est arrivé ? »

Eleanor réussit à sourire. « Ma mort ? Mon retour à la vie ? » Son sourire s'effaça. « Non. Je n'ai que ces images qui ressemblent à un rêve dont nous avons parlé hier soir... ce matin... je ne sais plus.

— A part le mal de tête, comment vous sentez-vous ? »

Eleanor se tâta. « Plutôt bien. Mes plantes de pieds me font mal.

— J'ai dû les frapper joliment fort pour faire rentrer votre *whane* là-dedans. Il ne voulait pas.

— Savez-vous ce qui est bizarre ? C'est que je n'ai jamais cru à l'existence de l'âme, ou à la vie après la mort.

— Moi non plus.

— Et le plus drôle, continua Eleanor, c'est que je n'y crois toujours pas. »

Cordie but une gorgée de café. « Je comprends ce que vous voulez dire, Nell. C'est comme si on avait été transportées dans l'univers de quelqu'un d'autre. C'est pas vraiment... réel. Universel. Vous voyez ce que je veux dire.

— En me réveillant, j'ai cru que cela me serait difficile de continuer à enseigner le siècle des Lumières. Mais non. Cela peut avoir encore plus de sens pour moi, maintenant. »

Cordie but une gorgée de café.

« Si je m'habillais et que nous allions voir ce qui reste de cet endroit, qu'en pensez-vous ? dit Eleanor.

— Bonne idée. » Cordie regarda ses vêtements fripés. « Moi, je suis habillée, mais je crois que je vais prendre une douche et changer de vêtements.

— C'est une eau de toilette intéressante que vous utilisez. »

Cordie fit une grimace. « Essence d'ail, d'anchois et de limburger, dit-elle. Je vous garantis qu'elle repousse les fantômes. »

Eleanor s'arrêta sur le seuil. « Je ne vous ai pas vraiment remerciée. Je veux dire, je ne sais pas comment...

— C'est pas la peine et vous le savez, Nell. Vous le savez bien. »

Eleanor hocha la tête. « Des sages-femmes. Nous sommes là quand quelqu'un d'autre est dans les douleurs et a besoin de nous.

— Oui, dit Cordie en terminant son breuvage noir. Bon sang, Nell, votre café est dégueulasse. »

Elles visitèrent l'hôtel ensemble. Le premier étage n'était que boue et meubles renversés. Des branches cassées et des fleurs piétinées jonchaient le sol. La lave coulait à moins de cinq cents mètres au sud et au nord, pourtant la Grande Hale, bien que ravagée par la tempête, semblait relativement intacte.

Le complexe fourmillait d'ouvriers et d'équipes de secours dont les casques jaunes brillaient au soleil matinal. Un vent du nord avait éloigné au-dessus de la mer le nuage de cendres, mais parfois une bouffée de vapeur sulfureuse l'emportait sur l'odeur fraîche de l'océan.

Des journalistes de la télévision s'agglutinaient à l'entrée du Mauna Pélé. On leur tendit des micros, mais Cordie et Eleanor les écartèrent et passèrent devant les vigiles somnolents avant de monter l'escalier.

Elles trouvèrent Byron Trumbo dans les ruines de la salle du banquet. Ceux qui étaient venus là, quels qu'ils soient, avaient laissé l'endroit dans un beau désordre. Le milliardaire se tenait sur la terrasse. Il portait un short, une pimpante chemise hawaiienne et des sandales. Will Bryant était présent aussi.

« Salut, By », dit Cordie.

Trumbo la regarda d'un air mécontent. « Je n'ai pas oublié la nuit dernière. »

Cordie sourit. « Le contraire m'aurait étonnée. Comment va Paul ?

— On est venu le chercher en hélicoptère, ce matin à l'aube », dit Will Bryant. En voyant sa chemise de lin blanc, Eleanor pensa à Mark Twain.

« Comment va-t-il ? demanda-t-elle.

— Les toubibs disent qu'il s'en tirera, poursuivit Bryant. Tous les blessés ont été évacués. Il n'y a pas eu de morts la nuit dernière.

— Et Caitlin, Maya et Bicki ? demanda Trumbo. Elles ont échappé au carnage d'hier soir ?

— Oui, répondit Bryant.

— Merde, dit Trumbo.

— Elles se sont envolées à bord du jet de Maya, au coucher du soleil. Jimmy Kahekili les accompagnait.

— Le géant hawaiien ? Pourquoi ? demanda Trumbo.

— Elles ont dit qu'elles allaient payer le Front de libération hawaiien pour qu'il vous assassine. »

Byron Trumbo grogna.

Eleanor regarda autour d'elle. « Et les Japonais ?

— Ils sont partis avant que le soleil se lève, dit Trumbo. À cette heure, ils sont au milieu du Pacifique.

— Et la vente ? » dit Cordie.

Byron Trumbo rit. « Ils parlaient de me poursuivre en dommages-intérêts pour trente-cinq millions de dollars.

— Qu'est-ce qui a fini par leur faire peur ? demanda Eleanor. Le tremblement de terre ? Les événements de ces derniers jours ? L'approche des coulées de lave ?

— Rien de tout cela, répliqua Trumbo avec un large sourire. Vous vous rappelez, Cordie, quand nous avons giflé le fantôme de Sunny Takahashi pour qu'il retourne dans son corps ?

— Et comment ! » Cordie buvait sa seconde tasse de café.

« Eh bien, je l'ai sorti si précipitamment de la bouteille de gallo que j'ai oublié qu'il y avait deux esprits dedans. Plus tard, quand on s'est occupés de Dillon, vous vous souvenez du mal qu'on a eu pour faire entrer ce putain de fantôme par les pieds ?

— Oui. »

Will Bryant regarda Eleanor. « Est-ce que des gens sains d'esprit sont censés écouter des choses pareilles ?

— Ne me posez pas la question. J'y étais.

— Alors, qu'est-ce qui s'est passé ? » demanda Cordie. Elle avait revêtu une robe en coton blanc qui curieusement lui allait bien.

« On a mis le mauvais fantôme dans le mauvais corps, dit Trumbo. Lorsque j'ai ramené de force Sunny à ses chers amis, m'imaginant que Sato signerait enfin, voilà que Takahashi s'est mis à parler avec la voix de Dillon. Puis Dillon est entré et s'est mis à baragouiner japonais. Et ç'a été l'enfer. »

Tous quatre contemplèrent un moment la lumière matinale sur les cocotiers encore debout.

« Vous avez pu refaire l'échange ? demanda Cordie.

— Non, répondit Trumbo qui alla jusqu'à la balustrade et s'étira. Dillon et le Japonais ont décidé qu'ils aimaient bien leurs nouveaux corps. Ils vont les essayer pendant quelque temps. »

Will Bryant secoua la tête. Trumbo se tourna vers lui. « Est-ce que je ne vous ai pas viré, hier soir ?

— Pas vraiment, non. Après que les Japonais se sont déchaînés, on a bu quelques verres tous les deux et vous m'avez dit que vous m'aimiez comme votre propre fils.

— Foutaises.

— Oui, mais vous l'avez dit. Vous avez ajouté qu'un type qui aurait accepté de descendre dans cette grotte pour bavarder avec un cochon de deux tonnes aurait été trop stupide pour travailler pour vous, aussi vous ne m'avez pas viré. »

Trumbo se gratta la tête. « Merde. »

Eleanor regarda les débris du banquet. « Cela signifie quoi, monsieur Trumbo ? Financièrement, je veux dire.

— Financièrement ? répéta Trumbo en haussant les épaules. Ça veut dire que je suis baisé. Que ma femme aura le Mauna Pélé et fera des bretelles avec mes boyaux. Que je vais devoir repartir de zéro. » Brusquement il fit un grand sourire à Cordie. « Il y a pire, hein ? »

Cordie reposa sa tasse. « C'est vrai, il y a pire, By. Mais il existe aussi d'autres possibilités. À combien s'élevait l'offre des Japonais, à la fin ? Environ trois cents millions ? »

Trumbo cligna des yeux. « Oui. Et alors ?

— Je vous offre trois cent vingt-cinq millions et je signe les papiers cet après-midi. »

Byron Trumbo se mit à rire, puis s'arrêta. « Vous payez en liquide ?

— Si vous voulez, bien que mes hommes d'affaires disent qu'une partie en liquide et une partie en options d'achat d'actions seraient mieux pour nous deux. »

Eleanor la regardait, médusée. Will Bryant eut un mouvement convulsif, comme s'il avait été touché par un aiguillon. « Mme Stumpf de Chicago... Chicago... la Cooke ? C'est la Cooke ?

— De quoi s'agit-il ? demanda Eleanor en voyant la stupéfaction envahir brusquement le visage de Bryant d'abord, puis celui de Trumbo. De quoi s'agit-il ?

— La Cooke Removal Systems de Chicago, dit Trumbo en se donnant une claque sur le front. La plus grosse entreprise de collecte et de traitement des ordures de toute l'Amérique du Nord. Elle a pour clients toutes les universités entre le Nebraska et le Vermont, et la moitié des grandes villes. Stumpf... je ne me souviens plus de son prénom... est mort il y a quelque temps et c'est sa femme qui a pris la direction de l'entreprise. La rumeur disait qu'elle avait continué à la gérer.

— La rumeur avait raison, dit Cordie.

— La Cooke a été vendue il y a deux ou trois mois, dit Will Bryant. Une année après qu'elle se fut transformée en société anonyme. La Richie-Warner-Matsu y a investi les trois quarts d'un milliard de dollars.

— Ça, c'était juste la somme payée comptant », fit remarquer Cordie. Elle s'appuya contre la balustrade à côté d'un Trumbo abasourdi. « Alors, qu'est-ce que vous en dites, By ? Mes gens estiment que trois cent vingt-cinq, c'est à peu près ce que vaut cet endroit. » Elle regarda autour d'elle. « Même en ajoutant le nettoyage. »

La bouche de Trumbo béait. Il la referma.

« Cordie, est-ce que vous..., dit Eleanor, je veux dire, vous voulez vraiment entrer dans l'hôtellerie ?

— Bon Dieu, non. Ça m'ennuierait à crever. Mais souvenez-vous ce que j'ai dit au sujet d'un chouette hôpital-centre de recherche pour cancéreux ?

— Un hôpital ? dit Trumbo. Un *hôpital ?* »

Cordie haussa les épaules. « Tous ceux d'Amérique traitant des cancéreux sont dans la ceinture industrielle froide et humide. Pourquoi pas un endroit où les gens pourraient bronzer pendant qu'on les soigne... même s'ils sont en train de mourir ?

— Pourquoi pas ? dit Will Bryant *in petto.*

— Et puis, l'économie de l'île est bien malade. Cela n'ira jamais mieux tant que les Hawaiiens ne trouveront que des boulots de serveurs, de conducteurs de car et de blanchisseuses. Si le Mauna Pélé était une clinique d'oncologie internationale et une école de médecine, peut-être que certains des gars et des filles du coin envisageraient d'entamer une carrière médicale. Je parie que la Byron Trumbo Incorporated serait probablement d'accord pour subventionner une ou deux bourses d'études, si la conclusion du marché en dépendait. »

Trumbo la regarda.

« Eh bien, qu'en dites-vous, By ? Mes hommes de loi devraient débarquer à l'heure du déjeuner. Vous voulez rédiger les papiers d'ici là ? » Elle lui tendit sa grosse main calleuse.

Trumbo regarda cette main, puis Will Bryant, puis sa propre main et serra celle de Cordie.

Tandis que les deux hommes discutaient, Eleanor et Cordie se resservirent, emportèrent leurs tasses à café et descendirent les escaliers, puis suivirent le sentier jonché de branches jusqu'à la plage. Une fois sur le sable, elles s'arrêtèrent pour admirer la lumière qui dansait sur l'eau et le lent déroulement des déferlantes.

« C'est un bel endroit pour une convalescence », dit Eleanor.

Cordie se contenta de hocher la tête.

« Vous êtes inquiète au sujet de... » Eleanor désigna le sud.

« Kamapua'a ? Pana-ewa ? Nanaue l'homme-requin ?

— Oui. Tous ceux-là.

— Non », répondit Cordie. Elle sourit en montrant ses petites dents. « Je crois qu'ils laisseront la communauté de Pélé en paix pendant quelques siècles. »

Eleanor sourit et but son café. La lumière du soleil scintillait et lui rougissait la peau. Elle ôta ses sandales pour enfoncer les orteils dans le sable chaud.

« Nell, vous avez décidé de ce que vous allez faire pendant les prochains jours ?

— Oui. Je suis venue pour une semaine de vacances. J'ai l'impression que je ne l'ai pas encore eue. Je vais demander à la nouvelle propriétaire si je peux la compter à partir d'aujourd'hui. »

Cordie se frotta la lèvre. « Moi, j'ai l'impression que la nouvelle propriétaire peut même vous offrir la chambre. Elle propose que nous allions nous baigner tout à l'heure, et puis que nous prenions un verre au Bar de l'Épave cet après-midi, pour évacuer tout ça. »

Cordie envoya valser ses souliers et toutes deux se mirent à marcher le long de la plage de sable blanc, tout en sirotant leur café. Eleanor plissa les yeux et exécuta sa meilleure imitation de Bogart, en nasillant presque aussi bien que lui. « Louis, dit-elle, c'est peut-être le commencement d'une belle amitié [1].

— Tu l'as dit, bouffi », répliqua Cordie Stumpf, et d'un petit coup de pied, elle envoya un caillou par-dessus les déferlantes, dans le lagon tranquille.

1. Le capitaine Louis Renault dans *Casablanca,* le célèbre film de Michael Curtiz (1942).

Lettre trouvée dans la reliure du journal de tante Kidder

18 juin 1905
21, Fifth Avenue
New York

Mademoiselle Lorena Stewart
3279 W. Patton Bd
Hubbard, Ohio

Chère Mademoiselle Stewart,

C'est avec une forte culpabilité et une certaine agitation que je réponds enfin à votre gentil petit mot reçu l'année dernière. Comme vous le savez, il y a juste un an, le 5 juin, un dimanche matin, à Florence, j'ai perdu ma chère Livy. Vous comprendrez aussi que, depuis, pas un seul jour ne s'est écoulé sans que je souhaite la rejoindre.

Mais comme nous l'avons tous deux appris dans les îles Sandwich, il y a fort longtemps, les vivants se doivent aux vivants, et votre belle et généreuse lettre m'a rappelé ce fait oublié.

Vous m'y demandiez aussi que je vous raconte un jour dans quelles circonstances nous nous étions rencontrés, Livy et moi, et comment nous en étions venus à nous marier. Ce jour est arrivé.

Vous vous souvenez peut-être qu'après notre séparation, j'ai convaincu mon journal de m'envoyer faire un « tour du monde », durant lequel je devais lui expédier mes premiers articles, plutôt sommaires, dans le but d'amuser la racaille. Eh bien, c'est pendant mon séjour en Terre sainte que je fis la connaissance d'un jeune homme appelé Charley Langdon. Il me montra un jour une miniature en ivoire de sa sœur et je tombai amoureux d'elle sur-le-champ.

Je la vis pour la première fois en chair et en os au cours du mois de décembre suivant. Elle était svelte, jolie et enfantine — c'était à la fois une petite fille et une femme. Deux ans plus tard, nous étions mariés.

Cela semble aller de soi, mais il est rare que le véritable amour ne rencontre pas d'obstacles. J'avais manigancé de passer quelques jours chez les Langdon, mais durant cette semaine frustrante, je ne me trouvai presque jamais seul avec Livy. Ce fut dans la voiture qui me ramenait à la gare que la lourde main de la Destinée me frappa ; nous savons qu'elle est coutumière du fait. Il semble que la banquette n'avait pas été bien fixée, aussi, lorsque le cocher fouetta le cheval, Charley et moi tombâmes à la renverse par-dessus l'arrière de la carriole. Mon ami fut le seul véritablement blessé, mais je feignis l'évanouissement jusqu'à ce que l'on m'ait transporté dans la maison et versé de force dans le gosier assez de cognac pour étouffer un cheval irlandais ; pourtant, cela ne me fit pas reprendre conscience — j'y veillai moi-même.

Pour rendre modestement courte une longue et douce histoire, disons que je réussis à rester dans cet état d'inconscience jusqu'à ce que Charley et son autre sœur cessassent leurs soins et confiassent le massage de mon front insensible à Livy. J'endurai cela aussi longtemps que je pus, puis mes paupières s'ouvrirent en papillotant et, pour la première fois, elle et moi pûmes vraiment nous dire bonjour.

Grâce à cette aventure, je demeurai chez eux trois jours de plus, ce qui m'aida grandement. Ensuite, M. Langdon me demanda des lettres de référence, et je lui en fournis autant que je pus. Quand le père de Livy eut fini de lire ces lettres, il garda longuement le silence. Puis il dit :

« Quelle sorte de gens est-ce là ? Vous n'avez pas un seul ami au monde ?

— Apparemment, non, répliquai-je.

— Alors, je serai votre ami. Je vous connais mieux qu'eux. Prenez ma fille. »

La bague de fiançailles fut un simple anneau d'or portant la date du 4 février 1869. Un an plus tard, je l'ôtai du doigt de Livy et, pour qu'il lui servît d'alliance, j'y fis graver la date de notre mariage — 2 février 1870. Il ne quitta plus jamais son doigt.

L'été dernier, en Italie, quand la mort eut redonné à son doux visage la jeunesse évanouie et qu'elle reposa, aussi blonde et aussi belle que le jour où elle fut à la fois jeune fille et épouse, on voulut ôter cet anneau de son doigt pour le donner aux enfants. Mais j'empêchai ce sacrilège. On l'a enterré avec elle.

Je vous dis ceci, mademoiselle Stewart, parce que au cours du temps, lorsque ma chère Livy me demanda — comme toutes les épouses doivent le faire un jour ou l'autre — si j'avais aimé une jeune fille et demandé sa main, je finis par lui parler de nous : de l'arôme de santal qui émanait des forêts surplombant la mer, de la lumière que produit un volcan et combien c'est agréable d'y survivre, du rêve que nous fîmes d'une descente au royaume des morts pour récupérer le *whane* de notre ami ecclésiastique.

Cela me réconforte de savoir sans y croire que l'esprit de Livy m'attend quelque part.

Comme cela m'a réconforté, mademoiselle Stewart, de savoir que mon désappointement enfantin, lorsque vous avez refusé ma demande balbutiée en ce jour si lointain de juin, était le fruit d'une erreur. Cela m'a réconforté et réjoui, pendant des années, de lire vos merveilleux récits de voyages — je crois qu'*Unbeaten Tracks in Japan :*

An Ohio Lady's Visit to the Court of Japan, An Ohio Lady's Life in the Rocky Mountains, Across the Wide Sahara by Camel et *Moonlight* ont été mes préférés ; mais je dois confesser que j'ai attendu en vain, pendant toutes ces années, votre livre sur les îles Sandwich.

Vous savez, j'en ai commencé un moi-même. Mes premières conférences étaient consacrées à cet archipel et, une fois découvert un aussi riche filon, j'ai essayé de l'exploiter jusqu'à la mort. En 1884, j'ai commencé un roman sur les îles — sur les anciens rois et les anciens usages, la lèpre et l'idolâtrie, les maladresses des missionnaires chrétiens et les étranges rites païens, mais peu à peu, l'histoire dévia et se transforma en une autre, encore plus délirante, que j'appelai *Un Yankee à la cour du roi Arthur.* Mais l'histoire des îles Sandwich est encore quelque part dans le coin, et si ces vieux os et ce vieil esprit pouvaient se réveiller de leur sommeil arthritique, je la déterrerais et la reprendrais, comme j'ai fait, une fois, avec un livre longtemps mis de côté, sur un petit garçon appelé Huckleberry. Peut-être dicterai-je le conte à ma fille Jean, qui vit avec moi maintenant. Jean se plaît à dire que je ne pourrai plus jamais la choquer.

Mademoiselle Stewart, je m'égare. Ce que je voulais vous dire — en plus de mes remerciements tardifs, répétés et sincères, pour votre sympathie et votre gentillesse au moment de mon deuil, il y a un an — c'était combien les souvenirs du temps passé ensemble sur ces îles lointaines étaient devenus agréables, sur ce rivage de l'océan de la mémoire.

Loin d'être un voyageur tel que vous, j'ai pourtant réussi à voir un morceau de ce triste monde depuis ces fameux jours, et je dois reconnaître qu'aucune terre étrangère n'a jamais eu pour moi ce charme fort et profond, qu'aucune ne m'a hanté d'une manière aussi nostalgique et aussi obsédante, de nuit comme de jour, pendant la moitié de ma vie. D'autres choses me quittent, mais celle-ci demeure ; d'autres choses changent, mais celle-ci reste la même.

Pour moi, mademoiselle Stewart, son air embaumé souffle toujours, son océan étincelle au soleil, la pulsation de ses vagues résonne dans mon oreille ; je vois ses escarpements enguirlandés de végétation, ses cascades bondissantes, ses palmiers empanachés assoupis près du rivage, ses sommets reculés flottant comme des îles sur les légers nuages chassés par les vents ; je sens l'esprit de ses solitudes boisées, j'entends le clapotement de ses ruisseaux ; subsiste encore dans mes narines l'haleine de fleurs qui se sont flétries il y a presque quarante ans.

Et dans toutes ces visions, mademoiselle Stewart, je vois votre noble et indomptable visage, j'entends votre rire stimulant. Je nous vois tous deux — jeunes, innocents, pas encore corrompus et vaincus par le temps — et je me demande si — peut-être juste si —, lorsque nos *whane* seront libérés de ces vases décrépits, au lieu de rejoindre un ciel chrétien, ils ne s'envoleront pas sagement vers les îles Sandwich.

Pour ma part, j'espère qu'il en sera ainsi. Je n'y crois pas, je l'espère. Je pense que jamais flottille d'îles plus jolies ne s'est ancrée quelque part ailleurs en ce monde, et j'accueillerais avec joie l'occasion d'y retourner, dans d'autres atours, pour vous présenter Livy. Nous nous trouverions deux hamacs pour un siècle ou deux, nous parlerions en regardant le soleil disparaître — cet intrus venu d'autres royaumes qui s'obstine à les suggérer — et nous nous abandonnerions aux délices de humer cet air parfumé et d'oublier qu'il y avait, ou qu'il y eût jamais, d'autre monde que ces îles enchantées.

Je vous en prie, écrivez, mademoiselle Stewart. Je connais votre prose. Je l'admire. J'attends avec impatience de la redécouvrir encore.

Jusqu'à ce jour, je reste

Votre serviteur âgé mais soumis,
Samuel Langhorne Clemens.

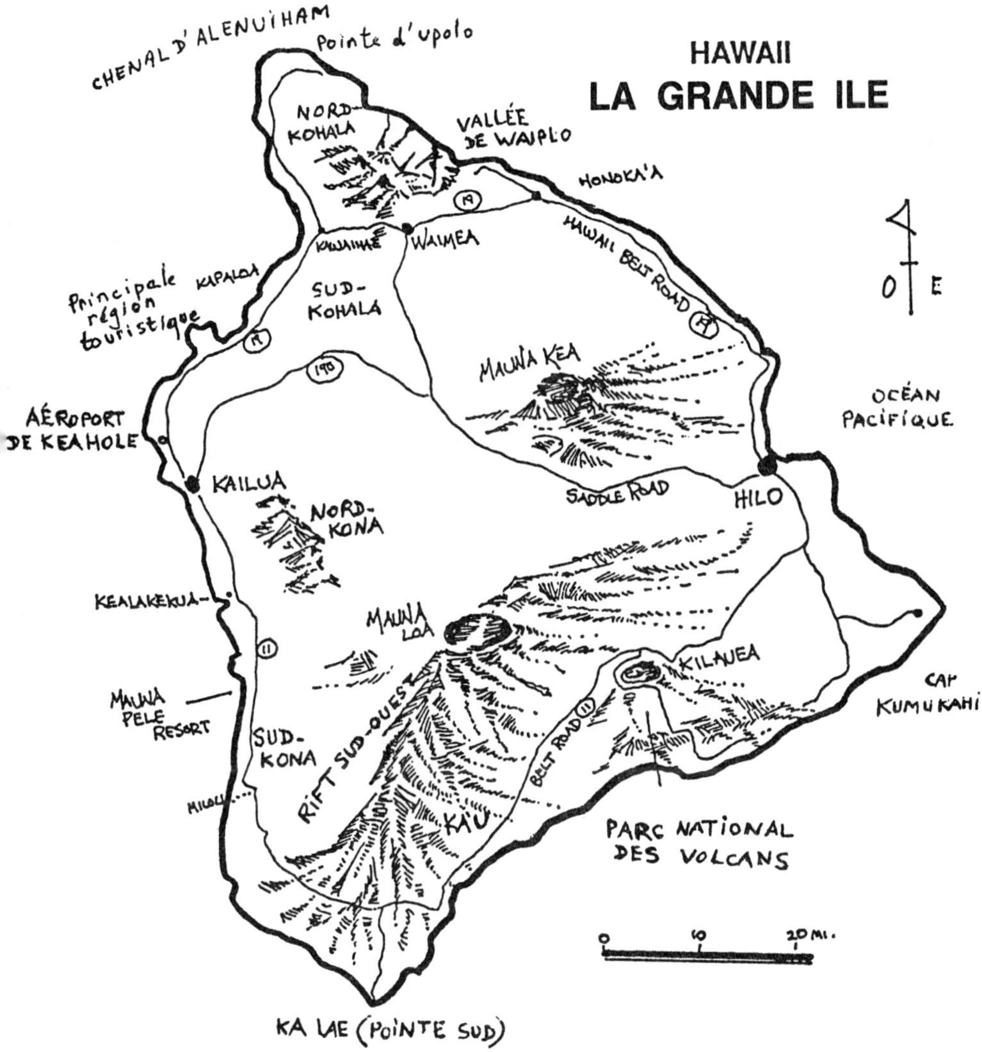
HAWAII
LA GRANDE ILE
CHENAL D'ALENUIHAM
Pointe d'upolo
NORD-KOHALA
VALLÉE DE WAIPIO
HONOKA'A
19
KAWAIHAE
WAIMEA
HAWAII BELT ROAD
Principale région touristique
KAPALOA
SUD-KOHALA
19
19
190
MAUNA KEA
OCÉAN PACIFIQUE
AÉROPORT DE KEAHOLE
KAILUA
NORD-KONA
SADDLE ROAD
HILO
KEALAKEKUA
MAUNA LOA
11
KILAUEA
MAUNA PELE RESORT
CAP KUMUKAHI
SUD-KONA
RIFT SUD-OUEST
BELT ROAD
11
MILOLI
KA'U
PARC NATIONAL DES VOLCANS
0
10
20 MI.
KA LAE (POINTE SUD)
O
E

Remerciements

J'aimerais remercier Tara Ann Forbis pour sa relecture des épreuves et ses remarques pénétrantes. Je voudrais aussi remercier tous ceux qui m'ont si gentiment accueilli au Mauna Kea Beach Resort, au Kona Village Resort, à l'hôtel Hana Maui et au Parc national des volcans d'Hawaii. Ce livre a exigé de sérieuses et difficiles recherches, largement compensées par tous les moments passés au soleil, dans les embruns créateurs d'arcs-en-ciel.

Les livres que j'ai lus m'ont beaucoup aidé et intéresseront peut-être le lecteur qui cherche à se renseigner sur les coutumes hawaiiennes : les vingt-cinq « Lettres des îles Sandwich » de Mark Twain (1866) expédiées au *Sacramento Union,* et réécrites plus tard pour *À la dure* (1872) ; *Six Months Among the Palm Groves, Coral Reefs and Volcanoes of the Sandwich Islands* de la voyageuse victorienne Isabella L. Bird (1890) ; le fascinant récit de Pamela Frierson : *The Burning Island. A Journey Through Myth and History in Volcano Country, Hawai'i* (1991) ; *The Legends and Myths of Hawai'i* par Sa Majesté Kalakaua (1888) ; et *Myths and Legends of Hawaii : Ancien Lore Retold by W.D. Westervelt* (1913). Il y a beaucoup d'autres merveilleux livres sur Hawaii et la déesse Pélé, mais ceux-ci constitueront un bon début pour le lecteur que cela intéresse.

DU MÊME AUTEUR

Aux Éditions Albin Michel

NUIT D'ÉTÉ
L'HOMME NU
LES FILS DES TÉNÈBRES

Chez d'autres éditeurs

HYPÉRION, Laffont
LA CHUTE D'HYPÉRION, Laffont
L'ÉCHIQUIER DU MAL, Denoël

La composition de cet ouvrage
a été réalisée par l'Imprimerie BUSSIÈRE,
l'impression et le brochage ont été effectués
sur presse CAMERON dans les ateliers
de Bussière Camedan Imprimeries
à Saint-Amand-Montrond (Cher),
pour le compte des Éditions Albin Michel.

Achevé d'imprimer en février 1996.
N° d'édition : 15001. N° d'impression : 2445-4/743.
Dépôt légal : mars 1996.